漂泊の叙事

一九四〇年代東アジアにおける分裂と接触

濱田麻矢
薛化元
梅家玲
唐顥芸
編

勉誠出版

序言

戦火の続いた一九四〇年代は、中華圏にとって大分裂の時代、漂泊の時代であった。多くの人々が流浪と離散を余儀なくされた結果、表現者たちはさまざまなジャンルにおける多様な叙事を産み出したが、そうして生まれた作品そのものもまた、しばしば政権による分断を越えて遥かな旅をすることになった。本書は、中国・満洲・台湾・香港・東南アジアといった華人世界における一九四〇年代の文化史構築を目指した共同研究の成果である。共同研究の過程で、一九四〇年代は多種多様な価値観がさまざまなメディアの上で互いに影響を及ぼしあい、また流動性をはらんで、独特の深化をとげていたことが明らかになった。また、四〇年代文学の可能性とは、まさにこの分裂の中から生まれてきたこと――分断され、扼殺されたかのように見えたマージナルな場所（例えば台湾や淪陥区）に楊雲萍や張愛玲のような現在まで読み継がれる文学者が出現し、香港のように「文化砂漠」と評された都市に、中華圏の人々を広く魅了するようなハイブリッドでモダンな映画の基盤が作られ、そして東南アジアでは大戦を挟んで華人意識が問い直されたのだということを確認した。従来の作家中心、作品中心の研究から一歩離れ、この「漂泊」の現象そのものに注目することで、一九四〇年代中華圏の文化状況をより立体的に、横断的に捉えることが可能になったと自負している。

元来、この共同研究は一九四五年の日本敗戦と一九四九年の中華人民共和国成立による文化人の移動を核にして構想された。しかし研究が進むにつれ、考察の射程は日中戦争が勃発した一九三七年から、冷戦構造が確定する一九五〇年代中頃までに広がることとなった。それは日本と中国大陸の相互関係を中心にした従来の枠組から、台湾、香港、そして東南アジアにまで広がる地域の使用言語及び地域体験の複数性に目を向ける過程でもあった。そしてさらに映画・演劇・歌謡曲など、従来文学テクストとは切り離されて考えられがちであった各ジャンルについての状況を横断的に考察し、その受容層のあり方と小説などの文字テクストとの関連を明らかにする試みへとつながっていった。

このように、従来のような作家・作品中心の研究でもなく、延安あるいは重慶、上海といった特定の場所に注目するのでもなく、複数の場を往還する表現者による漂泊（異郷体験）によってもたらされたある場所と作家との接触、作品と受容者との接触という観点からさまざまな文化活動を読み解くことによって、特定の立場にとらわれないより柔軟な文化史を目指した。

使用言語の複数性として際立っているのは帝国日本における「国語（日本語）」と中国大陸に生まれつつあった「国語（中国語）」のせめぎあいが顕著であった台湾、満洲及び淪陥区の例である。さらには一九四〇年代に延安を目指した知識人が、どのように自分の文体を「文芸講話」路線に沿うものとして「改造」しえたのか／しえなかったのか、という課題も「漂泊」体験が引き起こした「言語の複数性」として考えることができよう。本書は三年に及んだ共同研究の結果から生まれた二〇編の論文からなる。以下、六部に分けてそれぞれの論文の内容をかいつまんで紹介する（論文の副題は省略）。

第一部「世界史的視座から見た分裂の叙事」では、台湾海峡両岸の局地的なものとして回収されがちである四〇年代中国語圏の叙事を、マクロな視点から語り直す。

王徳威「戦争の叙事と叙事の戦争」は、大分裂時代の文学的営為を多角的に追う。まず「革命の聖地」延安と「反共の前哨地」金門という両岸分裂の象徴的な場を描いた作品が考察された後、ベトナム、満洲、雲南ビルマの国境地帯、ペナンを描いた戦争叙事が詳細に検討される。対立する主義、政権の下で創作された「戦争の叙事」を並置し眺め直すことで、作家たちが戦争をどのように描き、どのように分裂を検証したのかという「叙事の戦争」が浮かび上がってくる。

張小虹「戦争の流変―分子」は戦時期のファッションを牽引した染料、インダンスレンブルーから説き起こし、合成染料がいかに世界史を書き換えてきたかを検証したのちに、戦時期の中国において「愛国布」というイメージを強く発揮していたインダンスレンブルーの布が、分子レベルでは非常に曖昧な存在であり、質量的な戦争を無効にしかねない分子レベルの戦争を抱えていたことを鮮やかに解き明かしている。

李元瑾「大分裂時代における東南アジア華人文化の断絶と存続」は、シンガポール、マレーシア、インドネシアにおける華人文化の継承について、四〇年代以降の状況を明らかにするものだ。それぞれの国家の政策および華人人口比率は異なるものの、いずれも中華人民共和国建国によって本土との連携を失った。各国の華人アイデンティティの保持のあり方は、中国語圏文化の外に広がる華人文化の奮闘について教えてくれる。

第二部「大分裂時代の詩歌」では、戦争という非常事態にあって、詩歌という伝統中国を代表する文学ジャンルがどのような役割を果たしたのか考察する。

陳平原「詩句は流亡を記すのみにあらず」は、盧溝橋事件後、日本に占領された北方から南方への移動を余儀なくされた大学の教授たちが、困難な時代を生き抜く際に旧詩で心情を表現したことに注目する。特に陳寅恪、朱自清、呉宓という三人の読書人を中心に、旧詩が持っていた「唱酬（唱和、応酬しあう）」という性格を手掛かりとして、詩作及び当時の書信や日記から困難な時代を生き抜いた読書人の内心に分け入る。

梅家玲「戦う文芸と声の政治」は、同じく抗日戦争時代を取り上げるが、対象はこの時期に生まれた新しいジャンル「朗誦詩」である。詩朗誦運動は一種のパフォーマンスとして、大衆運動としての機能を担っていった。日本の敗戦後も詩朗誦はその役目を終えることなく、台湾海峡両岸において更なる大衆化を進めてゆく。本論文では、最終的に「文字」よりも「パフォーマンス性」が重視されるまで詩が変形してゆく過程が見届けられ、音声が文学にどのように介入していったのかが明らかにされる。

高嘉謙「詩、戦争、内通」は、南京における汪精衛傀儡政権がとった文芸政策とそこで旧詩が果たした役割について検討する。「平和文学」の旗印のもとに成立した中国文芸協会とその機関紙『国芸』には新旧両様の文学作品が投稿されたが、特に旧体詩詞が重視されていた。大東亜文学の実践に対して、旧詩体という「権威」が動員された様相は、陳平原論文における西南聯合大学教授の詩作と強烈な対照をなすものとして読みうる。

唐顥芸「戦争と詩、戦争の詩」は、日本統治期から光復後の台湾を生きた詩人、楊雲萍に焦点を当てた。大東亜文学者大会に出席したことで「対日協力者」と片付けられがちであった楊雲萍について、論者はその行為を解釈するのではなく作品に寄り添って精読することによって、宗主国日本と郷土台湾に対する文化的アイデンティティの複雑さを解き明かすことに成功している。

第三部「漂泊する作家と作品」は、具体的な作家及び作品に向かい合い、分裂する時代の生々しい側面がどのようにテクストに刻印されているか提示する。

季進「浮雲を看て世事を知るに慣る」は、中華人民共和国建国前後の大分裂時代における銭鍾書の動向を跡付ける。稀代の「才子」であり、抗日戦及び国共内戦という動乱の時代に重要な研究書及び小説を矢継ぎ早に発表した銭鍾書が、共産党による革命をいかに捉え、そしていかに祖国に残ることを決めたのか、そして押し寄せる政治キャンペーンをいかに受け止めたのかがきめ細かく論じられている。

王風「張愛玲「五四遺事」における「五四」と四〇年代の「遺事」」は、銭鍾書とは対照的に、人民共和国に残ることを選ばなかった作家張愛玲の小品を取り上げる。漢奸文人との結婚と離婚を経て渡米した張愛玲が五〇年代に書いた短編『五四遺事』には、彼女自身が四〇年代に経験した傷痕がアイロニカルに昇華されていた。戦時期に愛情問題が正面から取り上げられることは稀であったが、張愛玲の描く恋愛小説は個人の角度から大分裂時代を鋭く検証している。

梁敏児「葉霊鳳の小説創作とビアズレー」は、ビアズレーの影響を深く受けたとされる葉霊鳳の小説について、その「性」の主題の特徴を明らかにする。一般に高い評価をうけてきたわけではない葉の作品を全面的に見直した上で、その作品における女性の能動性や直接的な性描写の忌避などを指摘し、戦争後に葉が上海から香港に移住した後もその関心が変わらなかったことを明確に示した。

第四部「帝国日本と中国東北部／満洲」は、満洲事変前後の中国東北部と帝国日本とに関わる論考を集めた。杉村安幾子「金沢第四高等学校における齊世英」は、遼寧出身の政治家である齊世英の日本における青春時代を資料の博捜によって語り直す。齊世英の娘である齊邦媛の自伝『巨流河』は、内戦後に渡台した知識人の貴重な精神史として知られるが、本論文は二〇世紀初めに旧制高等学校で学んだ留学生の肖像であるとともに、『巨流河』の前史としても読みうる。

呂淳鈺「「情」のユートピア?」は「満洲国」で活躍したジャーナリスト兼作家である穆儒丐の代表作『新婚別』を題材に、清朝への「遺民」意識と民国革命への反感が、どのように愛情のユートピアとして満洲を称揚しようとしたのか、そしてそれに失敗したのかをテクストの精読によって丹念に跡付ける。失われた儒教伝統に固執する作家の情念は、第二部の高嘉謙論文に呼応していると言えよう。

羽田朝子「満洲国留学生の日本見学旅行記」は、「満洲国」が成立した一九三二年から約十年にわたって行われた、日本政府の補助による満洲国留学生の日本見学旅行について述べる。希少な資料を丁寧に読み解くことで、「先進国」日本に学ぼうとする留学生の意気込みのみならず、日本という準宗主国と、中国という祖国の間に揺れる満洲国留学生の意識を窺うことができる。

第五部「分裂し錯綜する台湾イメージ」は、日本統治期時代から現在に至るまでの「台湾意識」について様々なジャンルから検討を加える。

陳培豊「海／港に見る台湾」は、台湾流行歌に現れる「海／港」のイメージを軸に、日本統治時代から一九六〇年代までの台湾人の集合的記憶を探る。日本統治期には「室内の女」を主役に据えていた台湾語流行歌が、戦後に「港の男」イメージを盛んに歌うようになり、しかも植民地時代にはほとんどなかった日本語曲カバーを取り入れたのは何故なのか。本論文は同時代の文芸や新聞記事を援用しつつ、二二八事件後までの歌謡曲を間然するところなく整理している。

沈冬「台湾を愛す、巍巍として海の中間に立ち」は、一九五〇年代の国語歌謡曲界を席巻した作曲家、周藍萍における「台湾愛」に注目する。大陸で生まれ育ち、戦後になってから台湾に渡った周の作ったおびただしい歌謡曲に溢れる「台湾性」を、歌詞とメロディ、そして素材という側面から検証し、外省人の周における台湾イメージの由来と、そして聞き手による受容のありかたを緻密に追う。

盧非易「ためらいの近代」は、五、六〇年代の台湾語映画を読み解くにあたって登場人物のまなざしに焦点をあてた。植民者／被植民者、都市／農村、男性／女性、見る主体／見られる客体のありようがスクリーンから析出されるが、その前提には台湾が経験してきた植民地近代の「捩れ」があったことが鋭く指摘されている。

楊瑞松「曖昧な他者」は、台湾が中国大陸をいかなる呼称で呼んできたのかを豊富なデータによって明らかにするものだ。今最も一般的に使われている「大陸」という言葉の歴史は実はごく浅く、国民党政府渡台後にようやく普及したものであること、中国を「大陸」とよぶ用法は日本から由来した可能性があること、そして曖昧な他者である中国をどう呼ぶかということが台湾意識の形成に密接に関わっていることが鮮やかに解き明かされる。

第六部「戦争を再現し、戦争を物語る」は、演劇、ルポルタージュ、映画という三つのジャンルから、近代の戦争がいかに「リアルに」再現され、物語られているかを追う。

田村容子「「孤島」期上海における劇種間の相互連関について」は、孤島期上海における演劇の様相をとりあげる。周囲を日本に占領されながらも、租界という「国中の国」を抱えていた上海には辛うじて抗戦を叫ぶ余地が残されていた。無能な皇帝によって国が失われるさまを描いた京劇『明末遺恨』と、同じタイトルながら戦う妓女を描いた話劇を中心に、「抗日」という当時最大のプロパガンダを提起する知識人と受容する観客層について、劇種を横断しながら明らかにした。

濱田麻矢「一九四九年の語り方」は国共内戦期の動乱に取材した台湾のベストセラー、『大江大海一九四九』を対象とする。同書では、「敵／味方」の二項対立を無効化するという試みがなされるのと同時にナショナルな物語を語ることへの欲望が台頭しつつあることを述べ、その危険について検討する。

賀桂梅「戦争、女性と国族（ネーション）の叙事」は、『南京！南京！』と『金陵十三釵』という二つの映画が、南京大虐殺をどのように振り返り、描写しているかに鋭く切り込む。「中国版ハリウッド戦争映画」ともいうべき巨額の投資がなされたこの二本は、どちらも「男性英雄の不在」というモチーフを持つ。南京大虐殺というトラウマは様々な形で回顧されてきたが、本論は過去のトラウマを叙述する装置に、現在の消費主義がいかに干渉しているのかということを教えてくれる。

以上二〇編、分裂と接触の時代であった四〇年代の中華圏における文化接触を考える上でさまざまな手がかりを与えてくれる論文が揃った。うち中国語で執筆された論文が一四編と多数を占める。日本のほか、中国、台湾、アメリカ、香港、シンガポールと、様々な地域において第一線で活躍する研究者にご協力いただけたことが本当に嬉しい。四〇年代の中華圏に関心を持つ全ての人に、この研究成果を届けたいと思う。

なお、翻訳原稿については、比較的長い訳注は原注とは別に〈　〉を付して章末にまとめ、単なる語注は［　］内に記して文中に挿入している。

編者代表　濱田麻矢

漂泊の叙事——一九四〇年代東アジアにおける分裂と接触　目次

第１部　世界史的視座から見た分裂の叙事

第1章　戦争の叙事と叙事の戦争

延安、金門、そしてその他

王徳威
（濱田麻矢訳）

戦争とは分裂の時代の最も重要な徴候である。「大分裂時代の叙事」は戦争叙事を避けることはできまい。一九四〇年代は抗日戦争の時期であり、占領区、大後方、ソビエト区、それに満洲国や植民地台湾が控えていた。日本が敗れた後、中国は内戦に陥る。一九四九年に共産党が大陸を占領して人民共和国を建て、国民党は台湾に撤退しながら民国体制を維持した。「二つの中国」という局面は今に到るまで続いている。

しかし、国共の間の戦争とは単なる内戦にとどまったわけではない。第二次大戦が終わったあと、東西列強は互いにだまし合い、戦争という脅威を借りて恐怖に満ちた均衡を築いた。早くも一九四五年に、『一九八四』の作者ジョージ・オーウェルは、「冷戦」（Cold War）が既に始まったと予言している。一九四六年、イギリスの首相チャーチルは、東西の「冷戦」の幕が切って落とされたと宣言した。[1]冷戦はその実冷たいものではなく、四、五〇年代のアジアでは国共の対峙以外に朝鮮戦争がおこり、インドシナ半島でも各種の軍事行動が大きな被害をもたらした。

たとえ中国を中心に「大分裂時代の叙事」を探ろうと考えたとしても、我々の眼差しは大陸と台湾にだけとどまっているわけにはいかない。このような観点は、往々にして単純な二項対立的な結論を産んでしまうことになる。中国を新たに世界地図の中に位置づけてこそ初めて、「大分裂」がもたらした影響をとらえ、そしてあの時代の戦争叙事の複雑な多元性を理解することができるだろう。

そこで、本論は二つの部分に分けて論じることとする。第一部は延安と金門に焦点をあてて、従来の定義による国共戦争における叙事学について討論する。前世紀中頃の延安は「革命の聖地」であり、金門は「反共の堡塁」であった。両地の意味は戦略上の地域であることを遥かに越えて、神話的な光芒を放ったのである。杜鵬程（一九二一～一九九一）の『保衛延安』（一九五四）、朱西寧（一九二七～一九九八）の『八二三注』（一九七九）はそれぞれ異なる角度から、延安と金門における防御戦を叙述している。しかし二作ともただ国共の戦争だけを書いているのではなく、テクスト及びイデオロギー内部の闘争までが描かれ、叙事の方法についても論難が及んでいて、どちらも深い感銘を与えるものだ。

本論第二部では視野を広げ、国共の戦争と戦争の叙事が、延安と金門を象徴的な座標とした以外に、さらにアジアのその他の地域へ波及していたことを論じる。五〇年代、張愛玲（一九二〇～一九九五）が香港に滞在し、米国情報局の援助のもとに朝鮮戦争を背景とした『赤地之恋』（一九五五）を書いたのはよく知られている例である。本論ではさらに以下のような創作に注意を向けたい。潘塁（一九二七～）の『静静的紅河』（原題『紅河恋』、一九五八）はベトナムの僑社青年が抗戦と内戦に参加した一部始終を追う。柏楊（一九二〇～二〇〇八）の『異域』（一九六一）はタイ・ビルマ・ラオスが国境を接する黄金の三角地帯における反共救国軍の興亡を描写した。金枝芒（一九一二〜一九八八）の『飢餓』（一九六一？）は華僑を中心としたマラヤ共産党が、ジャングルに分け入ってイギリス及びマレーシア政府と最後まで戦った様子を記録する。司馬桑敦（一九一八〜一九八一）が日本に客居していた時に完成させた『野馬伝』（一九五九）は、中国東北部における満洲国成立から共産革命前夜までの動揺を描く。これらの作家は故国を離れて執筆しており、大きな歴史が解体される時の証人となっただけでなく、自身のディアスポラとしての位置を理解しようと試みたのであった。

この二部を並べてみて、我々はようやく「大分裂時代」における「分裂」の持った意味を理解できることだろう。分裂とは主権から主権への異動、地理的及び心理的な激震をもたらした(2)。そして先鋭に対立する歴史観とひび割れだらけの「説法」が生み出され、意味系統の洗い直しを暗示したのである。更に重要なのは、これらの作家の多くは戦争の時代に直にさまざまな挫折を経験したということだ。テクストのレベルにおいても、彼らの作品には生命に直結する体験と伝記／伝奇との切り替えが頻繁に行われている。一体どうやって戦争を説き、分裂を検証するのか。戦争の叙事の別の一面こそが、叙事の戦争なのである。

一　延安を防衛し、金門を防衛する

一九四七年三月、国民党の将領胡宗南（一八九六〜一九六二）は蒋介石の命をうけ、数十万の大群を率いて延安を攻撃した。胡の部隊は最初は破竹の勢いで、三月十九日に延安を占領し、毛沢東は撤退を宣言したのである。あにはからんや、共産党の軍隊は撤退から転じて進軍し、陝西甘粛域に神出鬼没して連日攻撃をしかけてきた。胡の部隊は終始共産党軍の主力部隊を見つけだすことができず、腹心たちの裏切りによってますます不利となっていった。青化砭、羊馬河、蟠龍鎮での三度の戦役とその他の大小の衝突において、胡宗南の軍隊は連戦連敗、ついに一九四八年四月二十一日に延安から撤退したのである。

作家杜鵬程がこの史実を描いたのが『保衛延安』である。杜鵬程は陝北の農家の出身で、一九三八年に延安に移り、陝甘寧区域で文化報道事業に従事していた。延安防衛戦が始まると、彼は従軍記者として派遣され、直に大小の戦役を目撃することとなった。後日彼が言ったように、『保衛延安』には多く基づくところがあるので、フィクションとして片付けることはできない。杜の執筆は四〇年代末に始まり、一九五四年に完成を見て、共和国革命歴史小説の典範となった(3)。

『保衛延安』は共産党軍の主力縦隊であった英雄的な連隊を軸とし、青化砭、蟠龍鎮、沙家店などの戦役を主なストーリーラインとして、延安防衛戦のいきさつを描写している。小説の叙述はソビエト・ポーランド戦争の叙事スタイルを襲っているが、伝統的な語り物の演義からも着想を得ている。主要な登場人物である連隊長の周大勇は貧寒の出で、私心なく勇猛であり、人民英雄の模範といえる存在だ。そのほかの人物、例えば団政委の李誠、兵士王老虎なども、みな党に忠実な愛国者でないものはいない。小説の魂となる人物は彭徳懐（一八九八～一九七四）将軍である。彭はこのとき西北の王と称され、延安防御戦で負けが転じて勝ちとなったのには、彼が後方でたてた作戦こそが功を奏したと言えるだろう。綿密な準備の後に行動をとる将軍の気風によって、一度苦戦に陥った解放軍の戦士たちは大きく励まされたのだ。

しかし、これらの聖戦士達にとって、延安というこの革命聖地のために戦って犠牲になるほど偉大なことがあったろうか。一九三五年十月、紅軍は一年にわたる長征を経て西北の辺区にたどりつき、延安を根拠地とした。このごく小さな街が、それから歴史の地表に浮かび出て、中国の――そして世界の――左翼精神のよりどころとなったのである。一九四二年、毛沢東は延安文芸座談会で講話を行い、革命と群衆、戦争と文芸の関係の方向を定めた。その後「整風」運動が党内の汚染を粛清するモデルとなり、延安の気勢はますます盛んなものとなった。延安は中国共産革命の地理的政治的な中心であっただけでなく、歴史と神話の交差点でもあった。識者が指摘しているように、延安が奮い起こした「超」真実感は、イデオロギーの蜃気楼とでも言えるものであった。(4)

であってみれば、「延安防御」はもはや軍事的な任務ではなく、神聖な使命であった。杜鵬程によって、周大勇は超人のように描かれ、彼と兄弟たちは勇敢、堅固、叡智を一身に集めてひたすら献身的に尽くしてやまんとする。青化砭の戦いの後、後半部の九里山急襲から岔口の会戦のあたりになると、周大勇とその兄弟たちはどんどん勇ましくなる。小説のクライマックス、延安の奪回はすぐそこというところで、我々は周大勇が延安の入り口である労山を勇敢に進んで行くのを見届ける。まさに杜鵬程が暗示するように、革命の道路は長く険しく、周大勇たちの任務の重く遠いことは果てしがないのだ。

左翼文学には、元来このような「聖人伝」(hagiography)を講じるという伝統がある。夏済安は呉強(一九一〇〜一九九〇)の『紅日』(一九五七)を分析して、中国共産党の戦争小説にはあまりにも大勢の尋常ならぬ英雄が出現するために、「紙面を全て聖人が埋める」ことになり、英雄は珍しくもないものになってしまったと述べている。(5)夏済安の観察は『保衛延安』にも適用できるだろう。小説に登場する戦士たちはその筋骨を労せしめ、その体膚を餓えしめて、生死を共にし、鍋釜を一つにし、同じつぎはぎだらけの衣服をまとい、この上ない一体感を呈している。(6)杜鵬程はさらに委細もらさず、周大勇が細やかに傷ついた同志の手当をし、優しくいたわって何のこだわりもない様子を書き込んでいる。これらの英雄はみな六〇年代の雷鋒の前身と言えようが、ここではこれ以上立ち入らない。

しかし、叙事の戦争という角度から見ると、『保衛延安』が我々にもたらすのはどのような啓示だろうか。革命の聖地が失われ、また奪回された際の証人になることを、杜鵬程は畢生の大事とした。彼自身の言葉によれば、彼は大量の細かなインタビューと検証を行った後にようやく執筆を開始し、小説が出版される前にも何度も大幅な改訂を行ったという。[7] 一九五四年に『保衛延安』が世に問われると好評を博し、馮雪峰は「史詩」とまで評した。「その強烈ながらも統一された雰囲気の中に、その戦争に対する全面的ながらもめりはりの効いた描写の中に、かくも集中的に、鮮明に、生き生きと我々を揺り動かすのは、こうした革命戦争の容貌、雰囲気、わけてもその偉大な精神だったのだ。[8]」しかし『保衛延安』には明らかにまだ改善の余地があった。杜鵬程は一九五六、五八年に二度に渡って全面的な改訂を行った。ここまでしても、この小説は六〇年代には厄運を免れず、まず一九六三年に中国文化部によって発行禁止となり、一九六七年、文化大革命の時期には『人民日報』によって「反党の活きた標本」と指弾されてしまうことになるのだった。[9]

いったいなぜ、この「史詩」は十年もたたないうちに禁書になりさがってしまったのだろうか。『保衛延安』が引きずり下ろされたのは、革命基地としての延安が守られるべきか否かに関わらず、延安の政治的正確さが「いかに」守られるべきかというところにあっただろう。こうして、延安の防御戦は、軍事の戦場から叙事の戦場に移るのだ。小説の魂である彭徳懐は中国共産党の開国に関わった元勲の一人である。実のところ、杜鵬程が彭徳懐を描いたシーンは多くはないのだが、寥々たる描写によって、全局面を主動した彭の力量が明らかにされていた。このような叙事は一九五四年には当たり前のものだったが、一九五九年になると反党の陰謀と変じてしまう。周知の通り、彭徳懐の名声は余りに高くて、夙に毛沢東の猜疑を呼んでいたのだった。一九五九年の廬山会議で、時に国防部長だった彭は「大躍進」路線について毛沢東と衝突、ついに「彭、黄（克誠）、張（聞天）、周（小舟）」反党集団の元凶とされてしまう。更に奇怪なことに、着せられた罪名は「外国との密通」であった――もちろん、これは当時毛沢東とソ連が緊張関係にあったことに関連している。[10] 彭はこのあと、世を去るまでずっと勢いを取り戻すことはなかった。

彭徳懐の事件は杜鵬程を巻き添えにし、文革中は凄惨な目に遭うことになった。罪名はまさに『保衛延安』が反党反革命の目的を隠していたということであった。彭徳懐が開国史上から抹殺されねばならないなら、小説中の、彭元帥を崇拝する何千何百という戦士たちもみな舞台から降りねばならない。偉大な延安を党の叛徒たちが守るなど、あってはならないことだからだ。中国共産党の国家叙事が政治の闘争によって不断に修訂されるというのは新しい話題ではなく、インクと血は互いに混じり合っている。『保衛延安』の粛清は数ある事例の一つに過ぎない。しかしこの小説が正面から「延安」存亡の戦いを扱っているために、テクストの中と外との攻防がことのほかはっきりと際立つものになっている。今日この小説の批判史を読めば、以下のようなパラドックスに気づくだろう。つまり、本当に延安の神聖性を脅かしたものは胡宗南でも蒋介石でもなく、自党の上層にいる味方だったのである。

私は『保衛延安』は中国共産党革命の歴史叙事学にとって、より深い層における考証となると思っている。前述したように、この書は共産党による建国初期革命の歴史小説の典範とされる作品だった。こうした作品は共産党の闘士による一九四九年の開国前の勇敢な事跡を描写し、その描写を借りて歴史論述を行い、立国精神に焼き入れするものだ。『保衛延安』は革命聖地が「ほとんど」失われようとしている描写を通じて建国という過去の難業を詳しく語るだけでなく、革命未だ完成せずという危機感をも呼び起こそうとしていた。国家の過去を追想することは、国家の未来を確保する儀式でもあったのだ。しかし当時、共和国の歴史論述において、革命とは手段でもあったが、究極の信仰でもあった。革命という大業を為し終えないうちは、過去の「物語」はどれも語り終わることも、はっきり語ることもできなかったのである。(11)

革命の真相と革命の真理とが日々新しくなる以上、歴史における後見の明もまたそうである必要がある。『保衛延安』の辿った運命は偶然ではない。それはある革命歴史叙事における自己矛盾と分裂なのだ——歴史を回顧し、ある特定の時期、事件の意義に「定論」を与えようとするのと同時に、現実の、そして未来の変わりやすい風向きに合わせて不断に歴史を書き換え、ある特定の時期、事件の意義を先延ばしにしようとする。[12] 歴史とは先験であると同時に後設でもあるのだ。このようなナラティブのロジックのもとでは、杜鵬程の記述がどれほど誠実であろうとしても、革命という大業の虚々実々を掌握することは難しくなるし、イデオロギー上では延安防衛戦の犠牲にならざるを得なかったのである。

一九五八年八月二十三日、中国共産党の軍隊が台湾海峡上の金門島を砲撃した。[13] 六十四日間のうちに、四十七万の砲弾がこの面積百五十平方キロメートルに満たない小島に落とされたのである。国民党駐留軍九万二〇〇〇人はこの島を堅守し、ついには米国の第七艦隊が介入し、十月十五日、国共双方は暫時停戦した——しかしその後、二十年にわたって相互の砲撃は続いた。のちに八二三砲戦と呼ばれることになったこの戦争によって、「二つの中国」が台湾海峡を挟んで対峙するという局勢が確定したのである。金門は砲火の中でも屹然として揺るがなかったとして、「反共の前哨」と称された。

金門は共産党中国に属する角嶼から僅か一・八キロメートルの位置にあり、台湾本島からは二一〇キロ離れているのだから、戦略上大きな意味を持つことは言うまでもない。金門と廈門は一衣帯水の間柄であり、昔から華僑の郷であった。一九四九年に国共が分裂したあと、金門は因縁によって国民党軍が大陸に立ち向かう最前線になった。そして福建に属していたために、遷台後の国民党政権が法律上大陸と関係する最後の要地となったのである。

八二三砲戦がおこった原因には諸説がある。共産党政権が砲撃を発動した一番の原因は金門をせめとり、つぎに台湾を下して統一を完成することにあった。一九四九年に、共産党軍はすでに金門占領を企図していたのだが、古寧頭戦役で敢えなく敗退している。十年近くたって捲土重来したときには、国際時局には変化があった。朝鮮戦争以降、米軍第七艦隊は台湾海峡に配備され、冷戦の戦線を東アジア海域にまで拡大させて、中国への脅威となっていた。同時に毛沢東は、ソ連と西側諸国が和解することを恐れてもいた。つまりこの砲戦では、中国共産党が主権を拡張するために必要なカードを切ったのである。更に言えば、同年七月にイラクがバグダード条約を世に問い、中東の時局は緊張していた。共産党軍は故意に金門を攻めることで東西を呼応させ、英米の中東における力を牽制しようとはかったのである。当時中国共産党の方針を決めた人物はほかでもない、かつて延安を防衛した、時の国防大臣彭徳懐であった[14]。

いずれにせよ、金門砲戦は世界の時局と密接に関係しあっていた。国民党は大軍を派遣して防衛に当たらせたほか、金門の歴史的記号を管理することにも積極的であった。一九五一年冬、蔣介石は自らこの島に上陸し、「毋忘在莒」［莒にあることを忘れるな。春秋時代に由来する、「国土を回復せよ」という言い回し］と石に刻んで、金門を古典的中興史話に系譜付けた。古寧頭での大勝や料羅湾海戦などにもまた、弱き者が強き者を挫き、天地を転覆させるという意義が賦与された。各種のプロパガンダ文学が続々と出現したが、試みに瘂弦（一九三二～）の「金門之歌」を読んでみよう。

銃を磨き上げるようにこの新しい日々を磨き上げよう
剽悍に頑丈に、
我々は歴史の盛夏へと歩みいる
ヘルメットの中で哲学を煮詰め、
鉄条網の中で真理を摘み取るのだ。

照星のようにゆるぎなく、弾道のように燃え盛り
我々は女を待つように、祭の日を待つように
戦闘を待つ。(15)

しかし、八二三砲戦にまつわる小説はほとんど現れず、一九七九年に朱西寧『八二三注』が世に出るまでは空白のままだった。朱西寧は山東省臨朐の出身で、一九四八年に軍に従って台湾に渡り、一九七二年に退役している。朱が文学にめざめたのは少年時期のことで、とりわけ張愛玲作品の影響を受けており、また少年時期に杭州芸専で学んだ経験は、彼の美学的な信念を必然的に陶冶することになった。また家庭環境から、宗教（キリスト教）もまた、彼の創作の不可欠な要素となっていた。

早くも一九五二年に、朱西寧は反共を背景にした『たいまつの愛（大火炬的愛）』を書き上げ、瞬く間に「軍中作家」として知られるようになった――後に彼はこの呼び名に対して違和感を表明したのだけれども。朱が八二三砲戦に興味を持ったのは一九六五年に始まるが、創作の過程は困難を極め、二度にわたって四十万字にも達した原稿を破棄したことがあった。一九七一年に三度目の執筆にかかり、さらに五年近い歳月をかけてようやく完成させたのである。(16)その謹厳な姿勢は我々に杜鵬程を想起させるが、『保衛延安』に比べ、『八二三注』の創作哲学はなんと異なっていることだろうか。

『八二三注』の物語は一九五八年七月に始まる。野戦部隊の若い少尉排長、黄炎は、四人の百戦錬磨の老班長と共に、大陸籍の老兵と台湾籍の新兵の混成部隊に交じって列車にのり、未だ見ぬ未来に向かっていた。黄炎は官立学校を卒業したばかりの将軍の子であるが、下積みから叩き上げられる道を選んだのだ。彼は歩兵たちと金門にやってきて砲火の戦地生活を経験し、やがて真の軍人に成長してゆく。

我々はまだ『保衛延安』の周大勇が農村からやってきた孤児であり、党のため国のため、一心に犠牲になろうと奮闘していたことを覚えている。比べてみると、『八二三注』の黄炎は意識的に父親の影から抜け出し、生き直そうとしている。『保衛延安』には一戦また一戦と、力と力がぶつかりあう戦闘場面が氾濫しているが、『八二三注』は銃弾が雨霰と降って来るシーンですらも、他に企むところがあって描かれているかのようだ。たしかに、朱西寧描く金門防衛戦は台湾の存亡に関わるのだが、ここには誇張された官僚的イデオロギーや、戦争描写のステレオタイプは見られない。朱にとって、いわゆる戦争とは「戈を止めるのを武と為し」、「戦を以て兵を練る」戦争であり、いわゆる平和とは「大難にあたって、どのように自他ともに驚かずにおれるか」という平和であった。

『八二三注』の後記において、朱西寧は戦争小説の紋切り型にはおさまらないようにしたい、と再三述べている。彼が追求したのは「イメージ」であり、「自然でしかも客観的な」表現であった[17]。共産党のやり方を回顧して、朱はその「短気で、わざとらしく緊張してみせる」という欠点を指摘している。そして『八二三注』の原稿を廃棄した際、彼は「自身の短気さを見出した」と内省したという。本当の戦争小説とは、決して弾丸の雨がふる描写で事足れりというものではない。乱の中に序があり、平淡の中に「自然」がなければならないのだ[18]。『保衛延安』の史詩的な構造に対して、『八二三注』は故意に「叙情」的戦争を描き出した。そしてだからこそ、共産党のような短気さは無形のうちに雲散してしまうのであり、朱はこれこそが共産党に対する最大の勝利であると考えたのだ。

朱の叙事戦略は、あるいは「精神的勝利法」のそしりを免れないかもしれないが、それには自ずと由来がある。大いに「変に処して動じざる」「性情の真実」を語っていた時、その根拠は胡蘭成にあったに違いない。胡蘭成は抗戦期間中には汪傀儡政権に参与し、戦後は日本に亡命して右翼と交流していた。朱西寧はもともと張愛玲を崇拝していたので、そこから張の前夫である胡蘭成に惹付けられたのである。胡蘭成が一九七四年から七六年にかけて台湾にいた間、朱は胡を貴賓として仕え、その学説を直に学んだ。胡から、朱は反共とは愛国と同じではないという結論を得るに至り、反共の真諦とは「民族愛」と「混じりけない純粋な中国」への憧憬であると考えるに至ったのである。朱は胡蘭成から「危険にたじろぐ」心を「美しさに震える」心に転換する術を学び、金門防衛戦の描写に注ぎ込んだ。こうして、八二三の満天の砲火は満天の花となった。連日の烽火もまた、「見渡す限り物静かに悠然としていて、文風動かざる」[19]、一種「自然の」風光となったのである。[20]

『八二三注』は胡蘭成式の明媚な「正気」に呼応したものだが、これは架空のものであり、全ての戦争作品が触れざるを得ない暴力と無明について真摯に問おうとするものではなかった。[21]この、火気を消し去ろうという立意のもとにかかれた戦争小説もまた、台湾の軍人文学における転換点となったのである。小説が出版されたのは一九七九年、この時八二三砲戦はすでに二十一年も昔のことになっており、国民党が台湾に撤退してからすでに三十年が経過していた。時が過ぎ国境も遷った。時間こそがこの小説の最後の敵となったのである。

ここで、小説におけるある対話から、弦外の音を聞き取ってみよう。金門に視察にやってきた最高統帥――蒋介石――が、小説中の剛毅な人物（邵家聖）を下問する場面である。

統帥は彼に呼びかけた。「部隊が今……一番必要としているものは何か?」
その質問は、わけも無く彼を戦慄させた。
車は減速し、ゆっくりと銅像の立つロータリーを回る。「戦争です。」彼は言った。「部隊が戦争をしなければ、万病がはびこります。」……「なるほど、よくわかった……」彼はそう聞いたように思った。[22]

行われるべきだった戦争はついに起こらなかった。八二三砲戦とは、実に一つの「注」にしか過ぎなかったのである。朱西寧の小説もまた、八二三砲戦の「注」、しかも遅れてきた「注」であった。時間は流れ、肉体は衰え、両岸で戦争を発動した「偉人」たちももうすでにいない。『八二三注』の後、我々が読んだのは眷村（軍人村）子弟の文学であり、老兵の文学であった。[23]

我々はさらにもう一つの注を施すべきかもしれない。一九七九年一月一日、中華人民共和国と米国は正式に外交関係を結び、国防大臣の徐向前が『大小金門島等の島嶼における砲撃を停止する声明』を発表した。[24]これによってようやく我々は、金門の砲戦とは一時停戦のあとも二十一年間続いていたこと、驚天動地の決戦は、懸案のまま解決されない延長戦に入っていたことに気づいたのである。そして米中の国交が締結する十日前（一九七八年十二月二十二日）、中国共産党第十一期三中全会は彭徳懐の名誉回復を決めた。前述の如く、彭徳懐は延安防衛戦と金門防衛戦におけるキーパーソンであった。彼は八二三砲撃の主要な指揮者だったが、翌年には失脚して、延安防衛戦の反動分子として貶められている。彭の最後の十五年は迫害と恥辱にまみれており、一九七四年に恨みをはらすことなく世を去った。延安、そして金門はすでに遠く、彭の名誉回復は、千変万化する国共内戦及び冷戦の叙事に遅れてやってきた正義の――あるいは諷刺の一筆を添えたに過ぎなかった。

二　延安と金門以外で描く

「延安防衛」から「金門防衛」に至る十年間において、中国及び国際の時局には大きな変動があった。一九四九年に中華人民共和国が成立し、国民党政権は台湾に退いた。同じ頃、北大西洋条約機構（ＮＡＴＯ、一九四九〜）とワルシャワ条約機構（一九五五〜一九九一）が成立し、米ソのヘゲモニーの下、民主と共産という陣営が儼然と世界を二つに分けた——冷戦構造はこのように形成されたのである。八二三砲戦の原因と結果が世界の注目するところとなったのも、それが国共の消長に関わるのみならず、東西二大陣営の利害関係に影響するからであった。「大分裂時代」は分裂といいながら、各国政権は今までないほどに密接に関連しあい、往々にして一触即発の事態となったのである。以前のような世界大戦は隠然として起こらなかったものの、局地的な烽火は止むことがなかった。

このような視野のもとで国共内戦を見た時、我々は「分裂」とは台湾海峡だけに起こったのではなく、分裂の叙事もまたこの二つの政権の対立だけに限られるべきではないことを理解できるだろう。もしかしたら、国共双方における歴史の大きな物語はこの時期の紛争を簡略化してしまっているかもしれないが、作家が不在だったわけではない。延安と金門以外に、作家たちはこの世代の中国人が多重に分裂してゆく経験を描き、人々の心を揺り動かしたのである。

もしも「大分裂時代の叙事」を広義におけるアジアの地理とイデオロギーの範疇で語るならば、それは少なくとも以下の三つの方面にわたるだろう。一つ目に、大陸と台湾以外に、朝鮮半島から雲南・ビルマ・タイの国境に至るまで、そしてマレーシア山岳地帯からメコン川流域に至るまで、国民党と共産党の延長上にある戦争の叙事、あるいは叙事の戦争が持続して発生した。そして「戦区」が移動していったために、その地における左右それぞれの勢力はさまざまな衝突を生んだのである。テクストの内側、あるいは外側に形成された空間における政治は、一方で大陸や台湾と遥かに呼応しているように見えつつも、一方では意外な展開を生み、散り散りばらばらな局面を導いた。

二つ目に、地縁の関係が非常に不安定だったために、華語作家と彼らが描いた人物たちの経験する試練は往々にして民族や文化を超越するものとなった。彼らは故郷を遠く離れ、或る者は海辺を転々とし、或る者は「異域」に深く入り込んでいった。そこから展開する動線と眼差しは、自ずから大中国を――左右を問わず――中心とするディアスポラの物語とは大きく異なる様相を見せることとなった。

三つ目に、まさにこれらの作家や彼らの描いた人物が、国共がそれぞれ防衛して来た地理的・政治的空間の制限を完全には受けていないために、彼らの作品には国家へのアイデンティティや政治へのビジョン、さらにはディアスポラという立場への理解に相当な差異が見られるということである。身を落ち着け、心を拠らしむべきセイフティネットを持たないので、彼らの漂泊はどこか虚無的な色彩を帯びており、彼らの努力にも、どうしても「でたらめな英雄〔荒謬英雄。マレーシア出身の中国語歌手曹格の歌の名〕」の行く道を連想してしまう。長い時間が経った後、我々はしだいにこのような叙事の「分裂」性そのものが、我々に個人と国家の間の非必然的な関係を思考するための鋭い角度を与えてくれることに気づくことになったのだ。

四、五〇年代の香港作家を例に挙げて見よう。この時香港はイギリスの植民地ではあったが、国共双方のプロパガンダ文学が激戦した地であった。一九四七、四八年に茅盾、郭沫若、林黙涵、邵荃麟などの左翼文人が香港で『大衆文芸叢刊』などを出版し、内地での戦争に少なからぬ波乱を巻き起こした。一九四九年の後、これらの左派文人の多くは北へ帰っていったが、同時に共産党を拒絶する多くの「南来文人」が香港へやってきたのである。彼らは過去の苦しみを見つめ、新政権に対する流亡者の訴えを描き出した。こうして、我々は左翼では黄谷柳（一九〇八～一九七七）の『蝦球伝』（一九四八）、唐人（一九一九～一九八一）の『金陵春夢』（一九五五）など、そして、右翼では趙滋藩（一九二四～一九八六）の『半下流社会』（一九五三）、南郭（一九一四～一九九七）の『紅朝魔影』（一九五五）といった作品がひしめき合うのを目にすることになった。[25]

最も注意すべき現象の一つは張愛玲である。抗戦初期、張は香港大学に学んでおり、真珠湾攻撃以降に中退して上海で売文稼業を始めたところ、一挙に名を知られるようになった。一九五二年、張は再び香港に渡り、米国情報局の援助のもとで『秧歌』と『赤地之恋』を出版、二編の小説はどちらも冷戦下に生まれた文学作品であった。しかし張愛玲はもともと国家、民族、政治、革命といった話題を敬して遠ざけており、彼女が反共文学を書いたというのも、「歴史の誤解」としか言いようがなかった。しかしたとえそうだとしても、張愛玲の犬儒的立場には、一種の深い共感と好奇心が湛えられていた。彼女は、イデオロギーの戦場と人生の戦場にかくも救いがない時に、人々はどうやって代価を求めずに戦い続けることができるのかを探ろうとしたのである。

ここで討論する焦点は『赤地之恋』である。この小説には中国共産党の内戦、土地改革、三反（反汚職、反浪費、反官僚主義）運動、そして朝鮮戦争までの重要な事件が詰め込まれているからだ。小説の主人公、劉荃は革命に共感する大学生である。新中国建立後、彼は土地改革の血腥さと都市における三反運動の権力闘争を目の当たりにし、革命への認識に動揺が生じる。同時に彼は初恋の相手とある女性幹部からの誘惑の間で徘徊し、身動きがとれなくなってしまう。やがて彼は敵に陥れられて下獄し、志願兵となって朝鮮戦争の前線へ出向いていくのであった。

朝鮮戦争は中国共産党が建国して以来初めての激戦であり、グローバルな冷戦の始まりを告げた戦争でもあった。直接戦うのは韓国と朝鮮であったが、幕の後ろで糸を引いているのはアメリカとソ連である。参戦した国のうち、中国共産党の損失が最も壮烈なものであったし、中国共産党は志願軍が朝鮮人民のためにどのように奮戦したのか、余すところなく宣伝するよう勧めた。魏巍（一九二〇～一九九四）の散文『誰是最可愛的人』（一九五一）、楊朔（一九一三～一九六八）と路翎（一九二三～一九九四）の小説『三千里江山』（一九五三）、『窪地上的戦役』（一九五四）はどちらも人口に膾炙した作品である。張愛玲の朝鮮戦争叙事はおそらくこれらの紅色創作に対しての反動であり、反共という重責を負ったものだ。しかし彼女の小説のクライマックスは、読んでみるとアンチクライマックスのようである。『赤地之恋』で、劉荃は権力闘争と恋愛競争で敗れ去り、もはやそれ以上失うものを持っていない。彼は「志願」して朝鮮戦争に行くのだが、それは偉大な呼びかけに呼応したというよりも、何もかも終わりにしてしまうための口実を探し当てたに過ぎない。ちょうど『傾城之恋』で、香港の陥落が白流蘇の愛情を成就させたのと同じように、朝鮮戦争はまるで劉荃の為に起きたかのようだ。何千何万という人々の死傷は、全て一人の人間が情死するためのものだったのだ。張愛玲の描いた劉荃は最も利己的な戦士である。

問題は、このような落後者が反共小説のラストを飾れるのかということだ。劉荃は戦場で死にたいと願ったのに生き延びてしまった。彼は米軍の捕虜になったあと、台湾に渡ることを拒否し、中国大陸に戻ることを選ぶ。張愛玲の記述によれば、劉荃のこの挙動の目的は内部から共産党政権を転覆させることにあった。「彼のような人間が彼らの間にいる限り、共産党は永遠に安心できないのだ。」(26) これこそ『赤地之恋』中で最も赤裸裸な政治宣伝に違いない。しかし劉荃が中国に戻る動機とは、彼が朝鮮に向かうことを志願したのと同様に曖昧ではないだろうか。張愛玲は我々に答案をくれてはいない。しかし劉荃の特に優れているわけではない革命の記録からすれば、我々は劉荃がいきなり変身し、地下に潜伏して積極的に反共工作を行うとはとても信じられないのである。

張愛玲は政治に対して一貫して無関心であったが、非常事態にあって、イギリスの植民地にてアメリカ冷戦構造のために朝鮮戦争の小説を書いたわけだ。これはしかたない選択だったのだろうか、それとも他に意図するところがあったのだろうか。このような創作の過程そのものがすでに『赤地之恋』における自己分裂の叙事の根本的な徴候である。一九五五年、張愛玲は香港を離れて渡米し、その後二度と中国に戻ることはなかった。しかし彼女は劉荃を中国に送り返したのである。劉荃はもしかしたら彼女の願い通りに地下に潜伏したかもしれない。しかしせいぜい、彼は最後のプチブルとしての感慨を反芻しながら「一歩一歩、光のないところへ歩みよっていく」[張愛玲の代表作『金鎖記』の一節]しかあるまい。その意味から言えば、劉荃は張愛玲の代わりに中国へ戻り、最も不可能に近い任務を遂行したのかもしれない――個人主義を以て社会主義を異化し、頽廃によって反共たりえようとしたのだ。

つまるところ香港や張愛玲は、我々が冷戦時代のイデオロギー文学と文化生産について討論するときよく出会う課題だ。しかしアジアの他の地域において、作家たちが戦争、文学、叙事の間を転々と冒険した際の経験は、張愛玲の境遇に勝るとも劣らないものがある。以下に四つの例——潘壘、司馬桑敦、柏楊、金枝芒——を挙げて、未来の研究のためのきっかけを作ってみよう。

潘壘は台湾の四、五〇年代に最も多産だった反共文学作家の一人であるが、今その名を知る人は多くないだろう。一般に、潘壘が注目されるのは彼の多芸多才の所以である。彼は矢継ぎ早に小説を創作しただけでなく、台湾、香港で知られた映画監督でもあった。しかし我々は、彼の初期創作に反映された、強烈な個人的背景をないがしろにするべきではない。潘壘は一九二七年にベトナムハイフォンの混血家庭（父は広東出身で孫文の革命活動に参加した経験があり、母はフランスとベトナムの混血であった）に生まれた。一九四〇年、日本軍がインドシナに侵攻してきた際、フランスの植民地政権は散々に敗退を喫していたので、十七歳の潘壘は父の命により、中国雲南に学んだのである。一九四二年、彼は「十万青年十万軍」〔当時の国民党政府が若者に従軍を呼びかけたスローガン〕という呼びかけに応じて学業を中断して従軍し、インド、ビルマに遠征した。抗日勝利後に潘壘はハイフォンに戻ったが、第一次インドシナ戦争が勃発したために再び中国へ戻ったのである。一九四九年、国民党政権に従って台湾へ移っている。

これは、潘壘の冒険的事業にとって折り返しに過ぎなかった。一九四九年十月、彼は一人で『宝島文芸』を創刊したが、これは国民党が台湾に撤退して以降初めての大型文学刊行物であった。同時にまた、彼は小説の創作も始めた。一九五二年、まさに事業が軌道にのったその時に彼は一切を放棄し、自ら雲南・ビルマ・タイの国境に赴いて李彌（一九〇二～一九七三）将軍の軍隊――後に柏楊が『異域』で描いた孤軍である――に追随し、反共ゲリラ隊に参加したのであった。その後、ビルマが連合国に控訴したために李彌は台湾へ帰らざるを得なくなり、潘壘もそれにしたがって彼の二度目の軍隊生涯を終えた。(27)『静静的紅河』、『上等兵』といった潘壘の小説は、どれもこの従軍経験を直接描いたものである。

小説『静静的紅河』の主人公、范聖珂は中国・フランス・ベトナムの血が交じった家に生まれた。日本軍が仏領植民地のベトナムを占領したのち、范は中国にわたって中国遠征軍に参加する。抗日勝利の後に故郷へ帰るが、ベトナムの反植民地戦争に巻き込まれ、左翼の活動分子となった。しかし双方が流血して衝突した後、范は植民地勢力の間抜けぶりと、共産党の暴力と虚偽には大差がないことを見抜く。彼は最後に逃亡して紅河に躍り込み、「自分の体を流れる水に任せたのであった。(28)」

公式化した読み方によれば、『静静的紅河』はナショナリティを発揚し、共産革命を告発するというテーマを生き生きと打ち出した作品だということになる。あるいは潘壘自身もそのように思っているかもしれない。しかしテクストを精読したとき、我々は問わずにはいられないだろう。この小説では、いったいどの民族に対する愛が発揚されているのだろうか。どこの共産党暴政にたいする告発なのだろうか。「華僑」作家として、なるほど潘壘は中国に強烈な帰属感を持っているけれども、彼の生まれた土地をも忘れてはいない。この小説はベトナムに始まり、ベトナムで終わる。中国に比して、ベトナムの地位は決してひけをとるものではない。范の二重のアイデンティティ、二重のこだわりこそが、この小説を大いに価値あるものにしているのである。

小説の冒頭で、范が自分の混血という身分に困惑しているのを見逃すわけにはいかない。父の影響のもと、中国を選んだ彼は、従軍して抗日戦争にまで参加し、国のために犠牲になろうとしていた。しかし范の戦場はビルマでありインドであり、彼が守ろうとしているのは、ビルマやインドで気息奄々のイギリス植民地勢力でもある。

戦後の范は軍隊を離れるが、彼が対峙したのは満身創痍の中国社会であり、どこにも受け入れられない彼はほぼ遊民と化す。そのとき、かれは故郷における戦争にこそ献身すべき価値があると発見するのだ。

彼はこの不幸なベトナム人民同様、紅河の側で成長した子供なのだ。彼の愛はここにある…自由のために、この七五年に渡って搾取されてきた気の毒なベトナム人民のために、彼は痛切に自分に向かって誓った。「俺の血は、ベトナムの独立と自由のために流す。[29]」

こうしてハイフォンに戻ると、彼はベトナム独立同盟会――ベトミンに加入するのである。

愛国、反共の旗印のもとで、『静静的紅河』が描いた国際政治地理は、読者にないがしろにされてきた。潘壘は彼の主人公を（彼自身と同じように）ハイフォン、ハノイから昆明、マンダレーと動かし、さらにカチン、ミッチーナー、ラムガーにまで転戦したのちに上海へ戻らせ、北京、南京、ハイフォンと渡り歩かせた。彼の敵、あるいは同志には、中国人のほかにベトナム人、日本人、ビルマ人、インド人、イギリス人、フランス人がいる。このように国を跨ぎ越えた動線や視野は、一般の中国を中心とした抗日小説あるいは国共内戦小説ではほとんど見られないものだ。だからこそ、『静静的紅河』を安易に類型的な反共小説と見做すべきではないだろう。

ベトナム独立同盟会はホー・チミンによって一九四一年に創立された。一九四五年に日本が投降したのち、ベトミンは武装蜂起し、（フランスが支持した）グェン王朝を倒してベトナム民主共和国を成立させる。一九四六年、フランス植民地勢力が捲土重来、激しい衝突の後ベトミンはジャングルに退いた。『静静的紅河』の後半が叙述するのはこの戦争である。潘壘は後記において、自分が直接関わったハイフォンの防衛戦とベトミン撤退の混乱も、自分が『静静的紅河』を執筆する動機となったと述べている。[30]反植民地主義という立場にたって、潘壘は彼の登場人物と同じく統一戦線に参加した。しかし彼は自分の描いた范聖珂のように左派に身を投じようとはせず、第一次インドシナ戦争に参加したのである。彼は中国に回帰することを選んだのだ。

「反帝国主義」、「反植民地主義」とは一貫して左翼の言説に属していたが、潘壘の小説はその中間にある惑いを描く。明らかに、潘は共産主義革命がいかに偉大なものであるとしても、それだけが真理となるようにロマンチックに描く必要はないと考えていた。革命の目的論を別の面から見れば、しばしば目的に達するために手段を選ばないマキャベリズムとなる。范聖珂と同志の間に矛盾が生じたとき、粛正されたというシーンからその一斑を見ることができるだろう。小説の最後に、范聖珂が紅河に飛び込む描写を借りて、潘壘は彼が自由に向かって泳ぎ、ベトナムの植民地勢力と共産主義勢力によるしがらみから脱出したのだと宣言している。

このような結末はみたところ無難なようだが、ここには時間という哲理が隠されている。范聖珂が紅河に飛び込んだのは一九四六年、潘壘自身が再度ベトナムを離れたのと同じ年だ。張愛玲『赤地之恋』の結末と合わせて読んだとき、こう考えることが出来よう。范がもし生き残ったとしたら、（潘壘のように）また中国に戻ることがあるだろうか。一九四六年の中国の局勢はすでに不穏になっており、范が戻ったとしても恐らくは国共内戦に巻き込まれ、彼が身を投げ出した「自由」はやはり水の泡と消えたに違いない。潘壘が『静静的紅河』をようやく書き終えたのは一九五二年のことで、国民党が台湾に撤退してすでに三年が経っていた。自分の経歴を思えば、潘は主人公に定められていた運命を知らないはずがなかったのである。

潘壘小説の潜在的なテクストは、民族と個人の「二次被害」の物語である。つまり、彼が銘記した国共内戦とインドシナ戦争の叙事は互いに表裏をなしており、彼は生まれ故郷と民族の故郷との間の二重のジレンマに陥ることになるのだ。二度の戦争にはそれぞれの原因があるが、国際的な大局の牽制のもとで有機的に連関しあう。潘壘（あるいは范聖珂）が「華僑」という身分で二つの戦争をくぐり抜けるのは、その関連性を巧妙にあばいたものだと言える。『静静的紅河』の結末は、さらに大きな傷を潜ませている。一九五四年、ディエンビエンフーの戦いが終息してフランスはインドシナ半島から撤退した。ベトナムは北緯十七度を境界として南北ベトナムに分かれたが、その黒幕はアメリカ、ソ連と中国共産党であった。ベトナムの次なる災厄は、やっと始まったばかりだったのである。

ここで我々は、インドシナ半島から東北アジアに眼差しを向けよう。一九五七年、東京に僑居していた司馬桑敦は彼の小説『野馬伝』の完成に心血を注いでいた。この小説は一九三〇年代から四〇年代までの中国東北部の変遷を叙述したものである。満洲事変（一九三一）、満洲国の興亡（一九三二～一九四五）、戦後のソ連と国民党による侵攻、四平街防衛戦（一九四六）、そして東北の陥落。物語は、ある気の強い少女、小霞を経糸とし、彼女の個人的な経歴から――恋愛の縺れ、共産党への加入、そして最後に粛正されるまで――ある波瀾万丈の時代を描きだすものだ。

司馬桑敦（本名王光逖）は吉林の出身で、日本とは複雑な関係があった。満洲事変の年、十三歳だった司馬桑敦はすでに亡国の恨みを感じ、翌年には嫩江で抗日義勇軍に参加している。しかし彼はまた中国東北部における日本の――とくに満洲国時期の――文化、教育の影響をうけており、一九四〇年には東京に赴いて「東亜操觚者懇談会」に出席している。と同時に、司馬桑敦は左翼読書会、抗日宣伝及びゲリラ活動にも参与していて、左翼内部の闘争の悲惨な結末を目睹していた。[31] 一九四一年の末、彼は「ハルビン左翼文学事件」によって逮捕されて入獄、三年七ヶ月にわたって監禁された。この経歴が彼の人生観に深甚な影響を及ぼした。まさに彼が言う通り、「私には青春時代がなかった。二四歳からの、ぐんぐん伸びてゆくべき青春の時代を、真っ暗な壁に囲まれた牢獄の中で過ごしたのである。[32]」

しかし、司馬桑敦と日本との関係は、後にはより密接なものになっていった。一九四九年、司馬は国民党政権にしたがって台湾にゆき、海軍軍校の教官となった。一九五四年、彼は『聯合報』の派遣によって日本にわたり、特派員記者として二十三年を過ごし、「日本通」として知られるようになる。そして日本の客観的な環境が、司馬の文学創作を可能にしたのだった。『野馬伝』は彼の代表作である。

『野馬伝』の構想は一九四九年に始まる。一九五四年、日本に渡る前に、司馬桑敦は既に五章を完成させていた。一九五七年、司馬は香港の文化人、胡越の要望に応えて『野馬伝』の執筆を継続し、胡が編集する『祖国週刊』に連載した。一九五九年に『野馬伝』の連載が終わると、友聯出版社から単行本を出している(33)。周知の通り、友聯は米国情報局の援助を受けており、当時の香港における右派の重要な文化機構であった。『野馬伝』が友聯から出版されたのも、この小説が冷戦におけるプロパガンダ文学という使命を負っていたことを示している。しかし不思議なことに、小説は台湾では全く違う境遇をたどった。一九六一年、司馬桑敦は小説に手を入れて台湾で出版する予定であった。一九六六年に改稿を終え、時に『文星雑誌』の編集長であった蕭孟は『野馬伝』を高く評価して、翌年司馬が自費出版するのを援助した。しかしこの本は上梓されて半年も経たないうちに禁書とされてしまったのである(34)。

今日の視点からいえば、『野馬伝』は一人の東北女性が共産革命に参加したのちに自業自得の目にあうという堕落史であり、テーマとして正確ではないとは言えないはずなのに、なぜ発禁の憂き目にあったのか。小説中の牟小霞は芝居小屋の出身で、何にも束縛されない性格の持ち主である。満洲国時代、彼女はある商人の妾になるよう強要されるが、もちろん言うことをきかなかった。山東にやってきた彼女は、各派の人士と渡り合い、さまざまな浮き名を流す。そして革命に参加するのだが、規律に従うことができない。彼女のヒューマニズムは、リーダーにとっては見逃すことのできないものだった。公私にわたって、牟は手綱から脱して野生に帰った馬のような存在であって、その末路は推して知るべしであった。我々は最後に彼女が捉えられて審判を待っている場面に立ち会うが、その時解放軍は既に東北の一部を飲み込んでいたのである。

この『野馬伝』と五〇年代に一世を風靡した潘人木（一九一九〜二〇〇五）の『漣漪表妹』（一九五二）とを比べると、何か手がかりが得られるかもしれない[35]。二編はどちらも若いヒロインがその個性によって革命と情欲との誘惑に打ち克てずに共産党に身を投じるものの、無惨に代価を支払わされるという物語である。異なるのは、潘人木の作品は相対的に客観的な叙事を用いて漣漪の思想と行動を評していることだ。司馬桑敦のほうは牟小霞の一人称視点を使って、彼女の前半生の曲折を自己分析させているが、欲望についての言いにくいところまで全く包み隠そうとしていない。牟小霞の独白は懺悔録として成立しうるので、昨日の過ちを今日改めるといった道徳的教訓に仕立てることもできたはずだ。しかし実際はそうではなく、自らの誤りを述べてはいるものの、彼女は未来に対して何の肯定的な答えも導きだしていない。反共小説の公式に従うならば、「本当に」がらりと態度を変えて悔悟しないかぎり、救済を語ることはできないのだ。さらに、彼女は国民党、共産党、及びその他の戦力が、抗日勝利後の東北で起こした曖昧で混乱した現象について言及してしまっているのである[36]。

私は『野馬伝』が問題とされたのは、司馬桑敦が共産党の、あるいは国民党の誰が是で誰が非か、ということに縛られず、彼が自分で言うところの「歴史的〝原罪〟意識」を探ろうとし始めたところにあったのではないかと思う。例えば彼は自序においてこのように言っている。

私はずっとこのように考えてきた。このような巨大な歴史の災いの中で、私、そしてわたしの友人はもちろん罪無くして害をうけてきたのだ。しかし、歴史中の人物として何らかの歴史的責任を負うならば、私、そして私の友人は、なんとしても人を苦しませ、無辜の人を陥れた人物ということになるだろう[37]。

五、六〇年代の言語環境からいえば、このような「歴史的原罪」説は人目を引くものだった。国共の争いは、正義と邪悪、天国と地獄の争いでなければならなかったからだ。しかし司馬の言い方は、「国家の興亡には人々みな責有り」という昔ながらの言い回しとなってしまい、我々「みな」が歴史の受難者であると同時に、歴史の災難に対して責任を負わねばならぬという、矛盾にみちた注釈となったのだった。(38)

司馬桑敦の「原罪」は、淡い宗教的な暗示があるものの、むしろ張灝教授の言うところの「かすかな意識」、文明の奥深いところからやってくる憂慮、歴史の無明状態に対峙したときの警戒と恐懼を想起させる。(39)司馬桑敦は、東北及び東北人の宿命について、言葉にせざるを得ない衝動にかられていた。関内［満洲国以外の中国］と関外［満洲国］との溝、日本人やロシア人による侵略、満洲国の幻想と陥落、国民党と共産党との衝突。すべて『野馬伝』から振り払うことのできない陰影である。司馬の若い頃の経験も、もちろんその態度に影響している。彼は牟小霞の冒険と挫折を描いたが、彼「こそ」が牟小霞と同じく歴史の奔流の中で七転八倒してきたのではなかったか。他の作品（たとえば『高麗狼』(40)）において、司馬桑敦は更にこのような戸惑いと鬱屈を、玉石共に焚かんという暴力的衝動に変えていったのである。

さらに『野馬伝』の示した困難は、ある人物が世の移り変わりに身を置いたとき、どのように身を処すべきなのかという難題に関わっている。国共が対峙していた年代、双方共に忙しく反攻／革命という光明に満ちた命題を宣伝していた。しかし司馬桑敦は一人日本にいた。万事につけ寂寞を感じる中で、(41)彼は自分の歴史的原罪と「かすかな意識」を書いたのである。日本こそは彼の年少時にトラウマを負わせた場所であったが、後日には彼が傷を庇う避難所となったのだった。『野馬伝』に展開されているのはある流亡作家の半生の精神史だが、これはたやすく両岸の思想闘争に回収できるものではない。

一九六〇年代に入ろう。一九六〇年、台湾『自立晩報』で、『血戦異域十一年』という連載が始まった。この連載は翌年に『異域』という名で出版されている。『異域』の背景は一九四九年末に六万の国民党軍が雲南元江の戦いで大敗を喫してのち、二個の師団がビルマに転進していったことに始まる。この軍隊は当時千余人しかいなかったのだが、李彌将軍の統率のもとに成長し、一九五一年には二万人近くの「反共救国軍」となった。

この軍隊は台湾の三倍に及ぶ土地を占領し、二度にわたってビルマ軍と戦い、一度は雲南に攻め入って中国共産党を苛立たせせた。遂に中国とビルマの両国は国連に訴え、米、中、ビルマ、タイ四カ国会議の折衝を経て、国民党軍は一九五三年七月八日に撤退を宣言、李彌部隊は帰台した。しかし〝反共救国軍〟の多くの戦士は雲南とビルマの国境を守ると誓いをたてていた。彼らにしてみれば、すでにこれほどの代価を払ったのに、軽々しく持ち場を離れることなどできなかった。このまま守りにつき、死して後やまんと願ったのである。「我々は誰かのために反共なのではない、我々自身のために反共なのだ。」[42]

『異域』の作者鄧克保こそは、一九五四年に雲南ビルマ国境から撤退することを拒んだ孤軍の中の一人だった。さらに言うと、鄧克保とは作者の本名ではなく、彼の戦死した同胞の名前である。『異域』は書き終えられていないとも言われている。一九五四年以降、雲南ビルマ国境に残った孤軍はもはや国民党の管轄するものではなくなった。彼らの生死とその悲壮な事跡について、外界は情報を待ち望んでいた。そして〝鄧克保〟のその後も読者の最大の懸念となっていたのである。

『異域』は出版されると台湾文学のベストセラーとなり、九〇年代初期には百万冊を売り上げた。台湾の読者は長年の〝反攻プロパガンダ〟教育を受けており、生半可なことでは心を動かされない。しかし『異域』が多くの人々を感動させたのは、台湾から千里も離れたところで、〝反共救国軍〟が万丈の山、千尋の谷を駆け回っていたことだ。瘴癘の地にいて強敵に囲まれているというのに、彼らは恨み言や後悔を口にすることはない。「我々が戦死すれば、草木と共に朽ち果てる。我々が勝てば故郷に帰る。ただそれだけのことだ。[43]」当時の「反攻必勝」スローガンの大合唱に比べ、異域における孤軍の不可能と知りながらの戦いは、人々を粛然とさせたのである。

保守的な角度から見てみよう。鄧克保が伝統中国の〝遺民〟、〝義軍〟論述を解釈している部分は非常に人の心を動かす。新中国が成立し、国民党がちょうど台湾で安定した勢力を得ようと努力しているときに、〝反共救国軍〟は雲南ビルマの国境に退き、〝遥かに海外で正朔を奉りて〟、いつかは中原に帰らんという悲願を抱いていたのだ。これが泣かずにいられようか。しかしながら、私が他の場所ですでに指摘したように、〝遺民〟の本義はもともと時間とのつながりを失った政治的主体を暗示したものなのである。遺民意識とはだから、事が過ぎ去ったあとに過去を傷むという政治的／文化的立場なのであり、その意義はまさにその合法性及び主体性がすでに消失してしまった周縁に打ち立てられるものなのだ。[44]台湾の読者が『異域』を歓迎したのは、この本から反攻必勝という啓示を読み取ったというよりも、進退窮まった孤軍の立ち位置に感情移入をしたからだと言えるだろう。

しかし『異域』は更なる顛覆性をはらんでいる。鄧克保は、孤軍は常に両面で闘っていたという。彼らは〝巨悪たる共産党〟に立ち向かっていただけではなく、ビルマ軍及び雲南ビルマ国境付近の土着勢力と、土地と資源を奪い合っていたのである。しかし国民党政権が、李彌将軍が台湾に撤退すると宣言したときに、孤軍は徹底的に遺棄され、徹底的に祖国から引きはがされたことに思い至ったのだった。こうして、『異域』は〝大分裂時代〟の虚無と、それに伴う憤怒と憂鬱を語ることになったのである。

砂漠で戦死するのも辛いことではあるが、しかし無理に台湾に帰って部屋の中で死んだからといって、何か光栄なことがあるだろうか。ただ葬儀委員会が一つ増えるだけのことだ。我々は誰かが我々の遺骨の上でシャンペンを飲んだとしても構いはしない。ただ我々を遺棄し、これ以上見捨てないでいてもらえれば、それで満足だったのだ。しかし……我々は今なんというところにいるのだろうか。……我々が得たものは無関心と、そして問題を解決しようもない会議だけだ……我々は後悔しない、我々は血の一滴までも国家のために捧げるだろう。もしもなにか感慨があるとするならば、それは憤怒と憂鬱だけだ[45]。

確かに、もしも当時の金門が堂々たる反功の勝利の地であったとするならば、〝異域〟は地理的にも国家の戦略から遠く離れており、物語としても曰く言い難い位置にあった。孤軍は彼らのいる地域にとって、防衛してくれるものではなく、遺棄されるべき対象だったのである。彼らこそは本当の孤臣であり孽子であった。しかしだからこそ、『異域』は一種奇特な〝連想的客体〟[46]（objective correlative）を我々に提供してくれる。多くの人が時局に向き合って感じている、曰く言い難い辛さを述べてくれるのだ。異域とは他郷にあるのではなく、我々の心の中にあったのである――解きほどくことのできない〝鬱屈〟が。

『異域』は危険な書だ。この本は反共論述におけるヘテロトピア（heterotopia）[47]を指し示した――いや、作り上げさえした。ヘテロトピアとは社会によって命名され、樹立される空間あるいは想像上の存在であるが、「異所」として日常から断絶されている。ヘテロトピアとはある社会の欲望、恐怖を反映しているが、そのオルタナティブな位置のために、主流の権力をあるいは拒絶し、あるいは同調して微妙に連動するものだ。これに準じるならば、『異域』が我々を不安にさせるのは、それが〝反共〟の旗印のもとに、〝反・反共〟という語りのロジックを――まるで鏡の中では左右が反対にうつるかのような――作り上げているからであろう。主流たる反共言説にしたがって反共の前哨点について物語っているのに、反共のヘトロピアにたどり着いてしまうのだ。

そして我々が『異域』について思考するときもっとも興味深いのは、この本の作者がほかでもない、（後の）

名声隠れもない大作家、柏楊であるということだ。一九六一年、柏楊は『自立晩報』に職を得て、紆余曲折の末に雲南とビルマの国境にいる〝反共救国軍〟の事跡を知り、筆で応援することを決めて鄧克保の名義で『血戦異域十一年』の連載を始めた。本が出版された時にもまだ鄧克保は作者という身分を維持していたのである。我々は『異域』がノンフィクションなのかフィクションなのか、考えて見ざるをえない。さらに言えば、この二つを区別する必要はあるのだろうか。柏楊自身は、彼の書いたものは全て真実に基づくと述べている。しかし否定できないのは、彼の精彩にとんだ叙述――生死離別のドラマ、異国情緒、そして鄧克保がどうなったのかという謎――がなければ、この本がこれほど話題を呼ぶことはなかったに違いないということだ。そして柏楊自身が国民党を批判している立場を鑑みると、書中の〝反・反共〟論述とは孤軍を代弁したものなのか、それとも作者自身の鬱積からきたものなのか、これもまた考えるに値する問題だと言えよう。

さらに面白いのは、一九七六年、柏楊が共産党寄りの活動をしたという罪名で入獄したとき、全ての作品が没収されたにもかかわらず、ただ『異域』だけは鄧克保の身分が謎のままであったために、反共文学の市場で孤軍奮戦を続けることができたということだ。これはまた、大分裂時代の異数の一例と言えるだろう。

同じく一九六〇年、マレーシアのペナンで、『飢餓』と題する長編小説が、手書きの謄写版でマレーシア華人の共産党員の間に広まっていた。四〇万字に達するこの小説は、五〇年代の共産党員がイギリスの勢力に囲まれつつジャングルに分け入り、絶望的な抗戦を繰り広げた壮烈な経過を描いたものだ。作者の金枝芒自身も左翼文人であり、四、五〇年代には抗英活動に参加して何度もジャングルに出入りしていた。つまり『飢餓』とは、彼自身の経験に基づく作品なのである。しかしこの小説が謄写版以外の形で流通することは極まれであった。二〇〇一年に香港の南島出版社が少数発行し(48)、マレーシアは遅れて二〇〇八年にようやくこの本を出版した(49)。金枝芒がこの世を去ってから二十年、マレーシアが独立してから五一年が経っていた。

金枝芒とはどんな人だろうか。『飢餓』に付された自伝から、我々は彼の本名が陳樹英であること、(50) 江蘇常熟の農村出身であること、高校のときから学生運動に参加していたが、一九三五年の〝一二・九運動〟後には更に深く関わるようになったことを知ることができる。当時の多くの左翼青年と異なっていたのは、金枝芒は延安ではなく南洋行きを選択したことである。一九三七年、彼と妻がシンガポールに上陸したとたんに盧溝橋事件の報が届いた。それからの十年、彼はシンガポール・マレーシア華人の文教運動に参加しながら、同時に地下抗日組織にも参与していた。第二次世界大戦後、英国の植民者たちが再度勢いを得たために、金枝芒とその同志たちは抗英運動に転じたのである。一九四八年の末から、彼はマラヤ共産党のゲリラに加わってジャングルに入り、辛酸を嘗め尽くしながら一路北に転進を続けた。一九六一年、彼は〝組織〟によって中国に派遣され——ただの帰郷ではなかったのである——マラヤ共産党中央代表として宣伝工作も担当し、そこで退職し亡くなった。

金枝芒の文芸工作は中国にいた頃に始まったが、花を咲かせたのはマレー半島にいた二十四年の間である。一九四七から四八年の間、〝馬華［マレーシア華人］文芸〟と〝僑民文学〟の論戦の期間、金枝芒は馬華文学とは言語形式こそ中国から来たものの、必ず〝この地、この時〟の現実に溶け入らねばならない、そうでなければ〝馬華文学〟とは呼べず、〝僑民文学〟としか言えないものになってしまうと主張した。この立場は現在いる場所への強い志向を表しており、多くの南来文人の漂泊、仮寓という姿勢とは異なるものだ。一人の革命家として、金は身体を以て彼の社会主義的な国際主義（socialist internationalism）を実行しようとしたのだろう。本当に世界革命を語ろうとするならば、故国以外に骨を埋める決意がなければならないからだ。マレーシアは建国後にマラヤ共産党の粛正につとめたため、馬華文学史は金枝芒の政治背景について取り上げることを避けてきた。そして皮肉なことに、中国の左翼革命文学史は民族主義を旗印にしており、金枝芒のような〝華僑〟作家は見てみぬふりだったのである。『飢餓』が謄写版の四十年後にようやく正式に出版されたという事実から、〝革命の歴史〟の亀裂の大きさを見ることができよう。

『飢餓』のプロットは複雑なものではない。五〇年代中期、十五人の華僑のマラヤ共産党員が英国軍に囲まれ、組織と連絡をとることができなくなってしまう。彼らはジャングル深くに落ち延びるが、そこから飢餓に直面する。逃避の過程である者は離反し、ある者は犠牲となり、最終的に生還したのは五人だけであった。彼らは辛苦の末に帰って来たのち、これからも革命に身を捧げることを誓うのである。『飢餓』の背景にあるのは東南アジア華僑に関わる政治の大変動であった。第二次世界大戦後、英国植民地政府は全力を挙げて華僑の左翼運動を抑圧した。一九五〇年代から、政府は五〇万人を越える華人を開墾地区（新村）に強制移住させ、集中的に監視下におくことで、華人がマラヤ共産党のゲリラに食糧等の補給をするのを防ごうとしている。英国植民地政府のこの方針は結局ローカルとの対立を深める結果となり、マラヤ共産党の活動は却って促進された。同時に、ほかの立場にたつ独立運動もそこから力を得たのである。一九五八年、マレーシアはとうとう独立を果たした。

黄錦樹教授は、『飢餓』をもっとも深く読み込んでいる評者であろう。彼は金枝芒の素朴で生き生きした描写に高い評価を与える一方で、この小説の抱える微妙な矛盾にも触れている。マレーシア半島のジャングルは濃く茂っていて物産は豊かであり、一般的な状況のもとでは、『飢餓』が描いたような極度の食物欠乏状態というのは、おそらく現実的ではなく、象徴的な意義が大きいという。次に、『飢餓』に描かれた逃亡、飢餓、そして死の恐怖は、戦いの耐え難い一面を忠実に写しており、一般的な左翼叙事の、正しき者は「高く、大きく、全きもの」という公式とは異なるということ。そして最も考えさせられるのは、五〇年代のマレー半島では独立勢力が風雲急を告げていたが、マラヤ共産党はその唯一の代表ではなかったということだ。マレーシアが独立、建国した後、マラヤ共産党は反帝反植民という主義主張の駒を失い、新政権によって抑圧される対象となってしまうのだった。わけても華僑のマラヤ共産党が直面していた問題は、民族の末裔のマイノリティとして、彼らが革命を継続する目的は何なのかということだった。華人の地位を奪取するためなのか、うちたてられたばかりの（マレー系を主流とした）政府を打倒することなのか、それとも国際的な無産階級の連合を目指すのか。[51]

金枝芒はその小説に強弱さまざまな人物（女性や子供を含む）を描いた。彼らがジャングルで遭遇した困難は容易に理解できよう。また逃亡者たちの失敗を率直に描き出しているのには、ソ連の初期革命小説を——例えば魯迅が翻訳し、賛美した『毀滅』を思い出させる。しかし黄錦樹は、この小説の急所を正しくついている。この十五名の戦士がいかに酸鼻を極めた状態で英軍から逃げ、組織を探したとしても、小説はただ飢餓の中での葛藤、挫折、あるいは絶望を描いているだけで、上述の理念に対して多くの筆を費やすことはできない、もしくはしたくないようだ。まるでこの小説は同道の人々だけを対象に書いたものであり、目的は寓意的な直言にあるかのように。

しかし我々は、この寓意をどう解釈すべきなのだろうか。本論で検討してきた『保衛延安』あるいは『八二三注』も、寓意として読むべき余地を持っていた。延安にしても金門にしても、あるイデオロギーへの信仰と軍事行動とを召喚していたのである。『飢餓』は延安あるいは金門のような政治的、地理的な象徴に欠けており、金枝芒のような華僑戦士がマレーシアのジャングルに出没するのには、革命の継続以外確固たる目的はない。彼らは国籍の帰属すらはっきりしていない。このため、共産主義プロパガンダとしても、小説の持つ力は弱まらざるを得なかった。

『異域』はもしかしたら比較すべき別の角度を提供しているかもしれない。ビルマ国境、黄金の三角地帯における〝反共救国軍〟とマレー半島における華僑マラヤ共産党は、その理念は正反対であるにもかかわらず、その状況は相似している。金枝芒が扱ったのは、マラヤ共産党版の孤軍の物語であった。異なるのは、柏楊の孤軍が背水の陣を敷いた悲壮な決意に満ちていたのに対し、金枝芒の孤軍はすでに壊滅していて軍の体をなしておらず、〝防衛〟すべきなのは肉体そのものでしかなかったことだ。柏楊の筆法は息もつかせぬクライマックスの連続で、一戦また一戦と血戦と生死離別が繰り広げられ、読者にカタルシスを感じさせるようになっている。金枝芒の書き方は全くその反対だ。彼はジャングルにおける逃亡者の挑戦を淡々と描いた。最も苦痛に満ちた死亡が待っているとしてもそれを受け止めねばならない、それだけの話だというわけだ。

『飢餓』というタイトルに戻れば、ここにも寓意が感じられる。斟酌するに、飢餓とは心身双方の欠乏状態を表すのだろう。すでに別のところで指摘したように、左翼的叙事においては、飢餓とは肉体への試練を象徴するもので、〝その筋骨を労せしめ、その体膚を餓えしめる〟イニシエーションとなるのだ。さらに一歩進めば、飢餓は一種の渇望を投影したものといえる。食物に対してではなく、革命的養分／想像への渇望、それは永遠に満ち足りることのない渇望なのである[52]。

しかしこれこそが、金枝芒が大分裂時代の戦争叙事になした最大の貢献かもしれない。『飢餓』は左翼革命のために豊富な精神的食糧を提供しようとしながらも、実存主義に近い難局を描き出した特別なバージョンとなった――〝主義〟のための〝存在〟。金枝芒の戦士たちは彼らの信仰のために、死をなんとも思わないのだが、彼らはやはり肉体のもつ根本的な局限に向き合わねばならないのだ。彼らは『保衛延安』の周大勇のような神業を持っているわけではなく、朱西寧のように大いに〝戦を以て兵を練る〟法を語るわけでもない。金枝芒はリアリズムによってディテールに語らせたのだが、意識的にか無意識にか、彼の最も写実的な部分こそが戦争と革命の――左右に関わらず――誤謬にみちた地の色を暴いているのだ。

結論

二一世紀が始まり、中国は「平和の崛起」という呼び声の中で世界の舞台に戻ってきた。二〇一三年となり、国家主席の習近平はこのように強調している。

中国人民は、戦争がもたらした苦難を骨に刻んで記憶し、平和に向けて弛まぬ追求を続け、平和で安定した生活を十分に尊重してきた。中国の人民が恐れるのは動揺であり、求めるものは安定であり、望むものは天下の太平である。(53)

この言やよし。習が広汎な討論を引き起こした「中国夢」の中には、「革命」という言葉すら見当たらない。前世紀半ばの中国の大きな分裂、そしてその分裂に伴った戦争を振り返るならば、もはや全く違う政治の時代が到来したように思われる。

しかし、〝中華民族の偉大な復興〟の過程において、我々は新しいバージョンの、新たな大統一の〝夢〟が崛起していることに注意しなければなるまい。大統一にとどまらず、〝通三統〟までうたわれているのだ。(54)そして〝王覇〟(55)、〝天下〟(56)、〝朝貢体系〟(57)、こうした論述はみな四海が帰依するのは自分以外にあるまいという覇権の色彩を帯びている。大きな歴史の眼差しから見えれば、天下の大勢とは「合すること久しければ必ず分かれ、分かれること久しければ必ず合す」ものかもしれない。しかしそうであったとしても、やはり我々は問い続けなければなるまい。〝分かれること久しければ必ず合す〟というその前提は何か。そしてその結果はどうなるのか、ということを。

これこそ、なぜ我々が今日においてなおも真面目に「大分裂の時代」というような課題に取り組まねばならないのかという理由なのだ。二〇世紀中頃の「分裂」の原因は複雑なものだ。前述したように、ただ国民党と共産党の争いのみならず、世界的な冷戦も、そしてポスト冷戦も、アジアの各地域に与えた影響をみくびることはできない。その実、大陸と台湾以外の華人社会の動乱については十分に関心が払われてこなかった。ビルマから日本に至るまで、またマレーシアからベトナムに至るまで、戦乱の傷はまだ癒えておらず、離散の痕跡は生々しくのこっている。このような間隙を持つ言語環境の中で、有識の士が一概に「三統」、「天下」を語り、中原（さらには中央政権）の存在を当然のものとみなすことは、歴史の常態を相対化するという「分裂」の意義を見過ごしてしまうことにほかならない。もしも私たちが、古いイデオロギーの立場にたって正統と異変という二元対立を描述するのなら、我々はまた同じ盲点を見過ごすことになってしまう。本論で検討してきた事案が示している通り、現代中国の分裂と統合のあり方は複雑怪奇なものである。私たちは、「平和が崛起している時代」こそ「大分裂時代」が与えてくれた教訓を考え、警戒心をいだかないわけにはいくまい。前世紀の戦争の叙事と叙事の戦争を振り返る作業は、今始まったばかりなのである。

注

（1）冷戦に関する研究は枚挙にいとまがないが、以下を参照。John Lewis Gaddies, *The Cold war: A New History* (New York: Pearson, 2012。河合秀和・鈴木健人訳『冷戦――その歴史と問題点』、彩流社、二〇〇七年）; Odd Arne Westad, *Cold War and Revolution: A Global History With Documents* (New York: Columbia University Press, 1993)。冷戦と二〇世紀中国文学に関わる討論としては以下を参照。Xiaojue Wang, *Modernity with A Cold War Face Reimagining the Nation in Chinese Literature across the 1949 Divide* (Cambridge, MA: Harvard Asia Center, 2013)。

（2）精神分裂と政治的意義については、以下を参照。Gilles Deleuze and Felix Guattari, Anti-Oedipus: *Capitalism and Schizophrenia* (Minneapolis: University of Minnesota Press, 1983. Eugene W. Hollad, *Deleuze and Guattari's Anti-Oedipus: Introduction to Schizoanalysis* (London and New York: Routledege, 1999)。

（3）杜鵬程の『保衛延安』創作の背景、動機、過程などについては、陳紓・余水清編『杜鵬程研究専集』（福州：福建人民出版社、一九八三年）に関連する文章が掲載されている。

（4）David Apter and Tony Saich, *Revolutionary Discourse in Mao's Republic* (Cambridge, MA: Harvard University Press,1998).

（5）T. A. Hsia, "Heroes and Hero-Worship in Chinese Communist Fiction", *China Quarterly*13(1963):113-138.

（6）私がここで示しているのは、イヴ・セジウィックの提起した「ホモソーシャルな絆」である。Eve Sedgwick, Between Men: English Literature and Male Homosocial Desire (New York: Columbia University Press, 1985.), 83-96.

（7）杜鵬程「保衛延安的創作問題」、陳紓・余水清編『杜鵬程研究専集』二十七～四十一頁。

（8）馮雪峰は一九五三年に杜鵬程の創作を指導したことがあり、一九五四年に『保衛延安』が出版されると、「論『保衛延安』的成就及其重要性」を発表した。

（9）孟繁華、程光煒『中国当代文学発展史』（北京、人民大学出版社、二〇〇九年）、七十六頁。

（10）彭徳懐『彭徳懐自述』（北京、国際文化出版社、二〇〇九年）、第十五章。

（11）筆者による『歴史与怪獣』における討論を参照（台北、麦田出版社、二〇〇九年）、第六章。David Wang, *The Monster That Is Hitory: History, Violence, and Fictional Writing* (Berleley: University of California Press,2004), chapter 6.

（12）黄子平による革命歴史小説ジャンルの研究を参照。「革命歴史小説：時間与叙述」、黄子平『幸存者的文学』（台北、遠流出版公司、一九九一年）収録、二二九～二四五頁。

（13）八二三砲戦の総合的な記述としては、沈衛平『金門大戦』（台北、中国之翼出版社、二〇〇〇年）を参照。

（14）夏明星、徐大強「彭徳懐在金門炮戰中到底發揮了什麼作用?」、『中国共産党新聞網』http://culture.china.com/zh_cn/history/lead/11022885/20091125/15712169.html

（15）瘂弦「金門之歌」、「鈔詩代序」、朱西寧『八二三注』（台北、印刻出版社、二〇〇三年）、十九～二十二頁。

（16）『八二三注』後記参照。また楊照の討論も参照のこと。「壮麗而人性的戦争生活——重讀朱西寧的『八二三注』」、朱西寧

『八二三注』収録、十二〜十三頁。『八二三注』は最初に朱西寧の娘、朱天文の経営する三三書坊から一九七九年四月に出され、出版部数は三万を超えた。

（17）同右、八九三頁。

（18）同右。

（19）同右、八九四頁。

（20）朱西寧『八二三注』後記、八九二〜八九四頁。

（21）胡蘭成思想の分析と批判については、黄錦樹による「胡蘭成与新儒家——債務関係、護法招魂与礼楽革命新旧案」、『中山人文学報』第一四期（二〇〇二年）、八十七〜一〇九頁及び「世俗的救贖？——論張派作家胡蘭成的超越之路」、『中山人文学報』第一三期（二〇〇一年）、六十三〜八十三頁を参照。

（22）朱西寧『八二三注』。

（23）筆者による「画夢記　朱西寧的小説芸術与歴史意識」における討論を参照。『後遺民写作　時間和記憶的政治学』（台北、麦田出版社、二〇〇七年）、八十五〜一〇八頁。

（24）http://news.xinhuanet.com/ziliao/2003-01/24/content_705059.htm。

（25）陳智徳「一九五〇年代的香港小説空間」、『中国現代文学』十九（二〇一一年）、五〜二十四頁参照。

（26）張愛玲『赤地之恋』（台北、皇冠出版社、一九九一年）、二五三頁。

（27）應鳳凰、《臺灣大百科》http://taiwanpedia.culture.tw/web/content?ID=4595 及び黄仁、《國片電影史話》http://group.mtime.com/ShawBusiness/discussion/2412517/ を参照。

（28）潘壘『静静的紅河』（台北、聯経出版公司、一九七八年）、五九九頁。

（29）同右、四〇九頁。

（30）同右、六〇六頁。

（31）司馬桑敦の生涯と著作については、『野馬停蹄——司馬桑敦紀念文集』（台北、爾雅出版社、一九八二年五月）一九九〜二一九頁に収録の金仲達編「王光逖先生雪嶺鴻印」を参照。また趙立寰の論「政治・暴力・自由主義——司馬桑敦及其小説之戦争書写析論」『中国現代文学』二一（二〇一〇年）、九十七〜一一六頁を参照。

(32)金仲達編「王光逖先生雪嶺鴻印」、『野馬停蹄』二〇四頁。
(33)司馬桑敦『野馬伝』(台北、自費出版。文星書店より発売。一九六七年)、二一〜三頁。
(34)『野馬伝』出版の詳細な過程については、司馬桑敦「自序——写在改写本的前面」、『野馬伝』(アメリカ、長青文化公司、一九九三)、三〜六頁を参照。発禁への反応については「為「野馬伝」査禁答陳裕清主任」という一文(三〇九〜三一三頁)を参照。
(35)私の『漣漪表妹』に関する論は、「一種逝去的文学?・反共小説新論」、『如何現代、怎様文学?』(台北、麦田出版公司、二〇〇八年)、一五〇〜一五一頁を参照。
(36)たとえば小説における主要な悪役の一人、趙博生は満洲国政権の走狗だったが、戦後にたちまち一変、国民党支持者となっている。
(37)司馬桑敦『野馬伝』一〜二頁。
(38)ここではもちろん、『旋風』のような姜貴小説における道徳的告白を想起することが出来るだろう——「悪を記して以て戒めと為す」という型の。わたしの『歴史与怪獣』における第六章の討論を参照。また、「蒼苔黄葉落、日暮多旋風:論姜貴『旋風』」、『後遺民写作』、八十一〜九十四頁も参照。趙立寰、一〇三頁。
(39)張灝『幽暗意識与民主伝統』(台北、巨流出版公司、一九八五年)。
(40)藤田梨那「東西冷戦時期的韓国叙述——後植民文本嘗試与民族主体性的探索」、周励等著『回望故土——尋找与解読司馬桑敦』(台北、伝記文学出版社、二〇〇九年)、一九五〜二〇二頁を参照。趙立寰、一〇三〜一一四頁も参照のこと。
(41)司馬桑敦『野馬伝』、三頁。
(42)鄧克保『異域』(台北、星光出版社、一九九〇年)、五十六頁。
(43)葉明勳の序より。『異域』、二頁。
(44)王徳威「後遺民写作」、『後遺民写作』、四十七頁。
(45)鄧克保『異域』、五六頁。
(46)張堂錡「従『異域』到『金三角・荒城』——柏楊兩部異域題材作品的観察」、柏楊思想与文学国際学術研討会論文、香港大学亜洲研究中心主催、一九九九年六月十〜十一日、二〜四頁。

(47) これはもちろんフーコー（Michel Foucault）の概念である。“Of Other Spaces: Utopias and Heterotopias”, http://ahameri.com/cv/Courses/CU/Cinema%20Studio/Foucault.pdf

(48) 陳秋舫「憶星馬著名華文作家金枝芒」、『地平線月刊』http://www.skylinemonthly.com/showInfo_gb.asp?id=874&moduleid=0000800003&title=%B9%CA%B9%FA%D1%B0%C3%CE

(49) 金枝芒、「自序」『飢餓』（クアラルンプール、21世紀出版社、二〇〇四年）iv〜vi頁。

(50) 方山「写在前面——悼念金枝芒老前輩逝世一六年」『人民文学家金枝芒抗英戦争小説選頁』（クアラルンプール、21世紀出版社、二〇〇四年）二頁。

(51) 黄錦樹「最後的戦役——論金枝芒的『飢餓』」、『星洲日報』二〇一〇年三月十四日, http://news.sinchew.com.my/node/152694。

(52) 拙論「三個飢餓的女人」の討論を参照、『歴史与怪獣』第四章。

(53) 一月二十八日、中国共産党は習近平が政権を取った後に第三次中央政治局集体学習を行った。http://www.open.com.hk/content.php?id=1191

(54) 甘陽『通三統』（北京、三聯書店、二〇〇七年）。この書物は新時代の「通三統（三つの伝統に通じる）」という議題を提起し、孔子の伝統、毛沢東の伝統、鄧小平の伝統を強調している。

(55) 閻学通、徐進『王覇天下思想及啓迪』（北京、世界知識出版社、二〇〇九年）。

(56) 趙汀陽、『天下体系　世界制度哲学導論』（北京、中国人民大学出版社、二〇一一年）。

(57) 汪暉は晩清の中国の地理概念、夷夏体制及び朝貢貿易の改変について踏み込んだ検討を行っている。『現代中国思想的興起（上）』（北京、三聯書店、二〇〇四年）六四三〜七〇七頁参照。

第2章　戦争の流変——分子

張小虹
（濱田麻矢訳）

高校に入ると、スカウト服はやめ、長い中国服に身を包むようになった。春と夏は薄い藍色の、秋以降は陰丹士林布の服を着た。これを着ると気分まで変わり、道を歩く時さえ違ってくる。わたしは女性であり、十六歳だった。

齊邦媛『巨流河』

インダンスレン布が世に出てからは、女学生たちはそれを酷愛するようになった。インダンスレンとはもともと人造染料の名前で、いろいろな色があったのだが、人々がいう「インダンスレン色」とは多く藍色を指していた。その色は他の布よりもずっと鮮やかで、インダンスレンの大掛《ターグァ》［中国風の長い上着］を着ていると、とても清潔に、さっぱりとして見えるのだった。藍色より少し淡い「毛藍」と呼ばれる色を私は好んだ。夏から秋、あるいは春から夏の間、いつもこの色を着たものだ。

林海音「藍布褂」

染料の分子が、どうやって歴史を書き換えうるのだろうか。

人を引き込む魅力に溢れた書『スパイス、爆薬、医薬品——世界史を変えた十七の化学物質』は、科学——歴史が創造的に連結されうることを示している。作者ルクーターとバーレサンは一九世紀初のナポレオン軍の軍服のボタンというきっかけから説き起こし、ロシア遠征の際、酷寒の気候によってスズのボタンが粉々に潰れたために軍が敗走し、そのためにヨーロッパ全体の地図が変容したことを突き止めている。こうした「微物《ウェイウー》／唯物《ウェイウー》」な歴史探索によって、ルクーターとバーレサンは更に十七個の歴史を変えたと考えられる「分子」（molecules）を挙げている。香料、ビタミン、ブドウ糖、フィブリン、ナイロン、ゴム、抗生物質、キニーネなどについて、一つ一つその化学的構造の微妙な変化が、どのように世界の歴史を揺るがし、地理的政治を塗り替えたのかを探索するものだ。本書の第九章「インディゴ、アリザリン、クロセチン」は、天然染料から合成染料への変遷の過程がいかにグローバルな労働力を塗り替え、また現代化学の科学技術がいかに染料工業から軍需工業へと展開していったのかを分析している。しかしながら『スパイス、爆薬、医薬品』は、化学分子から出発した「微物／唯物」史観を持ち、そして単一なものの見方ではなく多元な解釈を可能にしたのだけれども、なお歴史の因果決定論の中にとどまっていた。

本論ではさらに具体的に、そして「微」に、単一合成染料 Indanthrene blue（中国語では「陰丹士林藍」と音訳された）が一九三〇、四〇年代に中国にやってきた後、どのように最も流行した色彩となったかという微歴史（microhistory）と微政治（micropolitics）を追おうとするものである。染料の化学分子という具体的かつ「微」な角度から切り込み、「微物」と「唯物」の煩瑣な政治及び物質文化史を明らかにするだけでなく、さらに「微」が開いた流変する力（歴史的な因果決定論ではなく）によって、インダンスレンがどのように各種の政治、歴史、文化的な織物―読物―布地（textile-text-texture）に染み入り、各種の「創造的配置」（creative assemblage）を生み出し、そして「翻新《ファンシン》」（fashion）を可能にしたのかを論じたい。本論で言うIndanthrene blueは染料「分子」として、化学的な分子構造を表すだけでなく、さらに当代哲学における「分子」概念とも結びつくものだ。ちょうどドゥルーズとガタリが『千のプラトー』で見せた概念区分のように、「質量」（the molar）と「分子」（the molecular）の差異は、前者がすでに完成した主体的な形式であるのに対し、後者は開放的で流動的であり、創造的に連結しうるところにある。[1] いわゆる「質量」とは、我々が経験に基づいたり科学や習性によったりして外在的に判別できる主体、客体及び形式のことであり、「分子」とは「運動と停頓の関係、速度と緩慢の関係により」形作られ、原子の素性と粒子の発射を指向する。ゆえに「質量」は現実化（actualized）した過程によって開かれる認識可能な外在的主体または客体、そして形式であるのに対して、「分子」は流動的であり仮想的（virtuality）な、不断に組成、連結、発射される存在なのである。

だから本論中のindanthrene blueという染料「分子」は、「分子」としてある特定の化学式とモル質量を指向すると同時に、「流変―分子」（becoming –molecular）という哲学概念の脱領域的かつ開放的連結も指向する。過去において、戦争と歴史に関する研究では、多く国家、地域、重要事件あるいは人物に焦点がおかれ、あるいは戦争をある歴史時期の画期もしくは主題として扱い、「再現」（representation）というスタイルで戦争を語る文字や映像を検討する傾向が多かった。ドゥルーズとガタリの哲学概念を用いるならば、それは戦争を「質量化する」という研究形態で、規定の主題、主体に限定されがちであり、政治的論述の枠組みを再現させてしまいがちである。本論ではindanthrene blueという染料分子をきっかけに戦争と歴史に関する研究に踏み込むが、戦争を「分子化」し、歴史を「分子化」することによって、「質量化された戦争」の中に遍在する流変的な力を新たに掘り起こすことを試みたい。本論は中国における一九三〇から四〇年代を主な分析対象とするが、「計り知れぬ脅威」としての戦争から抗日戦の勃発と終了に至るまで、（日本）帝国主義商品をボイコットする「国産品購買運動」から抗戦中の大後方における愛国長衫まで、indanthrene blue という染料分子がどのように中国にやってきて、どのように市場を壟断し、どのように兵戦と商戦につながり、どのように現代の視覚的政体と国民的身体をつくりあげたのかを見ていきたい。インダンスレンブルーの染料「分子」としての成功は、戦争形態の持続的な「流変」と、国族《ネーション》という身体の絶え間ない「翻新」、さらに国民のアイデンティティが「質量化」という領域と「分子化」という脱領域の間を常に揺れ動いていたことを示している。

一　合成染料の分子戦争

Indanthrene（インダンスレン）の化学式は $C_{28}H_{14}N_2O_4$、モル質量は 444.42gmol^{-1}、人工合成のアントラキノン系列の染料であり、青、赤、緑など多様な色調を持つが、最も有名なのはインダンスレンブルーRS、最初の人造建染染料である。一九〇一年にドイツの科学者レネ・ボーン（Rene Bohn）によって発見、特許取得された[2]。この合成化学史の「中立的」な叙述の中から、いかにインダンスレンの「分子式」とインダンスレンの「分子化」の連結エネルギーを見出し、いかに「染料分子の戦争」の中から「染料の分子戦争」を読み解くのかが本論の最初の重点となる。一九世紀の合成染料の発明を出発点にして、二〇世紀初のドイツ化学工業の勃興を確認し、その特許権がどのように英仏によるグローバルな染料市場の壟断を打ち破り、インダンスレンを世界中に広めたのかを見てから、更に独日の両国がいかに二度の世界大戦中に染料工業と軍需工業の転換に成功したのかを見ていこう。もしも「染料分子の戦争」が民族資本国家という「対立」する主体による「商戦」と「兵戦」に関与しているとすれば、「染料の分子戦争」は「対立」を「隣接」に転化させ、「区別不可能な区域」を作り出し、既存の階層と分類（国族、階級、性別などを含む）を揺るがし、対立主体として作られた「質量戦争」を「分子化」してゆくものだ。

まずは伝統的な「染料分子の戦争」という叙述スタイルから始めて、簡単に現代化学工業の勃興と英、仏、独の染料工業競争を振り返っておこう。一八五六年、イギリスの若い化学者パーキン（William Henry Perkin）が、工業廃棄物のコールタールから初めて化学合成染料アニリンパープル（mauveine）を発見した。翌年にはイギリスに最初の合成染料工場が作られて合成染料の商機が開かれ、以後半世紀近くにわたって英、仏、独などの国家が合成染料特許の争奪戦を繰り広げることになる。一八五九年、パーキンのアニリンパープルがヨーロッパのファッション界を席巻した時にはフランス、そしてイギリスの王室に愛されただけでなく、大衆の間にも大いに普及して大旋風を巻き起こし、一八九〇年代は「紫の十年」（the mauve decade）と言われるに至った（ルクーターとバーレサン、一八七〜一八八）。一八八〇年にドイツの科学者バイエル（Johann Friedrich Wilhelm Adolf von Baeyer）が七つの異なる化学反応を経て初めてインディゴブルーを合成し、天然染料の最後の砦を攻略した。彼は誇らしげに「インディゴの一つ一つの原子について、全て我々は実験によってその位置を確かめた」と宣言した（劉立、一二六）。一八九七年、ドイツのバスフ BASF 社が別の方法で合成されたインディゴブルー染料を売り出すようになると、それまで「染料の皇帝」と言われていたインディゴは、もはや藍を植えて精錬することなく、実験室で直接化学合成によって作られ、染料工場で大量生産されることになったのである。

そして合成のインディゴ染料の出現こそは、「インダンスレン」染料の華々しいデビューを予告するものであった。一九〇一年、バスフ社に所属していた化学者ボーンはインディゴの派生商品を製造しようとしていた過程で偶然に別の建染染料を発見し、それを indanthren と名付けた。インディゴ indigo とアントラセン anthracene という言葉を組み合わせたのである。別のドイツの化学会社、ホースストHoechstとバイエルBayerも後に続いて類似した建染染料を作り出したため、この三つの化学会社は共同して最初の発明者バーンの命名した「インダンスレン」を登録商標として使用し、同じ楕円形のロゴデザインを採用した。中央には赤の大文字でI（インダンスレンの頭文字）をあしらい、右には雲と雨を、左には太陽を描いて、日に焼けず雨でも色落ちしない優良な品質を象徴したものである。この「インダンスレン」マークは順調に「世界に名だたる染料商標」となった。新しく発明されたこの染料は色彩が鮮やかで品質は卓越しており、洗濯にも摩擦にも漂白にもアイロンにも強かったために「インダンスレン」という言葉は二〇世紀前半のドイツ合成染料の代名詞ともなったのである。

ゆえに「染料分子の戦争」についていうならば、二〇世紀の初めにドイツの化学工業が勃興し、有機化学で成果を収めてから向かった合成染料工業は、最初に合成染料を発明した英国や染料技術の先進国であったフランスを追い抜き、ついに「ドイツ帝国の最も偉大な工業的成就」（劉立、四六）となったのである。こののち、染料分子の「商戦」はさらに拡大して染料分子の「兵戦」となっていく。独、日の化学工業の拡大は、政治経済に軍事拡張のための国力基盤を与えたのみならず、その膨大な染料工業設備をもって侵略戦争のための蓄えを提供したのだ。ドイツを例にすれば、世界の合成染料市場を独占した三つのドイツ化学会社バスフ、ホースト、バイエルは一九二五年に合併して「染料工業合作企業連盟（interessengemeinschaft Farbenindustrie Aktiengesellschaft）」という超大型の化学工業集団を作った。IGファーベン（IG Farben）と略称されたこの工業会社の総本部はフランクフルトにおかれ、総資本額は六億帝国マルクを超えていた。そしてこの化学帝国が歴史に悪名をとどめたのは、第二次世界大戦においてナチに各種の軍事用品を提供し、各種の戦争機器の研究開発に参与したからにほかならない。彼らはドイツ国内で作られた九五パーセントの毒ガスと八四パーセントの爆薬（ルクーターとバーレサン一九二、劉立一九七）を生産したのである。あるいは日本を例にとると、極東で唯一染料を生産、輸出していたこの国家は、第二次大戦までは染料工業生産量で世界の四位または五位だったのが、第二次大戦がはじまると、当時の日本染料工場の機械設備と技術人員の大部分が軍事工場に移行していたにもかかわらず（合成染料工場の三分の一は爆薬生産に転換された）ドイツに次いで二位となった（曹振宇一六九〜一七〇）。染料工業が軍需工業と相互に交換支援されうることは、二〇世紀の二度の世界大戦で完全に明らかにされたのである。

さて、この「染料分子の戦争」という論述モデルだが、染料工業と戦争との関係にたって作られた骨組みによると、強調されるのはそれぞれの強国の国家資本の間における緊張した対立関係と、それぞれが利益を貪るあまり、戦争の発動に突入していく歴史であり、その論述の基本的な前提は質量的実体（国体、企業体、染料—軍事化学工業集団）と質量的実体の間にある「対立」となる。しかしこの「染料分子の戦争」と同時に、合成染料は絶え間なく商戦を「分子化」し、兵戦を「分子化」していた。この「壊滅的」な「質量戦争」は、また同時に「創造的」な「分子戦争」を発動したのである。まず、染料産業構造の需給バランスから言うと、合成染料工業の興隆は一九世紀に飛躍的に伸びた紡績工業と密接に結びついて、天然染料の不足という元々あった問題を徹底的に解決しただけでなく、ヨーロッパのファッションにいわゆる「流行色」を作り出し、各種の合成染料が相次いで発表され、大きく取り上げられることになった（劉立、一一）。この染料産業構造の転換は、一九世紀後期にヨーロッパのファッション産業の発展を牽引し、また「流行色」の出現は、以前は富裕階級に限られていた天然染料による階級区分を徹底的に打破したのである（特定の天然染料は貴重なものだったので、もっぱら特権階級のものとされていた）。「ティリアンパープル」（Tyrian purple）を例にとってみよう。この天然染料は非常に貴重なもので、最初に古代フェニキア王国の地中海沿岸の都市「ティア」（Tyre）で発見された。当時は一グラムのティリアンパープルを取るために九〇〇〇個強の貝類を必要としたので、古代から帝王もしくは皇室だけがこの世にも稀な天然染料を身につけることが許され、しばしば「帝王の紫」（royal purple）と呼ばれたのである（ルクーターとバーレサン、一七七～一七八）。[3]「アニリンパープル」という合成染料は染料工場で直接に大量生産され、一八六〇年代にヨーロッパで流行しはじめ、一八九〇年代には世界を席巻したのだが、その色の美しさはヨーロッパの皇室や貴族から大衆までを一驚せしめた。中でも印象的だったのは、一八六二年のロンドン博覧会の開幕記念式典で、イギリスのヴィクトリア女王がアニリンパープルのドレスで登場したことであった。それは合成染料時代の来臨を告げただけでなく、「ファッションの民主化」時代の来臨を予言したのである。（ルクーターとバーレサン、一七七～一七八）。合成染料の生産モデルは一九世紀ファッション産業の「流行色」を作り出し、従来の階級によって分断されていた服飾の色彩システムを揺るがしたのだった。この染料工業とファッション産業の歴史的な襞は、質量戦争の外にあった「分子戦争」であり、化学分子が創造し転化させたファッションの流行色だったのだ。

次に、土地使用と労働力集中の角度から考察してみると、合成染料工業の興隆が元々の天然染料栽培業を書き換えたことによって起こった産業構造の変化と死亡人数は、戦争を下回らないほどにもなる。[4]たとえば合成のアリザリンレッド（茜素）の出現は、フランスとオランダにおける茜の栽培業に大きな打撃を与えた。マルクスも『資本論』においてこの例をとり、現代染料工業の発展が伝統染料栽培業に大きな殺傷力を持ったことを説明している。「コールタールを精錬してアリザリンと茜紅染料を抽出する技術は、現有のコールタール染料の設備を利用することによって、数週間のうちに以前なら数年を要した業績をあげることに成功した。茜草は生長に一年を要し、さらに根が伸びるのに数年を要する。茜の根が成長してのちようやく染料をとることが出来たのだった。[5]」進歩した現代工業の象徴である生産速度と機械の規模は、生産時間の短縮（数年から数週へ）を成功させ、この「速度」の速さは労働力を密集させ、多大な労力と時間を費やす伝統的な天然染料生産のスタイルを徹底的に転覆させた。合成インディゴの出現によって、インドの藍草栽培業は致命的な打撃をうけ、藍草の作付面積は一八九六年には一五八万ヘクタールあったものが一九一二年には二万ヘクタールにまで激減し、インドでは百万人もの農業労働者が餓死するに至ったのである。(劉立一五)。

このように化学実験室の合成染料が大規模な土地使用の変更と伝統的労働力の凋落を招いたという事実は、伝統／現代、旧／新、農業／工業モデルの転換、及びこの転換が及ぼすさまざまな権力—身体の再編成の過程を明らかにしてくれる。さらに資本主義による脱領域化（労働力が土地から解き放たれた）と再領域化（解き放たれた労働力は新たに工場に回収された）のダイナミズムも見ることができた。そしてこれと同時に同様に発生したのは、合成染料の「変色」がそのまま「速度」となり、既にあった「色彩」イメージの中に「速度」というイメージを折り込むようになったことだ。一九世紀に相次いで発明された合成染料が、二〇世紀の初めには数千年の歴史を持つ植物、鉱物、動物由来の天然染料に一挙に取って代わることができたのは、合成染料が化学実験室ないしは工場における化学工業生産モデル（天然染料の時間と手間をかける生産モデルに比して）の産物で、色彩鮮やかで性質が卓越しており、色が安定して褪色しない特性を持っていた（天然染料が陽光や洗濯によって色落ちするのに比して）からだけではなく、おそらくは合成染料のなかに折り込まれた現代科学及び現代工業の表象する進歩性と、西洋モダニズム全体が表象するスピードイメージにもよるだろう。生産速度が数年から数週という時空に圧縮されたために、染料—布地—現代ファッションがスピーディーに連結したのだった。イギリス・ヴィクトリア女王の「アニリンパープル」のドレスは、服装の形態としては伝統に属するものであったかもしれないが、ドレスの服地の中の合成染料は、すでに「ファッションのモダニズム」という科学—文化反応を起こしていたのである。

言い換えるならば、合成染料の「分子戦争」は、既存の「質量商戦」と「質量兵戦」のうちに分子化した創造的転化を生み、流行色を特権階級から脱領域化させ、科学技術が作り上げた色彩を現代的なスピードに結びつけたのだった。そして合成染料の「分子戦争」では染料と爆薬が「隣接」しており、「質量戦争」の同盟国と枢軸国の「対立」においても、染料と火薬、染料工業と軍需工業という「弁別不可能区」が作り上げられていることを見せつけたのである。「質量戦争」の角度から見ると、合成染料と戦争の関係は上述の通りで、染料工場は戦時中軍需工場に転化したし、戦争時期には化学工業集団トラストは爆薬や毒ガスの生産に直接関与したのである。しかし「分子戦争」の角度から見ると、現代の合成染料科学技術が産み出したものは数多い。抗生物質、香水、ペンキ塗料、印刷用インク、殺虫剤とゴムのほかに、火薬と毒ガスが含まれているということなのだ（ルクーターとバーレサン一九〇）。染料工業と軍需工業が「近代有機化学の双子」（曹振宇一六九）と称されたのは、好戦的な野心家がわざわざそう仕向けたからだけではなく、有機化学の科学技術と戦争の力が作り上げた襞が、染料を軍需に変え、軍需を染料に変えたからでもあったのである。だからこそ「染料分子の戦争」は国と国との対立、資本企業と資本企業との対立、質量体と質量体の対立を際立たせた。またその折り重なった対立の中から、帝国主義、資本主義、軍国主義、戦争暴力などの十分「きなくさい」イデオロギーを取り出して批判することを可能にした。しかし「染料の分子戦争」は、「歴史《リーシー》」が「力史《リーシー》（力の歴史）」として襞寄せする力をもち、いかに「弁別不可能区」を作り上げ、階級を色に変え、色を速度に変え、染料工業と軍需工業を隣接させ、不断に「ひだを寄せ、切り離し、またひだを寄せる」という「力史」運動を進行させてきたのかを体現してみせたのである。

二　中国における輸入藍と国産布

第一節で近現代合成染料の「質量戦争」における「分子戦争」と「歴史」における「力史」によって、合織染料と流行の色、合成染料とモダニズムのスピード、合成染料と化学的科学技術がそれぞれ連結するのを確かめてきた。次に「インダンスレン」という合成染料に焦点をあて、それがどのように中国に進入し、どのように中国既存の物質文化条件および民国期の商戦、兵戦における政治資本の流動と結びついたのかを見てみよう。また、「インダンスレン」がどのように各種の色を濃縮して「インダンスレンブルー」という「創造的配置」を作り上げ、抗日戦争時代の愛国流行色になったのかを見よう。ここでは、まず中国において千年の悠久とした歴史を持つ「土着藍」にさかのぼり、それからさらに「輸入藍」が中国の商業史に進入して権力構造とどのように関わり合ったかを振り返ってから、「インダンスレンブルーの布」が民国時期の「国産品購買運動」と戦争動員のさなかで、どのように「輸入藍の国産布」という質実剛健さをもって「愛国布」の象徴となったのかを見ていこう。

中国は世界市場もっとも早く天然染料を用い始めた土地であり、その歴史は長く千年以上にもわたる。染料の抽出とその備蓄ということになれば、紀元前三〇〇〇年まで遡ることができる（ルクーターとバーレサン、一七五）。そして中国の歴代王朝はみな官製の染色機構を設けてきたのだった。「周朝では染織を司る官を『染人』といい、漢隋では『司染署』が設けられ、明清では『藍靛所《らんでんしょ》』などになった」（張燕風、三八）ということからも、その重要性がわかる。しかし中国伝統の古い染織方式は、植物の根や葉など、様々な部位から抽出するというもので、中でも蘭の茎葉から得られる藍靛染料が大多数を占めていた。明代の宋応星『天工開物』によると、「澱［靛、つまり藍のこと］を造るには、葉と茎を多量ならば穴倉に、少量なら甕に入れる。水に七日浸して、その汁を使う。汁一石につき石灰を五升入れ、数十回つきまぜると澱が固まる。水面が落ち着いた時、澱は底のほうに溜まる」とある。しかしこのような、植物の茎と葉の汁液と石灰とを攪拌して造る旧式の藍靛は、手間もかかれば時間もかかるし（藍を植え、収穫し、浸す）、工程（何度も煮立てては洗うことを繰り返す）もまた煩雑で多大な労力を要した。

しかし、化学合成染料が一九世紀末に中国に大量輸入されるようになり、「輸入藍（洋靛《ようでん》）」と呼ばれるようになると、絹なら繻子、緞子、平絹に紗、毛なら毛織り物全般、綿も各種、全て品質が安定していて一度で綺麗に染まるのだった（張燕風、三九）。西洋式の染物工場もしくは外国資本の染物工場が次第に旧式の染物小屋に取って代わり、漂白し、染め、プリントするという業種が発達していくにつれて、合成染料だけを扱う店が次々にできた。外資系の商社が主導的な存在となり「中でもドイツの礼和、愛礼司、謙信などの外商は、ドイツの技師を派遣して指導、応用させたり、中国人をドイツ実習に招いたり、割引や割賦などの方法をとったりして、ドイツ製の「藍」で中国市場を独占した」（姚鶴年）。そして二度の世界大戦の勃発は、もともと複雑だった染料市場を更なる混乱に陥れた。合成染料を輸入する「商戦」という観点から言うと、各種の壟断、排斥、競争、規定数量、規定価格などの手段が後を絶たなかった。そしてドイツ染料の中国市場での独占状態は、第一次大戦の敗北で一度は挫折したものの、また捲土重来を果たした。一九二四年に上海で成立した「徳孚洋行」（Deutsche Farben Handelsgesellschaft Waibei & Co.）はドイツ染料の取次販売を統括したが、扱う染料の品種は豊富で質量ともに安定していたし、専門の技師を派遣して染物技術の指導にあたり、さらにブランドを確立する経営方式に力を注いで、新たに中国の市場を独占することに成功した。中でも人目をひいたのが、最も売れ行きがよいインダンスレン市場だったのである。

第一次世界大戦前の「ドイツブルー」（徳国青）が戦後の「インダンスレン」に生まれ変わったのには、「徳孚洋行」が全局面を左右する鍵を握っていた。上海には一八五〇年以降、陸続と合成染料（当時は「西顔料」と呼ばれていた）を専門に扱う外資の商社と中国の商社が出現していたが、「徳孚洋行」の壟断の規模と販売の手法は類を見ないものであり、ついに「インダンスレン」及び「晴雨商標」を中国各地に推し広めるようになったのである。そしてまた、徳孚洋行が壟断したインダンスレン染料市場においても、「インダンスレン一九〇号藍布」の出現こそが鍵となった。この一色があれば向かうところ敵なしだったのである。『上海紡織工業志』には以下のように記載されている。

民国十七年（一九二八年）、上海の仁豊染織廠は二三×二一番手の「龍頭」という天竺木綿を地に用い、ドイツ生産の建染染料、インダンスレンブルーRSNで染めた本光一九〇号の青い布で「蘭亭図」という商標を作り上げた。売り出してみると、この生地は応用性が高く、洗っても干しても丈夫で色褪せしないため、旗袍や上着の表生地として、都市と農村を問わず消費者に愛された。民国一九年、仁豊染織廠の廠長許庭鈺が艶出しの白木綿を一九〇号の藍で染めてみたところ、色艶が元の本光布よりもっと美しく、色も深くなった。この発見は当時染料をコントロールしていた徳孚洋行の知るところとなり、さらに少量のインダンスレン青蓮2を合わせることによって、色彩がもっと鮮やかになったのである。そこで、カラーチャートに絲光一九〇号を加え、厳格に処方をコントロールした。民国二〇年、光華機器染織廠は龍船商標を用い、率先して製品を生産したが、徳孚洋行の規定にしたがって「インダンスレン一九〇号藍布」と「晴雨」のロゴマークを貼り、製品の真偽を識別できるようにした。その鮮やかな色と艶は本光一九〇号より優れていたし、広告宣伝の効果もあって、一度世に問われると販路は迅速に拡大していった。民国三四年になると、艶出しの一九〇号藍布の生産工場は十五ほどになっていた。当時の染料の月間消費量から換算すると、およそ月に七十万疋近くになる。（三二五）

本光か絲光という綿布の材質、あるいは蘭亭図か龍船といった商標はさておき、「インダンスレンブルー」が中国で一九二〇年代末に突出した存在であり、徳孚洋行が輸入染料コントロールの全権掌握と染料の商標徹底をすすめていたために、一九三〇、四〇年代に最も名を知られた、最も売れている彩色布となったことがわかる。

しかしなぜインダンスレンの「青い」布で、他の色のインダンスレン布ではなかったのだろうか。青は中国において、平民、大衆を最もよく代表する色であり、旧式の伝統染料も「藍靛」もしくは「靛青」を大宗としていた。そして民国時期の「土着の青（土靛）」から「西洋の青（洋靛）」への転換期過程で、旧式の「靛青毛藍布《でんせいもうらんふ》」は新式の「陰丹士林藍布《インダスレン・ブルー》」（もしくはそれを縮めた「士林藍布」）との対比において、都会／田舎、進歩／落後という差異区分を形成していく。汪曾祺の短編小説「八千歳」を例に挙げてみよう。小説の主人公は八千銭（銀元三元に満たない）で米屋の商売を始めた勤勉実直な人物なのだが、彼の身なりこそは彼が「時代」に合わず、「時宜」を得ていない生活を送っていることを暴露してしまうのである。

> もしも彼が一年中ずっと同じ服を着ていたのでなかったら、もしかしたら皆も彼を八千歳とは呼ばなかったかもしれない。彼の着ているこの服は、町中探しても二つとない。冬といわず夏といわず、いつも全身古い青の木綿だ。このタイプの古い青木綿は地元で織られ、地元の染物屋で藍染されたものだ。染め終わってからさらに職人が両足を広げてU字型の石臼の上に立って何度も布を揺り動かしては臼で引き伸ばすことを繰り返し、それから川べりの空き地で干すというものである。インダンスレンが現れて以降、この種の古い青木綿はもう作られなくなったので、田舎でたまに見ることはあっても、町からはもうほとんど駆逐されてしまっていた。青布の長衫、青布の袷、青布の綿入れ、彼はこれだけの服をあつらえることはできたようだが、それから服が増えることはなかった。一年また一年たっても、いつもこの服装だったのだ。何度も洗ったためにもう白くなった部分も所々あったし、繕った場所もたくさんあった。その服の様子がまた甚だ奇抜であった。どれもこれも、地面から一尺離れた長さなのだ。昔はこういうやっと膝を隠すくらいの長さしかない長衫もあって、「二馬裾《アーマージュン》」と呼ばれていた。最近の長衫は長いのが主流で、足の甲に届くほどの長さが

ある。濃い灰色の輸入ちりめんの今風の長衫を着込んだ若い「洒落男」たちには、八千歳のこの二馬裾はあまりにも突飛だった。八千歳には八千歳の理屈があった。衣服とは体を覆えばいいのだ、下のほうには何の用途もない。そんなに長くしてどうする？八千歳は大きな頭に大きな顔、大きな鼻に大きな口、大きな手に大きな足を持ち、年がら年中二馬裾を着て人にじろじろ見られて何のやましいところもなく、心安らかに暮らしていた。

この八千歳の「古い青木綿（老藍布）」こそ、伝統的な「土靛《どでん》」によって手作業で染められた「土布」に他ならない。そして「古い青木綿」の失墜こそは「インダンスレン」の出現と覇権によるものであり、さらに流行の長衫は「インダンスレン」を用いるのみならず、長さでも足の甲に届くほどの長さを主流としていたのだ。比べてみれば、古い青木綿と二馬裾によって八千歳は二重に落後しており、流行遅れでもあり、服自体古びてもおり、短くもあり、色褪せてもおり、さらに繕われてもいて、「土靛」による手染め布と「洋靛」による機械染め布は新／旧、都市／田舎、西洋／土着、現代／伝統というレベルにおいて天地を分けていたことがわかる。

八千歳がまとっていた「古い青木綿」は、土地の藍をつかって土地で織った布を土地で染めた中国伝統の藍布なのだが、その中でも「靛青毛藍布」は最もよく知られていた。その起源は中国の歴史を遠く遡り、宋代に始まって明清に成熟したものだ。色布と模様布の区別があり、質は荒く丈夫で色彩は黒みがかった青であり、木製の機織り機と手染めの工房で生産されていた。それに比して、一九二八年にようやく世に現れた「インダンスレン（一九〇号）青布」は、舶来の染料を使う現代的（化学的）科学技術と機械による織染という新しい生産方式を用い、日にあてても色あせず、雨に濡れても色落ちせず、洗濯しても変色しないという特長を以て市場を攫い、退色し、継当てだらけの「古い青木綿」で代表されていた伝統中国の「藍」を徹底的に塗り替えたのだ。もしも張愛玲が「中国の日夜」で言ったことが確かならば――「藍布の藍色は中国の『国色』だ。しかし通りを行き交う人々が着ている藍色の服のほとんどは継ぎがあてられ、色の濃さも様々で、どれも雨に洗い出されたかのように目に沁みるような青になっている。我々の中国はもともと継ぎを当てた国家なのだ、天だって女媧が継いだではないか」（「中国的日夜」二四〇）――、ならば、「インダンスレンブルー」は決して色褪せない新しい藍色として、現代中国の「藍」の象徴となったのである。

しかし「インダンスレンブルー」の成功は、その絶妙な中国音訳――原語の、**indigo**（藍）と**anthracene**（アントラセン）を組み合わせた**Indanthrene**を、ちょっと洒落た西洋風の、しかし中国文化的なイメージを持った「陰丹士林」と表記した（陰陽の陰に丹青の丹、そして士大夫や知識人の比喩として使われる士林の組み合わせ）――だけによるのではなく、民国時期の「国産品購買運動」が「洋染の土着布（洋靛土布）」を国産品のオリジナリティとしてひきよせ、後にはさらに八年に及ぶ抗日戦争が「愛国布」というオリジナリティをひきよせたことに負っている。まずは「インダンスレン布」がどのように「洋染の土着布」となったのか追ってみよう。植民地におけるファッションの研究において重要になるのは、「織物」（**textile**）と「国民」（**nation**）の相互構築である。インドの服飾研究者エマ・タルロ（**Emma Tarlo**）の『衣服について　インドにおける服飾とアイデンティティ』（*Clothing Matters: Dress and Identity in India*）において、タルロはインドの国家独立運動において重要な役割を担ったカディコットン（**khadi**）について、いかにこの手織手紡の生地にインドがアイデンティティを持ち、ヨーロッパから輸入された生地のボイコットに成功したか、そして「インド／大英帝国」、「土着布／輸入布」、「手工業／機械工業」、「善／悪」という対立する価値体系を作りだし、「織物国民アイデンティティ」という方法で群衆を動員するのに成功したかを詳細に解き明かしている。

しかし「インダンスレンブルー」の歴史案件については、私たちは今みたような「土着の藍／輸入藍」という対立関係の中に、この時期の植民地ファッション研究においてはよく見られるであろう「土着布／輸入布」の対立関係を重ねることができないのだ。その鍵は民国以来ずっと続けられた「国産品購買運動」にある。この運動は救国を図り、民族工業の存続を掲げたものであったが、商品の「国籍」というアイデンティティについてはかなり曖昧な空間を残していた。「愛国傘」は愛国でなくてもよかった、というのは傘の骨は日本製だったからである。「愛国布」も愛国でなくてもよかった、なぜなら日本の木綿糸を使用していたからだ。そして、愛国主義的消費行為を象徴する「インダンスレンブルー」の布も、日本の糸にドイツの染料を用い、中国で織染する（民族工業の織染工場も外資系の織染工場も含む）という複雑で矛盾を孕んだものだった。一九五九年以前の中国は、企業規模で合成建染染料を製造するまで成熟していなかったのである。[6]「インダンスレンブルー」が「国産品購買運動」の中で曖昧な「輸入藍の土着布」だったのは、ドイツ、日本からの輸入染料を採用していたからだ。原料の布さえ輸入品に頼ることがあった。しかしそれが中国領土内の織染工場（中国資本もしくは外国資本の）によって機械で織ったり染めたりされたものであり、完成品を直接輸入したのではないために「土着」と呼ばれていたのである（『上海通志』）。

そして「インダンスレンブルー」が引き起こした「分子戦争」は第二次世界大戦勃発後さらに変容した。「一九三七年に抗日戦争が起こり、さらに一九四一年太平洋戦争が起こったのち、米英製品は入ってこなくなった。日系商社は「軍配組合」という名目のもとに染料を輸入し、関税を納めず、大量に商品を売りさばき、のちには上海に硫化物の工場を建てて中国の市場を占断した。日本軍が租界に進駐したのちは染料を統一物資として規定したので、認可を受けていない商店では染料を置けなくなった。しかし大戦期間でも、日本製品とドイツ製品はいくらでも入ってきたので、染料を買いだめしていた商店や他の商品と兼業していた業者が続々と商店を立ちあげた。一九四二年、上海で染料を扱う商店は八〇あまりだったが、一九四五年前には最多で五〇〇に達している」（姚鶴年）。

一九三〇年代のいわゆる「民族染料工業」とは、まさに日本製品を排斥し、列強連合の壟断に抵抗することを出発点としていたのだが、基本的にはドイツ染料、米国染料、日本染料の投げ売りと独占に抵抗することは難しかったのである。しかし同時に、インダンスレンブルーは抗戦時期の大後方におけるもっとも象徴的な「愛国布」となり、特に大後方の愛国教師、愛国学生にとってのインダンスレンブルーの長衫はその代表となったのだった。

優良国産品の代表となり、八年に及んだ抗戦愛国運動の象徴ともなった「インダンスレンブルー」は、国産品／輸入品、中／日「対立」関係の「質量戦争」を展開したと同時に、中、日、独が互いに「隣接」関係にあって織りなす「流変――分子」も展開した。前者では鮮烈に対立していたものが、後者では敵味方分け難くなっている。ドイツの合成染料が全世界を制覇した時、対立していた英、仏軍の軍服もまた「敵国」（ドイツ）の染料を採用していたのだ（劉立、二〇一二）。しかし「インダンスレンブルー」が中国で担った役割――民族工業から文化イメージまで、戦争のための動員から愛国実践の領土拡大まで――は、明らかに今まで知られてきたいかなる合成染料と生地との関係をも超えている。民族主義と資本主義の相互脱領域化と再領域化の過程の中で、もっとも具体的かつ微かな微政治と微歴史として、「分子戦争」と「分子歴史」はもっとも創造的に連結するものであったのだ。

注

（1）"the molar" はまた「グラム分子化」、「モル化」とも訳すことができる。ドゥルーズとガタリの論著では、名詞ではなく形容詞形の molaire/moleculere の使用に傾いている。

（2）ウィキペディア「インダンスレン」参照。

（3）当時のロンドン博覧会の重点の一つは、まさに合成染料の公開展示にあった。展示台には各種のあざやかな色彩の絹や綿が飾られ、展望台の中央には悪臭を放つコールタールが並べられた。この強烈な対比は当時の化学工業の入神の技を際立たせ、工業不要物であるコールタールから種々の鮮やかな染料が作られうることを強調したのである。この合成染料の展示は、当時のイギリスが合成染料研究の上で抜きん出た位置にあることをも示した。

（4）合成染料工業化がもたらした生産モデルの変化に重きをおき、伝統天然染料と世界貿易史との関連を論じたものとして、マッキンレー McKinley やグリーンフィールド Greenfield の著作が参考になる。特にマッキンレーは天然の藍染料 Indigo の歴史を検討し、この天然染料が綿花や砂糖、塩、金などの原料と同じく、近代の西洋の帝国植民主義のもとに繰り広げた大西洋における奴隷史を詳細に述べている。

（5）『資本論』第三巻上、八四頁及び劉立一一六頁による。昔から、天然染料業の隆盛は植民地主義及び人身売買と連動してきた。「数千年ものあいだの企業集団の変動は以下のようだ。古代エジプトにおいては全身から魚の悪臭を放っていた染物工、中世に出現した染料業組合、そして北欧の羊毛業とイタリア、フランスの絹工業の隆盛は、染料工業の発達を促した。藍染染料は奴隷によって生産され、一八世紀のアメリカ南部における最も重要な輸出作物でもあった。」（ルクーターとバーレサン、一八五〜一八六）

（6）『上海紡織工業志』の記載によると、一九五九年にようやく「国産の還元藍 RSN 染料で『芷江図』一九〇号士林布藍布を生産」することが採用されたという（三二五頁）。

参考文献

曹振宇「二戦前日本染料工業的発展対其侵略戦争的影響」『鄭州大学学報』（哲学社会科学版）第四一巻第二期（二〇〇八）。ウェブサイトにて二〇一二年八月二日にアクセス。

林海音「藍布褂」一九六一年、ウェブサイト南方網綜合二〇〇五年五月二四日。アクセス日二〇一二年八月二日。

劉立『挿上科技的翅膀　徳国化学工業的興起』山西教育出版社、二〇〇八年。

齊邦媛『巨流河』天下文化出版社、二〇〇九年（池上貞子、神谷まり子共訳『巨流河』上、作品社、二〇一一年）。

上海市地方志辦公室『上海通志』第一七巻工業（上）第四章紡織工業第三節印染。

汪曾祺「八千歳」、『汪曾祺作品自選集』、漓江出版社、一九九六年。

姚鶴年「解放前上海染（顏）料商業的興衰」、『上海地方誌』四、一九九九年。ウェブサイトにて二〇一二年八月二日にアクセス。

張愛玲「中国的日夜」『第一炉香』皇冠出版社、一九六八年。

張燕風『布牌子』漢声出版社、二〇〇五年。

Deleuze, Gilles and Felix Guattari. *A Thousand Plateaus: Capitalism and Schzopherenia*, 1980. Trans. Brian Massumi. Minneapolis: U of Minnesota P, 1987.（宇野邦一、田中敏彦、小沢秋広訳『千のプラトー』、河出書房新社、一九九四年）
Greenfield, Amy Butler. *A perfect Red: Empere, Espionage, and the Quest for the Color of Desire*. New York: HarperCollins, 2006.
ペニー・ルクーター（Penny Le Couteur）、ジェイ・バーレサン（Jay Burreson）著、洪乃容訳『拿破崙的鈕釦：17個改變歴史的化學故事』（*Napoleon's Buttons: 17 Molecules that Changed History*）商周出版、二〇〇五年（小林力訳『スパイス、爆薬、医薬品——世界史を変えた17の化学物質』、中央公論新社、二〇一一年）。
Mckinley, Catherine E. *Indigo: The Search of the Color That Seducsed the World*. New York: Bloomsbury, 2011.
Tarlo, Emma. *Clothing Matters: Dress and Identity in India*. Chicago: The U of Chicago P, 1996.

第3章　大分裂時代における東南アジア華人文化の断絶と存続

シンガポール・マレーシア・インドネシアを考察対象として(1)

李元瑾
（羽田朝子訳）

一　大分裂時代と東南アジア華人文化

第二次世界大戦が終結するとすぐに、東南アジアは大分裂の時代へと足を踏み入れることになった。日本の統治が終わり、西洋の植民勢力が撤退し、中国の影響力が遠ざかり、アメリカとソ連の二大陣営が東南アジアで均衡を保ち、そして東南アジアに国境がひかれた。これらすべてはこの地域の大分裂時代における重要な特徴である。

東南アジア華人にとって、時代の激動は現状を変化させただけでなく、その未来にも影響を及ぼした。日本の撤退後、東南アジア華人は現地の反植民や独立獲得の闘争に参加した。そして新興国家が誕生したとき、華人は異なる国家に分散することになった。また一九四九年に中華人民共和国が成立すると、東南アジア華人と中国との関係はしだいに疎遠になっていった。そのため、これまでこの地域の華人を団結させてきた「中国要素」が失われ、異なる国家に分散した華人の相互の繋がりは弱まっていった。その一方で、アメリカとソ連の二大陣営が冷戦を始めると、東南アジアではイデオロギー・軍事・経済・経済・外交における争奪が展開され、分裂が生じただけでなく、反共や排華の気運が高まり、華人はさらに孤立した境遇に立たされたのである。

東南アジア華人がこのような大きな環境で必死に生残ろうとするなか、過去の植民地時代の民族／語族の間の矛盾が次第に表面化し、ひいては直接的な対抗へと変化していった。新政府が政権を握ると、様々な政策を実施して華人の経済的な力を弱め、華人の政治的空間を制限することによって、土着の民族の地位を高めようとした。同時に国家機関を動員し、教育や文化の手段を通じて、「華人特性〔Chineseness〕」を抑制するという目的を達成しようとしたのである。

東南アジア華人はこれまで悠久の歴史を持つ中華文化に誇りを持っており、文化をアイデンティティの重要な要素とみなし、中華文化の保護につとめてきた。第二次大戦後、原籍国との政治的紐帯に亀裂が入ったことで、華人はアイデンティティを繋ぎ止めることのできる中華文化や文化伝承のための華語教育をさらに重要視するようになった。そして必要な時にはいつでも身を投げだし、請求や抗争に参加できるようにしたのである。しかしながら、東南アジア華人のこうした努力は、主流の力と必然的に対立し、そのため疑念を持たれ、さらに大きな圧力を受けることとなった。歴史の矛盾は、東南アジアの多くの国家が独立した後、華人文化が植民地時代よりもさらに厳しい試練に直面し、さらに急スピードで零落したということにある。たとえ華人が圧倒的多数を占めるシンガポールであっても、その状況は実に憐れむべきものであった。

本論はシンガポール・マレーシア・インドネシアを考察の対象とする。この三地域では、一九四〇年代（インドネシア）、五〇年代（マレーシア）、六〇年代（シンガポール）にあいついで独立国家が建設された。筆者は史実に基づき、比較の方法を通して、これら三地域の華人文化が大分裂時代に入った後、どのようにして断絶の危機に陥ったのかを検討する。そして各国の華人がそれぞれ逆境のなかでどのように自己の文化を守ろうと努力し、ついには三種類の明らかに異なる文化存続のモデルを示したかを考察する。

東南アジアの大分裂時代は、第二次大戦の終結に始まり、独立国家の建設によって終わりを告げた。ただし文化の存続については、その発展の軌跡を見出すにはさらなる歳月が必要である。そのため本論では考察対象の時期を八〇年代、そして失われた中国要素が復活した九〇年代とその後の状況にまで広げることにする。

中華文化は東南アジアに移植され、各地の華人文化を形成するまでに発展し、母体の遺伝子を有しながらも、また個別の様相を呈している。このため、「中華文化」と「華人文化」はそれぞれ別個でありながらも関係の密接な名詞であり、多くの状況において両者は重複する意味を持っている。本論で使用する際も両者が相互に転換、あるいは代替する現象が生じている。そのほか、文化が内包するものは幅広く、表出のかたちもまた多様である。紙幅の制限や論点を考慮し、本論は高次元の文化カテゴリーに限定して探求するのではなく、また民間の風俗習慣を検討するのでもなく、文化の断続と継承に焦点を絞り、大時代の洗礼を受けた異なる地域の華人たちが、それぞれどのような方法によって自己の文化を存続させ、発展させたのかを考察することにする。

二　東南アジア華人の文化の断絶と存続
——シンガポール・マレーシア・インドネシアの比較の可能性

本論がシンガポール・マレーシア・インドネシアを比較する対象とするのは、おもにこの三地域が比較対照のための明確な基礎と意義を持っているからである。前述した大分裂時代という背景のほか、植民地時代の歴史の遺産や個別の地域的要因がそれぞれの華人文化の境遇に大きな影響を与えた。そのため類似しながらもまた違った挑戦や対処方法が生みだされ、ついにはそれぞれ大きく異なる三種類の「ルーツを守る」モデルが登場したのである。

植民地時代においては、東南アジア華人は多くの共通した経験を持っていた。これはシンガポール・マレーシア・インドネシアの華人についてはそうであった。まず第一に、早期においては特にシンガポール・マレーシアや広東の一帯からやってきて故郷の民俗習慣をもちこみ、後になって少数の知識人グループがより高次元の伝統文化を導入した。第二に、彼らはヨーロッパの植民地で生計の道をはかり、長い間土着の民族と共生し、多元的な民族や文化に取り巻かれて生活し、中華文化・西洋文化・イスラム教文化の衝突に直面してきた。第三に、オランダ人やイギリス人の統治のもとで、西洋文化（英語）教育を受けた少数の現地生まれの華人には、アイデンティティに明らかな変化が生まれ、華人内部に分裂が引き起こされた。そして統治者の分割統治政策によって華人と土着の民族との間にも隔絶と矛盾がもたらされた。第四に、第二次大戦以前においては、中国の教育や政治の影響（前者は教育政策や教科書、教員となる人材の導入、後者は中国領事館の設立や中国の維新・革命・抗日といった激流）が華人の中国意識を高めることとなった。そして前述した大分裂時代における共通の背景（日本の占領、反日や反植民の闘争、独立建国、冷戦）は、第二次大戦以降の華人のさらなる共通の経験であった。

三地域の華人は長らく同じ歴史の軌道を歩み、時代の挑戦に直面したとき、同じような対策方法をとったが、これは華人文化の発展においては特にそうであった。中華文化はこの地域でキリスト教文化やイスラム文化と出会い、あるいは融合し、あるいは衝突していった。その発展の過程もまた中国・西洋・土着の政治や社会の力によって影響を受けていた。そのなかでも中国要素の影響は最も大きく、このためにこの三地域では類似した歩みがなされただけでなく、お互いの影響関係も大いに頻繁に起きたのである。

東南アジア華人の文化伝承の方法は様々で、最も重要なものとしては華人社団・華語学校・華語新聞によるものである。華人が南下した後、様々な血縁や地縁による宗郷社団が組織され、これにより同郷人の生活を安定させ、寺や廟を建設し、故郷の風俗習慣を存続させた。そして宗郷の力を結集して華語学校を創立し、中華民族の子弟を教育したのである。これと同時に、華人は華語新聞を創刊し、各種の情報を広めるなかで中華文化の推進も行った。研究者は、この華人社団・華語学校・華語新聞を華人社会の「三大支柱」と呼んでおり、実際においても、この三者は華人文化を支える大きな柱であり、とくに華語学校は「文化の砦」と呼ぶに足るものである。

大分裂時代に入り、国境が次第に形成されていったが、歴史の遺産は依然として影響力をもっていた。しかし東南アジア華人やその文化に影響を与える主要な要素は、中国から現地へと急速に転換していった。新しい政治の文脈のなかでは、社会の人口構造や国家の民族政策が東南アジア華人の文化存続における重要な鍵になったのである。言い換えれば、華人の総人口に占める比率により、新興国家の民族文化政策が左右されたのであり、また強硬な政府が推進する言語・教育・文化に関する政策によって、華人文化の運命が決定づけられたのである。

東南アジア華人の総人口の比率について見ると、基本的に「大多数」、「かなりの少数」、「極めて少数」という三つの類型に分けられる。シンガポールは第一の類型に属しており、独立の時点で華人は全体の四分の三を占めていた。マレーシアは第二の類型に属し、独立時の華人は約五分の二であった[2]。インドネシアは第三の類型に属し、百分の三近くであったが[3]、東南アジアにおいて華人の人数が最も多い国家でもあった。華人の人口比率は、国家政策の決定に影響するだけでなく、華人の文化アイデンティティの順応や転換においても影響を及ぼした。国家が実施した民族文化政策について見てみると、基本的に三つのモデルがある。つまり多元文化政策・整合政策・同化政策であり、シンガポール・マレーシア・インドネシアの政府はそれぞれ順にこの三種のモデルを採用したのである。

大分裂時代に形成された国際的な冷戦構造や地域的な反共反中の雰囲気は、東南アジア華人とその文化に対し、かつてない挑戦をもたらした。建国後、政府は華人に向かって国家への忠誠を要求し、他民族は華人の中国意識に対して疑いの目を向けた。華人の境遇は苦難に満ち、自身の文化を守ることはさらに困難になっていった。過去の三大支柱——華人社団・華語学校・華語新聞は空前の破壊・衰退・断絶・崩壊に遭遇したのである。そのなかで最も深刻であったのは華語学校の衰退であり、「文化の砦」がいったん瓦解し破壊されると、文化の伝承も停滞、あるいは後退したのである。新興国家に身を置いた華人は、中国要素が失われ、地域の華人がもはや相互に影響できないという逆境のなかで生き抜かなければならなくなった。華人グループはいかに自らの方法で文化を守ろうとしたのか。これについて、シンガポール・マレーシア・インドネシアの華人たちはそれぞれに異なるモデルを示したのである。

三　シンガポール・マレーシア・インドネシアにおける華人文化の断絶と存続

1　シンガポールのケース

シンガポールでは、華人が人口の大多数を占めており、しかも政治を主導する立場にあり、社会において優位を占めている。しかしながら、シンガポールは極めて小さな島であり、その国土はマレー／イスラム教という海洋のなかに位置しており、実際のところ華人はこの地域において少数エスニック集団に属している。一九六五年の独立後、執政者は政策制定の時に、隣国や本国のイスラム教グループが懸念を持たないよう、地域と土着の民族の調和を保とうとした。同時に、政治指導者も東南アジアの政治的生態に対して非常に大きな関心を寄せ、シンガポール華人の過去における親中国イメージを意識して取り除き、中華民族の色彩を薄めることにより、非中華系民族から猜疑心を抱かれないようにしたのである。建国初期において、政府は一方ではイギリスが残した言語・法律・制度といった遺産を継承し、一方では華人特性に対して抑圧政策を取った。そのためマレー語が国語となり、四大民族（華人・マレー人・インド系・ユーラシア系）の母語は同等に公用語となり、なかでも英語が主要な行政言語となった。華語教育を受けたエリートが政治闘争のなかで勢力を失ったため、執政者もまた比較的強硬な方法をとった。さらには執政者が他民族でないがために、かえって華人たちの闘争意識がそがれることとなった。そして国家経済の急速な発展や、政権が日増しに安定に向かったことにより、華語教育を主張するグループはとうとう大多数が沈黙するに至ったのである。

その結果、シンガポールは「中国離れ」の歴史を歩むことになった。影響が及んだのは、前述した華人社会と文化における三大支柱――華人社団・華語学校・華語新聞であり、例外なく急速に縮小していった。そのなかでも華語学校の消滅は、華人の文化伝承における最大の挫折であった。過去においては、三大支柱の協力のもとで華語教育は十分に発達し、一九五四年以前では華語小学の入学者数は各言語学校の首位を占めていた。また南洋大学が一九五三年に設立され、東南アジアにおける華語教育の唯一の最高学府となっていた。しかしながら、一九五〇年代には華語教育の基盤が急速に揺らぐことになる。一九六〇年代には華語学校の危機が表面化し始め、一九六〇年代中期になると華人社団と華語新聞が華語学校を救うために努力を行い、中華総商会や華語教育団体が母語教育のために大規模な宣伝運動を展開し、華語新聞も力を入れて報道するも、残念なことにその効果は長く続かず、華人社会が再び振興することはなかった[4]。華人社会の三大支柱にとって、一九八〇年代は大合併と大連合の時代であった。一九八〇年に南洋大学とシンガポール大学が合併してシンガポール国立大学となった。一九八二年に華語新聞の『南洋商報』と『星洲日報』が合併を宣言し、一九八三年に『連合早報』が誕生した。一九八六年には各会館が連合して宗郷総会が成立した。これ以降、シンガポールにはもはや華語学校は存在せず、固有の「文化の砦」は分裂・崩壊したのである。華語新聞と華人社団については、文化方面において政府の指導にしたがって行動するだけとなった。

その一方で、一九八〇年代はシンガポール華語教育と華人文化の発展にとって分岐点となった時代であった。政府は社会に代わって主導的な役割を担い、執政者の関心は往々にして政治に帰着していた。建国初期における反共反中の政治的雰囲気が緩和し、国内の左翼思想もすでに制圧され、現代化と工業化の過程で国民の質を低下させうる「西洋のよからぬ風潮」が絶えず流れ込み、儒学の経済価値が国際的に重視されるようになると、政府は一連の文教政策の推進を決定し、シンガポール華人の「再中国化」の路線をとり始めたのである。これらの文教政策には、一九七九年から始まり長く続くことになる華語推進運動が含まれる。これは学生に中国語と英語の二言語を修得させ、華語〔標準中国語〕に文化と道徳の普及という役割を担わせるものである。一九七九年には「特選中学」が設立され、優秀な学生に中国語と英語を第一言語として学習させた。一九八〇年にはすべての英語学校の学生に第二言語として華語を必修させることが規定され、華語は第二言語として文化伝承の任務を果たすこととなったのである。一九八〇年代には中学に中国語と英語の二言語で教育を行う儒学課程が設置され、中華文化の精髄を学生に吸収させた。一九九〇年代から現在までの二十年余りの間にも、中国の急速な経済発展の刺激を受けて、政府はまた頻繁に華語教育に対し大小の改革を行っている。学生の華語レベルを高めることを期し、二言語（英語と母語）の学習からさらに進んで、二文化（中華文化と西洋文化）の理解を奨励したのである。これらの運動、カリキュラムや改革などには、大勢の人々が動員され、広く宣伝された。

「大きな政府の小さな社会」という環境において、華人の母語の衰退や文化の断層という退潮を、国家機関の動員によって逆転させたのであり、シンガポールはここに一つの特別な実例を示したのである。

2　マレーシアのケース

マレーシアでは華人は二番目に多い民族である。この国は一九五七年に独立すると、一九六三年にシンガポールと合併し、その二年後に分離した。一九六五年まではシンガポールとマレーシアの華語教育と中華文化の発展はほとんど同じ歩みで進行し、しかも多方面にわたって協力がなされていた。例えば、一九世紀初期にはシンガポールとマレーシアはともに儒学運動を推進し、一九五〇年代には共同で南洋大学を創立している。しかしシンガポールとマレーシアが分離した後は、すべてが変わることとなった。中国要素の消失、地域的な反共、現地の長期にわたる経済・教育・社会における不平等によって民族感情がかき立てられ、それがマレーシア華人を孤立した境遇に追いやったのである。

マレーシアの政治指導者の立場から見てみると、華人人口の数字に含まれる意味は深い。彼らはマレー民族の利益が重大な挑戦を受けるのを懸念しながらも、華人の意志を完全に無視することもできないのである。国家構築のプロセスにおいて、政府はマレー人の地位を高めることに力を注ぎ、しばしばマレー人こそが本土の主人であると強調し、他民族が持たない特権を与え、マレー人の利益を守るための政策をつぎつぎに濫発した。その一方でマレーシア政府は、インドネシアやフィリピンのように華人に対して同化政策を実施して華人の訴えや不満を全く顧みないということもできなかった。そのため政府と華人の双方は、圧制と抗争、容認と譲歩のなかで日々を過ごすこととなったのである。

マレーシア政府は五〇年代から六〇年代において、華語学校に不利な一連の教育報告や教育法令を発布し、[5]華語学校の将来に大きな打撃を与えた。そのなかでも一九六〇年の「ラーマン・タリブ報告」は華語中学の将来を脅かすものであり、[1]「一九六一年教育法令」は華語小学校が教育大臣の手によって随時に葬り去られる危険をはらんだものであった。[6]マレーシア華人は華語学校の存亡が民族精神と伝統文化の断続にかかわると固く信じており、華人社団（とりわけマレーシア華校董事連合会総会とマレーシア華校教師会総会、略称「董教総」）は華語教育運動家の指導のもと、繰り返し闘争を行った。著名な華語教育運動家の林連玉と沈慕羽はこのために代償をはらい、林は政府に公民権を剥奪され、沈は数回にわたって投獄された。林と沈は五〇年代から六〇年代にかけて華語を公用語にするために努力したが失敗に終わり、これ以後の華語教育闘争はさらに苦しいものになった。しかし逆境のなかで華人の「学校を守ってルーツを守る」という精神は衰えることはなく、華人社会の三大支柱はさらに合作の力を発揮したのである。

華語教育闘争は華語小学校の変質の阻止や華語中学への援助、民営大学の設立などを含む。そのなかで最も盛んだったのは一九七〇年代に全国的に展開された「独立中学」［政府の補助を受けない私立中学］の復興運動であり、それは一九六〇年代に華語中学が改変を迫られたことに対する反応であった。当時四一校の華語中学は政府の補助金を得るために大半が改変を受け入れ、英語を教育言語とする「国民型」の学校となった。[2]あくまで改変を受け入れない中学は独立中学となり、董教総によって運営され、経済的に自力で再生したのである。マレーシア華校教師会総会主席の林連玉は、教総工作委員会議（一九六一年三月十五日）で次のように呼びかけた。「華語独立中学は華人文化の砦であり、補助を剥奪されたとしても、独立中学は開校しなければならない！」、と。半世紀の間、董教総は独立中学の生き残りのために長らく奮闘し、一九六〇年代に直面した経費、受験者数、教員となる人材、学生の質と進路といった様々な問題を克服したのである。

華人の長年の努力を経て、マレーシア華語教育は発展し続け、今日では一〇〇〇校にのぼる小学、六十校あまりの独立中学が存在している。さらに国家の南部・北部・中部には三校の学院［日本の単科大学に相当する］が分布している。そのうち南方学院はすでに二〇一二年六月に南方学院大学に昇格しており、その他の二校もこの目標に向かって邁進している。最近では中国のアモイ大学がマレーシアに分校を設立している。ルーツの砦――華語学校が確固として揺るがなかったからこそ、華人社団や華語新聞も力を発揮する場所があり、華語文学のような華語と関連する文化事業もまた際立った活躍をしたのである。

強力な他民族政権のもとで、人口比率が「かなりの少数」であった華人が、抗争や進取によって華語学校を守りぬき、中華文化を断絶に至らせなかった。ここにマレーシアはひとつの際立った実例を示したのである。

3　インドネシアのケース

インドネシアは一九四九年に正式に独立した。インドネシア華人はシンガポールやマレーシアの華人と同じように、植民地時代において中国要素の促進を受けており、華語教育は苦難のなかで発展し続けてきた。また第二次大戦後においても国際的な冷戦や地域的な反共といった大きな環境のなかで、同じように華語学校は打撃を受けることとなった。異なるのは、インドネシア華人は全人口に占める比率が非常に低く、マイノリティ・グループに属していることである。そしてこのエスニック・マイノリティのなかでも、多くの現地生まれの華人が早くは植民地時代に母なる中華文化から遠ざかっていた。こうした逆境のなか、自己の特性を守りたいと強く願う華人は苦難の道を歩むことになった。一九六五年にスハルトがスカルノ政権を転覆させ、インドネシアの第二代大統領になると、ただちに徹底的な華人同化政策を推進した。彼は一九六六年から一九六七年にかけて華語学校の閉鎖、華語新聞雑誌の取締、中国伝統風俗の存続の禁止、華人の宗教儀式や慶祝行事の公開開催の禁止を宣言した。インドネシアの華語学校は一夜のうちに過去のものになり、中華文化はたちまち空前の難局に陥ったのである。

幸運なことにインドネシアの宗教政策は、華人文化にひとつの生存のチャンスを与えた。インドネシア政府は政権を確たるものにし、無神論を唱えるインドネシア共産党に対抗するため、一九四五年の憲法で国民の宗教信仰の自由を認めた。一九六五年に初代大統領スカルノが第一号総統法令を発表し、孔教をインドネシアの六大宗教の一つとして正式に認めたことから、孔教はイスラム教・キリスト教・カトリック・仏教・ヒンズー教とならぶ合法的な宗教となった。一九六九年には第二代大統領スハルトが第五号総統法令を発布し、この六大宗教の合法性を再確認した。政府の宗教政策と同化政策には矛盾があったため、徹底的に華人を同化することはできず、この合間をぬって華人の宗教が生存をはかり、中華文化が生きのびることができたのである。

その実、インドネシア華人の孔教の発展は、シンガポールやマレーシアより早くから始まり、また長く続いている。一九世紀中期において、オランダ植民者の抑圧を受けたことから、インドネシア華人の民族主義の意識がかき立てられた。そして同化に抗うために儒家文化の復興をはじめたのである。一九世紀後半には、彼らは儒学経書の通俗化運動を展開し、経書をインドネシア語に翻訳したほか、経書の原文を白話文に書き替えた。一九〇〇年にはバタヴィア［現在のジャカルタ］に中華会館を創立している。その趣旨は孔教の教義によって華人風俗の改革をし、また華人の中国言語文化に対する理解を深めることにあった。この会館はさらに「バタヴィア中華会館中華学堂」を創立しており、インドネシア各地はこれに倣い、中華会館や中華学堂を次々に設立したのである[7]。

インドネシアの国家政治により同化政策が実施された後、一部の華人は宗教を利用して中華文化を存続させた。孔教の指導者はたえず孔教を制度化、本土化し、西洋の宗教に近づけ、現実生活に適応させることにより、国家の承認を獲得するとともに、インドネシアの民族主義的な懸念を取り除こうとした。彼らは過去の理論や聖典を信徒たちに系統的に伝授しており、その組織はキリスト教やイスラム教のように非常に厳格であった。例えば、孔教の教会（礼堂）の祭壇に孔子像とその絵画をしつらえ、信者に参拝させる。礼堂は長老や伝教師によって主宰されている。伝教師は学師・文師・教生の三等級に分けられ、それぞれ異なる色の徽章が与えられている。儒教の儀式にも撞鐘・焚香・聖歌の斉唱・祈祷・敬礼・説教・聖歌の斉唱などの決まりがある。孔教の制度化の後、会員が広く集まり、入信者は天を上帝とし、孔子を預言者とし、四書五経を聖書とし、「八誠箴規」「インドネシア孔教において定められた信徒が守るべき八つの決まり」を守らねばならないとされた。このほか、学校に孔教の宗教課程を設置している[8]。

しかしながら、孔教の発展の道もやはり平坦ではなく、共産勢力が衰退した後、その利用価値も下がることとなった。一九七八年からスハルトはもはや孔教の合法性を認めず、孔教にとって不利な一連の法令が続けざまに登場し、それには学校における孔教の宗教課程の廃止も含まれていた。こうした状況にありながら、孔教の信徒は依然として活動を続け、関連する法律を利用して権利を獲得した。一九九八年にスハルトが失脚すると、状況は次第に改善していくことになる。スハルトの後の数代の大統領は孔教に対して比較的寛容で、さらにはインドネシア孔教協会が主催する大規模な春節の祝賀会にも出席したのである[9]。

人口比率が「極めて少数」にすぎない華人でありながら、歴史的な苦難の時代において宗教によって伝統文化を守った。インドネシアは儒学／中華文化という、域外発展のもう一つのモデルを示したのである。

四　シンガポール・マレーシア・インドネシアにおける華人の文化伝承モデル

東南アジアの各地域は第二次大戦後の大分裂時代をともに歩き、時代の変遷による様々な衝撃を受けてきた。これと同時に、東南アジアでは次々に独立国家が建設され、それぞれの国内の問題と直面することとなった。このような共通の時代背景をもちながらも国内の環境が異なる状況のなかで、東南アジア華人がとった「ルーツを守る」方法は、比較の可能性と意義を有している。

1　シンガポール――国家／政治が主導する「言語によってルーツを守る」モデル

一三〇年余りの間、シンガポール華人は資金を集めて華語学校を運営しており、その趣旨の一つは中華文化を発揚することであった。「学校によってルーツを守る」ことは、華人社団や華人指導者の責務であったのだ。はからずも独立後たった二八年にして、その「文化の砦」は急速に崩壊することとなった。有識の士で憂慮せぬ者はなく、「我が国三大民族のなかで、自己の文化を喪失した人数がもっとも多いのは華人である」と嘆いたのである。(10)

一九七〇年代末、政府は多元文化政策へと転換し、各民族に自己の伝統に回帰するよう呼びかけた。華語学校が虫の息をつないでいたとき、政府は華語や文化に関連する政策や運動を推進しはじめ、文化伝承の責務を華語に託そうとしたのである。しかし必要な場合には英語も使用しており、たとえば一九八〇年代の儒学運動では、学校における儒家倫理課程でも、社会における儒学活動でも、国内外の儒学専門家による講演でも、みな中国語と英語の二言語を採用している。「言語によってルーツを守る」という歴史の一章は、ここに開かれたのである。

これらの政策や運動の大多数は長期的なものであり、さらに首相や副首相、大臣が自ら発布・主宰・指導を行った。ここでは華語運動と華語教育改革を例にして論を進める。[11] 第一回の華語普及運動は一九七九年九月七日に当時の首相李光耀《リー・クアンユー》によってはじめられ、この運動の目標は中国語方言にかわり華語（標準中国語）を打ち出すというものであった。これにより、中華系の学生が二言語（英語と華語）を学ぶのに有利であるようにし、また母語（実は華語は第二言語であった）に文化存続の役割を担わせたのである。この半年前に李光耀《リー・クアンユー》が教育大臣の呉慶瑞《ゴー・ケンスイ》へ宛てた書簡では、中国語方言にかわり華語を打ち出し、第二言語としての華語によって道徳観念や伝統文化を伝授していくことが強調されている。[12] 人々はしかたなく「言語によってルーツを守る」という事実を受け入れ、『連合早報』は一九八四年二月二十日の社説で次のように言っている。「華語学校の没落はすでに引き返すことのできない状況になっており、そのためみな第二言語としての華語による教育に希望を託しているのだ」と。

一九九〇年代に入って中国が振興するにつれ、華語の経済的価値が高まった。政府は華語教学のために二回にわたって大鉈を振るう改革を行い、それぞれ時の副首相であった王鼎昌《オン・テンチョン》、李顕龍《リー・シェンロン》によって指導された。新政策は一九九二年五月と一九九九年一月にそれぞれ公布され、その目標は華語の普及とレベルの引き上げにあった。一九九二年の新政策では「華語第二言語」を「華語」と改称している。一九九〇年代末に政府はまた華語エリート育成の方案を提出した。当時の情報芸術大臣であった楊栄文は一九九八年九月十二日に行われた華語普及運動の開幕式で、母語をおろそかにすることは根なし草になることを意味するとし、次のように主張した。「我々には華語知識文化エリート層が必要である。彼らがあってこそ華人文化と華語が効果的に次の世代に伝承されていくのだ」と。李顕龍《リー・シェンロン》が一九九九年に新華語教育政策を発布したとき、華語エリート層を育成して文化を向上させ、「華人文化を発展させることを通して、二十一世紀においてシンガポールを大都会の特質を備えた都市と経済体へと作り上げる」ことを提唱している。[13]

一九七九年に始まった華語普及運動は、一年また一年と、現在にまで続いている。華語教学に対する改革は大小にかかわらず一九九〇年代以来、途切れたことがない。一九七〇年代末以来、国家／政治によって主導された「言語によってルーツを守る」は、シンガポール華人の文化存続の主要なモデルになったのである。

2　マレーシア――学校／教育が主導する「学校によってルーツを守る」モデル

マレーシア政府が実施した言語文化政策は、明らかにマレー民族の利益に基づいており、マレー語が唯一の公用語であり、イスラム文化が国家文化の核心であるとされた[14]。これにより華人の言語と文化は周縁化されることになった。華語が公用語になれない以上、華語教育を保護する理論的な根拠は弱まった。その後続けざまに教育報告や教育法令が発布され、華語学校は大きな打撃を受けた。そのため、華人は植民地時代よりもさらに力を尽くして華語教育を守らねばならなくなったのである。

シンガポールと対比してみると、マレーシア華人は華語教育の保護に対し後には引けない状況にあった。主な理由として、以下の点がある。第一に、マレーシア華人が直面したのはイスラム文化の挑戦であり、シンガポール華人が直面したのが西洋文化との競争であったのとは異なり、妥協が許されなかったからである。第二に、マレーシア華人は他民族の統治下にあるのであり、シンガポール華人が同民族の統治を受けているのと違い、心理的な抵抗がより強烈であったためである。第三に、シンガポールにおける華語学校の消滅と文化の危機が、マレーシア華人にきわめて大きな衝撃を与え、その警戒心を高めたからである。第四に、シンガポールのここ三十年あまりもの「華人魂の再燃」がマレーシア華人をも揺り動かし、文化の再建というのは努力に見合う成果が得られないものであり、さらに自分たちには後ろ盾となる国家があるわけではなく、また政府がいつの日か「目覚める」こともあり得ないのだと気づかされたからである。

植民地時代において、シンガポールとマレーシアの両地は共同で華語教育を保護し、ともに南洋大学を創立した。シンガポールとマレーシアが分離した後、マレーシアの華人社団と華語教育指導者は過去における華語学校の保護という伝統を受け継ぎ、華語教育のために奮闘し続けた。彼らは華語学校を「文化の砦」とみなし、この基礎がなければ文化の存続はありえないと考えていた。シンガポール政府が南洋大学とシンガポール大学を合併することを決定したとき、マレーシア華人の反応はシンガポール華人よりもはるかに激しいものであった。マレーシアの南洋大学の卒業生と華人社団は、集団の名義で抗議し、呼びかけに奔走し、声明を発表し、ついには厳しく糾弾したのである。これはシンガポールの南洋大学の卒業生と華人社会が従順に沈黙していたのとは鮮明な対照をなしていた(15)。

国家が構築されていく時期、シンガポールとマレーシアの華語教育は同じように危機に直面した。シンガポールの華語学校が一つ一つ消滅していったとき、マレーシア華人は華語小学校を繋ぎ止め、独立中学を発展させ、さらに独立大学を創立するために十年余りも奮闘したのである。独立大学の設立には至らなかったが、華人は新しい道を開き、ついに三校の学院を創立し、一九七〇年代の「独立中学を支持し、華語小学校を維持し、高等教育を発展させる」というスローガンを実現したのである。

独立から現在にいたるまでのマレーシア華語教育の歴史とは、華語教育闘争であったと言うことができよう。「華語学校の闘士」はマレーシア独自の名詞となり、林連玉は後進たちから「民族の魂」として尊敬された。研究者は次のように言っている。「華人社会が華語教育は依然として危機にさらされていると認識さえしたなら、林連玉の現代的意義は存在しているのである」、と(16)。

マレーシア華人にとって、「学校によってルーツを守る」ということは、過去・現在・未来における唯一の道なのである。

3　インドネシア――孔教組織／宗教が主導する「宗教によってルーツを守る」モデル

インドネシア華人は長きにわたって排華や嫌中の苦しみを受け、その文化はさらに切迫した状況にあった。独立後における国家の同化政策、とりわけスハルトによる強硬な施策は、華人文化にさらなる災難をもたらした。幸運なことに「建国五大原則」が宗教信仰の自由を保障したことから、仏教と孔教が生きのびることができ、インドネシア華人に「ルーツを守る」ためのひとすじの道が残されたのである。

その実、インドネシア華人の仏教徒の数は孔教信者よりも多く、一九七一年の人口統計によると、華人人口は約六〇〇万、そのうち一八〇万人が仏教徒、一四〇万人が孔教信者であり、それぞれ華人人口の三十％、二十四％を占めている(17)。インドネシア政府とイスラム教徒は、仏教に対しては比較的寛容であった。それは仏教がインドネシアで輝かしい歴史を持っており、インドネシア文化の一部分であると認識しており、また仏教を利用して華人をインドネシア化しようと考えたからである(18)。彼らは仏教の寺院は仏を祭る地だとみなしているが、孔教や道教の廟は華人文化の根拠地だと考えていたのである。一九七九年にはスハルトが孔教は宗教ではないと宣言したことから、孔教信者の数とその発展は深刻な影響を受けることとなった。

孔教組織はインドネシア華人文化の伝承のうえで重要な役割を担ってきた。一九〇〇年に成立した中華会館は孔教を支持し、華語学校を創設した。一九五五年にスラカルタで新たに成立した孔教連合会は、現在のインドネシア孔教最高理事会の前身である。一九六七年八月、孔教連合会はスラカルタで第六回大会を開催し、インドネシア孔教最高理事会と改名した。それから十年あまりの間に、理事会はインドネシア各地で孔教会分会を設立し、信徒はインドネシア各地にあまねく分布するようになった。学者による二〇〇五年の統計によると、インドネシア全国には六十三の「孔教理事会」、十四の「孔教宣道会」、二十六の孔教支部、これに加えて廟と基金会が合計一一三あるという[19]。孔教会の統率者には徐再英、柯貴安、黄金泉がいる。

一九六七年大会の後、インドネシア孔教の制度化が始まり、長年の努力により孔教は宗教がもつべき要素を備えるようになった。このようであっても、一九七八年から孔教は執政者に唾棄されることとなった。しかし多くの孔教信者は依然として奮闘し続けた。一九九八年にスハルトが失脚すると、インドネシア孔教最高理事会はジャカルタで二十年近く中断していた全国大会を開催し、新しい理事を選挙で選び、また新しい規定を採択し、さまざまな準備を整えて、孔教は復興の段階に入っていったのである。

シンガポールやマレーシアと比較してみると、インドネシア華人も熱心に学校を設立したことがわかる。統計によると、一八八五年にペナンには私塾が五十二校、シンガポールには五十一校、マラッカには十二校あったが、同時期にジャワには二一七校が存在していたのである[20]。またその一方で、インドネシア華人はかつて孔教/儒学についても積極的に推進していた。彼らが十九世紀末に巻き起こした孔教運動は、シンガポールやマレーシアの華人と呼応しており、主導する思想や活動内容に共通点があっただけでなく、その指導者や宣伝組織、寺院や学校の設立においてもしばしば相互に影響しあっていた[21]。三地域がそれぞれ独立建国した後、インドネシアの華語教育の命運は最も不遇であったが、孔教とその組織の発展についてはなかでも抜きん出ていた。インドネシアにおいて「学校によってルーツを守る」という道が絶たれた後、孔教組織はその力を発揮し、礼堂や廟が学校にかわって華人文化の根拠地となったのである。

インドネシア華人による中華文化の存続における最大の特色は、宗教という方法をとったことであり、すなわち「宗教によってルーツを守る」という道であったことである。次に、マレーシアと同じように民間の人々が推進したのであり、シンガポールのように国家が主導したのではないということだ。三つめに、インドネシア語によって伝承したのであり、マレーシアが直接華語を用い、シンガポールが華語のほか必要な場合には英語も使ったのと異なっていることである。

簡単に言えば、孔教組織／宗教が主導する「宗教によってルーツを守る」がインドネシア華人による文化存続の独特なモデルになったのである。

おわりに

東南アジアで新興国家が誕生すると、執政者は現実に基づいて考慮し、それぞれに異なる民族政策を制定した。本論で取り上げた三つのケースでいうと、シンガポールは多元文化政策、マレーシアは整合政策、インドネシアは同化政策を推進した。これらの政策はそれぞれの国の華人の文化発展に大きく影響を与え、ひいては文化断絶の危機をもたらした。各国の華人は自身の文化を存続させるために、それぞれ違った方法で対応したのである。シンガポールの華人社会は「文化の砦」――華語学校を守り通すことができなかったが、のちに態度を転換させた国家指導者によって文化復興事業が主導された。マレーシア華人社会は力の限りを尽くして華語学校を守り、ついには危機から脱却し、比較的完備された華語学校のシステムを打ち立て、過去における中華文化の伝承方法を引き継いだ。インドネシアの華語学校は政治の力により一夜のうちに消滅するも、孔教組織が国家政策の矛盾を利用して宗教路線をとり、宗教的要素の強い独特のモデルを形作ったのである。

第二次大戦後の大分裂時代を経て、東南アジア地域の華人とその文化発展にも違いが生じた。シンガポール・マレーシア・インドネシアの華人は植民地時代において熱心に華語学校を設立しており、中国要素の主導のもと「ルーツを守る」モデルは同じだった。各地域の華人は中国要素によって互いに距離を縮め、文化において相互に影響しあった。大分裂時代に入ると、これら三地域はそれぞれ異なった道を歩むことになり、中国要素が切り離され、現地の要素がこれに代わった。三か国の華人は中国と疎遠になっただけでなく、お互いの間にも隔たりが生まれ、それぞれの環境のなかで母語と伝統文化を守る道を選び、最終的に明らかに異なる三つの「ルーツを守る」モデルが登場したのである。すなわち、シンガポール華人の国家／政治が主導する「言語によってルーツを守る」、マレーシア華人の学校／教育が主導する「学校によってルーツを守る」、インドネシア華人の孔教組織／宗教が主導する「宗教によってルーツを守る」である。

シンガポール・マレーシア・インドネシアの華人の対応は、現在でも継続しており、また変動を見せている。大分裂の後たった三十年で、中国要素が東南アジアに再び現れ、中華言語文化の発展に推進力を与えた。シンガポールでは予測できる未来において華語学校が復興する可能性はなく、「言語によってルーツを守る」の道はこれからも続いていくだろう。苦慮されるのは、大部分の華人の華語レベルはまだまだで、たとえ大学の中文系出身の学生であっても、大多数が意のままに操れるというレベルにあるわけではないことだ。マレーシアの華語学校はいくらか発展する余地があり、「学校によってルーツを守る」の道はさらに広がっていくであろう。懸念するべきは、華人人口の比率が低下し続けていることや、華語人材がたえず外に流出していることである。インドネシアについては、孔教そのものに様々な限界があり、孔教信者の人数も絶えず減ってきている。しかしインドネシアの華語教育は復興の途にあり、今後の中華文化の存続は「宗教によってルーツを守る」の一途に限定されることはないだろう。

注

(1) 本論は二〇一三年八月四日に日本の愛知大学で開催されたシンポジウム「分裂の物語・分裂する物語」での発表内容に基づいたものである。これ以前の二〇一三年五月三日から四日にも、筆者はシンガポール南洋理工大学人文与社会科学学院と韓国延世大学国学研究院との合同主催による学術ワークショップ「現代儒学と公共性――東南アジアと南アジア儒学の構築と実践」に招聘され、基調講演として「儒学の東南アジアにおける継承」というタイトルで発表している（近刊予定）。これら二篇の論文は姉妹編といってよい。ただし後者は儒学／孔教をテーマにしており、また考察対象の時代が比較的長く、植民地から現在にまで及んでいる。

（2）シンガポールの華人人口を含む。シンガポールとマレーシアの分離は華人人口の比率に影響を及ぼしている。専門家の統計によれば、マレーシア華人人口の比率は、一九六一年には三十五．六％あったが、二〇〇〇年には二十五．五％に下がった。二〇二〇年には二十％あるいは十八．九％にまで低下する可能性がある。各種の統計はみな同じように急降下の現象を示している。

（3）一九六六年にインドネシア大統領の命令によって華人が姓を放棄させられた後、インドネシア華人の判別が難しくなったが、それ以前は難しくなかった。一九六六年におけるインドネシア華人の数は約五〇〇人でインドネシア総人口の二．八％であった。以下を参照。Leo Suryadinata, *Pribumi Indonesians, the Chinese Minority and China* (Kuala Lumpur, Heinemann, 1978), pp. 3-4.

（4）シンガポールにおける華語学校の消滅と華人による「ルーツを守る」努力については、李元瑾「新加坡華文教育変遷下知識分子的保根心態（一九五九―一九八七）」（楊松年編『伝統文化与社会変遷』シンガポール：同安会館一九九四年、四七～五八頁）を参照。

（5）一九五一年の「バーンズ報告」、一九五一年の「フェン・ウー報告」、「一九五二年教育令」、「一九五四年教育白書」、一九五六年の「ラザク報告」、「一九五七年教育令」、一九六〇年の「ラーマン・タリブ報告」、「一九六一教育法」などである。

（6）この法令の第二一条（二）では、いかなる時も教育大臣がある国民型小学校（華語小学校あるいはタミール語小学校）を国民小学校（マレー語学校）に転換させるのが適当だと考えれば改変を命令することができる、と規定している。

（7）王愛平『印度尼西亜孔教研究』（北京：中国文史出版社、二〇一〇年、四十六～七十一頁）。

（8）廖建裕『印尼孔教初探』四十三～四十六頁。王愛平『印度尼西亜孔教研究』はインドネシア孔教の組織システムや指導者層、教義、教則、教徒、礼拝や宣伝指導、祭祀儀式や通過儀礼について、実地調査に基づく考察と詳細な記述がある。

（9）王愛平『印度尼西亜孔教研究』八十四～九十二頁、九十六～九十九頁。

（10）李元瑾「新加坡華文教育変遷下知識分子的保根心態（一九五九―一九八七）」五十八～八十二頁。

（11）シンガポールの華語普及運動については、李元瑾「歴史重演？新加坡両場跨世紀的華語運動」（『亜洲文化』二十三期、新加坡亜洲研究学会一九九九年、七十六〜九十四頁）を参照のこと。華語教育改革については、以下の文献に基づいた。Sunny Goh, "Chinese review committee named", *The Straits Times*, 19.6.1991; "The facts about a 'difficult' language and its role in Singapore", *The Straits Times*, 9.5.1992; "Improving the teaching of Chinese in schools", *The Straits Times*, 10.5.1992; シンガポール『聯合早報』一九九九年一月二十一日に掲載された李顕龍《リー・シェンロン》副首相の声明全文。

（12）「加強双語維護伝統」（一九七九年三月十日）、『李光耀四〇年政論選』（シンガポール：新加坡報業控股華文報集団、一九九三年、三九七〜四〇〇頁）

（13）*The Straits Times*, 21.1.1999.

（14）マレーシア政府が一九七一年に制定した国家文化三原則は以下の通りである。一．マレーシアの国家文化は本地域の原住民の文化を核心としなければならない。二．その他の文化の適切な部分を国家文化の要素として受け入れることが可能であるが、必ず第一と第三の原則に合致していなければならない。三．イスラム教は国家文化を形成する重要な要素である。以上の三原則は、のちに国家文化政策となっている。*Asas Kebudayaan Kebangsaan* (Kuala Lumpur: Kementerian Kebudayaan, Belia dan Sukan, 1973), p.7. を参照。

（15）李元瑾「南洋大学図像：新馬国家疆界的虚擬与現実」（李元瑾編『南大図像：歴史河流的審視』シンガポール：南洋理工大学中華語言中心、二〇〇七年、三一五〜三三二頁）

（16）何国忠「林連玉：為族群招魂的故事」（何国忠『馬来西亜華人：身份認同、文化与族群政治』クアラルンプール：華社研究中心、二〇〇二年、四十九〜八十七頁）引用は八十七頁より。

（17）廖建裕『現階段的印尼華人族群』（シンガポール：新加坡国立大学中文系、二〇〇二年、四十七頁）

（18）同上、六五頁

（19）王愛平「組織与制度：印度尼西亜孔教的制度化表徴」（『文史哲』二〇〇八年第三期、総第三〇六期、六十三頁）

（20）顔清湟「林文慶与東南亜早期的孔教複与運動」（李元瑾編『東西穿梭、南北往返：林文慶的廈大情縁』（シンガポール：南洋理工大学中華語言文化中心、二〇〇九年、一二〇頁）

（21）李元瑾「儒学在東南亜的承伝：新馬印之比較研究」の第二節「植民地時代中国元素主導下之新馬印儒学：趨同与存異」を参

照のこと。

訳注

〈1〉「ラーマン・タリブ報告」とは、それまで認められていた言語別の四系統からなる政府補助制学校（華語学校・マレー語学校・英語学校・タミール語学校）を、初等教育では引き続き認めるものの、中等教育についてはマレー語学校と英語学校しか認めないとしたものである。この報告を成文化したものが「一九六一年教育法」である。

〈2〉「一九六一年教育法」の施行により、政府が全面的にその運営費を補助する政府立学校と、学校からは一切補助を受けられない独立学校（私立学校）という区分が設けられた。さらに政府立学校については、国語（マレー語）を教授言語とする場合は「国民」学校、国語以外を教授言語とする場合は「国民型」学校として区分された。このうち中等教育については、英語を教授言語とする学校しか国民型学校として認めないとされたため、華語を教授用語として学校を存続させる場合は、独立学校に転換せざるを得なくなったのである。

第2部　大分裂時代の詩歌

第4章　詩句は流亡を記すのみにあらず

抗日戦争期、西南聯合大学教授たちの旧体詩を読む

陳平原
（津守陽訳）

抗日戦争の八年間、中国の大学は西へと難を避け、戦火の中にも学問の火をともし続けた。その歴史と伝説、そして精神は、今に至るまで多くの人々が語り継ぐところだ。[1]なかでも国立西南聯合大学にまつわる物語は、最も多くその記憶が語られ、歴史家にも注目されてきたものである。[2]そもそもまだ戦時下にあったころからすでに、謝幼偉は「抗戦七年来之哲学」において、厳しい戦時下の環境においても中国哲学の進展は妨げられず、むしろ「中国哲学の新生と言える」と述べていた。謝氏の文章にはこの時期の重要な哲学研究の成果が列挙され、そこには熊十力の『新唯識論』（語体文版）、賀麟の『近代唯心論簡釈』、章士釗の『邏輯指要』、馮友蘭の『新理学』、金岳霖の『論道』、それから沈有鼎が『哲学評論』上に発表した「意指分析」の第一〜二章が挙げられている。

ここからわかるように、「この七年の戦争は、中国の哲学者の思索を阻害することなく、むしろ彼らの思索をいっそう鋭敏にした」[3]のである。筆者は「永遠の〝笳吹弦誦〟――西南聯合大学にまつわる歴史と追想、および解釈」と題した文章の中で、謝氏の引用に続いて下のような一言を付け加えたことがある。「哲学研究についてはこの通りだが、史学や文学、言語学、宗教学などの領域についても、同様のことが言える。聯合大学の教授たちによる著作を見れば、湯用彤の『漢魏両晋南北朝仏教史』、陳寅恪の『隋唐制度淵源略論稿』、銭穆の『国史大綱』、雷海宗の『中国文化与中国的兵』など、どれも稀代の名著である。戦争が完全には学術を阻害せず、逆に中国学術の強い生命力を刺激したということには、安堵を覚える。[4]」

しかし、ただ単に西南聯合大学の教授たちが生み出した学術上の成果を並べるだけではやはり不十分である。[5]筆者がより関心を寄せているのは、読書人たちの思想と情感である。今回は、西南聯合大学を離れてから著名な小説家や詩人になった青年教師たち（銭鍾書、穆旦）や、学校を卒業した後に文学的筆致をもっていきいきとキャンパスの様子を描き出した多くの学生たち（鹿橋、汪曾祺、宗璞など）はひとまず措いて、当時の著作、しかも教授たちの著作に限定してみたい。

まずは四篇の序跋を読んで、その著作から滲み出る心境を見てみよう。

一九三九年六月、銭穆は『国史大綱』を完成させ、「書成自記」を記した。その中で、全面戦争に突入して以後、大学とともに南遷し、昆明で教鞭を執った頃のことを述べている。「思うに万里を逃げて命をつなぐも、何ら貢献するところが無かったが、また諸君のために国史を講じることとなり、感慨もひとしおである。」「平生述べるところは、どれも軽々しく発行するのがためらわれた。…ただこの書についてだけは違った。もし秘かに仕舞っておいたら、十年待つとも確実な機会は無かっただろう。しかも暴虐な敵軍は猛威を振るい、空襲は相次ぎ、常に灰燼に帰する恐れがあった。このため思い切って刊行したのである。[6]」この二段は必ず合わせて読まねばならない。前者は著述の時の心持ちを言い、後者は戦火の中の読書人の命運に触れている。

同様の感慨は彼一人のものではなかった。一九四〇年四月、大病から回復したばかりの陳寅恪は、昆明にて『隋唐制度淵源略論稿』のために万感の思いを込めた「附論」を記した。「私はもともと学識の浅さを感じていたが、数年来たびたび危険な目に遭い、うろたえてあちこち転々とするうちに、これまで歴史を繙きながら記してきたノートや、かき集めてきた資料がことごとく散逸してしまった。けれども今ちょうど縁ができて、何かを書かなければならない。そこで病をおして、一時の理解や記憶の及ぶ範囲に基づいて、そそくさとこの書を書き上げた。『稿』と名付けたのは、これが定本と見なすわけにはいかないもので、やむを得ず書き上げたのだという意味を込めたにすぎない。[7]」乱世に生まれ各地を漂泊した陳寅恪氏は、つねに死の脅威におびやかされる状態の中で、平生の学問をいかにして最も手っ取り早い方法で、可能な限り保存していくかということに頭を悩ませざるを得なかった。傅斯年と劉永済へ宛てた手紙の中で陳寅恪は、死神と速さを競いつつ、最終的に勝利を獲得したことへの悲喜こもごもの感慨を述べている。[8]こうした心情はそこに身を置いたものでなければ、深く感得しにくいものだろう。

娘が入学のため昆明へやってくる旅費を工面してやる目的で、鄭天挺は『清史探微』の刊行を決めた。[9]ここには十二篇の文章が収められているが、一九四五年四月十二日執筆の「叙目」ではこう述べる。「ただ思うには、南下して以来安閑たる日はほとんど無く、研究や思索の余裕があるのは、常に警報が鳴り響き、朝となく夜となく家を出て外で過ごさねばならぬ時くらいだ。その文には残すほどの価値あるものは無いが、この時については、あるいは書き残す価値があるかもしれぬ。[10]」警報が鳴り響く中での著述については、鄭天挺が一九四三年一月二十六日に羅常培の『恬盦語文論著甲集』に寄せた序文を考え合わせるのが良い。「余と莘田〔羅常培の字〕は同日に生まれ、長じては師を同じくし、壮年となってからは各々の学識を以て四方に遊び、またしばしば共にあり、一生をかけてこつこつと徹底的に学んでいることをよく知っていた。毎晩深夜に至るまで天下古今のあらゆることについて議論を交わし、その苦楽を十分に味わった。……余は病に伏したのち三度警報に遭い、病中の身でそもそも避難できなかったが、莘田もまた残って付き添ってくれ、古人のごとき交情を今日に得られることができた。序を書いてこれに報いようとするのは、愧じて余りあるほどである。[11]」生死を共にしたこの友情には、確かに敬服せざるを得ない。そしてそれよりもなお驚くべきは、教授たちが置かれた悲惨な環境と、それにもかかわらず学問に寄せた敬虔で誠実な愛である。

彼らの紙背に押し込めた心情を探るならば、序跋を書くうちに偶然流露した感情の断片以外に、実はより多く、またより直接的な心情の表れとして見られるのが、日常的に詠まれていた旧体詩の作品である。これらの詩作は当時公に発表されることは稀で、師友の間でその写しが出回り読み継がれ、作者がこの世を去って何年も経ってから、ようやく続々と整理刊行されるようになったものである。陳寅恪の「庚辰元夕作時旅居昆明（庚辰元夕の作、時に昆明に旅居す）」には、「念昔傷時無可説、剰将詩句記飄蓬（昔を念い時を傷み説くべく無し、剰お詩句を将って飄蓬を記さん）」の句がある。[12]思うに、これらの詩作はただ単に当事者個人の、ある特定の年月における苦しい生活を記録しているだけではなく、あの時代における中国の読書人の魂の歴史をも示していると言うことができる。よって、純然たる文学の問題ではなく、むしろ中国の政治や思想、教育や文化などに関わる大きな問題として、今日仔細に鑑賞する価値がある。

本稿では陳寅恪（一八九〇―一九六九）、呉宓（一八九四―一九七八）、朱自清（一八九八―一九四八）、潘光旦（一八九九―一九六七）、浦薛鳳（一九〇〇―一九九七）、魏建功（一九〇一―一九八〇）、浦江清（一九〇四―一九五七）、蕭滌非（一九〇六―一九九一）など、八名の西南聯大教授たちの抗日戦争期の旧体詩を選び、「詩史」の角度から考察と解読を加え、可能な限り彼らの日記や書信、学術著作と照らし合わせて、詩の中に中国人学者たちの心境がどのように体現されているかを見る。同時に、旧体詩というジャンルは、流亡のさなかにあって聯大教授たちの「戦争を描く」という使命を担いえたのか、という問題についても問うてみたい。

一　西南に漂泊して唱酬多し

一九九一年、魏建功の息子の魏至は父の遺品を整理している最中に、戦時中に書かれた父の遺詩二十題四十首を発見した。そこで装幀して一冊にし、父の生前の親友たちに頼んで記念として題辞を依頼した。この『独後来堂十年詩存（附跋語）』は、はじめ南京師範大学編集出版の『文教資料』一九九六年四期に掲載された。多くの跋語のうち、魏建功の西南聯大時期の同僚である、著名な詩人の馮至が寄せた詩が最も素晴らしい。「紅楼十載成長憶、漂泊西南多唱酬。浩蕩滇池春色好、感君邀我泛軽舟（一九三九年春与建功学長泛舟滇池、暢談今古、因題《独後来堂十年詩存》）（紅楼の十載長憶と成り、西南に漂泊して唱酬多し。浩蕩たる滇池は春色好し、君の我を邀えて軽舟を泛かぶるに感ず（一九三九年春、建功学長と舟を滇池に泛かべ、今古を暢談す、因りて『独後来堂十年詩存』に題す。）)」[13]惜しいことに、江蘇教育出版社が二〇〇一年に『魏建功文集』を刊行した際には、形式の統一を図るために『独後来堂十年詩存』のみ収め、馮至らの題跋を削ってしまった。[14]

確かに魏建功と馮至は元北京大学の同級生であり、のちにまた同僚ともなったので、文字通り「紅楼十載長憶と成り」ではあったが、現在のところまだ魏と馮の二人が唱和した詩作は見つかっていない。いわゆる「西南に漂泊して唱酬多し」とは言葉通りの意味ではなく、むしろあの時代の文人たちの交流の仕方や精神的な雰囲気の輪郭を描き出した句であったのだろう。ならば、あの砲火が飛び交う日々の中で、一体どんな学者たちが本当に詩句を吟じ、互いに唱和したのであろうか。先ほどの八名の西南聯大教授たちを例に取り、その現存する詩集を

調査して、唱和の対象を復元してみよう。ここで基づく版本は以下の通りである。『陳寅恪集・詩集』（北京、三聯書店、二〇〇一年）、『呉宓詩集』（北京、商務印書館、二〇〇四年）、『猶賢博弈斎詩鈔』（『朱自清全集』第五巻、南京、江蘇教育出版社、一九九六年）、『鉄螺山房詩草』（『潘光旦選集』第四集、北京、光明日報出版社、一九九九年）、『太虚空里一遊塵――八年抗戦生涯随筆』（『浦薛鳳回憶録』中冊、合肥、黄山書社、二〇〇九年）、『独後来堂十年詩存』（『魏建功文集』第五巻、南京、江蘇教育出版社、二〇〇一年）、『浦江清文録』（〝詩詞〟を附す。北京、人民文学出版社、一九八九年）、『有是斎詩草』（『蕭滌非杜甫研究全集附編』、哈爾濱、黒竜江教育出版社、二〇〇六年）。

同じように詩を作るとは言っても、それは一人で吟じても良いし、師友と応酬しても構わない。これは芸術的レベルの高低の問題ではなく、個人の著作習慣に関わるところが大きい。しかし社会学の角度から見ると、それぞれの唱和の状況を統計することで、その友人との付き合い方、それから自己表現の傾向や風合い、およびその能力を見ることができる。以下はそれぞれの学者が詩を贈ったり唱和したりした相手の調査結果である（抗戦期間に限る）。

陳寅恪――呉宓、劉永済、容肇祖、楊樹達、このほかに妻の唐篔。
呉宓――陳寅恪、朱自清、蕭公権、劉永済、潘伯鷹、繆鉞、李思純、容肇祖、浦江清、林同済、胡小石、毛子水、汪懋祖、銭鍾書、徐震堮、徐梵澄、龐俊、趙紫宸、陳柱、金毓黻、常乃悳、胡歩川、このほかに学生として張志岳、趙仲邑、周珏良、李賦寧、張爾瓊、張敬など。
朱自清――蕭公権、浦薛鳳、孫暁孟、葉聖陶、潘伯鷹、俞平伯、李鉄夫、陳福田、楊振声、陳岱孫、夏丏尊、豊子愷、程千帆、潘光旦など。
潘光旦――趙文璧、修中誠、陳福田、李琢庵など。
浦薛鳳――陳寅恪、呉宓、蕭公権、浦江清、王化成、孫暁孟など。

魏建功――老舎、沈兼士、唐蘭、魯実先など。
浦江清――朱自清、呉宓、施蟄存、容肇祖、王季思、徐震堮、楊業治、游国恩、李安宅[15]、このほかに岳父の張琢成。
蕭滌非――游国恩、聞一多、朱自清など。

中国の近代文学や学術史に関心のある人であれば、このリストの中の大部分は馴染みのある名前である。些か注釈が必要かもしれないのは、おそらく油絵画家の李鉄夫や書道家の潘伯鷹よりも、むしろ元清華大学教授で抗戦勃発後は西南を漂泊した、孫暁孟（すなわち孫国華、心理学）、王化成（政治学）、楊業治（ドイツ文学）、浦薛鳳（政治学）、蕭公権（政治学）らであろうか。蕭公権は西へ移ったあと四川大学教授に転任し、浦薛鳳はまず西南聯大で政治学部教授を務めたあと、一九三九年三月からは国防最高委員会参事に着任した。

陳寅恪は見識が高く、本当に詩がわかる何人かの旧友を除いては、他の人と唱和することを好まなかった。浦薛鳳は政治学教授として自分のことをよくわきまえており、唱和を好みはしたものの、詩集は出版せず、ただ追想録の中で頻りに自身の詩作を引用したのみであった。魏建功と蕭滌非の二人は現存する詩作が少なく、交流の範囲も小さい。真に「西南に漂泊して唱酬多し」であったのは、呉宓、朱自清、浦江清の三名である。潘光旦については、外文系教授の陳福田に餞別の詩を書いたほか、彼が詩を贈った相手には彼の学生であった趙文璧、実業家の李琢庵、中国訪問中のオックスフォード大学の中国学者修中誠らがいた[16]。一九四六年盛夏に「楚子図南古蒼璧の歌」［潘が雲南大学教授の楚図南に贈った詩］を書いたことを除けば、潘光旦は学者同士での応酬を好まなかったようである。まさにこのために、この著名な優生学者であり心理学者である潘光旦が詩をよくすること、しかもなかなかの腕前であることはほとんど知られていなかった。一九九二年に群言出版社が潘光旦の手跡をそのまま影印した線装本の『鉄螺山房詩草』を刊行したが、その詩は鑑識眼に優れた欧州問題専門家である陳楽民を大いにうならせ、潘光旦が「詩人ではないが、詩人よりも優れた詩人」であったとは思いもよらなかった、と言わしめた。[17] どうやら朱自清だけが、慧眼は英雄を知るのたとえ通り、一九四五年に書いた「『鉄螺山房集』贈主人（『鉄螺山房集』。主人に贈る）」の中で、とうの昔に「小詩坦率見世情、煙斗陸離徴雅癖。（小詩坦率にして世情を見わし、煙斗陸離として雅癖を徴す。）」と潘光旦の詩才を高く評していた。[18]

少し分析してみるとすぐわかるように、陳寅恪らの応酬の対象には、第一に位の高い権力者は含まれず、大多数が大学教授であり、第二に基本的に西南を漂泊中の教授たちが対象で、淪陥区に留まった者との唱和はほとんどなかった。[19] また第三に、詠懐し、寄贈し、唱和することに熱心だったのは文系（特に中国文学専攻）の教授が主であり、理工系の教授は極めて少なかった。[20]

互いに詩句の応酬を交わした理由については、文学的趣味が共通していたこと以外に、おそらくより重要な要素として、感情の交流や互いに慰めあうという目的があっただろう。一九三九年春、陳寅恪は「己卯春日劉宏度自宜山寄詩……（己卯春日、劉宏度宜山自り詩を寄す……（以下略））」を詠んだ。冒頭の一句はこうである。「得読新詩已泪零、不須藉卉対新亭。（新詩を読むを得て已に泪零《お》ち、卉《くさ》を藉《し》きて新亭に対うを須《もち》いず）[21][1]」。ここに挙げられている劉永済［字は宏度］の新しい詩、および陳寅恪・呉宓が返した唱和詩は、みな『呉宓詩集』に収められている。これらの詩は「万里の乾坤、百年の身世」のフレーズを唱和し合って感慨を共にしているほかに、戦乱の中にあって古い友人の安否を気遣う気持ちが表現されている。[22] これとよく似ているのが、浦江清が一九四〇年に詠んだ「蟄存自閩中来書却寄（蟄存閩中より書を来たし、却って寄す）」である。「人事久蕭索、蒼茫残歳催。故人一葉書、暖我心頭灰。（人事は久しく蕭索、蒼茫残歳催す。故人一葉の書、我が心頭の灰を暖む）[23]」。浦江清と施蟄存はそもそも同郷であり学友でもあった。小学校から大学に入るまでの十年を朝夕共にし、抗戦時期の始めに昆明で再会したが、この詩の頃には施蟄存は福建省長汀の厦門大学に移って教鞭を執っていた。それでも「我に閩遊の詩を寄す」のを忘れなかったので、浦江清はなおのこと大いに慰めを得たようだ。さらに奇遇なことに、二年後浦江清はまた一度上海に戻り、その後苦労して昆明に戻ったのだが、途中で長汀に立ち寄って懐かしい友とゆっくり語り合う機会を得たのであった(24)。

終わりのない戦争の歳月において、彼らは頻繁にやってくる敵機の爆撃に堪えるだけでなく、生活に必要な資源が極度に枯渇する中で、精神上のつらさや絶望にも堪えなければならなかった。そんな時、友人の間の相互の思いやりはともに難局を乗り切る鍵となった。いま詩文だけを読んでいると、これは昔からよくある体の「新しい詩を作るためにあえて愁いを訴える」類の愁訴だと思うかも知れない。しかし当時の檔案資料や呉宓・朱自清・浦江清らの日記を読み、生活の細部を知ると、そこで初めてこの時代の読書人達が心に刻み込んだ友人との情誼を本当に理解することができる。

一九三九年二月五日、十八機の敵機が広西宜山を爆撃し、浙江大学の十数棟の宿舎が崩壊、これが浙江大学が貴州に移転するきっかけとなった。この知らせを聞いて、呉宓は「寄慰宜山国立浙江大学（二月五日被敵機炸毀）諸知友（寄せて宜山の国立浙江大学（二月五日敵機に炸毀さる）の諸知友を慰む）」を詠んだ。その第一首を引く。

風雲欣盛会　風雲盛会を欣び
炮火忽飛災　炮火忽ち災を飛ばす
黌舎成焦土　黌舎焦土と成り
図書付劫灰　図書劫灰に付す
天心矜衆士　天心衆士を矜り
国命繋真才　国命真才を繋ぐ［国命は浙江大学の出していた雑誌名］

遠処吾滋愧　遠処吾滋《ますま》す愧づ
崎嶇未共陪　崎嶇未だ共に陪せざるを[25]

第二首は三つの章回小説に典を取りつつ、「艱難惟創業、団結頼精誠（艱難創業を惟い、団結精誠に頼る）」といったスローガンじみた句もあったりと、あまり良い出来ではない。〈2〉ただ詩人の「除夜汨縦横（除夜に汨縦横たる）」心情は、あますところなく表現されているとは言えるだろう。付け加えておくべきことがあるとすれば、この時の呉宓はちょうど西南聯大の教職を辞して、浙江大学教授に転任しようとしていた。この時期の呉宓日記はあいにく散逸しているが、その前後の二首の詩作から事情を知ることはたやすい。当初昆明を離れる予定だった頃には「回首昆明一泫然（首を昆明に回せば一に泫然たり）」と詠んでいたが、後にはまた「艱難共済負盟寒（艱難共に済《すく》わんとするも盟に負くは寒し）」と詠む。「盟に負く」、すなわち結局浙江大学に赴くという約束に背いたいきさつについては、一九三九年三月十七日の日記に比較的詳しい記述がある（浙大への長い書信を摘録したもの）。[26]〈3〉このように平素から付き合いがあり、浙江大学とそこに勤めるいわば同僚たちの運命にひときわ心を配っていたからこそ、新聞で浙江大爆撃のニュースを見て即座に詩を作り思いを寄せたのであろう。

『浦江清文録』には「過南平病瘧、喜遇声越、季思、匆匆別後却寄（南平に過《よぎ》りて瘧を病み、声越、季思に遇うを喜ぶも、匆匆と別れし後に却って寄す）」、および「同題另成五律一首（同題、另に五律一首を成す）」の二首がある。ここで名の挙がっている人物の一人、王季思はのちにこう回想する。「一九四二年、私と声越先生［徐震堮の字］は浙江大学の龍泉分校の移転に伴って福建省南平へ移った。彼［浦江清］は屯渓から浙贛路を南下して同じく南平に到着しており、会えたことを驚き喜んだ。戦時の道のりはつらく、彼はマラリアが癒えたばかりで、面立ちもやつれていたが、灯りをともして向かいあうと、激しく議論しあって深夜にまで及んだ。[27]」これだけではまだ具体的ではないが、浦江清の『西行日記』とあわせ読むと、なぜ浦江清が「千里経行近戦場、幾穿鋒鏑到康荘。来饑君子真成瘧、喜見故人欲夢郷（千里経行して戦場に近く、幾たびか鋒鏑を穿ちて康荘に到る。来たりて君子に饑するも真に瘧と成り、故人に見ゆるを喜びて郷を夢みんと欲す）[28]」と詠んだのか、そして「弦誦飄行李、干戈入鬢華。山頭同一宿、暁夢各天涯（弦誦行李を飄い、干戈鬢華に入る。山頭に一宿を同じうし、暁夢各おの天涯）[29]」と詠んだのは何だったのかが理解できる。浦江清は一九四二年五月二十九日に上海から出発し、日本軍の封鎖線をくぐりぬけて、転々と迂回路を取り、十一月二十一日に昆明に到着した。日記には「行程は合計百七十七日、経験した艱難は最初の予想の及ぶところではなかった[30]」と記されている。途中屯渓に三ヶ月足止めされたあと、やっとのことで再度旅路に就く。土地も不案内で知人もいない福建省南平に着くと、通りに「浙大」の二文字が目に入り、矢印を便りにして進むと、なんと昔からの友人の徐震堮と王季思の住所を探し当て、双方大いに驚き喜び合ったのであった。日記には、浦江清の発熱がすでに収束していたので、「王君のところでキニーネを二錠処方してもらい服薬する」とある。昔なじみは夜を徹して語り合った。次の日の早朝、「徐君は最近の詩稿を一冊出してきて余に見せてくれた、ちょうど読もうとしたところで緊急警報が鳴った」。「晩は徐君がおごってくれた、小さな料理屋で、酒におかずにご飯で五十余元なり、おかずには獅子頭などがあり、家郷の味に近かった」。出立時には、「その場を辞して、［荷物を預けてあった］党本部へ衣類や布団を取りに行くと、声越と季思が山でたいまつを持って送ってくれた[31]。」この情、この光景は、当事者が終生忘れられないのはなおのこと、後世の我々から見ても胸に迫る。

朱自清の抗戦時期の日記は、多くが人を憂鬱にさせる事柄ばかりだ。大局は混乱し、仕事は忙しく、生活は困窮し、加えて胃病がたびたび悪化、朱自清も病苦をしばしば訴えざるを得なかった[32]。さいわい昔からの友人の葉聖陶がよく慰めてくれ、それによってようやく「天上重開新日月、人間無限好江山（天上重ねて開く新日月、人間無限の好江山）」といった「好い言葉で自ら娯しむ」心情を得られることもあった[33]。もともと前向きな朱自清のこと、のびのびした心情の時もあり、例えば一九四二年九月二十四日の中秋節の日、朱自清は梅貽琦、陳岱孫、李継侗と郊外に出かけて泊まり、また夜には周培源を訪ねて互いに詩の応酬をした。このことは梅貽琦と朱自清の日記のどちらにも記載されている[34]。『猶賢博弈斎詩鈔』に収められているのは、九月二十五日に詠んだ「中秋従月涵先生及岱孫、継侗至積翠園培源寄居、次今甫与月涵先生倡和韻（中秋、月涵先生及び岱孫、継侗に従いて積翠園培源の寄居に至り、今甫と月涵先生の倡和韻に次す）」である。四首の中の第一首を引く。

天南独客遠抛家　天南独客遠く家を抛ち
容易秋風惜晩花　容は秋風に易り晩花を惜しむ
佳節偶同湖上過　佳節偶たま同じく湖上に過ぎり
無辺朗月伴清茶　無辺の朗月清茶に伴す

また十月一日に詠んだ「畳前韻贈今甫（前韻を畳ねて今甫に贈る）」から、四首の中の第四首を引く。

北望燕雲旧帝家　北のかた燕雲旧帝家を望む
宮墻西畔菊堆花　宮墻の西畔菊花を堆くす
相期破虜收京後　相期す虜を破りて京を収めし後
社稷壇前一盞茶　社稷壇前一盞の茶[35]

かくも晴れ晴れとした明るい雰囲気は、同一時期の朱自清の詩作や日記では求めづらいものである。

乱離の時にあって、世の中の困難に広く思いを馳せるがゆえに、大学教授らは「西南に漂泊して唱酬多」き日々を送った。一つには千古の歴史に思いを寄せることで、平生の暮らしを慰めたことがあっただろう。また二つ目には旧詩に修養の基礎があったゆえに、長年の習いは改めがたかったのかもしれない。そして三つ目には、彼らは友情で支え合うことで、互いに慰めを得ていたのである。「文学的業績」などということは、その際に考慮される主要な要素ではなかったと思われる。

二　百一篇成りて聊か自ら遣る

一九三〇年代の中国詩壇では、新詩がすでに主流となっており、旧体詩にもまだ多くの作者と読者がいたとはいえ、相対的に言って非主流の立場に置かれていた。特に出版面では、新詩を発表する機会は旧体詩を刊行する機会よりもはるかに多かった。抗戦により戦闘が始まると、現実の環境に刺激され、また出版条件にも制限が多かったため、公の刊行を求めない口頭の吟詠や友人との詩の唱和応酬が、あらためて流行を成した。普段は詩を書かなかった多くの学者が、ぽつぽつと唱和に参加したりする。またもとは新詩を書いていた者が、こぞって旧体詩に挑戦し始めたりする。その動きの中では、詩学にまつわる考察も行われ、例えば朱自清は蕭滌非の詩作の水準を褒めて、[36]その「早断」「早汲」「朱先生の問うに答う」などを潘伯鷹主編の『飲河』詩刊に載せるよう推薦したりもしている。また詩作を発表する目的を、自分の状況を友人に知らせ情報を共有することにおく者もあった。例えば呉宓は一九三八年十月二十九日の日記にこう書いている。「宓は数日前に『離蒙自赴昆明（蒙自を離れ昆明に赴く）』詩を前もって書き上げ、昆明の『朝報』に投稿しておいた。掲載されると、昆明の友人の中には宓が到着したのだと思い、訪ねてきた者があったようだ。[37]」しかし大半の応酬は、「美学」と「友情」、および「儀式」のために行われた[38]。伝統的な中国の詩学では詩の「興観群怨[4]」の機能を重んじてきたが、この「群」が意味するところを、或る注は「群居して相切磋す」（孔安国）と解釈し、或る注は「和して流れず」（朱熹）と解釈した。ここで重んじられているのは友情と修養、そして趣味であり、現代人が考えるところの「文学的成果」とはあまり関わりがないのである。つまりこういう風に言ってもよいだろう。抗戦時期に新詩を書いていた者は、多くが公に発表するため（群衆の集会上で朗誦したり新聞雑誌に掲載したりするため）であったが、一方旧体詩を書いていた者は、多くが自身の楽しみに満足していたのであり、読まれるにしても時に小さなグループの中で回覧されるに過ぎなかったのだ、と。

　吟詠を好むのは自分のことであって、わざわざ大騒ぎして周りに知らせて回るほどのことではない。昔なじみの友達が知っていようといまいと、それも大したことではなく、自分が好きであればそれでよい。李霽野は「建功の遺詩に題す」でこう述べる。「［魏］建功の子の魏至がその父の遺詩一冊を持って我が家を訪れ、記念に題辞を欲しいと言った。私はそもそも建功が生前に詩を書いていたなんて知らなかった。彼が一度もそんなことを言わなかったからだ。」息子の魏至は「題記」の中で、父の「晩年の心情は寂寥たるもので、昔の書きものを読んでは、ややもすれば老いの泪がこぼれ、押しとどめることができなかった」と記す[39]。このような自己のための詩作は、真情と実感に溢れ、わざとらしくないところがよい。ただ欠点は、綿密な創作にはなりにくく、また散逸しやすいところである。

　馮友蘭の「朱佩弦先生と聞一多先生とを追憶する」を読むと、一九三七年末、北京・清華・南開の三大学から組織された長沙臨時大学が開校されたときに、馮友蘭が南岳の二賢祠[5]にお参りし、晋人や宋人の南渡を思い起こして深い感慨を覚えたことがわかる。ここで詠まれたのがこの詩である。

洛陽文物一塵灰　洛陽の文物一塵灰
汴水紛華又草莱　汴水の紛華又草莱
非只懐公傷往迹　只だ公を懐いて往迹を傷むに非ず
親知南渡事堪哀　親しく知る南渡の事の哀しみに堪えたるを[40]

こうした感慨は、抗戦勝利後に書かれた「国立西南聯合大学記念碑碑文」とも、一脈を通じるものである。陳寅恪、呉宓、浦江清らの詩作を読むと、西南聯合大学哲学系の教授容肇祖が彼らと好んで唱和したことがわかるのだが、今日刊行されている八巻本の『容肇祖全集』（済南、斉魯書社、二〇一三年）には影も形もない。中文系の教授劉文典は学識豊かにして文章の風格もよく、一九四四年に呉宓が「続事に感ず」四首を詠んだ際に、わざわざ劉文典に添削を頼んだことからすると、[41]学内での詩名も高かったことがうかがえる。しかし『劉文典全集』の編者がずいぶん苦労して探し求めたあげく発見できたのはたったの十三首であった。またその多くが「無題」や「感有り」という題で、見ればすぐに手稿や書き写しに基づいて収録したものだということがわかる。劉文典は詩に巧みで、詩風は荒涼たる中に激越を含み、字句は細やかに磨かれ典雅で、ほとんど残っていないのがまことに惜しい。[42]いま一人の古典文学教授の游国恩は、一九三八～一九四二年は雲南大理の喜洲鎮にあった華中大学で教え、一九四二年の秋になって西南聯大に転任した。「先生は喜洲に四年おられたが、ちょうど日本軍が中国を侵略し、大部分の国土が失われていた時で、先生は国事を心配され、常に旧詩を作っては、憂憤の情を詩編に託していた。後に昆明で書かれた詩をあわせると、全部で百首余りあった。これらの詩はごく一部を公に発表したほかは、ほとんどが友人に贈られ、また学生の中には借りていって全部を手で書き写した者もいた。しかし〝文化大革命〟を経て、現存するものはほんのわずかである。[43]」「游国恩先生学譜」が引く「佩弦先生を哭す」（これは公に発表されていた）以外に、『浦江清文録』および『蕭滌非杜甫研究全集附編』にも四首、唱和の作が残されている(44)。彼ら「潜在的詩人」の詩才が完全に世の人からなおざりにされているのは、彼らがそもそも詩作を本来の志としていなかったか、または専門分野での著述に重きを置いていたか、あるいは公務を優先していたからであった。

　このような「意無くして詩人となる」立場を最も体現しているのは、潘光旦の「四四生朝述懐（四四の生朝に述懐す）」四首の四であろう。

廃時失事是吟哦　時を廃し事を失うは是れ吟哦
庭訓昭垂信不磨　庭訓昭らかに垂れて信に磨せず
縦乏才情猶有骨　縦い才情に乏しくとも猶お骨有り
若嬰憂患亦能歌　若し憂患に嬰《ふ》るるとも亦た能く歌う
慣談風月由人去　風月を談ずるに慣るるは人に由りて去れ
好諷時流奈爾何　時流を諷するを好むとも爾を奈何せん
百一篇成聊自遣　百一篇成りて聊か自ら遣る
秋光容易嘆蹉跎　秋光容易にして蹉跎を嘆く(45)

ここでの鍵は素養と興趣である。「素養」と言ったのは、この世代の学者達はおおかた皆青年時期にきちんと詩を学んだことがあるからだが、後に他分野で専門家となってからはもはや詩作に力を注がなくなっていた。それが戦乱のため西南を流亡することとなり、かえって長い間押し殺されてきた「詩趣」が引き出されるきっかけとなったのである。政治学の教授浦薛鳳は自身がどうして西南聯大にいた頃に最も多く詩作を行っていたかについてこう述べている。「私は清華で学生だった頃に、もともと詩を詠むことを好んでいた。近来詩作の興趣が再興しているのは、まことに物極まれば則ち反るのことわり通り、新旧が大いに転変し、常に起伏と変化に富んでいるからであろうか?」[46]もう一人の政治学教授であり、この時にはすでに四川大学に転任していた蕭公権は、子供の頃から詩を詠むのが好きだったと言う。それが清華で教鞭を執っていた頃に呉宓と知り合い、「彼の啓発と感化を受けたことで、時間を割いて詩を学ぶことにふたたび力を注いだ」。四川に入ってからはさらにでたらめに色々と書き殴ったが、「終始一貫して詩人になろうとは思わなかったし、ましてや詩人をもって自任するなどありえなかった」――「私が詩を作るのは、完全にこの〝手すさびごと〟が好きだからだ。それ以外に何の原因も動機もない。[47]」

学者達はほとんどが別に専攻を持ち、詩人をもって自ら任じなかったが、その気ままに筆を振るい、スタイルや決まりにこだわらない詩作は、時に他とは違う格別の味わいを備えることもあった。潘光旦の「病目遣懐（目を病みて懐を遣る）」や蕭滌非の「弔『古詩帰』（『古詩帰』を弔う）」、および魏建功の「雑詩用中華新韻（雑詩 中華新韻を用う）[48]」などは、みなこの類の瀟洒な優れた詩であり、特に魏建功の連作詩の第九首[49]は、かつて彼が参加した歌謡運動を彷彿とさせる。

さて、彼らがなぜ詩を書くのか、どのように詩作と学術著述のバランスを調整したのかに着目するならば、とりわけ注意を払うべき人物は陳寅恪・呉宓・朱自清の三者になるだろう。

政治的な立場であれ、個人の執筆活動であれ、あるいは詩作であれ、十分に自信を抱いていたのが陳寅恪である。よって彼は外界の気風の影響をあまり受けず、自分自身のペースとテンポをしっかり守って歩んできた。戦火が天を焦がす時代にあって、転々と流離の人生を送りながらも、あのようにすぐれた詩篇を多く送り出し、一方で『隋唐制度淵源略論稿』『唐代政治史述論考』『元白詩箋証稿』といった著述をものするなど、二兎をどちらも手中におさめたその執筆活動は、まことに素晴らしいと言うほかない。学術著述と詩作が互いに妨げとならなかったという点だけで見ても、おそらく以前彼と清華で同僚だった蕭公権ぐらいしか、なんとか肩を並べられる者はいないだろう。[50] 陳家は三代続く詩人の家で、陳寅恪が自負する理由は十分にある。また当時の同僚や友人も、彼の詩作についてはみな自ずと心服していたようである。たとえば呉宓は陳寅恪の「七月七日蒙自作（七月七日蒙自にて作る）」について「音調は凄烈にして技巧は美しく整い、言葉や文字の選び方にもきわめて心を砕いている」と評し、浦薛鳳も「寅恪の天分は最も高く、彼の詩が凡百のそれを遥かに超越していることに、私はまことに感服していた」と述べている。[51]

これに比べると、十四歳で詩作を学び始めた呉宓は詩才において陳寅恪に遥かに及ばなかったが、このことは彼が生涯を通して詩を作り詩を読むのに没頭するのを妨げはしなかった。彼がひとえに詩を自らの生命と見なしていたためである。一九二六年に『雨僧詩稿』を編んだ時、呉宓は「編集例言」でこう述べている。「小生はかつて、人の一生は一冊の詩集、一部の小説に成すべきだと述べた。一つには主観的な感情を保存し、一つにはその客観的な閲歴を記すためである。[52]」彼自身、長編小説を執筆する計画について何度も言及しながら、ついには実現をみなかった。このため彼の詩集は自身の閲歴を記録する効能も担うことになった。一九三五年に中華書局から出た『呉宓詩集』の「刊印自序」において、彼は「予の詩がもし〝自身の写真〟の範囲を脱しきれていないとしたら、それは予の性質の自然に赴くところであり、これは無理にどうにかできるものではない。よって予の詩集は、すなわち予の自伝だと言ってもよい」と述べる。[53] 最後の一文には呉宓自身が強調の傍点まで打っており、特に重要だと思っていたことが示されている。当時の人も一般に呉宓自身の叙述に賛同して、その詩を彼の「自伝」として読んでいたようだ。例えば詩友の浦薛鳳はこう記す。「各人の作詩は、ちょうどその人自身のようなもの。天分の高低は無理にどうこうできるものではないが、性情の差異は詩句や韻律の中にあらわれ、読めばすぐにそれがわかる。例えば雨僧の詩百首千篇は、完全に雨僧の人格の化身である。[54]」この考え方に基づいて、一九三五年に自ら編んだ『呉宓詩集』も、二〇〇四年に娘の呉学昭によって整理された『呉宓詩集』も、どちらも「作るところ有れば必ず録す」という方針を採用して編まれた。[55]ただし最初に想定されていた、「予が詩稿を編む目的は、ただ自身の閲読に供し、昔の古き夢を遡ることを可能にするためだけである」という言葉は、どうも「世間をあざむくほら話」のたぐいと言うべきだろう。『呉宓詩集』は相当早い段階で公刊され、陳寅恪らの詩集が死後になって後世の人々の手で整理され公刊されたのとは著しい対比を成しているからである。ただ唯一「予が詩を作る動機は、一時の感情を発散させ、生涯の歴史を留めるためである」という点だけは、呉宓の正直な発露であったと言える。[56]これから後の数十年に渉って、呉宓はその豊饒にして雑然とした詩集と日記――この二つはまた互いに裏付けの証拠を構成する――によって、彼自身の曲折に富んだ苦難の人生を、そしてまたあの波乱に満ちた壮大な時代を、後の人が十分に読み込み深い分析を行う甲斐のある面影として、くっきりと残してくれている。この意味において、詩人呉宓の詩作と生涯はひとつの統一体であったと言える。彼の「苦吟」した詩篇がレベルの高いものであったかそうでないかについては、実のところあまり厳しく求める必要は無いのだ。

「西南に漂泊して唱酬多」かった数多の学者の中で、最も複雑な心情を抱き、苦さも甘さも混じり合っていたと言えるのが、朱自清である。まずなによりも、彼は著名な新詩の作者であって、新詩の創作のみならず研究や教学でも名を成していた。多大な影響力を有した『中国新文学大系』の分冊『詩集』を編纂した（そして後々常に引用される「導言」を著した）のも、まさに彼である。そんな新詩提唱の「アイコン的人物」たる彼が、抗戦期間中に旧体詩の詩作に転じたというのは、やはりどこか気まずいものがあった。抗戦の十年前に、古典詩文を教える必要から、清華大学の中文系教授であった朱自清は黄節に詩を習っており、手始めに「擬古」から始めていた。黄節がその宿題に与えた指示は、「句を逐って字を換える、自ずからこれ擬古の正格なり」[57]であった。朱の旧体詩作に関して、他の新文化人たちはあまり賛同を示していなかった。朱自清の一九三四年六月九日の日記には、「午前に（鄭）振鐸を訪ねる、振鐸は〝五四〟から身を起こした者は反動的になるべきでないと語った。思うにこのところ旧詩を暗唱し、擬古詩を作り、旧詩を習作していることを指しているのだろう。[58]」幸い朱自清のやり方はおおっぴらなものでなく、単なる「習作」に過ぎないとして、公刊しなかった。これらの「擬古」作品は、『敝帚集』と題された。それに比べて抗戦以後に書かれた作品集は、『猶賢博弈斎詩鈔』である。この命名には作者の態度を見て取ることができる。後世の人が閲読の便からその新詩と旧詩を一冊に合わせて刊行してしまったのは、あきらかに作者の意図に反するものである。朱自清から見れば、新詩は「文学創作」であり、旧詩は「自らの楽しみ」に属するものであって、生命の記念とすることはできても、公に発表する必要は無いものであった[59]。

一九四六年七月、これから北へ帰らんとする朱自清は『猶賢博弈斎詩鈔』を編んだ。その「自序」で「大学にて詩を説く席にもぐりこんだ」ことで、自身の学識が「韻律も対偶も実に浅薄であった」ことを痛感し、発奮して詩を学んだ、と述べる。抗戦により西遷し、師友と唱和応酬するなかで、「独り詠懐したり、皆で景勝を吟じたりするうちに、たまに形になったものができたが、それも数えるほどしかなく、けだし詩才の浅さがここに見えると言うべき」であり、一言で言えば、こういった「中年の憂患には、危難の苦しみを表した句がなきにしもあらずである。ことさらに幽玄を目指し、戯れに論じたがらくたばかりで、人に贈れるものではなく、ただ自身の楽しみとするくらいのものであった[60]」、とする。朱自清の旧体詩創作の重点は、「独り詠懐する」ことよりも、「皆で景勝を吟ずる」方にあった。この時期に朱自清と最も多く唱和したのは蕭公権であり、その次が葉聖陶、浦薛鳳（逖生）らである。ここで重要なのは、一九四〇年七月から一九四一年九月に至るまで、朱自清は学術休暇で成都に臨時滞在しており、多くの新旧の友人と集まり楽しむことができたことである。朱自清はまさにこの時期ちょうど比較的多くの旧体詩を作っている。「一年の暇を得て、蕭公権らと多く唱酬し、旧詩を作った。格律は韓愈、梅堯臣、黄庭堅の間を往来していたが、時代の新しい風気として、現代的意義を失わなかった」と浦江清が伝に述べる所以である。(61)

蕭公権の『問学諫往録』第十三節の「漂泊西南（三）・成都九年半」と、第十五節の「何ぞ詩に学ぶ莫きや（二）・朱佩弦及びその他詩友」には、朱自清がいかに彼の詩作を指導し、彼の詩を称揚したかについて、何度も言及がある。しかし実はその逆であるはずで、蕭公権の方が絶えず詩を贈り、朱自清をこの「西南に漂泊して唱酬多し」の渦に巻き込んだのである。朱自清の詩集には数多く「次韻公権（公権に次韻す）」と称した作品が収められ、日記にもしょっちゅう蕭公権の名前が現れている。例えば一九四一年三月九日には「昨夜詩二首を賦して蕭君に和す。今日はこの取るに足らぬ成果のためにすこぶる興奮す」とある。三月二十六日には蕭公権の新詩を受け取り、「この詩は技巧に凝りながらも文字運びが滑らかで、読んでいて心地よい」と記す。四月二十日には「詩を一首書いて公権に贈る」とあり、六月七日には「公権が詩を書いて私を慰めてくれたことに、感謝すべきだ。すぐに二首答えて感謝せねばならない、丸一日の時間を使うだろう」と記す。(62)この他にもまだ、直接顔を合わせて語り合うこともあったし、昆明に帰った後も書信の往来や詩の贈答は続いたのである。問題は、朱自清が内向的な性格で、また速筆の質でもなかったので、しょっちゅう蕭公権ら詩友と唱和することに疲れを感じていたことであった。

吟詠に参加したいとは思いつつ、またそれに時間を取られすぎて自身の学術研究に影響することも嫌だったので、朱自清の日記には例えばこんな風に、興ざめな不平不満が絶えず顔を覗かせている。一九四二年四月十六日、「詩を書くことにあまりに精力を注ぎすぎている、これはよくない。」一九四一年五月十二日、「午前帰宅、聖陶に詩を書く。思うに詩を書くことについて少し制限しないといけない。」一九四二年四月二十三日、「四時間かかって公権に答える詩を書く。」次の日にはすぐさま反省して、「詩を書くことに時間をかけすぎている。」八月二十二日、「学問を専門にするものとして自身を勉励すべし。[63]」朱自清は生来敏感でまた負けん気が強く、かつて清華園にいたときにせよ、また後に西南を漂泊した時期にせよ、つねに学術上のある種の「プレッシャー」を感じており、このため日記には自省と自責の言葉が多く連なっている。もしかしたら、詩を詠むことに対してこのような「自己抑制」をかけていたおかげで、負担の大きい教学の仕事をこなし、体調面でもかなりの不調を抱えながら、なおも抗戦期間中に『経典常談』『詩言志辨』『新詩雑話』などの優れた書籍を著すことができたのかもしれない。

三　詩史　更に愧づ君の才無きを

「戦乱」のうえに「蜀に入る」が加わると、中国の読書人はついつい千年前の大詩人杜甫（七一二〜七七〇）を思い出してしまう。一九四〇年七月から一九四一年九月まで、朱自清は学術休暇を取って成都に暫し滞在し、蕭公権や浦薛鳳らの詩友と唱和した。「答逖生見寄、次公権韻（逖生の寄せらるるに答え、公権の韻に次す）」では「幾日天河見洗兵、杜陵心事托平生（幾日ぞ天河に兵を洗うを見ん、杜陵の心事平生を托す）」と詠む。[64]〈6〉一九四三年末には、陳寅恪一家が成都に到着し、暫時燕京大学に着任した。年を越して旧暦一月七日の人日には、成都西郊外の浣花渓ほとりにある杜甫の故居跡に遊び、「甲申春日謁杜工部祠（甲申春日杜工部祠を謁す）」を作って「少陵祠宇未全傾、流落能来奠此觥（少陵の祠宇未だ全ては傾かず、流落するも能く来たりて此の觥《さかずき》を奠る）」、「人心已漸忘流離、天意真難見太平（人心已に漸く流離を忘るるも、天意は真に太平を見難し）」と詠んだ。[65] また一九四四年十月には呉宓が昆明を離れ重慶へと北上する際に、途中路線を変更して成都にしばし滞在した。昆明を発つ前には徐梵澄が「送雨僧先生入蜀（雨僧先生の蜀に入るを送る）」と題して「工部祠堂倘懐古、数行為寄浣花箋（工部祠堂にて倘し懐古せば、数行為に寄せ浣花箋）」と詠んだ。[66] そして蕭滌非はといえば、「万里孤飛到錦城（万里孤飛して錦城に到る）」と詠んだ「初入蜀寄内（初めて蜀に入りて内に寄す）」にはじまり、抗戦期間中を通して書いた詩篇の数々に、どれも明らかな杜甫の影が見て取れる。弟子の廖仲安は「蕭滌非師を追憶する――ならびに先生が杜詩の精神を熱愛したことについて」という文章で、平和な時代には杜甫の詩の偉大さを感じなかったが、大きな災難に見舞われ住居を失って流離した時になって、師がはじめて杜詩の良さをとりわけ強く理解したと述べる。「蕭先生は当時杜詩を熟読することを強調されたが、それは抗日戦争中の〝すべてに多難であった〟歴史背景と切り離せないものである。[67]」西南聯大の学者達で、蕭滌非のようにその後杜甫の専門家となった者は実は多くはない。しかし詩を詠む段になると、どうしても「時に感じては花にも泪を濺ぎ、別れを恨んでは鳥にも心を驚かす」杜詩を思い出さずにはいられなかったのである。

最も興味深いのは蜀に入った後四川大学の教授に転任した蕭公権である。その「舟過夔州（舟もて夔州に過る）」は、冒頭からして「杜公避乱出峡去、我行因乱入峡来（杜公は乱を避けて峡を出て去り、我が行は乱に因りて峡に入りて来る）」と詠むが、中でも最も注目すべきはこの一句である。「行踪先後已異致、詩史更愧無公才（行踪先後して已に致を異にするも、詩史更に愧づ公の才無きを）。[68]」追想録の中で、蕭公権はこのように述べている。「成都に着く前から、私は詩作の勉強をもっと頑張りたいと考えていた。民国二十六年十一月に私は長江上流を航行する汽船に乗って西へ上り、奉節県を過ぎたときに、一首の七言詩を詠んだ。」ここで詠んだ詩というのがすなわち「詩史更に愧づ公の才無きを」である。作者自身が言うように、杜公に「〝追随〟したいと考えることは、当然ひどい傲慢に属するが、しかし古人を友とし、その手法に則ることは、必ずしも責められるべきことではないだろう」[69]。こうした志向は、責められるどころか、むしろ嘉されてしかるべきではなかろうか。西南聯大の学者達には、杜甫の詩才は無かったけれども、彼らの詩作をまとめて見てみると、それもある意味で一つの「詩史」を形成しているのである。

二十年余り前、私は「〝詩史〟について――並びに中国の詩歌の叙事機能を論ず」という論文の中でこう述べた。「〝詩史〟詩人という称号は杜甫のみに属するものではなく、民族の存亡という危急の時に生き、詩によって民族の苦難と屈辱を書き留め、民族の悲憤と希望を表現した愛国詩人たちをも指す。彼らは杜甫を尊敬し、杜甫の『窮年黎元を憂い（窮年憂黎元）』、『時を済《すく》うに肯えて身を殺す（済時肯殺身）』精神と人格を継承し、自覚的に『韻語を以て時事を紀す（以韻語紀時事）』表現方法を受け継ぎ、中国文学史の上に独特の〝詩史〟という伝統を築いたのである。」この伝統の特徴は、康有為が言うところの「上は君国の危うきを念い、下は黎民の病むを憂い、中間に身世を痛み、慷慨して蹉跎を傷む」こと以外に、「事を紀す」から「事に感ず」に転じることに重きが置かれている点にある。だからこそ浦起龍は杜詩を称して「一人の性情にして、三朝の事会を焉に寄する者なり」と述べる。後世の読者は、詩人の目を借りて民族存亡の際の社会心理をとらえることができ、詩人の主観的な感覚を通してその時代の雰囲気に浸ることで、より高い次元において歴史精神というものを理解することが容易になるのである[70]。抗戦時期の西南聯大教授らによる詩作も、このように見るべきであろう。

ここでは陳寅恪、魏建功、蕭滌非の三首の詩を取り上げていささか分析を加え、詩人がいかに旧体詩の形式を用いてこの大時代の精神や雰囲気と、読書人の離合による悲しみや喜びとを記録したのかを見てみたい。

抗戦時期に西南を漂泊した学者たちにとってみれば、住み慣れた静穏な北平を離れ、未知数に満ちた道のりに足を踏み出すことは、まことに重大な一歩であった。危難に直面する時、彼らは民族の大義を考える以外にも、個人の人生設計や学術上の前途、そして妻子や老親を含む一家全員の安全確保をも考えなければならない。出発すると言ってすぐに発てるようなものではないのである。盧溝橋事変が勃発してから、大部分の教授らが安穏たる家を捨てて北平を離れ南下するまでは、おおよそ四ヶ月の時間がかかった。個々の状況は異なり、或る者は早々と発ち、或る者は遅く発ったが（離れなかった者は少数である）、北平に残って門を閉ざし著述に専念するか、それとも南下して時勢に翻弄されるまま流離うのか、大半の者がその選択肢の間で悩んだ。呉宓や朱自清らの日記、および各人の回想録を読むと、当時の北京大学・清華大学の学者がいかに葛藤したか、そして南下の途上でどんな辛酸を嘗めたのかについて、よく知ることができる。[71] 一九四〇年十一月十七日、昆明は青雲街靛花巷三号の北京大学文科研究所に寓居していた羅常培は、「臨川音系跋」を著して発表し、「北平を離れて四年、長く妻と別れていることの記念として」と記した。文中では、七七事変以後、自身が「北平に幽居し、門を閉ざし客を謝絶して、悲憤の中にただこつこつと仕事することで日々を過ごすほか無」く、「毎日五時間以上費やしてこの本『臨川音系』」を書いた」と述べる。しかし心情は鬱々とし、「果たして毎日部屋に閉じこもり机に頭を埋めてこうした純粋な学術研究を続けるべきなのか否か」と思い悩み、かといって「すぐさまペンを投げ捨てて従軍し戦場に命を捧げることもできず、また身を殺して仁義を貫き、死を以て報国する機会も無かった。」そうするうちに趙元任の長沙からの便りと、胡適からの励ましの詩句を受け取り、確かに胡適が「天南万里豈不太辛苦？因為智者識得重与軽（天南万里豈に太《はなは》だ辛苦ならずや、智者は重と軽を識り得るが為に因ればなり）」と言った通りだと悟って、急ぎ南下したのであった。[72][7] この話は、羅常培が一九四八年十二月に北京大学五十周年記念として書いた「七七事変後の北京大の事態」の中でもう一度語られている。しかし後者ではより大きな時代背景、すなわち北京大の教授らがどのように北平から撤退したのかが書き加えられている。その過程において当時北京大の事務局長であった鄭天挺の働きはすばらしく、また馬裕藻、孟森、湯用彤、毛子水、羅庸、陳雪屏、羅常培、魏建功らも懸命に力を合わせて難局を乗り切った。[73] 中文系教授であった魏建功の詩にみえる「可憐落照紅楼影、愁絶沙灘泣馬神（憐れむべし落照紅楼の影、沙灘を愁絶し馬神を泣かしむ）」というのは、まさにこの感情とこの光景を詠んだものである。[74][8]北平に別れを告げる際には、魏建功はさらに「廿六年居囲城三月、女病猩紅熱、一家顛沛、忽又独行投南、将行再作（廿六年、囲城に居ること三月、女《むすめ》猩紅熱を病み、一家顛沛、忽ち又独行して南に投じ、将に行かんとして再び作る）」を詠んだ。

居危入乱皆非計　危うきに居り乱に入るは皆計に非ず
別婦離児此独行　婦に別れ児に離れて此に独り行く
歓楽来時能有幾　歓楽たる来時は能く幾ばく有らん
艱難去路怖無名　艱難たる去路は名無きを怖る
文章收拾余灰燼　文章収拾して灰燼を余し
涕泪縦横対甲兵　涕泪縦横たりて甲兵に対う
忍痛含言一揮手　痛みを忍び言を含んで一たび手を揮う
中原指日即收京　中原指日には即ち京を収めん[75]

当時、妻を置き子に別れ、単身南下した読書人は無数にいた。彼らにとって、ここで言う「痛みを忍び言を含んで一たび手を揮う」は間違いなく共同の記憶であっただろう。

抗戦初期の興奮が過ぎ、互いににらみあう膠着時期に入ると、大後方に蟄居する学者らの生活は非常に困窮し、情緒はいっそう低迷した。陳寅恪が一九四〇年に詠んだ詩には、「淮南米価驚心問、中統銀鈔入手空（淮南の米価心を驚かせて問い、中統の銀鈔は手に入りて空なり）」とある。[76][9]朱自清の方は、「米塩価逐春潮張（米塩の価春潮を逐いて漲る）」のを嘆きつつ、「剰看稚子色寒飢（剰《な》お看る稚子の寒飢の色をなすを）」と詠んだ(77)。西南聯大の学者達が困難な日常生活を描いた数々の旧体詩の中でも、最も引用に値するのは蕭滌非の七絶「有適（適有り）」である。

妻行骨立欲如柴　妻行きて骨立すること柴の如くならんと欲す
索命痴児逐逐来　命を索む痴児は逐逐として来る
却笑蒙荘方外客　却って笑う蒙荘の方外客なるも
也縁升斗要人哀　也た升斗に縁りて人の哀を要むるを(78)(10)

同様に生活の苦しさを描きつつ、この詩は悲痛でどうにもならない自嘲の中に、一種の寡欲な落ち着きと諧謔と自負をも備えており、よりいっそう当時の読書人の普遍的な心情を表現していると言えよう。第二句の意味は、おそらくこの前に書かれた「早断」の詩と関連しているようである。「早断」の詩序にいわく、「抗戦以来、すでに二人の子どもができたが、いままた妻が妊娠したので、相談の結果養子に出すことになった。寝床に横たわって天井を仰ぐと、悲しみの情やまず、そのまま詩につづった」とある。「早断」の五律は朱自清の推薦で『飲河』詩刊に発表され、その「沈痛にして真摯な情が、読者の涙を誘った」ゆえに広く好評を博した(79)。

ようやく抗戦勝利の時を迎えると、国民はみな喜びに湧いたが、西南聯大の教授らも「詩によってこれを証す」ことに熱心であった。多くの詩の中で、私が特に好きなのは陳寅恪の「乙酉八月十一日晨起聞日本乞降喜賦（己酉八月十一日晨起きて日本の降を乞うを聞き喜びて賦す）」である。

降書夕到醒方知　降書夕に到るも醒めて方に知る

何幸今生見此時　何の幸いぞ今生に此の時を見んとは
聞訊杜陵歓至泣　訊りを聞きて杜陵は歓び至《はなは》だ泣き
還家賀監病弥衰　家に還りて賀監は病弥いよ衰う
国仇已雪南遷耻　国仇已に雪ぐ南遷の恥
家祭難忘北定詩　家祭忘れ難し北定の詩
念往憂来無限感　往を念い来を憂う無限の感
喜心題句又成悲　喜心題句して又悲しみを成す(80)

この詩は詩意が明らかで態度も明快である。およそ中国の読書人であれば誰でも、杜甫の「官軍の河南河北を収むるを聞く」、賀知章の「回郷偶書二首」、陸游の「児に示す」の三首の詩はよく知っているから、読む方も理解しやすい(81)。これはまた同時に、陳寅恪が執筆当時すぐに新聞に載せて大きな反響を起こした数少ない詩作の一つである(82)。しかし「家祭忘れ難し北定の詩」の句には、「丁丑八月、亡父は北平で病に臥しており、死を目前にしてなお、外から伝わる馬廠の国軍戦勝の知らせは確かかと尋ねた」と注があり、古典と現代古典が交差する中で生まれる輝きに、いかにも陳寅恪の詩らしい風格がある(1)。

著名な歴史学者として、陳寅恪は自分の生きた時代や、文字を記すことの意義、そして詩と歴史がどのように相互に影響を与え合うのかについて、十分に冷静な認識を持っていた。まさにこのゆえに、彼の「南渡」を詠んだ多くの詩が、考察に足る大きな意味を備えているのだと言える。『陳寅恪集・詩集』を見ると、陳寅恪は一九三八年に七題九首の詩を作り、それから後も毎年必ず詩作を続けて、一九四五年にはまた二十六題三十二首という多くの詩を作っている。これらの詩は個人の感慨と国家の存亡を同時に記録していて、「詩史」として読み鑑賞するにふさわしい。もし韻律を考えないでよければ、異なる時期の四首の詩から一句ずつを引いて、この「詩史」の梗概とすることができる。すなわち一九三八年「蒙自南湖（蒙自の南湖）」[12]の「南渡自応思往事（南渡自から応に往事を思うべし）」、一九三九年「乙卯秋発香港重返昆明有作（己卯秋香港を発ちて重ねて昆明に返りて作有り）」の「乱離骨肉病愁多（乱離骨肉病愁多し）」、次に一九四〇年「庚辰元夕作時旅居昆明（庚辰元夕の作、時に昆明に旅居す）」の「剰将詩句記飄蓬（剰お詩句を将って飄蓬を記さん）」、そして一九四五年の「憶故居并序（故居を憶う、序を并す）」の「破砕山河迎勝利（破砕せらる山河に勝利を迎う）」[83]。陳寅恪の詩が最も「詩史」として読むのにふさわしいのは、彼自身の詩の味わいのほかに、呉宓によって日記の中に（他の人との唱和と共に）書き写されていて、そのため詩作の時期や背景および読み手の意図、あるいは修訂の過程や読者の反応などについて、確認することが比較的容易であるということも大きい。

四　還た孤憤を将って長吟に托す

戦火のうちに西南を流離した大学教授たちが、もし自身の心境や感慨を表現したいと思ったとしたら、選択肢として選ぶことのできる文体は実のところ色々とある。日記、手紙、散文、雑感、新詩、小説、専門的著作、序跋など、それからもちろん、本文で述べてきたところの旧体詩である。いわゆる「欲写憂思試啜醨、毫無逸興苦吟詩（憂思を写さんと欲して試しに醨を啜り、毫も逸興無きも苦みて詩を吟ず）[84]」などというのは、そう言ってみているだけで、本気にとってはいけない。ここではやはり浦江清の詩句をより重視すべきだろう。「錦瑟年華激楚音、還将孤憤托長吟（錦瑟年華楚音を激し、還た孤憤を将って長吟に托す）[85]」。考えるべきは、これらの「孤憤」が彼らの詩作のうちにどのようなかたちで現れているかという問題である。

朱自清や蕭公権と唱和することを好んだ政治学者の浦薛鳳は、一九三八年に「読史三律」を完成させ、その第三首にこう詠った。

天崩地坼運非窮　天崩れ地坼け運は窮まるに非ず
故国新胎転変中　故国新たに胎む転変の中
卅載貪私随劫火　卅載の貪私劫火に随い
万方血肉抗頑戎　万方の血肉頑戎に抗う
求蘇百代漢家好　蘇［ソ連］に求む百代の漢家好からんを
忍痛今朝玉瓦同　痛みを忍びて今朝玉瓦同じ
走馬昆侖東向望　馬を昆侖に走らせ東に向望すれば
波翻黒海夕阳紅　波は黒海に翻り夕陽紅いなり[86]

作者は「予のこの三首の詩の短所は、政治の理を重んじすぎ、あまりに堅すぎ、明白で浅すぎること、つまり文学上の三つのタブーを犯していることにある」と認めているが、しかしまた「ただ客観的な真理を論じているに過ぎないので、よって一字も変えなかった、破《や》れ箒を自ら愛すの理である」と強調する。まさにこの判断に基づいて、浦薛鳳はこの三首の自信作を毅然とみな追想録に収録したのであった。

同じく社会科学系の教授であり、同様に抗戦の勝利について強烈な信念を持っていた者として、潘光旦の「四十三歳生朝」（五首）は、明らかに浦薛鳳の詩よりもはるかに上手い。その第一首。

転眼重逢八一三　転眼重ねて逢う八一三
門前逝水去無還　門前の逝水は去りて還ること無し
挙頭不惑天行健　頭を挙げて惑わず天行の健なるを
着脚方知国歩艱　脚を着けて方に知る国歩の艱きを
已分窮愁関性命　已に窮愁を分かちて性命に関し
任教破砕総河山　破砕するに任教《まか》せよ　河山を総ぶ
興邦多難尋常事　興邦の多難なるは尋常の事
看取前修憂患間　前修を看取せよ　憂患の間(87)

この種の抗戦必勝を詠った詩作は、同時期の作品の非常に多くを占めている。これは一つの心情であるとも言えるし、むしろ一種の期待であるとも言える。危難に直面したこの時にあっては、確かにこうした信念を表す詩篇が必要とされただろう。詩のレベルの如何については、最も重要なことではないのである。

　もしも「心情」や「信念」を入り口にこの種の詩作を論じるのであれば、やはり日記や書信、檔案資料などから、作者が詩を作った背景や効果を復元していく必要がある。ここにちょうどよい例が二つあって、一つは呉宓『南渡集』の中の「暁発北平（暁に北平を発つ）」、もう一つは朱自清が一九四一年に詠んだ「寄懐平伯《マ》北《マ》平（懐を平伯に北平に寄す）」七律三首である。

　一九三七年七月二十二日、盧溝橋事変から半月が過ぎ、北平城内の人心はまだ怖れにおののいていた。呉宓は清華大学図書館で山陽の徐嘉詳注による『顧亭林先生詩』木刻本を入手し、丁寧に読み込みつつ、以下の詩句を記した。「哀時遭乱未為詩、但誦先生不世辞（時を哀し乱に遭いて未だ詩を為さず、但だ先生の不世の辞を誦す）」。

同年十二月二十四日、すでに南岳の長沙臨時大学に来ていた呉宓は、また次のような詩句を残している。「綺夢空時大劫臨、西遷南渡共浮沈（綺夢空しき時大劫臨み、西遷南渡浮沈を共にす）」。[88] しかし本当の精神上の危機は、実はこの二首の間に横たわる四ヶ月間にあった。「暁に北平を発つ」から話を始めよう。

十載閑吟住故都　十載閑吟して故都に住み
凄寒迷霧上征途　凄寒なる迷霧征途に上る
相携紅袖非春意　相い携うる紅袖春意に非ず
満座戎衣甚霸図　満座の戎衣甚だ覇図たり
烏鵲南飛群未散　烏鵲南に飛びて群未だ散らず
河山北顧泪常俱　河山北に顧みて泪常に倶にす
前塵誤否今知悔　前塵誤なるや否や今知りて悔い
整頓身心待世需　身心を整頓して世の需むるを待つ[89]

この詩には呉宓自ら多くの注釈を加え、いったい何が「紅袖」で「戎衣」なのか、どうして女性を連れて南下しなければならないのかを解釈している。[13] 明らかに後世のゴシップ好きの読者がでたらめに解読することを恐れるがゆえである。しかし最も大事なのは、十一月四日のこの日に呉宓が天津に着き、清華の同窓会と連絡を取って、南下する船の切符を確認したということである。[90] つまりここに至って、呉宓の心情もひとまず方向性が定まったと言える。

ここに至るまでの四ヶ月間の苦悩と葛藤については、一九三七年後半の呉宓日記を仔細に読み込まなければわかるまい。時間軸に沿って、関連する部分を抜き出してみよう。

七月十四日―「新聞を読む、戦局差し迫り、大きな災いの訪れんとすることを知る。……故に今国家に大きな変化が起こるこの時に、私は軟弱にして力無く、奮い立つことができない。文天祥・顧亭林〔顧炎武〕になることもできず、呉梅村〔呉偉業〕になる力もない。けだし才能も志気もすべて薄くなり、なくなってしまったのだ！これが私の最も心を傷め、かつ救いようもないことである。かくも卑怯な人間が、この世に生きていて何の益があろう？思いここに至ると、自殺しかない。他に道はない。」

八月二日―「『世界日報』に曰く、清華は長沙に移ると。宓はかねがね行きたくないと考えていたが、行かないわけにもいかない。」

九月十二日―「清華の学長は教授らに、すぐさま長沙へ移り現地で開学の準備をせよと命じた……宓はここでかりそめの安泰を求め、扉を閉じて読書にふけり、他のことは天命に任せたい。長沙に行くのは本当に気が進まぬ。もともと人生に飽き飽きしていたこともあり、旅の苦労をしてあちこち動くのは憚られるのだ。公権と話したが、公権の気持ちも宓と同じで、北平に残って一年読書し、静かに後の変化を待ちたいと言っていた。」

九月二十三日―徒歩で西四牌楼の姚家胡同三号の陳家を訪れ、陳三立氏の位牌に手を合わせる。その後陳寅恪と南下について相談。「寅恪は宓の北平に隠れ住んで一年読書するという方法に甚だ賛同した。ただ思うに、春ごろ日本人が手紙をよこして大使館のパーティーに誘ってきたことがあった。もし今後日本人がやってきて協力を迫れば、節を全うしつつ災禍を免れるために、寅恪や宓はそれぞれ変装してここを去り、どこかへ行かなければならないだろう。」

十月二日――「宓は本当にここに残りたいのだが、人に告げるべき理由が見つからぬことに悩む。親戚も友人もみな行くことを勧める。宓がひとり内心でつらい思いをしているだけなのだ！」

十月六日――蕭公権と浦薛鳳を訪ねて、彼らが南下計画を相談しているのを聞く。「思うに宓はもともと北平に一年留まって、静かに本を読むつもりだった。今同僚の教授達は相次いで南に行き、宓を取りまく親戚友人も一様に行くことを勧める。宓は北平に留まりたいが、人々に告げるべき大義も理由も無いことに悩む。今や残りたくともそれはできないようだ、よって近いうちに南下することを決め、まずは書籍その他の物を整理し、南下の準備を整える。[91]」

この後呉宓の情緒は安定し、本気で南下の準備を整え始める。しかし九月の頃はまだ、呉宓は焦った病人がむやみに医者にすがるように、燕京大学や輔仁大学に手紙を書いて英文系講師の口を求め、残念なことにやんわり断られたりしていた[92]。「十載閑吟して故都に住」んできた北京大学や清華大学の教授たちにとってみれば、優雅で安逸な北平を離れることは決して容易なことではなかった。呉宓のあがきには非常にリアリティがあるし、また典型的でもあった。「凄寒なる迷霧征途に上る」心情は、あの時代に国民政府の呼びかけに応じて毅然と南下した多くの読書人に共通するものであった。

抗戦時期の西南聯合大学の教授たちによる唱酬は、ほとんどが大後方に限られていた。朱自清のように、なおも淪陥区北平に残った古い友人に詩を送り続けた者は、実は多くはない。一九四一年九月、朱自清は「寄懐平伯《マ》北平《マ》（懐を平伯に北平に寄す）」七律三首を書いた。その三首目を引く。

忽看烽燧漫天開　忽ち看る烽燧の漫天に開くを

如鯽群賢南渡来　鯽の如く群賢南渡し来たる
親老一身娯定省　親老いて一身定省を娯しみ
庭空三径掩莓苔　庭空しくして三径莓苔覆う
経年兀兀仍孤詣　年を経て兀兀として仍お孤詣
挙世茫茫有百哀　世を挙げて茫茫として百哀有り
引領朔風知勁草　領を引けば朔風に勁草を知る
何当執手話沈灰　何ぞ当に手を執りて沈灰を話すべき[93]

数多の山河を隔てていようとも、古い友人との間には相互に信頼があり、また相互に励まし合っていた。淪陥区の情勢が険悪だとよく知りながらも、「領を引けば朔風に勁草を知る」ことを固く信じる朱自清は、俞平伯の行動に非常に注意を払っていた。一九四三年十二月二十二日、朱自清は俞平伯に手紙を出した。「前の手紙で賢兄が雑誌のために原稿を書いていることを述べておられましたが、愚弟の考えではやはり筆を擱くのがよろしいかと思われます。率直な物言いをお許しください。[94]」この手紙の切迫した背景は、俞平伯が一九四八年八月二十四日に記した「友をいさめる」一文を読んではじめて知ることができる。

俞はこの追想文の中で、この出来事のいきさつをこう語る。

北平が淪陥していた時期は、扉を叩き原稿を要請する者も多かった。私はもともと書く気がなかったが、人情として書かざるを得ないこともあり、短篇を書くことで応じた。するとどうしてか、昆明にいた彼（朱自清）に状況が伝わり、彼は手紙をよこしてそこの刊行物に文章を発表するなと言ってきた。もとの手紙は

> すでに見つからない。私が彼に返した手紙では少し曖昧に、たくさんは書かないから、たまたま人に応じて適当にやりすごしたにすぎないのだというようなことを書いた。彼はそれを読んで大いに不満に思い、民国三二年十一月二二日に返事を書いて反駁してきた(95)。この手紙はまだ残っていて、標点符号に感嘆符は入っていなかったが、口ぶりから見て、彼の焦りがわかった！友人として深く愛され、こちらをよく知りぬいてくれているゆえでなければ、このようなことがありえようか？当時この手紙がいかに私を感動させたか、そしていま故人の遺稿を再び手に取りながら、私がいかにつらく感じているか、それは言うまでもないだろう。後世の人も、ここまで読めばきっと感動を覚えることと思う。であるから、私が「愧君多（君に愧づること多し）」と言ったのも、掛け値無しの正直な気持ちであった(96)(14)。

朱自清は穏和な性情の持ち主であったが、この手紙ではきつい物言いをしており、作者がたいへん焦っていたことが見て取れる。まさにこの古い友人の諫めを聞き入れたがゆえに、兪平伯はもはや漢奸とつながりのある雑誌のために原稿を書くことはなかった。またこのゆえに、抗戦が勝利をおさめたのち、北京大学ではまだ大学が北京に戻る前から、兪平伯を再び雇用することを決定したのであった。朱自清はこのめでたい知らせをまたわざわざ手紙で伝えてくれたのである(97)。

戦争に勝利したのち、陳寅恪と呉宓は詩作を続けていた（陳寅恪の詩は後になるほどよく書けている。これは時局や彼自身の心境、体調と関連している）。しかし他の人はたまに応酬で書いたりするほかは、基本的にやめてしまった。朱自清は早くに亡くなってしまったからだが（一九四八年）、他の教授たちは、学術著作に忙しかったり、政治的立場や生活のリズムを整える必要があったりして、詩作のような純粋な趣味に没頭する心情を失ってしまった。ここから逆にわかるのは、抗戦中の学者達による「西南に漂泊して唱酬多」き現象は、特別な縁と時によるものであった、ということである。

　これらを「学人の詩」と呼ぶにせよ「学者教授達の旧体詩」と呼ぶにせよ[98]、二十世紀の中国において、今まで論じてきたような著作行為は途切れることなく行われてきた。ただある特別な時期にだけ、学者達の創作の情熱は突然高揚し、相当の成果を残したのである。最も典型的だったのは、抗戦期の八年と文革期の十年である。突然の政治的転換は、学者達を静かな書斎から放逐した。動転し漂泊するなかでは、旧体詩を詠み記すことが、なによりの慰めとなった。こうした詩作は、彼らに自身の文化的身分を確認させると同時に、千古の昔に思いを馳せるよすがともなった。また詩的表現を通して、微かな思念や時宜にそぐわぬ感情を表すこともできた。淪陥区の文人や文革中の知識分子は、苛酷な環境にあって隠喩や隠語を好んだが[99]、西南にさすらった学者達が旧体詩を選んだのはそれと異なり、個人的な修養や歴史意識、文化的情感によるところが大きい。

　新詩と旧詩を同時に書いた王統照は、一九三七年九月二十八日に上海の『救亡日報』で二首の旧体詩を発表し（「南北」、「夜戦の声中に東斎を懐い並びに昨非を兄弟に示す」）、末尾に跋文を記した。

> 『救亡日報』が原稿を求める書信をよこし、もし旧体詩があればそれでもよいとあった。今ここがいったいどんな場所で、どんな時なのか、我々が筆を執って呻吟するだけでもすでに深く恥じ入るのに、ましてや公刊して読者にお見せするなどとは！しかし「言は心の声なり」という。激しく悲壮な詩文があれば、血しぶきの舞うこの悲惨で重苦しい時代も、もしかしたら少しは「興」「観」し啓発する効果があることになるかもしれない。詩歌は最も容易に直接的な情熱を伝え、最も容易に人を感動させる。歴史上何度もあった異民族との戦いの結果、我々には多くの佳作が残された。現在でも、陸游の「北望中原泪満巾、黄族空想渡河津、丈夫窮死由是事、要是江南有此人！（北のかた中原を望みて泪巾に満ち、黄族空しく思う渡河の津、丈夫窮

死することは是事に由る、要し是れ江南に此の人有りせば！）」や、杜甫の「悲陳陶」「悲青坂」「哀江頭」などの作品を読むと、なお昔に感慨を馳せて気持ちを奮い立たせ、敵に対抗する気分を高めることができるし、他にも多々例があることは挙げるまでもないだろう。旧詩は格律に妨げられて自由に抒情を発露するのが難しく、確かに「骸骨」と化してしまっている。しかし文字の簡潔さと韻律の調和の中には、自ずからそれなりの年月を経た精錬がある。もちろん、旧詩を書くことはすでに行き止まりになった道で、新しい収穫を得ることは永遠に難しく、「古い瓶に新しい酒を入れるのは難しい」の通り、無理矢理入れてもすぐに味が変わってしまうだろう。個人が怠け心を出して、楽だからとたまに一首ひねってみるのは構わないが、詩を創作する道ではない。だから私は旧詩を詠むことはあっても、外に発表することはなかった。今この二首は、感傷にひたるタイプの作品ではないと言えるので、『救亡日報』に送って埋め草とするが、それにあたってここに数言を記しておく[100]。

これは当然ながら新文化人の立場から、旧体詩の未来についてはなはだ悲観的な見方を示しているが、一方で未練たっぷりでもあり、「血しぶきの舞うこの悲惨で重苦しい時代」にあって、こんな「骸骨」でもまだ愛着を持つ価値があると認めている。

旧体詩の過去と未来を分析する、或いは旧体詩を二十世紀中国文学史にどのように位置づけるかを論じることは、本稿の任ではない。筆者が関心を持つのは、国難の際にあって、学問修養豊富な読書人たちが、旧体詩を毅然と選んで抑鬱を解きほぐし、感情を通わせ、信念を伝え、心の声を露わにしたことであり、また後世のために多くの「情の通った」、かつ「鮮烈な」史料を提供してくれたことである。これにより我々は、彼らが戦火の中でどんな目に遭い、思考し、困惑し、憎しみを持ったのか、学術著作の背後でどのような心情を抱いていたのかを理解することができるようになった。陳寅恪ら西南を漂泊した聯大教授たちの旧体詩作を読む際の視点については、抗戦期西南聯合大学の歴史的命運に対する私の関心から言っても、また中国の知識人の精神と情感に対する私の理解から言っても、そしてまた文学史という著述様式に対する私の懐疑から言っても、私自身はむしろ教育史の論述の枠組みの中で、「自伝」と「詩史」の視角から、それらを読み、味わい、解釈することに与したい、と考えている。(101)

（二〇一三年八月一日初稿、二〇一四年八月二十三日香港中文大学客舎にて改稿）

注

（1）以下の拙論を参照。陳平原「永遠的〝笳吹弦誦〟―関於西南聯大的歴史、追憶及闡釈」（『政大中文学報』第十六期、台湾、二〇一一年十二月）、同「中国大学西遷的歴史、伝説与精神」（『南方都市報』二〇一四年八月三日）。

（2）関連資料は多いが、以下の四点を特に勧めたい。北京大学等編『国立西南聯合大学史料』（昆明、雲南教育出版社、一九九八年）、西南聯合大学北京校友会編『国立西南聯合大学校史』（北京大学出版社、一九九六年）、易社強著、饒佳栄訳『戦争与革命中的西南聯大』（台北、伝記文学出版社、二〇一〇年）、聞黎明『抗日戦争与中国知識分子―西南聯合大学的抗戦軌跡』（北京、社会科学文献出版社、二〇〇九年）。

（3）謝幼偉「抗戦七年来之哲学」（初出は『文化先鋒』三巻二十四期。のち賀麟『当代中国哲学』（南京、勝利出版公司、一九四五年、一四三～一五五頁）に付録として収める。）

（4）陳平原『読書的〝風景〟―大学生活之春花秋月』（北京大学出版社、二〇一二年）一五六頁を参照。

（5）『戦争与革命中的西南聯大』の第三部「諄諄教誨、済済良師」、『抗日戦争与中国知識分子』第六章「学術参戦」、および楊紹軍『戦時思想与学術人物―西南聯大人文学科学術史研究』（北京、社会科学文献出版社、二〇一二年）を参照。

（6）銭穆『国史大綱』「書成自記」（『国史大綱』上冊、北京、商務印書館、二〇一〇年）

（7）陳寅恪『隋唐制度淵源略論稿』（上海戸籍出版社、一九八二年）一五八頁。

(8)『陳寅恪集・書信集』（北京、三聯書店、二〇〇一年）七十三頁および二四四〜二四六頁、陳平原「学者的幽懐与著述的体例—関与『陳寅恪集・書信集』」（『読書』二〇〇二年一期）を参照。

(9)一九四三年、鄭天挺は大学入学のため北平から昆明へ向かっていた長女が洛陽で困窮していたため、金銭を借りて旅費として送った。この書籍刊行は借金を返すためのものであった。一九四六年に長女は西南聯大外文系を卒業したが、北上して清華大に戻る途中で飛行機事故に遭い、済南で亡くなった。享年二十三歳であった。『鄭天挺学記』（北京、三聯書店、一九九一年）三九四〜三九五頁を参照。

(10)鄭天挺『清史探微』（南京、独立出版社、一九四七年再版。この「叙目」は一九九九年に北京大学出版社から出た増訂版『清史探微』では「原序」と改められた。

(11)鄭天挺「『恬盦語文論著甲集』序」（初出は『図書月刊』三巻一期、一九四三年十一月。北京大学出版社増訂版『清史探微』一六六〜六七頁、および『羅常培文集』（済南、山東教育出版社、二〇〇八年）第八巻七頁に収録。

(12)「庚辰元夕作時旅居昆明」（『陳寅恪集・詩集』北京、三聯書店、二〇〇一年、二十九頁）。

(13)『独後来堂十年詩存』（附跋語）』、『文教資料』一九九六年四期、五十頁を参照。

(14)『魏建功文集』第五巻（南京、江蘇教育出版社、二〇〇一年）六一九〜六二七頁参照。

(15)浦江清は詩の中で西南聯大の同僚湯永形、銭穆、聞一多、聞宥、余冠英らに触れているが、唱和したとは書かれていないので、リストに入れていない。

(16)陳流求、陳小彭、陳美延著『也同歓楽也同愁—憶父親陳寅恪母親唐篔』（北京、三聯書店、二〇一〇年）によると、一九四三年、陳寅恪が広西大学で教鞭を執っている頃、オックスフォード大学で中国宗教および哲学を教える上級講師であった修中誠（Ernest Richard Hughes, 1883-1956）が訪れ、陳寅恪のオックスフォード行きの構想について話し合い、二人は非常に意気投合した、とある（一七一頁）。

(17)陳楽民「茶煙高裊逗高歌—従潘光旦『鉄螺山房詩草』想到的」（『読書』一九九二年七期、のち潘乃穆ほか編『中和位育—潘光旦百年誕辰紀年』（北京、中国人民大学出版社、一九九九年、四二六〜四二九頁）に収める）参照。

(18)『鉄螺山房集』贈主人」（『朱自清全集』第五巻、南京、江蘇教育出版社、一九九六年、三二七頁）。そのほかに、朱自清は一九四五年五月二十日の日記に「詩を一首書き始めた」と記し、翌日「午後『鉄螺山房集、主人に贈る』の詩成る」と記して

いる。『朱自清全集』第十巻（南京、江蘇教育出版社、一九九七年）三四六頁を参照。

(19) 朱自清の〝俞平伯に懐を寄す〟は例外に属す。北平に暮らす文人学者は、同様に自身の応酬のグループを形成しており、西南に漂泊する教授達のそれとはあまり重なっていなかった。これは詩文の応酬が、ある程度実際の交流を必要としたことに関係する。たとえあまり顔を合わせなかったとしても、最低限書信の往来はやはり必要であった。

(20) 西南聯合大学の化学専攻の黄子卿教授は特例である。抗戦中に彼は多くの旧体詩を書き、またしばしば詩作を携えては中国文学専攻の游国恩に教えを請うた。惜しいことに、この手写本の詩集は文革中にやむを得ず焼却されてしまい、現在三首しか残っていない。黄志洵「憶黄子卿教授」（『笳吹弦誦情弥切』北京、中国文史出版社、一九八八年、二四七〜二四九頁）、および「游国恩先生学譜」（『游国恩楚辞論著集』第四巻四一一頁）を参照。

(21) 陳寅恪「己卯春日劉宏度自宜山寄詩言擬遷眉州予亦将離昆明往英倫因賦一律答之」（『陳寅恪集・詩集』二十七頁）。

(22) 劉、陳、呉の三詩は、呉学昭による整理本『呉宓詩集』（北京、商務印書館、二〇〇四年）三四四〜三四五頁に収める。

(23) 『浦江清文録』（北京、人民文学出版社、一九八九年）三一一頁。

(24) 浦江清『清華園日記・西行日記』（北京、三聯書店、一九八七年）一六九〜一七三頁、および施蟄存「『浦江清文史雑文集』序言」（『浦江清文史雑文集』（北京、清華大学出版社、一九九三年））を参照。

(25) 呉宓「寄慰宜山国立浙江大学（二月五日被敵機炸毀）諸知友」（『呉宓詩集』三四四頁）。

(26) 「昆明回首…」の句は「辞清華赴浙大将離昆明感成一律」から、「艱難共済…」の句は「仍留聯大寄謝浙大諸知友」から。『呉宓詩集』三六一頁に収録。また『呉宓日記』第七冊（北京、三聯書店、一九九八年）四〜五頁。

(27) 王季思「『浦江清文録・詩詞』序」（『浦江清文録』二九三頁）。

(28) 「過南平病瘧、喜遇声越、季思、匆匆別後却寄」（『浦江清文録』三一六頁）。

(29) 「同題另成五律一首」（『浦江清文録』三一六頁）。

(30) 浦江清『清華園日記・西行日記』一九八頁。

(31) 浦江清『清華園日記・西行日記』一五六〜一五八頁。

(32) 余冠英「佩弦先生的性情嗜好和他的病」（『文学雑誌』三巻五期、一九四八年十月）は、「この十年来彼の心情は確かにしばしば不調であった」「もしかしたら彼の胃病が重かった時期は、しょっちゅう死を思ったかも知れぬ」と記す。

(33)「聖陶頗以近作多苦言為病、試為好語自娯、兼示聖陶、公権、三疊顔字韻」(『朱自清全集』第五巻二五四頁。
(34)『梅貽琦日記(一九四一―一九四六)』(北京、清華大学出版社、二〇〇一年)一〇七～一〇八頁。『朱自清全集』第十巻一九九～二〇一頁。
(35)『朱自清全集』第五巻三〇二～三〇三頁。
(36)朱自清は一九四三年二月一五日の日記に「蕭滌非の作った詩を読む、韻律が優れている」と記す。また一九四四年六月十日の日記では、「滌非の詩を読む、寓意が大変よく、陳後山の詩の趣がある」と述べる。『朱自清全集』第十巻二二六頁、二九四頁。
(37)『呉宓日記』(北京、三聯書店、一九九八年)第六冊三六八頁。
(38)梅家玲は「詩を以て贈答する」風習の起源と「贈答詩」というジャンルの形成について論じ、この行為が「エリート集団」性を示す、「儀式的な行為」かつ「象徴的記号」であったことを強調している。『漢魏六朝文学新論―擬代与贈答篇』(北京大学出版社、二〇〇四年)一〇一～一五七頁を参照。
(39)「讀後來堂十年詩存附跋記」(『文教資料』一九九六年第四期、五十頁、四十一頁)を参照。
(40)「回憶朱佩弦先生与聞一多先生」(『文学雑誌』三巻五期、一九四八年十月)。
(41)『呉宓日記』(北京、三聯書店、一九九九年)第九冊二九八頁、および『呉宓詩集』三九四頁。
(42)南下する途中に、劉文典は「感有り」一首を詠んでいる。「故国飄零事已非、江山蕭瑟意多違。郷関烽火音書断、秘閣雲烟内籍微。豈有文章千載事、更無消息幾時帰。蘭成久抱離群恨、独立蒼茫看落暉。(故国は飄零として事已に非ず、江山は蕭瑟として意違うところ多し。郷関の烽火音書断え、秘閣の雲煙内籍微かなり。豈に有らんや文章千載の事、更に消息無く幾時か帰らん。蘭成久しく抱く離群の恨み、独り蒼茫に立ちて落暉を看る。)」『劉文典全集』(合肥、安徽大学出版社、および昆明、雲南大学出版社、一九九九年)第三巻六九三頁[蘭成は庾信の幼名]。
(43)游宝諒「游国恩先生学譜」(『游国恩楚辞論著集』第四巻四〇七頁、北京、中華書局、二〇〇八年)。そのほかに、游珏、游宝諒撰「『游国恩楚辞論著集』跋」では、「父は文章に巧みで、旧詩の創作を好んだ。重大な歴史事件に遭遇したり、感情が激しく揺さぶられたりするたびに、いつも詩を作るのだった。…惜しいことに大多数の詩稿はすでに存在しない。幸い文集の中に『旧詩の創作を論ず』という文章一篇が残っている」と述べる。『游国恩学術論文集』(北京、中華書局、一九八九年)六〇二頁。

(44)『浦江清文録』三一九頁、『蕭滌非杜甫研究全集附編』（哈爾浜、黒竜江教育出版社、二〇〇六年）三十頁、四十頁、一四九頁。

(45) この詩は一九四三年八月に書かれたものである。『潘光旦選集』第四集（北京、光明日報出版社、一九九九年）五七一頁。

(46)『浦薛鳳回憶録』中冊（合肥、黄山書社、二〇〇九年）一四四頁を参照。

(47) 蕭公権『問学諫往録』（台北、伝記文学出版社、一九七二年）一四七頁、一六九頁を参照。

(48)『潘光旦選集』第四集五五五～五五六頁、『蕭滌非杜甫研究全集附編』三十七頁、および『魏建功文集』第五巻六二三～六二四頁を参照。

(49)「不寄家書為絶愁、愁来怕看水東流。東流極目滔滔下、家在滔滔水尽頭。（家書寄せられずして絶愁を為し、愁来たりて看るを怕る水の東に流るるを。東流目を極むれば滔滔と下り、家は滔滔たる水の尽頭に在り。）」『魏建功文集』第五巻六二四頁。

(50) 蕭公権は、成都時期をのぞいた時間で二〇〇首あまりの詩を作ったが、それに対して成都の九年だけでなんと五〇〇首余りも作ったと述べている。「もし『中国政治思想史』が〝西南を漂泊〟したことの第一の収穫であったとしたら、これらの詩は私の第二の収穫であったと言えるだろう。文学的修養の優れた数人の友人が、私を励まし、私と唱和してくれた。私は彼らの才能に遠く及ばないことを知りながら、詠むことをやめられなかった。なかでも最も忘れがたい、感謝したい友人は、朱佩弦（自清）教授である。」蕭公権『問学諫往録』一三七頁参照。

(51)『呉宓日記』第六冊三三八頁、『浦薛鳳回憶録』中冊一五六頁を参照。

(52)『呉宓詩集』二頁。

(53)『呉宓詩集』四頁。

(54)『浦薛鳳回憶録』中冊一五五頁参照。

(55)「刊印自序」には「この集の編集方針は、作るところ有れば必ず収める、である。もとより賢明な読者に自身で取捨選択してもらうのを願うものであり、集に収めた詩が皆残す価値を有しているとうぬぼれているわけではない」とある。また呉学昭の「整理後記」も参照（それぞれ『呉宓詩集』五頁、五二七頁）。

(56) 一九二六年に書かれた「編集例言」（『呉宓詩集』二頁）参照。

(57)『朱自清全集』第五巻一三八頁。

(58)『朱自清全集』第九巻（南京、江蘇教育出版社、一九九七年）二九八頁。

(59)この点について魯迅の態度は注目に値する。許広平が言ったとおり、「魯迅師は古詩文に巧みであったが作ることを好まなかった。たまに書くことがあっても、それは友人の求めに応じたり、一時の感情を記したものに過ぎず、書くそばからうち捨ててしまって、拾って集に収めようとはしなかった。」魏建功「関于魯迅先生旧体詩木刻事及其他」(『魏建功文集』第五巻五四七～五五一頁)参照。
(60)『猶賢博弈斎詩鈔』「自序」(『朱自清全集』第五巻二四一～二四二頁)。
(61)浦江清「朱自清先生伝略」(『国文月刊』第七二期、一九四八年十月初出。のち『浦江清文史雑文集』二十三頁)。
(62)『朱自清全集』第十巻一〇三頁、一〇九頁、一一六頁、一三〇頁。
(63)『朱自清全集』第十巻一一五頁、一二二頁、一六六頁、一九三頁。
(64)『朱自清全集』第五巻二六九頁。
(65)『陳寅恪集・詩集』三十六頁。
(66)呉学昭整理本『呉宓詩集』四〇〇頁参照。
(67)『蕭滌非杜甫研究全集』十三頁、一八七～一九一頁。
(68)蕭公権『小桐蔭館詩詞』(台北、聯経出版公司、一九八三年)六十六～六十七頁。
(69)蕭公権『問学諫往録』一五七～一五八頁。
(70)陳平原「説〝詩史〟―兼論中国詩歌的叙事功能」(『文化:中国与世界』第二輯、北京、三聯書店、一九八七年十月)参照。また『中国小説叙事模式的転変』(北京大学出版社、二〇一〇年)二六八～二六九頁参照。
(71)近ごろ、陳寅恪の妻の唐篔が一九五〇年代中期に書いた「避寇拾零」(『也同歓楽也同愁―憶父親陳寅恪母親唐篔』二八七～二九五頁、これ以前には『陳寅恪先生編年事輯』(上海古籍出版社、一九八一年)にも節録されている)を読んで、この印象を更に強めた。
(72)羅常培「臨川音系跋」『羅常培文集』第一巻六三五～六三九頁。
(73)羅常培「七七事変後北大的残局」(初出は『北京大学五十周年紀年特刊』一九四八年、『羅常培文集』第十巻三二一～三二九頁所収)を参照。歴史系教授の孟森は重病のため北平を離れることができず、「臨別の際にはなお切々と手を執り、さめざめと涙をこぼした」という。鄭天挺「自伝」(『鄭天挺紀念論文集』北京、中華書局、一九九〇年、六九六頁)参照。

(74)魏建功「廿六年八月八日敵兵入北平、時北大方針未決、十月中始召同人赴長沙、将去北平有作」(『魏建功文集』第五巻六一九頁)。
(75)『魏建功文集』第五巻六一九頁。
(76)陳寅恪「庚辰元夕作時旅居昆明」(『陳寅恪集・詩集』二十九頁)
(77)朱自清「婦難為、戯示公権」(『朱自清全集』第五巻二九三頁)
(78)『蕭滌非杜甫研究全集附編』三十五頁。
(79)『蕭滌非杜甫研究全集附編』二十六頁。蕭滌非「我的回憶」(『蕭滌非杜甫研究全集附編』一二九頁)もこの顛末に触れている。
(80)『陳寅恪集・詩集』四十九頁。
(81)それぞれ、「剣外忽伝收薊北、初聞涕泪満衣裳(剣外に忽ち伝う薊北を収むるを、初めて聞きて涕泪衣裳に満つ)」(杜甫)、「少小離家老大回、郷音未改鬢毛衰(少小家を離れ老大にして回る、郷音未だ改めずして鬢毛衰う)」(賀知章)、「王師北定中原日、家祭無忘告乃翁(王師北のかた中原を定むる日、家祭忘るる無かれ乃翁に告ぐるを)」(陸游)を指す。
(82)胡文輝『陳寅恪詩箋釈』(広州、広東人民出版社、二〇〇八年)上冊三五九~三六二頁。
(83)『陳寅恪集・詩集』二十四頁、二十八頁、二十九頁、四十二頁。この中の「乱離骨肉病愁多」の句は、一九四二年「予挈家由香港抵桂林已逾兩月尚困居旅舎感而賦此」(『陳寅恪集・詩集』三十三頁)にも見える。
(84)魏建功「長沙志感」(『魏建功文集』第五巻六二〇頁)。
(85)「雨僧師五十生日置酒」(『浦江清文録』三一七頁。また『呉宓詩集』三八七頁にも見える)。
(86)『浦薛鳳回憶録』中冊一六二頁。
(87)『潘光旦選集』第四集五五六頁。
(88)「読顧亭林詩集」および「大劫一首」、『呉宓詩集』三二六頁、三二八頁。
(89)『呉宓詩集』三二七頁、また『呉宓日記』第六冊二四三頁。
(90)実際に船に乗って天津を離れたのは十一月十日である。『呉宓日記』第六冊二四八~二五〇頁参照。
(91)以上の各記述は、『呉宓日記』第六冊一六八頁、一八五頁、二一二~二一三頁、二一九頁、二二四頁、二二六~二二七頁に見える。

(92)『呉宓日記』第六冊二〇七、二〇八、二一一頁。
(93)この詩は作者の生前は未刊であり、死後に『文学雑誌』三巻五期（一九四八年十月）に発表された。『朱自清全集』第五巻二八三頁。
(94)「致俞平伯」（十三）（『朱自清全集』第十一巻（南京、江蘇教育出版社、一九九七年）一四〇頁）。
(95)『朱自清全集』第十一巻一四〇頁によると、この手紙が書かれたのは一九四三年十二月二十二日である。
(96)俞平伯「諍友」（初出は『中建』三巻七期、一九四八年九月五日。『俞平伯全集』第二巻（石家荘、花山文芸出版社、一九九七年）七四四～七四八頁。）
(97)「致俞平伯」（十四）（『朱自清全集』第十一巻十四一～一四二頁）。
(98)劉士林『二〇世紀中国学人之詩研究』（合肥、安徽教育出版社、二〇〇五年）、胡迎建『民国旧体詩史稿』第九章（南昌、江西人民出版社、二〇〇五年）参照。
(99)詩は「情を隠す」ことができる。淪陥初期に周作人が打油詩という、時流とは異なるジャンルで心情を表明したそのわけを以て、あるいは抗戦時期の新文学者たちが旧体詩に夢中になった理由をある程度解釈できるかもしれない。袁一丹の博士論文『北平淪陥時期読書人的倫理境遇与修辞策略』（北京大学、二〇一三年、未刊）第二章「動機的修辞―周作人詩文中的自我辨解」、および「餘論」第二節の「隠微修辞」を参照。日本の木山英雄は現代中国の旧体詩創作にたいへん強い興味を持ち、多くの専門的論述を行っている。木山英雄『人は歌い人は哭く大旗の前―漢詩の毛沢東時代』（岩波書店、二〇〇五年）参照。
(100)『詩二首』跋」（初出は『救亡日報』一九三七年九月二十八日。《王統照文集》第四巻（済南、山東人民出版社、一九八二年）、五二〇～五二一頁。）
(101)郭沫若は郁達夫の旧体詩を「大半が精魂込めて詠まれた作であり、自伝とみなせると同時に、詩史とすることもできる」と評している。郭沫若「『郁達夫詩詞抄』序」（『郁達夫詩詞抄』、杭州、浙江人民出版社、一九八一年）参照。

訳注

〈1〉「卉《くさ》を藉《し》きて新亭に対う」は『世説新語』「言語」にある故事をふまえる。西晋が滅亡したあと、江南に逃れて東晋を建国した人々は、しばしば草を座敷に新亭に集って悲しみの宴を開いたとされる。

〈2〉第二首は『儒林外史』『三国演義』『蕩寇志』の故事を用いている。

〈3〉『呉宓日記』によると、西南聯大に留まった理由は、浙江大学で校務に追われるよりも著述に専念する自由が確保できそうだから、とある。

〈4〉詩の機能を論じた『論語』「陽貨」篇の言葉。一般に、興は比興により感情を発露すること、観は社会風俗を観察すること、群は他人との交流、怨は諷諫することと理解される。

〈5〉南岳は衡山。この祠は東南三賢と称えられた南宋の大儒、朱熹と張栻が訪れたことを記念して建てられた。長沙臨時大学文学院は三カ月の間南岳衡山に所在していた。

〈6〉杜甫の「洗兵馬」に「安得壮士換兵馬、浄洗甲兵長不用」とあるのをふまえる。

〈7〉「天南万里…」は一九三八年に胡適がロンドンから周作人に宛てて贈り、日本占領下の北平で対日協力を迫られる周作人を案じて南下を勧めた詩句。

〈8〉旧時北京大学は沙灘にあり、文学院は赤レンガの建築で、馬神廟に隣接していた。

〈9〉「淮南の米価」は杜甫の「解悶十二首」に、「中統の銀鈔」は元代中統年間の紙幣にかけて、それぞれ昆明の米価の高騰と国民党法幣の暴落を指す。

〈10〉蒙荘は荘子。荘子のような超俗の人物ですら貧乏ゆえわずかな食料のために他人に腰を折らねばならなかったことをふまえる。

〈11〉陳寅恪の父陳三立は、一九三七年八月、日本軍の北平侵入直後に逝去した。

〈12〉蒙自は昆明南部、ベトナムとの境に位置し、南湖は蒙自県の南にあった。西南聯合大学の文・法学院は当初四カ月の間蒙自に設置された。

〈13〉呉宓の自注によれば、「紅袖」は教え子の朱崇慶、赤い服を好んだゆえに絳珠と字した女性。カモフラージュのために同行したとある。「戎衣」は日本軍。

〈14〉「愧君多」は権平伯が朱自清の死後に捧げた挽詞の言葉、直諫を恐れぬ者を友にすべきと説いた『論語』の言葉をふまえる。

第5章　戦う文芸と声の政治

大分裂時代の「詩朗誦」と「朗誦詩」

梅家玲
（濱田麻矢訳）

はじめに

詩とは歌い吟ずるものだというのは古今東西みなその通りだが、「朗誦」を「詩」の核心的要素とみなし、さらにそこに強烈な政治目的を賦与したのは、中国の対日抗戦期に始まる。一九三七年七月七日、盧溝橋に銃声が鳴り響き、日中戦争が全面的に始まった。この中国の危急存亡の時代はまた、全国民を動員して救国という大業に献身させるべき重要な時期であった。過去とは異なり、この「現代化」した民族戦争のスタイルがもたらしたのは、前代未聞の分裂、動揺、破壊、死亡だけではない。啓蒙意識と民族主義が交わったなかで、多くの新しい文芸スタイルが生み出された。ルポルタージュ、時事劇、街頭劇、街頭詩、朗誦詩などである。[1]その目的は全ての国民の情感を凝縮させ、敵に抵抗する覚悟を呼び覚ますことであった。戦時、武器は少なく物資は欠乏しており、広く大衆に戦争の情報を知らせ、敵愾心を煽るために、この種の「新型文芸」は多く通俗的でわかりやすく、広く拡散できるように作られているのが共通の特色であった。中でも、個人から集団へ、客間や書斎から広場へと伝わった「詩朗誦」と、それに応じて生まれた「朗誦詩」および「新詩朗誦運動」は最も注意に値する。

簡単に言うと、「詩朗誦」とは詩歌を朗誦するという一種のパフォーマンスを指し、「朗誦詩」とは朗誦された詩歌に重きを置き、詩歌のジャンルの一つであることを示す言い方である。「新詩朗誦運動」は個別の詩朗誦という「活動」を、大衆が参与する「運動」にまで推し広めたものだ。詩歌の朗誦が個人の営みから大衆の運動になったのには、「朗誦詩」の出現が重要な鍵となる。[2]「(声の)朗誦」と「(文字の)詩」という二つの要素を兼ね備えた「朗誦詩」は、抗戦「文芸」の重要な一環であるとともに、「声」による「政治」のパフォーマンスにもなった。新詩の朗誦がだんだん盛んになり、一種の「運動」を形成したことで、さらにその高度な政治性が明らかになった。それは全国民による抗日のために生まれたが、抗日戦争が終わった後にはさらに枝葉を茂らせ、両岸が分立したのちの政治的現実の中でも衰えることを知らなかった。その「パフォーマティブ」な性質と、「声の表情」の強調は、直接詩歌の美学的表現に影響を与えたが、そのために却って文字、声および戯曲的表現の間で揺らぎ続け、自己存在を疑う危機を招き寄せた。こうした状況に基づき、本論は「戦う文芸」と「声の政治」という側面から、抗戦以来の「詩朗誦」と「朗誦詩」を検討する。ここでは「朗誦詩」形成の文脈とその両岸分立以降の発展だけにとどまらず、以下の二つの問題に焦点を当てたい。一、文芸と啓蒙、救国の関係から言って、「文芸」はどうやって「戦」ったのだろうか。「声」はどうやって「政治」になったのだろうか。二、「朗誦詩」の構造から言って、「文字」と「声」との相互関係はどのようなものだろうか。「朗誦」はどのように「詩」および「詩論」の構造に介入したのだろう。そして「声」（声とともにやってくる「パフォーマンス」も含む）は、中国文学がモダニズムを追い求める中で、またどのようにその特殊な意義を表したのだろうか。

一　戦火における文学の声――抗戦期の「新詩朗誦運動」、「詩朗誦」と「朗誦詩」

盧溝橋事件ののち、全国民は抗日戦に献身した。文芸界ももちろん例外ではなく、特に詩人たちは先を争うように参与した。銃の代わりに筆をとり、しきりに詩によって抗日の決意を宣誓したほか、さらに大規模な詩歌朗誦運動が行われて一般民衆に宣伝し、彼らを教育したのである。一九三八年十月に漢口が陥落し、「詩朗誦」はさらに盛んになった。陳紀瀅によると、「文化の中心は軍事政治の中心の後について移動し、重慶は抗戦の大本営となった。東西南北の戦場ではさらに活発かつ真摯な文化戦が展開され、福州、金華、麗水、泰和、上饒、衡陽、長沙、苗江、成都、洛陽、晋東南およびそれぞれの文化拠点では、詩歌朗誦を特に重視し、熱心な運動を展開した[3]。」こうして、後方から前線まで、戦場からキャンパスまで、詩歌朗誦がなされない場所はほぼないまでになった。たとえば聞一多が西南聯合大学の文芸の夕べで行った詩の朗誦は何千何百人の心を揺り動かし、長い年月ののちにもずっと人々が好んで語り合う話題となったのである[4]。

陳は当時、『大公報』の文芸副刊『戦線』の編集長を務めていたが、この『戦線』は朗誦詩と詩歌朗誦運動の推進に全力を尽くしていた。一九四〇年十一月二十四日、陳紀瀅と文芸界の多くの人々が協力して画策した結果、「文協」が組織する全国文芸詩歌朗誦隊が重慶で成立した。音楽界、演劇界、映画界からの支持を得て、文芸界における一大事業とみなされたのである[5]。

この時に、毛沢東のいる延安地区の状況が遅れをとるわけにはいかなかった。延安では平素「狂飆詩人」と称された柯仲平が主となって文芸愛好者を招集し、詩歌団体「戦歌社」を組織したが、成立するとすぐに「新詩朗誦運動」を中心とする活動を展開した。この活動は毛沢東の強力な支持を受け、迅速に発展していく。一九四〇年十二月七日『戦線』の「朗誦小消息」欄では「現在のところ、詩歌朗誦の領域は北は延安から南は香港まで、東は金華から西は西康、新疆までにわたっている」と宣言[6]されていて、その波動は大きなひろがりを見せていた。こうしてみると、他の文学のジャンルに比較して、「新詩」は「詩朗誦運動」の熱狂的な展開の中、特に文字から飛び出した「音声」をもって戦火を超え、広大な民衆に分け入り、分裂と動揺の時代を渦巻き流れていったのだと言える。

文学史の角度から考えれば、新詩の「音声」が「新詩朗誦運動」を経て崛起し、戦争の動乱期に拡散、流行していったのは偶然ではない。その醸成と誕生は、実に五四新文学以来の「詩」の現代への構造変化と密接に関わっているのである。「詩朗誦」は個別の「活動」から広まって一つの「運動」を形成するに至ったが、またもう一つの新興ジャンルであった「朗誦詩」と表裏一体をなしていた。

多くの研究者が、文学を革新する過程において最も困難だったのは新詩であったことに注目している。理由は他でもなく、「旧い形式は壊れたが、新しい形式はまだ出来上がっていない[7]」ことにあった。「白話詩の伝統はあまりにも貧弱で、旧詩の伝統はあまりにも頑固であり、自由詩派の言語は焼き直しが多くてオリジナルなものが少ない[8]。」これらの事実のため、新詩はその形成の最初から絶えず模索を繰り返し、躊躇し、徘徊してきた[9]。では「朗読」によって——つまり「音声」という特質によって、いかに新しい形式を探し出し、新しい批評の論述を構築し、そして中国現代詩歌運動の発展過程において、詩人たちは突破を成し遂げたのだろうか。

同様に「朗読」に注目し、発展中の新詩のために出路を探したとはいえ、異なる背景を持つ文人と研究者では、提起した実践の方法も詩学の理念も大きく異なっている。中でも、朱光潜、朱自清ら研究者や文人が組織した

「読詩会」と、後期創造社と太陽社の若干の作家たちの主導による「中国詩歌会」は、典型的な違う路線の代表と言えるだろう。

一九三二年から一九三三年にかけて、朱自清、朱光潜は前後してヨーロッパで学問を修めて帰国すると、英国留学時代にロンドンで参加した「読詩会」の経験を生かし、同好の士を集めて「読詩会」を組織し、北京の朱光潜の家に定期的に集まって詩を読んだ。重要なメンバーの一人だった沈従文の回想によると、当時の「読詩会」のメンバーは「北方系の新詩の作者とそれに関心を寄せるものすべてを一ところに集めた」もので、梁宗岱、馮至、葉公超、廃名、卞之琳、何其芳、林庚など、「みなの興味は一つに集中していた。それは新詩とは朗読に耐えうるか、新詩の朗読はどれほどの成功を得てきたか、つまるところ、新詩とは朗読しうるのか」[10]ということに尽きた。これらのメンバーは詩を「読」む、という名目のもとに集まり、尽力したのもまた各種の音声スタイルによる実験であり、新詩の現代化を進行させていたのである。この集会は「エリートグループ」という性質を持ち、公開されることはなく、注目していたのはおおよそ詩歌の「美学」的側面であった。読詩会の活動は日中戦争勃発まで続く。この間、メンバーたちは毎回各々の詩論を『大公報・文芸副刊』や『文学雑誌』といった刊行物に発表し、当時の「純詩」という理論構造の形成に大きな貢献を果たした[11]。

「読詩会」のエリート達が「純詩」を指向し追求していたのとは異なり、「中国詩歌会」は詩歌朗誦を身体によって実行することによって「大衆化」された詩歌を作り上げ、新文学における詩歌を大衆の中に向かわせようと意図していた。この組織は一九三二年に上海で成立し、発起人は楊騒、穆木天、任鈞、蒲風などで、『新詩歌』を機関刊行物としていた。創立後、広州、北平、青島、廈門などに次々と支部会が成立し、かなりの勢いを具えていた。その意識と作風は、実際には後期創造社と太陽社の作家たちの革命的人生観とリアリズム的創作手法を受け継いだものである。彼らは「詩歌とは社会現実の反映であり、社会の進化を推進するものであり、時代の意義を備えるべきものである」ことを特に強調した。新月派と現代派が現実から逃避し、粉飾していることを攻撃して「これを正し、清めなければならない」とし、同時に「新詩の歌謡化」というスローガンを打ち出して、俗語や俚諺を詩に取り入れて「新詩歌運動を完成させる」ことを総合的な目標とした[12]。その主張である「詩朗誦」とは、大衆に向かい合っての朗誦であり、「一方では自分の作品を直接大衆の中に届けて特定の効果を獲得しようというものであり、もう一方では、当時ほとんど完全に視覚芸術と変化していた新詩歌を、次第に聴覚芸術に戻していこうというつもりであった[13]」。抗戦勃発後、大衆に着眼し、「聴覚芸術」を強調し、さらに一歩進んで「抗戦に奉仕する」という現実の目的とつながった詩朗誦の理念は、さらに時宜を得て、その合理性がますます認識されるようになった。任鈞の「詩歌従事者の当面の仕事と任務についての略論」は以下のように指摘している。

詩朗誦というこの活動はなぜ提起され実践されるのか。それは明らかに、主な二つの理由による。第一に、本質から言って、詩とは目のためではなく耳のために創作されるものだ。つまり、イギリスの詩人ボトムリーが言うように、「詩歌は必ず人々に朗誦され、人々に聞いてもらってこそ健全な詩歌となりうる」のだ。しかし、我々の新詩はどうだろうか。率直に言って、大部分は一種の「視覚芸術」「聞こえない芸術」となって詩の特質を失っている。そこで我々は詩の朗誦を提唱し、詩を「聴覚芸術」という本来の位置に戻そうと考えたのだ。第二に、詩の効用から言っても我々は詩を「聴覚芸術」に戻さねばならないし、少なくとも全て目に頼る芸術にしなくてもいい。そして群衆の前に出てこそ、詩は普遍的に、有効にその武器たる所以を発揮して抗戦に奉仕できるのだ。よって、詩朗誦というこの活動の提起と展開は、中国の新詩運動史上、画期的な意義を有しているのである[14]。

「中国詩歌会」が発進させたこの「新詩大衆化」の朗誦理念と実践方式は、前述の「読詩会」とは全く異なるものであり、両者の間には何の関係もない。しかし、対日抗戦が全国民の民族意識を召喚し、抗日救国という大きな目標を掲げたとき、文学サロンにいた文化界のエリートや象牙の塔にいた教授や学生も、みな戦火の中を流浪し、書斎から出て群衆に向かい、そして戦時のプロパガンダ教育活動の重要性を認識することになった。本来詩歌の美学的側面に焦点を当てていた読詩会のメンバーたちも、ここにおいて詩歌の現実的意義に注意を払い、正視するようになったのである。朱自清の「論朗誦詩」という一文はここにきっかけを持つものであり、彼は明確に「詩朗誦」が個別の「活動」から集団の「運動」と成りえたのは抗日以来の切迫した実際的な需要——「宣伝の需要と、広大な群衆を教育する需要」に由来するのだと指摘したのみならず、詩歌創作の出発点が「個人」から「群衆」に転換されたことに着眼し、「独立した朗誦詩」が生まれたことを以下のように説明している。

　過去の新詩にはやはり旧詩と同じようなところがあった。それは出発点が主に個人にあったことで、そのためにただ「獨り座して娯しむ」ものとなってしまい、「衆くの耳を悦ばせる」ことができなかったのだ。自分か、一握りの友達にしか見せず、群衆に聞かせることをしなかったのだ。戦前の詩歌朗誦運動が展開できなかった原因はここにあると思う。抗戦以来の朗誦運動は広大に展開しているのみならず、独立した朗誦詩を生んでいるが、その転換点もここにあるだろう。

　朗誦詩とは群衆の詩であり、集団の詩である。作者は個人ではあるが、彼の出発点は群衆であり、彼は群衆の代弁者であるに過ぎない。彼の作品は群衆のただ中で朗誦されねばならず、群衆の緊張した集中した雰囲気の中で成長するのだ(15)。

実際、戦時の朗誦運動と朗誦詩は密接に関係しあっていた。少なからぬ詩人が独立した「朗誦詩」を創作し、士気を激励して抗戦を鼓吹したが、詩作の中の「群衆性」こそは疑いもなくその核心的要素であった。当時全身全霊で朗誦詩創作に取り組んでいた詩人の高蘭が、特に「我々の朗誦詩歌を展開せよ」という詩を朗誦詩の形式で書き、詩人たちに朗誦詩の創作に取り組むよう呼びかけているのは朱自清の説と互いに補強しあうものだ。

新時代の新しい狼煙があがる／この狼煙が祖国の山河を照らすのだ！／来れ、詩人たちよ！／我々の朗誦詩歌を展開せよ／全国民の抗戦のうちに、君がおり、私がいる。
ただ朗誦の詩歌だけが／我々の詩歌だ／ただ朗誦の詩歌だけが／花鳥風月に嘆息するだけのものではない／ただ朗誦の詩歌だけが／自分の呻吟を釈明してみせるだけのものではない／それは／奴隷たちの怒りの声／それは／民族の解放を勝ちとる／抗戦の隊伍における／文化の装甲車なのだ[16]！

「全国民の抗戦のうちに、君がおり、私がいる」、「ただ朗誦の詩歌だけが／我々の詩歌だ」ここから読み取れるのは、まさに「朗誦詩とは群衆の詩であり、集団の詩である」ということだ。そして「我々」は、そのために朗誦詩の発言主体となり、正当な道理を踏まえ、厳正な言葉で以て集団の意思と情感を宣誓したのである。

二　「戦い」はいかに「文芸」となるか、「声」はいかに「政治」となるか
――朗誦詩の修辞戦略と内在する張力

「朗誦詩」が広まったのは抗戦の烽火の中のことであり、音声による伝播は、宣伝し教育するという任務を負

っていた。そのために初めから「戦闘」という姿態で出現したのである。その創作も絶えず「音声」の重要性を強調したために、「(朗誦の)音声」と「文字(の詩)」の拮抗を内部に抱えていた。ここで我々が知りたいのは、いったい音声が文字を左右したのか、文字が音声を規定したのか、そしてまた文字と音声の相互作用のもとで、抗戦救国という政治任務がいかに進行したのかということである。

戦時の著名な朗誦詩人には田間、艾青、錫金、高蘭、柯仲平などがいる。なかでも高蘭と柯仲平が代表的な存在であり、二人を並べて「北柯南高」と呼んだ。以下、この二人の作品を例にとり、関連する詩論も借りながら朗誦詩の修辞戦略を見ていこう。

どのように感覚(聴覚)の需要に従って朗誦の詩歌に適した創作原理を導くかというのは、疑いなく抗戦時期の詩論の重点であった。錫金、李広田、朱自清、徐遅、林庚など、みなこの点について熱心に議論している。この中で、朱自清は詩歌の語彙使用と言語形式に着眼し、「文字」と「音声」の間の相互作用を強調しているが、この議論は非常に鋭い。

朗誦詩の聴衆は忍耐強くもないしそれほど暇でもない。彼らは痛快さと動力とを必要としている——視覚化するのはもちろんよいが、「火薬樽」「導火線」など、動きのあるイメージが望ましい。動かない「枢軸」「要塞」「ロープ」などは力が足りない。
対話にはめりはりをつけ、字句は長くせず、そしてバランスがとれたものにしなくてはならない。あまりにバラバラだと演説になってしまうが、あまりにそろっていても不自然になる。言葉は選ばねばならぬ。そして演劇のセリフのように厳密に刈り込まなければならない。……脚本が演じているうちに完成するように、朗誦詩もまた朗誦しているうちにようやく完成するのだ。こういう詩は読むと長く感じるが、誦じてみると長くはない。読むのは空間においてのことだが、聞くのは時間の中でのことだからだ(17)。

朱の論述は「音声」と「文字」の間の弁証関係を浮き彫りにしている。(時間の中での)言語音声の要求が(空間の中での)詩作の文字の推敲を規範づけるのだ。「詩」は必ず「朗誦」を経たのちにようやく完成するのである。しかし「火薬樽」「導火線」という言葉が「枢軸」「要塞」「ロープ」よりさらに朗誦に適しているという事実は、また新たに我々に、文字のイメージと意味がいかに「音声」の演出効果を左右するのか気付かせてくれる。

実際なされた詩作を検証してみると、この説が的確であることがわかる。抗戦初期の高蘭「時間がきたのだ、仲間たち(是時候了、我的同胞)」は全国民に抗日を呼びかけるものだが、力強いイメージにみち、めりはりがありバランスのとれた字句で、李、朱の説へのすばらしい答えになっている。

時間がきたのだ、仲間たち！／敵の飛行機と大砲が／また大挙して俺たちを殺しに来た！／俺たちはとうに炸裂する火薬になっている／燃え盛るのをこらえられるものか？／爆発！／爆発！／爆発だ！／亡国の奴隷になることを願わないすべての人々よ！／君がまだ恥を忘れていないならば／かりそめに生きる膿になりたくないならば／時間がきたのだ、仲間たち！

(是時候了、我的同胞！／敵人的飛機大砲／又大挙屠殺我們来了！／我們早已是炸裂的火薬／還禁得住這様的燃焼？／爆炸！／爆炸！／爆炸了吧！／一切不願做亡国奴的人喲！／仮如你還不曾把恥辱忘掉、／仮如你還不再想作苟且偷生的膿包、是時候了、我的同胞！)(18)

当時の朗誦詩は「抗日」を主なテーマとしていた。全体的にみると、その内容や題材は、全国民の奮起をよびかけて抗戦の決心を宣誓するもの、故郷を懐かしみ、被害にあった家族や友人を弔うもの、戦士たちを称揚し、リーダーのすばらしさを賞賛するもの、人の情に訴えて敵軍に降伏をよびかけるものなどいろいろあるのだが、「文字」で書いた「朗誦」詩として、用語が大衆化、口語化し、リズムや押韻の組み合わせに気を配っている以外に、そのスタイルには少なくとも以下のような特色が含まれている。一、多く「群衆」（我々）を発言の主体としていること。二、情感に訴える戦闘意識。三、対話性、演劇性、パフォーマンス性を兼ね備えていること。

なかでも、「群衆」（我々）を発言の主体とすることに関して、先に高蘭「展開我們的朗誦詩歌」を引いたが、その「群衆」の立場がいかなるものであるかは題名からも明らかだ。このほかに、いろいろな親しみ、愛情、郷愁、愛国心などを借りて戦闘意識が召喚され、そこに対話性、演劇性、パフォーマンス性が加えられて読者（聴者）との距離を縮め、効果を増強させたのもまた非常にわかりやすい手法であった。中でも、「呼びかける」という語気、「並列」、「復唱」の運用及び「賦」に似た陳列式の叙述を用いた全篇の構造は見慣れた修辞戦略であった。当時人口に膾炙した高蘭の「私の家は黒龍江（我的家在黒龍江）」はさらに様々な手法を併せ用いて、朗誦詩の典型的な作品と言うに足るものだ。

同郷の人よ、君の家は？／吉林？／瀋陽？／万泉河沿い？／鴨緑江のそば？／松花江のほとり？／あるいは赤峰口囲場？／それとも熱河の朝陽？

私の家！／私の家は興安嶺の南、／黒龍江の岸辺／河の北はひろびろと自由なシベリアで、／南は私の育ったふるさと。

ああ、九一八！／九一八！／日本帝国主義の大砲と銃剣が／篤実な夢を打ち砕き／長年の希望を突き崩した！／この日を永遠に忘れることはできない／日本人どもが瀋陽に進軍し／吉林を攻め落とし／さらに黒龍江を占拠した！／それから！／終わった！／終わった！／私の兄弟と両親、／私が生まれ育ったふるさと／いまだ大地は氷雪に覆われ／いまだ山は高く水は流れる／なのに／三千万の人民は牛馬と同じ／雪原は地獄になり、もはや天国はない！／犯され！／囚われ！／虐殺され！／滅亡させられた！／しかし、荒涼とした人には／荒涼とした力がある／その力は痛みのため／苦しみのため／さらに加速して成長している！

（你的家呢　老郷？／在吉林？／在瀋陽？／在万泉河辺？／在鴨緑江旁？／在松花江上？／或者是赤峰口囲場？／還是熱河的朝陽？

我的家呀！／我的家在興安嶺之陽、／在黒龍江的岸上：／江北是那遼闊而自由的西伯利亜、／江南便是我生長的家郷。

天哪！九一八！／九一八！／日本帝国主義的大砲、刀槍、／撃砕了這老実的夢想、／搗毀了多少年的希望！／這個日子永生也不能忘：／日本鬼子打進了瀋陽、／攻下了吉林、／更佔拠了黒龍江！／従此！／完了！／完了！／我的兄弟爹娘、／我生長的家郷／雖然／依旧是冰天雪地、／依旧是山高水長、／可是、／三千万人民成了牛馬一様、／雪原成了地獄、再沒有天堂！／被姦淫！／被擄搶！／被屠殺！／被滅亡！／然而、荒莽的人、／有着荒莽的力量、／那力量因了熬煎、／因了苦難、／更為加速度的成長[19]！）

この詩は数百行にもわたる長いもので、ここに引いたのは最初の二段、全詩篇の冒頭にあたる部分である。同郷の二人の問答によって、自分の故郷へ寄せる感情が引き出される。「吉林？／瀋陽？／万泉河沿い？／鴨緑江のそば？／松花江のほとり？」は押韻効果も併せ持つ「並列」であり、この後故郷の山川や物産が一つ一つ数え上げられ、また人情や風物が並べられて、その豊かさや美しさ、和やかさが際立っていくのは漢代の賦に似る。「ああ、九一八！」は全詩篇の転換をなすクライマックスで、「呼びかけ」の語気を持ち、敵軍の残虐さと故郷の悲憤が強調され、さらに続けて前線の人民が倒れても後続が立ち上がり、流血の奮戦が続くであろうという感慨が述べられる。

こういった手法は特に感情の共鳴に重きを置くので、朗誦することによって声の抑揚や間の工夫で、より人心を揺さぶることができる。高蘭の朗誦詩が抗戦時期に大衆に絶大な人気を博し、ラジオ局で何度も放送されたのも、まさにこの所以だった。こうした修辞戦略は、戦時期の朗誦詩の主流になっていく。

柯仲平を初めとする延安の朗誦は、以前の中国詩歌会の作風により近いものだった。俗語俚諺を使い、民謡に近い方式で土地の人々に寄り添うものである。毛沢東にも賞賛された名作『辺区自衛軍』を例にとると、長編叙事詩というスタイルをとって辺区の軍人韓娃がいかに智勇に長け、抗日英雄たり得たかを示すものだ。始まりは以下のようである。

左に山一つ、／右に山一つ。／一筋の川が二つの山の間を流れる。／川は黄河に交わろうとし、／こちらでぶつかっては曲がり、／あちらでぶつかってはくねる。／目指す方角は常にぶれず／何があっても黄河を目指す。

（左辺一条山、／右辺一条山、／一条川在両条山間転：／川水喊着要到黄河去、／這裏碰壁転一転、／那裏碰壁彎一彎：／它的方向永不改、／不到黄河心不甘。[20]）

まさにこの作風は歌謡に近いものを備えていたので、朗誦すると民謡の曲調にのせられるようになった。[21] そして「朗誦」と「歌唱」が混ざり合った状況とは、早くも光未然が『黄河大合唱』を作った際に出現していたのである。朱自清もまた「この朗誦運動は詩歌を主とするが、詩歌に限るものではない……。もしも戦前の詩歌朗誦運動が芸術教育であったとするなら、これは政治教育だ。政治教育の対象が芸術教育よりも広大であることは言うを俟たない。だから教材も雑多なものでなければならないし、この時期の朗誦には時に歌唱を交えることもありえる」と提起していた[22]。

それだけはなく、「朗誦詩」は必ず朗誦者によって朗読されねばならないために、「演劇パフォーマンス」との間にも多くの共通点を持っていた。演劇人の洪深には『芝居のセリフ回しと詩の朗誦（戯的唸詞与詩的朗誦）』という著作があり、両者を並べて論じているのがその例証となろう。徐遅は『詩歌朗誦手冊』を著し、やはり朗誦の技術と演劇的効果を重視した。一九三八年一月、延安で盛大に詩歌朗誦会が行われたが成功を収めたとは言えず、参加者たちは自己検討して「朗誦中の動作と振り付けを強調しすぎた」のが失敗の原因の一つだと考えた[23]。この現象は、まさに「詩朗誦」と「朗誦詩」が故意に政治的効果を追求したのと同時に、その内部に張力と不安定な性質とを蔵していたことを意味している。我々が考えねばならないのは、「朗誦詩」が重視していたのは「朗誦」なのか「詩」なのかということだ。「詩朗誦」が強調しようとしていたのは、いったい詩歌文字の「声」なのだろうか、それとも声に伴って自然に湧き出てくる「演劇的パフォーマンス」なのだろうか。

三　「詩」と「朗誦」の間のゆらぎ——両岸における詩朗誦の戦後の展開とその異種

一九四九年、内戦に敗れた国民党政府が渡台、両岸分立の時代が始まった。彼岸で「声を張り上げて歌い」、新しい国家の誕生を祝ったとき、此岸では大衆の力を結集して失われた国土を取り戻すことに力が注がれていた。このような形勢のもと、朗誦詩と詩朗誦活動は抗戦の終了とともに役目を終えることなく、逆に枝葉を広げ、両岸でそれぞれ独自に発展し、分立後の政治的現実の証拠を残すこととなった。両岸の動きを対照させてみると非常に興味深いことに、違うようで実は似た発展を遂げていることがわかる。先ほど掲げた疑問に、別の角度から手がかりを与えてくれるかもしれない。

大陸においては、「北柯南高」は依然として朗誦詩の創作を続け、謝冕が指摘するように「全中国の詩人はこの新しい時代を心からの歓喜で迎えた」。この崇高な「頌歌」の時代に、朗誦詩は戦闘へ向かう慷慨を熱烈な賞賛に置き換え、領袖を褒め称え、新しい生活、新しい人物、新しい物語を褒め称えたが、その動きは全中国に波及した。そして戦時の延安が作り上げた文芸路線が、そのまま新中国の詩歌の発展を導いていくことになった。中でも柯仲平の詩作は依然として代表的なものであった。

柯仲平はもともと「狂飆詩人」と呼ばれており、若くから「朗誦」で知られていた。延安時代には各種の集会において、率先して人々の前で自分の詩を激情をこめて朗誦していた。俗語俚諺を詩に取り入れ、民謡の作風に則った詩作は、もともと延安文芸の主流に合致する。先に引用した『辺区自衛軍』にもその詩風の一斑を見ることができよう。しかし興味深いのは、この民謡に源泉を持つ「詩」作が、「朗誦」されると民「歌」のほうに軸足を移していくことである。柯の「工業国家の創造を労働者は受け合う――中国の労働者が中国共産党二八周年を祝うのに寄せて（創造工業国、工人敢保険――為中国工人慶祝中国共産党二十八周歳作）」を例に挙げてみよう。この詩は冒頭から共産党のリーダーが労働者や農民出身であることを褒め称え、工業の発展を強調し、最後に声を高くして毛主席万歳、中国共産党万歳を唱えて終えるもので、言葉は平易でわかりやすく、声に出しても唱えやすい。詩の後に、作者は以下のような説明を書き加えている。

この詩は自由な快板［カスタネットのような楽器に合わせて早口で歌う大衆芸能］のメロディで朗誦してもよく、太鼓［伴奏に合わせて歌う語り物芸能の一種］や墜子［二胡に似た楽器、墜琴に合わせて歌う語り物芸能］などのメロディで歌ってもよい。労働者の間で流行しているメロディで歌うともっと良いだろう。それに合わない部分は改めてよい。労働者同志が、ささやかな贈り物として受け取ってくれれば幸いである。[24]

労働者同志に捧げるため、詩人の詩作は「労働者の間で流行しているメロディで歌う」ことができるだけでなく、「合わない部分は改めてよい」のである。これはすでに「詩」が徹底的に「大衆化」しただけではない。大衆化と同時に、「詩」における「文字」という主体もまた「取り去られて」しまったのだ。

同じ頃、台湾の詩朗誦と朗誦詩は、張道藩、陳紀瀅といった当時の国民党政府文芸政策の主導者及び推進者とともに海を渡って台湾にやってきた。「宣伝」と「広大な群衆の教育」は、抗戦時期に実質的な需要があっただけでなく、内戦に敗れ、台湾に退くことになった国民党政府にとっても急務だったからである。特に、陳紀瀅は往時編集長を務めていた『大公報・戦線』のスタイルをほぼそのまま台湾に持ち込み、五〇年代初期の台湾における期刊編集に甚大な影響を及ぼした。またそのために、当時詩朗誦と朗誦詩は大いに流行し、ほぼ文壇の主流を占めるに至ったのである。[25] そして当時の詩作は、戦時の高蘭がうちたてた若干のスタイルをも受け継いでいた。たとえば「我々」を発言の主体とし、訴えの情感を込めた言語で戦闘意識を鼓吹し、また朗誦の効果を考えて対話性や演劇性を兼ね備えた形式で詩作する等である。その中でも、鍾雷の「大陸を憶う（懐念大陸）」は、「私の家は黒龍江」にほぼ比肩するものだ。しかし、故意に効果を追求した結果、朗誦活動に費やされる各種の演出は抗戦時期に勝るとも劣らないようになった。当時、「自由中国詩歌朗誦隊」が舞台に立った時は、詩作の内容に応じて音楽、照明、衣装及び大道具が用いられて「演出効果」を追求したのである。[26] 挙げ句の果てには、舞台には照明と大道具と音楽のほか、電球を配した大きな中華民国の地図が架けられ、ある省の方言で詩が朗誦されるとその省の地図がピカピカと光り、聴衆が理解を深めるのを助けた(27)。

さらに、鍾雷が書いた「大陸を憶う」は各地の風物を回想して詠嘆するものであり、故国の風貌を描きつくそうとするもので、叙述の技術を尽くしている。書かれた地区は南京、北平、広州、武漢三鎮、「華北経済の重点である天津」、「西北の古都西安」、「東北の重鎮瀋陽」など多くにわたる。しかし驚くことに、全詩篇の最後にこのような注が出現するのだ。

この詩は大陸の風光をうつした写真によるスライドや映画に合わせて朗誦するとよい。素材の多寡によって、詩の字句も増減させて構わない(28)。

「詩朗誦」を行う際の視聴覚資料の多寡によって、詩人が苦心して作り上げた詩篇は「増減させて構わない」ものになってしまうのである。この状況は、先ほど見た柯仲平が詩作を歌謡化し、「合わない部分は改めてよい」としたのと見事に対をなしている。このように「詩」と「朗誦」の間でゆらぎつつ、「朗誦詩」の主体の定位は曖昧模糊なままとなった。「詩」作の「文字」であろうと、「朗誦」の「音声」であろうと、どちらも支離滅裂になることを免れ得なかったのである。ここまで変化が及んでしまうと、おそらく多くの詩歌芸術に心血を注いできた創作者たちは「無言」にならざるを得ないだろう。

結論

「文学史」の脈絡の中で考察すれば、詩が歌うべく頌すべきものであるのは古来からその通りである。「音声」と「文字」が相互に弁証しあい、文学のスタイルに新しい変化を促すというのももともとある現象だ。しかし「朗誦詩」と「詩朗誦」の隆盛は、現代における民族国家の戦争という背景のもとに新しい文芸スタイルを形成した。音声の即時性に詩歌の感性というエネルギーを加え、ラジオ局での放送やその場で群衆に読み上げることによってもたらされた効果は、文字による閲読のみに頼るよりも、確かにより民心を凝集させることができた。それは国のために忠義を尽くすという高揚した感情を召喚するために、「戦闘」を鼓吹するという修辞戦略を用い、ファシズム的な意味における「音声演出」を備えるに至った。こうしてこの文芸運動は、大分裂時代の離散と動乱、そして文字と政治の関係の縺れが一進一退していたことの例証となり、この運動自身の演繹的な曲折によって、文学の発展過程における「文字」「音声」「パフォーマンス」の三者の間が相互弁証的に一進一退する曲折の過程を体現した。その足取りは、「音声」がいかに新文学発展の過程に介入し、さらに左右文学における転換において重要な役割を果たしたのかを我々に気づかせてくれるのだ。

注

（1）藍海『中国抗戦文芸史』（済南、山東文芸出版社、一九八四）、七三～一六六頁参照。
（2）陳紀瀅「新詩朗誦運動在中国」は、「朗誦詩は朗誦運動の産婆であった」と述べている。『大公報・戦線』、一九四一年八月五日、六日。
（3）詳しくは陳紀瀅「新詩朗誦運動在中国」『大公報・戦線』、一九四一年八月五日、六日を参照。

（4）朱自清「論朗誦詩」『朱自清全集』第三巻（江蘇・江蘇教育出版社、一九八八）、二五三～二五四頁。聞山「聴詩朗誦有感」、高蘭編『詩的朗誦与朗誦的詩』に収録。

（5）これに関する回想については、臧雲遠「霧城詩話」（高蘭編『詩的朗誦与朗誦的詩』、二九二～三〇六頁に収録）を参照。

（6）『戦線』、一九四〇年十二月七日。

（7）朱光潜「現代中国文学」『朱光潜全集』第九巻（合肥・安徽教育出版社、一九九九）、三三八頁。

（8）朱自清「新詩的進歩」『朱自清全集』第二巻、三一九頁。

（9）胡適の最初の新詩集のタイトルは『嘗試集』で、一九一六年に書かれた「胡蝶」が最も早い作品とされている。旧詩の伝統的な形式に制約を受けていることは見るも明らかである。「両個黄蝴蝶、双双飛上天。不知為什麼、一個忽飛還。剩下那一個、孤単怪可憐。也無心上天、天上太孤単。」『胡適作品集二十七、嘗試集』（台北・遠流出版社、一九八六）五十八頁参照。

（10）沈従文「談朗誦詩」『沈従文全集』第十七巻（山西・北岳文芸出版社、二〇〇二）、二四七～二四八頁。

（11）前に遡ると、「朗読」によって新詩の現代化を進めるという方法は、実は胡適、徐志摩によってすでに始められていた。二〇年代、聞一多の住居でも多くの文友が集い、詩人の読詩活動を大変熱心に繰り広げていた。梅家玲「有声的文学史——「声音」与中国文学的現代性追求」『漢学研究』第二十九巻二期、二〇一一年六月、一八九～二三三頁参照。

（12）旬刊『新詩歌』第一期の「発刊詩」は穆木天が執筆したが、明確に要旨を打ち出している。「我々は現実を捉え／新世紀の意識を歌唱する」「労働者と農民は違法に剥奪されているが／彼らの反帝国主義の熱情も違法に高まっている」、「我々はこれらの矛盾とその意義を歌い／これらの矛盾から偉大な世紀を作り上げる」、「我々は俗語俚諺を用い／これらの矛盾を俗謡、小唄として歌い上げる／我々は我々の詩歌と大衆の歌と変え／我々自身も大衆のうちの一人となる」。任鈞「関於中国詩歌会」、任鈞著『新詩話・両間文芸』（上海・新中国出版社、一九四六）参照。

（13）任鈞「関於中国詩歌会」、任鈞著『新詩話・両間文芸』に収録。

（14）任鈞『新詩話・両間文芸』、一〇一～一〇二頁参照。

（15）朱自清「論朗誦詩」。

（16）高蘭『高蘭朗誦詩』（新輯）重慶、建中書局、一九四二、三十六～四十一頁。

（17）朱自清「論朗誦詩」。

(18) 高蘭『高蘭朗誦詩』(新輯)。
(19) 高蘭「我的家在黒龍江」『戦線』一九三九年十月十七日。
(20) 柯仲平『柯仲平文集・詩歌巻』(昆明:雲南人民出版社、二〇〇二)、三〇四頁。
(21) 柯仲平の説。『柯仲平文集・詩歌巻』一三五頁参照。
(22) 朱自清「論朗誦詩」。
(23) 柯仲平「自我批判(根拠戦歌社会議記録)」を参照。
(24)『柯仲平文集・詩歌巻』一三五頁。
(25) 梅家玲「『大公報・戦線』与五〇年代台湾的「朗誦詩」」『中国文学学報』第三期、二〇一二年十二月、三九〜六一頁参照。
(26) 鍾雷「詩与朗誦」『中央日報・副刊』一九六〇年十月十二日。
(27)『軍中文摘』五七期(一九五三年十二月)。
(28)『文芸創作』三四期(一九五四年二月)。

第6章　詩、戦争、内通

『国芸』と南京汪政権における文人の生態

高嘉謙
（藤野真子訳）

はじめに

一九四〇年三月、日本の援助を得て汪精衛が南京に成立させた国民政府は、日本の大東亜共栄圏に呼応して、平和、反共、建国を国策とした。平和運動推進に際しても、平和文学に呼応し、東亜文芸の復興をスローガンとした。一連の政治活動以外にも、汪政権は文化統制政策を通じて新聞や出版物を管理し、強硬に東亜新秩序の宣伝を行った。中でも注目すべきは汪政権の働きかけにより成立した文学団体で、出版した文学雑誌は文学界に新たな文壇の創造を呼びかける場となり、戦時下において汪精衛への文学による協力を担った。文化的フィールドから見ると、四年余の汪精衛政権において、南京・上海の両都市では文芸、文化が継続的に生産されたが、その背後にある文人グループの生態、文学雑誌創刊の目的と文学の実践方法は、いずれも戦時期の淪陥区文学を観察するにあたり重要な現象だと言えよう(1)。後日、汪政権の援助を受けた文学活動は、「漢奸文学」「日本による植民地支配を強固にした」といった文脈で文学史において批判を受けたが、曖昧かつ議論性に富む文学・文化空間の誕生が、戦時期における文学の生産と文人の生態を複雑にしたことは否定できない事実である(2)。

一九四〇年一月、国民政府に先んじて南京に成立した「中国文芸協会」は、機関誌『国芸』(一九四〇—一九四二)を発行、創刊にあたって文壇刷新と文学の新秩序建設を宣言し、汪政権の平和文学の理想に呼応し、これを実現しようとした。『国芸』には新旧の文学が集結したが、とりわけ伝統文学を標榜し奨励したことで、汪政権の官僚文人が大量の作品を投稿した。こうした伝統文学を深く嗜む旧派の学者や文人によって旧文学の空間が維持されると同時に、日本や諸外国の翻訳を取り入れ、さらには散文や小説の創作も行われたこともあり、『国芸』は率先して「平和文学」のモデルの役割を果たした。『国芸』の執筆グループは、文学と政治の間を自由に行き来し、注目すべき文人の生態および文学の場の新秩序を作りあげた。後日、上海淪陥区で汪精衛系の文人が創刊した文学雑誌に比べると、「中国文芸協会」と『国芸』は南京の汪精衛系文人が構築した文学空間をより早く突出させたものであり、旧文学を鮮明な旗標として掲げ、伝統文学の継承を打ち出し、大東亜文学の提唱と微妙な、そして陰に陽に影響し合う関係を作りあげた(3)。

以下、本論文は、『国芸』の発表された空間と文献資料についての相関的問題を検討していく。汪政権による「平和文学」のもと、旧文学が発揮した機能や役割をいかに理解すべきなのか。旧文学が作りあげた文化と文学の交流空間は、汪精衛系文人の人間関係および政治的イメージと密接不可分なものなのか。汪政権への協力者として、彼らによる旧文学や旧体詩詞の営みは、戦時の言語環境下にあっていかなる政治的感情と文化的立場を映し出すものなのか。とりわけ、旧体詩詞が示しているものは、文学による協力なのか、あるいはそれが巡りゆく空間なのか。

一　「平和文学」という文脈における「新文壇」——文人、政客と旧文学

新文学運動以降も、伝統文学たる詩詞の制作が廃れることはなく、旧体詩詞の雑誌や刊行物も出版され続けた。『南社』『詞学季刊』『瀞社』等の詩詞専門刊行物から、国粋主義を標榜した『学衡』『青鶴』『華国』『制言』等まで、いずれも旧派文人の作品と詩詞に関連するものであった。しかるに、日本の中国侵略に始まる戦時期において、伝統文学発展上最大の特徴は、新文学の作家でさえも旧体詩詞制作に相次いで身を投じたということであった。郭沫若、茅盾、老舎、葉聖陶などが、旧体詩詞によって抗戦精神を発揚すべしという風潮のもと、大量の旧体詩詞を発表した。他にも、抗日をスローガンに復興した旧体詩社や雅集〔風雅な集まりの意〕にも見るべきものが多い。重慶では沈尹黙らの組織した羅湾詩社、章士釗が参加した飲河詩社、延安では共産党軍の将軍である陳毅が主導した湖海詩社、林伯渠主催の懐安詩社、また湖南では銭基博・楊雲史主催の萸江詩社、楊樹達ら教授グループが組織した五渓詩社などが盛んに活動していた。新聞や雑誌には旧体詩詞が多数掲載され、延安と重慶では新聞の副刊に旧体詩詞専門欄が設けられたのみならず、抗戦旧体詩詞を専門に掲載する『民族詩壇』のような雑誌も登場し、伝統文学の中に旧体詩詞が復活したかのような勢いがあった。

抗戦期の大後方に目を遣ると、日本に占領された北平、上海、南京といった主要な淪陥区は、陸続と現代文学研究が発展する重要な地区となっていった。上海や北平に比べると、戦争初期における南京の文芸界復興は幾分

遅く、文学雑誌の出版や著名作家の活躍も上海ほど多彩ではなかった。特に日本当局の監視下にあった南京の文芸界には、上海の租界のような自由は存在しなかった。一九三八年には日本が援助した南京維新政府により出版法と著作権法が発布され、出版物は必ず厳格な検査を受けねばならず、東亜の平和を破壊してはならないと規定されたため、多くの出版物が政治宣伝の道具と化した。一九三八年十二月に維新政府の官僚が指導を受け組織した最初の文学団体が「中国文芸協会」であった。この協会は一九四〇年、汪精衛政府の成立直前に、東亜新文芸の建設をスローガンとする最初の文芸雑誌『国芸』を発刊した。この雑誌には新旧文学がともに収録され、親日派政府官僚、民国の遺臣、新文学の文人が集結し、戦時期南京地区の特殊な文学的空間が作りあげられた。

一九四〇年三月、汪精衛政府の成立以降、南京においては新聞や出版物への監視が絶えず強化された。書籍・新聞・雑誌の出版、登記、発行および審査、処分に対して厳しい規則が課せられ、抗日や反汪精衛の論調を帯びたいかなる出版物の流通も阻止された。新聞の宣伝方針を制定し、内容を厳格に審査し、経営管理体制を監視したのみならず、「平和、反共、建国」という国策をより強化し、「大アジア主義」をもって日本の「東亜新秩序」に呼応させ、あらゆる出版物に政策を遵守するよう要求した。汪政権の厳格な監視のもと、出版機構の設立と発行システムに様々な措置が施されながらも、南京の出版業は繁栄の様相を呈していた。ほとんどの出版物に汪政権の国策宣伝が組み込まれはしたものの、十五種もの新聞が陸続と刊行され、雑誌の刊行も五十五種に及んだ。中でも有名な文芸雑誌として、『同声月刊』『作家月刊』『中国詩刊』『求是』『苦竹』などがあげられる。(4)そのうち、戦時期の南京文芸界において最も早く汪精衛の平和運動に呼応したのが、汪政権の官僚文人が組織した「中国文芸協会」とその文学機関誌『国芸』であった。

これに先んじて一九三九年、「中国と東亜」という汪精衛の演説において「大アジア主義」なる概念が提示されている。また一九四一年二月に成立した東亜連盟中国総会では東亜連盟なる思想が喧伝されたが、これらからも汪精衛の「平和運動救国」路線の背後にある全体図がおおよそ俯瞰できる。相関する政治理念の組み入れを徹底すべく、南京の汪政権の文芸政策と文学の出版においては、平和運動から派生した「平和文学」が遵守されていた。当時の『国芸』巻頭語には以下のような説明がある。

同文、同種、同居の関係にある中日両国人民が両国の政治経済、風俗習慣、文字言語を疎通させるにあたって、まず両国の文化の疎通から始めねばならない。東亜新秩序の建設を実現するにあたっては、まず東亜新文芸の建設の実現から始めねばならない。（『国芸』第二巻第一期）

ここでは汪政権統制下における文学雑誌の役割と意義が明確にされており、汪精衛系の文人が文学という手段を意識的に用いて、個人もしくは集団による政治の未来図を描いていたことが語られている。彼らは慌ただしく平和文学理論を確立し、最もシンプルな経験に基づき、「文芸の本質は平和的特徴を備えたもので、それはしばしば平和の象徴となる」ことを論証した。さらに平和文芸の内容、形式とともに、「平和文芸がもっとも忌避すべきは平和を標榜しながら平和の本質を持たない作品である」ことを強調した[5]。平和文芸への呼びかけは、文芸に関する汪政権下の文人の思考を間接的に帯びたものだったのである。これにやや遅れて刊行された古典詩詞の雑誌『同声月刊』（一九四〇年十月）にも類似の論説が見られる。

東亜平和の偉業を打ち立てるにあたって、声情［声と感情］の交感がなければ、宿怨を消し去り良計を広めるには不足である。本刊は東亜の平和のために、機に乗じ奮起せざるを得ない。（「同声月刊縁起」『同声月刊』第一巻創刊号）

また、龍楡生は『同声月刊』を編集するにあたり、「声情」の学をより宣揚しようとした。詞学系統内部の批評概念から出発して、「声情」をいかに有効な芸術形式に投入して戦局下の政治的イメージを形成したり参与したりさせるのかを考え、ひいては詩による民族救済や平和実現の可能性までを模索していた(6)。

こうして、一九四〇年三月から一九四三年六月まで、「東亜新秩序」構想の下、平和文学は文芸政策の方針となったのである。その核心は、文学芸術とは戦争がもたらす苦難を描き出し、民衆の平和への願望に重きを置くものであると強調することにあった。小説、散文の原稿を募集するにあたり、『国芸』は明確な宣言をした。

戦時を背景に、戦乱の苦しみを描き、未来の新生を提示し、現実生活を描写する。(『国芸』創刊号)

文学は「未来の新生」を宣揚し、作家は建設的未来へ邁進するのだという、心理的建設と改造がここに始まった。これにより一九四〇年七月、汪政権の外交部長褚民誼、教育部長趙正平、宣伝部長林柏生らが発起人となって「中日文化協会」が組織され、続いて月刊誌『中日文化』が発行された。この制作宣伝機能を請け負う団体を成立させた目的は、「中日両国の文化を疎通させ、政府と民間の人士の感情を融合させ、併せて東方文明を発揚することにより、近隣国家との友好を達成することを宗旨とする」点にあった。また、中日の文化交流に着目する以外にも、大東亜共栄というイデオロギーの整備と宣揚も強調された。後日、より踏み込んで発揚された大東亜文芸思想は、日本の「文学報国会」に歩調を合わせたこともあり、東京の「大東亜文学者会議」へと代表が派遣された。続いて南京で第三回「大東亜文学者会議」が挙行されたが、汪政権は意図的に作家を兼ねた官僚文人を主導し、日本との翼賛協力レベルにおける大東亜共栄の核心的認識を具現化しようとした。

「中日文化協会」を組織した褚民誼、趙正平、林柏正の三人がみな『国芸』の長期にわたる投稿者であること、

『国芸』『中国詩刊』主編の陳寥士（一八九八―一九七〇）が日本で挙行された「第二回大東亜文学者会議」（一九四三年八月二十五日―二十七日）に代表として参加したこと、『同声月刊』主編の龍楡生が「第三回大東亜文学者会議」（一九四四年十一月十二日―十四日）に代表として参加したことなどから、一九四〇年代の南京においては、汪政権の鼓舞した「平和文芸」が積極的に実行され、文化宣伝政策が実現されていたことが窺い知れる。[7] 汪政権の政治官僚、南京や上海の文人、文学雑誌、この三者の繋がりによって、複雑な意識形態と、資源と権力をめぐるいざこざが生じた。[8] 中でも注目すべきは、南京文壇の変質により形作られた文人の生態、およびその文人グループの文芸創作上における自主性と協調性が、旧体詩詞を主体とする伝統に呼応していたことである。平和文芸の強調するものが平和建国文芸だとすれば、その趣旨は大東亜戦争への協力と、大東亜共栄圏文化の再建にある。先に名を挙げた陳寥士、龍楡生といった雑誌の主編や、旧体詩詞を投稿した汪政権の文人官僚は、いずれも伝統的文人としての性格を備えており、詩学風雅を営むべしという情熱をもって、「平和文芸」に内包されていたものを実践したのである。しかるに、我々は旧体詩詞と「平和文芸」との関連性をいかに理解すべきなのか。大東亜戦争に翼賛し、協力する過程で、この伝統文学の空間はいかなる機能を発揮し人脈を構築したのか。

伝統文学発展の系譜として見れば、南京汪政府時期に刊行された『国芸』『同声月刊』『中国詩刊』『学海』は一つのグループとすることができる。『国芸』が古典詩詞、歴史故事、翻訳小説などを掲載する総合雑誌であったことを除くと、他の三種はみな古典詩詞専門誌であった。しかるに、これらの雑誌からは、政治、人事、編集、作家群といった面において、いずれも汪政権との関係が見て取れ、旧文学と汪政権とが文化的資源を共用し合っていたことが示されている。中でも、旧体詩文専門誌である『同声月刊』（一九四〇年十二月―一九四五年七月）は刊行期間が最も長く、戦時期にあって特殊な伝統文学の空間を作り出しており、そこに民族文化の復興と伝承に対する隠然たる姿勢を見ることができる。これを汪政権の民族文化に対する重ねての言明とするならば、注目すべきは、一九三八年から一九四〇年初めにかけて、維新政府と汪精衛の南京国民政府が成立した際には、汪精衛系の伝統的文人と汪政権とが緊密に結合した文学的動員がすでに進行していたという事実である。中国文芸協会の成立と『国芸』の発刊が『同声月刊』より早いことから、汪政権の中心人物がいかに参与し、文学雑誌を主催したかがはっきり見て取れる。以下、政治官僚を主体とした大部分の文学社団や刊行物が、南京汪政権初期における文人の生態をいかに形成していったかを探求していく。

二　戦時期文学の政治的イメージ——中国文芸協会、『国芸』、『中国詩刊』

一九三八年十二月、南京維新政府の官僚文人により文学団体「中国文芸協会」が成立した。しかし、この団体は具体的な活動を何ら行わないままであり、一九四〇年一月の南京における汪精衛政権成立に際し、「中国文芸協会」としてようやく正式な成立を宣布した。この年の三月四日に雑誌『国芸』月刊が発行され、三十日に汪精衛の南京政府が成立する。これにより、「中国文芸協会」の成立運営と『国芸』の刊行は、一つの文芸政策が始動し、同時にそれが政治活動と協調していくプロセスと見なすことができる。

「中国文芸協会」の常務理事には尤半狂、陳寥士、孫夢花、朱重緑、呉経伯などが名を連ねていた。彼らの多くは汪政権系の新聞や官僚組織に所属していた。当該組織が創刊した『国芸』月刊は、陳寥士が編集委員長を務めた。編集委員会は濃厚な政治的色彩を帯びており、編集委員には多数の汪政権の行政官僚とともに、日本の華中駐在軍事記者や翻訳官が顧問として招聘されていた。その中には奥宮正澄（日本人記者）、西里龍夫、赤星為光、岡田尚、折田武などがいた。「中国文芸協会」は維新政府から汪政権に移行後、最初の文学組織であり、創立宣言では、「二つの路線がある。一つは文芸の本質を高めること、二つには文芸の需要を普及させることである」

と強調された。いずれも文芸としての側面を踏まえ発せられたことは明白で、政治的色彩を極力排除しようとするものであった。とりわけ会員募集の公告においては、以下のように、より文芸へと開かれた立場と態度とに目が向けられていた。「形式の新旧は問わないが、質は純粋に美であることを求める。文化を発揚し、文明を唱導し、文風を鍛錬し、文盲を一掃し、文献を保存し、文彩を奮い起こし、文芸の砦を打ち立て、文芸の技巧を増進する」。この発言では、「中華文芸協会」成立の理由が文明の唱導と文献の保存にあると説明され、さらには「文芸を災難から救済し、新中国の文壇を刷新する」という未来図も提示された。この政治的色彩に染まっていないかに見える文芸宣言の背後には、緊迫する戦局、とりわけ抗戦文芸からの圧力が意識されていた。つまり、汪精衛系の官僚文人が呼応する文芸の実践、創造する「新中国の文壇」とは、おのずと汪政権の「平和運動」のもとにおける文芸的実践ということになる。

「中華文芸協会」の機関誌としての『国芸』最大の特徴は、文学の新旧を問わず汪政権の行政官僚による文章が掲載されていることであった。中でも旧体詩詞のコーナー「采風新録」には、汪政権文人の作品とそれらへの唱和が多く掲載されていた。そこには行政院長汪精衛、監察院長梁鴻志、「臨時政府」首脳王克敏、司法院長江亢虎、外交部長褚民誼、考試院長王揖唐といった政府の要人の他、汪政権で監察委員となった陳寥士、印鋳局長李釈戡、教育部長趙正平、宣伝部副部長林柏生、内政部長陳群、梁鴻志秘書陳伯冶、実業部秘書王蘊章らの文人、および陳曽寿、樊増祥、陳方恪、陳柱尊、陳詩、銭仲聯など民国の著名な詩人や詞人による詩詞が投稿されていた。その他、編集の陳寥士自身による「単雲閣詩話」をはじめ、陳詩「尊瓠室詩話」、銭萼孫「近代詩評」、陳柱「守玄閣詩」が連載され、他にも日本の詩友による『国芸』への祝賀詩や汪精衛『双照楼詩詞稿』といった詩詞も掲載された。『国芸』掲載の古典詩詞と著作は『同声月刊』の豊富さとは比ぶべくもなかった上、寄稿者の範囲も狭く、汪政権の官僚文人の交流範囲に限られたものだったが、一部の文人の政治的イメージ、および文人の生態が明確に描き出されていた。たとえば、『国芸』に掲載された汪精衛の「金縷曲」を見てみると、多くの政治官僚や文人が唱和し、汪精衛の文学・政治的影響力がうかがえると同時に、汪政権と交流のあった文人グループが浮き彫りになっている。[9] 他にも、『国芸』の多くの号で梁鴻志、陳寥士、龍楡生、李釈戡らが上巳（旧暦三月三日）や重陽（旧暦九月九日）に必ず橋西草堂で禊集［禊のつどい］の詩詞の会を挙行している。創刊号冒頭には梁鴻志の「己卯上巳西園禊集詩序」「己卯重九禊集詩序」が掲載されているが、文人間の風雅な交流が『国芸』の背景になっていたのは明らかである。事実、伝統的な文人による雅集や禊集の流れとして、民国以降、清の遺民グループから伝統的な文人まで、誰もが各地で結社に入り同仁と交遊し、また儀式性を帯びた禊集の会合には、今世にあって昔を偲ぶという特殊な意義が備わっていた。[10] 汪精衛系の文人は禊集を倦むことなく楽しんだが、このことは伝統的な文人が戦前に確立した交遊形式を反映しているのみならず、戦時期の伝統的文人の行動における微妙な境地も明らかにしている。一九三九年の上巳と重陽の際、梁鴻志は維新政府の行政院長となっていたが、詩友である文人たちを行政院による西園雅集に招待するのを忘れなかった。禊集という場には、すでに別の政治的意図が備わっていたが、文人の詩興が絶えることはなかった。国家の憂患こそ存在しているものの、進退に白黒つけることも、矛盾を隠すことも困難な状況に陥っていた。一九四〇年に汪政権が成立したのち、南京からほど近い橋西草堂の寓所で、李釈戡は雅集をもう一つ立ち上げた。一九四二年秋からは「星飯会」という名で毎週末に定例集会が開催された。宴会の常連客には、すでに汪政権に身を投じていた文人官僚以外に、汪権と関係を持つ人びと、たとえば龍楡生、陳方恪、銭仲聯などの詩人や詞人が多かった。特に、雅集の権限は汪精衛、梅思平が裏で握っており、加えて『学海月刊』の原稿料という名目で、彼らのような淪陥区に身を寄せている文人たちには生活手当が支給されていたのである。[11] 取り入ろうとしたのであれ、困窮への対処であれ、いずれにせよ政治の渦中における文人の処身の不明瞭さが暴露されている。戦前の詩社や詞社のような同盟関係は、戦時期の定期的な集会へと受け継がれていったが、こうした文人や政客の交遊は、現実の生計と経済事情を考慮したものであったと同時に、文人の習性がそうさせたものでもあった。汪政権時代に文学と政治のはざまにあった政客文人たちは、禊集を通じ、文人の興味深い生態をそれとなく明らかにしたのである。

禊集の祝典は文人の高尚な趣味であると同時に、古来の儀式である曲水流觴［流れる水に酒杯を浮かべ、止まったところで酒を飲む行為］を通じて古《いにしえ》との対話を行い、個々の生命体が叙情的に自我を論証するという意味も持っていた。張淑香教授は蘭亭修禊詩と王羲之「蘭亭集序」の分析を行い、修禊の祝典には死への意識を心に浮かべることを通じ、最終的にカタルシスへと到達させる作用があり、古人（作者）と現代人（読者）のちぎりを完成させ、再生への信念を生み出すものだとの見解を示した[12]。この論に拠ると、戦時期の汪政権における政客文人の人生経験、および『国芸』『同声月刊』の詩詞から浮かび上がる政治抒情を理解することに、回避と救済という詩学的な効用が生じるということになる。この他、汪政権の文人グループによる「試闈唱和集」「庚辰九日冶城登高」などといった詩の唱和が『国芸』に集中掲載され、『同声月刊』にも龍楡生主催の「冶城吟課」が掲載された。これらの雅集における唱和と文人趣味の顕彰は、同時に政治官僚の詩情や風流の背後にあった姿勢を浮き彫りにしている。彼らはまるで太平の世に生きているようにふるまったが、あるいは苦中に楽を求めたのであろうか。雅集において享受する文化的な風情とは、詩歌の巡りゆく空間だったのか、あるいは古に現世を托するものだったのか。

『国芸』創刊号に掲載された梁鴻志「己卯上巳西園禊集詩序」を振り返ることにより、戦時期のおおよその抒情形態が窺い知れよう。

ああ、山河はすでに破壊され、戦火は未だ止まない。私は興廃、継絶、弔死、扶傷に従事し、ほとほと疲れ果てた。安らぐ間もなく、物を節制しても懐を繋ぐには足らず、觴詠しても志を楽しませるには足りない。不祥を取り去るのは生人の重んじるところである。今、仲間に頼んで酒をたのみ、流れに臨んで詩を賦そうとするのは、政治の憂鬱を取り除き、古を感じるためであり、すなわち為政者がこれを廃することはないのである。(13)

雅集とは伝統的な文人たちが感情を交流させ、文学的風情を享受する特別な環境であった。中でも、禊集は特殊な儀式性を帯びることにより、参加者の感情が古と繋がるという内在的文脈を明確にするものであった。時局が動揺すると、禊集は文人のならわしとして詩を応酬する以外に、生存への情感を吐露し、文化が精神的意義へ依存する関係をより強め、超然たる自我を認証し、自らを戦争の外へと遠ざける場となった。汪政権時代を通じ雅集が絶えず開催された事実からは、文人や政客が各々求めるものを得ようとしていた様が見て取れる。

『国芸』には他に「名家遺稿」欄が設けられ、考証、年譜、古今人物の逸話、歴史故事などが主要な題材となっていた。また、時人が著した散文、旅行記、演劇、文芸短評、筆乗（筆記）、挿絵、書評、報告文学などの欄が設けられ、内容は雑駁であったが、全体に厳格な文学・史学の風格を備え、伝統文学に比重を置くことを特色としていた。さらに、『国芸』に常設欄として設けられていた「説部」に創作や翻訳小説が含まれていたことも注目に値する。翻訳小説は日本の文人の作品を主とし、著名な小説家の林芙美子、江戸川乱歩、浅原六郎、佐山莫太郎、斎藤豊吉などの作品が掲載された。その多くは戦時中に活躍した日本人作家であり、彼らの作品が紹介されたのは、汪政権の大東亜戦争に文学をもって協力する方針に呼応してのことであった。中でも、林芙美子は従軍し中国戦線の最前線に赴いた「ペン部隊」唯一の女性作家であった。一九四三年成立の「中国文化協会」が南京で開催した「全国文化代表大会」では、優秀な日本文学を荒廃した中国文壇に広めることが第一の任務であるとされた。「中日文化協会」はさらに「大東亜戦争に協力し、日本の現代文学を積極的に紹介する」ことをテーマとする座談会を主催した。文学者の戦争協力は決戦期においては普遍的趨勢となっていたが、異なる角度から見ると、『国芸』が創刊当初より日本文学を翻訳し広めようとしたのは、明らかにその「将来性」を見越してのことであった。上述の常設欄には、新旧文学が混在するという当該雑誌の性格が現れているが、汪政権文人による文学・史学の著作を中核にしつつ、同時に中日の文学の紹介や相互交流とも関連していたのである。

他にも『国芸』の編集スタイルの一環として、時流に迎合しつつ伝統文学の重みと調和をとるべく、挿絵欄が設けられた。中でも、馬午という署名の作者（陳寥士の子の陳孝祚）は、「新中国の開拓者」と題して汪政権の要人たちの肖像画を描いた。また、日本の近衛内閣閣僚の肖像を描き、そこに汪政権の行政団を漫画で描き添えることで、背後にいる「親分」日本を喧伝した。他にも『国芸』は、汪政権の宣伝、たとえば汪精衛「新国民運動要綱」のような政治的意図を備えた文章を掲載するなどして、平和運動の一環としての役柄を演じていた。

一九四二年四月に『国芸』が停刊したのち、一九四二年十月に旧体詩を専門に掲載する陳寥士主編『中国詩刊』が刊行された。この雑誌はわずか三期の発行にとどまったが、政治的感情を示すという任務を明確に帯びたものであった。創刊号には汪精衛の六十歳を言祝ぐ大量の詩詞とともに、日本陸軍の上級将校畑俊六（戦後A級戦犯となった）の詩が掲載され、戦時期における中日文学の微妙な影響関係を見て取ることができる。寄稿者グループは『国芸』に近く、陳詩、陳柱、陳寥士、李宣倜、曹靖陶、荘呂塵らがおり、『国芸』の続編ともいうべく、かつてと同様に禊集詩、雅集詩が掲載された。

古典詩詞雑誌という位置づけから『国芸』『中国詩刊』を見ると、詩人の興趣が投影された作品を除き、汪政権による伝統文学創作の系譜が、大東亜文芸の一環として隠然と実践的姿勢を取っていた様子が示されている。雅集における詩の唱和と政治的感情は、戦時期にあって旧体文学が持つ意義をあらためて定義づけ、理解するため、互いに結びつけられたのである。

注

（1）この分野に関する論考は、重要な作家と雑誌の研究にその多くが集中している。たとえば、上海においては『古今』『万象』『天地』などの雑誌、張愛玲、蘇青、胡蘭成らの日本占領地区における文学活動に関するものである。これらは基本的に現代文学領域の研究に属する。以下を参照のこと。古蒼梧『今生此時　今世此地：張愛玲、蘇青、胡蘭成的上海』（香港：牛津、二〇〇二）、陳青生『抗戦時期的上海文学』（上海：上海人民、一九九五）。Poshek Fu（傅葆石）Passivity, Resistance, and Collaboration: Intellectual Choices in Occupied Shanghai, 1937-1945.（一九九三）。（中国語版）『灰色上海、1937-1946：中国文人的隠退、反抗与合作』（北京：三聯書店、二〇一二）、李相銀『上海淪陥時期文学期刊研究』（上海：上海三聯、二〇〇九）、楊佳嫻『懸崖上的花園：太平洋戦争時期上海文学場域（1942-1945）』（台湾大学中文系博士論文、二〇一〇）。

（2）上海と比較すると、南京の淪陥区文学に関する研究は一貫して不十分であった。経盛鴻『武士刀下的南京政権』（南京：南京師範大学、二〇〇八）は日本と汪精衛の統治下にあった南京を総体的に論じたもので、そのうちの一章で南京淪陥区の文学出版状況、文芸の活動と生産について触れられている。余子道、曹振威、石源華、張雲の『汪偽政権全史』（下）においては、「汪偽文化統制与漢奸文化」と題して汪政権の文化統制政策が論じられており、宣伝機関や文化団体、出版業に言及し、文芸生産の全体的な背景を描き出すと当時に、「漢奸文芸」の中身がその性質に基づき分類されている。しかし南京文芸に関する検討は極めて少ないが、それは、主に文学的気脈が上海と比べものにならないほど薄弱であるためかと思われる。

（3）現時点で南京の汪政権における伝統文学の具体的な研究成果としては、わずかに尹奇嶺『民国南京旧体詩人雅集与結社研究』（二〇一一）のみしかない。該書では民国以降の南京における伝統的な文人の結社と雅集の伝統性を扱っているが、第四章第三節の「一九四〇年代南京汪偽統治時期古体詩詞的回潮」では汪政権が政治権力に基づいて古体詩詞の復活を支持したと述べられている。これは二十世紀における旧体詩詞発展の重要な段階であるとはいえ、現時点で参照可能な研究成果の中に、旧体詩詞と汪政権の文人の内通、戦争協力に関し、より多彩な論を展開するものはほとんど見当たらない。

（4）関連する統計とその紹介については、張憲文、穆緯銘編『江蘇民国時期出版史』（南京：江蘇人民、一九九三）、三一三～

三二〇頁参照。該書第五章の「抗日戦争時期的江蘇出版業」では特に「汪偽的出版業統制」という一節を割いて、出版検査の法規、図書、新聞、雑誌の出版統計が詳細に述べられており、参考にする価値の極めて高い文献資料だといえる。経盛鴻『武士刀下的南京政権』三八八〜三九七頁も参照のこと。

(5)「関於和平文芸」、『国芸』第二期、一八〜一九頁。

(6)龍楡生の声情概念に関する論述、および『同声月刊』主編としての評価は、高嘉謙の未刊稿「風雅、詩教与政治抒情：論汪政権与『同声月刊』」参照。

(7)この会議に参加した中国側代表者は、新聞によると四十六名で、龍楡生の名も見える。「大東亜文学者大会十二日在京掲幕」、『中華日報』(一九四四年十一月九日)参照。理由は不明だが、龍の自述を記録した「幹部自伝」に基づいて編集された張暉『龍楡生先生年譜』(上海：学林出版社、二〇〇一)は、汪政権に参画した事実をまったく回避していないにもかかわらず、第三回大東亜文学者会議に参加したという記載がない。現時点で参照可能な第三回大東亜文学者会議に関する研究成果の中にも、龍楡生の参加に言及したものはない(王向遠『「筆部隊」和侵華戦争』(北京：崑崙、二〇〇五)参照)。よって、龍楡生が派遣され会議に参加したかどうかについては、さらなる考証が待たれる。

(8)興味深いのは、当局が派遣ないしは参加を内定した「大東亜文学者会議」代表者の人選について、その作家の身分と文学の「代表性」が十分かどうかという疑義が引き起こされたことである。こうした疑義は、戦時期の文学と政治の間に資源分配に関する問題が存在したことを暴露するものであり、外来作家と現地作家の問題、汪政権内部の派閥争いなどの問題が表に浮かび出たものといえる。同時に、チャンスをうかがう一部の中国文人の心情や、「大東亜文学者会議」の背後にある「文学報国」への呼応ぶりも浮かび上がってくる。「大東亜文学大会的人選問題」、『太平洋週報』(一九四四年第一巻第七十七期)参照。

(9)汪精衛「金縷曲」、『国芸』第二巻五、六合期(一九四〇年十二月)、四十一〜四十四頁。

(10)民国以降の文人による禊集の伝統を解読したものとして、呉盛青の論考を参照されたい。呉盛青「風雅難追攀：民初士人禊集与詩社研究」、呉盛青、高嘉謙主編『抒情伝統与維新時代』(上海：上海文芸、二〇一二)収録、二十四〜七十四頁。

(11)関連資料として、潘益民『陳方恪先生編年輯事』(北京：中国工人、二〇〇五)、一四六〜一四七頁を参照されたい。

(12)張淑香「抒情伝統的本体意識：従理論的「演出」解読「蘭亭集序」」、『抒情伝統的省思与探索』(台北：大安、一九九二)、四十一〜六十二頁。

（13）梁鴻志「己卯上巳西園禊集詩序」、『国芸』創刊号（一九四〇年一月）、二頁。

第7章　戦争と詩、戦争の詩

楊雲萍四〇年代の文学活動を中心に

唐顥芸

はじめに

日本統治期の台湾文学を考える上で、楊雲萍（一九〇六―二〇〇〇）は非常に重要な存在である。まず、一九二五年に、彼は友人の江夢筆とともに台湾近代文学における最初の白話文文芸誌『人人』を創刊した。二号しか発刊されなかったが、その歴史的な意義は大きかった。楊雲萍の創作を含め、『人人』に掲載された白話詩、小説、随筆からは、当時の台湾青年がいかにして白話文の創作を試みたのかを垣間見ることができる。それから、一九二六年日本に留学する初期までに創作された白話文の短編小説は、植民地支配の問題を鋭く指摘し、台湾近代文学の出発を考える際によく言及される重要なテキストである。さらに、三〇年代後期から楊雲萍は日本語による創作活動を始め、詩集『山河』を出版した。幼少の頃から祖父に漢学を教わり、漢詩からその創作活動を出発したことを合わせて考えると、楊雲萍は当時において漢文、白話文、日本語、三種類の作品を残したまれな作家である。

このような多彩な活動があったにもかかわらず、楊雲萍の文学作品に関する研究はまだ十分とはいえない。特に、詩人としての名が確立された三〇年代末から四〇年代前半に書いた日本語詩について、研究する余地がまだ残されている(1)。

それはちょうど太平洋戦争の勃発によって、戦局がいっそう緊迫していた時期でもあった。そのような時代背景において、楊雲萍はどのような活動を行い、日本語でどのように、そしてどのような詩を書いたのだろうか。本論文は楊雲萍四〇年代の文学活動から、戦争下の植民地台湾に生きた楊雲萍の創作と戦争について考えてみたい。

一　楊雲萍の四〇年代

1　大東亜文学者大会の参加について

日本に留学した初期に楊雲萍は白話文の小説を書いたが、その後しばらく創作活動を中断していた。一九三三年に台湾に帰った後も歴史研究に没頭し、目立った文学活動をしなかった。そして三〇年代後期から、彼は日本語の創作を発表し、また文芸組織にも参加して、文壇に積極的に関わるようになった。一九三九年に西川満が台湾詩人協会を設立したときには会員になり、雑誌『華麗島』に日本語詩「或る朝」と「風」を発表した。

一九四〇年、台湾文芸家協会が改組されてからも会員のままでいて、ほぼ毎号のようにその機関誌である『文芸台湾』に日本語詩、随筆、評論、漢詩などを発表した。一九四一年からは金関丈夫、池田敏雄たちが編集する雑誌『民俗台湾』に台湾の文化、民俗、歴史に関する文章を寄稿している。この時期の楊雲萍は文学者としても、歴史研究者としても活躍していた。しかし、この時期の楊雲萍の文学活動に関して、最も気になるのは、彼が第二回大東亜文学者大会に参加したことである。

大東亜文学者大会とは、一九四二年五月に成立した、日本文学報国会が中心となって開催された文学者の交流会だった。最初は満州国、中華民国、仏領インドシナ、インドネシア、ビルマ、フィリピンなどの文学者を招待する予定だったが、結局第一回大会に参加したのは満州国、中華民国、蒙古、朝鮮と台湾だけだった[2]。大会は一九四二年から四四年まで、日本の東京と中国の南京で計三回行われた。第一回大会の議題である「大東亜精神の樹立」と「大東亜精神の強化、普及について」をみても分かるように[3]、会議の目的は大東亜共栄圏を宣伝するとともに、共栄圏の文学者達に大東亜戦争を支持し、協力させることにあった。一九四二年十一月、東京で行われた第一回大会に台湾から参加したのは西川満、濱田隼雄、張文環、龍瑛宗の四人だった。一九四三年八月に同じく東京で行われた第二回大会には、楊雲萍のほかに、長崎浩、斎藤勇、周金波の三人が参加した。ちなみに南京で行われた第三回には台湾からの参加者はいなかった。

楊雲萍の参加について、『文芸台湾』第六巻第五号に以下のような小さな記事がある[4]。

大東亜文学者大会
に台湾代表を派遣

文報台湾支部では、理事会の決議に基き、左の四氏を台湾代表として、

第二回大東亜文学者大会に派遣した
斎藤勇　長崎浩　楊雲萍　周金波

これによれば、楊雲萍らの大会に参加を決めたのは日本文学報国会台湾支部だったことがわかる。文学報国会台湾支部は一九四三年四月に成立したが、記事と同じ誌面にその規程十八条及び役員リストが掲載されていた。それによると、台湾支部の支部長は矢野禾積（矢野峰人）、理事長は西川満、理事は島田謹二、瀧田貞治、斎藤勇、松居桃楼、張文環、山本孕江、濱田隼雄（兼幹事長）、幹事は龍瑛宗であった。(5) このメンバーの大半は、楊雲萍が参加していた台湾文芸家協会の会員でもある。ただ、当時の台湾文芸家協会は一九四一年二月に行われた改組によって、全面的な文芸活動をもって、大政翼賛会が建設しようとする文化新体制の遂行に協力するための組織となった。(6) この改組に際して、楊雲萍は台北準備委員会の会員となり、(7) さらに『文芸台湾』第三巻第二号に掲載された「台湾文芸家協会役員」の一覧表によれば、池田敏雄、黄得時とともに「民俗」部門の理事になっていた。ちなみに、同じく大東亜文学者大会に参加した長崎浩と周金波は「劇作」部門、濱田隼雄と龍瑛宗は「小説」部門、斎藤勇は「短歌」部門の理事、西川満は事務局の事務総長だった。(8) この台湾文芸家協会は時局の変化を受け、一九四三年四月、文学報国会台湾支部の成立と前後して発展的解消し、ほぼ同じ構成員のまま、台湾文学奉公会という皇民奉公会中央本部の下部組織に収編された。このように、四〇年代に戦局が緊迫していくにつれ、台湾の文学組織は戦争を支持し、協力するようになっていったのである。しかし、このような組織に参加したからといって、その文学者はかならずしも戦争を支持していたとは限らない。様々な考えや複雑な打算があったという可能性も否めない。では、そのような文学組織に参加して、核心的な位置に居続け、大東亜戦争への支持を表明する最も極端たる場といえる大東亜文学者大会に参加した楊雲萍は、いったいどういう考えを持っていたのだろう。以下、楊雲萍の大会での発言をみてみよう。

2　大東亜文学者大会での発言

日本文学報国会の機関紙『文学報国』には第二回大会に参加する会議員の決定に関する記事があり、日本以外の参加者については簡単な紹介も掲載されている。楊雲萍の紹介文は「三十八歳、詩人、文化学院出身、文芸台湾同人、台湾文学奉公会員、詩集『山河』、評論集『民俗学の周辺』『台湾文化の研究』」となっている。[9] この紹介はおそらく文学報国会台湾支部もしくは楊雲萍自身が提供したのだろう。『山河』はその後の十一月に出版されている。しかし『民俗学の周辺』と『台湾文化の研究』は、『山河』でも出版の予告をしたものの、結局出版されなかった。そして前述したように、この時すでに台湾文芸家協会は台湾文学奉公会に改組されていた。楊雲萍は文学奉公会では詩部会に属し、評論随筆部会の委員になっていた。[10]

一日目の開会式と二日目の本会議を経て、大会三日目の二十七日に行われた三つの分科会のうち、楊雲萍は第二分科会に参加している。分科会では以下のように発言し、二つの提案をした。

「これに関聯して発言したいのです。私は最も些末的な、また事務的な一二の提案を致したいと思ひます。しかし私は思ひますのに、この一見些末的な事務的な問題こそ大東亜文学研究機関の設立、或は各地域文化担当者の連絡提携に関連するまたその基礎になる一つの提案だと私は思ひます。考へまするに私共文学に従事するものは事物を具体的に移し、また事物を具体的に表現することを常に心かけてゐる筈であります。（中略）早速私はその提案を申し上げます。第一は各国各地域の文学史概要さういふものを編纂致したいと思ひます。甚だ失礼な言ひ方でありますが、わが台湾の文学を知つて居られる方は恐らくないだらうと思ひます。また仏印、フィリッピンの文学、満州、中国の文学の概略さへあなた方は御存知ないと思ひます。さういふ文学史がありますといふと、それが本当に一つの各文学の交流になり、また所謂文学の提携になる一つの大きな動機ではないかと思ふのでありますす、それが一つ。それから第二は私東京に参りまして感じたので申上げる次第でありますが、私は内山書店へ参りまして中国の本の高価なのに驚きました。ある随筆四六版二百頁がなんと十一円二十銭、東洋文学を研究するものには致命的です。買ひたい本は沢山ありますが、皆さん御存知の如く本を読む人は貧乏です。これをなんとか考慮して頂きたい。これを日本政府に於て、国民政府に於てなんとか考慮して頂きたい。例へばドイツはナチスに関する書籍は非常に安く売出してゐる、国家が補助して安く売出して居ります、その例に鑑みまして、例へば国民政府に於てその一部を補助するとか、また日本の政府に於てその値段の一部を補助する、さういふ風にして頂けると実に本を買ひたい人はうんと買へるし、それこそ本当の文学の交流だと思ひます。私の提案はこの二つであります（後略）[11]」。

第二分科会では、まず片岡鉄兵が「中国文学確立要請」という議題について、中国の「和平地区にある反動的老大家」の影響力をいかに粉砕するかを語り、華中代表の邱韻鐸が大東亜文学研究機関を設立し、刊行物を出版する必要性を提起し、円地文子が日本の古い歴史を知ることによって、米英の思想文化が優越しているという盲信を大東亜圏から絶滅させたいと述べた[12]。このような議題の後に出てきた楊雲萍の発言は少し唐突で、奇妙に聞こえる。

楊雲萍の二つの提案をまとめると、第一にいわゆる大東亜共栄圏の各国、各地域の文学史を編纂すること、第二に中国の書籍を安くするための補助方策が必要であることとなる。第一の提案は大東亜共栄圏の建設に関連しているが、各国各地域の文学史の編纂は時間と金銭がかかる大変な作業だと予想できる。戦局が緊迫している時期の、このような提案は少し現実離れしているといえないだろうか。それに、楊雲萍がその場にいる参加者たちは台湾文学をはじめ、各地域の文学についてなにも知らないだろうとあえて指摘したことは、大東亜共栄圏の建設を謳う参加者たちへの厳しい批判として解釈されてもおかしくないだろう。だからこそ片岡鉄兵はすかさず「ここにゐるものとしては、中国の文学史くらゐは概論を掴んでゐるのぢやないかと思ひます」と反論した[13]。しかし、片岡鉄兵の反論はまさに楊雲萍の発言が的中していることの証明になる。つまり台湾文学について、また仏領インドシナ、フィリピン、満州の文学について、実はなにも知らないということに他ならない。

楊雲萍の第二の提案はさらに場違いに感じられるものだった。戦争への支持と協力を表明する大会において、どう貢献するつもりなのかを述べることはあっても、書籍を安くするための補助方策を要求することは考えられないだろう。しかし楊雲萍は大会の趣旨でもある文学の交流という大義名分を用いながら、ドイツの例を引き合いに出したため、この破天荒な提案も正当性があるように聞こえた。楊雲萍の発言に対して、委員長の白井喬二は「只今の楊雲萍さんの御意見には大変同感であります。私の周囲もみな同感であります」と述べた上で、「第二のことにつきましては、日本には色々機関がありまして、出版会がありますから、あなたのご提示に副ふやうに連絡して置きます」と話をまとめるしかなかった[14]。

楊雲萍の発言を一体どう考えればいいのだろう。大東亜戦争の文脈に沿っての提案ではあるが、発言の内容自体は異質なものだった。大会後、八月三十日に『台湾日日新報』の東京支社で行われた座談会では、楊雲萍は「各代表の発言をきいてゐると何かあいまいもことした空気がありなんか一般問題に傾いたむきがあった。これは是正すべきだ。具体的問題を先づ片付けて一般問題に入るべきものではないか」、「とにかく一般問題が多すぎた」と述べた[15]。さらに、『台湾公論』に載せた文章では、『毎日新聞』に掲載された自分の文章を引用し、「事物を具体的に思索し具体的に行為し表現することを心としてゐる文学に従事するものとしては多少の感想がないでもない。一体、一般的問題といふも具体的行為を考へずしては概念の氾濫になる恐れなしとせず、また具体的問題こそ行為であり、実践的である」と述べている[16]。大会での発言の前置きと一緒に考えると、楊雲萍は文学者として、おそらく歴史研究者としても、一般論的に語ることを好まず、具体的に事物の問題を捉え、語りたいというのである。しかし、ここであくまでも「表面的な一般論を是正し、大東亜文化圏の建設のために具体的にできることを提案した」と、あえて再三強調したのは、自分の発言の異質さを意識していたからではないだろうか。

戦争のために人力や金銭など、すべての資源が欠乏している時期に、書籍購入を要求するのは、ほとんど非現実的だし、各地域の文学史編纂に至っては、日本政府が目指す統一された大東亜共栄圏を軽視し、各地域の独自性を強調してしまう恐れがある。実際、「わが台湾の文学を知つて居られる方は恐らくないだらう」と冒頭に述べたこの提案において、おそらく念頭にあったのは台湾文学史の編纂で、ほかの地域のことは正当性を持たせるために引き合いに出したのだと考えられる。というのも、のち十一月に台湾で行われた「台湾決戦文学会議」に出席した楊雲萍は「台湾文学史の編纂を提案、大東亜文学史の一環としての台湾文学史は至急整備されねばならない」と強調しているのだ[17]。この発言は文学者大会での発言とほぼ同じで、大東亜戦争の文脈に沿って、大東亜文学史という建前で、本当の目的である台湾文学史編纂の提案をしたのである。そして楊雲萍の発言に対して、神川清がすぐに「編纂に当たつては過去の台湾に対する過重評価を慎むべし」と注意した[18]。楊雲萍の真意は、台湾文学史の編纂によって、台湾独自の文学発展史を追い求めることにあるととらえての反論だった。このように、台湾文学史の編纂は当時の楊雲萍にとって一番の関心事だったのである。大東亜文学者大会での発言は、長らく台湾文学に携わってきた楊雲萍が、大日本帝国の一部になりつつある台湾の独自性をなんとかして発揮させたいという思いがあったのではないだろうか。

もちろん楊雲萍は日本文学報国会が主催する大会に参加しており、その提案も大東亜戦争において、大東亜共栄圏をいかに建設し、文化交流していくかという文脈の中で語られた。そして「台湾文芸家協会」が「会員相互の親睦を図る社交団体[19]」から、戦争協力組織になっていく過程の中で、楊雲萍は会員であり続けただけでなく、組織の中核を担う役員でもあった。彼は戦争に反対していたとはいえないし、その発言も、彼なりに考えた戦争協力の方法だといえよう。しかしながら、戦争を積極的に賛同する態度とも少し異なる。むしろ戦争していることを既存の事実として捉え、その枠組みの中で一人の文学者、歴史研究者としてやりたいこと、できることをしようとする姿勢が見受けられる。

では、楊雲萍はいったいどのような詩を書いたのだろうか。以下、その詩作をみてみよう。

二 「鉄道詩抄」について

1 『決戦台湾小説集』出版の経緯

まず、台湾総督府が関わっていた『決戦台湾小説集』に収録された作品をみてみたい。『決戦台湾小説集』には乾と坤の二巻がある。乾の巻は一九四四年十二月に台湾出版文化株式会社より出版され、濱田隼雄「爐番」、高山凡石（陳火泉）「御安全に」、龍瑛宗「若い海」、西川満「石炭・船渠・道場」（詩三首）、吉村敏「築城の抄」、張文環「雲の中」、河野慶彦「鑿井工」が収録された。坤の巻は一九四五年一月に、同じく台湾出版文化株式会社より出版され、西川満「幾山河」、周金波「助教」、長崎浩「山林詩集」（詩六首）、楊逵「増産の蔭に」、新垣宏一「船渠」、楊雲萍「鉄道詩抄」（詩二首）、呂赫若「風頭水尾」が収録された。

『決戦台湾小説集』が出版されるにあたっては、まず一九四四年六月に台湾総督府情報課が台湾文学奉公会に協力を要請し、七月に十三名（台湾人七名、日本人六名）の文学者を工場、会社、鉄道、炭鉱、錬成所などに派遣した。彼らは一週間現地に滞在した上でその体験を文学作品にした。集まった文学作品を情報課が審査した後、『台湾時報』、『台湾文芸』などの媒体に七月から順次発表していった。十月頃に作品が全て発表されたあとに、情報課が計画通り作品集にして刊行したのである。台湾総督府情報課がこの一連の作業を行った目的について、編集委員の矢野峰人は『決戦台湾小説集』の序文に情報課の言葉を引用して、「要塞台湾の戦ふ姿を如実に描写し、島民の啓発に資すると共に、明朗にして潤ひある情操を養ひ、明日への活力を振起し、併せて産業戦士に対する鼓舞激励の糧」にしたと述べている。[20]

六月に協力要請して、七月に作家達を派遣し、その三か月後には作品が全て発表され、さらにその二か月後には作品集が出版されたという進行の速さからも想像できるように、この作家派遣計画は情報課が以前から構想し、計画、準備したものであった。その発端はさらに一九四三年十一月に台湾文学奉公会主催、台湾総督府情報課、皇民奉公会中央本部、日本文学報国会後援で行われた「台湾決戦文学会議」に遡る。[21] 台湾決戦文学会議の議題は「本島文学決戦態勢の確立、文学者の戦争協力・その理念と実践方法」であり、台湾の文学者をいかに戦争協力に動員するかが会議の目的だった。その会議における重要な出来事の一つは西川満が『文芸台湾』を献上する提議をしたことである。それによって台湾の文芸誌の「統合問題」が会議の論点になり、結果的に『文芸台湾』と『台湾文学』がそれぞれ廃刊され、新たに台湾文学奉公会により『台湾文芸』が発刊された。このように、台湾総督府は台湾での文学活動、文学者に対して、制限と圧力を強めていったのである。

派遣された十三名の作家の選抜について、中島利郎は矢野峰人、長崎浩と西川満三人の交友関係から、「情報課に所属していた長崎が文学奉公会の責任者であった矢野に情報課の依頼を進言し、それを受諾した矢野は具体的な人選や派遣地を当然西川と相談したであろう。勿論他の三人の『台湾文芸』編輯者も相談には与ったのかもしれないが、西川満がかなり主導的な役割を演じたことは、後に刊行された『決戦台湾小説集』からさまざまに推測できるからである」と論じた。[22] 実際、矢野峰人と西川満がいかなる基準で十三名を選んだかは不明だが、作家を派遣するにあたって、情報課が「単なる探訪記事に堕する事無く、飽迄も文学作品として、本島文学の動向に示唆を与ふるものたる事」を要求したことを考えると、[23] 文学創作に一定の評価を得ている作家達を選んだといえよう。

このような背景のもと、楊雲萍が書いた「鉄道詩抄」はどのような作品となっただろうか。

2 「鉄道詩抄」

「鉄道詩抄」には、「改札口――台北駅にて――」と「機関士の詩」の二つの詩が収録されている。『決戦台湾小説集』といいながら詩も入っているのは少し奇妙に思われるが、ほかにも西川満と長崎浩の詩作が載せられているので、楊雲萍だけが特例というわけではない。楊雲萍はこの時期において、小説よりも詩を多く発表しており、長崎浩も『文芸台湾』に掲載したのはほぼ詩作である。西川満は小説と詩を両方創作しており、『決戦台湾小説集』には詩のほかに小説二編が収録された。『決戦台湾小説集』には、作者が長けている分野による創作が許されていたといえる。

楊雲萍の派遣地は台湾繊維工場と鉄道だったが、[24] 彼は鉄道を創作のテーマに選んだ。まず「改札口――台北駅にて――」をみてみよう。

これは台中、
これは台南、
これは高雄。
重ねたこの二枚は彰化、
新婚らしいこの夫婦に、幸福がありますやうに。

これは新竹、
これも新竹、
これは入場券、
これも入場券、
心から出征勇士の武運長久を祈ります。

これは桃園、
これも桃園、
あつ、もう発車の時刻が来る、
急げばいいのに……。

列車は無事に出発した。
開札口を閉ぢれば、
あはれ、あはれ、
切符の切屑が地上一面に、花片のやうに散つて居た。(25)

この詩は改札口を通る人々のチケットに焦点を当て、目的地の多様さと連なる地名の列挙という描き方を通じて、台北駅のにぎやかさ、慌ただしさ、そして庶民生活の様子をスケッチした。このような日常生活の一こまを切り取るようなテーマの選択や、詩の最後に周りの風景を淡々と描いて余韻を漂わせる描き方は、後に述べる

『山河』の詩にも共通する技法で、楊雲萍の詩風がはっきり出ている。
しかし、上述した情報課の派遣目的と併せてみると、この詩はその目的を果たしたとはいいがたい。第一段落と第三段落は、鉄道を利用して台湾の中で移動する人々が、大都市へ行ったり、新婚旅行へ行ったり、発車時刻に間に合わなかったりと、戦時下とは思えないような普通の生活の描写である。戦争に触れたのは第二段落だけだった。当時新竹には飛行場があり、海軍航空隊のほかに陸軍が駐屯していた。二枚の新竹行きのチケットと二枚の入場券からは、兵士と見送りに来ている人がいることが分かる。出征を見送るという切ない場面と「心から出征勇士の武運長久を祈ります」の一句は、むしろ戦争の残酷さを考えさせるものだ。
次に「機関士の詩」をみてみよう。

発車よろしい、
発車よろしい。
踏切よろしい、
踏切よろしい。
排気の調子もよい。
蒸気分配室に置いてある飯盒も、もう焚けさうだ。
そとは溢れるやうな月光だ。

まつしぐらに列車は進む、
喜びを乗せて進む、

憂ひを乗せて進む、
決意とたたかひを乗せて進む。
（敵鬼畜撃滅！）
ふと感じた、
逆転機にぎる手で、此の列車すべてを引張つて居ることを。
ああ、そとは溢れるやうな月光だ。

この詩は列車の機関士の視点で書かれている。まず発車する前の確認をしっかりやることから、この機関士は仕事に真摯に取り組んでいる責任感の強い人というイメージが作られた。次に発車したあと、一人で列車を操縦しながら列車に対する思いを巡らせた様子を描いている。少し変化を加えながらも、二つの段落はともに「そとは溢れるような月光だ」の一句で終わらせ、列車は夜に走っていることを示しながら、一面の月の光の中にまっすぐ進む列車のイメージを作り上げた。その上、月の光がもたらす柔らかい感覚で静謐な雰囲気を醸し出し、月に伴われている機関士の心の穏やかさと孤独感を漂わせた。このような描き方は前述したように、楊雲萍の得意とする技法であり、彼の詩風である。

この詩の中で、具体的に戦争に関する描写は括弧付きで書かれた「敵鬼畜撃滅」の一句である。しかし、この一句は全詩の雰囲気に全くそぐわないし、まるで無理に差し込んだような唐突ささえ感じさせる。しかしながらこの一句がなければ、ただの一人の機関士の心情を描いた詩になってしまい、情報課が望む「要塞台湾の戦う姿」の描写として解釈するのは難しくなるだろう。この一句が与える違和感に、楊雲萍が情報課の要求に応じることと、自分の詩を作ることに葛藤している心境が如実に反映されているといえるだろう。

実際、のちに述べる戦後に出版する予定だった『山河新集』に収録の「改札口――台北駅にて――」では「心から出征勇士の武運長久を祈ります」の一句が削除されており、「機関士の詩」からは「(敵鬼畜撃滅!)」の一句が削除された。削除された詩句は、まさにそれらが戦争を描いた詩として成立した唯一の描写であった。それが削除されたことによって、この二つの詩はただ改札口の賑やかな風景と、深夜に走る列車を運転する機関士の心情を描いただけの詩になった。

「鉄道詩抄」は楊雲萍が総督府の戦争動員のために派遣されて提出した「報告」である。詩の中には、要請に応じるために入れた出征兵士に関する描写や大東亜戦争中の決まり文句があるが、楊雲萍は少し距離を置くような淡々とした描写を貫いた。そこには苦心して自分の詩風を保ちながら、時勢に逆らわずに生きようとする楊雲萍の姿が表れているのではないだろうか。

それでは、政府の要請ではなく、彼自身が書きたい詩を彼はどのように書いたのだろう。以下、詩集『山河』及び『山河新集』の詩を読んでみたい。

三　戦争の中の生活――詩集『山河』について

一九四三年十一月、楊雲萍の日本語詩集『山河』が台北の清水書店より出版された[26]。カバーの左側に「山河」の大きな二文字が重厚に配置され、その下に「楊雲萍詩集」と書いてある。装丁したのは画家の立石鉄臣だった[27]。収録された詩二十四首の内容は家庭生活や大稲埕の風物、台南旅行の見聞、身辺の物事に触発された心情などであった。

林瑞明はタイトルの「山河」について、杜甫の詩「春望」の「国破れて山河あり」を引き合いに出して、植民地支配を受ける楊雲萍の沈痛な心情がうかがえると論じた。[28]「春望」は人世の変遷と自然の不変の対比を詠い、戦争で破れた国と戦火の中にいる家族の安否を憂慮し、戦争が国と個人へ与える深刻な影響を語ったものである。楊雲萍の『山河』が戦争中における家族との日常生活を描く詩と、一人の知識人として物事を観察、思考した心情を描く詩で構成されていることから考えても、「春望」の趣旨と一致しているといえよう。

しかしながら、『山河』の詩から楊雲萍の植民地支配に対する心情を読み取ることはかならずしも容易ではない。というのも、詩集の中に日本の植民地統治に関して、直接的な言及はほぼないからである。唯一日本統治に触れたのは「開山神社」という詩だった。

開山神社

——南遊雑詩のうち。同神社は記すまでもなく、
延平郡王鄭成功を祀れるなり——

鳥居あり、燈籠があつた。
隣接の延平郡王祠には大きな錠が下りてあつた。
乞ふて開ける時、
錠が高くかちと鳴つた。
東廡の或る部屋に、
木材の切端が山と積んであつた。
王の神像は扉の閉つた厨子のやうなものに入れられて、拝する事が出来なかつた。

王の手植と傳へる梅の木が、青々と茂つて居た。

この詩は、台南にある鄭成功を祀る「延平郡王祠」を訪れたときに、郡王祠に鍵がかけられて荒廃していた様子を描いたものである。[29] このような内容に対して、あえて日本統治後に作られた神社の部分の描写から始まり、改名された「開山神社」をタイトルにしたのは、風刺の手法を通して、日本統治、特に当時の皇民化政策を批判していると読み取れるだろう。門を開けるときに錠が高く鳴ったという表現からは、長い間、開けられていなかったことが想像される上、言葉なき悲鳴であるとも感じさせられる。後半は、まず冷静な口調で内部の様子を述べた後、最後は外にある鄭成功の手植えとされた梅の木の青々と茂っている様子を淡々と描写して終わる。この終わり方は「春望」に似た人世の変動と自然の不変との対照であり、この詩に深い余韻と高い格調をもたらした。さらに、この一句は南明史研究者である楊雲萍の、歴史の伝承を信じる気持ちと台湾の独自性へのこだわりが読み取れるだろう。楊雲萍の詩風でもあるが、全詩は情景を描写しただけで具体的に批判する言葉はなかった。その批判の意図は非常に婉曲な手法を用いて表現されたので、見いだすことが容易ではない。

日本統治についてだけではない。『山河』は戦争中に出版されたが、戦争という言葉は用いられておらず、戦争を直接に描く詩も見当たらない。詩集の大半を占めているのは、家族と一緒に過ごす日常生活の中で感じたささやかな喜びと、生活の困窮への憂いを描くものだった。例えば「小病」という詩、

小病また清閑、
どうやら雨も上がるらしい、
妻が夕晌にたく薪のにほひが流れて来る。

「左伝」を抛りすて、
妻よ、妻よ、
木瓜が食べたい、
片栗粉が食べたい、
レモン・ティを作つてくれ。
はい、はいと妻の答へれば、
子供の来り知らす、
鵞鳥が卵を生んだんだぞ。

この詩は病床で休んでいる詩人のわがままな姿と、それを優しく受け止める妻、寝込んでいる父親に外の世界の新鮮な情報を楽しそうに知らせる子供のやり取りを温かいタッチで描いた。その何でもない日常風景のなかに、平穏な幸せがにじみ出ている。戦時下とは思えないほど穏やかで暖かい詩。しかし、描写こそないものの、戦争の最中に書かれたのだと考えると、こういう日常の脆さゆえのありがたみも紙面から伝わってくるだろう。

このように『山河』の詩は直接に戦争を批判こそしていないが、当時の背景において考えると、戦争への批判として読み取りうるものもある。例えば「売れない詩」、

詩の出来た日に、
赤ん坊が出来た。
赤ん坊の着物を購ふべく、

詩を売らうとしたが、
詩は売れなんだ。
赤ん坊は大きくなる、
詩は売れなくても、大きくならなければならない。
赤ん坊は大きくなつた、
だが、詩は憤り、悲んだ。
今、大きくなつた赤ん坊を抱き、
売れない詩を口吟む。
知らず、赤ん坊が大人になり、年寄りになつた時、
尚この売れない詩を口吟む人のありやなしや。

だが、まあいいではないか、
赤ん坊が大人になり、年寄りになつた時、
此の世の中は、もつとよい詩で満たされて居るだらう。
この売れない詩が忘れられたとて、何の惜しいことがあらう。
すなはち敢へて問はむ、
赤ん坊の母よ、
くりやになほ酒のありやなしや。

前述した大東亜文学者大会参加者の紹介をみてもわかるように、当時楊雲萍は詩人として自認し、認められていた。その文章からも彼が自分の詩を相当自負していたことがわかる。[30]このような楊雲萍に、子供と詩作が同時にうまれた。子供を養うために詩を売ろうとしたが思うように売れなかった。詩が売れないということは、詩人として大きな挫折であろう。しかしそんなことにかまわず、子供は大きくなる。なんとか生活を続けていくしかない。このような現実の窮乏と精神の挫折、両方の圧迫を受けて、詩人は憤怒と悲しみを覚え、いずれ自分の詩も、自分も、忘れ去られていくのではないかという自己懐疑に落ちていた。しかし、詩人はまたすぐに考え方を変えた。たとえ自分の詩が忘れられても、この世界にはきっとより良い詩が残され、生み出されると思うようになった。そう考えた詩人は精神の挫折から立ち直り、窮乏な現実から小さな幸せを見つけ出す。

この詩で描かれている文学者の窮困した生活と才能を認めてもらえない失意は、文学作品における普遍的なテーマである。詩人の達観と家族への愛情があふれていて、現在の読者が読んでも、心を動かされるだろう。しかしながら、戦時下で書かれて発表されたことを考えると、別の受け止め方も可能になる。

楊雲萍は戦後の文章で以下のように述べている。「この詩が雑誌に発表されると、台北帝国大学（現在の台湾大学）文政学部長の矢野峰人（高名な詩人兼英文学者、のちの東京都立大学学長）が私の Protest を読み取って、私に言った。時勢はこうである以上、このような詩を発表して、当局に目をつけられるようなことをするべきではないと[31]」。

この詩はもともと『文芸台湾』第五巻第三号（一九四二年十二月）に発表された。その号では大東亜文学者大会が特集され、第一回大会に参加した西川満らが大会での見聞や大東亜戦争への支持と決意などを述べる文章が雑誌の三割を占めたことを考えると、戦局が緊迫している中でわざわざ生活の苦境を嘆く詩を発表することが、平時と異なり国の行う戦争に対する批判と思われる可能性があったのだろう。楊雲萍はこの「売れない詩」を通じて、艱難な生活を作り出した進行中の戦争と時勢を批判し、より良い世界と生活を詠う「もっとよい詩」が溢れる未来に希望を抱きながら、なんとかやり過ごしている現在の心情を描いたのである。

それでも、『山河』において、戦争はあくまでも背景に潜んでいた。一方、『山河』に収録されなかった詩には、戦争の描写があった。それはどのように書かれたのだろう。以下、『山河新集』の詩を読んでみる。

四　生活の中の戦争——詩集『山河新集』について

当時楊雲萍が書いた詩は『山河』に収録された二十四首だけではなかった。また、『山河』が出版された後も引き続き彼は詩を書いた。筆者の手元には楊雲萍の手書の原稿が製本された『山河新集』がある。ここには漢詩三首と日本語詩の『山河新集』が収録されている。

『山河新集』のはしがきに、楊雲萍は以下のように書いている。「この詩集に集められて居る詩は、殆ど全部が西暦一千九百三十八年から一千九百四十五年（戊寅から乙酉）の間に作られたものである。太平洋戦争のはじまる三年前から、終る頃である。当時、作者は台北市外の小村落、外双渓に住んで居た。勿論、台湾は日本の統治下にあった。今、□□□□□の御好意により、旧刊「山河」に多くの未発表の作を加へ、刊行することになった。まことに感慨無量である」。

日付けは庚寅九月五日から、庚を甲に直して、最終的に壬戌六月五日と記した痕跡がある。つまり、最初に刊行しようとしたのは一九五〇年。次に一九七四年に、そして一九八二年になってようやく最終稿として出版するつもりだったと考えられる。原因は不明だが、結局出版するに至らなかった。二〇一一年に台湾で出版された『楊雲萍全集』は、『山河新集』を全詩収録し、中国語の翻訳をつけた[32]。

『山河新集』には、はしがきで書かれたように、『山河』の詩二十四首のほかに雑誌、新聞で発表したものと未発表の詩四十八首が収録された。『山河新集』に収録された詩には『山河』よりさらに踏み込んで日本統治を批判した「或る時」という詩がある。

息をとめろ、
皇族さまがお通りになるのとさ、
目を閉ぢよ、
手を下ろせ。

ガラス窓を震はせて、さつと車が走つてゆく……。

もう息をしてもよいか、もう息をしてもよいか。（己卯、三月二十日）

この詩はある時、皇族が道を通るために通行人が規制された様子を描いた。最初に息をとめろという命令文で始まって、その唐突さと不条理な要求が一気に緊張感を高めた。次の一句で、その命令が出された原因は皇族（もちろん日本の皇族）が通るためだと説明された。そしてさらに、目を閉じて、手を下ろすように命令された。それから皇族の車はガラスの窓を震わせるほどの早いスピードで威勢よく走っていった。この一句は前後に一行をあけることで際立たせられ、さらにずっと動けずに立っている通行人が、車が通るのと、規制の解除を待つ時間の長さを感じさせる効果があった。最後の一句は息をしてもいいのかという質問を二回繰り返して終えたが、質問を二回繰り返すことによって、まるで懇願しているようにみえるのである。

このように読んでみると、この詩は単に皇族が通る時の状況を描いたのではなく、日本の植民地統治を描いていると読みかえられる。統治者は高圧的で、理不尽な命令を下す。植民地支配を受ける人々は、自由に呼吸ができない、世界をみることができない、動くこともできないでいる。息ができないほど苦しくてもなお、呼吸するためには統治者の許しを乞うしかなかった。直接的に批判する言葉こそ用いられていないが、この詩が持つ批判の力は「開山神社」より一層強い。

それから、一九四四年と四五年に書いた詩には、戦争の描写があった。例えば「菊の花」、

空襲のさ中に、
われは菊の花を瓶に生けり。
砲声、爆音に花はかすかにうち揺れど、
花は大き瓶の中にあり。（甲申、十月十九日）

この詩は詩人が菊の花を花瓶にさしているときに、空襲の爆撃が聞こえたという場面を、写生画のようにスケッチしたものである。たった四行の中に、視覚、聴覚、臭覚、触覚が含まれていた。情景の描写だけで、直接に心情を描いていないが、花が外の砲撃のせいで揺れているところから、爆撃の激しさと怖さを連想させる。それでも菊の花は動じないと描写された最後の一文は、戦争の激しさや外部の変化などに動じない楊雲萍の心を表しているといえよう。

『山河』ではまだみえていなかった戦争は、これほど身近なものになった。戦争には動じないという楊雲萍は

戦争をどう思っていたのか。以下は二つの初夏の詩をみてみる。

小村初夏

已に日かげ多く、
抒情の如く、龍眼の花は咲くなり。

村の適齢の若者ら、なべて出でて第一線にあり、
残れる父兄、また築城に徴用されて大かた在らず。

（われ等、正しからざるもの、醜きもの、傲れるものを撃つといふ。

正しからざるもの、醜きもの、傲れるものの必ず亡び去るべきは、鑑の如く歴史これをあかしす。）

さはあれ、連日夜の敵機来襲に、山河は耐へんとす。

田の草取りも終はりたるにあらずや。

（乙女ら、とみに逞しく、美しく、）

ああ、群なして、鶖鳥の小川を渡るなり、
白く群なして、渡るなり。（乙酉、五月七日）

この詩の小村は、前述したはしがきを参照するに、おそらく楊雲萍が住んでいた外双渓を指しているだろう。村の若者も、壮年の男性たちも、戦争のために徴用された。敵機が連日のように昼も夜も襲ってくる描写をみれば、戦局がいかに緊迫していたかわかる。後半の敵の攻撃に耐えている山河や、きれいな田んぼ、村に残された少女たちのたくましさと美しさ、さらに川を渡る鶖鳥たちの悠然とした姿に、少し穏やかな気持ちとかすかな希

望を感じさせられる。

この詩で一番重要なのは、前半の括弧付きの二句である。括弧付きで書いているのは、心の声、または付け加えた説明として表現する効果がある。一句目は叙述文ではなく、「といふ」を用いて引用文にしたことを考えると、楊雲萍は戦場に向かう兵士の言葉、あるいは国が戦争を正当化する言説を記録したと解釈できる。すなわち、この戦争の目的は「正しからざるもの、醜きもの、傲れるものを撃つ」と言われているのである。二句目は同じ言葉を繰り返しているので、一見一句目と同じように戦争の勝利を信じる兵士と国の言説だと思われるが、ほかの詩を参照すれば、異なる解釈が考えられる。「玉蘭新花」という詩では、以下のように詠っている。


（前略）

何時しか玉蘭花は咲きぬ。

砲声に震へ、爆音にをののきつつ、玉蘭花は咲きぬ。

（爆弾に命を失ひ、銃撃に傷づけられる者日日あり、家財を焼かれ、生活を破はさるる者また数を知らず。）

さはあれ、何時しか玉蘭花は咲きぬ。

清楚の如く、香りは身に沁むるなり。

咲け、咲け、玉蘭花よ、
義《ただ》しきものは遂に咲かん。

（醜きもの、傲れるもの間もなく潰え去らん。）（後略）

一九四五年に書かれたこの詩において、玉蘭の花は「義（ただしきもの）」の象徴である。戦争のせいで咲かなくなったが、またすぐ咲くだろう、その時に醜きものと傲れるものは潰えさるだろうと詠ったのである。楊雲萍にとって、この戦争のせいで沈黙させられたのはむしろ「ただしきもの」であり、醜きもの、傲れるものは、この戦争と戦争をする側だというのである。

これを踏まえて「小村初夏」を考えると、一句目の引用と異なり、二句目は楊雲萍が歴史の教訓からこの戦争の失敗を予見するという自分の考えを述べたと解釈できる。二つの句で同じ言葉を用いて正反対のものを指すのは、日本が掲げた戦争の大義名分に対する皮肉である一方、一つの戦争において、錯綜する思いが存在し、それぞれ自分の正しさを主張するという複雑な様相を想起させる。

歴史研究者である楊雲萍は、歴史の中に是非の価値判断を求めた。それは彼の心の拠り所であり、立身処世の基準でもある。例えば「初夏（二）」という詩は以下のように詠っている。

戦局の苛烈なる今日、
何が必要であるか。
不撓不屈の精神である、
歴史を信ずる精神である、
正義に対する勇気と、
小川のせせらぎ、若葉のそよぎをいみじと観ずる精神である。
大地に立て、
たとへば、この光りと暖かさの下に、

来るものは来る。
ああ、我々は何を疑ひ得よう。（甲申五月二十六日）

この詩について、楊雲萍は戦後の文章で「昭和十九年（一九四四年）、戦局がさらに緊迫し、日本軍は敗退し続け、あるいは全滅した。台湾全島はアメリカ軍機の掃射と爆撃を受け、いなかの外双渓も免れなかった」といい、「来るものとは日本の敗戦である」と述べた(33)。詩の内容は戦局が苛烈になっている時に必要なことをいくつかあげた。それは屈しない精神、歴史を信じる精神、正義に対する勇気と、大自然が語ってくれることをきちんときいて見つめる精神だという。そのようにしてしっかり立っていれば、光の下ではなるようになり、疑いようがないというのである。

この詩だけを読むと、戦局が不利になっている日本や連日のように空襲を受けている台湾の人々を励まし、あきらめない精神を持ち、歴史と正義を信じていれば、太陽の下では疑いなく勝利が来ると詠っているように思われるだろう。特に太陽は日本の象徴でもあるので、最後の部分は日本の下に勝利が来ると解釈できよう。しかし、楊雲萍のほかの詩と合わせてみれば、別の解釈も考えられる。例えば「わが児」という詩は、以下のように詠っている。

（前略）
戦争はいよいよ苛烈だ、
だが、平気だ。
伸び出づる若芽を阻止する力は、誰も持つてない。

君は地図を読むのがすきだね、
地図を読むのは、よいことだ、
ソロモン、スマトラ、濠州、蒙古、インド、アフリカ。
然し、歴史も知るがよい。
父の本棚には、歴史の本がいくらかある、
（窓の外では、歴史が作られつつある。
恐らく人類始まつて以来の最も大きな歴史が。）
今では、少し難しいかも知れないが、
そのうちに、是非読むがよい。
そして、正義にくみするもののみが最後に勝つことを知るだろう。
（うぬぼれやごまかしは遂に駄目である。）（後略）

この詩は同じ一九四四年五月の作品で、息子に話しかけるように書かれた。この中で特に歴史を読むことの重要さを指摘しているのは、歴史を読むことによって、現在外で行われている「大きな歴史」も最終的には正義が勝つのだというルールに従うことがわかるからである。ほかに「昨今茶飯事」には「真面目くさつて、僕は誓ふ、／今日も真理に処する勇気を持ち続けます。／一時の暴虐、豈に千古の道義に抗し得んや。」という詩句があり、『山河』の「新年志感」では「わが詩篇散じて世上にあり、／わが考拠の文字、先哲と共にとこしへならむ。／奔濤驚瀾の中に、碧空無碍のかなたを観じ、／道義のみ千古に不滅なるべきを知る。」と詠っている。つまり、楊雲萍は一人の歴史研究者として、自身の研究に強い信念を持ち、歴史が示してくれている普遍的な真理としての道義と正義こそ堅持すべきものであり、それに与するものが最後の勝利を得られると信じているのである。そして、その正義とは「わが児」で述べたように、うぬぼれでない、ごまかしではないことである。うぬぼれとごまかしが具体的になにを指しているのかは明記されていないが、当時、戦局の不利を認めず、さらなる戦力を投入し、戦場を拡大していく日本の戦い方を考えれば、日本のことを指しているといえるだろう。すなわち、歴史から考えれば、正義に与していない日本は勝つことにならないというのである。

以上のことを踏まえて「初夏（二）」を解読すると、一九四四年五月、日本が不利な戦局は、ますます激しくなっていた。これからの情勢が不安になる中、自分を保つために必要なことを楊雲萍は考えた。それは歴史と歴史が教えてくれた正義を信じること。そのようにしていれば、たとえ日本の敗戦という局面を迎えても、その変化にうまく対処し、強く生きていける、というように解釈できるだろう。

このように、『山河新集』では、出版された『山河』にみえなかった日本統治に対するより厳しい批判や、戦争の描写、戦時下の心情などを描く詩がある。そこには熱烈に戦争を支持する姿勢はなく、隠微に日本の敗戦を予想し、戦争という現実の中で、一人の歴史研究者、文学者としての処し方を考えつつ、いつもとかわらない日常生活を過ごそうとしていたのである。

おわりに

以上、戦争がいっそう激しくなった四〇年代における楊雲萍の活動と日本語詩作を見てきた。

現実生活において、楊雲萍は戦争に協力的な在台日本人文学者たちと親しい交流関係を持ち、大東亜戦争を宣伝する大東亜文学者大会に出席した。さらに総督府の要請で要塞台湾を描く企画に参加し、詩を創作した。その活動をみる限り、楊雲萍は戦争に協力的だったといえよう。一方、彼の文学者大会での発言は、戦争を強く支持するのではなく、ただ大東亜共栄圏建設という議題に沿って、念願の文学史の編纂と書籍購入の補助方策を提案しただけだった。そこには戦争が行われていることを既定の事実として受け止めて行動する姿勢があるように思える。

そのような姿勢は、楊雲萍の詩にも見受けられる。例えば「鉄道詩抄」は政府の要請に応じて創作された作品であり、『決戦台湾小説集』に収録され、決戦台湾の姿を描き、戦争を宣伝するものとされている。しかし、実際に詩の内容をみると、出征する兵士の武運を祈る詩句と、戦時中の決まり文句を差し込む箇所がある以外は、平時の楊雲萍の詩とかわらず、人々の日常生活を描き、風景に触発された心情を描くだけで、戦争を賛美し、宣伝するような詩ではなかった。

出版された詩集『山河』では、家族との日常生活の風景と心情を詠った。戦争に直接関係する描写は全くなかったが、戦争が人々の生活に与えた影響と、そのただ中にいる楊雲萍の憂悶を垣間見ることができる。一方、出版されなかった『山河新集』には戦争を描く詩があった。それは戦争が緊迫している様子を描き、日本の敗戦という未来への不安を抱えながら、いかに自分の信念を持って強く生きていくかを詠った詩だった。

楊雲萍の日本語詩創作は戦争の時期にほぼ重なっている。戦争について触れるか触れないかにかかわらず、穏やかな日常生活を詠うときも、貧乏な生活を嘆くときも、美しい故郷の山河と自然、生活のために懸命に生きている人々を描くときも、戦争の影は詩の背景になっていた。彼の作詩の特徴は、距離をおく観察者の目線で、身近にある人世と自然の風景を淡々とした筆触を用いながら、最後は余白をとるように描写する点にある。作詩の背景を考えると、外の世界が大きく変動している中で、ひたすら個人の小さな世界と心情を描くことに固執している楊雲萍の詩は、個人が手にすることができる確実な瞬間と、その背後にある大きな国家による不確定な未来との対比を、いっそう引き立たせているようにみえる。

当時反戦の声をあげるのが難しかったことを考えると、協力活動に参加したことと戦争への賛同はかならずしも結び付けられない。もちろん協力活動にかかわらず沈黙を守ることも一つの選択として全く不可能ではなかっただろう。そうしなかった楊雲萍は、体制に身を置き、協力する姿勢を見せながら、台湾の知識人としてギリギリできることをしたように見受けられる。一方、楊雲萍は日本統治を現実として受け入れながら、日本統治の失策を批判したのと同じように、戦争という現実を受け入れて、戦争がもたらした影響を批判した。その批判はたいへん婉曲に表現されており、特に戦争を直接に描いた詩は、深く掘り起こさないと異なる解釈になるほど隠微なものではあるが、時勢に逆らわずに生きようとした楊雲萍にとって、それがなしうる最大限のことだったのではないか。

このように、四〇年代における楊雲萍の活動とその創作にはギャップがあった。戦争協力活動への参加を辞さなかったが、詩作では戦争の影に怯えながら懸命に生きる人間の日常生活の哀楽を描いた。そのギャップは、戦時下の植民地で時勢に順応しながらも、自分を保とうとした楊雲萍の切実な葛藤によるものではないだろうか。その気持ちは、おそらく一九三九年に書かれた「ある朝」の最後に、楊雲萍が詠った以下の詩句につきるだろう。

何故だか、涙が出て来て仕方がない、
仕方がない、
仕方がない。

注

(1) 楊雲萍に関する研究は、修士論文に林春蘭「楊雲萍的文化活動及其精神歴程」国立成功大学、一九九四年（のち台湾市立図書館より出版、二〇〇二年）、陳翠安「模索『台湾文化』：楊雲萍的文学、民俗学与歴史学（一九二〇─一九七〇）」国立交通大学、二〇一三年がある。しかし二編とも楊雲萍の生涯の活動が研究のテーマであり、詩作に関する論述は少ない。林瑞明の「山河初探──楊雲萍論之二」『台湾文芸』八十八期、一九八四年と「楊雲萍的文学与歴史」『文学台湾』四十五号、文学台湾基金会、二〇〇三年（のち『楊雲萍全集1文学之部（一）』国立台湾文学館、二〇一一年に再録）は楊雲萍の詩作を紹介、分析する重要な論文といえる。日本語では、河原功「王白淵と楊雲萍──二人の抵抗詩人」『日本統治期台湾文学集成・台湾詩集』緑蔭書房、二〇〇三年の紹介と、唐顥芸「日本統治期台湾における楊雲萍の詩──白話詩と日本語詩集『山河』を中心に──」『日本台湾学会報』第九号、二〇〇七年がある。

(2) 櫻本富雄『日本文学報国会　大東亜戦争下の文学者たち』、青木書店、一九九五年、一四一～一四八頁。

(3) 「大東亜文学者大会略日記」『文芸台湾』第五巻第三号、一九四二年十二月、二十六～二十七頁。

(4) 『文芸台湾』第六巻第五号、一九四三年九月一日。

(5) 『文芸台湾』第六巻第五号、一九四三年九月一日。

(6) 「結成の言葉」『文芸台湾』第二巻第二号附録「台湾文芸家協会準備号」、一九四一年五月二十日。

(7) 『文芸台湾』第二巻第二号附録「台湾文芸家協会準備号」、一九四一年五月二十日。

(8) 『文芸台湾』第三巻第二号、一九四一年十一月廿日。

(9) 『文学報国』第一号、一九四三年八月二十日、三頁。句読点は筆者が付け加えた箇所がある。

(10) 楊雲萍「文学奉公会その他」『楊雲萍全集2・文学之部（二）』国立台湾文学館、二〇一一年。初出は『興南新聞』一九四三年五月十九日。

(11) 『文学報国』第三号、一九四三年九月十日、七頁。ちなみに、この発言は楊雲萍が整理し、大東亜文学者大会の参加報告として、「二つの提案」というタイトルで『台湾日日新報』（一九四三年九月四日）にも掲載された。用語の違いは少しあったが、内容はほぼ同じだといえる。

(12) 『文学報国』第三号、一九四三年九月十日、七頁。

(13)『文学報国』第三号、一九四三年九月十日、七頁。
(14)『文学報国』第三号、一九四三年九月十日、七頁。
(15)「台湾今後の文化運動」『台湾日日新報』一九四三年九月四日。
(16)「大東亜文学者大会に出席して」『楊雲萍全集2・文学之部(二)』国立台湾文学館、二〇一一年、三四二～三四三頁。初出は『台湾公論』第八巻第十一号、一九四三年十一月一日。
(17)「台湾決戦文学会議　議事記録」『文芸台湾』終刊号、一九四四年一月一日。
(18)「台湾決戦文学会議　議事記録」『文芸台湾』終刊号、一九四四年一月一日。
(19)「あとがき」『文芸台湾』創刊号、一九四〇年一月一日。
(20)台湾総督府情報課編『決戦台湾小説集』の序、台湾出版文化株式会社、一九四四年十二月、三頁。河原功監修『決戦台湾小説集乾之巻／坤之巻　日本植民地文学精選集15』ゆまに書房、二〇〇〇年九月の復刻版による。
(21)中島利郎「日本統治期台湾文学(三)――「台湾決戦文学会議」から『決戦台湾小説集』の刊行へ」『日本統治期台湾文学研究序説』緑蔭書房、二〇〇四年三月。
(22)中島利郎「日本統治期台湾文学(三)――「台湾決戦文学会議」から『決戦台湾小説集』の刊行へ」『日本統治期台湾文学研究序説』緑蔭書房、二〇〇四年三月、二一一頁。
(23)台湾総督府情報課編『決戦台湾小説集』の序、台湾出版文化株式会社、一九四四年十二月、三頁。河原功監修『決戦台湾小説集乾之巻／坤之巻　日本植民地文学精選集15』ゆまに書房、二〇〇〇年九月の復刻版による。
(24)台湾総督府情報課編『決戦台湾小説集』「作家派遣地一覧表」、台湾出版文化株式会社、一九四四年十二月、六頁。河原功監修『決戦台湾小説集乾之巻／坤之巻　日本植民地文学精選集15』ゆまに書房、二〇〇〇年九月の復刻版による。
(25)『決戦台湾小説集』と『台湾文芸』第一巻第五号(一九四四年十一月)掲載時は「開」になっていたが、『山河新集』では「改」に直された。
(26)『山河』は八百冊ほど出版されたが、戦火によって殆ど散逸したといわれている。二〇〇三年に河原功編の『日本統治期台湾文学集成・台湾詩集』(緑蔭書房)が出版されたことにより、ようやく『山河』の全貌が比較的容易にみられるようになった。
(27)立石鉄臣(一九〇五―一九八〇)は台北市生まれの画家、版画家、美術評論家、随筆家である。六歳で日本に戻ったが、一九三九年から一九四八年まで台湾で暮らしていた。西川満が主宰した『文芸台湾』に版画などを掲載し、池田敏夫、金関丈夫らと『民俗台湾』を刊行し、編集、装丁、版画挿絵などを担当した（中島利郎編『日本統治期台湾文学小事典』緑蔭書房、二〇〇五年を参照した）。楊雲萍は『民俗台湾』に参加していたので、立石鉄臣と親交があったと考えられる。

(28) 林瑞明「山河初探――楊雲萍論之二」『台湾文芸』八十八期、一九八四年五月、一九八頁。

(29)「開山神社」の詳しい分析については、河原功「王白淵と楊雲萍――二人の抵抗詩人」『日本統治期台湾文学集成・台湾詩集』緑蔭書房、二〇〇三年、唐顥芸「日本統治期台湾における楊雲萍の詩――白話詩と日本語詩集『山河』を中心に――」『日本台湾学会報』第九号、二〇〇七年を参照。

(30) 楊雲萍「未消痩的詩魂」『文訊月刊』七、八号、一九八四年二月。

(31) 楊雲萍「未消痩的詩魂」『文訊月刊』七、八号、一九八四年二月、一六四頁。なお原文は中国語、日本語訳は筆者による。以下同様。

(32)『楊雲萍全集1・文学之部（一）』国立台湾文学館、二〇一一年。ちなみに、本論文では手書き原稿をテクストとして用いた。

(33) 楊雲萍「未消痩的詩魂」『文訊月刊』七、八号、一九八四年二月、一六五、一六六頁。

第３部　漂泊する作家と作品

第8章　浮雲を看て世事を知るに慣る

一九四九年前後の銭鍾書

季　進
（杉村安幾子訳）

一　劫難を度し尽くす

一九四一年夏、銭鍾書は湖南省藍田から上海の家族の許に戻った。しかし、真珠湾攻撃に端を発する太平洋戦争の開始によって上海が陥落し孤島となったことで、銭鍾書は上海で苦しい他郷生活を送ることになる。まさに『談藝録』の序文に「私は親を抱え親族を連れ、兵火の間隙に徒に生き長らえ、危うげな燕の巣やはかなくも槐に群がる蟻のようである。まさに天が落下するかと思うのに、いずこにも避ける地など無く、せめて門を出て西を向いて笑おうとしても無理であった」とあるように、その沈鬱悲憤の思いは言葉に溢れている。こうした感情は、銭鍾書の厳粛荘厳な詩作の内に活き活きと表れている。「故国 誰と同《とも》にか劫灰を話《かた》らん、生を坏戸に偸み 驚雷を待つ。壮図 虚しく語りて 黄龍 搗《うすづ》かる、悪識 真に看て 白雁来たる。骨は踏街を尽くし 地に随って痛く、涙は漲海を傾け 天に接して哀し。時を傷《いた》むこと 例として春を傷《いた》むの慣らひに託するも、懐抱 明年 倘《ある》いは好く開かん。〔大意：火に焼き尽くされた故郷について、ともに語り合う相手もいない。家に閉じ籠って春雷の訪れを待つのみ。虚しく壮大な企みを語っているうちに国は痛めつけられ、悪い予言の的中を見ているうちに秋も深まった。かつて人通りの絶えなかった街を埋め尽くす骨、どこもかしこも痛ましい光景ばかり。大海に漲る水を注ぎ尽くすほど流された涙、天の涯まで哀しみが満ちる。時局への憂いは、春の哀しみに託すのが通例ではあるが、来春はひょっとしたら、のびやかな思いをすることが出来るだろうか〕」（『故国』）個人的な憂いや苦悶の背後にあるのは、強烈な憂国の情と時代経験である。その頃、銭鍾書達は傅雷一家の近所に住んでおり、夕食後はよく散歩で傅雷の家へ行き、語り合っていた。「私達はまだ若く、希望と自信に溢れ、ただひたすら夜明け前の暗黒に耐え、雲が去り日が出るのを待ち望んでいた。私達は他の友人達と傅雷の家の飾り気のない奥ゆかしい客間で、各々自分の意見を述べ合ったものだ。あたかも窓を開け、空気を通し、日常生活の中の沈みがちな気分や苦悩を払っているかのようであった」[1]。こうした重苦しく苦難に満ちた状況で、銭鍾書は家に籠り、ひたすら読書と執筆に時間を費やした。一九四一年末には銭鍾書の散文集『写在人生辺上』が上海開明書店から出版され、一九四二年には『談藝録』の初稿が完成、『霊感』や『猫』等の短篇小説の創作を始め、一九四四年からは『囲城』の執筆を開始した。銭鍾書の創作・学術面での豊富な実績は、まさに彼の「詩はもって怨むべし」[2][1]という有名な命題を実証していたのである。

一九四五年、抗日戦争に勝利し、国を挙げて喜びに沸いた。中華民族は再び自分達に属する土地を迎え入れ、銭鍾書も「夜明け前の暗黒に耐え」、ついに雲が去り、日が出、心楽しく充実した人生の一時期を迎える。銭鍾書は震旦女子文理学院の非常勤講師を辞し、南京国立中央図書館の英文編集長に就任、中央図書館の英文刊行物

“Philobiblon（『書林季刊』）”を主編した。一日のうちに上海と南京を往復するということがしょっちゅうあったが、楽しくて疲れを感じなかった。当時、蔣復璁が中央図書館館長、鄭振鐸が中文編集長であり、どちらも銭鍾書のよく知る師とも呼ぶべき友人であったが、誰もが艱難辛苦を嘗め、ひとかどの事業をしたいと考えていた。惜しむべきことに『書林季刊』は長期には堪え得ず、一九四六年六月の創刊から一九四八年九月の停刊まで、わずか七期を出版したのみだった。銭鍾書は『書林季刊』に何篇もの英文書評や随筆を発表した。これらの書評は、R・P・アンリ・ベルナールのフランス語著作『マテオ・リッチと明代社会』、ケネス・スコット・ラトゥーレット『中国の歴史と文化』、クララ・M・キャンドリン・ヤング編訳『陸游の剣：中国愛国詩人』を評論したものであり、典型的な銭鍾書の風格が表れており、博引傍証で自由奔放、人々の注目を集めた。一九四八年三月、銭鍾書は中央図書館員の身分で、教育部の文化訪問団に随行して台湾を訪問し（同行者には蔣復璁、向達、屈万里、王季遷らがいた）、『中国詩と中国画』と題した講演を行なった。銭鍾書は『書林季刊』の主編を担当した以外に、英国文化委員会（ブリティッシュ・カウンシル）の顧問や上海曁南大学外文系教授も兼任していた。当時、曁南大学は丁度福建から上海に移転して戻って来たばかりであり、教務長は銭鍾書の昔の同級生である鄒文海、文学院院長は劉大杰であった。銭鍾書と彼らの関係は良く、銭鍾書は前後して三年間、一九四九年に曁南大学が廃校になるまで教壇に立った。銭鍾書は風雅で洗練されており、ユーモアに富み、担当していた「欧米名著選読」や「文学批評」などの課程は、学生達をひどく感服させるものだった。(3)

二　声誉日に隆なり

それと同時に、銭鍾書の文学創作と学術研究も高潮期に入っていた。『新語』、『大公報』、『観察』などの新聞や雑誌に「小説識小」、「中国の詩を談ず」、「〝帰宅〟について」等の随筆や書評を除き、相前後して短編小説集『人獣鬼』（開明書店、一九四六年五月初版）、長編小説『囲城』（晨光出版公司、一九四七年五月初版。一九四六年から四七年まで『文芸復興』月刊に連載されていた）、学術著作『談藝録』（上海開明書店、一九四八年六月初版）を出版した。『囲城』と『写在人生辺上』、『人獣鬼』は同じ流れを汲んでおり、主眼はどれも人の生存の境遇にあった。銭鍾書は『易経・大荘』に論及した際、「火難が左にあり、寇難が右にあっても、張り巡らした網は前後二面が開いている。これは、周囲を覆われ圧迫され、心のうちは孤立無援の切羽詰った状態なのである。これは近世西欧の言葉にある〝出路なき境界〟（**Ausweglosigkeit**）の表象となすに足り、また趙壹が〝追い詰められた鳥〟という比喩で慨嘆した境遇でもある[4]」と指摘した。『囲城』の主人公方鴻漸は各地を放浪転々し、社会・事業・家庭の様々な圧迫を体験して尚も自身の生きていくべき道も落ち着き先も見付けることができず、人生において「入りようのない入り口、行きようもない行き先」という窮地に陥ってしまう。事が起きる度に、打ち捨てられる苦さを味わうほかなく、たとえこの身が人の世にあっても、それとて「群衆の中の孤独」であるし、「頭寄せ合って暮らしてもやはり寂しい一人暮らしのようなもの、同行者がいても独りで道を進む心境が一層強くなる。各人ただ身が茫漠たる荒野にあるようなもの[5]（**the lonely crowd, each his own wilderness**）」であった。「鴻漸」という名と「囲城」というタイトルは相呼応しており、人生のいかんともし難い、悲しみ哀れむべきイメージを作り上げている。こうした「出路なき境界」と「人の生世放擲に遭うが若し」の人生の境涯は、『囲城』に独特の哲学的な深みを与えた。もし「詩情樹を繞りて鵲安らかなり難き[2]」『囲城』が銭鍾書の文学創作の最高峰であるなら、「書癖窗を鑽じて蜂未だ出でざる[3]」『談藝録』は、銭鍾書の一九四〇年代の学術研究における最高峰であり、銭鍾書の「文人」と「学者」の二つの面が相互に補完し、到達し得る最高の可能性を互いに促進し合っていたことを示していよう。『談藝録』は一九四八年六月、上海開明書店から初版が出たが、翌一九四九年七月に再版となった時には、上海は既に解放されて二ヶ月であった。本書は伝統的な文学評論と詩話の伝統を踏襲し、「肌を擘《さ》き理を分かち[4]」、「心を取り骨を析[5]」き、「莫逆の冥契[6]」の詩の意義や詩情を浮き彫りにした。この「莫逆の冥契」の詩の意義・詩情は、中国の伝統的詩文のみに存在するものではなく、詩文と俗語・民謡・諺・演芸などの中にも存在し、更には中国と西欧の詩文の間にも存在している。所謂「東洋も西洋も、その心のありようは同じであるし、南学と北学も、学問・学術は完全に別物などということもない[6]」のである。『談藝録』は伝統的詩話を継承すると同時に、西欧文化のコンテクストの諸家の説を引用して述べ、現代の西欧学術の方法と理論を融合し、結果、中国の伝統的詩話の新境地を切り拓き、また銭鍾書の声望も高峰にのぼりつめることとなった。

　誰もが争って銭鍾書について語ったとは言えないが、『囲城』と『談藝録』は一時期、確実にベストセラーとなり、大いに賞賛された。『囲城』は十二年のうちに三版を重ねている。呉宓は『囲城』を読んだ後、『日記』に所感を記した。「銭鍾書の小説『囲城』を読む。敬服の至り。この自分に、一つの真の成果もないことを恨む。『新旧因縁』はまだ着手していないし、才能について言えば、私が銭君に及ぶはずもなく、どうして『囲城』のような立派な成果を得られようか[7]」。趙景深も回想文で次のように述べる。「『囲城』は既に我が家の“favorite”になっている。私の息子、妻方の甥や姪、兄嫁と私で奪い合うかのように争って読み、灼熱のひと夏を送ったものだ[8]」。唐湜は後に銭鍾書を当時の文学批評の進むべき方向であると見なし、次のような認識を示した。「劉西渭先生の軽やかな風格、胡風先生の雄壮なる気迫、銭鍾書先生の教養」、これらはそれぞれ独特の輝きを放っており、「それぞれの間に融合的な交流が進むことを期待したい[9]」。また銭鍾書をより一層よく知る儲安平は、過分とも言える賞賛の言葉を惜しまず呈している。「銭鍾書先生は、様々な条件を総合すれば、中国で最も優れた文学研究者であろう。彼の造詣の広く深いことは、同輩達の賞賛の的である。彼の文章には際立った文才が見られ、独自の風格がある[10]」。若き銭鍾書がこのように真正面から押し寄せた賞賛の嵐に直面した時、いかなる心境であったのかを我々は推し量ることは出来ないが、銭鍾書の自信と狷介、自らの才能を恃んで他を下に見る個性からすれば、必ずしもありがたく承るなどということはあり得まい。銭鍾書は次のように述べている。「文人は独りで苦しみつつ学問をする寂しさに耐え難く、同じような考えを持って応じてくれる者のいることを喜び、相手の資質を高く評価し、その結果友人を得る。才能がほどほどであったり、あまりなかったりする者は、或いは友人によって、ついでのように有名になることもあっただろう。唐の白居易は元稹を重視したが、まさにそれによって自らの価値が高まったのである」[11]。銭鍾書にとっては、自身の知識や学問では「学問面で心の通い合う友人」など到底探し得ず、そのため彼は独りで学問に向き合うことについて、「独りで我が道を進み、他人の非難など気に留めないことです。独りで年を取ることを楽しみ、同じ嗜好を持った人がいることを期待しないことです」[12]と述べた。表面的には、銭鍾書は真に傲慢であったと言えるだろう。書評において外国人批評子に辛辣な皮肉を浴びせたことはさておくにしても、『石語』において、陳衍が厳復、林紓、冒鶴亭、章太炎、梁啓超、黄季剛ら近代以来の名家大家について自説を展開し、勝手気儘に品定めを行なった際には、青年銭鍾書もその尻馬に乗って一層煽り立て、更には陳衍老先生の観点に対して疑義を呈するに至るなど、その至極傲慢な一面を示している。或いは、この「傲慢」の背後には、常に公正であらねばという学術的勇気があったのかもしれず、また銭鍾書が後に述べた「道理を追究することは、他人の過ちを正すこともあるが、非難されても気に留めることはなく、過ちを正すのに憚ることがあってはならない。真理を追究するには勇気が、文章には徳があるべきなのだ」[13]ということであったのかもしれない。

いずれにしても、一九四五年から一九四九年の銭鍾書は、生活は安定し、声望は増し、心情は愉快という状況であった。「元々、友人との交遊は少ないのだが、交際やまとめ役からは今尚逃れられない」（「槐聚詩存序」）とは言いつつも、李抜可、徐森玉、葉景葵、周煦良、劉仏年、鄭振鐸、顧廷龍らとの交遊は広く、様々な会合に頻繁に出入りしていた。銭鍾書の日記はしばらくは閲覧不可能であるが、『鄭振鐸日記』、『天風閣学詞日記』（夏承燾）、『葉聖陶日記』等の文献から大よそを見て取ることが出来る。例えば『鄭振鐸日記』からは、一九四七年に銭鍾書と十数回も会っていること、更に一九四八年には上半期だけでも十数回あっていることがわかる。元旦の記述には次のようにある。「午後、黙存［銭鍾書の字］が『書林季刊』を十冊送ってくれた。中には私の「黄鳥篇」の英訳が載っている。読み返してみたら、ひどく不十分な出来であった。……五時頃、会賓楼の夕食会へ行く。慰堂［蔣復璁］の招待である。出席者は森老［徐森玉］、伯祥［王伯祥］、黙存、起潜［顧廷龍］、周連寛、伯郊［徐伯郊］、辛笛［王辛笛］、及び南京からの二名で、歓談はすこぶる愉快であった。八時半に散会、すぐに帰宅した」。また、二月二十五日の日記には次のようにある。「五時頃、威東夫妻が新年の挨拶に来たので、引き留めて夕食を共にした。黙存、靳以［章靳以］、嗣群［康嗣群］、西禾［陳西禾］、ヒードリー、蕭乾、マクリアリーも来る。談笑すこぶる愉快。風邪を引いていたことも忘れ、酒をしこたま飲んだ。十時近くに客が帰り始めたので寝た」。三月十四日の日記は「十一時頃、黙存が来た。慰堂、覚明［向達］、傅［傅雷］、屈［屈万里］、顧、蘇、玄伯［李宗侗］、森老らも次々と来たので昼食にし、白酒を飲んだ。三時頃解散[14]」とある。一九四九年春、銭鍾書は少なからぬ報酬を手にしたため、一家で杭州に遊びに行った。学生であった周節之の随行とガイドがあったため、四日間で杭州の主だった観光地はほとんど全て見て廻ることができた。山紫水明の風光美によって、銭鍾書はリラックスした気分を味わい、「銭大先生が一九四九年三月二十七日から三十一日まで杭州に遊んだことを記す」という滑稽の詩を書いたほどであった。

三　人生の選択

しかしながら、一九四九年の銭鍾書は早くも人生の重大な選択を迫られていた。抗日戦争勝利後、政局は混乱していた。今まで棚上げにされていた事業が一斉に始まったが、折悪しくすぐさま国共内戦が勃発し、情勢は再び不安定なものとなった。一九四八年から翌四九年にかけて、遼沈、淮海、平津における戦争の発展に伴い、共産党は勝利を確実にした。知識分子も大陸に残留するか、台湾へ渡るかの選択を迫られ、自分が直面するであろう運命を気にかけていた。彼ら知識分子は抗日戦争を経て、物質生活の困窮を早々に嘗めていたが、より関心を寄せていたのはイデオロギー下の思想及び学術の自由であり、一時期人心は動揺していた。一九四八年冬、陳寅恪は戦火の中、北京を離れ南京、上海へと向かい、最終的に広州にしばらく身を寄せた。呉宓は「幸不幸がいかなろうとも、外国へは行くまいと決めた」[15]。傅雷はまず昆明へ行き、それから香港へ、一九四九年末には又上海へ戻って来た。鄭振鐸、李健吾、儲安平らは、興奮して新政権の樹立を期待していた。これら友人達の選択は、多少なりとも銭鍾書に影響を及ぼしていた。朱家驊は当時、ユネスコの第一回総会の代表団長を務めており、銭鍾書にユネスコで仕事をしてほしいと望んだ。時の教育部長杭立武は銭鍾書を台湾大学に招いており、荷物や書籍の運搬用に専用の車両を約束した。オックスフォード大学の漢学者K・G・スポールディングは一九四九年三月、書信を寄せイギリスでの就職を勧めた。清華大学時代の同級生呉晗（妻袁震も楊絳の親友である）は学術と政治に跨って活躍する人物だったが、銭鍾書が母校清華大学に戻って教鞭を執ることを熱心に勧めた。銭鍾書夫妻はソ連の鉄のカーテンを描いたイギリスの小説を多く読んでおり、ジョージ・オーウェルの『動物農場』や『一九八四』が描いた人類の暗い未来について全く無知である訳ではなかったが、彼らはやはり心の内で中国共産党とソ連の共産党がいくらかは異なるのを期待していたのである。結果、銭鍾書は様々な誘いを断って大陸に残り、そこから全く異なる運命が始まった。オックスフォード大学の同級生スチュアートに宛てた銭鍾書の手紙には "Still, one's lot is with one's own people.（人の境遇は、結局は祖国の人民と結び付いているものだ）"[16]とあった。後に楊絳は自分達の選択についてこう語った。

私達がもし祖国から逃げ出そうとしたら、進むべき道がなかった訳ではない。しかし一人の人間が重要な局面において、自身が何を捨て何を取るかを決めたことには、最も基本的な感情が表れるものなのかもしれない。私達はこれまで愛国を謳ってはこなかった。謳わないだけでなく、聴くのも好まなかった。しかし、私達が逃げたくなかったのは、父や母の国を去りたくなかったからであり、自分の家族を置き去りに出来なかったからだ。私の国は幾重にも国辱を受けた弱国ではあるが、逃げ出して他人の顔色を窺うような二等公民になど、私達はなりたくはなかった。私達は文化人である。祖国の文化を愛し、祖国の文字、祖国の言葉を愛している。一言で言えば、私達は強固な意志を持つ中国の庶民であり、外国人になどなりたくないのだ。私達は自分達の身を楽観視することはなかったが、静かに上海に留まり、解放を待っていた。[17]

この時、銭鍾書の心境は複雑であった。先の見えない前途への不安もあったし、明るい未来への期待もあった。『談藝録』の序言ではこの書物を「賞玩および分析の書ではあるが、実の所、憂患の書でもある」とし、「深山に蔵し高閣に置き、時運が好転し、日の目を見るのを待つことにしよう」と述べた。或いは、銭鍾書の選択の背後には、まさに新政権・新中国に対して「時運が好転する」ことへの秘かな期待が心の奥底にあったのではないだろうか。

この年、銭鍾書は三十九歳であった。

一九四九年八月末、銭鍾書は一家揃って北京へ移り、清華大学に職を得た。数か月前、銭鍾書は新居に「且住楼」[7]と名付けようとしたのだが、一年も経たずに、十年近くも暮らした上海を本当に離れることになろうとは予想もしていなかったことであった。銭鍾書一家は清華大学の裏手にあった新大院七号に入居し、潘光旦、梁思成、林徽音、林超らと隣人になった。当時の北京は、「王侯の第宅は皆な新主にして、文武の衣冠は昔時に異なる（大意：かつての王侯の邸宅は今みな新しい主人のものとなり、文武の高官達もすっかり昔とは違っている）」（杜甫「秋興八首」）といった状況であり、銭鍾書は新中国の希望を目にしたように感じていた。しかし、その後次々と押し寄せた様々な政治キャンペーンは、銭鍾書に早くも自身は「旧社会からやって来た知識分子[18]」であることを意識させた。それまで絶頂且つ影響のあった銭鍾書の声望は、そこでがくんと途切れ、銭鍾書夫婦が直面したのは、学術思想でも心理面でも全面的に適応すべき新しい社会イデオロギーであった。当時、清華大学の校務委員会主任は葉企孫、文学院長は呉晗、外文系主任は一九四九年五月に着任したばかりの趙詔熊であった。銭鍾書は「大学二年英語」、「西洋文学史」、「経典文学の哲学」等の講義を担当した。清華の学生はロシア語を英語の代わりに第一外国語とすることを集団で要求し、趙詔熊は持て余した結果、早々に系主任の職を辞した。後任の盛澄華はかなり進歩的であり、熱心にマルクス主義的文学解釈を提唱し、さっさと英米の原著教材や清華が独自に編んだ教材の使用を取りやめ、ソ連が編集印刷した『英文簡明読本』を使用することにし、文学課程も大幅に縮減された。それに対し、銭鍾書はどうすべきかわからなかった。幸いにもしばらくして、徐永煐を責任者とする毛沢東選集翻訳委員会に異動となった。銭鍾書のこの異動にお祝いを言った者がいたが、銭鍾書は楊絳にこう述べたという。「彼は私が〝南書房行走[8]〟になるのだと勘違いしたようだね。でも、これはやりやすい仕事などではない。功労は求められず、ただ過ちがないことを求められるのだから」。一九五二年、全国大学学部学科整理統合が行われた。工業や建設面の人材及び教師の育成に重点が置かれ、専門の単科大学や専科学校を発展させ、総合大学の立て直しが図られることになった。文系の学生は元々の総数三十三・一%から十四・九%まで減少した。この学部学科整理統合によって、銭鍾書と楊絳は揃って文学研究所外文組の研究員に配置換えとなった。文学研究所はまず北京大学に属した後、一九五三年二月、正式に設立した。設立大会は鄭振鐸によって主宰され、周揚、茅盾、曾昭掄がそれぞれ関係部門を代表して祝辞を述べた。設立初期、文学研究所には銭鍾書、楊絳、余冠中、羅念生、繆朗山、賈芝ら少数の研究員しかいなかった。ほぼ時期を同じくする一九五四年末、毛沢東選集翻訳委員会の仕事も一区切りがついた。銭鍾書は再び文学研究所の仕事へと戻って行った。

一九四九年以後、文芸界の政治キャンペーンは絶えることがなく、一九五一年の映画『武訓伝』批判、一九五四年の兪平伯『紅楼夢』研究批判、翌五五年の胡風文芸思想批判といった具合に、回を重ねるごとに厳しくなっていった。銭鍾書を真に刺激したのは、一九五一年冬の三反運動である。これは旧知識分子への初めての思想改造キャンペーンであった。人がズボンを脱ぎ、尻尾を断ち切る[9]。これを俗に「風呂に入る」と言った。楊絳は後に『風呂』でそのありようを活き活きと描写している。銭鍾書はわざわざ毛沢東選集翻訳委員会から休暇を取り、清華大学でのキャンペーン活動に参加した。その活動での最後に、清華の教員達と列を作って並び、ある共産党の代表が彼ら一人一人と握手をし「党はあなたを信頼していますよ」と告げる。それで風呂に入ってきれいさっぱり、という訳であった。この「魂に触れる」キャンペーンの後、周囲の人々は「まるで電気の通ったロボットのようにボタン一つで一斉に動き、個人ではなくなってしまった。皆変わってしまったのだ」[19]。かなりの数の知識分子が、政治的情熱が高揚したあまり、しきりに自分の個人的思想や他人の状況を上部に報告し、それによって党へすり寄り始めた。こうした強大な思想運動によって、「知識分子達は皆キャンペーンの渦の中でもがき、浮いたり沈んだりし、反右派闘争に到って完全に沈没してしまったのである」[20]。北平が平和裡に解放された前夜、南京政府は専用機を三度派遣し、著名な歴史学の大家陳垣を台湾へ迎えようとしたが、陳垣は固辞したということがあった。一九五八年、その陳垣が七十八歳という高齢で共産党への入党申請をしたことは、学術界でセンセーションを巻き起こした[21]。傅雷や沈従文らは私的な書信において、心から毛沢東を崇め敬い、新政権を称揚し、何度も自ら懺悔したり卑下したりしている。知識分子の独立した人格は、ほとんど失われてしまったと言って良い。銭鍾書は自身の個性と自由思想的な立場から、自らの文化信仰を捨てるまいとし、更には政治には関わるまいとした。一九四九年以前には、いかなる政治活動にも参加したことがなかったし、当時としても当然のように主流に歩調を合わせるなどできなかったが、政治の方では逆に銭鍾書を捕まえてしまった。銭鍾書の思想的反動及び政治的歴史的複雑性をでっち上げた文書が、文学研究所の指導者達に一部届けられた。更には北京大学の反動教授の典型にすらされ、『北京大学典型調査資料』中に名を入れられた挙句、党中央に通知されてしまったのである。一九五六年一月、中共中央は全国知識分子問題会議を開催し、その調査資料を「会議参考資料」として印刷し、出席者に配布したのであった。

四　噤《つぐ》むこと寒蝉の若し

一九四九年以前、銭鍾書は創作と学術を並行して発展させ続けていたが、一九四九年以後の彼は「創作の才能はまだあるとの自負を抱き」つつも、「今後は口を〝噤む〟だけでなく、話そうという気も起こさないようにした[22]」。一九五〇年、彼は「叔子に答ふ」[10]という詩において、次のように書き表した。「同調 同時 勝流に託し、全く英気を韜《かく》して清愁を祓ふ。座中色を変ずれば虎を談ずるを休めよ、衆裏名を呼ばるればしばらく牛と応《こた》へよ。浮雲を看て世事を知るに慣れ、今雨に従って交遊を数《しばしば》するに懶《ものう》し。宋王の位業 言 猶ほ在り、贏《か》ち得たり 華年 尚ほ黒頭たるを。〔大意：見解や考えを時代の主流に合わせ、完全に個性や才気を隠せば愁いを招くこともない。一座の人達が顔色を変えたら、勇ましいことを言うな。衆人の中で名を呼ばれたら、とりあえず鈍牛と答えよ。世の流動変化や浮世を知り尽くしてしまったので、新たな友人と交遊を重ねることなど煩わしい。清代の宋犖と王士禎について語り合った言葉の中で、私銭鍾書と君冒景璠に残ったのは若さと変わらぬ黒髪ばかりである〕」この頃の銭鍾書は、既に友人との交際にも熱心でなくなっており、ただ現実の政治から遠く離れていることのみを望み、まだ若年であるのを幸いとし、読書に没頭した。当時の清華大学所蔵の西洋語の図書を、銭鍾書はほとんど読みつくしたという。黄裳が清華に銭鍾書を訪問した際、銭家の長テーブルの上を目にし、次のように記した。「そこには外国語の本と藍布で装丁された線装本が二列に積み重ねられていた。全て清華の図書館から借りて来たものらしい。彼ら夫婦は長テーブルの両端に向き合って座り、静かに読書をしていた」[23]。まさにこの時、銭鍾書は『容安館札記』の執筆を開始していた。一九五二年秋、銭鍾書夫妻は新居に引っ越した際、「帰去来辞」の中から「南窓に倚りて以て寄傲し、膝を容るるの安んじ易きを審らかにす〔大意：南の窓にもたれてくつろぐと、狭くとも身が落ち着ける我が家であることをしみじみ感じさせられる〕」の句を借り、新居に「容安室」と名付け、それ以降の読書記録に「容安館日札」と名付けた。銭鍾書は当時、『談藝録』という書名について次のように説明している。「昔の人が文を論じ詩を説いた作は、多く優美な書斎名を冠し、その著述が所を得ているのを表している。鑑賞と楽しみ、二つの美がうまく並存しているのだ。私は身を以て動乱に遭い、賦与の運命はよろしくない。……錐を立てるほどの場所、頭を覆うだけの茅さえ、全て私の物ではない。識者は我が言外に庾信の「哀江南の賦」の意がこめられており、自らが太平の御代の美人を気取るのではないのがお分かりのはずである」[24]。そこで読書記録をつける時に、書斎の名を冠したということだが、災禍からはまだ逃れ得ておらず、物事の本質を見抜く人であれば、やはり銭鍾書の言外の哀しみを感じ取れることだろう。

一九五五年、鄭振鐸は銭鍾書を古典文学組に仮配置し、一人で『宋詩選注』の選集編纂を始めさせた。「晨に書き暝《よる》に写し細かく評論す、詩律厳なるを傷《そこな》へば敢えて恩を市《う》らんや。碧海に鯨を掣し此の手を閑《かん》にし、祇《ただ》疏鑿をして清渾を別《わか》たしむるのみ。（大意：朝も夜も執筆し、細かく詩文を評論する。厳密には詩とはいえない作品は切り捨て、詩人に恩を売ったりはしなかった。宋詩という大海の中で優れた作品を抜き取り終えた今、暇な時間を楽しんでいる。私がしたのは、ただ詩の良し悪しを識別しただけのことなのだが）」（「鄂に赴く道中」）銭鍾書が全精力を学術研究に傾けたことは、彼が時勢に順応しようとしたことの表れでもあり、最終的に彼の大成をも可能にした。当然のことながら、銭鍾書の学術研究においては、ところどころで小説家的な手法を見て取れ、小説家の視点で典籍を解説していたりするのだが、これはひょっとしたら銭鍾書が創作への情熱をわずかに甦らせようとしたということではないだろうか。『宋詩選注』が独自に表明した「六不選」原則は、具体的な鑑賞と詳しい解説で全ての詩人に新たな評価を与えるというものだが、『選注』には経伝にその名を見出せない「新人」が少なからずおり、これは「英雄は在野におり、優れた人物は外観など問題にせずに実質を見るべきである」[11]という銭鍾書の姿勢を感じさせるものである。銭鍾書の「選択」と「注釈」は、常にテキストの精読と類似の例を集めた詳細な解釈に基づいており、宋詩の発達史における詩人独自の地位を定め、或いは詩歌の創作における、ある種普遍的な手法を提示検証したのである。こうした「選択」と「注釈」は、伝統的な選択のあり方や箋注のモデルを突破しており、選択のあり方の一種新しい境地を創始したのであった。銭鍾書は『宋詩選注』が「一滴の水を味わい大海の味を知る」程度まで選ぶことができれば良いと願い、選択が不適当であるあまり、まるで一かけらの煉瓦の上から万里の長城の形勢を窺うようなことを読者に要求しているのではないかと気に懸けていた。事実は、こうした「選択」と「注釈」が具体的な詩人の詩作の詳細な分析及び奥深さの析出を宋代の詩人の再評価と結合させ、並行して宋詩の発展史を高みから見渡すことで循環的に詳しい解釈を施していることを証明している。それによって、我々のマクロ的な理解と宋詩の発展史に、確実に全く新しい観点と起点を提供したのである。

出版後、『宋詩選注』は丁度「白旗を抜く」運動〔ブルジョワ分子摘発運動〕の典型となってしまった。『文学研究』、『読書』、『光明日報』等の新聞や雑誌が批判的な文章を多く掲載し、罪を償わせようとした。ただ夏承燾の「いかに『宋詩選注』を評価するか」だけが、この著作に全面的な肯定評価を与え、「得難き良書である」と見なした。実の所、仮に「得難き良書」であったとしても、この著作も特定の時代的烙印からは逃れ得ず、銭鍾書の当時の学術面における心理状態を如実に示していた。一方では、中国の士大夫層の世慣れた気質と特殊な社会イデオロギーの雰囲気によって、銭鍾書は「世の情勢を理解し、決まりを守り」、「潮流」に順応し、社会と一致協調していこうとしたが、もう一方では銭鍾書の鋭い思想や才気、伝統的な品格の高潔さによって、彼は「自ら賢いと自惚れ、いくらか新機軸を打ち出すという欲望に勝てなかった」のである。それゆえ三十年後、銭鍾書は『宋詩選注』を「古代のぼんやりとした暗い鏡」であると見なし、「当時の学術界の〝正確〟な指導的思想を鮮明に反映してはおらず、また私個人の詩歌における好みも率直には表してはいない。この不明瞭でわかりにくい状態、それこそがまさにある種のこの上なくも明白な表現なのかもしれぬ」と述べた。より明確に言えば、『宋詩選注』は既に「自らが可能な限り、当時の情勢に適応しようとした当初の物的証拠[25]」となっている。

一九五七年の春は異常気象であった。『顧頡剛日記』一九五七年四月九日には、「今日も大雪。北風がすこぶる激しく、清明節を四日も過ぎて尚このようであるのは、生まれて初めてのことだ。気温も零度を下回り、こんな風に寒暖が目まぐるしく入れ替わると、さぞ病気で倒れる人も多かろう![26]」とある。また一九五七年三月二十四日、費孝通は『人民日報』で「知識分子の早春」を発表し、次のように述べた。「百家争鳴の方針ついては、まだよくわからない人も当然いるだろう。罠ではないかと疑い、思想状況を探り、次のキャンペーンの時にはしっかり対応できるようにしようと考えたりしている。……〝小賢しく保身の術に長けている〟とか〝みすみす損をしないようにする〟という考えが完全には消えていない知識分子は、主張などするまい、主張をしたら自ら面倒を引き起こしかねないと考え、それなら結果としては口など開かなくてもいいではないか、という訳だ」。「早春」という語は、多くの人の情勢に対する見方を言い表し、彼らの複雑な心境を伝えてもおり、ある側面からは、「当時の一部の知識分子が社会や政治の潮流の中で身を置いていた〝隙間〟的な位置と、彼らがコントロールし得ない自身の運命から必然的に生じる複雑な思いを明らかに示している」[27]。一九五七年十二月、銭鍾書は重病の父銭基博を見舞いに武漢へ赴き、その道中、著名な七言絶句の組詩「鄂に赴く道中」を書いている。その中の第五首には次のようにある。「車を清曠に駐め小《しばら》く徘徊す、隠隠として遥空 懣雷を碾《ひ》く。脱葉猶ほ飛び風定まらず、啼鳩忽ち噤み 雨将に来たらんとす」。遠方の空から微かに聞えて来る雷鳴、風に吹かれてあちこちに飛来する落ち葉、突然鳴き止む鳩、こうした一連の描写の意図は、間違いなく明らかに「雨将に来たらんとす」の前の焦慮や恐怖の心理状態を指している。詩中に描かれる、急に予兆を感じさせる嵐は、当然のことながら自然界の嵐を指すばかりではない。銭鍾書は、知識分子の運命が密接に関わっている政治的嵐が、もう間もなく襲来するであろうことを敏感に感じ取っていたのである。間もなく襲来せんとしていたこの政治的嵐に瀕して、幾重にも重なる嘘偽りの心をきれいに消し去らなければ、碁の棋局や揺れる蝋燭の灯りのように先の読めない世事や幻影に根本から惑わされてしまうし、向かうべき方向も見付けられず、精神の安寧も得られない。「奕棋 転燭 事 多端なり、水を飲み差《やや》知る 暖寒に等しきを。膜の如き妄心 応に褪浄すべし、夜来 夢無く 邯鄲を過ぐ」(「鄂に赴く道中」[28])とある通りである。しかし、現実の歴史的状況において、銭鍾書は政治的な、或いはその他の愚かな考えは消し去り得たかもしれないが、中国文化への執着は到底消し去り得ず、文革の災禍を経た後、ついに『管錐編』として献上された。それによって、現実の政治的暴力を超越し、中国文化と世界文化が対話する言説空間が切り拓かれたのである。

注

(1)楊絳「『傅訳伝記五種』代序」、『傅訳伝記五種』、四頁、三聯書店、一九八三年
(2)銭鍾書「詩はもって怨むべし」、『七綴集』、上海古籍出版社、一九九四年
(3)林子清「曁大における銭鍾書先生」、『文匯読書周報』一九九〇年一一月二十四日
(4)銭鍾書『管錐編』、五七四頁、中華書局、一九九四年
(5)銭鍾書『管錐編』、一〇六五頁、中華書局、一九九四年
(6)銭鍾書「談藝録序」、『談藝録(補訂本)』、中華書局、一九八四年
(7)呉宓『呉宓日記』第X巻、一九四七年十月十九日、二六三頁、北京三聯書店、一九九九年
(8)趙景深「銭鍾書楊絳夫妻」、『文壇憶旧』、一二三頁、上海書店、一九八三年
(9)唐湜「新意度集前記」、『新意度集』、三聯書店、一九九〇年
(10)儲安平「編輯後記」、『観察』第二巻第一期、一九四七年三月一日
(11)銭鍾書『談藝録』、一七一頁
(12)銭鍾書の敏澤宛書信。敏澤「銭学の基本精神と歴史的貢献を論ず」、『銭鍾書研究集刊』第一集、十八頁、上海三聯書店、一九九九年
(13)銭鍾書『管錐編』、一五〇六頁
(14)鄭振鐸『鄭振鐸日記全編』、山西古籍出版社、二〇〇六年
(15)呉学昭『呉宓与陳寅恪』、一二八頁、清華大学出版社、一九九二年
(16)呉学昭『聴楊絳談往時』、二二九頁、三聯書店、二〇〇八年
(17)楊絳『我們仨』、一二二頁、三聯書店、二〇〇三年

(18) 楊絳『我們仨』、一二二頁、三聯書店、二〇〇三年
(19) 楊絳『我們仨』、一一八頁、三聯書店、二〇〇三年
(20) 于鳳政「一九四九年後の知識分子の思想改造」、『東方早報上海書評』二〇一三年七月一日
(21) 陳徒手『故国人民有所思』、三聯書店、二〇一三年を参照した。
(22) 楊絳「記銭鍾書与『囲城』」、『楊絳作品集』第二巻、一五二―一五三頁、中国社会科学出版社、一九九三年
(23) 黄裳「在三里河」、『花歩集』、二〇五頁、花城出版社、一九八二年
(24) 銭鍾書『談藝録』、一頁
(25) 銭鍾書「模糊的銅鏡」、『人民日報』一九八八年三月二十四日
(26)『顧頡剛日記』第八巻、二二九頁、聯経出版公司、二〇〇七年
(27) 洪子誠『一九五六：百花時代』、二十三―二十四頁、山東教育出版社、一九九八年
(28) 二首の詩の解釈は王宇根『無夢過邯鄲』（未刊稿）を参照した。

訳注

〈１〉一九八〇年、銭鍾書が早稲田大学で行なった講演のタイトル。

〈２〉作詩の際の推敲の苦しみは、カササギが木の周りを飛び回ってなかなか枝に留まれないようなものの意。銭鍾書の一九四四年の詩「生日」の第四句。

〈３〉書物狂である私は、閉じ込められて窓から飛び出られない蜂のように書に憑かれているの意。銭鍾書の一九四四年の詩「生日」の第三句。

〈４〉深層部へときめ細かく詳しく分析して調べる。劉勰の言。

〈５〉心臓肝臓を取り出したり、骨を切り裂くように細かく分析する。厳羽の言。

〈６〉暗黙裡の共鳴の意。銭鍾書の『談藝録』三四六頁に見られる表現。

〈７〉かりそめの住居の意。

〈８〉清代の皇帝の機密秘書官。御用知識分子の謂いでもあった。

〈9〉欠点を明らかにし、プチブル思想を取り去ること。
〈10〉叔子は友人冒景璠を指す。
〈11〉銭鍾書『管錐編』一四四六頁。

訳者補記

翻訳に当たり、以下を参考にさせて頂いた。談芸録をよむ会編「銭鍾書　談芸録（一）」（『飆風』第二十九号、一九九四年）、銭鍾書著・宋代詩文研究会訳注『宋詩選注一』（平凡社東洋文庫、二〇〇四年）、楊絳著・櫻庭ゆみ子訳『別れの儀式　楊絳と銭鍾書――ある中国知識人一家の物語』（勉誠出版、二〇一一年）、黒川洋一編『杜甫詩選』（岩波文庫、一九九一年）、松枝茂夫・和田武司訳注『陶淵明全集』下巻（岩波文庫、一九九〇年）。また、銭鍾書の詩の訓読と解釈に関しては、金沢大学教授矢淵孝良先生のご教示を受けた。記して感謝致します。

第9章　張愛玲「五四遺事」における「五四」と四〇年代の「遺事」

王風
（濱田麻矢訳）

「五四遺事」は張愛玲作品の中でもそれほど人目を引くものではない。言及されることも少ないし、作者自身もあまり語っていない。この短篇の英文版は一九五六年九月二十日にニューヨークの隔週刊 *THE REPORTER* に掲載された。三ページ強という分量で、題名は *Stale Mates* となっている。のちに張愛玲『続集』に収録された際に加えられた「自序」には〝老搭子〟という注がつけられた。中国語版は一九五七年一月二十日に夏済安編集の台北『文学雑誌』第一巻第五期に掲載された。八〇〇〇字ほどの分量で、このとき「五四遺事」というタイトルがつけられている。

自分で書いた作品を自分で翻訳するというのは張愛玲にはよくあったことだ。一九五二年に大陸を離れ香港に渡って三年を過ごした際、彼女は米国情報局の援助を受けて執筆したが、『秧歌』と『赤地之恋』はどちらもまず英語版を完成させ、それから中国語版を書いている。一九五五年にアメリカへ行ったのち、彼女の一番の目標は英米文学界で生き残ることだった。*Pink Tears*（『粉涙』）は過去の創作の中でもっとも起伏に富んだ作品『金鎖記』をもとに膨らませた小説で、おそらくそこには彼女なりの目算があったのだろう。しかしこの試みは失敗に終わり、十年後にはまたそれを自ら中国語訳して『怨女』とした。それに比して言えば、*Stale mates* は小品なので、張愛玲もこれによって注目を浴びようとは思っていなかっただろう。むしろ暇つぶしの作と言うほうが近いかもしれない。

張愛玲はのちに中英両篇を『続集』におさめているが、その自序は「物語は同じだが、表現の方法にはいくらか違いがある。これは読者の趣味に合わせたもので、決して翻訳とは言えない」と説明している。「翻訳と言える」かどうかは、どちらのテクストも彼女自身が作者である以上、彼女が決める自由をもっており、その解釈を尊重せねばなるまい。しかしストーリーには大きな違いはない。男性主人公の羅（Luo）と女性主人公の范（Fan）が恋愛をするが、羅には親の決めた妻がいた。愛のために彼は礼教と長年争い、ついに離婚に成功する。これは五四以降の新文芸で書き尽くされたストーリーだが、故意にこの「新文芸調」を擬態したらしき叙述の中に、張愛玲は非常に彼女らしい特徴を備えた伏線を張っている。長い抗争のうちに、范は自分の容姿が衰えることを心配し、ついに別の男性と見合いをしたのだ。報復のため、羅は離婚に成功したのちに別に妻を得た。しかし二人の情誼は断ち難く、羅は二回目の離婚に踏み切ってとうとう最初の思惑通り范と結ばれる。物語はここでは終わらない。結婚はすぐに愛情の墳墓となり、さまざまな行き違いののちに、羅の前妻二人は陸続と戻ってくる。一夫三妻という旧小説の話本常套の大団円に終わるのだ。

「五四遺事」のストーリーは早くから張愛玲の頭の中にあったらしく、「食べることと絵に描いた餅について」

（談吃与画餅充飢）では以下のように言う。「大陸を離れる前のことだ。書きたいと思う小説の中に西湖が出てくるので、幼い頃行ったことはあったけれどももう一度見ておこうと思い、中国旅行社主催の観光団に加わった。旅行社に頼めば自分で手配する手間が省けるからだ」。これがおそらく後の「五四遺事」のもとになったのだろう。張愛玲の小説は多くが実際にあったことに題材をとっており、うちいくつかは自分の家族や周りの人からアイデアを得たものだ。たとえば「傾城の恋」における主人公の男女は香港陥落時に彼女が出会った人物だし（「回顧傾城之恋」）、「赤い薔薇と白い薔薇」に登場する三人の主人公のうちの二人は彼女と親しかったという（水晶「蟬——夜訪張愛玲」、『張愛玲的小説芸術』大地出版一九七三年九月）。これは全て彼女自身が語ったことだ。それに彼女の弟は「金鎖記」と「花凋」はどちらも一族にあったことに基づいており、あまりに「真実」に近かったため、モデルの怒りを買ったと話している。（張子静『我的姉姉張愛玲』第九章、文彙出版社二〇〇三年九月）最近では宋以朗が、張愛玲が「あまりにもひどい出来」と繰り返し語った「殷宝灧送花楼会」の物語は、彼女の同級生が告白した傅雷との不倫に基づいている、と明らかにしている。（宋以朗口述、陳暁勤筆記「傅雷評張愛玲小説前後」、『南方都市報』二〇一三年二月五日）実際にはこの小説はそんなにひどいとは言えないが、創作が発表された時間から見て、どうやらその半年前に発表された傅雷「論張愛玲的小説」への「報復」ではないかと思わせる。（宋淇は『私語張愛玲』の中で張愛玲は当時迅雨が傅雷と同一人物であるとは知らなかったと書いているが、それは信じかねる）。「自己的文章」だけでは言い足りなかったのだろう、おあつらえ向きのこの題材を張愛玲が逃すはずがなかった。

題材の出所はもう一カ所、「ゴシップ紙」にあった。一九四五年八月『雑誌』第十五巻第五期に掲載された「納涼会記」のインタビューにおいて、張愛玲は「子供のころからずっとゴシップ紙の忠実な読者でした。生活の面白さを濃厚に感じることができるので、わたしたちの都市文明を代弁することができるものだと思います」

と述べている。それに比べて「大新聞」は「実生活から遠く離れたもの」であった。彼女は一生を通じてこの傾向を持っていたようで、水晶「蟬——夜訪張愛玲」には生き生きとした一コマが書かれている。「彼女はすでに亡くなった夫の Reyher の言葉を引き、『Fred はいつも私が〝ゴミ〟trash ばかり見ていると言っていたわ！』というとまた笑った。言われて当然だったというように。」事実上、これらの〝ゴミ〟は彼女に創作のための幅広い背景を与え、そのうちの一部は素材となったのである。

「五四遺事」のストーリーがどこからやってきたのかはわかっていないが、張愛玲と宋淇、鄺文美夫妻との間にやりとりされた書信が全て公開されれば手がかりがつかめるかもしれない。もちろん中国でおきた物語なので、欧米のバックグラウンドを持つ読者には巨大な文化的差異が存在する。そのため英文テクストにはいくつかの注釈が施された。たとえば張（Chang）夫人が "Which of the Seven Out Rules have I violated?" と問い詰めている。この〝七出〟について、英文テクストはつぎのように説明しなければならなかった。"Ancient scholars had named the seven conditions under which a wife might justifiably be evicted from her husband's house." それから〝填房〟についても、やはりこのような補充説明が必要だった。"t'ien-fang — room filler, a wife to fill up a widower's empty room"。〝艶福〟は中国人ならみなわかる言葉だが、これにもやはり "Yeng fu, glamorous blessings" という説明がなされている。

これらはまだ技術的な問題と言える。張愛玲は *Stale Mates* と「五四遺事」どちらの作者でもあるので、テクストを修正する権利を無限に有していた。これは翻訳家を羨ましがらせ、嫉妬さえさせる自由である。菱の実を食べるという描写については、英文テクストは "the size and shape of a Cupid's- bow mouth" とするが、中文テクストはより自由に〝同じように深い赤紫色をした唇が白い歯を包んでいた〟と書く。さらに面白いのは、中文テクストにはいろいろな起承転結をつなぐディテールが追加されていることだ。いわゆる「読者の好みに合わせる」

ものでもあるし、彼女の風格の自然な発露でもある。物語の隙間を埋めるものでもあるし、彼女の好む「くどくどと長い話を展開する」（張愛玲から夏志清への一九六八年七月一日書簡）ものでもあった。英文テクストにはない最も長い一段は以下のようである。

……彼の母が病気になり、大変な勢いで早く戻るよう催促してきた。一目見るなり、容態がいうほど悪くなく、どういうつもりかわかったので、ただ母をいたわるようにした。母はその機に乗じていろいろなことを言ったが、彼のほうは淡々と口を挟まないようにし、スープや薬などを運んでくる妻のことも構わないでおいた。夜は書斎で休んだのだが、そこに彼の妻が突然入ってきた。金銀の装飾をつけ、婚礼のときの服を着て、芝居の「宝蟾酒を送る」よろしく点心を届けに来たのである。

二人は二言三言もかわさないうちに喧嘩を始めた。妻は言った、「お母さんが無理強いしたのでなければ、わたし本当に来やしなかったわ――怒ったり泣いたりされたんだもの。」

彼女は腹を立てて行ってしまった。羅も怒って次の日早くに杭州に戻り、一度戻ると二年帰ってこなかった。

彼の母は息子のことを思うあまり、だんだん後悔せざるを得なかった。この年、母は節目の誕生日を迎えたので、羅は叔父に説得され、しぶしぶ戻ってきて母に拝した。今回、母は息子と嫁との間を取り持とうとは考えず、逆にわざと嫁を引き離し、息子が決まり悪い思いをしないよう取り計らった。嫁のほうは、姑が前回彼女を書斎におしやったためにむざむざ恥をかいたことを恨めしく思っていたのだが、今回このように引き離されるとまた腹をたて、姑が最初の決定を忘れて息子の肩を持つのではないかと疑うようになった。

母が仮病を使って息子を呼び寄せたのは嫁との間をうまく取り持つつもりだったのだが、息子は書斎に床をとった。書斎で寝るというのは夫婦が床を別にするということで、中国語読者にとっては自明の理である。妻は書斎までやってきたのだが結局喧嘩して出て行くことになった。このような新文芸作品によくあるプロットを小説で使うことを、張愛玲はことのほか好んだ。もちろん、それに続く姑と嫁との微妙な心理の変化を描くのは彼女の特色だが、しかしこれらの「くどくど長い話」は英語世界の読者にとっては確かにちんぷんかんぷんであることが予想されるため、ばっさり省略してしまったのである。叙事の風格から言えば、この段落は、ほかの似たような追加と同じく、重要な機能を担っている。それはプロットの転換をできる限りなめらかにするものであり、英文テクストが飛躍を避けないのとは大きな違いがある。例えば、「ミス周は郭君の遠い親戚にあたり、杭州の学校に入るにあたって家族が郭君に面倒を見るよう依頼したため、郭は彼女とご飯を食べたり湖へ誘ったりしたのだが、彼女は同級生のミス范を誘い、また郭が羅も一緒にいくよう何度か誘ったので、こうしてみな知り合いになったのだった。それからはほとんど毎日顔を合わせるようになった。仲良くなってくると、二人のミスはしょっちゅう連れ立って彼らの宿舎に遊びに来るようになった。」こうした至れり尽くせりの説明は、張愛玲小説特有の「ディテール」であり、彼女が重視した中国小説の伝統でもある。英文テクストでは、基本的にみな省略されてしまった。

杭州の西湖は彼女が物語の舞台として特に選んだ場所だが、二つのテクストを比べてみると、中文版では「杭州」が七箇所、「西湖」は二箇所出てくるのに対して英文版では“Hangchow”が三箇所、“West Lake”が二箇所となっている。一見「西湖」が登場する回数は多くないようだが、しかし中国の読者にとって、「杭州」の「西湖」は特殊な意味を擁している。「杭州」という地名さえあれば、中文テクストに何度も出てくる「湖」あるいは「湖上」という言葉は、人々に具体的な連想を促すのだ。英文テクストでは、まず「西泠印社」が消え失せてしまっているのだが、実は "Hangchow" も "West Lake" もそれほど必要とされておらず、特別な意味を持たぬ地名としてのみ使われている。もしかしたら、この物語が張愛玲の中で早くから杭州、西湖と固く結びついていたために、英文テクストの中にもひょっこり姿を現してしまったのかもしれない。

非常に張愛玲らしい例を一つ、「西湖」の描写からあげてみよう。

……西湖は一千年来名士と美人が愛してきた場所で、折り重ねられた記憶は膨大なものになる。湖遊びをする女性がいくら最新の服装をしていても、それがこの光景に映えると、まるで時空がちぐはぐになったような唐突な感じを与え、あたかも別の時代に属しているかのように見えた。

湖水は厚く淀んで、少し汚れていたけれども、それすらも前王朝の名妓が顔を洗った水で、白粉の香が濃く残っているかのように思われた。

とくに「前王朝の名妓が顔を洗った水」のような比喩は、張愛玲らしい突出した表現と言えるだろう。読む人に金陵［南京の別名］をうたった「秦淮河の水は尽く臙脂」という詩句を思わせる。彼女のもっと早い時代の作品には、このような語句がいくらでも出てくる。英文テクストには前半の描写はない。「一千年来」の西湖は英文読者にとっては「折り重なった記憶」と無縁のものだからだ。後半の比喩は削除するのは惜しまれたのだろう、以下のように残してある。

The pale green water looked thick and just a little scummy, and yet had a suggestion of lingering fragrance like a basin of water in which a famous courtesan had washed her painted face.

「前王朝の名妓（前朝名妓）」はここでは単数の“a famous courtesan”となったが、こうなると巨大な顔であるかのような印象を受ける。それに中文テクストの「顔を洗った水（洗臉水）」は「春寒くして浴を賜う華清の池、温泉の水滑らかに凝脂を洗う〔白居易「長恨歌」の一節〕」と歌われた楊貴妃の湯浴みや、あるいは『水滸伝』に登場する母夜叉孫二娘の「こいつめ、騙されて薬を飲みやがったな（由你奸似鬼、吃了老娘的洗脚水）」の洗脚水など、中国語環境の中では様々な具体的な連想を呼び起こす「イメージ」として機能するが、英文テクストについて言うならば、いかにcourtesanが高級でしかもfamousで、一般の「妓女」とは比べものにならないといっても、そのpainted faceを洗った盥だか池だかの水が読者にどんな印象を与えるか、かなり微妙である。それでこの句の中の“and yet had a suggestion of lingering fragrance”が、顔を洗う水が香るというイマジネーションをかきたてるために大変重要になるのだ。ひるがえって中国語版を見れば、こちらにも「白粉の香が濃く残っているかのように思われた」とあるものの、「前王朝の名妓が顔を洗った水」といえばそれで足りるので、「白粉の香」とはつけたしの修辞に過ぎない。

中英文に精通した張愛玲は、このような微妙な区別に注意して随時調整をしているが、しかしそれでも時々ぼろが出ている。小説の初め、小舟の上で四人の男女が菱の実を食べているところだ。

「ミス周は今日はずいぶん流行りの格好をしているね（密斯周今天好時髦）！」男のうちの一人が言った。まだ嫁いでない女性に「ミス」とよびかけるのも流行りだった。ミス周は新しくあつらえた眼鏡の後ろから彼をじろりと見ると、菱の殻を一つとって彼に投げつけた。

中国語版の読者にとっては、これは当たり前の状況である。男の言葉にも説明はいらないし、女の反応にも解説はいらない。英語版もまったく同じ内容である。

"Miss Chou is very stylish today," one of the men said. It was also stylish to address girls as "Miss". Miss Chow glared at him through her new spectacles and threw a ling shell at him…

問題は、中文から訳された「流行り（時髦）」という言葉で、多くの状況下ではからかいの意味になる。しかし英語の "stylish" は褒め言葉にしかならない。微笑んで "Thank you" というべきところを、なぜ "glared at him" そして "threw a ling shell at him" という反応になるのだろうか。

二つのテクストの発表の間は四ヶ月あいていて、英文テクストが先に出ている。しかし仔細に読んでテクストの示している状況を検討してみると、何と言ってもまず中国語で物語が成り立ち、英文のほうがその影響を受けているのだということがわかる。話の舞台は一九二四年から一九三六年までで、二つのテクストはどちらもその説明がなされている。ただ中国語のタイトルは「五四遺事」なのだから、読者は容易にそれが「ポスト五四」を描いたものと知ることができる。しかし英語世界の読者に向かって「五四」とは何かを説明することは、たしかになかなか面倒な作業だ。副題は *A Short Story Set in the Time When Love Came to China*, 愛が中国に来た頃の短編小説と銘打って背景を説明しようとしているが、このように抽象的な説明がどれほど効果を挙げたかは疑わしい。メインタイトルの *Stale Mates* は直訳すれば「昔馴染み」となるだろうが、この Stale にはどうやらもっと多義性に富んだ訳語を探さねばならないようである。張愛玲自身は「老搭子」という注をつけている。おそらくまず「老搭子」があって、それから Stale Mates と訳したと考えるべきだろう。「老搭子」は上海語で、いつも一緒に何かをするという意味があり、「飯搭子（ご飯友達）」、「白相老搭子（遊郭友達）」などと言うが、それが麻雀卓に移ると「麻将搭子」となる。これは明らかに小説の結末、一夫と三妻が卓を囲めばちょうど麻雀一卓となるのに呼応している。Loはすでに離婚した二人の妻を迎え入れるのだから、まさに「老搭子」なわけだ。

英語版に対して、中国語版はいくつか、中国の読者にだけ意味がわかるようなディテールを用意している。たとえば主人公の羅と脇役の郭には、英語版にはない次のような紹介がなされている。

二人は志を同じくしており、また新詩に興味を持っていたので、一緒に詩集を一冊だしたことがあった。そのために、半ば冗談のように自分たちを「湖畔詩人」と呼び、ワーズワースやコールリッジにたとえていた。

ワーズワースとコールリッジはたしかにThe Lake Poetsと呼ばれていたが、張愛玲は一九二二年に杭州西湖に成立した湖畔詩社と同年に出版された『湖畔』を念頭に置いていたわけではないだろう。しかしこの一九二四年におきた物語と、その細かな描写は、たしかに中国語読者に「五四」の雰囲気を連想させる。同様に、ヒロインミス范の登場は、英語と中国語では以下のように描かれている。

……while Miss Fan's was the beauty of a still life. She sat smiling a little, her face a slim pointed oval, her long hair done in two round glossy black side knobs. She wore little make-up and no ornaments except a gold fountain pen tucked in her light mauve tunic. Her trumpet sleeves ended flaring under the elbow.

ミス范は静物の美を持っていた。彼女は微笑みながらそこに座っており、口数は少なかった。ほっそりしたすこし尖った瓜実顔に、前髪は眉のところで揃え、二つの丸い髷を左右につけている。薄く化粧をして、黒いキャラコのスカートを腰の高いところで締め、ウエストを絞り、袖を膨らませた、黒いギザギザのレースで縁取った薄紫色の絹の袷の上着を着て、首には白い絹のストールを巻いている。なんのアクセサリーもつけていなかったが、腕には金の腕時計が光り、えりには一本の金の万年筆が挿してあった。

注意すべきなのは、中国語中の「前髪は眉のところで揃え」という部分は英文にはないことだ。着るものについては、英語版の "**Her trumpet sleeves ended flaring just under the elbow**" に対応する中国語版描写は「黒いキャラコのスカートを腰の高いところで締め、ウエストを絞り、袖を膨らませた、黒いギザギザのレースで縁取った薄紫色の絹の袷の上着を着て、首には白い絹のストールを巻いている」となる。前髪、スカート、上着、ストール、それらがどのような形でどのような色で、どのような生地でできているかはみな「五四」の新女性に非常に特徴的な装いだ――正確にいえば、「五四」の「エリート女学生」のイメージである。

これらのディテールの差異は、二つのテクストを本質的に違うものにしている。英文テクストが読者に与えるのは、おそらくただ、奇妙でデタラメな東洋の物語であろう。しかし中国語テクストのいう「五四遺事」は、「五四」という背景を持っているために小説全体に大きな張力が働いており、社会批評と文化省察の意味をも持っているのだ。

「五四」、「新文芸」に対して、張愛玲の一連の発言からは特に思い入れは感じられない。文壇にデビューした頃の「自分の文章（自己的文章）」では、強気に〝時代の記念碑〟的作品を作れという要望を鼻で嗤ってみせ、自分は〝男女間の細々したことを書くだけだ〟と宣言している。〝新文芸調〟という言葉を彼女はしばしば使うが、これは可笑しみを込めた貶し言葉であるに違いなく、〝もともと中国の新文芸で、好きな作品はほとんどない〟

（夏志清宛一九七四年六月二十日書信）とも言っている。それに対して晩年に書かれた「読書を語る（談看書）」には二〇年代以来の〝社会小説〟に対するよどみない記述があり、彼女がそれらを沢山読んでいたこと、実際に大きな影響も受けていたであろうことが察せられる。張愛玲が述べているところの、あるいは彼女が栄養を汲み取ったであろうところのこの伝統は、まさに新文学が勃興したころに並行して書かれていた旧小説の主流であった。こうしてみると、なぜ彼女が最初に『紫羅蘭』という旧派の雑誌に投稿したのか、またなぜ傅雷が寄せた期待に彼女があんなにも抵抗を見せたのかもうなずける。

しかし、胡適と周氏兄弟という新文化運動の核心にいた人物に対しては、張愛玲は親近感こそ持っていなかったものの、批判めいたことは一度も発言しておらず、むしろ大きな敬意を払っていたと言ったほうがいいかもしれない。一九七一年六月の水晶によるインタビューの記録「蝉――夜訪張愛玲」によると、〝話が本題に入ったあと〟、張愛玲はまず一九五〇年から五一年にかけて『亦報』に連載した『十八春』を挙げ、わざわざ「周作人も散文の中で曼楨［『十八春』ヒロインの名前］に触れています」と説明している。実際には、当時まず張愛玲のほうが名をあげようと周作人を〝挑発〟したのに対し、周は批判を表に出さず、褒めるとも貶すともつかない調子でちらりと触れたに過ぎない（巫小黎「周作人『亦報』評点『十八春』」、『佛山科学技術学院学報』二〇一三年第三期）。しかしいずれにしても、二十年がすぎてなお彼女がこのことをしっかり忘れずにいたのは、実は非常に気にかけていたことを示しているだろう。

一九五二年に香港に渡ったのち、彼女の目標は渡米してそこで生活することにあった。一九五四年には自著『秧歌』を米国にいた胡適に送っているが、その目的は小説を評価されること以上に、胡適の認識を得ればその人脈に助けてもらうことができるかもしれないという心づもりにあったろう。張愛玲にとってはおそらく意外なことに、胡適は極めて真面目にこの小説を読み、評価した。張愛玲は翌年渡米したのち胡適と何度か交流したが、胡適の寛容さに張愛玲は大きな慰めと感動を与えられ、「神に会ったようだ」とまで形容した。胡適が逝去したのち、回想「胡適之を憶う（憶胡適之）」において張愛玲は「五四」に焦点をあて、次のように語っている。

私は五四運動の影響を知らないために、外国人が現代中国を理解できないのを何度も見かけた。五四運動とは内在的なもので、外国との関係は輸入のみに限られていたからである。私たちの世代及びその上の世代だけでなく、わたしの下の世代においても、五四のような体験は忘れられるものではない。反胡適が叫ばれていたとき、多くの青年はもはや自分が何に反対しているかもわからなくなっていただろう。しかし心理学者のユングがいう民族記憶というようなものが存在しさえするのなら、五四とは長い間埋もれていてもやはり思想の背景に位置し続けていると思う。ユングとフロイトはよく並べて論じられるが、そうなるとフロイトの研究による「ユダヤ人に殺されたモーゼ」を思い出さずにはいられない。モーゼを殺害したあと彼らはその事実を隠し、年月が過ぎ去ったあと再び彼を信奉するようになったのだ。

このような議論は張愛玲には極めて珍しい。胡適を預言者モーゼに例えた背後には、当時の中国大陸における胡適批判があった。そのために〝五四〟についてこのような議論を行ったのだろう。一九五五年に張愛玲はアメリカに到着し、翌年二月までニューヨークに滞在して何度か胡適を訪問した。その約半年後に「五四遺事」の英文版が、一年たたないうちに中国語版が発表されたのである。厳密に言えば、この小説の中で、張愛玲は〝五四〟がもたらした自由恋愛、**Love came to China** に対して否定しているわけではなく、ただ皮肉な調子で当時のあり方を描写しているに過ぎない。小説の重心は **Love** というものが中国の環境に入ってきたあとの変化と、伝統に振り回される様子にある。「龍の種を蒔いたのに収穫したのは蚤だった」とはまさにこのことだろう。これは彼女の新文芸への見方に通じるものがあるようだ。同じように「蝉——夜訪張愛玲」は、魯迅について尋ねられたときに張愛玲が以下のような論を述べたことを記録している。

魯迅の話になると、彼女は魯迅が中国人の生活における暗い面と曲がった根性を暴露するのに長けていたと話した。この伝統は魯迅が死んでしまうとすぐに中断されてしまったのはとても惜しい、と。なぜならのちの作家たちは民族の自尊心を高揚させるという旗印のもと、みな「過ちは覆い隠す」という道を歩んで、いいことばかりを言って悪いことは言わないようになってしまったからだ。本当に惜しい。

張愛玲の自己記述は一貫して高いプライドを示しており、彼女と〝五四〟の関連については通常重視されてこなかった。この記述も偶然の質問によって導き出されたもので、インタビュアーによる記録の忠実度を疑ってかかれば、この答えも張愛玲が相手の質問を適当に敷衍しただけだとも考えられる。ならば、次に張愛玲が英文創作の壁に突き当たってからの反応から考えれば、少し問題を説明できるかもしれない。大陸を離れてのち、張愛玲は明らかに英文創作で生計を立てようとしていた。彼女は韓素英（あるいは韓素音）とは対照的な存在であろうとし、自分は韓よりずっと優れているのだから、あのようなものは書かないと考えていた。しかし韓の成功に対し、張愛玲は彼女の作品を引き受ける出版社すらなかなか見つけることができなかったのである。とうとう彼女は憤激のあまり、〝ずっと感じてきたことですが、東洋を特別好む人がありがたがるものこそ、私が暴きたいものなのです〟（夏志清宛一九七四年十一月二十一日書簡）というまでになった。もちろん、西洋が見たい東洋あるいは他者とは、自分たちの想像を満足させるものか、自分たちの欠点を補足するものだろう。

〝暴きたい〟ということになれば、これは魯迅の気質ということになる。実際のところ、デビューしたての張愛玲、特に「金鎖記」に対して、評論界はすぐに魯迅と関連させて反応した。一九四四年五月、『万象』第三巻第一一期に掲載された迅雨「張愛玲の小説を論ずる（論張愛玲的小説）」は、〝『狂人日記』中のいくつかの物語に通じる味わいがある〟と評している。同じく一九四四年五、六月の『雑誌』第一三巻第二、三期に掲載された胡蘭成の「評張愛玲」は、単刀直入に「魯迅のあとには彼女がいる。彼女は偉大な探求者だ」と書いた。この二編は最初期に出た最も重要な論評である。傅雷が〝「狂人日記」〟と書いているのは大方不注意による誤りで、『吶喊』あるいは『彷徨』と書きたかったのだろう。「狂人日記」に〝いくつかの物語〟があるとはとても言えないからである。傅雷はこの文章によって張愛玲とちょっとした騒動を起こしたが、胡蘭成が彼の評論を発表したとき、張愛玲とはすでに恋愛関係にあった。おそらく彼女もこの連想に反対しなかったのではないか。たしかに、登場人物を作り上げる力量から見ても、曹七巧〔張愛玲「金鎖記」の主人公〕は祥林嫂〔魯迅「祝福」の主人公〕に劣っていないし、「金鎖記」の冒頭部分から「狂人日記」を連想するのも、全くの見当違いとは言えないだろう。二作の冒頭部を並べてみよう。

今日の夜は、月の光が綺麗だ。

俺が見なくなっていて、もう三〇年になっていた。今日見られて、存外に気分がいい。これまでの三〇年は全くぼんやりしていたとようやくわかった。しかし十分気をつけねばならない。でなければ、あの趙家の犬は、なぜ俺をじろじろ見るのか。

三〇年前の上海、ある月の出た晩……私たちは三〇年前の月には間に合わなかったかもしれない。若い人の考える三〇年前の月は銅銭のような赤みがかった黄色の湿った輪で、朶雲軒の便箋に落ちた一滴の涙のように、古くさくてぼんやりとしている。老人の回想の中の三〇年前の月は楽しげで、目の前の月より大きく、丸く、白い……

どちらも月で、どちらも三〇年経っている。二人の気質は異なるが、素材は似通ったものだ。こう考えると、張愛玲がなんども自分と旧小説の伝統との類似性を強調し、繰り返し新文芸調を嘲笑していたからといって、彼女と〝五四〟との関係を無視するわけにはいかない。この『五四遺事』など、まさに最も〝五四〟的な一例といえよう。

男女の問題については、〝五四〟時期の『新青年』で多くの議論がなされている。周氏兄弟の〝貞操〟〝節烈〟論などがそれだ。胡適は組織的にイプセンの翻訳をしたが（『新青年』〝イプセン特集〟、第四巻第六号、一九一八年六月）、その中でも「ノラ」は大きな社会反応を引き起こし、ノラは女性の独立にとって最も重要な文化的記号となった。この脚本の前二幕は羅家倫が、そして最後の一幕は胡適が自分で翻訳している。劇の最終的な結末はこうだ。

ヘルメル　お前が信じなくても、私は信じるよ。私たちはどう変わればいいんだい？
ノラ　私たち二人が一緒に暮らせるほどにすっかり変わって、本当の夫婦になれれば——さようなら。
（彼女は玄関から出て行く）
ヘルメル　（扉脇の椅子に倒れこんで座り、両手で顔を埋める）ノラ、ノラ！（見回して立ち上がる）。いなくなってしまった、行ってしまった！（ふっと希望を見出して）〝本当の奇跡？〟（外から重い扉を閉める音が聞こえる）

この〝重い扉を閉める音〟、〝バタン〟という音とともに中国の〝ノラ〟も〝出て行った〟。夫のところから出て行く者もいたが、多くは父親のところから出て行った。これがいわゆる〝新女性〟である。しかし、その四年半後の一九二三年十二月二十六日、冷厳な魯迅は北京女子高等師範学校で女学生たちに向かって「ノラはその後どうなったか」と題する講演を行った。ノラは行ってしまい、「ただ扉の閉まる音が聞こえて、それで幕は閉じました」。イプセンと胡適は問題は解決したと考えたが、魯迅は問題はようやく始まったばかりだと考えた。「ノラには実は、二つしか道がありません。堕落するのでなければ、戻ってくるしかないのです。」

なぜか。高尚な考えがあるわけではない。「ずばり申せば、金がいるのです。」

ですからノラにとっては、金――上品に言えば経済ですね、これが一番重要なのです。自由とはもとより金では買えませんが、金のために売り払えるものではあるのです。

二年近くが過ぎた一九二五年十月、新文学の恋愛小説が大いに盛り上がっていた頃、魯迅は「傷逝」を執筆した。周作人は『知堂回想録』の中で、〝「傷逝」は普通の恋愛小説ではなく、男女の死を借りて兄弟の恩情の断絶を書いたものだ……〟と書いている。その理由はおそらく小説が完成する十日近く前に、周作人が「傷逝」というタイトルの詩を翻訳したことによるだろう（丙丁「傷逝」『京報副刊』一九二五年十月十二日）。彼ら兄弟の深い結びつきから考えれば、周の言葉は信じるに足るが、しかしこれは当の兄弟にしかわからない謎である。

ということで、やはり普通の読者の立場に戻ってみれば、小説「傷逝」はある自由恋愛の悲劇の物語ということになる。そのスタイルは魯迅に特有の「その後どうなったか」だ。子君と涓生は家庭の障害を乗り越えて一緒になった。これは当時、同じような題材のほかの小説なら結末となるプロットであるが、魯迅にとってはこれは叙述の始まりに過ぎなかったのである。男女の主人公の自由恋愛は勝利したが、それは煩瑣な生活による終わりのない磨耗の始まりであった。もっと致命的なのは経済の問題、つまり金がないことであった。涓生は失業し、子君には最初から〝経済〟の当てはない。こうして愛情も消耗し、死んでしまったのである。まさに「ノラはその後どうなったか」で言われた通り、「堕落するのでなければ、戻ってくるしかない」のだ。子君は父親の家に戻って、そして死ぬ。

魯迅が考えた真の女性解放が、「出て行ったノラが自主的な経済権を持つこと」とするならば、張愛玲は理想のモデルだったと言えるだろう。一九三八年初、十八歳の彼女は父親の家を飛び出し、母親と叔母と生活を始める。その後一九四三年まで、文壇では一世を風靡し、経済面では完全に独立し、物質生活でも精神生活でも完全な自由を手にしていた。〝他人のお金を使うのは、たとえそれが父母の遺産としても、自分が稼いだお金を使う時の自由自在で気持ちよいのには及ばない。〟（「蘇青、張愛玲対談記」『雑誌』一九四五年三月第十四巻第六期）魯迅は少女たちに〝将来の夢など決してみてはなりません〟と戒めていたが、張愛玲はうまれながらの現実主義者だった。〝さぁ、有名になるなら早くならなければ！ぐずぐずしていれば、楽しみもそれだけ減ってしまう。〟有名になり、財産もでき、感情についても自主的に決めるだけの力を持ち、家族も口を出すことができなかった。同年、張愛玲は胡蘭成と知り合って自由恋愛を始め、一切は円満であるように見えた。

こうして考えると、張愛玲こそ真の〝五四〟の子だったわけだが、結末はやはり悲劇に終わった。二人の関係が長く続かなかったのは、実は時代の変動のせいなどではない。一緒に生活しようとしたこと自体が一種の誤解だったし、張愛玲にとっては錯覚だったとすら言えよう。胡蘭成は旧式の才子だった。〝才子〟とは中国に長い伝統をもち、一種の文化を形成している。簡単に言えば、男女の関係において〝才〟は道徳的にある程度免罪されるのであり、それゆえに〝薄情〟であっても愛されるのである。実をいえば、これは〝力〟あるいは〝金〟を頼みに優勢を誇るのとあまり変わらない。しかし受け手にとっては〝才〟とは内在的なものであり、いわゆる智力に魅惑されたのであって、自分が惹きつけられたのは無理にせまられたわけではない。そして本人にとって言えば、無理強いしたわけではないのだから自責する必要はないし、ましてや譴責される筋合いなどないということになる。

胡蘭成の自述からは、こうした関係がやすやすと読み取れる。脇目も振らずに向かってくる張愛玲を彼は軽々と手に入れた。熟練した技巧のみならず、その才気によって。もともと追求者とは言えないのだから、求愛者としての得失など微塵も考える必要すらなかったのである。二人の結びつきは常人のそれをはるかに越えたもので、世俗の生活からは完全に隔離されていた。張愛玲は自ら恃むところ高かったため、小説では凡庸な出来事を伝奇としたにもかかわらず、自分が欲したのは本当の伝奇だったのである。加えて幼い頃から世間的常識に対して反抗的な考えを持ち、世俗的観念をよしとしなかったために、ただ「二人が相悦ぶ」なら、胡に妻妾がいることすら気にかけなかった。結果、この極端に前衛的な現代的な観念は胡蘭成の伝統的な才子佳人的思想と奇妙に〝ずれた結びつき〟を生んだのである。

このような絵に描いた幻想は、もちろん空気に触れさせることはできない。張愛玲が胡蘭成の大難の際に結婚を決めたのは、道義上後には引けなかったからである。ちょうどこの時、胡蘭成は妻と離婚していて事実上障害はなかった。しかしこれもまた胡にとっては、才子佳人物語の一つの話題でしかなかったのである。半年ののちには、武漢で〝小周〟（訓徳）と関係をもち、さらに一年経たないうちに、温州で〝范先生〟（秀美）と事実上の夫婦となった。この時、張愛玲との関係はそのまま保っておきたいというのが彼の願いだった。そうしたことは、彼にとってはもともと問題にならないからである。張が彼に決断を迫った時、彼ははっきりと拒否した。彼の道徳によれば誰にも「そむく」わけにはいかなかった。不公平なことだからだ。

結局、張愛玲は胡蘭成と決裂した。胡適訳の台本にあるノラの言った、「私たち二人が一緒に暮らせるほどにすっかり変わって、本当の夫婦になれれば――さようなら」に酷似している。その後胡はあちこちで逃げ隠れすること数年、一九五〇年に大陸を離れ、香港で半年過ごした後に日本に渡った。このとき〝小周〟は結婚し、〝秀美〟とは二度と会えなくなった。しかし東京で彼は〝一枝〟と出会い、その次に佘愛珍と結婚する。その間張愛玲に連絡する機会は決して逃さず、最後に張愛玲から警告を受けるまで、やや挑発的な手紙を書き続けていた。二人の四〇年代末の別れは張愛玲にとって致命的な傷となり、彼女の言葉を借りれば〝萎れて〟しまったので、もう愛が生まれるはずもなかった。しかし胡蘭成にとっては、これは彼の生活の中の――〝生命〟の中のではなく――〝民国女子〟とのある出会いに過ぎなかった。その出会いについて、彼は哀惜するより遥かに得意に思っていた。だからこそ『今生今世』のように、天下の人に知らしめたいという調子が生まれたのだろう。

張愛玲は一九五五年末にアメリカに到着し、翌年三月にレイヤー（Reyher）と知り合い、八月十四日に結婚して過去の生活に区切りをつけた。その年の九月二十日に発表された*Stale Mates*は自分への結婚祝いのようにも思われる。それから生まれたのが中国語版の「五四遺事」である。*Stale Mates*の副題は*A Short Story Set in the Time When Love Came to China*で、これは小説の趣旨を説明するために絶対に必要であった。もとより中国語版には不必要な説明だが、こちらにはまた奇妙な副題がつけられている。「羅文涛、三美と団円すること〔「三美」とは三人の美人の謂〕」。

まず、〝羅文涛〟というのがよくわからない。張愛玲はもともと自分の描く人物に俗気のある名前をつけるのを好んだが、このテクストではでてくる人物には姓しか与えられていない。男性主人公の羅（Lo）と脇役の郭（Wen）、女性主人公の范（Fan）に脇役の周（Chou）。英文テクストのWenはもともと「聞」か「温」だったのが「郭」に改められたのは、おそらく音節の調和を考えたのだろう。二人いる羅の前妻については、一人は王

（Wong）であり、最初の妻は張（Chang）である。こちらについては中国語版ではひどいあつかいで、〝実家の家族は怒りのあまり腕を振り上げて言った。「羅家もあんまり人を馬鹿にしている。我々張家の人間はみんな死んでしまったとでも思っているのか？」〟という一節で、読者はようやく彼女の姓が張であることを知るのだ。とにかく、全て姓だけで、名前が出てくる人物は一人もいない。このように処理した原因は、おそらく先に英文テクストがあったことによるものだろう。英語圏の読者にとって、〝私たちの『三字経』式の名前は見ただけですぐに頭がクラクラするようだ。我々自身が中国語を読むときに、文字そのものに色彩を感じるのとは違うのである〟（『憶胡適之』）。この方法が、中国語テクストにも持ち込まれたのだろう。

しかし、なぜ副題中に「羅文涛」が出現したのだろうか。これはほんとうに難しい問題で、おそらく彼女一人にしか解き明かすことはできないだろう。小説の中の羅は「痩せ型で背が高いほうは羅といい、面長の顔で、淡い色の絹の長衫を彼が着ると自ずと飄逸な雰囲気となった。」この描写は、誰かに似ていないだろうか。

もちろん、ここでこの小説は何かを投影しているなどと言いたいのではない。物語には別に来源があるはずで、別の時間、別の場所の別の人々に起こったものであり、〝ドアを閉めればそのまま麻雀一卓となる〟というのも彼女がどこかで聞いてきた話なのだろう。ただ、当時胡蘭成が希望していた才子佳人型の結末もまた〝三美との団円〟だったことを思えば、張愛玲は執筆の段階で無意識にでも往事を思い返したことだろう。このとき、彼女はおそらくはグリーンカードのために再婚することを選び、胡蘭成がまとわりついてくるのを徹底的に拒絶している。〝団円〟はとうとう彼女の豊かな語彙の中で最も皮肉な言葉となったのだ。

十一年後にレイヤーが他界し、張愛玲は完全に世の中から離れ、晩年は flea（蚤）から逃げて懸命に転居を繰り返した。彼女自身が処女作と認める「天才夢」の結末の名句は「生命とは蚤のたかった豪華な長衣である」であった。四十年後、彼女はようやくそれは「虱」の誤記だったことに気づくことになる（『現代中国語に対するちょっとした意見（対現代中文的一点小意見）』。それはともかく、このもともと精神的な比喩として使われていた〝かじる虫〟が、最終的には現実の肉体まで蝕むことになったとは、皮肉としか言いようがない。世の中の人間に対しても、張愛玲は〝蚤〟であるかのように避け続けた。そうして、アメリカで四十年暮らした張愛玲には、『同学少年都不賤』を除いては、渡米後を描いた小説は一編もない。彼女は全ての生活の記憶をみなその頃に封じ込めたのである。

他人の物語をなんとか書き終えたとき、とうとう彼女は自分の物語を書き始めた。そのタイトルは『小団円』――そう、やはり〝団円〟だったのである。

補記

ここまでの原稿を雑誌『閑話』に投稿したところ、ある友人が微博に書き込まれた感想を転送してくれた。二〇一四年六月二十八日十五時二十八分、祝淳翔（zcx1997）氏の書き込みで、以下のように書かれている。

『中天〔堂〕閑話』改め『閑話』の今年の第三期の巻頭が張愛玲についての文章だったが、まだ迅雨の文中にある猟人日記を狂人日記だと間違えており、しかもそれから大いに議論を発している。やれやれ……

これは、全く弁解のしようもない間違いで、傅雷にも濡れ衣を着せてしまった。本論は講義録を改めたもので、普通の論文の体例には拠らず、脚注をつけずに最低限の注釈を文中に施している。*Stale Mates* と「五四遺事」については、ニューヨークと台北の友人を煩わせて原テクストを見つけてもらった。しかし参加する学術会議に間に合わせるため、その他の資料引用のいくつかについては原文の確認が間に合わなかった。迅雨の文章のこの言葉については、二十年以上前にすでに誤記されていたようである。この誤記の印象は強く、また多くの研究がそのまま引用していたため問題があることに気づかなかった。『閑話』は内輪の雑誌で正式な出版物ではないため、私もまずここに載せて友人に見せておくのもよいと思ったのである。こうして人に指摘された以上、関連する内容を削っても論述の大要に影響はないのだが、やはり原載のままにして他日の戒めとしたい。

本論の他の部分については前稿からいくつか改めたが、一つ付け加えておきたいことがある。それは会議で報告した際、聴衆の興味が羅文涛とは胡蘭成の投影なのかという問題に集中していたことにもよる。その時やや意外に思ったのは、自分の報告は何と言ってもモデル探しではなかったのに、どうしてみなここにひっかかるのかということだった。

もともと執筆した時点では最後に時間が足りず、結末部分を早々に終わらせたので、〝羅文涛が三美と団円すること〟については詳しく論じなかった。今陳子善先生の卓見を引用しておく。

のちに、張愛玲は短編小説「五四遺事」を発表したが、副題はまさに〝羅美〔文〕涛三美と団円すること〟だった。『小団円』に至って、張愛玲は九莉が邵之雍と小康、巧玉との曖昧な関係を疑いつつ、〝彼が日の目を見る日が来たら、彼と三美人が団円ということになるのか〟と疑問を発する場面を書いている。続いてまた、邵之雍が〝あれこれと言い訳に満ちた〟長い手紙を九莉にしばしば送ってくることに対して〝「三美と団円すること」という公式に則ればこれは絶対必要なことだ〟という解釈を行っている。邵之雍は〝三美団円〟という美しい夢を見たが、それは九莉には到底受け入れられないことだった。〝唯一の感覚は、一本の道を果てまで歩けば、それでおしまいになるということだ。〟『小団円』は〝大団円〟の対極にあり、〝大団円〟への逆説的な風刺でもある。(『看張及其他・「小団円」的前世今生』、中華書局二〇〇九年十月版)

欽仰すべき洞察といえよう。文中の引用は『小団円』の〝十〟に見える。そしてその前の〝九〟では全編田舎での観劇が描かれたのち、〝もう時間がなかったので、九莉はしかたなく立ち上がって外に出た。二人が将来を誓い合い、科挙に合格して妻に迎え、二美人三美人と団円となるのを見られないのはとても惜しかった〟とある。

胡蘭成の〝三美団円〟への憧れを、張愛玲はもちろん知っていたはずだ。『小団円』が繰り返しそれに言及するのは、一つには胡の心を見抜いていたからであり、もう一つには自分の心が死んでいくのを喩えたものであろう。ここから、「羅文濤三美と団円すること」は昔に実際に起こったことであり、『五四遺事』の唐突に見えるこの副題は、張愛玲の心がふと動いて付け加えられた胡蘭成の投影であるのだ、と論証できるかもしれない。むしろ『五四遺事』の成立は『小団円』よりずっと早い。『小団円』を以て『五四遺事』も自分を描いたものだと証明することはできない。ちょうど〝『伝奇』中の人物と物語には、ほぼ全て「基づくところがある」〟（水晶「蝉――夜訪張愛玲」）ように、「五四遺事」の〝仲間たち（老搭子）〟にも〝基づくところ〟があるのだろうが、それはきっと〝別に基づくところがある〟のだろう。

いつのことか思いだせない昔に許宝騤「兪平伯先生『重円花燭歌』跋」（『新文学史料』一九九〇年第四期）を読んだのだが、そこに曰く、

私は年を取ってからいささか〝紅学〟を治め、細部を読みこんで何か発見があると文章をしたためて『団結報』に投稿した。その前にまず（兪）平伯兄に教えを乞うて、いろいろ意見をいただいた。私には香菱［『紅楼夢』の登場人物の一人］と陳円円［明末清初の武将、呉三桂の愛妾］について論じた文があるのだが、兄が夫人に依頼して資料を探してもらったところ、確かに二人とも左眉の上に赤い痣があることがわかった。兄の鉄証山の如しとは言えないまでも、妙証水の如しとは言えるだろう。私はこの書を得た結果、兄の言った通

り狂わんばかりに喜んだのだった。

なぜこの一文を長く記憶していたかと言えば、この〝妙証水の如し〟という表現が面白いと思ったからだった。香菱と陳円円が結局どういう関係かということは心に残らなかった。今探してみると、『団結報』一九八一年九月五日に「微を抉り隠を発し　共に紅楼を話す」というシリーズの〝五、英蓮―香菱の謎（続）〟の〝付録：興味深い補足〟が掲載されており、以下のような叙述があった。

私の従兄でもあり姉の夫でもある兪平伯は私が前に書いた文を読んで、特にある本を探し出して贈ってくれた。「君がこれを読めば、必ず狂わんばかりに喜ぶだろう」と言って。書名は『滄桑艶』、丹徒の丁闇公（傅靖）の作である……

ここで言う「前に書いた文」とは一九八一年八月八日、二十二日に連載された〝五〟である。大略を言えば、許宝騤は香菱は陳円円の投影ではないかと考えたのだが、兪平伯の提供した資料によれば、陳円円と香菱は、二人とも同じく〝左眉の上に赤い痣〟があったのだという。しかし、この陳円円に関する資料は後世に出たものなので、〝鉄証山の如し〟とは言えず、一歩下がって〝妙証水の如し〟とするしかなかったということである。

平素紅学に足を踏み入れたことはないが、香菱と陳円円の関係云々というのはあまりにも突飛すぎて、どうしても賛同することはできない。ただ、小説というものにはいわゆる〝プロトタイプ〟があるものの、作者の気持ちが揺れ動くためにいつも「その通り」と「そうではない」の間を行きつ戻りつするものだ。無理強いすれば誤りとなるか俗に堕ちるかになってしまう。中途半端なままにして、口にするその手前で止めてこそ、あるいは

〝妙証水の如し〟と言えるのかもしれない。

もう一つ、でたらめな考証をしてみよう。「五四遺事」の初めに登場する二人の女性は一人が〝范〟、一人が〝周〟だが、この姓に対して張愛玲は敏感だったはずだ。胡蘭成が〝三美団円〟を目論んだ一人は周（訓徳）、そしてもう一人は范（秀美）ではなかったか。そして文中にはこうある。〝羅家もあんまり人を馬鹿にしている。我々張家の人間はみんな死んでしまったとでも思っているのか？〟

ある人は聞くかもしれない。だからどうした、と。

答えて曰く、別になんでもない。

第10章　葉霊鳳の小説創作とビアズレー

香港時期の性俗エッセイについて

梁敏児
（池田智恵訳）

一　ビアズレーの挿絵

一九二三年一月、田漢によるワイルドの『サロメ』（*Salome*）が、ビアズレーの一六枚の挿絵及び原作の表紙付きで翻訳・出版された。同年九月、郁達夫は『創造週報』に「『イエロー・ブック』の人物について」（原文：集中於『黄面誌』的人物）を発表し、ビアズレーと西洋における世紀末頽廃思潮とを並べて論じた。ビアズレーの挿絵は性というテーマを大胆に描き出したことにより、しばしば猥褻だとされ、『サロメ』の挿絵の一部は発禁となった。ビアズレーは、新しい女性像が伝統に反する側面を描くのに長じていた。『サロメ』の挿絵を例にしてみよう。その女性像はイギリスのヴィクトリア朝の伝統からかけ離れている。例えば、必ずしも女性らしさに溢れているわけではない。「エロディアス登場」(*Enter Herodias, Wilde:28*)という挿絵では、半裸のエロディアスは、性的な関心を全く示していない。その眼差しはある種「いつも通りのことにうんざりした表情」(Zatlin:87)をあらわにしている。その冷淡さは画面左下の道化と対照的で面白い。道化はエロディアスのスカートの裾を持ち上げ、彼女の秘所をこっそりうかがっている。衣服の下の性器も勃起している。(紫図大師図典編集部：九四)女性は、男性に弄ばれる対象であり、それゆえに裸でなければならない。しかし、そうであっても、エロディアスは誘惑や挑発といった態度を見せていない。サロメの母親として、歳は重ねても、厳粛な面持ちで自分を強く見せている。「腹の踊り」(*The Stomach Dance, Wilde:54*)と「エロドの眼」(*The eyes of Herod, Wilde:32*)の二枚の挿絵では、こうした抵抗の姿勢がよりはっきりする。挿絵中のエロドと道化は欲情を高ぶらせている。サロメは半裸であるものの、上半身をぴんとさせ、その眼差しに動じた様子はまったくない。こうした抵抗の姿勢は、ある種父権を脅かすものである。

サロメは一時の気ままな情熱に駆られたわけではなく、冷静に計算し、自らの目的に達した。少しずつエロドを罠へと追い込み、それによりヨカナーンの首を手に入れた。女性が自分の境遇をよくわかっており、かつ陰謀をめぐらすことに長けていることが分かる。ヴィクトリア朝は非常に強い父権社会であり、女性への教育は、依然として非常に保守的であった。教育とは女性に女性らしさを失わせるものだと考えられ、そのため、至る所で男性に服従することが強調され、女性が性的な快楽を得るかどうかにはほとんど関心が払われなかった。この種の主流の偽善思想に対し、ビアズレーの挿絵には読書する女性、またもしくは自ら性の快楽を求める女性がよく描かれた。『サロメ』の挿絵には、後者が出現する率がかなり高い。例えば、検閲を通らなかった三枚の挿絵、すなわち「目次飾画」(*List of Pictures, Wilde：xviii*)、「椅子のサロメ」(*Salome on Settle, or Maitresse d'Orchestre, Wilde：*

44）そして「サロメの化粧　二」（*Toilet of Salome, Wilde*：58）だが、これらはすべて女性の自慰行為を描いている。「目次飾画」では、サロメは読者に背を向け、両手をしまい、誘惑するような視線をちょうど向かいに座る半獣の女性に振り向きざまに投げかけている。これらの動作は二人が自慰行為に耽っていることを示している。「椅子のサロメ」のサロメは、読者に背を向け、腰掛け椅子に座り、長衣の前を開け、左手は内側に、右手は陰茎にそっくりの指揮棒を持っている。「サロメの化粧　二」では、サロメは裸で左手を股の間に差し込んでいる。左下の二人の小間使いは、一人は座って、両手を股の間に、もう一人の立っている小間使いは、片手で男性の生殖器に似た柱を抱き、もう一方の手を股の間にさしこんでいる。（Zatlin:114）

　女性が自分で性の快楽を追い求め、同時に性によって男性をコントロールすることができる例として「孔雀の裳裾」（*The Peacock Skirt, Wilde*:2）が挙げられる。この絵の中のサロメは、上半身全体を若きシリア人に傾け、下半身のスカートで彼を覆うようにし、彼を弄ぶかのようである。ワイルド（Wilde: 16）の劇本にはこうある。[1]「お前なら、きつとしておくれだらうよ」これが意味するのは、サロメには、若きシリア人が命令に背き、ヨカナーンを彼女の前に連れてくることが分かっていることだ。また「ヨカナーンとサロメ」（*John and Salome, Wilde*:20）では、ヨカナーンはことさらに背筋を伸ばし、軽蔑したように距離を置いて立っているが、その頭は、彼の意志に反して、彼を乞い求めるサロメのほうに傾き、サロメは、またことさらに彼の方に寄りかかろうとしている。ザトリン（Zatlin）（119）は、こうした挿絵は、女性が、性によって如何に男性を誘惑するかを十分に心得ていることを描いていると指摘している。

二　ビアズレーと葉霊鳳の小説

図像への統制が相対的に厳しかったため、葉霊鳳は、挿絵ではなく小説によって、世俗のある一面に対してのビアズレーの挑戦を表現しようとした可能性がある。鄭政恒（一九一〜一九二）は「『葉霊鳳小説集』中における（非）宗教的な言語（原文：《靈鳳小説集》中的（非）宗教語言）」という論文で、葉霊鳳の小説における反宗教、反道徳の色彩について指摘し、「愛の講座（原文：愛的講座）」（一九二八）を中心に論じた。その物語は徳の高い霊貝《リンベイ》という人物の死後、彼の弟子であった亜徳斯仏《ヤデスフ》という軍功により爵位を得た人物が、近くの修道院の一九歳の娘[2]と闇夜に乗じ山を下って駆け落ちするというものである[3]。鄭政恒は、駆け落ちのシーンと修道院という背景は、伝統的な道徳に反した欲情に駆られた考えを表しており、霊貝の権威に満ちた言葉は、オリジナルの宗教的な言葉を瓦解させており、ある種強烈な皮肉となっていると指摘した。霊貝は、『聖書』の言葉を使うが、内容はまったく逆である。「愛のために誓いを破る人物に幸あれ、呪詛はその人を呪った人物に帰すべきだ」、「愛の本体は、永遠に不滅である」「愛の中に慈悲も慈善もない」、ここにおける愛とは、男女の肉体的欲望の愛を指し、『聖書』が掲げる愛とは異なる。同様の彩りは「摩伽の試み（原文：摩伽的試探）」（一九二八）と「曇華庵の春風（原文：曇華庵的春風）」（一九二五）、「落雁」（一九二九）「明日（原文：明天）」（一九二八）等の作品にも見える。「摩伽の試み」と「曇華庵の春風」では、出家した人物が肉体的欲望の誘惑に抵抗しきれない様を描く。最後に摩伽は幻覚の中で自ら去勢し、尼僧の月諦は脳溢血で死亡する。「落雁」と「明日」は、いずれも老いた男が年若い女や男に懸想する様を描く。「明日」は教養ある叔父が、既婚の姪に抱く人倫に悖る衝動を描く。

李欧梵（二〇〇〇：二五〇）は、葉霊鳳の小説における男性のメインキャラクターは「極度にナルシストであり、かつ意志が軟弱である。彼らは誘惑と嘘の遊戯に耽っているが、さして性的な活力があるわけではない」と指摘する。葉霊鳳の小説における男性のメインキャラクターは、ヒロインと比べてみると、大部分が受け身だが、これも葉霊鳳の作品の特徴であろう——ヒロインこそが作品の魂と言えるだろう。

1　男性に不幸をもたらす女性

葉霊鳳の描く男性は、その多くが、捨てられるのでなければ裏切られる。初期の「疚しさ（原文：內疚）」（一九二四）、「女媧氏の残党（原文：女媧氏之餘孽）」（一九二五）、「姉が嫁ぐ夜（原文：姊嫁之夜）」（一九二五）、「口紅」（一九二六）、「浪淘沙」（一九二六）、「菊子夫人」（一九二六）などがその例だ。女性方の家長が、男性の出自が卑しいのを嫌がる（「浪淘沙」）以外の多くは、五倫を外れた恋愛を描く。姉と弟の間や（「姉が嫁ぐ夜」）、若い学生と恩師の妻との間に（「疚しさ」）愛情が発生したり、男性主人公が親友の妻に懸想するものの、最後には別れることを余儀なくされたり（「女媧氏の残党」）、さらには、ヒロインが男性を誘惑した結果、もてあそばれてしまったり（「菊子夫人」）、失恋により、正気を失ったり（「口紅」）というストーリーである。こうした異常な関係における恋愛感情は、後期作品になると、男性主人公の多くが破滅的な結末に向う傾向にある。例えば、告白が間に合わず、女性が無言でこの世を去ったために、男性が顔をかきむしって傷つける（「Isabella」一九二七）、親友の妻と通じた男性が肺病で世を去る（「香典（原文：奠儀）」一九二七）、女性方の家長に反対され、ひき離されてしまい、男性が最後には発狂する（「肺病初期患者」一九二七）、さらに男性が弄んだ女性に殺害される（「愛の戦士（原文：愛的戰士）」一九二七）等がある。一九三三年十二月、葉霊鳳は「リリス（原文：麗麗斯）」という小説の中で、次のように男性の女性への愛情を描写している。

出会ったばかりの頃、彼女は僕に言った。／「もしわたしを知れば、あなたが苦しむわ」／しかし、まさにその苦しみのために、僕は彼女を知りたかった。／どこまで深いとも知れない運命の支配に身を投じた時のあの貴重な味わいよ。（葉霊鳳、一九九七：三五二）

男性に不幸をもたらす女性は、『サロメ』の中では実に死に近しい。「月の中の女」という挿絵は、狂気と死を予感させる。サロメが後にヨカナーンの首に口づけをするのがその例だ。同じような状況が、葉霊鳳の小説の中にも多く出現する。例えば、「姉が嫁ぐ夜」の中では、捨てられた弟の舜華が、夢の中で姉の唇を切り裂き、「摩伽の試み」では、摩伽は夢の中で自らを去勢し、「肺病初期患者」では、引き離された印青は発狂し、「Isabella」では、思い悩む野萍が、自らの顔を傷つけ、かつヒロインの死体を盗んで逮捕される等である。

2　局面を操ることに長けた女性像

男性に不幸をもたらすこと以外に、女性に弱さは全くなく、男性を操ることに長けている。例えば、「疾しさ」の中の教師の妻は、自分が夫と学生の間を行ったり来たりすることに、全く後ろめたさを感じず、かつ混乱の中で自分の去就について考えを巡らす。「女媧氏の残党」では、夫の友人と一線を越えた妻が、愛人に累を及ぼさないために、夫との生活を耐え忍んで続け、静かに別れの時期を待つ。「明日」では、姪の麗冰は実に賢く、酒に酔った叔父の暴力を避けると、さらにうまく立ち回って叔父を引き下がらせる。「愛の戦士」では、ヒロインはきっぱりと誠実さのない男を殺す。

前述したような状況は長編小説ではより顕著になる。ヒロインは、陰謀をめぐらすことに長け、肝が座っている。例えば『紅の天使（原文：紅的天使）』（一九三〇）の妹は、思い人を奪った姉への報復のために自分の美貌を利用して、姉の婚姻を打ち砕くことを計画し、最後には自殺する。また、『時代の娘（原文：時代姑娘）』（一九三二）では、秦麗麗は婚約していながら、自分から誘って男性主人公である韓剣修とホテルでデートをし、その後必要に迫られたため彼と別れる。その後上海で既婚の男性蕭潔と出会うが、自分が騙されたことがわかると、相手に報復をするのだ。その後香港から駆けつけた韓剣修は彼女と蕭潔の情事を新聞で読み、悲憤に駆られて自殺する。物語の結末では、秦麗麗が死体安置所に赴き、韓の死後の始末をする。葉霊鳳の筆にかかると女性はまるで魔法のように、男性の生き死にを左右するのである。『未完の懺悔録（原文：未完的懺悔録）』（一九三六）では、ヒロインは踊り子である。最初、彼女は男性の心を弄ぶが、やがて心から愛するようになる。しかし、それでも移り気なのをやめられず、最終的には二人は別れる。男は鬱屈するあまり肺病を患い、小さな娘を連れてヒロインに会おうとするがならず、最終的には、この男女二人とも失踪する。

この他、長編小説中のヒロインは、性に関する知識を積んでいる。例えば『紅の天使』のヒロインの妹婉清は、張競生の『性史』の愛読者（一九八八：五二）であり、『時代の娘』の秦麗麗は『結婚の愛（原文：結婚的愛）』や、『性典』、『健康な性生活（原文：健康的性生活）』等の本（一九三三：二三）を読むのが好きである。女性と性に関する知識もビアズレーの挿絵においては重要なテーマだ。例えば「サロメの化粧　一」という挿絵に描かれている書籍のうち二冊は、ヴィクトリア時代に猥褻だとされたものである。フランスの詩人ボードレール（Charles Baudelaire）の『悪の華』（*The Flowers of Evil*）と自然主義小説家のゾラ（Emile Zola）の『大地』（*Germinal*）だ。しかも後者の英訳本は一八八七年猥褻罪の名目でイギリスの法廷に訴えられた（井上芳子等編：一二八～一二九）。挿絵「サロメの化粧　二」はその後、やはり同様に猥褻を理由に発禁になったが、ビアズレーが修正した第二版（Wild:56）でも、本棚の上には依然として類似の書籍が置かれている。エロティックな幻想と性的なスキャンダルで有名なフランスの作家サド（Marquisde Sade）の作品と、もう一冊は、やはりゾラの『ノラ』（*Nana*）である。

これらはいずれも大胆な性描写を理由に発禁になっている。

女性が性について知ることにより、より思うままに男性をコントロールできるようになる。婉清は姉の夫の健鶴を誘惑し、さらに姉の夫の友人の樹蕃を利用して、失意に陥っている姉を誘惑させ、彼らの婚姻を壊すことに成功する。秦麗麗は、美貌を利用し自分を騙した蕭潔に仕返しする。こうした行為はビアズレーが描いた『サロメ』を彷彿とさせる。彼女は美貌を利用して若きシリア人を誘惑し、ヨカナーンを彼女の前に連れてこさせ、そして同じ方法でエロドに同意させ、ヨカナーンの首級を手に入れる。こうした女性は、最終的に男性にとっては死をもたらす脅威である。婉清の姉の夫健鶴は樹蕃の密告によってもう少しで命を落としそうになり、秦麗麗の二人の男性の恋人は、一人は自殺し、もう一人は地位も名誉も破滅させられるところだった。

3　様々な性愛

葉霊鳳の創作の大部分は一九二六年以降、『幻洲』（一九二六～二八）、『戈壁』（一九二八）、『現代小説』（一九二八～三〇）等の雑誌に発表された。これらの雑誌は、創造社の「小夥計〔小僧、見習い〕」の同人によるものとして知られている。彼らは創造社の元老たちよりも若く、後期の作家に属す。周全平、厳良才、葉霊鳳、潘漢年、丘韻鐸、周毓英、成紹宗、柯仲平等がいた。朱壽桐（一九九一：二九四）は「小夥計」が「創造社の作家固有の卑俗な儒学趣味をさらに進めて、さらに大胆にそして露骨に誇張した」とする。彼が指摘しているのは、大量の俗語と猥語、かつ純情主義から純性主義への変化だ。さらに『幻洲』は性学雑誌と譏られた。半月刊で、紙面はふたつに分かれている。上半分は葉霊鳳が編集し、「象牙の塔（原文：象牙之塔）」、下半分は潘漢年が編集し、「十字路（原文：十字街頭）」と題された。上半分は文学作品を掲載し、下半分はイデオロギーに関する討論が集中的に行われた。創刊半年の『幻洲』は、下半分において「霊肉特集号」を組み、広く投稿記事を募集し、様々な人々の性愛に関する見解を掲載した。潘漢年は、「下半身」の編集者だとされ、彼は（一九二六c：一五一）すべての男女の結びつきというのは、愛欲に支配されなければならないと豪語し、さらに一夫多妻であろうが、妻の共有、夫の共有であろうが構わず、ただお互いに愛し合っており、性の支えさえあれば、どんな障害も乗り越えることができると唱えた。

『幻洲』における男女の恋愛には、性行為がともなっている。田漢の時期のロマンティックな激情、崇高な愛情のための犠牲は消え失せている。崇高さは卑俗な性を容れることができないためだ。また郁達夫式の懺悔や自己憐憫もなくなった。性は神聖なものであって、少しの罪悪でもないからだ。『幻洲』は、「性学雑誌」や「退屈で下品である」などと批判されたが、しかし、しばしば張競生を攻撃する記事を掲載した。潘漢年（一九二六d：三一〇）は、「まず、これら性愛の発展を妨げている問題の解決をはからなければ、どんなに頑張って性行為のやりかたを宣伝しようと、性愛にまつわる悩ましき全ての問題を円満に解決することはできない」とする。彼は（一九二六a：一三九）張競生の『性史』はただ読者の性的な妄想を満足させることが目的で、性教育としては消極的であると指摘している。ここから「小夥計」たちの創作が一般的な色情的な描写と一線を画していたことが分かる。彼らの低俗趣味の裏側には、現実社会への不満が隠されており、性を束縛する様々な規範を破ろうという意図があったのである。

こうした背景のもと、葉霊鳳の性愛描写もまた、仲間達と明らかな違いを持っていた。その中で最も顕著なのは、相対的に含みをもたせるだけで、直接的に性行為そのものを描かないことだ。しかも愛情至上主義的な理想に彩られた作品が比較的多い。例えば、『幻洲』に発表されたいくつかの作品のうち、「口紅」、「Isabella」、「浪淘沙」、「菊子夫人」、「禁地」には、成紹宗のような長く抱き合っての口づけや、洪為法のような愛撫による挑発行為や、さらには潘漢年のような直接的な自慰行為の描写等はない。逆に愛のためなら死んでも惜しくはないという心情を描いた作品が多い。「口紅」と「Isabella」は、どちらも失恋した男が変態に近い執着と恋に狂う様子を描き、「浪淘沙」では男が女の幸福のために自己のすべてを犠牲にすることを描き、「菊子夫人」では、男の愛情への執着と妄想を描き、「禁地」では、主人公が自分の美貌に酔い、同性愛に傾いていく様子を描いている。しかし、愛情を謳歌するのと同時に、頽廃思想に耽溺しており、崇高なロマンティックな激情とは比べるべくもない。

社会運動と革命工作とが一体何の役にたつんだ?鉄十字の勲章がまだわたしの肌着の襟についているが、あなたのためなら、手中の爆弾を自分の仲間に投げつけたって構わない。／友人を売るのは恥ではない。あなたのためなら、どんなことすら名誉になる。（「菊子夫人」、葉霊鳳、一九九七：一〇〇）

この種の耽溺思想は、ワイルドの快楽主義とよく似ている。彼の「ドリアン・グレイの肖像」（*Dorian Gray*）では、主人公が自分の美貌に夢中になり、自分の魂と引き換えに、自分を永遠に青春に止めようとする。時間が流れても、ドリアンの容貌は少しも年をとらないが、彼の魂は荒淫と堕落した生活により醜く変わっていく。最後に彼は秘密が他人にばれるのを恐れて自分の肖像画をやぶり、そして血溜まりの中で死ぬ。愛情のために世俗の一切の規範を顧みないこと、例えば、友人を売ったり、自分の顔を傷つけたり、さらには人妻の身分を考慮しなかったり等、これら全て、一般社会が容認する道徳の限界を越えている。葉霊鳳はかつて「ドリアン・グレイの肖像」の一部を『幻洲』の穴埋めに訳した。その中からも唯美的な頽廃思潮がうかがえる。

美しさとは表面的なものだと言う人がいる。あるいはその通りかもしれない。だが、少なくとも、思想ほど表面的ではないだろう。わたしは、美しさとは奇異中の奇異であるように思う。人を外観によって判断しようとしない人間こそ浅薄なのだ。この世界で、真に不思議なことは、眼に見えるものの中にあり、見えざるものの中にあるのではない……（葉霊鳳、一九二七：五〇八）

このような眼に見える事物への恋着は、現在の全てへの執着であり、掌握できない道徳教条や、ひいては形而上のイデオロギーに対する反逆にほかならない。これは、愛だけに突き進むことを描く以外に、性描写のなかにも表現されている。性そのものだけを描こうとし、厳粛なテーマを持ち出そうとはしないのだ。

葉霊鳳が描く性は、その多くがタブーに属する。例えば、「浴」（一九二七）では、女性の自慰行為を描く。この小説では、ヒロインが、従兄が書いた小説を読むうちに欲情して、自分の身体の新たな側面を知る様子を描き、そして、女性が自慰行為を試した後、どのように男性に興味を持たなくなるかを描いている。中国で、まず先に描かれたのは、男性の自慰行為を描く郁達夫の『沈淪』である。『幻洲』に至って、男性の自慰行為を描くのが流行となった。例えば、潘漢年の「水番三郎日記」では、

すでに八時の鐘も鳴った。ぐずぐずと布団の中で縮こまって起きようとせず、つらつらと考えを巡らせた。ついに、頭をぼうっとさせたまま、まだ夢かうつつかというような幻の中で、虚しい肉と肉とがぶつかり合う快楽を味わった。だが、日がすっかり高く昇ったところで目を覚ますと、頭がふらふらし割れるように痛んだ。――ああ、「次はもうやらない」というのもダメになってしまった。／ハハ！なんてこった！ぼかした、はっきりとしない言い方では、まさか、こいつらは、「今日また一回手淫した」ということがわからないのだろうか。まさかこの日記が自分の子孫に渡って、今日のところを読まれて、彼らに「この祖先はどれ

だけ恥知らずなんだ」と言われるのを怖がっているとでも？——手淫、手淫、今日も朝からまたやってやる。（潘漢年、一九二六b：一一四）

しかし、『幻洲』には女性の自慰行為を描いた作家はおらず、葉霊鳳は例外と言える。自慰行為のほかに、彼は同性愛も描いた。『幻洲』に連載された「禁地」（一九二六～二七）は、雑誌の終刊により未完だが、李欧梵（二〇〇〇：二四六～二四七）は、この小説が同性愛を描いたものかもしれないと指摘した。理由は二つある。ひとつは、男性主人公である菊旋の女性的な容貌および、凝った身だしなみである。ふたつめは、彼の男性の友人が、もし彼が女だったら愛しただろうと言っていることによる。「禁地」の後に、葉霊鳳は同性の性行為も描いている。それは一九二八年に『戈壁』に発表した「左道」である。この作品には、文明の背後に潜む野蛮さが描かれた。その中の一節に、巡査部長の部下に対する侮辱が描かれている。

巡査部長はまさに、一人の若い部下を股の間にはさみ、背中から抱きついて弄んでいた。誰かがドアをあけて入ってくるのが聞こえたが、はさんでいた人物を突き飛ばすのは間に合わず、ただ入って来た人物に背を向けて怒鳴るしかなかった。分かった。すぐに行く。警官の眼にはもう全てが見えていた。なんたる下衆！恥知らずめ！（三〇〇）

Zatlin（Zatlin:73）は、自慰行為と比べて、ビアズレーは特に同性愛という主題に興味があったわけではなく、例え描いたとしてもそのほとんどが諧謔的なもので、大人の男性が少年に興味を抱く、その多くがただ彼ら若者のような性的な活力をほしがっているに過ぎないとしている。ビアズレーの描く若者は常に無垢の象徴であり、権力闘争の中に入ることはない。こうした特徴を表現するために、ビアズレーは中性的に表現することを好んだ。例えば、『サロメ』の中の、「月の中の女」では、兵士の侍従が、少年のこうした中性的な特徴を表現している。このため「禁地」における菊旋が美を愛したとしても、同性愛に発展するかどうかは分からない。彼が美を愛することが強調されるのは、もしかしたら、『ドリアン・グレイの肖像』のようなテーマへと発展していく可能性があったからではないだろうか。

自慰行為と同性愛の話題の他、葉霊鳳はさらに諷刺たっぷりに、禁欲のでたらめさを描いた。「曇華庵の春風」（一九二五）と「摩伽の試み」（一九二八）では、それぞれ尼僧と和尚の性の葛藤が描かれ、それによって性が人に悦楽をもたらすことが讃えられている。

彼はそのとき悔やむばかりだった。彼の戒行が台無しになったことを悔やんでいたのではない。自分がこんなに身の程を知らないはずではなかったことを悔やんでいるのだった。仏道を治めることができない俗物が道を求めた結果、逆に多くの現世の享楽にひたってしまった。（「摩伽の試み」、葉霊鳳、一九九七：一八四）

彼女はいつもこう思っていた。――何がわたしをここに連れて来て修行をさせているのだろう？修行が何の役に立つの？観音様のように道を修めても一人孤独な生活を得て、庵の中でひっそりと暮らすに過ぎないわ！（「曇華庵の春風」、一九九七：一九七）

性愛とは誰も逃れられない誘惑であり、まさにビアズレーの挿絵の「ヨカナーンとサロメ」も、ヨカナーンが誘惑によろめく一瞬を描いている。

葉霊鳳の短編小説、特に単純に性欲を描いた作品は、ずっと高い評価を得ることが出来なかった。朱壽桐

（一九九一：二九九）は、これらの作品は「ただの暇つぶしのため、性欲に対する濃厚な興味を表現するため」に執筆されたとし、楊義（二〇一一：一三五）は、彼の作品は「何をやってもぶち壊し、何も成し遂げられないろくでなしの性質」を反映しているとした。李欧梵（二〇〇〇：二五〇）は、葉霊鳳の男性主人公は、「なんの性的な活力も持たない」としている。以上の評価から二つの異なる基準が見えてくる。一つは、文学の社会的な内容である。もう一つは、文学がある潮流をなし得る独創性である。朱壽桐と楊義は前者を代表し、李欧梵は後者を代表している。

もし、葉霊鳳の作品と創造社の先人二人、郁達夫と田漢とを比べてみると、彼の特徴が何かがはっきりする。「明日」は一般的に好評を博したが、それは性の誘惑を描く以外に、性が抑圧されている苦悶を描いたからである。しかし、郁達夫と比べてみると、「明日」では全く懺悔は見られず、逆に男のメインキャラクターの性の衝動を肯定し、それに同情していることが分かる。「鳩緑眉」の愛情至上思想は肉欲の要素は全くないが、田漢の戯曲のような屈折した心理過程や悲壮な犠牲といった場面もない。つまり、葉霊鳳は平淡かつ日常といった方向に向かい、性愛は、彼の筆致では、特別な輝きを持つことはなかったと言えよう。

三　香港時期の性俗エッセイ

日中戦争の勃発後、葉霊鳳は夏衍主編の『救亡日報』の編集に参加し、上海が日本軍に占領された後には、広州が発行地になったのにつれ、一九三八年以後に香港に居を移した。一九四一年十二月、香港が日本軍に占領されると、葉霊鳳は戴望舒と『大衆周報』を発行した。毎週土曜に刊行、第一期は一九四二年四月一日であった。これは、日本軍統治下における刊行物であり、当局の言論を掲載するほか、風習や習俗の故事や娯楽のための考証記事等が掲載された。葉霊鳳は、「葉」のほか、「豊」や「葉霊鳳」などの署名で社説を書いたほか、主に「白門秋生」という筆名で、古今東西の性俗に関する逸話を『書淫艶異録』として連載した。また、「青楼蕭史」の筆名で中編小説『香艶浮生記』を翻訳した。原題は、『ファニー・ヒルまたはある遊女の回想録』（*Fanny Hill or Memoirs of a Woman of Pleasure*）、作者は、ジョン・クレランド（John Cleland）である。その他に「鮫人」という筆名で『香港海盗史話』[1]を連載した。前者の二つのコラムは彼の性愛という題材への興味の延長上にあり、不自由な時勢のなか、葉霊鳳は依然として元来の考え方に忠実であり、大きな転向はなかったと言える。

1　性俗エッセイと小説創作の題材

『書淫艶異録』はかつて上海の『辛報』（一九三六年六月一日～同年一〇月一日）と香港の『大衆周報』（一九四三年四月三日～四五年六月二十二日）にわけて連載された。このコラムは最近ようやく書籍として、福建教育出版社より出版されたが、二つの時期は甲乙二編に分けられている。日本占領時期以後、『書淫艶異録』に近い内容だが、より浅く俗なシリーズのエッセイが、一九八九年に『世界性俗叢談』という本に収録されている。[2]『辛報』の連載以外に、筆者の調査によれば、葉霊鳳はかつて一九三六年に「白門秋生」の筆名で雑誌『珈琲味』に「蛇は神聖である（原文：蛇是神聖的）」という文章を発表し、聖書のアダムとイブの話を紹介している。同年、また「秋生」の筆名で雑誌『萬影』に「色情の犯罪（原文：色情的犯罪）」を発表し、各国の異なる刑罰について書いている。他に、一九三七年に「秋生」の筆名で科学普及雑誌の『健康生活』半月刊に「性技術の中のまた一つの方法――含蓄のある交わり」と題した翻訳ものを発表した。原作者は有名な性学博士であるハヴロック・エリス（Havelock Ellis）である。その他に一九三〇年の科学普及読み物『大常識』に「脱腸治療法（原文：治脱腸法）」という題名の短い記事を書いている。筆名は「霊鳳」であった。以上の資料から葉霊鳳が書く性俗に関連する文章には来源があると分かる。これらはすべて平淡な筆致で書かれており、形式は科学記事に類似している。その他に注目すべきは、これらが彼の小説の題材と密接に関係していることである。以下、『世界性俗叢談』と彼の小説の内容を簡単に比較してみたい。

一、「紅蓮と玉通和尚（原文：紅蓮與玉通和尚）」（二五六〜二五七）、「もうひとつの紅蓮故事（原文：另一個紅蓮故事）」（二五八〜二五九）と「摩伽の試み」。「紅蓮と玉通和尚」は『喩世明言』を出典とする。官妓の紅蓮が柳府伊の命を受けて玉通禅師を誘惑する。紅蓮は困っている女性の振りをし、腹痛のため、人肌と触れ合わなければ命が助からないと言う。「もうひとつの紅蓮故事」は五戒禅師が紅蓮という捨て子を養う話だが、彼女が成長すると、淫らな欲望を抱くようになる。「摩伽の試み」も孤児の少女の話である。彼女は摩伽に託されるが、その後、裸になり彼を誘惑する。「摩伽の試み」は前述の二つの話の要素を使っている。誘惑をはかることや、女性が裸を見せること、および孤児であることだ。二つの話の和尚はどちらも死ぬことで俗縁を切ったが、摩伽は夢の中で自ら去勢する。

二、「寡婦守節の苦（原文：寡婦守節之苦）」（二二七〜二二八）と「曇華庵の春風」。「寡婦守節の苦」は、沈起鳳の『諧鐸』を出典とする。寡婦が以下のような話を語る。自分が十八歳にして後家を通すことになった時に、義父の従姉妹の息子がたずねてきて、離れにとまることになった。彼女は彼が見目麗しいのに心を動かされ、姑夫婦が熟睡するのを待って、離れを何回も訪ねた。しかし、恥じらいのため成功せず、最終的には、夢の中で心願を達する。お互いに心のうちを打ち明け、手を携えて帳の中に入ろうとした時、突然亡き夫の血だらけの首が帳のなかにあらわれ、二人は驚き、悲嘆に暮れることになる。「曇華庵の春風」の若い尼月諦も、年老いた尼が熟睡してから、行きつ戻りつしながら陳四の部屋を訪ねたいという衝動を押さえることが出来ず、最後には彼が金娘と交歓する場面に出くわして驚き、脳溢血で亡くなってしまう。これら二つの話が似ているのは、ヒロインが自分の衝動を押さえきれない点、自分からなじみのない男の部屋に行こうとする点、そして驚く点等である。異なっている点としては、寡婦の心はその出来事のあと落ち着くのだが、尼は亡くなってしまうことだ。

三、「他人の妻（原文：別人的妻子）」（一七五～一七六）と『紅の天使』。「他人の妻」は『デカメロン』の「愛情問答」の九番目の問題[3]を出典とする。人妻の性欲は研ぎすまされて、触れなば落ちん状態であり、間男は、彼女と夫の間の衝突に乗じてやすやすと間に割り込むことができるため、人妻がもっともよい愛人だとするものだ。葉霊鳳は多くの女性の不倫を描いた。「女媧氏の残党」、「菊子夫人」、「香典」などがあるが、夫に報復するためにわざと「寝取られ男にしてやろう」（一七六）という話は「紅の天使」である。ヒロインの淑清は、夫の健鶴と妹の婉清が疑似恋愛的な関係にあるのに気づくと、やすやすと夫の友人である樹藩の追求を受け入れ、彼の掌中に落ちていく。

四、「水仙狂」（二四～二五）と「浴」。「水仙狂」は変態性欲の学説を引用している。この症状に男女の別はなく、彼らは異性も同性も愛することができず、自分を愛することしかできない。ひいては鏡の中の自分の姿に恋するという。そして、古代ローマの変態性欲患者の例をあげるのだが、彼は自分の寝室の四方に鏡をしつらえ、自慰の姿を鑑賞したという。この記事と、「浴」には類似する要素がある。ヒロインが本で読んだ自慰行為の方法で自分を満足させること、男性からの追求をいっさい受け付けなくなってしまうこと、鏡に自分の裸をうつして鑑賞することなどである。

五、「宮口屍姦事件（原文：宮口姦屍奇案）」（三一六～三一七）と「Isabella」。「宮口屍姦事件」は、一九一四年に中国東北部の宮口で起きた奇妙な事件を記す。左官が郊外で見つけた女性の遺体を盗み、部屋の外に隠していたのを発見されてしまったというものである。「Isabella」では男性主人公野萍は、恋人が突然亡くなってしまったため、夜中にこっそりと彼女の死体を盗み出しに行って逮捕されてしまう。

六、「初夜の傷跡（原文：初夜的創痕）」（四十二〜四十三）と「昨日の後（原文：昨日之後）」（一九二八）。「初夜の傷跡」は多くの研究を引用し、女性が初夜の後に痛みを感じ、後遺症が残ることを指摘している。「昨日の後」は短編小説集『天竹』に収録されているが、その内容は、女性が初夜の後に感じる痛みと心理を描く。

以上、大まかな比較だが、葉霊鳳の小説中の性愛の内容は、彼が娯楽として読んでいた書籍が元になっていたであろうことが分かる。彼は「私の読書（原文：我的読書）」（三〜四）の中で、こうした娯楽本を読み始めたのは、周痩鵑らが編集した『香艶叢話』が最初だったと述べている。当時彼はまだ故郷の江西の九江にいて、十一、二歳ぐらいであった。彼は「まじめではない経書（原文：不正経書）」と形容する。かつそのような書籍を読む自分を反逆者に例え、魯迅の「狂人日記」のような書籍を読む際には、聖者のような気持ちになっていたと言う。彼が性愛に関する内容を書く時、叛逆の意を胸に抱いていたことがわかるだろう。ビアズレーの挿絵のエロティックな内容は当時イギリスやフランスの色情的な本から来たものもあれば、日本の浮世絵から来たものもある。以上の比較を通して、葉霊鳳の作品の性愛に関する描写の源は、ビアズレーとは異なっていることがわかる。しかし、結局娯楽本の内容から、彼がどのような作風を作り上げていったのかに関しては、まだ研究の余地があろう。

2　青楼蕭史の『春艶浮生記』と女性というテーマ

『春艶浮生記』はもともと発禁本であった。作者はヒロインの視点から、自分がいかに良家の淑女から妓女に身を落としたか、いかに羞恥から適応へと変化したか、そして、逆に男性を手玉に取るようになっていったのか、その経過が描かれている。書中には、様々な性行為において生理的にどう感じるのかが詳しく描かれる。ヒロインは最後に客から相当な額の遺産を受け取り、また別れてしまった初恋の恋人にも再会する。最後に彼女は妓女をやめ、社会的地位を手に入れる。葉霊鳳は連載の前に短い序を書いているが、その中には以下のようにある。

『紅毛金瓶梅』であると申される人もおりますが、わたくしめはこの意見に軽々しく同意する勇気はございません。なぜならこの作品『春艶浮生記』は、『金瓶梅』のように艶かしい言葉がつらなり、風情は絵のようではございますが、『金瓶梅』のようにあちらの話にばかり眼をつけて、あのことばかりについて書かれたものではありません。『春艶浮生記』のよいところは……ええ、申し上げるのは難しいのですが、まさにとっさにどこがいいとは申し上げにくいのです。読んだ後には人が面白いと思うところがお分かりになるでしょう。（一九四三〜四四：二月十四日）

良さがどこにあるか、訳者がその後現れて語ることはない。『大衆周報』に連載された訳文は、必ずしも原著に忠実ではなく、かなり短くなっているが、内容は原著と同じである。しかし逐字訳ではなく、意訳となっている。特に性描写の部分では、葉霊鳳は多く訳者の身分を飛び越えて、読者にお詫びしている。

読者諸君、ここまできて、私はもう一度皆さんにお詫びをしなければならない。いわゆる「村の踊り」というのを描写するのは大変難しい。

しかし、詳しい状況を皆さんにお伝えするほど面の皮は厚くないので、省略せざるを得ません。読者の皆さん、どうぞお許しください。（1943-1944:3.26）

このような処理方法は、彼の小説が性行為を直接的に描かないことと一致する。その他、『春艶浮生記』は葉霊鳳の小説中の二つのテーマに呼応している。色々な局面を操ることの出来るヒロインと様々な性愛という点である。

以上から、葉霊鳳は、日本占領期であっても、形式を変えながらではあるが、依然として自分の関心事を表現したのであり、単純に生活のために世俗に迎合したのではないと言えるだろう。

注

（1）葉霊鳳による香港の故事についての研究を、もし彼の社説と一緒に読めば、おそらくかなり面白い発見があるだろう。しかし、それは本論文の主眼ではないので、ここではおいておくことにする。

（2）この本の内容は『新生晩報・新趣』（一九四五～四六）第三版の専欄「歓喜仏盦叢談」からなる。葉霊鳳は「秋生」という筆名を使用して発表した。『大衆周報』の第四巻から、また「歓喜仏盦雑記」というコラムが掲載されたが、作者は「番僧」となっており、この人物が葉霊鳳かどうかは、調査の必要がある。

（3）葉霊鳳は『デカメロン』からの出典としているが、『デカメロン』には「愛情問答」と言ったテーマは存在せず、具体的にどの話かは確認出来ない。

訳注

〈1〉『サロメ』の訳本は岩波文庫版（福田恆存訳、二〇一四年）を使用。

〈2〉〈3〉明らかに外国人風の名前だが、詳細は不明である。

参考文献

〈中文〉

朱壽桐　一九九一　『情緒：創造社的詩學宇宙』　上海：上海文藝出版社
李欧梵　二〇〇〇　『上海摩登：一種新都市文化在中國一九三〇～一九四五』　毛尖訳　香港：牛津大學出版社
楊義　二〇一一　「葉靈鳳和他的浪漫抒情小説」『葉靈鳳作品評論集』　方寬烈編　香港：香港文學評論出版社
葉靈鳳　一九二七　「補白一則」『幻洲』　一・一〇：五〇七―五〇八頁

―― 一九二八 『天竹』 上海：現代書局
―― 一九四三―四四 『大眾周報』 香港：南方出版社
―― 一九八八a 『讀書隨筆（三集）』 北京：三聯書店
―― 一九八八b 『紅的天使』 香港：南粤出版社
―― 一九八九 『世界性俗叢談』 上海：上海書店
―― 一九九三 『永久的女性』 上海：華東師範大學出版社
―― 一九九七 『葉靈鳳小説全編』 上海：學林出版社
―― 二〇一三 『書淫艷異錄』 張偉編 福建：福建教育出版社
潘漢年 一九二六a 「性愛漫談」『幻洲』 一・四：一四三～一六〇頁
―― 一九二六b 「水番三郎日記（三）」『幻洲』 一・三：一二三～一二八頁
―― 一九二六c 「新流氓主義（四）」『幻洲』 一・四：一三八～一四二頁
―― 一九二六d 「靈肉號續小言」『幻洲』 一・七：三〇九～三一一頁
紫圖大師圖典編輯部 二〇〇三 『比亞茲萊大師圖典』 西安：陝西師範大學出版社
〈日文〉
井上芳子等編 一九九八 『「ビアズリー展」圖録』（「比亞茲萊展」圖録） 日本：アートライフ
〈英文〉
Cleland, John. *Fanny Hill or Memoirs of a Woman of Pleasure*, ed., Peter Wagner, London: Penguin Books.
Pease, Allison. 2000. *Modernism, Mass Culture, and the Aesthetics of Obscenity*, Cambridge: Cambridge UP.
Wilde, Oscar. 1967. *Salome; a tragedy in one act*, Trans. Alfred Douglas. Pictured by Aubrey Beardsley, New York: Dover Publications.
Zatlin, Linda Gertner. 1990. *Aubrey Beardsley and Victorian Sexual Politics*, Oxford: Clarendon Press.

第4部　帝国日本と中国東北部／満洲

第11章　金沢第四高等学校における齊世英

杉村安幾子

序

春風意を得て馬蹄疾く、一日見尽す長安の花。——年齢五十にして進士に合格した時の老受験生孟郊の感懐であるが、私なども浪人生活を経験し、これに勝るとも劣らぬ悦びを、新しい白線の帽子をかぶって金沢の街を歩いた最初の日に味わっている。長安の花というのは牡丹のことらしいが、金沢の場合は、兼六公園や城址の桜であった(1)。

これは作家井上靖（一九〇七―一九九一）が第四高等学校同窓会の八十周年記念誌に寄せた文である。自身の第四高等学校合格の喜びを、唐代の詩人孟郊が進士に及第した際の詩に仮託したものだが、これはあながち大袈裟な比喩とばかり言えまい。明治・大正期における第一から第八の官立の高等学校、所謂「旧制高校ナンバースクール」は、少数のエリート育成のための教育機関であり、官僚への登竜門でもあった。ナンバースクールの卒業生は基本的に入学試験を受けずに帝国大学に入学でき、それゆえ高校入学時の選抜も厳しく、学生は間違いなく当時の日本における選ばれし秀才達であったと言える。それは井上靖が第四高等学校理科に入学した一九二七（昭和二）年でも同じことであった。

旧制高校、とりわけナンバースクールの卒業生達の母校への愛着や懐古、更には非同窓であってもナンバースクール卒業生同士の結束や共感は強く、例えば旧制高校ＯＢの主催による日本寮歌祭は、全五十回に亘りテレビ放送もされるなどした。こうした愛着や懐古は無論、自身が選ばれし少数のエリートであったという誇りと直結している。上記の井上靖の「新しい白線の帽子をかぶって金沢の街を歩いた」云々も、自身が第四高等学校の学生であることを周囲に顕示する行為以外の何物でもなかっただろう。

二〇〇九年、齊邦媛（Chi Pang-yuan、一九二四―）の自伝『巨流河』が台湾の天下遠見出版社から刊行された。本書は大きな反響を呼び、台湾において芸術・文化方面の最高の栄誉とされる第五回総統文化賞を受賞しただけでなく、二〇一〇年には大陸中国でも簡体字版が出版され、同様にベストセラーになった(2)。本書は故郷遼寧省での自身の出生から語り起こし、祖父や父齊世英（Chi Shih-ying、一八九九―一九八七）の経歴についてもかなりの紙幅を割いている。実際、齊邦媛の父への敬慕の念は本書全編を貫いており、本書は父への追想録という側面をも併せ持っている。齊邦媛の父、即ち後に国民党に入党し、台湾で著名な政治家となった齊世英が、一九一八（大正七）年九月から一九二二（大正十一）年三月までの三年半在籍したのが金沢の第四高等学校であった。

台湾中央研究院近代史研究所のオーラルヒストリー叢書の一冊『齊世英先生訪問記録』において、齊世英は金沢時代の思い出を次のように語っている。

学校の運動会で、私はちょっとかっこいいことをしました。四〇〇メートル走で優勝したのです。これまでの運動会では、中国人学生は参加したことがありませんでした。日本人は我々を東洋の文弱男と見なしていたようですが、その時私が一位になったことで、彼らは大変驚いたものです。一方、中国人学生はそれより更に喜び、その晩ご馳走をしてお祝いをしてくれました。(3)

学問だけでなく、課外のクラブ活動も熱心に行なわれ、殊に運動部の活動が盛んであった旧制高校において、運動会は一大イベントであった。第四高等学校卒業生の回想に「四高運動会はなかなか華やかなものだった。(中略)金沢の子女の心をわかしたものですよ。女学生あたりがみんな見に来たね(4)」とあるほどで、そこで優勝したことは実は「ちょっとかっこいい」では済まない大活躍であった。(5)

青春期とは個人の人生において、学問や思想の基礎を打ち立て、将来への道筋を決める重要な時期であることは言を俟たないだろう。齊世英も高校時代に金沢において、溢れる向上心で学問・読書・思索に励み、後に政治家として名を成す基礎を造り上げたのである。本稿は金沢大学資料館所蔵の第四高等学校関係の資料から、齊世英在籍当時のものを探し出し、若き齊世英の金沢での足跡を辿る試みである。

一　金沢と第四高等学校

1　金沢――「加賀百万石の城下町」

石川県の県庁所在地である金沢市の東南は山地であり、西北部は日本海に面している。第四高等学校（以下、四高《しこう》と略す）の卒業生であり、齊世英と在籍時期の重なる作家中野重治（一九〇二―一九七九）の描写を見てみよう。

> 金沢といふ町は片口安吉に取つて一種不可思議な町だつた。犀川と浅野川といふ二つの川がほとんど並行に流れてゐて、ふたつの川の両方の外側にそれぞれ丘があり、ふたつの川の間にもう一つの丘があり、街全体は、ふたつの川と三つの丘とに跨がつてぼんやりと眠つてゐる態であつた。さうして、街の東西南北に沢山のお寺がかたまつてゐて、町の名にも寺町とか古寺町とかいふのがあつた。町の中央に名高い兼六公園といふ公園があり、――つまりこの公園は川に挟まれた丘陵に拠つてゐるのであつた。――それに続いて練兵場と衛戍病院とがあり、衛戍病院わきの急な坂を下りて行くとほとんど山の中へはいつたやうな谷間の細路になり、この細路の両側は色々な宗派のお寺の軒つづきになつてゐた。(6)

第二次世界大戦中、空襲に遭わなかった金沢は、さすがに練兵場や衛戍病院は別にしても、今なおこの中野重治の描いた通りの貌を留めている。

十六世紀、前田利家の金沢城入城以降、江戸幕府を除く大名中最大の石高を誇る「加賀百万石の城下町」として栄えた金沢は、人口規模では江戸・大阪・京都に次いで名古屋と並ぶ第四の都市であった。また、外様大名として大身であった前田家が徳川幕府への恭順の姿勢を示すために、内向きの産業・文化を奨励したこともあり、茶道や能楽、和菓子や伝統工芸が盛んでその歴史も長い。現在の金沢は、日本三名園の一つ兼六園や江戸風情を残す茶屋街などによって、観光都市としてその名を知られている。

近代においては、泉鏡花(一八七三―一九三九)、室生犀星(一八八九―一九六二)、徳田秋声(一八七二―一九四三)の三文豪の他、内閣第三十三代総理大臣林銑十郎(一八七六―一九四三)、第三十六代総理大臣阿部信行(一八七五―一九五三)、水利技術者八田與一(一八八六―一九四二)、哲学者三宅雪嶺(一八六〇―一九四五)、思想家鈴木大拙(一八七〇―一九六六)らを輩出した。

2　旧制高校と第四高等学校

旧制高校の創立事業は一八八六(明治十九)年、中学校令及び高等中学校の官制公布に端を発する。[7] 大学の制度に合わせて帝国大学への予備教育を行なう大学予科課程整備の狙いの下、全国が五区に分割され、一八八七(明治二十)年、各区に高等中学校が設置された。第一(東京)・第二(仙台)・第三(京都)・第四(金沢)・第五(熊本)である。

金沢市仙石町(現在の金沢市広坂)に置かれた第四高等中学校は、石川県専門学校と石川県甲種医学校が前身とされている。この二校は幕末・明治初期の激動の時期に、加賀藩、金沢藩、金沢県、石川県と地方行政区の名称の変更を経つつも、尚止むことのなかった高等教育機関設立への地元金沢の情熱と努力の成果であった。

更に金沢における教育史を繙けば、一八七六(明治九)年二月の啓明学校の設立まで遡ることができる。翌一八七七(明治十)年七月、同校は中学師範学校と改称。更に一八八一(明治十四)年七月、石川県専門学校と改称した。この石川県専門学校が、第四高等中学校へとつながっていったのである。この頃を哲学者西田幾多郎は次のように回想する。

私共が初等中学を卒業の頃金沢に第四高等中学校が置かれ私共は四高の学生となつた。（中略）その頃はじめて独逸語が課せられることとなり、（中略）独語の先生からデル、デス、デム、デンといふ風に文法を暗誦させられた。[8]

一八九四（明治二十七）年、高等学校令により第四高等中学校は第四高等学校へと改称。大学予科としての修学年限は二年から三年へと変更され、それまで一高にのみ設置されていた第三部（医科志望）が他の高校にも設置されることとなった。一九〇八（明治四十一）年までに第六（岡山）・第七（鹿児島）・第八（名古屋）の各高等学校が設置され、それ以降、所謂「ナンバースクール」として名声を博する旧制高校全盛期を迎えることとなる。この間、四高では学友会「北辰会」が立ち上がり、校友会誌『北辰会雑誌』も創刊された。寮や公認の下宿などが次々と決められ、制服・制帽・校章が制定されていった。一八九三（明治二十六）年十月に完成した学生宿舎は、『論語』学而編冒頭「学而時習之、不亦楽乎」にちなみ、「時習寮」と名付けられ、四高では寮自治を謳っていく。同時に四高は校風確立への模索を開始する。

一八九六（明治二十九）年から一九〇九（明治四十二）年まで四高の講師を務めていた西田幾多郎が、一九〇〇（明治三十三）年、学生指導のための自治活動として三々塾を始めていたが、[9]校風確立にはこの三々塾の塾生がとりわけ熱心であったという。一九〇六（明治三十九）年三月十九日未明、時習寮の南寮が火事で全焼したことを契機とし、四高の校風が定まった。これは、火事後、三十八人の学生達が焼け跡に立て籠もり、自炊生活を実施し続け、「超然主義」を標榜したためである。この学生達は一九〇八（明治四十一）年七月の卒業時、有名な「超然趣意書」を後輩達に残した。「超然」の語は四高独自のものではない。当時、既に故人であったが、元二高教授の文学者高山樗牛（一八七一―一九〇二）が「吾人は須らく現代を超越せざるべからず」と唱えたのに拠ると考えられているが[10]、この「超然」が四高の校風を象徴する語として定着していった。卒業生の一人はこの超然主義について、「当時、高山樗牛の〝吾人は須らく現代を超越せざるべからず〟張りの理念を打ち出して、けなされたこともあるが、相当に徹底した、ストイックな生活態度が堅持された。八時が門限で、九時消灯。蝋勉（ローベン）をしては叱られた[11]」と自らの寮生活を振り返っている。

一九一九（大正八）年から一九二三（大正十二）年にかけて、官立高校が激増する。新潟・松本・山口・松山・水戸・山形・佐賀・弘前・松江・東京・大阪・浦和・福岡・静岡・高知・姫路・広島の所謂「ネームスクール」である。更に大都市を中心に私立の高等学校も設立し始め、多様化していくが、それは同時に昭和初期における入学志願者の大幅増加、受験競争の激化にもつながっていく。その中でナンバースクールは、尚も全国の受験生少年達の垂涎の的であり続けた。

戦後、官立の高等学校は全て廃止され、新制国立大学へと移行。一九四九（昭和二十四）年、四高も新制金沢大学に包摂され、翌五十（昭和二十五）年には閉校となる。高等中学校時代を含めると六十四年間の歴史に幕を下ろしたのである。その間、卒業生は約一万二〇〇〇人。著名人としては林銑十郎、阿部信行、八田與一、物理学者中谷宇吉郎、小説家中野重治、井上靖がおり、また中退者には西田幾多郎（一八九六年から一九〇九年まで四高講師も務めた）、鈴木大拙、徳田秋声もいる。四高の建物は現在、石川近代文学館・石川四高記念文化交流館となっている。

3　四高最盛期——溝淵進馬校長時代

現在の石川近代文学館の入口付近に、口髭を蓄えた男性の胸像がある。四高第七代校長の溝淵進馬（一八七一—一九三五）である。溝淵は高知出身で、東京帝国大学文科哲学科卒業後、二高、千葉中学、高等師範、東北帝国大学予科の教授を歴任後、四高の校長に就任した。四高校長在任は歴代校長の中でも最長の十一年余、一九一一（明治四十四）年八月から一九二一（大正十）年十一月であった。この期間が四高の最盛期と称されている。後述するが、齊世英にも尊敬されていた溝淵は、全校の学生から信頼され、愛された校長であり、学生が主宰していた雑誌『北辰会雑誌』において「凡てに努力の色の表はれている校長」[12]とまで激賞された。四高校長を退いた後も、五高と三高の校長を歴任し、旧制高校校長の模範と見なされるまでになるが、三高校長の現職中に亡くなった。四高歴代校長の中で、胸像が建立されたのは溝淵だけである。

溝淵の四高在任期間中の日本の動きを見ると、一九一二（明治四十五）年七月三十日、明治天皇崩御。時代は大正へと移り、世相は目まぐるしく動いていた。護憲運動の嵐の中に倒れた桂内閣に代わって山本権兵衛内閣が発足。一九一四（大正三）年には第一次世界大戦が勃発し、日本も参戦している。教育界においては、高等学校の七月卒業・九月入学の学制が改革され、一九一五（大正四）年度から三月卒業・四月入学となる。四高においては同年十月、寮歌「北の都に秋たけて」が選定された。

齊世英の在学期間を含む溝淵校長時代を四高最盛期と称するのは、柔道部の全国高校専門学校大会における一九一一年からの七連覇、剣道部の全国高専剣道大会における一九一九年・一九二〇年の優勝、また優勝に到らずとも野球部・ボート部といった運動部の活躍に加えて、学業面での成果を誇る次のような回想もある。

溝淵校長時代には、（中略）学業の方に於ても全国に秀で、東京帝大工学部に於て或る年など七学科中四人の特待生を出したこともあつた。又同学部や医学部の入学率も三四年間引き続き九十何パーセント以上に達し、三高は勿論一高をもかかる点に於て凌駕した頃もあつた。[13]

溝淵の指導の熱心さや学生への愛情及び学生からの敬愛は、以下の卒業生による回想から見て取れるだろう。

「わたしは柔道部でどうしても忘れられないのは（中略）溝淵先生だな。溝淵先生はほんとうに参ったですね。あの方はわたしは一年のときに病院に入院していたらやって来るのです。一ぺんや二へんでないのですよ。何度もやって来る。校長先生がとことこ歩いてやって来る[14]」

「（柔道の）稽古があるでしょう、早朝も四時か五時ごろから寒稽古があるでしょう、わたしが一年生でちょうど大正六年という年は猛烈な大雪の年でした。南下軍の時も雪で福井の今庄で汽車が動かなかった。その年ですから朝五時ごろは膝を没するくらいに雪が積った。溝淵先生はその雪の中を歩いて来て四時から四時半ころの間に柔道部の選手を起したものですよ[15]」

溝淵校長時代、学生が時習寮の制度の改善を要求した「自治事件」が発生した。これは、寮の監督者の撤廃、門限の廃止、電灯燭光の増加及び点灯時間の延長の三点を求めた寮生集会において、寮生達が退寮覚悟で完全自治を目指したものであった。校長溝淵は自らこの事件の収束に尽力し、寮の委員や幹部一人一人と丁寧に接見し、結果、門限は延長され、電灯も増燭、「点検制」の改革もされた。学生の信頼を一身に集めていた溝淵だからこその、見事な差配だったと言われる。

以下、この溝淵進馬校長率いる四高最盛期、齊世英の過ごした日々を追ってみよう。

二　四高時代の齊世英

1　東京から金沢へ

一九一六年、天津の新学書院に通う十八歳の齊世英の許に、日本の一高に留学中であった四歳上の従兄齊世長から手紙が届いた。齊世長は齊世英にも日本に留学するよう勧めてきた。日本に来れば前途が開けるし、一二年準備しさえすれば、官費学校に合格できるはずだという。従兄を尊敬していた齊世英は、従兄の提案を受け入れることにした。

その年の九月、齊世英は日本へ渡った。

次兄〔従兄齊世長を指す〕は日本の奉天留学生の状況を説明してくれました。彼が言うには、留日留学生には大きく分けて二つタイプがあるとのことでした。一つは私立大学に入ることです。（中略）もう一つは官費学校に入学しようというもので、二三年は合格できないかもしれませんし、もっとひどいと三回受けても合格しないのです。これ以上続けていられないからと、帰国すれば家族の軽蔑に遭うという訳です。これはなかなかつらい路ですよ。

齊世英はこの「つらい路」を選び、一高予科に入るために東亜高等予備学校で日本語を学んだ。齊世英の回想によれば、当時、合格すれば官費を支給すると中国政府が指定した学校として、東京の一高、東京高等師範学校、東京高等工業学校、東京高等商業学校、名古屋高等工業学校等があったという。

夏休み中、一高が受験生募集を開始しました。私は日本に来てまだ一年も経っていなかったのですが、応募しようと決めました。ただ、来日一年未満で受験なんて、家族に分別がなさ過ぎると嗤われるのが怖くて、はっきりそう明言はできませんでした。応募申込みの〆切の最終日に、私はようやく奉天駐日管理員のところに手続きに行きました。管理員は親切で、丁度良い時に来たと言ってくれましたし、私の一高受験を励ましてもくれましたので、受験手続きをしました。他の奉天学生は私が申し込みをしたと聞くと、笑って「ヤツは本当に受験会場に来られるかねえ?」と言ったといいます。受験日に私が行きますと、皆驚いてこう言いました。「おい!ヤツが来たぞ!一高受験は、日本語の辞書を一通り勉強しないと無理だっていうのに、奴は来日してまだほんのちょっとだろう、日本語の辞書を全部勉強し終わったって言うのか?」しかし、合格発表で、私は意外にも合格したのです。奉天学生が来日一年未満で一高に合格したのは、私が初めてでした。当時、かなり喜ばしい事件でしたよ。

齊世英のこの誇らしげな口ぶりからは、外国人留学生が来日して一年未満で一高に合格することの困難を大前提として、それを見事やってのけたという隠しきれない達成感が表れている。

齊世英が一九一七(大正六)年に入学した第一高等学校特設予科は、中国人学生のために設けられた課程であり、毎年五十人を受け入れていた。日本語で日本の中学の課程を学び、一年後に合格すれば、第一から第八までの高等学校に配属される。官費給費学生は高等学校在学中、毎月三十三元が支給され、高等学校卒業後、帝国大学に入学すれば四十六元が支給されることになっていた。これは生活するには充分な額だったという。

（一高特設予科に）入学後、英語以外の勉強で苦労しました。日本語や数学のレベルもまだ足りていませんでしたし、理系科目なんて勉強したことがありませんでしたからね。（中略）日本語は進歩が早く、一年後には無事卒業でき、金沢の第四高等学校に配属されました。

これも齊世英はさらりと流しているが、一年間で日本語を身に着け、更に他の科目、特に学んだことのなかった理系科目も勉強した上で、一高予科を無事に卒業できたというのは、容易ならざることであっただろう。齊世英の従兄齊世長は、齊世英と同年に一高予科を卒業し、岡山の六高に入学した。

こうして齊世英は東京を後にし、生活の基盤を金沢へ移すことになった。この年、齊世英は一時帰国して同郷の裴毓貞と結婚している。父母の命に従った旧式の婚礼であった。

2　齊世英の成績表と旧制高校落第史

金沢において齊世英はまず日本人の家に下宿し、後に学生寮に入った。齊世英が四高に入学した一九一八（大正七）年当時、四高には中国人学生が十数人在籍していた。台湾抗日志士として有名な丘念台（一八九四—一九六七）が三年次におり、齊世英の同級には湖北出身の高凌美がいたが、中国人学生同士の付き合いは淡白だったようで、毎学期一回、広東出身の陳延烱の下宿先で食事会が行われた程度であった。

ここに古い学籍簿がある。表紙に墨で「明治四十二年以降　外国留学生学籍簿　教務課」と記され、「永久保存」と朱書きされている。四高の留学生学籍簿である。現在、金沢大学資料館で保管されており、一定の手続きを踏まねば閲覧することができない。この学籍簿の齊世英のページを見てみよう。

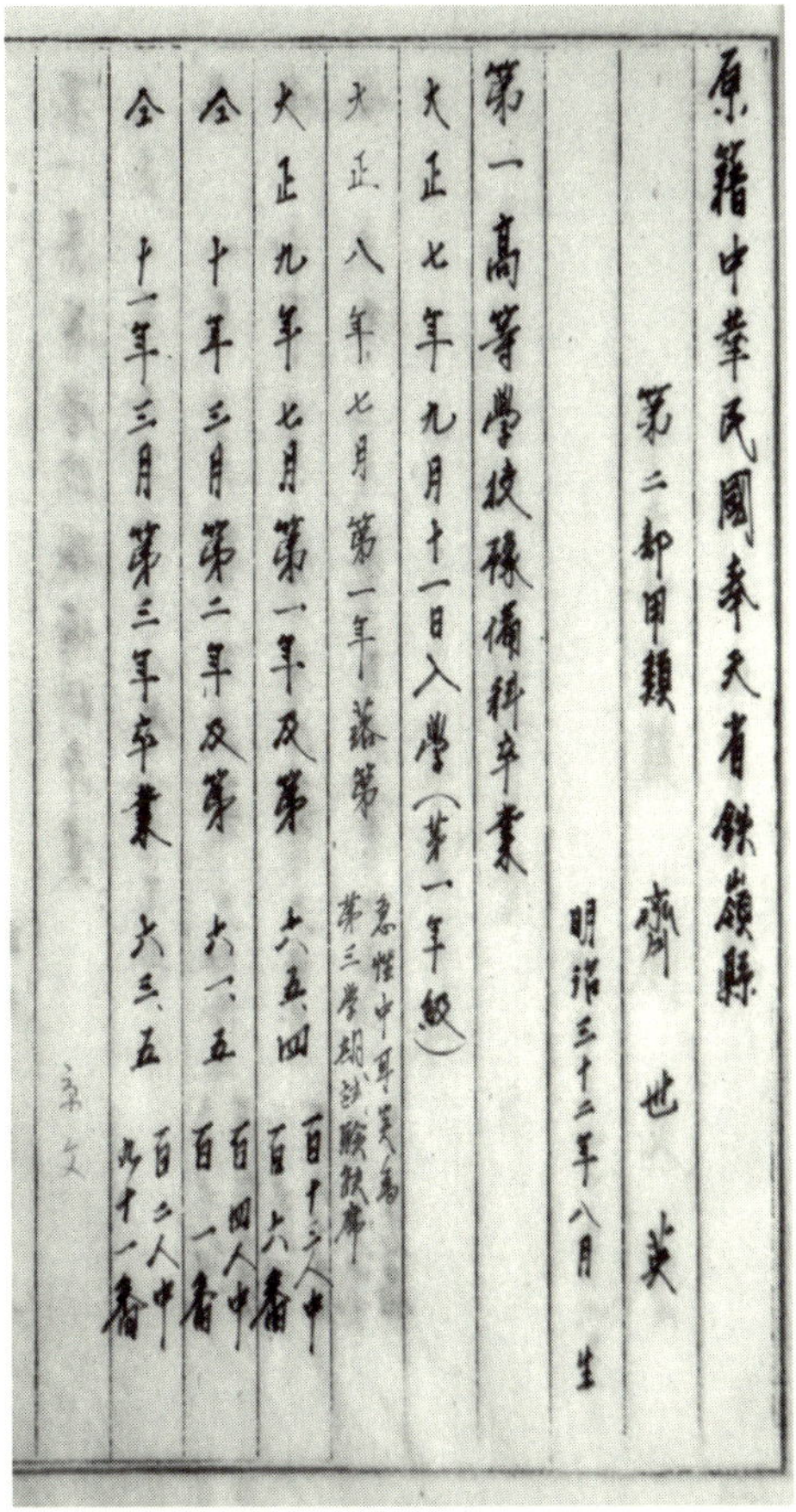
原籍中華民國奉天省鉄嶺縣
第二部甲類　齊世英　明治三十二年八月生
第一高等學校豫備科卒業
大正七年九月十一日入學（第一年級）
大正八年七月第一年落第
大正九年七月第一年及第　六五、四
仝十年三月第二年及第　六一、五　百一番
仝十一年三月第三年卒業　六三、五

図 1　第四高等学校外国留学生学籍簿　齊世英のページ

旧漢字を新字に改めると、以下のようになる。

原籍中華民国奉天省鉄嶺県
第二部甲類　齊世英
明治三十二年八月生
第一高等学校予備科卒業
大正七年九月十一日入学（第一年級）

大正八年七月第一年落第　急性中耳炎為第三学期試験欠席〔朱書き〕
大正九年七月第一年及第　六五・四　百十三人中百六番
仝　十年三月第二年及第　六一・五　百四人中百一番
仝　十一年三月第三年卒業　六三・五　百二人中九十一番
京文

基本は黒のインク書きであるが、最後の「京文」は鉛筆書きである。この「京文」は、齊世英が四高卒業後、京都帝国大学文学部に入学したことを指すものだろう。また、「第二部甲類」は理科クラスである。それぞれの学年時の「六五・四」などは、学年末の成績の総合素点を示している。

また、評点簿に基づき齊世英の各学年時の成績表をまとめると、次頁の表1のようになる。

これらの成績表を通覧し、齊世英を「あまり成績の良くない学生」と判断する向きがあるとすれば、それは早計の誹りを免れまい。まず、注意すべきは大正年間の高等学校の学生数である。表2を見てみよう。

即ち、齊世英が四高に入学した一九一八（大正七）年には、日本全国に高等学校はわずか八校のみ、学生数は六七三一人に過ぎず、新潟・松本・山口・松山のネームスクール四校が加わった翌一九一九（大正八）年は七四七九人に増加したとは言え、現在の日本における四年制大学の学校数七八九、学生総数二五六万二〇六八人（二〇一三年時点、大学院除く）[16]と比べれば、それぞれ〇・二六パーセントと〇・二九パーセントである。このデータはとりもなおさず、旧制高等学校の学生が当時の日本において、ごく少数の選ばれしエリートであったことを端的に示していよう。

その選ばれし精鋭学生であれば、仮に学年最下位であろうと、当時においてはそれこそ肩で風を切って街を闊

第二部第一年甲組　及第人員76名

科目名	國語漢文	作文	英語講讀	獨語講讀(甲)	獨語講讀(乙)	代数	三角	図画	體操	學年評点総数	學年評点平均數	判定	席次
担当教員	駒井徳太郎／栗原武一郎	駒井徳太郎	岡本清逸／高橋純一	新関良三	伊藤武〕	田中鉄吉	河合義文	星野信之					
第一	75	83	64	84	83	41	44	40	72			欠落	
第二	(38)	80	(45)	68	80		41		81				
第三		0	0	0	1		0		0				
學年評点	38	54	36	51	55		28		51				

第二部第一年丙組　及第人員113人

科目名	国語及漢文	作文	英語講讀	英語講読會話作文	獨語講讀	數學(甲)	數學(乙)	植物	鑛物及地質	法制及経済	図画	體操	學年評点総数	學年評点平均數	判定	席次
担当教員	鴻巣盛広／赤井直好	鴻巣盛〕	岸重次	岡本勇／O.ウォーカー	高橋周而／高橋禎二	田中鉄吉	柴田寛	市村塘	高橋純一	山谷省吾	高木剛三					
第一			76	63	94	63	60	52	88	83	59	80	654	654	及	106
第二			62	53	68	64	60	69	70	54	71	49				
第三			66	66	(99)	43	90	(37)	(60)	81	59	68				
學年評点			68	61	70	57	70	53	73	73	63	66				

第二部第二年丙組　及第人員104人

科目名	國語作文	英語講讀(甲)	英語講讀(乙)	獨語講讀	數學(甲)	數學(乙)	物理	化學	動物	心理	図画	體操	學年評点総数	學年評点平均數	判定	席次
担当教員	待島	林竝木	大谷正信	高島喜一／野村行一	田中鉄吉	柴田寛	西英盛	櫪本竹治	福井	相良益次郎	高木剛三					
第一	50	77	64	58	53	45	46	67	60	54	46	78	738	61.5	及	101
第二	65	72	68	73	66	70	54	70	50	61	50	71				
第三	(学年歴変更により第三学期はなし)															
學年	58	75	66	66	60	58	50	69	55	58	48	75				

理科第三學年丙組　及第人員102人

科目名	修身	英語講讀(甲)	英語講讀(乙)	獨語講讀	微積分	物理	物理實験	化學	化學實験	體操	力學	図画	植物及動物	植動實験	學年評点総数	學年評点平均數	判定	席次
担当教員	四宮兼之	岡本清〕	岸重次／大谷正信	大塚岸三	河合義文	泉瑛	泉瑛	長岡寛統	長岡寛統				市村塘	市村塘				
第一	70	35	57	(45)	(35)	30		35	60	63			71	78	762	635	及	91
第二	75	67	71	65	30	62		63		58			78	60				
第三	80	68	77	85	65	67		64		76			60	75				
學年評点	75	57	68	65	43	53	70	54	70	66			70	71				

表１　齊世英の成績表（金沢大学資料館所蔵評点簿を基に作成）

表2　大正7・8年時点の高等学校学生数（中島太郎「旧制高等学校制度の変遷（2）」、『東北大学教育学部研究年報』12巻、1964年を基に作成）

	大正7（1918）年	大正8（1919）年
第一高等学校（東京）	1,125	1,101
第二高等学校（仙台）	817	817
第三高等学校（京都）	913	916
第四高等学校（金沢）	776	800
第五高等学校（熊本）	887	803
第六高等学校（岡山）	675	806
第七高等学校（鹿児島）	617	727
第八高等学校（名古屋）	777	786
新潟高等学校		159
松本高等学校		157
山口高等学校		159
松山高等学校		166
官立高等学校合計	6,731	7,479

歩していたはずであり、翻って齊世英の席次を見れば、中国からの留学生が最下位などではなく見事卒業を勝ち取っているのは、立派であると言うより他ないのである。

また、齊世英の一年次の「落第」については、学籍簿に朱書きで「急性中耳炎為第三学期試験缺席」とある。齊世英本人は次のように回想する。「不幸なことに後半の半年、私は中耳炎を患い、入院して手術を受けました。何カ月も授業に行けず、結果その年は留年し、一年多く通う羽目になったのです」

当時、旧制高校の落第の規準の厳しさはよく知られていた。各科目の点数の平均が六割を切ると、落第とされるのである。衛生状態のあまり良くなかった明治・大正期、多くの青年が病気によって学業の断念を余儀なくされたことは、上記の齊世英にも共通する。落第を三回続けると放校処分となるが、それさえ免れることが出来れば、旧制高校の学生は、既述したように卒業後はエスカレーター式に帝国大学に進学できたため、落第生は人生の落伍者などではなく、逆に当時の学生達からは畏敬の眼差しで見られていたという。例えば、一九二〇（大正九）年から齊世英のクラスメートとなった中谷宇吉郎は、四高時代を次のように振り返る。

あの頃の四高は、対抗試合に敗けると、主将は頭をくりくりに剃って学校へ出たものである。中には一年わざと落第して卒業をのばし、次の年の必勝を期するというような男もいた。そういうことを本気で考えるような雰囲気であったのである。（中略）こういう雰囲気であったから、いわゆる点取虫が仲間の間ではひどく軽蔑された。それが高じて、成績の良いことを恥とする気分さえあった(17)。

この中谷の記述は決して大袈裟なものではない。ある卒業生の回想には「落第がまかり通ったのも懐かしい。天下の四高入試の難関を突破してきた連中である。頭の悪かろうはずはない。（中略）とにかく四高ほど落第生のいばっていた所はない(18)」とあるくらいである。実際、旧制高校の歴史における落第・退学の多さには驚かされるものがある。中谷宇吉郎自身も四高の入試に一回落ちた経験を持ち、それを「落第」ととらえているし、やはり同じ四高の中野重治は二度落第し、それを『歌のわかれ』の中で描いている。中野が作中、「落第する」の意味で用いたドイツ語の“doppelt（二重の、重複した）”が基となっている「ドッペる」という語は、当時の高校生の共通用語でもあった。

その他、夏目漱石（一八六七―一九一六）は第一高等中学校在学中に虫垂炎を患って落第し、その名もずばりの『落第』という随筆を執筆しており、山本有三（一八八七―一九七四）も一高を落第、菊池寛（一八八八―一九四八）と倉田百三（一八九一―一九四三）は一高を退学している。高浜虚子（一八七四―一九五九）と河東碧梧桐（一八七三―一九三七）は揃って三高を退学し、二高へ移っているが、これ又揃って退学している。梶井基次郎（一九〇一―一九三二）は三高を落第、織田作之助（一九一三―一九四七）も三高で落第が三度続き結果退学。

萩原朔太郎（一八八六―一九四二）は五高を落第の後、六高に入り直すも落第し退学している。梅崎春生（一九一五―一九六五）は五高を落第、花田清輝（一九〇九―一九七四）は七高を二度続けて落第、結果退学している。

こうした落第について、中谷は上述の引用に続いて「試験に落第することは、決して名誉な話ではないが、そうかといって、人生の上において損をしたことになるとは限らない。落第した当時は大いに悲観もするが、一年間の浪人時代に得たいろいろな経験は、人生勉強という意味で、大いに得るところがあった」と述べ、恩師寺田寅彦（一八七八―一九三五）にも「それはよい経験をしたものだ。落第をしたことのない人間には、落第の価値はわからない」「僕も落第したことがある。中学校の入学試験に落第をしたんだが、あれはいい経験だった」「人生というものは非常に深いもので、何が本当の勉強になるかなかなか簡単には分からないものだ」と褒められたというエピソードを紹介している。また、三高の元教師鈴木成高は、梅棹忠男（一九二〇―二〇一〇、国立民族学博物館名誉教授）と川喜田二郎（一九二〇―二〇〇九、東京工業大学名誉教授）の名を挙げ、「ともに及落会議の札付きの名士」とし、次のように述べる。

（彼ら二人の）文明論や歴史観は、なかなかオリジナルで個性をもち、示唆に富むところが多い。ただすこぶる型破りで、伝統的アカデミズムを無視することが甚しい。そこに長所があると同時に欠陥もある。けっきょく彼等の現在の学風というものは、落第生が落第生のままで成長発展をとげたところに生れてきたものであって、型にはまった学校秀才からは絶対に出て来ない性質のものである。しかも今日の転換期は、そのような学問をまさに必要としている。（中略）私が先に、旧制高校では落第生もまた一種のエリートであるといったのは、決して詭弁でも修辞でもないのである。(19)

齊世英の「落第」はこのような日本の時代的文化的背景の下で、全く恥じる必要などなかったばかりか、別の価値観が付与されるものであったと言えるだろう。更に言えば、学業不振が理由ではなく、病気が原因の出席不足によるものであったことで、齊世英自身、この落第を学生時代の思い出の一コマとして比較的気楽にとらえられたに違いない。

一方、四高の外国留学生学籍簿を繰ると、多くの留学生のページに「落第」「除名」の朱書きを容易に見出せる。これらの文字は、旧制高校に留学していた外国人学生の学業面・生活面での苦労の大きさを暗に物語っているだろう。

3　勉学・思索の日々と四高教授陣

齊世英の四高での日々は、勉学中心のものであったようだ。

英語とドイツ語は毎週それぞれ八時間あり、それ以外に他の授業もありました。先生の教え方は凄まじく、言語は先生が一文一文講義してくれるのではなく、自分で辞書を引いて調べねばならなかったのです。ひたすら辞書を引き、ややもすれば頭がぼうっとして眼がかすむまで引くことになります。ドイツ語の初級もやはり同様で、アルファベットを学んだと思ったらすぐに辞書を引かねばならず、授業が始まると先生はこう訊くのです。皆、わかったな！先生は講義をしないんですよ。

この回想には、当時の四高の授業方針や教授の授業の進め方が紹介されている。さて、齊世英を含む当時の四高生に対し、この些か乱暴とも言えるドイツ語の授業をしていたのは誰であっただろうか。評点簿からドイツ語担当教員を辿ると、独語講読（甲）の担当は新関良三、独語講読（乙）の担当は伊藤武雄である。新関は後に埼玉大学学長を務めた以外の資料はないが、四高最後の校長となった伊藤には岩波書店からシラーやシュニッツラーを翻訳刊行するなど、多くの業績があり、卒業生には「ドイツ語の時間はドイツ語以外をしゃべらせない厳格な教師でした[20]」と回想されている。二年目の独語講読担当は高橋周而と高橋禎二、後者は厳格そのものの講義で学生から恐れられたという。二年次の独語講読は高畠喜市と野村行一、後者は後に学習院教授になり、皇子伝育官を務めた。三年次の独語講読は犬塚岸三が担当、淡々とした講義で温厚な人柄であった。

四高では英語も週に八時間あった。英語の名物教授は、一年次の英語講読会話作文の岡本勇。岡本はケンブリッジ大学キングズカレッジに留学経験があり、イギリス紳士ばりの黒いスーツに山高帽姿、晴天時にも蝙蝠傘を手放さなかった。格調高い英語を教授し、学生達がつけた綽名は「ロンドン」であった。Owen Walker というアメリカ人教師は、中野重治『歌のわかれ』に登場するアメリカ人教師ウォーカーのモデルであろう。二年次の英語講読（乙）担当の大谷正信は夏目漱石の俳友であり、小泉八雲の愛弟子であった。卒業生による「ロバート・ルイス・スティブンスンの伝記をテキストにして一日五ページくらいやるので予習が大変だった[21]」との回想があるが、この卒業生は大正十二年卒であるため、齊世英と在学期間が重なる。齊世英も同じような厳しい予習を課せられていたに違いない。

その他、名物教授としては、成績付けが非常に辛く、どんどん落第させるので大いに恐れられた数学の田中鉄吉と河合義文、学生の面倒見が良く、月謝に困った学生を見かねて立て替えをしたという化学の樫本竹治、学生から信頼・敬愛された天衣無縫の熱血漢であった同じく化学の長岡寛統などが挙げられる[22]。

このような教授陣の講義を受けながら四高生活を送っていた齊世英に、二年次になった頃、ある変化が訪れる。金沢は日本海側に面し、曇天の日が多く、冬にはほぼ毎日のように雪が降り、積雪も多い。こうした気候が齊世英の性格形成に影響を及ぼしたようで、齊世英は「私の性格はかなり憂鬱気味に変わりました」と振り返っている。天津時代に通っていた新学書院が教会の経営する学校であったため、齊世英はキリスト教については知識があり、関連書籍も読んでいたが、飽きたらず、哲学書を読み耽るようになる。

当時日本には、西田幾多郎という哲学の大学者がいました。西田は元々四高の教師でしたが、後に京都帝大の哲学の教授となっています。私はこの西田の影響を受け、彼の著作をほとんど読みました。その後、経済学と社会主義に関する本も渉猟し、特に河上肇の『貧乏物語』などを読んだ際には、社会の不公平に憤りを覚えたものです。

当時、大正教養主義全盛から、次第に社会主義・左翼思想が日本の知識人の関心と共感を呼びつつあった。哲学や社会に対して深い関心を寄せるようになった齊世英は、社会主義運動家で在野の経済学者であった山川均（一八八〇―一九五八）・菊栄（一八九〇―一九八〇）夫妻の著作を読み、東京に彼らを訪ねたりもしている。しかし、齊世英のこの読書傾向は日本の警察の注意を引いた。

本を買って帰っても、その本を汚さないようにし、何日かして読み終わったら、その本をまた書店へ持って行くと、八掛けのお金が返って来る、それで他の本を買う、そうするとより多くの本が読めたのです。ただ、何故か日本の警察の注意を引いてしまいました。一二ヶ月に一回、私を訪ねて来て、どんな本を読んでいるのか尋ねるのです。最初私は、警察は適当に中国人学生の様子を見に来ているのだと思っていたのですが、他の中国人学生には構わず、私だけ見に来ていることに気が付きました。警察にはそうする理由があったということがわかったのです。

一九二〇（大正九）年十一月三十日には京都赤旗事件、翌一九二一（大正十）年五月九日には日本社会主義同盟結社禁止など、社会主義系の活動を取り締まっていた警察が齊世英にも目を付けたのであろう。日本社会主義同盟は山川均が中心となり、各種の社会主義系思想団体や学生組織を結集せんと試みたものであり、実際の活動期間はほとんどなかったものの、その山川の著作を熱心に読む学生を警察がマークしたのは、当時の風潮から言えば的外れとは言えないものであった。

次第に私は理科に対して興味を失いました。私は校長の溝淵先生を訪ね、もう一年留年して、文科に転科させてくれないかと頼みました。校長先生は親切で、理科を三年で卒業して、大学に入ってから専門を替えれば良い、一年を犠牲にすることなどないと勧めて下さいました。後にある先生が教えて下さったのですが、校長は私が政治を学ぶべきだとお思いだったのだそうです。

校長溝淵の勧めは、齊世英の性格や志向に沿った適切なものであったと言えるだろう。齊世英が溝淵に相談をしたことは、溝淵を信頼していたことの表れであり、また溝淵の的を射た親切な提案は、彼が学生一人一人をよく見て、理解していたことを示している。先に述べたように、四高最盛期を支えた校長溝淵の真骨頂の発揮であった。

一九二五年、ドイツ留学を経て帰国していた齊世英は、郭松齢将軍（一八八三―一九二五、父齊鵬大の同級性）の反張作霖クーデターに参加する。これは失敗に終わり、郭松齢は銃殺された。齊世英は逃亡を余儀なくされ、新民市の日本領事館に匿われた。駐瀋陽総領事であった吉田茂〔一八七八―一九六七〕は張作霖率いる奉天軍を完全にシャットアウト、自ら奉天軍と交渉に当たった。一九二六年七月、齊世英は日本領事館のスタッフの協力の下、奉天軍の包囲を破って逃走に成功。遼寧から釜山を経由し日本に渡り、東京へ出た。齊世英は「私は東京で、金沢第四高等学校にいた時の校長溝淵先生や何人かの日本人の友人から慰問の手紙も受け取りました」と回想している。郭松齢によるクーデター事件は日本でも大々的に報道され、その中で齊世英の名も挙げられていたのである。既に四高を離れ五高の校長であった溝淵が、四高時代の一留学生を忘れずに気に懸け、手紙までくれたことは、齊世英にとって心温まる一件であったに違いない。

結び

齊世英は一九二二〔大正十一〕年三月、四高を卒業する。前年四月の学年歴変更により、四月一日始業となったための三月卒業であった。当初齊世英は、強く影響を受けた西田幾多郎に師事するため、京都帝大進学を考えていたようだが、ドイツ留学を選択する。六高を一年早く卒業していた従兄の齊世長が先にドイツへ行っており、齊世英にもドイツ留学を強く勧めたからであった。

三年して卒業後、私は試験を経ずして京都帝大哲学科に名を列せられ、西田幾多郎と河上肇に師事することになりました。しかし、次兄〔齊世長〕の影響で、結局その考えは止め、京都帝大哲学科には入学手続きだけして、ドイツへ留学に行ったのです。

一九二二年五月十日の官報第二九二九号には、その年の京都帝国大学の入学者名簿が掲載されている。文学部哲学科の欄を見れば、入学者三十九人の中に齊世英の名を見出すことが出来る。哲学科の同級になるはずだった学生の中には、三高を卒業した鄭伯奇（一八九五―一九七九）の名もあり、又同年の史学科の入学者には宮崎市定（一九〇一―一九九五）もいた[23]。

ともあれ齊世英は京都帝大で学ぶことはなく、渡独後、ベルリン大学に籍を置き、半年間講義を聴講した他、英語で『資本論』を読み、少なからぬ社会主義の書籍を渉猟した。一学期を終えると、ハイデルベルク大学に移り、哲学者H・リッケルトや経済学者A・ヴェーバーの講義を聴いて三学期を過ごし、最後の一学期はライプチヒで過ごした。しかし、伯父の訃報を受け、また齊世長が肺結核で客死したこともあり、予定より早く帰国せざるを得なくなる。

その後の齊世英は東北中山大学を創立し、国民党入党を経、一九四八年に台湾へ渡るも、蒋介石との意見の相違によって国民党の党籍を剥奪され、新党設立に奔走し投獄寸前にまでなる。齊世英が信念の下で中国・台湾のために生きた軌跡は、『齊世英先生訪問記録』と『巨流河』に詳しい。

今ここでは、その齊世英が青春期を過ごし、思想の礎を打ち立てた金沢四高での日々を追った。娘齊邦媛は「わたしは金沢に五日間滞在し、毎日古い町並みの間を歩きまわりました。古蹟や有名な兼六園を訪れ、生前父がよく金沢でのすばらしかった日々について語っていたことを思い出しました[24]」と書いているが、齊世英もまさに本稿冒頭で述べたナンバースクール卒業生同様、自らの高校時代を輝かしい青春の頂点としてとらえていたのだろう。そしてそれは、他の卒業生の回想や資料が示すように当時の日本における限られたエリート学生の日々、齊世英本人が淡然と顧みたよりもはるかに深い向学・思索の日々であったのである。

注

（1）井上靖「五陵の年少」（第四高等学校開学八十年記念出版編集委員会編『四高八十年』、四高同窓会発行、一九六七年十二月）

（2）齊邦媛著、池上貞子・神谷まり子訳『巨流河』上下（作品社、二〇一一年六月）および神谷まり子「自伝に綴られる戦争の記憶――齊邦媛著『巨流河』」（『外国語外国文化研究』第二十三号、二〇一三年三月）参照

（3）『齊世英先生訪問記録』訪問：沈雲龍・林泉・林忠勝、記録：林忠勝（中央研究院近代史研究所、一九九〇年八月）。以下、齊世英の回想は全て本書に基づき、拙訳を付す。

（4）「四高座談会（三）――大正中期から末期の四高を語る」、清水照夫（大正十一年卒、当時東京都名誉職）、注1前掲書

（5）第四高等学校には課外のクラブ活動として運動部・文化部が置かれ、かなり積極的な活動が推進されていた。課外とはいえ、学校側の管理組織下に置かれて出発したこれらのクラブは、文武に亘る諸技芸の鍛錬を通じて全人的な修練を目指し、それを校風の興隆・宣揚に直結させるという明確な目的があった。金沢大学五十年史編纂委員会編『金沢大学五十年史・通史編』（金沢大学創立五十周年記念事業後援会発行、二〇〇一年八月）参照

（6）中野重治『歌のわかれ』（新潮社、一九四〇年八月）。中野重治の四高在学は一九一九（大正八）年から一九二四（大正十三）年。齊世英の在学時期と二年半ほど重なる。

（7）官報第一〇二六号、内閣官報局、一八八六（明治十九）年十一月三十日には文部省告示第三號として次のようにある。「第二条　高等中学校ノ位置第一区ハ東京第三区ハ京都第四区ハ金沢トシ第二区第五区ハ追テ之ヲ定ム」（国立国会図書館近代デジタルライブラリー http://dl.ndl.go.jp/info:ndljp/pid/2944260 二〇一四年十月二十七日閲覧）

（8）西田幾多郎「四高の思出」（第四高等学校同窓会『同窓会報』第二号、一九二七年）

（9）福井雅美「西田幾多郎を生んだ地、宇ノ気と金沢」（『立命館人間科学研究』第五号、二〇〇三年）

（10）井上好人「四高・「超然主義」の神話誕生～河合良成の校風改革運動と時習寮の「三十八名」～」（『金沢大学資料館紀要』第七号、二〇一二年）

（11）河田重（明治四十三年英法科卒）「痛快なる四高時代」、注1前掲書

（12）第四高等学校講演部「第四擬国会記事」（『北辰会雑誌』第六十六号、第四高等学校北辰会、一九一三年四月）

（13）河合義文「四高に対する回想」（第四高等学校同窓会『同窓会報』、第二十五号、一九三八年）。尚、河合義文は四高の数学・

物理担当の教授であり、齊世英を教えもした。

（14）「四高座談会（二）——四高華やかなりし頃」、加藤敬道（大正九年卒、工学技術家）、注1前掲書

（15）同前、後藤久（大正九年卒、実業家）

（16）「文部科学統計要覧（平成二十六年版）」に拠る。http://www.mext.go.jp/b_menu/toukei/002/002b/1349641.htm 二〇一四年十月二十七日閲覧

（17）中谷宇吉郎「私の履歴書」（『中谷宇吉郎集』第六巻、岩波書店、二〇〇一年）

（18）神保龍二（大正八年卒）「生徒、教師として」（『母校思讃　私と四高集』橋本芳契・河崎屋三郎編、能登印刷出版部、一九八六年）

（19）鈴木成高「高校落第史編纂のすすめ」（『旧制高等学校史研究』第六号、旧制高等学校資料保存会、一九七五年）。旧制高等学校資料保存会編『資料集成　旧制高等学校全書』第四巻・校風編（昭和出版、一九八一年）から転載。

（20）宮本憲一「生涯の教師をえた四高時代」（金沢大学附属図書館報『こだま』第一六一号、二〇〇七年）

（21）「四高座談会（三）——大正中期から末期の四高を語る」、武部英治（大正十二年卒、会社社長）、注1前掲書

（22）四高の教授陣に関する紹介は、注1前掲書および作道好男・江藤武人編、『北の都に秋たけて——第四高等学校史』（財界評論新社、一九七二年）を参照

（23）官報第二二二九号、大蔵省印刷局編、一九二二（大正十一）年五月十日（国立国会図書館近代デジタルライブラリー http://dl.ndl.go.jp/info:ndljp/pid/2955046 二〇一四年十月二十七日閲覧）齊世英の出身校欄は、三高卒業を意味する「三」と誤記されている。

（24）齊邦媛「序——日本の読者のみなさまに」、注2齊邦媛前掲書

金沢大学資料館所蔵資料

『第四高等学校一覧』

「明治四十二年以降　外国留学生学籍簿」

自大正七年九月至大正八年七月大学予科学年評点簿

自大正八年九月至大正九年七月大学予科学年評点簿
自大正九年四月至大正十年三月高等科学年評点簿
自大正十年四月至大正十一年三月高等科学年評点簿

その他参考図書

旧制高等学校資料保存会編著『資料集成　旧制高等学校全書』第一巻・総説編（有限会社こだま社、一九八五年）
太田文平著『中谷宇吉郎の生涯』（学生社、一九七七年）
松下裕著『評伝中野重治』（筑摩書房、一九九八年）

第12章 「情」のユートピア？

穆儒丐、遺民情緒、及び戦争期満洲国の「言情小説」

呂淳鈺*
（濱田麻矢訳）

「余と民国は乃ち敵国也。」
（『鄭孝胥日記』一九一八年一月一八日(1)）

一九三二年に満洲国が成立し、一九三四年に清の最後の皇帝、溥儀が大満洲帝国の皇帝に即位した時、一部の遺民は大清帝国を立て直すという夢がようやく叶えられたかのように欣喜雀躍した。満洲国第一代国務総理・鄭孝胥も、新聞記者兼小説家の穆儒丐もその中にいた。彼ら清の遺民は「王道楽土」の思想を抱き、溥儀の再即位と満洲国の成立こそは、まさに理想的な儒教国家の再生だと信じていたのである。

王朝が交代するときに「二姓に仕えず」を堅持した遺民はかねてから敬慕され、特に宋と明の遺民は忠義の模範として尊敬されてきた[2]。ただし満洲国を戴く清の遺民と満洲国全体は、漢奸として非難されている。満洲国が日本の軍国主義によって作り上げられたというのは勿論その原因の一つだが、もう一つの原因は、王徳威が指摘するように、十九世紀後期にナショナリズムが勃興すると、「特定の一族を忠誠の対象とする伝統的な遺民概念は、衝撃を受けざるを得なかった」からだ[3]。近代の中国国民が忠誠を誓うべきなのは、民族国家としての中国全体であり、特定の一族ではない。だから、清の遺民の満洲国への推戴が漢奸の売国行為とされた原因の一部は、彼らが近代的なナショナリズムを拒否したことにある。

同じように、満洲国における文学の生産も常に漢奸の文学だと非難されてきた。研究者は常に意識的、又は無意識的に中国ナショナリズムの立場を取り、作者と作品の中の抵抗意識（或は抵抗の不在）を見つけようと尽力している[4]。抵抗的であるかどうかを区別するため、先行研究は常にこの「傀儡国家」の文化政策に着眼してきた。岡田英樹[5]、ノーマン・スミス（Norman Smith）[6]や劉暁麗[7]の研究はその例である。本論文は、国家主義的な道徳主義の立場を乗り越え、作家や作品の道徳的な選択には着眼せず、「言情小説〔恋愛小説〕」という「情」を中心とするジャンルを通して、この「傀儡国家」の感情的風景を精読し、戦時の複雑な心理や精神状態の輪郭を描いてみたい。戦争期の政治的な、心理的な、そして道徳的な危機の中でどのように「情」が「言」われたかを検証し、個人的感情がいかに政治の文脈でイメージされ、再構築され、位置づけられたかを討論することにより、「情」の言説と戦争の間の微妙な関係を追究したい。穆儒丐と彼の戦争期における言情小説は、まさに個人の感情と公の政治の間の複雑な葛藤を説明してくれることだろう。

穆儒丐は一八八五年北京生まれ、正藍旗人であり、原名は穆都哩《ムードゥーリー》あるいは穆篤里《ムードゥーリー》という。字は六田、儒丐や丐という筆名がある。親族や友人には「辰公」と呼ばれたが、それは満洲語の「都哩」は「辰」と同義であったためだ。[8] 一九〇〇年、十五歳の穆儒丐は、義和団や八ヶ国連合軍による北京の破壊を見た。保守的な清朝廷も危機を感じ、その後に新式教育の「八旗高等学堂」を設立して、近代化改革の人才を育てようとしている。一九〇三年、穆都哩は八旗高等学堂に入り、一九〇五年に朝廷に公費留学生として選ばれ、早稲田大学に六年間留学した。学んだのは地理、歴史、政治、経済などである。留学期間、彼は改革の壮志を抱き、中国は日本の明治維新の君主立憲制を模範とし、改革すべきだと悟った。

不幸なことに、彼の改革の夢はまもなく潰えた。一九一一年三月、彼は早稲田大学を卒業し、四月に帰国した。だが、ちょうど彼が留学生試験に合格し、腐敗した清朝政府の改革事業に官吏として尽力しようとしたそのとき、武昌蜂起の知らせがきた。十月の武昌蜂起は、清朝政府の崩壊を加速させ、ついに翌一九一二年一月、中華民国政府が成立したのである。またたく間に、穆都哩は清朝政府に任職して救国に励む機会を失っただけでなく、亡国の民になってしまったのだ。その後、彼は民国の革命を「不吉な知らせ」であり「奇妙な事件」であったと述べている。[9]

彼は民国政府を認めたがらず（意識的にか無意識にか）、自分を遺民とみなすようになった。一九一六年、彼は北京から東北へ行って、瀋陽に定住し、ジャーナリスト兼小説家として活躍するようになる。そして一九四一年、満洲国の国務院が満洲文芸家協会を創立した時、穆都哩——ペンネームの穆儒丐で知られていた——は著名な作家古丁と共に協会委員に名を列ねた。岡田英樹は、この協会は、政府の文芸政策に情報と意見を提供したが、それは聖戦と国防の名の下の動員であったと指摘している。[10] 簡単に言えば、穆儒丐は東北（及び後の満洲国）の著名なジャーナリスト兼作家であっただけでなく、戦争期間において文芸政策に影響を与え得る文化人でもあった。だから、彼が戦争期に書いたものは、どうしても満洲国の官僚的イデオロギーに傾いている。しかし、彼が戦争期に書いたものは、すべて同種のイデオロギーを表わしていると言えるだろうか。彼の言情小説も、ほかの戦争期の叙事と同じく、政府のプロパガンダ言説を用いて物語を語っているのだろうか。

実際、穆儒丐の戦争期の言情小説は、満洲国において言情小説という文学ジャンルがどのように個人の感情と情緒を描いたのかという問題について、私たちの思考を引き起こすものだ。清朝遺民の文化的、政治的アイデンティティは、穆儒丐の「情」の認識にどのような影響を与えたのだろう。彼の「情」にたいする認識は、満洲国政府イデオロギーと同じなのだろうか違うのだろうか。満洲国は、「情」（感情、情緒、愛情を含めた）の王道楽土になりえたのか。本論文では、穆儒丐の中篇言情小説『新婚別』（一九四二）を中心として、作者が同時期に書いた作品を参考にしながら、戦争期の満洲における清朝遺民の感情と潜在意識を探求したい。

一　失われた楽園――民国革命、末日の後

穆儒丐が日中戦争期に発表した言情小説は、歴史上の末日と乱世の中の「情」に対する強烈な関心を表したが、当時の戦争については排除してしまっていた。彼の言情小説叙事でもっともすさまじい乱世は、実は辛亥革命と民国初年の軍閥間の戦争であった。彼にとっては、この時期の全てが「民国革命」だったのだと言うこともできるだろう。哀情小説『新婚別』は、満洲国で最もよく売れた通俗雑誌『麒麟』に連載された。このストーリーでは、民国革命の名において意味の無い戦争が次々と始まり、恋人たちは離散させられ、若者たちは憎むべき軍閥のために戦場に急ぎ、中国各地へ余儀なく追いやられた。穆儒丐にとって、「民国革命」とはまさしく空前の一大事であり、もっとも峻厳な戦争であり、破壊、混乱と危機そのものであったのだ。

1　ある清の遺民の郷愁と憤懣

穆儒丐の「言情小説」は清遺民のフィルターを通して民国革命を観る。革命がもたらした破壊と危機の印象を強めるため、穆儒丐は先ず郷愁の色彩を以て強烈な対比を作り上げた――完璧な過去、何の瑕疵もない清朝。清朝は山紫水明、町は清潔で、天候は乱れず、つねに五穀豊穣であった。この調和がとれた宇宙では、人々の生活は安定しており、天性として道徳や節操を遵守する。その時代では「ここは元々天国にも劣らず、人情、風習も篤実である。……奸、盗、邪、淫という四字は、此の地の辞書では、絶対見つけられぬ。[11]」別の戦争期小説では、穆儒丐の創作した語り手は、晩清末期の光緒宣統期こそまさに堯舜の治に類するのだとまで主張している。「光宣の際を回想するに、恍として唐虞の盛世の如し。[12]」晩清を近現代中国の無能の根源とする一般的な批判とは異なり、穆儒丐の晩清は中国歴史上の盛世であり、理想の道徳と政治を施し、中華文明の頂点を極めた時代だったのである。[13]

不幸なことに、「訃報」のような「とても奇妙な」民国革命がこの完璧な盛世を壊した。山は荒れ、町は汚れ、人々の生活も次第に苦境に陥った。人々が極度に貧窮したので、強盗や姦淫などあらゆる犯罪が起きるようになった。『新婚別』の主人公趙文英は、元々は堂々たる大清帝国禁衛軍の一員だったが、今は軍閥馮国璋の軍隊の下っ端になってしまった。彼は、今は「破壊の時代」だ、と慨嘆する。[14]「道徳が鉄の壁のように厚くても、餓えを止めることはできない。[15]」雑文『随感録』において、穆儒丐は「乱離三十年」という言葉で辛亥革命から一九三〇年代後期までの中国を総評した。革命のために、「領土は分裂し、政治は混乱し、人は無知で野蛮になり、産業は疲弊し、生活は困窮した。反って当初に及ばぬ。[16]」穆儒丐にとって、民国革命は中国を向上させ、現代化させなかっただけでなく、むしろ政治、心理及び道徳に危機を及ぼした。元来天国のようだった晩清を混乱、離散、幻滅及び道徳の荒廃が広がる「新」中国に変えてしまったのだ。そのため、『新婚別』では民国革命の暴力は古都北京――趙文英及び妻鳳姑の故郷――の風景を破壊したのみならず、人々の生活も壊滅させたのだった。

更に深刻なことに、民国革命は形而上的な暴力で中華文明を転覆させ、「情」を道徳的原動力（moral impetus）とする秩序を打ち壊した。末日の乱世で、人の心は混乱し、軌道から外れてしまったので、「情」とは何か、新たに定義しなければならなくなったのである。

穆儒丐の遺民の郷愁は、「末日のような民国革命」と「天国のような晩清」の間に強烈な対比を促した。ミーケ・バル（Mieke Bal）が指摘したように、郷愁とは特別な色彩に染められた一種の記憶である。郷愁というフィルターを通して見える過去は、ロマン化された記憶となるのだ。[17] 確かにその通りで、穆儒丐が描いた明るくて美しい晩清のイメージは、もはや過度に理想化され、真実味が失われている。こういう過度な理想化を経なければ、穆儒丐及び彼の小説の登場人物は革命に対する憤懣と譴責を噴出させることができなかったのだ。ところが、明るくて完璧な過去とは、実はただの「絵のような」「存在しえなかった理想的な過去」にすぎない。[18] 小説で穆儒丐が明言できなかったのは、過去に戻ろうとする衝動、儒教の伝統と中華文明が頂点を極めた盛世へ戻ろうとする衝動である。この衝動は一種の郷愁による逆行回帰であり、直線的に進む時間に対抗するものだ。歴史上、多くの遺民は時間に苦しみ、常に過去に戻ろうとしてきたのだが、[19] 穆儒丐の「回帰」の衝動は特に問題を孕んでいる。何故なら、十九世紀末に進化論的な時間概念が中国に輸入されて以来、直線的に進む時間は「現代」の一種の象徴であったからだ。革命派が主張しているように、「現代」は帝制という過去との断裂でもあり、循環史観の終結でもあった。[20] ならば、「現代」の時間概念の中にいながら未だに過去への回帰を望むのは、時間に適応していないだけでなく、「現代」の時間概念に抵触し、歴史の前進をも拒む危険なものでもあった。

2 「反反満洲」から「反革命」へ

穆儒丐が描いた遺民の郷愁と憤懣には、彼個人の経歴と歴史背景が明らかに影響している。彼が早稲田大学に留学していた時、「滅満興漢」を主張する漢人の革命分子によって心理的な圧力を受けると同時に実質的な恐怖も味わったのだった。穆儒丐の自伝小説『徐生自伝』（一九二二）によれば、東京の漢人の革命分子は満洲人が国家を盗み取ったのだと考え、国を救うには満洲人を殲滅してしまわなければならないと主張していた。一九〇五年末から一九〇六年の初めにかけて、およそ三、四百人の満洲人留学生が東京から近郊に疎開し、暗殺と攻撃から身を守らなければならなかった。結果的には満洲人留学生がこのために死傷することはなかったが、この満漢の衝突は穆儒丐の革命派に対する認識に絶大な影響を及ぼした。彼はかつて、それら東京の革命青年を皮肉って「日々口の中に『満奴（満洲の売国奴）』の二文字さえあれば、どうやらすぐに革命の偉人と見なされるようだ[21]」と述べたが、漢人の革命青年から暴力を受けるという恐れが、最終的に民国革命全体への懐疑と憂慮に変化したのである。

少数民族としての満洲族アイデンティティのほかに、穆儒丐の反革命感情はこの世代の清遺民意識からも理解できよう。穆儒丐と同じ思想を持つ漢族文人の多くが、清朝の滅亡は一つの王朝の終焉であるだけでなく、儒家思想を根本とする道徳的伝統、政治体系及び文化世界の崩壊であると考え、こちらをより深刻に受け止めていた。彼らは民国が帝制を廃棄し、民主政治体制を採用したために、三綱［君臣・父子・夫婦の道］をはじめとする儒教道徳秩序を破壊したと主張した。君臣関係はあらゆる人間関係の道徳的根拠であるが、革命と民主体制が君臣の関係を打ち砕いたので、あらゆる道徳原則の崩壊を招くことになったというのだ[22]。さらに恐るべきことに、儒家道徳の原則の上に築き上げられた中華文明も未曾有の危機に瀕していた。だからこそ辜鴻銘（一八五七〜一九二八）は、清に忠節を尽くすのは、たとえ帝制に種々の欠陥があったとしても大衆の道徳規準を守ることができるからだ、と主張したのである。彼は「父祖が仁治を蒙った帝室に忠であっただけでなく」、「中華民族文明の根源に忠であった」のだ[23]。

穆儒丐が抱いた中華文明の危機に対する憂慮は、清代への過度な理想化と結びつき、辜鴻銘ら清遺民の文化保守主義とはるかに呼応しあった。これは彼等が帝国「臣民」としての政治的アイデンティティを近代的民族国家の「国民」に変換しようなどとは思いもしなかったし、変換しようもなかったためである。[24]しかしながら穆儒丐は、民国革命末日における乱世の道徳の堕落を清めるために帝制の復活を主張しようとはしなかった。実に、彼は真の「情」という道徳の力で社会を無秩序から救おうと主張したのである。

二　真の「情」は乱世を救う

真の「情」が如何に民国革命における末日の乱世の無秩序から社会を救い出すことができるのか理解するために、まずは穆がいかに「情」の意味を構築したのか、どうして真の「情」は民国革命の乱世の社会と道徳の無秩序を救いうるのか、いかに個人の「情」と公衆との関係を位置付けるのかを問わなくてはなるまい。

1　「情」――博愛から夫婦愛へ

穆儒丐は広義と狭義という二つの異なるレベルから「情」とは何かを定義している。まず、穆にとっての広義の「情」とは人類全体にとって肯定的な感情、すなわち博愛である。穆儒丐は文学作品の多くで「情」こそ人が善を為すための動力であると主張した。博愛としての「情」は人間に他人への関心を持たせ、慈悲の心を生ませるが、それが行動につながれば世界を改善できるからである。簡単にいえば、「情」こそは道徳の根源であった。穆が著した『情狂記』の中の語り手は「天地は一の情場、古今は一の情史にて、情無き人は天地に立つ能はず。故に忠臣、義士、孝子、節婦は古今を通じて猶ほ生くるがごとし[25]」と考えている。即ち、忠、義、孝、貞などのあらゆる美徳はみな全人類に対する感情、いわゆる博愛に由来しているのだ。穆儒丐はさらに「情」の範囲を濃縮し、一種の特定の「情」こそもっとも真摯で、徳行を陶冶するのにもっとも有効な感情であると指摘した。末日の乱世で社会の混乱を正すのに最も有効なのは婚姻制度の認可を経た夫婦愛である。ここに、広義の情（つまり博愛）は狭義の情（つまり夫婦愛）に道徳の基礎を提供し、夫婦愛を道徳の堕落を救う動力としたのだ。『新婚別』において、穆儒丐は全ての形態の「情」のうちでも、特に夫婦愛こそが道徳の動力となる完璧な典型だと指摘した。確かに人には生まれつき情があるかもしれないが、宗法に従った婚姻を経てこそ正当性を持つ。いわゆる道徳認可を経た婚姻とは、穆儒丐の指摘によれば道徳権威を持つ年長者によって決められた婚姻である。それは十九世紀末に西欧から中国に伝わった自由結婚のあり方――個人の意志によって結婚相手を選ぶという概念とは相反するものだった。例を挙げれば、『新婚別』における趙文英と鳳姑の婚姻は、村で地位がある劉二大爺が成就させたものだ。それによって、彼らの愛はもっとも真摯で、道徳上最も高尚なものになったのである。

この概念は極端に道学的なのだが、穆儒丐の言情小説は性の楽しみを排除しなかった。『新婚別』で趙文英と鳳姑は実に「一種の最も快楽に満ちた、最も陶酔すべき、最も神秘的な日々」を享受し、まるで「玉帝の勅旨を奉った」かのようであった。この「二人の純潔な男女」は「純粋で、真摯で、人情天理に従う結婚をした」からこそ「男女の楽を味わえる」のである。[26]言い換えれば、純潔で、私欲がない人にこそ運命は男女間の至上の喜びを享受する権利を与えるのだ。別の角度から見ると、媒酌による婚姻は道徳に基づいており、私欲さえなければ激情の愛――男女間で唯一の宗法に合致した真摯な愛――を生み出せるのだ。ここにおいて、「倫常の愛」と激情の愛は一つになり、この愉悦は官能的で情緒的であると同時に道徳的なクライマックスにも達することができるのだった。

２「情」の新倫理と社会の無秩序／秩序

穆儒丐は『新婚別』で、宗法に合致した婚姻から生まれた真摯なる「倫常の愛」は、美徳のある男女を育てることができ、彼らこそ無秩序の社会の中で瀕死に陥った道徳を挽回できると主張している。最もよい例証は、民国革命の末日乱世での、鳳姑による「新しい貞操概念」の物語であろう。彼らの「最も快楽に満ちた、陶酔すべき、神秘的な日々」の三日後に、趙文英と鳳姑は別れ別れにならねばならなかった。不本意ではあったが趙文英は軍隊に戻り、軍閥馮国璋に仕えなければならなかったのである。趙が家を出たのち、鳳姑と趙の母親は彼からの手紙も給料も一切受け取ることがなかった。最初のうち、鳳姑は針仕事や家事の手伝いなどで姑の生活をなんとか維持していた。しかし三年が過ぎても軍閥間の戦火は止みそうもなく、鳳姑は自分と姑との暮らしを支えることが難しくなった。この乱世では、彼女は昔ながらの尋常な手段（針仕事や家事手伝いなど）では生計を立てられない。以前裕福だった家でも、革命の後は人を雇用する余裕がなくなってしまったからだ。夫との約束を守り、何としても姑の生活を守るため、全ての手段を尽くした彼女は、仕方なく「自分の貞操を犠牲にし、春をひさぐ」ことにして北京の郊外から城内に移って妓女となり、姑孝行をするため生活費を稼ぐことになった。(27)顧客は彼女の腐心を知り、彼女の美貌を愛するだけでなく、人格をも尊敬したので、彼女はなんと売れっ子の妓女になり、姑に十分に孝養を尽くせるようになったのである。それからまた三年が過ぎ、趙文英は中国各地で戦い、江蘇からモンゴルまで遠征したのちにようやく北京に戻ったが、一文なしで疲弊しきっていた。鳳姑が彼と彼の母親のためにしたことを知った趙は、鳳姑を「すぐ許した」だけでなく、さらに「衷心から彼女に感謝した」のである。(28)

鳳姑が肉体を売ったことは、夫の「許し」だけでなく、「衷心からの感謝」に値した。これは「情」の倫理の中で、性に関する部分が定義し直されたことを示している。道学者たちは「餓死する事は小さく、節を失う事は大きい」という主張を堅持していたが、穆儒丐の『新婚別』は、家の年配者を餓死させないためならば、節操を失うことなど全く大したことではないと教示したのである。女がもし十分に自分の夫を愛しているのなら、自分のすべて――貞操までも――を犠牲にして夫を助け、果たすべき義務を全うしうるのだ。鳳姑が水商売に身を落としたことは、「彼女を愛する夫」のための「偉大なる犠牲」だと賞揚されている[29]。人命危うく、道徳が堕落する現代の乱世では、正義という理由のためなら、女性の体と性は婚姻以外に徴用されても構わないのだった。愛、または感情的忠誠（肉体的貞節ではなく）こそ、貞操の唯一の基準なのである。だからこそ、鳳姑は依然として貞潔な妻であり、高尚な道徳を持つ女性であり、乱世の中の道徳的模範になりうるのだ。

だから、穆儒丐の概念においては、真摯なる情とは個人の感情的欲求ばかりではない。実際には公衆的利益に相応して定義されるものだ。個人の「情」（感情／情熱／愛）の存在は、公衆と集団のためのものである。結婚したばかりの鳳姑と趙文英が別れ別れになることを強いられた時、二人がいかに相手を偲んでいたかはどうでもいいことなのだ。大切なのは、鳳姑がどうやって自分の真摯なる愛を、公衆への貢献に変えたかである。テクストのレベルでは、彼女は姑に献身的につくした。そして作者の教訓的な意図のレベルでは、彼女は社会の為に、社会を改善しうる道徳的模範を提供したのだ[30]。これは私たちに、個人的感情と公衆的利益を書いた別の近代的ジャンル、一九二〇年代から三〇年代にかけて流行した「革命プラス恋愛小説」を想起させる。革命プラス恋愛小説では、一般的に恋愛と革命の関係は調和が取れており、個人への愛と国家への愛は緊密に結びついていた[31]。穆儒丐の「情」の概念と「革命プラス恋愛」の公式との相違点は二つある。一つは、「革命プラス恋愛」の公式における「愛」は時に性的解放を指し、個人の主体性を強調したのに対して、穆儒丐の「情」は個人と集団との関係を重んじ、個については全く触れなかったことだ。さらに大事なのは、「革命プラス恋愛」の公式では、「愛」が個と近代的な中国の民族国家を結びつけることができたのに対して、穆儒丐は「中華文明／儒家的伝統」を以て

「中国の民族国家」という概念に取り替える傾向があったことである。穆儒丐にとって、真摯なる情とそれにより生まれた美徳を提唱する最終的な目的は、中華文明／儒家伝統を回復させることであった。つまり、穆儒丐の言情小説の中で、最も高いレベルの公衆的利益とは、民国革命で危機に瀕した中華文明を継続させることであり、革命プラス恋愛公式が目指す近代的民族国家ではなかったのである。

三　楽園の再建？――満洲国で「情」を探す

テクストのレベルにおいて、穆儒丐の言情小説が書いたのは、麗しい清朝が滅亡したことへの悲痛な思いと、真摯なる情である道徳的動力を召喚して、儒教伝統／中華文明を回復させようとする願望であった。戦争期の満洲国という文脈で彼の作品を読むとき、我々が問いたいのは以下のようなことだ。清遺民が満洲国の成立を清の再生であるのみならず、儒教伝統／中華文明の復活でもあると見なしていたのなら、穆儒丐も満洲国は（再建された）情の楽土だと思ったのだろうか。なぜ彼はこの儒教伝統／中華文明ユートピアと自分で名付けた場所の中で、悲惨な民国革命（及び破れた山河を修復しようとする衝動）を繰り返し書いたのか。もし穆儒丐の小説の最終的な公衆利益が近代的な民族国家ではなく、儒教伝統／中華文明であるならば、「情」と戦争期の「国」の関係はどうなるのだろうか。

1　王道楽土の憂鬱《メランコリア》

満洲国のユートピアイメージは、一部は「儒教」伝統の「王道楽土」論述から構築された。「王道楽土」は満洲国建国の基本原則である。それは古典儒家思想の聖王説に由来し、徳の高い君主の仁治を主張し、武力、暴力などの不徳な統治手段を主とする「覇道」に相対するものだ[32]。日本人は王道思想を流用、移植して溥儀の再即位を合理化し、満洲国を儒教道徳の国として印象づけようとした[33]。さらに、それを当時中国と満洲国に出現した様々な「覇道」、たとえば西洋帝国主義や軍閥張学良に対抗させた。そのほかにも、王道思想は「輸入されたナショナリズムと共和主義」という三民主義以外の、別の選択肢になりえた[34]。彼の民国革命に対する反感、近代的な民族国家概念への拒絶、及び儒家道徳伝統の崇拝などの立場から見ると、穆儒丐が満洲国を「王道楽土」として見なしたのは無理からぬことであった。

そのうえ、穆儒丐が満洲国をユートピアとみなしたのは、満洲人が東北を精神的な原郷と考えていたからでもある[35]。清朝の満洲人皇帝は彼らの父祖の地を聖地としてたてまつったので、東北は満洲人の民族的自尊の発祥地となった。一九一六年、穆儒丐が故都北京から東北へ移住した動機も、父祖の地と精神的原郷への「回帰」と見なしうる[36]。民国後東北へ移住した満洲人の大部分と同じく、それ以前に彼が東北に住んだことはなかったけれども。東北という「精神的故郷」をもっと麗しくしたのは、満洲国が成立した後、それが再び満洲人の国度になったことで、それはあたかもすでに消え失せたはずの大清帝国の魂が生き返ったようであった。満洲国成立の喜びを表し、満洲国建国の神話を築くために、穆儒丐は『盛京時報』に長編歴史小説『福昭創業記』（一九三七）を連載し、ヌルハチとホンタイジがいかに満洲の各部族を統一し、大清を創建したかを講述した。この小説を連載する時、『盛京時報』の編集者は作者の創作目的を説明して、「今日我々は王道楽土の生活を享受しているが、三〇〇年前に英雄豪傑が血戦すること数十年、我らの為にその揺籃を作ったことを知らねばならない」と書いた[37]。小説の叙述において、恐らくはフロイト式の言い間違いによって、語り手は時代を誤ってホンタイジが統治した大清を「満洲国」と呼び、さらに「太祖が統治した満洲国こそ、まさにもっとも理想的なユートピアであった」と大いに誉め称えた[38]。穆儒丐は満洲国、大清とユートピアのイメージを混同し、三位一体の満洲楽土を創造したのだ。

もしこれが本当ならば、穆儒丐と彼が描いた小説の登場人物は、それ以降は満洲国で幸せで楽しい生活を送っているはずである。しかし、彼の言情小説には満洲国を時代背景として設定したものは一編もない。北京こそは、彼が一貫して念頭に置いた叙述の対象であった。また、『新婚別』では時間の錯乱は空間の錯誤よりずっと複雑で、過去と現在、未来が絡み合い混じり合っている。楽土のような満洲国で民国革命という乱世の過去を書く時、穆儒丐はいつも現在形で物語を述べているようである。つまり、叙事における「今日」と「現在」は、実際には穆儒丐と同時代の読者にとっての過去なのである。例えば、趙文英が清の禁衛軍としての栄光の過去を思い出す時、当時「兵舎は西郊にあるにしても、北京の町中にあるにしても、全て新築の洋式の部屋だった」と言及するだけでなく、「しかし、現在は町中も西郊も、見渡すかぎりの瓦礫となってしまい、革命後の中国が日々惨めな風景に陥っていることを象徴している」[39]と語り手（解釈方法によっては、趙文英かもしれない）は論評する。穆儒丐と同時代の読者は「本当」の満洲国の「現在」と、小説中に書かれた民国革命の「現在」との差異を読みとったであろう。更に重要なのは、穆儒丐が満洲国のプロパガンダの修辞、例えば、「一徳一心」や「名誉の家」、「出征軍人の家」等を、民国革命の叙事に混入させた時、同時代の読者に本当の満洲国の「現在」と叙事中の「現在」とを混同させたかもしれないということだ[40]。言い換えるならば、『新婚別』の叙事では、輝ける清朝は過去と見なされ、乱世の民国革命は現在とされるが、楽園のような満洲国の現状は実は存在しないのだ。もし満洲国が本当に失われた輝ける過去の生まれ変わりであるならば、なぜ穆儒丐は過去のトラウマに執着し続けるのだろうか。

憂鬱《メランコリア》とは、人に知らず知らずのうちに繰り返しトラウマを経験させる。正にそのために、穆儒丐は新しい楽土で毀れた故郷を書き続けるという衝動を抑えきれなかったのだ。フロイト（Sigmund Freud）の理論によれば、憂鬱とは愛する対象を失ったことへの反応であり、それは最愛の人の逝去や国家の滅亡を含むという。[41] 憂鬱なる者は知らず知らずのうちにトラウマの過去を行動で体現する（act out）ことを繰り返し、現実にはその対象は既に存在していないのに、失われたその対象（lost object）との関係が切断されるのを拒絶するのだ。[42] 穆儒丐が毀れた故都、北京を知らず知らずのうちに繰り返して書き、末日の乱世の民国革命を「現在」と見なすのは、実は憂鬱が引き起こした病的行為なのだ。表面的には、穆儒丐は『新婚別』の作者兼語り手として、（輝ける）清朝の過去を忘れられないため、愛する対象（すなわち清朝）が消失するトラウマの源、即ち民国革命を何度も訪れているように見える。ところが、何度も民国革命に立ち戻るため、語りの空間の大部分はトラウマの過去（輝ける過去ではなく）に占められてしまい、それこそが作者兼語り手が実際に取り戻したい対象になってしまうのだ。結局、作者兼語り手は彼と民国革命の感情での繋がりを改めて確認し、更にそれを「現在」と見なすことになる。トラウマの過去は内在化し、作者兼語り手にとって永遠に続く「現在」となってしまうのだ。

穆儒丐の小説の語りは過去と現在を混同した。このような叙事は実は憂鬱症を持つ者のアクトアウトなので、生命が危機に瀕した場所に何度も戻るのだ。彼が過去と現在、未来の関係を統合する力がないことこそ、トラウマの記憶でよく見られる認識論的危機（epistemological crisis）を示している。ブライソン（Susan J. Brison）は、人は過去を顧みたり未来を想像したりする能力を通してこそ、自分を一貫した個体としてアイデンティファイできる、と指摘している。[43] トラウマ経験によって個人がこの能力を失った時、アイデンティティも挑戦を受ける。トラウマは人の感情能力を変えると同時に、彼が外部の世界に向かい合った時、元々持っていたはずの感情反応及び感情を語るパターンを変化させてしまうのだ。[44] そのため、民国革命のトラウマは、作者兼語り手の穆儒丐の（適切に）過去を記憶し、未来を想像し、「現在」での自分を位置づける能力を潰しただけでなく、彼が自分をアイデンティファイするための感情能力まで傷つけた。感情、或は「情」こそはトラウマの所在でもあり、穆儒丐が何度も立ち戻って彼の憤懣と憂鬱の所在をアクトアウトした所在でもあったのである。

２　戦争「国」の中で「情」を探す？

だから、「情」が何度も呼び戻されたというのは、決してそれが乱世と危機を正すことができる道徳的力量を持っていたからではない。反対に、「情」はすでに徹底的に破壊されていたため、作者は何度も「情」を語ることを通して、情の喪失をアクトアウトするしかなかったのである。満洲国がいかに完全な「情」の道徳を擁する儒家の新しい楽園として形容されたとしても、穆儒丐には依然として民国革命が引き起こしたトラウマを治療する術はなかったし、その中ですでに失われた情を探し出す、あるいは救い出すことなどなおさら出来なかったのである。

戦争期の文脈で言「情」を読むとき、我らは問わねばならない。それは、穆儒丐の戦争期における言情の方式と当時の満洲国における戦時イデオロギーの関係はいかなるものだったのか、という点である。前述のように、穆儒丐は近代民族国家の概念を以て情の倫理の枠組みにしようとはしなかった。ならば彼はいったい「情」と「国」の関係をどのように解釈したのだろうか。実際、女性の身体はまさしく満洲国の戦時における政治的媒介に呼応する。満洲国の戦時イデオロギーにおいて、女性の身体を国に奉仕させるために召集するには二つの方法があった。一つ目は、女性の無性の身体、つまり貞節であり、満洲国が儒教で立国するための礎であると見なされていた。二つ目に、女性の性別化した身体は、戦争の需要に対応して人的資源をつくるために用いられた。穆儒丐の「情」の新しい倫理は官製のイデオロギーに迎合したのだろうか、挑戦したのだろうか。「情」は戦争のために徴用することができるのだろうか。

プラセンジット・ドゥアラ（Prasenjit Duara）はその研究において、満洲国の官製イデオロギーが女性を「儒家社会と国家の根本的な基礎」と見なしていたと指摘し、ノーマン・スミス（Norman Smith）は貞節がこの儒教国家における女性の美徳の礎とされたと指摘した。[45] 簡単に言えば、女性の貞節は、すべての家庭と社会全体に儒教イデオロギーを植え付け、儒教で立国した満洲国の安定性と合法性を確保するために用いられてきたのだ。穆儒丐はもしかすると、女性の貞節とは社会の安定を維持するための重要な美徳の一つである、と見なす官製イデオロギーに同意するかもしれない。あるいは、まさにこれこそ彼が『新婚別』において鳳姑の新しい貞操観念を強調することを選んだ理由でもあろう。しかしながら、新しい貞操観念は、肉体ではなく感情の忠誠を主とすることによって、伝統的な儒教イデオロギーの貞女のイメージに挑戦したともいえる。満洲国における官製イデオロギーは確かに、女性の身体は国家奉仕に「利用」されうると考えたが、それは比喩的なレベルでの「利用」であるべきであって、実際に女性の身体を用いるのではなかった。これに対して、鳳姑の身体は実際の意味で、姑の生活維持に必要な費用を稼ぐために「利用」される。この新たな貞操観念は伝統的な儒家の貞操観念と比較すれば決して純粋なものではなく、儒教によって建国された満洲国の礎にはなりえないのである。

女性の無性の身体以外に、女性の性別化した身体は戦時国家においてもう一つの機能を持つ。それは人的資源の製造である。女性の役割は良妻であると同時に賢母でもあるべきなのだ。しかしながら、穆儒丐による戦時期の言情小説では、母という仕事の重要性ははっきりと描かれていない。彼の描く模範的な女性はせいぜい「良妻」と見なされるだけで、「賢母」であったことはなかった。鳳姑のような模範的女性は夫との関係に存在するだけで、母性愛は穆儒丐が描写した重点ではないのだ。このように、穆儒丐による模範的な女性は模範的な王道楽土で女性の果たすべき責任の半分しか果たせないのである。[46] これはもしかすると、穆儒丐の目に映った「情」の傷が、理解することも、処理することも不可能なまでに酷いものだったために、自分の中に刻まれた永遠の喪失を乗りこえることもできず、未来へのいかなる有意義な物事（たとえば新たな世代の人類）をも生み出すこともできなかったと言うことかもしれない。

『新婚別』においては、真摯なる情から出た自己犠牲や公衆の利益のためには、婚姻外で女性の身体を利用できるという概念が情と戦時国家の関係をさらに複雑にした。真摯なる夫婦の愛さえあれば、婚姻外で女性の身体を「利用」できるという論理に従うならば、真摯なる愛国心がありさえすれば、国家と戦争の需要によって女性の身体を徴用できるということになる。この概念は戦争のプロパガンダにとっては理想的かもしれないが、穆儒丐は彼の戦争期の言情小説において、このような見方を発展させてはいない。テクスト叙事のレベルにおいては、鳳姑を初めとするヒロインたちは「国家」の見方について意見を述べていないし、ましてや国を愛しているかどうかなどの記述もない。戦時期の文脈におけるレベルから見ると、読者達はただ「社会」道徳や中華文明、儒家伝統に関する諄々たる教訓を読むだけだが、その「社会」や「文明」、そして「伝統」は決して近代的意義における「国家」と同等ではない。簡単に言うと、「情」が戦時の国家動員に対して持った効果は、それが伝統の回復に与えたかもしれない貢献には遥かに及ばなかった。これは穆儒丐にとってみれば、「国家」はまるで「情」のように、極めて曖昧で言葉では表現する方法がなかったからだと言えるかもしれない。最終的に、満洲国は儒教国家を自称したが、穆儒丐にとってみれば、それはやはり情のユートピアではなかったし、彼の「情」も戦争に奉仕のしようがなかった。穆儒丐の言情小説――ある清の遺民が感情、情緒と愛情に対して行ったメランコリックな表現――における戦時の満洲国とは、空白と欠陥ののこる魂の召還だったのである。

注

（1）一九一八年一月十八日の日記。鄭孝胥著、労祖徳編『鄭孝胥日記』（北京・中華書局、一九九三）一七〇五頁。林志宏が清遺

民を論じた著書もこの一文をタイトルとしている。林志宏『民国乃敵国也：政治文化転型下的清遺民』（台北・聯経、二〇〇九）を参照。鄭孝胥と溥儀の関係も同書の三三〇〜三四〇頁に見える。

（2）Wai-yee Li, "Introduction" to *Trauma and Transcendence in Early Qing Literature*, ed. Wilt L. Idema, Wai-yee Li, and Ellen Widmer (Cambridge, MA and London: Harvard University Asia Center, 2006), pp.5-6.

（3）王徳威『後遺民写作』（台北・麦田出版、二〇〇七）三十三頁。

（4）歴史研究も同様である。Prasenjit Duara, *Sovereignty and Authenticity: Manchukuo and the East Asian Modern* (Lanham: Rowman & Littlefield Publishers, 2003), p.59 を参照。

（5）岡田英樹『文学に見る「満洲国」の位相』（東京・研文出版、二〇〇〇）。

（6）Norman Smith, *Resisting Manchukuo: Chinese Women Writers and the Japanese Occupation* (Vancouver: UBC Press, 2007).

（7）劉暁麗『異態時空中的精神世界――偽満洲国文学研究』（上海・華東師範大学出版社、二〇〇八）

（8）穆儒丐の生涯については以下の資料を参照。長井裕子著、莎日娜訳「満族作家穆儒丐的文学生涯」『民族文学研究』二〇〇六年二期一六三〜一七〇頁、村田裕子「一満洲文人の軌跡・穆儒丐と『盛京日報』文芸欄」『東方学報』六十一号（一九八九）四五三〜四八七頁、張菊玲「〝駆逐韃虜〟之後――談談民国文壇三大満族小説家」『中国現代文学研究叢刊』二〇〇九年一月号五十四〜六十四頁、張菊玲「香山健鋭営与京城八大胡同――穆儒丐筆下民国初年北京旗人的悲情」王徳威、陳平原編『北京：都市想像与文化記憶』（北京・北京大学出版社、二〇〇五）一七〇〜一八四頁、張菊玲「風雲変幻時代的旗籍作家穆儒丐」『満族研究』二〇〇六年第四期一〇三〜一一六頁、張菊玲「清末民初旗人的京話小説」『中国文化研究』二十三期、一九九九年春、一〇〇〜一〇六頁、関紀新「風雨如晦書旗族――也談儒丐小説『北京』」『満族研究』二〇〇七年第二期一〇三〜一一一頁。

（9）穆儒丐「徐生自伝」、『盛京時報』、一九二二年九月十三日。

（10）岡田英樹『文学にみる満洲国の位相』、三十六〜三十七頁。

（11）儒丐「新婚別」、『麒麟』二巻六号（一九四二年六月）、六十一頁。

（12）儒丐「福昭創業記（三十三）」、『盛京時報』、一九三七年八月二十三日。

（13）張菊玲『風雲変幻時代的旗籍作家穆儒丐』一〇四頁。

（14）儒丐『新婚別』、『麒麟』一巻八号（一九四二年一月）、四十二頁。

（15）儒丐『新婚別』、『麒麟』二巻六号、六十一頁。

（16）丐『随感録（四十八）』、『盛京時報』、一九三九年四月二十七日。

（17）Mieke Bal, "Introduction" to *Acts of Memory: Cultural Recall in the Present*, Mieke Bal ed. (Hanover: Dartmouth College, 1999), xi.

（18）Mieke Bal, "Introduction" to *Acts of Memory*, xi.

（19）趙園『明清之際士大夫研究』（北京、北京大学出版社、一九九九）、三七三〜四〇一頁。

（20）林志宏『民国乃敵国也』に見える。三六九頁。

（21）穆儒丐「徐生自伝」『盛京時報』一九九二年九月十三日。

（22）林志宏『民国乃敵国也』、一八三〜一九〇頁。

（23）Ku Hung-ming, *The Story of a Chinese Oxford Movement* (Shanghai: Shanghai Mercury, 1912), xxiii-xxvii.

（24）林志宏『民国乃敵国也』、四頁。

（25）丐『情狂記（一）』、『盛京時報』、一九三九年一月十二日

（26）儒丐『新婚別』、「麒麟」二巻四号（一九四二年四月）、一〇六頁。

（27）儒丐『新婚別』、『麒麟』二巻七号（一九四二年七月）、一〇九頁。

（28）儒丐『新婚別』、『麒麟』二巻八号（一九四二年八月）、四十三頁。

（29）この部分は編集者の言葉であるか、作者の言葉であるか判断ができない。儒丐『新婚別』『麒麟』二巻六号（一九四二年六月）、六十二頁。

（30）穆儒丐は元来小説の中で説教することで有名で、「風を移し俗を易える」ことができると言われていた。賀嗣章「寿穆六田大哥」『芸文志』一二期（一九四四年十月）、四頁。

（31）Liu Jianmei, *Revolution Plus Love: Literary History, Women's Bodies, and Thematic Repetition in Twentieth-Century Chinese Fiction* (Honolulu: University of Hawai, i Press, 2003), pp.17-18.

（32）Duara, *Sovereignty and Authenticity*, p102.

（33）満洲国王道思想の「儒家」の特性は別に「中国」の産物ではない。これについては李文卿に優れた見解がある。李文卿『共栄的想像：帝国・殖民地与大東亜文学圏』（台北：稲郷、二〇一〇）、三一七〜三一八頁。

（34）Duara, *Sovereignty and Authenticity*, p102; Louise Young, *Japan's Total Empire: Manchuria and the Culture of Wartime Imperialism* (Berkeley and Los Angels: University of California Press, 1998), p286; Smith, Resisting Manchukuo, p25.

（35）Duara, *Sovereignty and Authenticity*, p41.

（36）長井裕子「満族作家穆儒丐的文学生涯」一六六頁。

（37）「予告」『盛京時報』、一九三七年七月二十日。

（38）儒丐『福昭創業記（三五）』、『盛京時報』、一九三七年八月二十五日。

（39）儒丐『新婚別』、『麒麟』一巻八号、三十八頁。

（40）儒丐『新婚別』、『麒麟』一巻八号、三十九頁。『麒麟』二巻六号、六十一頁。

（41）Sigmund Freud, "Mourning and Melancholia," in *The Standard Edition of the Complete Psychological Works of Sigmund Freud, Volume XIV (1914-1916)*, (London: Hogarth Press, 1974), 243.

（42）Tammy Clewell, "Mourning Beyond Melancholia: Freud's Psychoanalysis of Loss," *Journal of the American Psychoanalytic Association* 52.1 (2004), 44, 59.

（43）Susan J. Brison, "Trauma Narratives and the Remaking of the Self," in *Acts of Memory*, 44, 45.

（44）Brison, "Trauma Narratives and the Remaking of the Self," 44.

（45）Smith, *Resisting Manchukuo*, 98; Duara, *Sovereignty and Authenticity*, 33. 末次玲子「『王道楽土』のジェンダー構想」（早川紀代他編『東アジアの国民国家形成とジェンダー』東京、青木書店、二〇〇七年所収）参照。

（46）劉晶輝『民族、性別与階層——偽満時期的「王道政治」』（北京、社会科学文献出版社、二〇〇四年）、二十〜三十七頁。

［付記］この論文については、神戸大学大学院の授業で下訳を行った。参加したのは善野真太郎、鄭宇龍、鄭洲、李佳琪、劉霊均の皆さんで、最終的な訳稿は授業で提出されたレジメを元に、濱田が全面的に修正を施したものである。

第13章　満洲国留学生の日本見学旅行記

在日留学生のみた「帝国日本」

羽田朝子

はじめに

一九三二年に傀儡国家「満洲国」（以下、満洲国）が成立すると、中国大陸は本格的に大分裂の時代へと向かっていくことになる。それは中国の領土や政治といった面での分裂にとどまらず、知識人たちの精神的分裂ももたらすことになった。

満洲国政府は新国家の基盤を固める人材の養成のため、建国の翌年には日本への留学生の派遣を開始した[1]。当時、満洲国における高等教育はまだ整備されていなかったことから、日本への留学生派遣が人材養成の最速の方法であると見なされたのである。満洲国の留学制度は極めて整備されたものであり、各種の留学補助費が満洲国政府はもちろん、日本の外務省や満鉄によって用意された。満洲国の留学政策については、当時から中国側によって「滅華の先鋒隊」の育成にほかならないとして批判されたが[2]、満洲国政府は帰国した留学生に就職先を斡旋して進路を保証したこともあり、日本留学を望む学生は増え続けた。満洲事変が起こった当時、東北出身の留学生は二〇〇名前後に過ぎなかったが、満洲国成立直後から満洲国留学生が急増し、五年後の一九三七年にはピークに達し、二〇〇〇名近くにものぼった。日中戦争勃発後はその数が減少するものの、それでも一〇〇〇名前後を維持したのである[3]。

満洲国の留学生政策については戦後長い間顧みられてこなかったが、近年日本を中心に研究が進んでおり、制度面の概要が明らかになりつつある[4]。しかし個々の留学生については、先行研究では抗日活動に参加した一部の学生にしか目を向けられていない[5]。これには、政治的理由によりそれ以外の視点を持つことが忌避されたという事情のほか、資料の不足も背景にある。満洲国留学生は戦後において厳しい批判にさらされる危険があったため、その経歴を隠すことが多く、また反右派闘争・文革など度重なる政治動乱の過程で日本留学に関する資料の多くが失われた。八〇年代以降、満洲国留学生であった作家の伝記や回想録で留学経験について言及があっても、その多くは「日本の帝国主義」や「奴隷化教育」の下で苦難の生活を送ったというステレオタイプのものに過ぎない[6]。もちろんこれも満洲国の留学生政策の性質を語った重要な証言であるが、なぜ満洲国の中国人がこうした状況に甘んじながらも日本留学へと向かったのかについては、いまだ不明な点が多い。

本論はこれを明らかにするために、満洲国留学生の受け入れ開始直後から一九四三年までの期間、日本政府の補助によって行われた満洲国留学生の日本見学旅行に着目したい。この日本見学旅行に関連する史料は、主に外務省外交史料館所蔵の「在本邦留学生本邦見学旅行関係雑件」第一巻～第七巻、「在本邦留学生本邦見学旅行関係雑件／補助実施関係」第一巻〜第一四巻に収められている。[7] ここには旅行のルート、参観場所だけでなく、その目的や引率教官の所感が詳細に記されており、さらには参加留学生の旅行記も含まれている。この旅行記は、当時の満洲国留学生の日本認識を探る上で重要な手掛かりであるといえよう。

日本政府による満洲国関連の教育文化事業については、すでに阿部洋『「対支文化事業」の研究』（汲古書院、二〇〇四年）、山根幸夫『東方文化事業の歴史』（汲古書院、二〇〇五年）といった研究がその概要を明らかにしているが、この日本見学旅行については言及されていない。さらにはこの旅行の存在自体、戦後長らく一般に知られていない状況にあった。[8] これに対し拙稿「一九二〇年〜四〇年代における外務省文化事業部による日本見学旅行」（『現代中国』八十七号、二〇一三年）において初めてこの日本見学旅行の全体像を取り上げ、その旅行記について検討を行った。ただし、該論文では中華民国留学生を対象にした日本見学旅行も検討の視野に入れたため、満洲国留学生に対する考察を十分に掘り下げるに至らなかった。また外務省外交史料館には一九四一年までの資料しか保存されていないことから、満洲国留学生が数多く参加したと思われる一九四二年、四三年の旅行については検討できなかった。しかし筆者による調査により、一部ではあるものの一九四二年、四三年に実施された日本見学旅行の関係資料を入手するに至った。こうした資料面の補充を受けて、ここで改めて満洲国留学生の日本見学旅行について論じたい。

本論では、まず満洲国留学生の日本見学旅行が一九四〇年前後の日本国内のナショナリズムが最も高まった時期に行われたことに着目し、その概要を考察する。その上で満洲国留学生の旅行記を読み解き、彼らが見学旅行により日本の何を見て、どのように語ったのか、その日本認識を検証する。これにより、大分裂時代における満洲国の知識人の精神がどのようなものであったのか、その一端に近づきたい。

一　満洲国留学生と日本政府による日本見学旅行

満洲国の留学生政策の管理機関である文教部（一九三七年から民生部）は、はやくも建国翌年の一九三三年から毎年二〇〇名の官費留学生を日本へと派遣する事業を始めた。[9]またこの年に日本の外務省文化事業部の補助を受けて、教員留学生の日本派遣が開始されている。この教員留学生の派遣は一九三七年に満洲国国内の教員訓練体制が一応の整備を見るまで五回にわたって実施され、毎年平均二〇名の初・中等学校の中堅教員が日本の大学や高等師範学校で一年間の研修を受けている。また文教部は帰国した留学生に官庁や教育関係、銀行や民間企業への就職先を斡旋しており、『満洲帝国文教部第二次年鑑』（一九三五年十二月、二二九頁）によれば、その就職率はほぼ一〇〇％であったという。さらに満洲国や日本の各種機関によって様々な留学補助が設けられたことから、満洲国の留学生人数は年々増加し、一九三三年が三一四名、一九三四年が七五七名、一九三五年が一一三三名、一九三六年が一八〇五名、一九三七年が一九三九名となった。[10]日中戦争勃発後はその数が半減し、毎年一〇〇〇名前後となるものの、日本外務省は一九三八年から文部省管轄学校を中心とする各種の高等教育機関五十五校に満洲国留学生のための特別枠の「学席」を設置し、これを支援した。

当初、満洲国留学生は満洲国に対する帰属意識が薄く、日満両国の教育関係者は満洲国留学生に対して、「満洲国人たるの自覚なく、或いは中国学生に威圧されて自ら満洲国学生たるを口にするを恥ずるが如き態度を執るものあり」として問題視していたという。[11]日満両国の政府はこうした満洲国留学生が中華民国留学生の抗日の動きに影響されることを恐れ、彼らに対する指導と監督を強めるため、一九三六年から留学に関する法令を整備した。主なものに「留学生に関する件」、「留学生規定」（一九三六年）および「留学生須知」（一九三七年。一九四〇年に「留日学生心得」に改称）がある。これらにより明確な留学目的が掲げられ、満洲国留学生は「将来国家の中堅として日満一体の楔子たるべき本分を自覚」すること、とされた。そして留学認可制度が取り決められ、留学に際しては民生部大臣の認可が必要とされ、もし「不都合の行為あるとき」は認可を取り消して帰国を命ずるとされた。留学生指導に当たっては、日本人学生と同様の取り扱いをなし、特に訓育に留意し、学校教練を必須として課することなどが取り決められた。また留学生に対する統制を強化するため、一九三六年には全国の満洲国留学生を会員とする満洲国留日学生会が組織された。

本論で取り上げる日本見学旅行は、日本政府の補助により、日本の高等教育機関の本科に在籍し、卒業を控えた留学生を対象に行われたものである。これは満洲国の留学生政策における人材養成の総仕上げであったといえよう。

この日本見学旅行はもともと中華民国留学生を対象に外務省文化事業部の補助によって一九二六年から実施されたものであった。文化事業部は一九二三年から義和団事件の賠償金を運用資金として、五四運動以来高まりつつあった中国側の反日感情を緩和させるために中国関連の教育文化事業を展開しており、日本見学旅行もその一環として行われたのである。そして満洲国の成立後、満洲国留学生もその対象に含むようになったのである[12]。

上述の通り、外務省外交史料館には関連資料が一九四一年までしか保存されていないが、一九四二年に満洲国留日学生会はその会報において日本見学旅行の参加学生を募集しており、実施後に参加学生による旅行記を会報に掲載している[13]。さらに奈良女子大学所蔵の校史関係史料には、奈良女子高等師範学校で一九四二年と一九四三年に行った日本見学旅行の関係資料が残されている[14]。旅費の支給元が一九四二年は対満事務局、一九四三年は大東亜省満洲事務局に切り替わっているものの、実施規定やその内容は文化事業部によるものとほぼ同じである。このことから、日本政府の補給による見学旅行は少なくとも一九四三年まで続いたことになる。

表1　年別の日本見学旅行実施回数／参加留学生数と出身地（1926～1943）

西暦	回数	参加学生数 中華民国	満洲国	合計	西暦	回数	参加学生数 中華民国	満洲国	合計
1926	13	130	—	130	1936	22	120	92	212
1927	20	255	—	255	1937	15	108	70	178
1928	18	181	—	181	1938	4	0	38	38
1929	16	191	—	191	1939	7	15	81	96
1930	26	287	—	287	1940	15	20	151	171
1931	21	273	—	273	1941	6	9	60	69
1932	28	295	—	295	1942	4	0	21	21
1933	14	121	25	146	1943	1	0	6	6
1934	22	136	50	186	計	279	2306	723	3029
1935	27	165	129	294					

表2　1933～37年の日本見学旅行実施回数・参加留学生数

	回数	参加留学生数 中華民国	満洲国	合計
総数	100	650	366	1016
官立大学・学校				
東京帝国大学	14	128	12	140
東京高等師範学校	7	24	44	68
広島高等師範学校	6	11	32	43
京都帝国大学	5	27	21	48
北海道帝国大学	4	7	18	25
九州帝国大学	4	21	5	26
東京工業大学	4	27	13	40
長崎高等商業学校	4	26	11	37
鉄道局教習所	4	50	51	101
東北帝国大学	3	21	0	21
明治専門学校	3	13(1)	3	16
山口高等商業学校	3	1	36	37
東京商科大学	2	6	9	15
奈良女子高等師範学校	2	10	1	11
大阪帝国大学	1	8	0	8
第八高等学校	1	1	4	5
警察講習所	1	0	30	30
長崎医科大学	1	4(3)	4	8
東京女子医学専門学校	1	5	0	5
千葉医科大学	1	6	0	6
東京女子高等師範学校	1	1	3	4
東京高等農林学校	1	6	2	8
合計	73	403	299	702
私立大学・学校				
早稲田大学	6	50	8	58
明治大学	4	75(4)	2	77
日本大学	3	24	0	24
専修大学	2	15	0	15
中央大学	2	28	0	28
法政大学	2	27	0	27
慶應義塾大学	1	6	2(1)	8
日本女子大学	1	2(1)	9	11
合計	21	227	21	248
他大学・学校に合流	—	2	16	18
その他の団体				
満洲国駐日大使館	3	0	27	27
同仁会	3	18	3	21
合計	6	18	30	48

注

表1：外交史料館所蔵の資料に出身地の記載がない場合、日華学会『留日学生名簿』、日華学会『中華民国·満洲国留日学生名簿』、駐日満洲国大使館『満洲国留日学生録』、日華学会『中華民国留日学生名簿』を参照した。なお1942年～43年の日本見学旅行については外交史料館に関係資料の所蔵がないため、『満洲国留日学生会会報』、奈良女子大学所蔵の校史関係史料に残された資料から、実施が判明した5件だけを挙げている。

表2：(　) 内は他校実施の旅行団に参加した人数である。

表3：1942～43年の日本見学旅行については外交史料館に関係資料の所蔵がないため、『満洲国留日学生会会報』、奈良女子大学所蔵の校史関係史料に残された資料から、実施が判明した5件分だけを数に入れている。

表3　1938～43年の日本見学旅行実施回数・参加留学生数

	回数	参加留学生数		
		中華民国	満洲国	合計
総数	37	44	357	401
官立大学・学校				
京都帝国大学	4	22	24	46
東京高等師範学校	3	2	29	31
北海道帝国大学	3	0	17	17
奈良女子高等師範学校	3	1	15	16
広島高等師範学校	3	1	21	22
山口高等商業学校	3	0	46	46
東京帝国大学	1	6	0	6
東京工業大学	1	2	10	12
明治専門学校	1	0	5	5
長崎高等商業学校	1	2	9	11
合計	23	36	176	212
他大学・学校に合流	—	0	1	1
その他の団体				
駐日満洲国大使館	9	0	156	156
満洲国留日学生会	3	0	22	22
東亜学校	1	2	2	4
日華学会	1	6	0	6
合計	14	8	180	188

一九三二年の時点で、日本見学旅行の旅費支給の条件は、以下のように規定されていた。対象は専門学校以上の各学校の卒業年度にある留学生であること。引率教官の下に五名以上の団体を組織すること。留学生数が少なく団体を組織できない場合は、最寄りの学校の旅行団に合流するか、所属学校の日本人学生の修学旅行に参加すること、である。旅行日数は十日以上、旅費の金額は一名につき七十円と定められていた[15]。当時の小学校教員の初任給が五十～六十円であったことを考えると、旅行の実施には十分な額であったといえよう。

日本見学旅行は分っているだけでも二七九回実施されており、参加留学生数はのべ三〇二九名であった。このうち満洲国留学生が参加した旅行回数は九十一回、参加学生数は七二三名にのぼる。年別の満洲国留学生の参加数は、卒業年次生であるためタイムラグがあるものの、満洲国留学生総数の増減とほぼ比例の関係にある[16]。日中戦争勃発後の一九三八年からは中華民国留学生の参加数が著しく低下しているため、満洲国留学生が参加者の大半を占めるようになっており、その数は一九四〇年にピークに達している（詳細は表1を参照）。

また日中戦争勃発以前は、中華民国留学生が数多く在籍していた私立大学・学校が頻繁にこの旅行を実施していたが（詳細は表2を参照）、日中戦争勃発後の一九三八年からは行われなくなり、官立の大学や学校が中心となって実施している。このうち、東京帝国大学以外は満洲国留学生のための「学席」を設けていた大学・学校であった。またこの時期、駐日満洲国大使館や満洲国留日学生会の主催による旅行団が合計十一回組織されており、その参加学生数は一七八名にものぼっている（詳細は表3を参照）。

二　日本見学旅行の全貌とその変容

日本見学旅行は上述の通り、中華民国留学生の反日感情を緩和するという政治的意図のもと始められた。そのため満洲国留学生が参加し始める前の時点では、旅行目的は留学生に日本の近代化や風景美といった長所を見せ、これにより日中親善の基盤を築くことが大きく掲げられていた。一九三三年から満洲国留学生の受け入れが始まると、その日本見学旅行は中華民国留学生の旅行に加わる形で行われた。そのため当初においては満洲国留学生の旅行の形態や内容は、中華民国留学生のものと基本的に違いはなかった。

見学地については、東北・北海道所在の学校は関東・関西・九州北部、関東の学校は関西・九州北部、関西の学校は関東・九州北部、中国・九州の学校は関東・関西を選択するのがほとんどだった。時に北海道が選ばれることもあったが、その多くは鉄道や農業を専門とする学校の旅行団や、参加留学生がすでに他の地域を旅行済みという場合であった。また見学地を一地域に絞るケースは珍しく、例えば関東所在の学校であれば関西か九州北部どちらかを訪れるのではなく、ほとんどが両方を廻っている。さらに旅程の途中で愛知・広島・宮城に立ち寄ることもあり、結果としてこの見学旅行は日本列島のうち所属学校の所在地以外のほとんどを周遊することとなった。各見学地における主な参観場所も、ほとんど共通しており、各地の都市機能、商工業設備や名勝・古跡を参観している。高等師範学校の旅行団の場合、これに加えて現地の師範学校や高等学校を、工業系の学校であれば専門に関連する工場や会社を訪問することもあった[17]。

満洲国留学生が参加しはじめた当初、この見学旅行は学校側にとっては中華民国と満洲国の留学生の親睦を深める意味も持つようになったが、両国の留学生の間には感情的な隔壁が存在しており、実際にはトラブルが生じることもあった。例えば一九三六年の京都帝国大学の旅行団では、両国の学生を二班に分け、別行動で見学旅行を行ったが、引率教官はこの理由を次のように述べている。「〔前回まで合同で旅行を行ったところ両国の留学生は〕旅行中に於ける一小事実を捉へ以て国家的感情を個人的感情に転移し、又は見学場所、或は宿泊料金、或は提供する処の食事に至る迄悉く意見の対立を来す」ためだ、と。[18]

一九三四年から満洲国の教員留学生の日本見学旅行が、その一年間の研修の最後に行われるようになり、一九三五年からは駐日満洲国大使館や満洲国留日学生会による旅行が開催されるようになった。これらの旅行団は対象が満洲国留学生だけであったことから、その旅行内容に変化が見られるようになる。日本の近代化や風景美を見せるという従来の目的に加え、「日満一体観」の涵養のために「参加者の地位に鑑み、特に我が〔日本の〕国民思想、国民精神を理解」させる、といったものが掲げられた。[19]参観場所についても、さらに東京での旅程に満洲国大使館訪問と宮城遙拝、靖国神社参拝が加わるようになった。

日中戦争勃発後は、参加者の大半を満洲国留学生が占めたため、ほとんどの見学旅行が上記と同様に「日本精神の体得」を主旨とするものに変容した。また戦時下にあったことから、その目的もこれを反映し、「真の日本精神を実地に会得せしめ聖戦遂行下の日本の真の姿をつかましむる」[20]といったものに変容していった。

この時期、参観場所にもさらなる変化があった。従来、神社仏閣については伊勢神宮が定番スポットとなっていたが、さらに橿原神宮（奈良県）、宮崎神宮（宮崎県）が加わったのである。これまでも奈良は主要な見学地のひとつであったが、参観場所は奈良市の奈良公園附近であることが多く、市内から離れた橿原神宮にまで足を延ばすのは稀であった。また九州の見学地は従来北部に限られ、宮崎を訪れることは殆どなかった。しかしこの時

満洲国留学生の橿原神宮参観
1940年、駐日満洲国大使館による旅行団。(外務省外交史料館蔵)

期の旅行では関西もしくは九州を見学地として選択した場合は、必ずと言っていいほど橿原神宮と宮崎神宮を訪れている。

この背景には、当時日本を席巻していた所謂「聖地巡り」ブームがある。日中戦争勃発直後から日本政府は国民精神総動員運動を推進し、また文部省は国史と道徳の基本を記した『国体の本義』を編纂、小学校から大学までの各学校に配布した。これらにより「天皇への帰一」と「滅私奉公」による国家への奉仕が国民に要求され、国民思想の画一化が一段と強化されることとなった。これと時期を同じくして皇室関連の史跡めぐりに「国民精神の涵養」の要素があるとして神社参拝が奨励されたのである。特に橿原神宮と宮崎神宮は一九三五年頃から日本政府によって主要聖跡に指定されて整備が進み、伊勢神宮とともに全国から大勢の参拝者が詰めかけるようになっていた。奈良県が勤労奉仕隊を募った際には、全国からのべ一二〇万人以上が奈良を訪れて天皇陵や橿原神社の境域の拡張や清掃に従事したという。

この「聖地巡り」ブームは国内のナショナリズムが最も高まった「紀元二六〇〇年（一九四〇年）」にピークを迎え、アジア太平洋戦争が開戦して戦局が激化するまで続くことになる。(21)

日中戦争勃発後、満洲国政府も国民の「日満一体観」の涵養に力を入れており、一九四〇年には皇帝溥儀が紀元二六〇〇年記念行事に参加するため来日した際、伊勢神宮と橿原神宮に参拝し、「日満一神一崇」を表明している。同年には満洲国の首都新京の帝宮内に天照大神を祭神とする建国神廟が創建された。このように満洲国の「王道」が日本の「皇道」に連なるものとされるなか、満洲国留学生の見学旅行も日本国内の「聖地巡り」ブームに呑みこまれることとなったのだろう。日中戦争勃発後の一九三八～四三年に行われた見学旅行全三十七回のうち、三十回が伊勢・橿原・宮崎のいずれかの神宮を訪れている。特に紀元二六〇〇年の一九四〇年にはこの種の見学旅行が十回にもわたって実施された。また駐日満洲国大使館や満洲国留日学生会による旅行では、この「聖地巡り」をすることが主な目的として掲げられ、一九三八～四三年の全十一回の旅行では伊勢神宮・橿原神宮・宮崎神宮のうち少なくとも二カ所を参観しており、そのうち七回は三か所全てを廻っている。

三　満洲国留学生の日本見学旅行記——在日留学生の見た「帝国日本」

では、この見学旅行に参加した満洲国留学生たちは日本をどのように語ったのか。以下、留学生の旅行記からこれを考察したい。満洲国留学生が参加した日本見学旅行の全九十一回のうち、五十九回については留学生による日本語で書かれた旅行記が残されている。このうち五十一回分は外務省文化事業部に、一回分は大東亜省満洲事務局に提出されたもので、七回分は満洲国留日学生会の会報に掲載されたものである。(22) 旅行記は学生代表が執筆を担当することもあったが、参加者全員のものを添付している場合もあり、膨大な量の旅行記が現存している。

なお本稿の分析対象は、「満洲国留学生」として来日した学生、あるいは満洲国の留学奨学金を得ている学生の旅行記に限った。例えば東北出身の中華民国留学生として来日したが、その後満洲国が成立したため旅行実施時に満洲国留学生に振り分けられた者については、満洲国留学生としての自覚が希薄であると思われるため、その旅行記を分析対象から外している。

1　近代国家のモデル

満洲国留学生の旅行記から一貫して窺えるのは、彼らには将来自分たちが満洲国の発展を担うという自負があり、この見学旅行を国家建設のためのモデルを観察する絶好の機会だと捉えていることである。ある旅行記では、見学旅行の意義について次のように述べている。「〔これまで学校の中だけで〕現代日本の学問を研究し、文化を学ぶこととで日夜頭脳の中には、白紙に清印された活字と朦朧たる印象だけが残るような気持がする。……〔今回の旅行によって〕卒業帰国之後建国日尚浅き満洲国育成の任に当たるべき我々が将来民衆を指導し改善する上に於いて無上の好資料を得た次第である」(23)と。そのため旅行記にはもちろん当時の日本人の旅行記にもみられるような名勝古跡についての印象も語られるが、特に多いのは日本の近代発展や国家体制に対する観察である。

全般的に言及されているのは、各都市の公共施設の整備や商工業の発達であり、しかもこれらが実に合理的で秩序だっている点であった。東京を「ニューヨークに次ぐ近代都市」(24)、「東洋では第一の都会」(25)と呼び、工業の中心地であった大阪で並び立つ工場を目にし、「その煙突は林の如くである」(26)と驚嘆している。また新聞社の見学の際に、日本全国で広く新聞が購買されていることやその普及率を聞いて驚き、「国民の知識の発達してゐるのも当然の事と今更ながら感心した」(27)と述べている。この旅行は日本列島を周遊するものだったため、全国を網羅する交通機関についての言及も極めて多い。例えば「旅行して見て初めて交通機関の完備されている事に驚かずに居られなかったのであります。……我国の発展は先づ交通機関にありと私は痛感に感じたのであります」という記述が散見される[28]。また都市部から離れた場所にも教育が普及し、学校や衛生の設備が整っていることを挙げるものも多い。

以上のような感想は満洲国留学生に限ったものではなく、中華民国留学生の旅行記にも共通するものであった。もちろん、中華民国留学生のなかには日本に対する政治的な批判を語る者もあったが[29]、そうした者でさえも日本の近代化については見習うべき長所として認めていたことから、これらは見学旅行に参加した大多数の留学生が共通して抱いた感想だと考えてよいだろう。

そして日中戦争勃発後の旅行記には、日本が戦時下にありながらも経済的な繁栄を続けていることに驚嘆したという記述も数多く見られる。例えば、「〔戦時にあるというのに〕日本の外何処に行っても目にかかる失業者の群れを見出し得なかったことは特記すべき事であります」といったものや[30]、「何処へ行っても今は戦争の際だと云ふ状態を見えません……〔強固な経済力をもつからには〕日本と云ふ国家は実に完整健全な国家であります」といった感想である[31]。この背景には、見学旅行が行われた一九四三年までは、個人的な享楽のための消費が戒められたものの、いまだ戦争の日本国内への影響が深刻ではなく、むしろナショナリズムの高まりにより愛国に関連する消費が多くの面で奨励されていたことが関係していよう。特に一九四〇年前後には観光や出版、小売業（たとえば百貨店）の景気が最も良くなったという[32]。このため満洲国留学生の眼には、日本がまるで戦争の影響を受けておらず、強靭な力を持った国家であるかのように映ったのだと考えられる。

2　国民の精神的結束

満洲国留学生の日本見学旅行では、日中戦争が始まった頃から「日本精神の理解」がその目的として大きく強調されることとなるが、満洲国留学生は日本人と同じ修身の授業を受けており、また師範学校では『国体の本義』が必修科目だったことから、日本人の言う「日本精神」が何を指すのかを知識としてもっていたはずである。旅行記からは、この「日本精神」が抽象的なものであるがために、留学生自身も見学旅行によってこれが具体的にどんなものであるのか確かめたいという気持ちが大きかったことが分かる。例えばある留学生は次のように述べている。「〔日本留学の〕この五六年の間に学校の先生なり、或いは他の人から時々日本精神とか大和魂だとかと聞いては居りました。……今迄私は真の日本精神といふものはどこにあるかと人に問はんばかりの疑念を持ってゐたのであるが、一方に於て私は又日本はどうして彼の英米に勝ち得る強さを持ってゐるか、こんな疑念を抱いて私は始終それに悩まされていたのである……かういふ意味で我々留学生にこんな旅行を与えて下さったことは真に一生涯に於て二度とない、いい機会であった」と。(33)

そのため、留学生たちは旅行で訪れた各地で目にする様々な事象から、「日本精神」を読み解こうともしている。ある旅行記では、東京の駅で大勢の人々が警官の交通整理に従い整然と行動している様子を見て、国民の「市民生活道徳に対する自覚」に感心したとし、次のように述べている。「近頃盛に日本精神の叫ばれているのを聞きますが、言葉の余りに抽象的である為私は十分に之を飲み込むことが出来なかった。私は日本国民の勤勉的な精神は概括的に日本精神であると云えまいか、然し少なくとも日本精神の一部を成していることを確信しております」と。(34)

また、ある留学生は次のように言う。汽車で移動の際に石炭節約のために車内は耐えがたい寒さであったが、車掌がこれを「国策のため」だとして丁重に協力を求めたので、乗客が一人として不平を言う者がなかったという。これについて「私は日本に留学して随分日本精神の実証を得んと悩んで来たが今ようやく其の実証を見付けた。しかも美しい事を発見したのでとてもうれしかった」と述べている。(35)

そしてこの時期の見学旅行は「聖地巡り」ブームのなか行われたが、その旅行記において「日本精神」を表すものとして例外なく挙げられるようになった事象がある。それは伊勢や奈良、宮崎といった「聖地」に参拝する大勢の日本人の姿である。留学生たちはまずはその数に圧倒されており、例えば伊勢神宮での様子について「さすが日本に長く居た吾輩も随分吃驚する程で参拝者は無慮数万、満洲国の形容詞をかりて全く『人山人海』でありました」と述べている[36]。また参拝者が老若男女に関わりなく、また見るからに富裕層でない者もふくまれていることや、なかには一家そろって純白の着物を着て恭しく参拝していることに驚嘆するものもあった。橿原神宮では勤労奉仕隊の姿を見ており、「沢山の人々は信心深く神社に参拝し、皆自粛的に清潔を保ち、例へば伊勢神宮参拝又は宮城遥拝等から見ると、実に忠孝の熱意が表れてゐる。又犠牲奉公の精神が強く橿原神社に於ける勤労奉仕隊の作業は我々が感心せざるを得ない[37]」、と述べている。

上述の通り、日本の「聖地巡り」ブームは戦時において「国民精神の涵養」を目的に意図的につくりだされた側面もあった。しかし近代国家建設を目指す満洲国の留学生にとって、各地で精神的結束を見せる日本人の姿は、国家建設に欠かせぬ「国民」のモデルとして映ったようである。例えば「第一先づ私の目についた事は日本精神の表れである。日本全国民の敬神崇祖の念は実に驚くべきものであって神国日本は古来伝説でなく現実に国民生活の中にその真の精神を発揮してゐる」とし、この一致した日本精神こそが今日の「日本の幸福と安寧」の基礎となっているのだと結論付けている[38]。またある留学生は伊勢神社への参拝の帰途、汽車中で老女が「今日は伊勢神宮に参拝出来たから明日死んでもいい」といった言葉を聞き、初めて日本精神を体得したという。そして彼は次のように旅行記を結んでいる。「日本の科学的進歩、交通の発達及び各方面の発展は、実に私を驚かすものも相当あったが、その中私は特に感じたのは上述の如く日本精神に関することであった[39]」と。

おわりに――旅行記の信憑性と「満洲国意識」

もちろん、これらの旅行記は国家機関に提出する前提のもと執筆されたものであるため、その信憑性に疑問が残ることは否めない。旅行記に留学生の本心すべてが表れているとはいえないし、日本側にとって耳触りのよい内容が選ばれた可能性もある。しかし留学生たちが旅行先で目にした様々な具体的な事象から、日本の近代化や国民の精神的結束を演繹していることからは、まったく心にもないことを述べたと断定するのも無理があろう。そして前章で引用した旅行記の記述は、決して特異なものを選んだわけではなく、複数の旅行記の中で繰り返し語られている典型的なものである。

旅行記の中には次のようにその信憑性を訴えるものも存在する。「我等の観察に欠陥があるにしても其は依然として我等の偽りなき感であり想であることに変りはない。私は憚りなくこれら所感を堂々と述ぶる勇気を感じて居る。蓋し本意を吐かざるは自分の悪と信じ又読者と雖ども巧言を喜ばないやうに思はれるからである」[40]と。またある旅行記では、日本にも短所はあると認めた上で、その長所だけを文中に述べる理由を、「他国の長所を学んで自国に取入れることこそ留学の目的」であるからとしている[41]。

また同時期の他の旅行記にも、これら満洲国留学生の旅行記と同様の記述がみられる点にも留意したい。一九四一年に日本の興亜院の賛助により北京女子師範学院の生徒たちも日本へ見学旅行にやってきている。この旅行団の参観場所は日本見学旅行とほぼ同じで、各地の都市機能、商工業設備や名勝・古跡を訪れ、また伊勢神宮も参観している。帰国後に編まれた旅行文集『憧憬日本――赴日印象記』（一九四一年六月）によると、やはり生徒たちの関心は、日本の近代発展や国家体制のありよう、国民の精神的結束に集まっている。この文集は学院内で編纂され、また非売品であったことから、生徒たちはその旅行記を国家機関に読まれることは想定せずに書いているはずである。[42]

少なくとも、日本見学旅行について留学生側から参加を辞退することが殆どなかったことから、日本での学びの最後に各地を見学することは、彼らにとって魅力的な行事であったことは間違いない。例えば日中戦争勃発直後の一九三八年に東京高等師範学校の理科・体育科の学生に対する旅費支給が取り止めになった時には、同学科の学生たちは連名で文化事業部に要望書を提出し、「今迄この旅行に対してどんなに大きな希望を抱いて居るか知れません」と訴え、支給停止の撤回を求めているのである。[43]

満洲国留学生たちは帰国後、国家建設のための重要なポストについたものの[44]、戦後その多くが「漢奸」として厳しい批判にさらされることになる。しかし、満洲国が成立した時点を考えてみれば、日本は東アジアで勢力を拡大しつつあり、台湾や朝鮮を占領下においてすでに数十年が経っていた。また世界的な潮流を見ても、ファシズムが台頭しつつあった時期に当たる。満洲国の人々が日本の侵略に対し苦々しく思いながらも、この国が当分の間存続していくと想定したとしても不思議ではない状況にあったのである。満洲国の既成事実化が進む中、そこから脱出する手立てを持たぬ知識人にとって、その国家の重要な構成員となるために日本留学を志すのは、実に現実的な選択であったに違いない。当時にあっては、むしろその選択こそが日本の侵略を最小限に止めるための最も効果的な手段としてみなされたのかもしれないのである。そしてなにより、近代化が疑う余地のない取り組むべき課題とされた当時にあって、アジアでいちはやく近代国家の建設——近代発展と国民的結束——を成し遂げたかにみえた「帝国日本」の幻影が、彼らを引き寄せてやまなかったのだろう。

最後に指摘しておきたいのは、満洲国留学生の一部には一種の「満洲国意識」とも言いうる認識が芽生えていたと考えられることである。満洲国留学生の旅行記は、当初は中華民国と満洲国との区別が必ずしも明確ではなかったが、一九四〇年前後からは中華民国のことを「支那〈中国〉」、満洲国のことを「我が国」あるいは「我が満洲国」などと呼んでおり、はっきりと区別がされているのである[45]。

ただし旅行記を細かく見ていくと、満洲国留学生の中には「中国」の現状に思いを致し、次のように言うものもあった。「私は世界に強国の席を占めてゐる日本を賛美した後に微妙な悲哀が身辺に襲って来た。今日の支那〈中国〉は……産業界でも社会方面での不調和の状態に落たのである。国民はこの畸形の政府の下に岐途に立って信仰を失ってしまうでせう。党派分岐となったのは当然のことではあるまいか[46]」と。ここでいう「中国」とは、中華民国のことなのか、それとも自分たちを含む共同体なのか。それは旅行記から判別がつかない。確かなのは、彼らは満洲国にアイデンティティを見出そうとしながらも、その一方で「中国」を忘れられないことだ。満洲国留学生の内部に形作られた「我が国」もまた分裂をきたしていたのだろう。

注

（1）満洲国の留学生政策については、以下を参照。阿部洋「「対支文化事業」と満洲国留学生」（大里浩秋・孫安石編『中国人日本留学史研究の現段階』御茶の水書房、二〇〇二年）、劉振生「「満洲国」日本留学生の派遣」（『留学生派遣から見た近代日中関係史』御茶の水書房、二〇〇九年）、周一川『中国人女性の日本留学史研究』（国書刊行会、二〇〇〇年）、周一川「「満洲国」における女性の日本留学」（『中国研究月報』六四巻九号、二〇一〇年）など。

（2）江応澄「東北之偽教育」『教育雑誌』三巻七期、一九四一年（阿部洋「「対支文化事業」と満洲国留学生」前掲より引用、未見）

（3）満洲国留学生総数については、周一川『中国人女性の日本留学史研究』（前掲）の表五一「民国中・後期における留日学生総数（一九二七～一九四四）」（二九九頁）を参照。

（4）満洲国の留学生政策に関する先行研究については、注1を参照。

（5）例えば岡田英樹「王度の日本留学時代」（『文学にみる「満洲国」の位相』（研文出版、二〇〇〇年）、菊地一隆「日本国内における在日中国・「満洲国」留学生の対日抵抗について」（『愛知学院大学人間文化研究所紀要』二十三号、二〇〇八年）、傅羽弘『偽満洲国時期東北知識分子的日本認識』（東北師範大学博士学位論文、二〇〇八年）がある。

（6）日本留学について言及した回想録や自伝は、以下のものがある。作家・王度の回想録「逮捕から日本追放まで」（『地球の一点から』七十二～七十五号、一九九四～九五年）、女性作家・梅娘の回想録「偽りの日々」（杉野要一編『交争する中国文学と日本文学』三元社、二〇〇〇年）がある。女性作家・田琳の伝記に閻純徳「破損的子舟、揚起希望的風帆――記田琳」（『作家的足跡』知識出版社、一九八三年十月）、傳尚逵「訪女作家田琳」（『東北現代文学史料』第六輯、黒竜江文学院、一九八七年二月）がある。また注1に引用した先行研究の中には、元留学生へのインタビューを行ったものもあるが、その内容もやはり同様である。

（7）「在本邦留学生本邦見学旅行関係雑件」と「在本邦留学生本邦見学旅行関係雑件／補助実施関係」の全二十一巻は、外務省外交史料館のうち「外務省記録 H門 東方文化事業 六類 講演、視察及助成 一項 講演、視察」に所蔵されている。これらは「アジア歴史資料センター」のウェブサイトで公開されている。以下、引用の際にはその出典を「JACAR（アジア歴史資料センター）：レファレンス番号」と表記することにする。

（8）日本政府の補助による中国人留学生の日本見学旅行についての先行研究は、わずかに見城悌治「一九二〇～三〇年代における中国留学生の日本旅行記」（『千葉大学人文研究』四十号、二〇一一年）が千葉医科大学の中華民国留学生の旅行記を紹介したものがあるにすぎない。しかも考察対象は同大学で一九二七年、一九三〇年、一九三六年に行われた三回の旅行のみである。

（9）以下、満洲国の留学生政策については、阿部洋「「対支文化事業」と満洲国留学生」（前掲）、劉振生「「満洲国」日本留学生の派遣」（前掲）のほか、謝廷秀編『満洲国学生日本留学拾周年史』（學生會中央事務所、一九四二年、一四九～一五〇頁）を参照。

（10）満洲国留学生総数については、注3で挙げた資料を参照。

（11）阿部洋「「対支文化事業」と満洲国留学生」（前掲）を参照。

（12）中華民国留学生の日本見学旅行とその旅行記に対する考察は、拙稿「一九二〇年から四〇年代における外務省文化事業部による日本見学旅行」（『現代中国』八十七号、二〇一三年）を参照のこと。

（13）『満洲国留日学生会会報』（七巻一号、一九四二年一月）に参加募集のチラシ「留日学生日本内地見学旅行の件」が挟み込まれていた。この旅行の実施後、参加学生による旅行記が七巻六・七号（一九四二年六・七月）に掲載されている。また八巻四号（一九四三年三月）、八巻六・七号（一九四三年七月）には一九四二年に行われた北海道帝国大学の見学旅行の旅行記が掲載されている。

（14）奈良女子大学所蔵校史関係史料「一九―一二一満洲国中華民国留学生内地見学旅行届」を参照。

（15）JACAR：B05015804700、件名「0．中国留学生ノ本邦内地見学旅行費補給方ニ関スル件」を参照。

（16）留学生総数については、注3で挙げた資料を参照。

（17）具体的な参観場所については拙稿「一九二〇年〜四〇年代における外務省文化事業部による日本見学旅行」（前掲）の表3（七七頁）を参照のこと。

（18）JACAR：B05015809000（第二、三五、三六画像目）を参照。

（19）東京高等師範学校（教員留学生）の旅行報告書より引用（一九四〇年。旅行実施時、以下同じ）JACAR：B05015829500（第一〇画像目）を参照。

（20）広島高等師範学校の旅行報告書より引用（一九四一年）。JACAR：B05015835800（第四十九画像目）を参照。

（21）高岡裕之「観光・厚生・旅行――ファシズム期のツーリズム」（『文化とファシズム』日本経済評論社、一九九三年）、ケネス・ルオフ著、木村剛久訳『紀元二千六百年――消費と観光のナショナリズム』（朝日新聞出版、二〇一〇年）を参照。これによれば、一九四〇年の伊勢神宮への観光客はのべ四〇〇万人、奈良へは三八〇〇万人、宮崎市へは五万人余りであったという。

（22）外務省に提出された旅行記については外務省外交史料館、大東亜省対満事務局に提出された旅行記については注14に挙げた奈良女子大学校史関係史料に保存されているものを使用した。また『満洲国留日学生会会報』掲載の旅行記については、注13に挙げたほか、四巻五期（一九三九年五月）、六巻六・七期（一九四一年七月）に収録されたものを用いた。それぞれ一九三九年三月の満洲国大使館による旅行、一九四一年の満洲国留日学生会館による旅行についての旅行記である。

（23）山口高等商業学校の旅行記（一九三八年）。JACAR：B05015811300（第十四、十五画像目）を参照。

（24）北海道帝国大学の旅行記（一九三七年。旅行実施時、以下同じ）。JACAR：B05015809500（第二十二画像目）を参照。

（25）山口高等商業学校の旅行記（一九三七年）。JACAR：B05015834000（第五十五画像目）を参照。

（26）注25と同じ、第六六画像目。

（27）広島高等師範学校の旅行記（一九三七年）。JACAR：B05015809100（第三十七画像目）を参照。
（28）東京高等農林学校の旅行記（一九三六年）。JACAR：B05015832400（第一二〇、一二一画像目）を参照。
（29）詳細は、拙稿「一九二〇年から四〇年代における外務省文化事業部による日本見学旅行」（前掲、七十九頁）を参照のこと。
（30）山口高等商業学校の旅行記（一九三八年）。JACAR：B05015811300（第二十四画像目）を参照。
（31）広島高等師範学校の旅行記（一九四一年）。JACAR：B05015835800（第五十七画像目）を参照。
（32）アンドルー・ゴードン「消費、生活、娯楽の『貫戦史』」（『日常生活の中の総力戦』岩波講座アジア・太平洋戦争第六巻、岩波書店、二〇〇六年）
（33）満洲国留日学生会の旅行記（一九四二年）。『満洲国留日学生会会報』七巻六号、一九四二年六月、三十二～三十三頁を参照。
（34）京都帝国大学の旅行記（一九三六年）。JACAR：B05015809000（第六十四画像目）を参照。
（35）北海道大学の旅行記（一九四〇年）。JACAR：B05015835400（第二十四画像目）を参照。
（36）注35と同じ、第二五画像目。
（37）山口高等商業学校の旅行記（一九三九年）。JACAR：B05015836100（第六十四画像目）を参照。
（38）広島高等師範学校の旅行記（一九四一年）。JACAR：B05015835800（第五十四画像目）を参照。
（39）満洲国留日学生会の旅行記（一九四二年）。『満洲国留日学生会会報』七巻六号、一九四二年六月、三十三～三十四頁を参照。
（40）注37に同じ、第十三画像目。
（41）注31に同じ、第五十八画像目。
（42）『憧憬日本――赴日印象記』は立命館大学名誉教授覧文生先生から拝借した。北京女子師範学院の見学旅行については、稿を改めて論じることにする。
（43）JACAR：B05015811200（第九画像目）を参照。
（44）主な就職先としては、満洲国の官庁や教育機関、銀行や民間企業などである。具体的な就職先については、注1に挙げた先行研究のほか、王嵐『戦前日本の高等商業学校における中国人留学生に関する研究』（学文社、二〇〇四年）を参照。
（45）例えば「我が国」という言葉は、一九三九年の満洲国大使館の旅行記（JACAR：B05015836400、第三五・三八画像目）、一九三九年の山口高等商業学校の旅行記（JACAR：B05015836100、第七六画像目）、一九四〇年の広島高等師範学校の旅行記

（JACAR：B05015835800、第二一画像目）、一九四二年の満洲国留日学生会の旅行記（『満洲国留日学生会会報』七巻六号、四一頁、七巻七号、三六・四一頁）などで見られる。また「我が満洲国」は、一九三九年の広島高等師範学校の旅行記（JACAR：B05015811800、第一一画像目）、一九四〇年の満洲国大使館の旅行記（JACAR：B05015836500、第八八画像目）、一九四二年の満洲国留日学生会の旅行記（『満洲国留日学生会会報』七巻六号、三一・三四・三七頁、『満洲国留日学生会会報』七巻七号、三二頁）、一九四三年の北海道帝国大学の旅行記（『満洲国留日学生会会報』八巻六・七号、三六頁）などにみえる。このほか、「我が満洲」や「吾々の満洲国」、「吾々満洲国」など類似した表現が散見している。

（46）注38に同じ、第五十三画像目。

第5部　分裂し錯綜する台湾イメージ

第14章　海／港に見る台湾

一九三〇—一九六〇年代台湾語流行歌の流れ(1)

陳培豊

はじめに

「港」とは、近代の空間概念において「港町」を意味し、「港＋都市＋人」の総称でもある。港は人の往来の中枢であり、劇場性、大衆性、国際性、革新性、交易性、活力性を具えた文化発信地、歴史の重要な舞台、さらに人々の「集合的記憶」（collective memory）の場でもある(2)。

日本と同様に、台湾は海に囲まれた島国である。そのために数多くの港がある。にもかかわらず、「港にまつわる台湾語流行歌」（以下、「港歌」と略称する）が頻繁に現れるのは、戦後初期である。本論文は第二次世界大戦前後、「海／港」をめぐって①時代の歯車の中で、海／港に対して台湾人はどのような感情、記憶を芽生えさせ、刻印してきたのか、②戦後、いわゆる二二八事件を経て台湾人の心象は如何に流行歌の世界に投影されていったか、③台湾語流行歌の発展に港歌は如何なる意味を持ったかを考察する。

一　「閨怨」の女から港の男へ

1　「フェンスの外に出たがらず」

台湾のレコード産業は日本植民地統治期の一九三〇年代に本格化し、僅か十年の間に「望春風」（春風を望む）、「雨夜花」（雨の夜の花）など人口に膾炙する歌が登場した。これらの流行歌の場面は殆ど室内であり、女性歌手によって歌われ、その歌詞の大部分が「閨怨」、つまり切ない恋歌を主な内容としたものである。細かい設定こそ違っても多くの流行歌は、自宅に閉じ込められ窓の外を眺めては果たせぬ思いを巡らせる女性の心境を描写している。一九三〇年代、台湾は近代化の道を邁進している真っ最中ではあったものの、台湾の女性は封建的な愛情や結婚観に縛られて、時には男に裏切られたり捨てられたりした悲しい社会状況に置かれていたのである。[3]自由恋愛のできない現象は、当時の台湾文学の作風にも反映されている。

日本の流行歌の始まりの大正初期と同様、三〇年代台湾語流行歌の歌手の大部分は芸鶯（うぐいす芸者）である。[4]伝統の味を込めた「小曲」が聴衆に受け入れられ、また芸能を職とする者を卑下視し男尊女卑の価値観が残される以上、一般の民衆は歌手という職業に進出しにくかった。そのために、戦前、台湾語流行歌は女性歌手の天下であり、男性歌手は飾りの地位に甘んじていた。農民生活の辛さを綴った「農村曲」という有名な作品も男性歌手でなく、女性歌手によって歌われている。

太平洋戦争に突入する直前の一九四〇年、日本政府は娯楽や贅沢品の生産を厳しく抑制し始めた。詞曲の創作と歌唱を除き、台湾レコード業界の録音やプレスなどの生産作業はほぼ日本で行なわれていたので、戦時下の台日航路の緊張によって流行歌の製作発売は縮小され、台湾語流行歌の全盛期は終止符を打たざるを得なかった(5)。そして日本統治下、台湾のレコード産業は日本資本を中心に展開されていったものの、言語、音楽、異文化の壁を乗り越えることは難しく、台湾人は日本の流行歌をカバーするケースは稀であった。台湾語流行歌が日本の作品をカバーして成功したのは、「酒は涙かため息か」（藤山一郎）一曲のみだった。ちなみに、この曲も切ない恋の歌であり、場面は室内に設定された歌である。

2　港の男の登場

第二次世界大戦後、台湾ではいわゆる二二八事件が勃発し、多くの台湾人が犠牲になる。戦後の混乱によって台湾のレコード産業でも大きな打撃を受けていた。レコード産業復活の兆しが見えた一九五〇年代中期、台湾語流行歌は大きな変貌を遂げる。

その変貌とは、まず台湾語流行歌が大量、かつ頻繁に日本の流行歌をカバーし始めたことである。それによって「閨怨」の歌を作ってきた作詞家に取って代わり、新しいタイプの作詞家が現れた。それに伴って台湾語流行歌の作風や描写の対象は、ひっそりと家で怨みを抱き続ける女性というよりも、外に飛び出して多くは男が主役となったのである。男は都会的な豪放さを備え、歌の中で時に遊び、楽しみ、時に女に捨てられた悲憤や恋人への思慕の情に浸った。戦後初期の男女の恋愛模様の多様性が映し出された(6)。辛い恋も失恋ももはや女性の独占物ではなく、男性も社会の不幸の代表、恋愛の被害者へと変貌を遂げたのだ。

表1に示すように、五〇、六〇年代台湾語流行歌の中に海／港を舞台にした戦前からの日本の作品が数多く現

船頂的小姐	1959-61	文夏	春川一夫	文夏	三波春夫「船方さん」1958年	男がふざけながら、女に人生の航路を共に走ろうと語る。
快樂的行船人	1959-61	莊啟勝	上原げんと	文夏	岡晴夫「パラオ恋しや」1941年	船乗りは孤独など恐れず、今を楽しむ。
再會呀港都	1960	莊啟勝	豊田一雄	文夏	藤島桓夫「さよなら港」1956年	故郷を去る男が、笑いつつ恋人との別れを惜しむ。
霧夜的燈塔	1960	葉俊麟、郭大誠	豊田一雄	鄭日清	三浦洸一「泣くな霧笛よ灯台よ」1958年	男が夜霧の灯台のもとで哀愁の出帆を決意する。
港邊的吉他	1961	葉俊麟	鎌多俊與	洪一峰	野村雪子「おばこマドロス」1955年	ギターの音が心中に悲しみを引き起こす。
惜別夜港邊	1961	葉俊麟	石本美由起	洪一峰	神戸一郎「星が流れる港町」1961年	恋人との別れは一時的なもので、再会を信じている。
船上的男兒	1961	葉俊麟	鎌多俊與	鄭日清	三橋美智也「玄海船乗り」1956年	海を漂う一人ぼっちの男の虚しさ切なさを描く。
何時再相會	1968	葉俊麟	吉田正	洪一峰	藤島桓夫「雨の港」1953年	大切な人との別れを迎え、再会はいつだろうかと嘆く男。
何時再相逢	1969	葉俊麟	洪一峰	洪一峰		故郷の伴侶を思い、異郷に身を置くことの感慨にふける。
青春的輪船	不詳	許丙丁	許石			海を漂流する辛さ。
黃昏慕情	不詳	洪一峰	洪一峰			美しい黄昏に心を揺さぶられ、奮闘を誓う。
挺渡歌	不詳	周添旺	楊三郎			出航に胸を躍らせる。
初戀的港都	不詳	莊啟勝	豊田一雄	文夏	藤島桓夫「初めて来た港」1954年	男は港で出会った女を懐かしみ、再会を期待する。
再來的港都	不詳	文夏		文夏		船乗りが一度会った酒場の女にまた会えないかと思う。
吉他船	不詳	葉俊麟				男が船上でギターを弾き、愛しい人を想う。
港邊是男性悲傷的所在	不詳	莊啟勝	吳晉淮	吳晉淮		音信のない恋人のことを港で想う。
可愛的港都	不詳	文夏	江口夜詩	文夏	岡晴夫「憧れのハワイ航路」1948年	明るい未来に向かい、恋人との再会を期待しつつ、港都を離れる男。
台灣之戀	不詳			文夏		台湾や愛しい人に思いを馳せる男。
感情的聯絡船	不詳			吳晉淮		連絡船の汽笛の音を聞き、別れの切ない心情を伝える。

表1　50、60年代台湾語流行歌における海／港を舞台にした作品

曲名	発表年代	作詞	作曲	歌唱	カバーの原曲	歌詞の内容
補破網	1948	李臨秋	王雲峰			苦境に陥った漁民が網を取り繕って希望を繋げる。
噫 人生	1950	林天津	楊三郎	吳晉淮		家を離れ、奮闘する男の哀愁。
安平追想曲	1951	陳達儒	許石	許石		異国にいる夫の帰りを港で待つ女。
港都夜雨	1953	呂傳梓	楊三郎	吳晉淮		さすらう男が自分の前途に茫然と不安を抱く。
鑼聲若響	1955	林天來	許石	許石		恋人を港で見送った女の傷ついた心。
男兒哀歌	1956	葉俊麟	洪一峰	洪一峰		出航前、酒を飲んで憂さを晴らす男。
港邊乾杯	1957	文夏	平川英夫	文夏	青木光一「港の乾杯」1955年	船の男が酒場の女と約束を交わす。
從船上來的男子	1957	莊啟勝	豊田一雄	文夏	藤島桓夫「船から来た男」1956年	船乗りの孤独で切ない心境。
港邊送別	1958	莊啟勝	飯田景應	文夏	上原敏「波止場氣質」1938年	別れは辛いが、旅立つ者を希望を持って見送る。
離別之夜	1958	文夏	真木陽	文夏	春日八郎「別れの波止場」1956年	別れが目の前に迫った悲しみ。
夜霧的港口	1958	莊啟勝	菊池博	文夏	上原敏「霧の波止場」1937年	独り者の男が、異郷の港で一人夜を過ごす孤独。
船上月夜	1958	莊啟勝	明本京静	吳晉淮	霧島昇「月のデッキで」1936年	航海に出る者がさまざまな思いを胸に抱く。
港口情歌	1958	莊啟勝	上原げんと	吳晉淮	岡晴夫「港シャンソン」1939年	出航せんとする者が、心に拭い去れない辛さを抱く。
我是行船人	1958	文夏	上原げんと	文夏	美空ひばり「君はマドロス海つばめ」1956年	船で旅立つ者が、愛する者との別れ辛さを断ち切れずにいる。
快樂的出帆	1958	吉川静夫	豊田一雄	陳芬蘭	曽根史郎「初めての出航」1958年	心弾ませ船出する様子。
淡水暮色	1959	葉俊麟	洪一峰	洪一峰		淡水の風景が心の中の哀愁を引き出す。
青春的行船人	1959-61	文夏	不詳	文夏		船出する者の前途は明るく、故郷に錦を飾ることを誓う。
港邊的簫聲	不詳	葉俊麟	洪一峰	洪一峰		港に響く笛の音が、男に初恋の切なさを思い出させる。
我的行船人	1959-61	文夏	船村徹	文夏	美空ひばり「浜っ子マドロス」1943年	船で帰郷する人を待ちわびる心境を描く。

れる(7)。筆者の集計によると、これらの「港歌」は少なくとも四十曲以上に上る。戦後初期、復活した台湾語流行歌にとっての中心的な存在となったのである。「港歌」には共通の特徴がある。登場する男性の殆どは剛毅、豪放、純情である一方、女に裏切られ捨てられて悲憤慷慨を抱く。その上、前途に不安を抱え茫然としているのである。

終戦で日本人が去った後、日本のメロディーがこの島で大量に流れ始め、日本統治期には見られなかった現象、つまり日本の歌を台湾人が頻繁にカバーするようになった。五〇、六〇年代、台湾は日本ではあまり流行しなかった港歌をカバーしている。

3　社会構造の変化とは無関係の「港歌」

戦後、日本は廃墟と化した状態から急速に復興した。五〇、六〇年代には漁業、海運が徐々に活気を取り戻し、貿易も大きな発展を遂げつつあった。こうした背景の下で、港を歌った多くの歌謡曲は生まれている。同じ時期の台湾でも日本の曲をカバーした多くの港の歌が流行した。ところが、港歌に対する台湾社会のニーズは日本を超えて、当時、日本では流行しなかったものまでカバーしている。またカバーの対象も五〇、六〇年代のものには限らなくて、戦前の作品も射程範囲とした。

実際、カバー曲以外にも戦後台湾の作詞家・作曲家は、頻りに港歌の創作に取り組み、「安平追想曲」（作詞陳達儒、作曲許石、一九五一年）、「港都夜雨」（作詞呂傳梓、作曲楊三郎、一九五三年）、「男児哀歌」（作詞葉俊麟、作曲洪一峰、一九五六年）など台湾オリジナルの作品が生まれている。戦後、台湾人の港歌への偏愛は、レコード会社のビジネス戦略による受け身的な結果というより、むしろ大衆の強い欲求による市場への牽引というべきであろう。

無論、「港の男」が流行歌界に登場したことは、社会の構造変化や漁民、船員の増加に関わるという見方もできよう。しかし、戦前戦後、台湾における漁業従事人口を見てみると、五〇、六〇年代に特段の変化は見られない。[8]社会の構造変化、つまり港で生計を立てる人達の増減から台湾語流行歌の変遷を読み解くことは難しいと思われる。また、台湾は四方を海に囲まれ港が多いが、伝統上、海洋を恐れる中国大陸文化の影響もあって、「海/港」に一定の距離を置く傾向がある。そして日本の敗戦に伴って、台湾の海域は帝国サイズから台湾サイズへと縮小させられた上、戦後の戒厳令期には海岸と港が殆ど管制区域とされていたため、植民地統治から解放されたからといって、台湾人と港の関係が広がったわけではなかった。台湾社会、経済の構造変化をもって港歌の誕生や流行を説明するのも難しい。

五〇年代初期台湾語流行歌は復活した。しかし一九四〇年代から一九五〇年代の僅か十年の間に、歌手においては女性から男性へ、歌詞の舞台は室内から室外へ、テーマは「閨怨」から男性の悲哀へと、その曲想、曲風が大きく変化している。「歌は世につれ、世は歌につれ」の文句に従えば、これらの変化を解明するためには、環境変化、つまり新政権、新時代、新しい政治の雰囲気の下で生きざるを得なかった台湾人の心象の反照、具体的にいうと、海/港がどのように近代台湾の歴史に出現したのか、目まぐるしい時代の舞台になった海/港に対する台湾人の感情、記憶はどのように芽生え、刻印されてきたのかを考察しなくてはならない。

二　港の近代化、日常化、政治化

1　近代台湾の港町の浮き沈み

明、清の時代、対岸の中国大陸との貿易を進めるため、スペイン人やオランダ人、鄭成功らがすでに淡水、艋舺（現在の萬華）、基隆、高雄を台湾の港としていたが、これらの港はいずれも前近代的なものであった。日清戦争終結後、台湾は日本の植民地となる。半世紀にわたる日本統治期に台湾の近代化は急速に進み、多くの近代的な港、つまり港町が造られてきた。

一九〇〇年台湾総督府は自然条件に恵まれ、かつ日本に最も近い基隆を台湾初の近代港湾にした。築港工事は一九四五（昭和二十）年の日本の敗戦まで、四六年にわたった。日本政府は基隆港を台湾、日本間を結ぶ主要な連絡港としてのみならず、平時は商業港として戦時は軍港として使用し、日本の植民地統治能力を誇示する舞台とした。基隆築港に投じられた時間、人力、経費は全台湾の事業で最大となり、そのために一九〇三年の貿易額は淡水港を抜いて台湾一となった。一九三五年からは南進政策と太平洋戦争の影響を受けて、日本政府は基隆港の輸送力を増強するため、多くの拡張工事を行なったが、それは実に敗戦の日まで続けられた。

一方、高雄は基隆と並び日本統治期の二大港の一つである。一九〇八年、日本政府が大規模な築港工事を開始して航路を開き、南側に防波堤、北側に防砂堤を築いたことによって、近代的な港へと変貌する。高雄を台湾縦貫鉄道の南の起点とし、一九三〇年代以降は日本資本によるコンクリートや化学肥料などの重化学工業が進出して工業都市へと発展する。太平洋戦争期には日本軍の南洋への軍需供給のための重要港湾ともなった。

港湾や埠頭の近代化と共に、一九二五年に基隆と高雄は市制が布かれた。積極的開発経営の下、一九三〇年の基隆と高雄の人口はそれぞれ九二、〇九二人、一〇一、六〇三人になったが、一九四〇年には一二一、七三七人と一八九、六六九人にまで増加した。この二つの都市は紛れもなく植民地港湾都市と言えよう。

基隆と高雄のほか、台湾総督府は一八九七年に、蘇澳、旧港、後龍、梧棲、鹿港、東石、東港、馬公などを中国との貿易を行なうための特別港に指定した。さらに一九三〇年、基隆や高雄と比べて規模の小さい花蓮港の建設を始め、一九三九年に完成させた。

基隆や高雄は急速な発展を遂げたが、第二次世界大戦時、この二つの港と花蓮港はいずれも甚大な被害を受けた。特に高雄港は空襲を受け、築港工事は全て頓挫し、埠頭、倉庫、クレーン設備の殆どが壊滅し、港湾の機能を麻痺させてしまった。

近代的な港の出現は台湾人の生活、文化、心象を変貌させていった。航路利用者、貿易量、メディア報道、文芸活動などを通して、すなわち日常化、生活化、政治化、文芸化の角度から港の分析を試みる。

2　日常化、政治化された港

台湾統治後の一八九六年四月、大阪商船株式会社が基隆・神戸間に定期航路を開き、須磨丸、明石丸、舞鶴丸の三隻を使って毎月四便を運行した。一八九七年には日本郵船株式会社も基隆・神戸航路に参入し、台湾沿岸の航行は近代化の段階に入った。一九一一年には台湾一周航路を含む十一もの航路が設けられ、十四隻の船舶が就航していた。手元の集計によると、一九一〇年から一九四二年の間の台湾の港の利用者数は延べ一、七三九、五三八人にも上る。ビジネスや留学、戦争期の人員移動以外に、旅行者もまたこれらの航路を利用していた。[9] 旅行者は成人に限らず、公学校に通っていた台湾人児童も含まれ、かれらの修学旅行先は日本が多かった。航路の利便性もあり、台湾人児童は基隆港から汽船に乗り込んで、植民地宗主国へ向けて旅立って行ったのである。[10]

近代化を迎えた後、港は台湾人にとって一つの文化体験として新奇に映り、衝撃的な施設であったであろう。港に関する台湾のメディアの報道から、この一端が見て取れる。

港に関する記事は、日本統治期における台湾最大のメディアだった『台湾日日新報』に毎日のように掲載されていた。「港」をキーワードに検索してみると、創刊された一八九八年から一九四〇年代にかけての港に関する記事は、年々増加していたことがわかる。一九三一年から三九年の間には毎年平均四、〇〇〇件余りの記事が出

表２　『台湾日日新報』の「港」をキーワードとする記事の数

年	記事総数	備考
1925	2,215	1925年1月1日から1944年3月31日までの総数は56,670本。
1926	2,252	
1927	1,311	魯迅『藤野先生』刊行
1928	1,287	張作霖爆死
1929	2,526	国語講習所を台中に開設
1930	2,145	台湾のラジオで「国語普及の夕」を開始
1931	4,570	満州事変
1932	3,613	満州国を承認、五・一五事件
1933	3,821	日本国際連盟脱退
1934	4,209	
1935	4,742	二・二六事件
1936	4,036	
1937	5,304	日中戦争。台湾で「国語常用家庭」制度
1938	4,112	
1939	3,220	第二次世界大戦。台湾国語研究会発足
1940	2,460	
1941	1,733	太平洋戦争
1942	1,399	
1943	1,511	
1944	204	1944年3月31日まで。

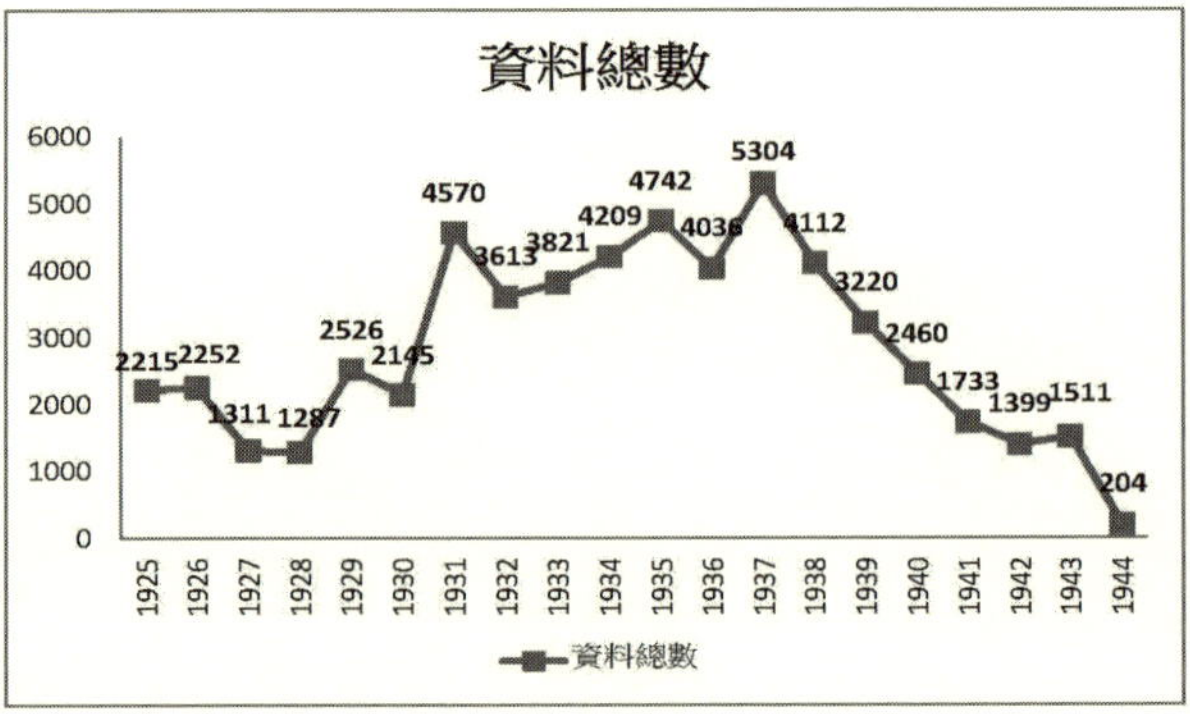

ており（表2）、『台湾日日新報』だけで一日平均十件の記事があったことになる。港がメディアに登場する回数の増加は、台湾人の日常生活に港が徐々に浸透し馴染みある空間となっていったことを物語っている。

一九三〇年以降、台湾を日本の建国意識や歴史的枠組みの中に組み込み、台・日間の地理的な距離を埋める架け橋として、海／港は頻繁に利用されていく。台湾の海／港は概念上、帝国の色に染められ日本化が始まり、台湾人は「海の子」と呼ばれるようになった。また海／港を題材にする歌謡曲が数多く現れた。これらイデオロギーに満ちた歌は大衆に広く浸透し、流行した形跡こそないものの、歌謡曲を媒介にした教化政策を試みた例として記録に残る[11]。それに対して台湾人自らが海／港を歌の主題にするようになるのは、統治当局の教化政策より十年近く遅れたのである。

三　港に関わる資本主義、軍国主義

1 「港邊惜別」の台湾留学生

一九三八年に台湾語流行歌界は、「港邊惜別」を世に出した。この歌は港町出身の二人の台湾人による共作である。作詞は艋舺出身の陳達儒、歌唱及び作曲は大稲埕で育った呉成家だった。呉は富豪の子弟で小児麻痺を患っていた。日本統治期、まれに見る男性歌手の一人であった呉成家は、小さい時から音楽に強い興味を持ち、やがて日本に留学して日本大学文学部に学び古賀政男に師事した。その後、呉成家は日本のコロムビアレコードに入り、八十島薫の芸名で歌手となる。

留学期間中、呉成家は病に倒れ、入院した病院で日本人女医と恋に落ち、この女医に子供を生ませる。しかしこの恋は、まるで「港邊惜別」の歌詞のように双方の家族の反対に遭い、やむなく破局を迎え別れねばならなくなる。一九三五年、呉成家は女医と幼子を捨て、単身台湾へ帰った。しかし帰国後、呉成家は女医への想いを断ち切れず、三年後（一九三八年）に心中の苦しみを音符に託し、当時既に名を成していた同じ港町出身の陳達儒に作詞を依頼する。儒教の封建的な考え方のもとで、男女が自由に恋愛できないという悲劇が表現されている。

「港邊惜別」は、日本統治期に港を背景にした僅少の台湾語流行歌である。この歌は戦後初期、港歌の大流行の際に再びカバーされ人気を博している。同じ港を歌詞に使用していても、「港邊惜別」は五〇、六〇年代の港歌とは趣が異なる。それは、同様に悲恋や寂しさを歌っていても、歌詞の中で捨てられるのは女性であって、男性ではないということである。また、呉成家が自ら遭遇した体験を描いたという角度から「港邊惜別」を見ると、その舞台は日本であり台湾ではない。この歌の恋物語の舞台は留学先の日本であり、加害者は被植民者である留学生、被害者は支配者側の知識人である。「港邊惜別」のこの設定は、植民地統治の権力関係をひっくり返した例と言えよう。

従って「港邊惜別」は普遍的な社会事象を写実したものとは言いがたい。この切ない歌は、日本統治期、少なからぬ台湾人が海を越えて日本へ留学する社会現象を映し出している。戦後の流行歌の世界にも、呉成家のほか、呉晋淮、許石、文夏など、かつて夢を追って日本へ渡った者がいる。戦後初期、彼らは港歌を生み出す中核となっていく。

「港邊惜別」が発表された時、台湾語流行歌は全盛期の終わりを迎えようとしていた。太平洋戦争を経て、海／港を背景にした作品が登場するのは、十余年後の戦後初期である。見逃せないことは、「港邊惜別」が世に出た一九三〇年代後半、台湾の文芸小説の世界では海／港がすでに重要な舞台となっていたことである。

一九二〇年代、台湾では近代文学が芽生え、台湾知識人が新文学の創作に打ち込み始めた。台湾における初の近代小説「可怕的沈黙」（鷗、一九二三年）の主人公が留学生であったように、台湾の新文学の萌芽、生成をめぐっては日本に留学した台湾知識人が大きな役割を果していた。日本統治期の台湾では、高等教育の資源が乏しくて、多くの台湾人が海を越えて日本留学を余儀なくされていた[12]。一九二一年に日本へ留学した台湾人は僅か六九九名だったが、一九三五年には二、一六九人に増え、一九四〇年には六、〇一五人、一九四二年には七、〇九一人に上った[13]。

離郷／帰郷のため、留学生は港の常客となる。留学生の増加に伴い、港は多くの知識階級の人の別れや出会いの場となった。インテリの筆の下、港に現れた人々の離合集散は「立身出世」という社会的意義や希望を伴い、その希望や期待にはロマンティックな色彩が添えられていたのである。

2　文芸に見る海／港

海／港に対する台湾人の親近感の増大に伴って、海／港を創作テーマとした文芸作品も現れ始めたが、これらの作品が直ちに発表されたわけではなかった。

中国の内陸型文化の影響で、台湾人は海／港に対して恐怖や疎遠な感覚を抱く。日清戦争の前後、台湾の伝統的な漢詩文学、さらに新文学の中には海／港を題材にした作品は少なかった[14]。近代文学が萌芽したものの、一九二〇年代から三〇年代にかけて台湾新文学の関心は近代啓蒙に置かれ、台湾文学の主題、関心は留学生の苦悩、養女の売買、封建思想のもとでの女性の不幸な結婚、資本主義による圧迫、搾取される台湾人の社会境遇、また迷信といった台湾人の後進性にあった。港は中核をなす描写対象ではなかった[15]。一九二〇年代後期、プロレタリア文学が台湾に登場するが、抑圧された農民の声の代弁者としての台湾のプロレタリア文学の舞台は農村か山村であった。海／港が台湾文学に浸透し始めるのは、「港邊惜別」とほぼ同じ時代、つまり一九三〇年代中期のことである。

一九三〇年代後半になると、大量の読者を抱える台湾漢文通俗小説には、海／港が重要な舞台として登場するようになる。『霊肉之道』（阿Q之弟、一九三七年）で、主人公の国魂と阿蘭が「同生同死」の「月の下での誓い」をするのは、上海に向かう汽船の中である。[16]『韮菜花』（呉漫沙、一九三九年）で慧琴、智明、秋心、覚民ら五人の青年男女が「撃破航海的寂寞」（「航海の寂寞を撃破しろ」）を歌うのもアモイから台湾に帰る船の上である。[17]『命運難違』（林煇焜、一九三三年）の金池もレコードで覚えた歌を船の上で歌う。[18]『可愛的仇人』（阿Q之弟、一九三六年）には海辺、船上が背景となる場面が多い。[19] これら海／港に関わるシーンは、当時の資本主義下の台湾社会の断面と時代の空気を表し、登場人物の大部分が留学生や旅行者、商売人である。

留学やビジネス、観光旅行が盛んになった三〇年代、海／港は知識階級の実体験を経て台湾の漢文通俗文学にまで浸透し始める。これらの作品は常に保守的、ブルジョア的趣味、体制順応と批判され、台湾の社会主義者と対峙する存在と思われたが、夥しい作品がベストセラーになったように、海／港が馴染みの空間としてさらに一般読者の間に広がっていったのである。

日中戦争勃発後、「同文」を理由に当局は日華親善の重要性を強調し、台湾人に南進を鼓吹する。日本のほかに、中国華南、満州、南洋が台湾人にとって富を求めるユートピアとされ、海外雄飛を奨励する文章や文学作品が台湾最大の漢文メディア『風月報』（後継誌の『南方』『南方詩集』を含む）に大量に掲載された。台湾人が海外に渡り商売や事業のチャンスが拡大するにつれ、描かれる世界の範囲や対象も急速に広がりを見せた。そのために、海／港もまたメディアに登場するようになっていく。これらの作品は伝統的な儒教の価値観から脱し、資本主義はもはや否定的な存在でも諸悪の根源でもなくなった。

日本帝国主義下、海外雄飛の空気に満たされた台湾では、海の彼方へ渡ることは被植民者にとって時代の模範となり、ロマンチックな美談がメディアに溢れた。そして、台湾人にとって港を、賑やかで馴染みのある空間へと変えた。一九一〇年の時点で台湾沿岸の航路貨物数は二〇、九五五だったが、一九二〇年には四倍近い八四、一九六に、そして一九四〇年にはさらにその倍の一六二、三五二にまで達した。貨物数の増加から、港が商業貿易拠点としていかに重要だったかが分かるし、台湾社会の資本主義化も顕著となる。

3 軍国主義、資本主義下の男性像

三〇年代後期、資本主義は急速に台湾に根づいた。ただ留意すべきことは、それが軍国主義と殆ど一体となって浸透していったという点である。台湾人が海／港に馴染み、シンパシーを覚え始めたのには、海外雄飛や資本主義などの国策のほか、国防の側面、つまり太平洋戦争の勃発も大いに関係している。

戦前、帝国臣民としての台湾人には負うべき「三大義務」があった。即ち教育、兵役、納税である。[20]とはいえ、戦時の人力動員として軍部が台湾人を召集し始めたのは一九三七年だった。一九三七年から太平洋戦争のために、合計二〇万人以上の台湾人を海外の戦場に派遣し、台湾兵の半数は死亡、行方不明となった。[21]彼らが出征する時は、殆どが基隆から華南、満州へと赴いて行った。また南洋へ派遣される軍隊は、概ね高雄港から出発した。一九四〇年になると、台湾全土は軍国主義に覆われ、海／港は台湾人にとって生離死別の場所となった。港は人が行き交い喧噪に満ちた場所であり、また先の見えない人生の悲喜交々が展開する場所でもあった。そして資本主義と軍国主義が重なって浸透したことは台湾社会に大きな変化をもたらし、また男性のイメージをも変えることになったのである。

一九二〇年代、近代教育の影響で台湾人の理想男性像は徐々に変化し古代の「才子佳人」、つまり科挙のトップ合格者で、皇帝から素晴らしい女性との結婚を許可され、幸せな結末を迎えるといったストーリーの男性像が色褪せ始めた。戦時期になると、軍人は「活力に満ちた」イメージが要求され、台湾知識人が学業以外に「栄誉」を得られる選択肢となった[22]。身体虚弱な知識人はもはや理想的な男性像には合致しなくなっていた。

文学の中の台湾男性は、海／港を通して封建社会の「才子佳人」の小説から離脱し始めたと同時に、プロレタリア小説の中に描かれた陰性、柔弱、懊悩といった姿が徐々に削ぎ落とされ、剛毅で勇敢、成熟した逞しいイメージを持つようになった。それに伴って金銭、経済を題材とした小説も現れ始めた。資本主義、軍国主義の進展の中で、かつて儒教の世界では、金儲けに走る悪徳商人や粗野で礼儀を知らない軍人が、理想的な男性と認知されるようになった。港は留学、商売、親戚訪問、旅行、従軍などによって近代的男性、あるいは成功者を証明する儀式空間ともなった。金儲けや営利がもたらした道徳の喪失を批判したり、反省したりする作品が現れる一方、それを肯定し賛美する作品も登場した。金を稼ぎ利を求めることは諸悪の根源であっても文芸題材のタブーでもなくなったのである。多くの作品がビジネスや海外雄飛を素材として取り入れた。この種の現象は近代文芸の場として台湾の成熟過程を意味していたのである。

四　二二八事件と海／港

1　戦勝者「祖国」による混迷

海／港を舞台にした台湾の歴史は、第二次世界大戦や日本主導の軍国主義、資本主義の幕切れによって、終止符が打たれたわけではなかった。一九四七年日本が撤退した後、海／港は逆に台湾人の心に血なまぐさい裏切りの烙印となってしまったのである。

一九四五年、日本政府は無条件降伏を宣言し、日本軍の武装を解除して台湾を放棄した。翌年の二月から日本は、陸海軍人の復員、一般の在外日本人の大量引き揚げ事業が始まった。この事業の対象には台湾を引き払う軍人軍属一五七、三八八人、民間人三二二、一五六人、合計四七九、五四四人が含まれている。二月から四月の間、約二八万人の在台の一般民間人が基隆、高雄、花蓮の埠頭に設置された臨時倉庫に集められ、順番に台湾を出発した。[23] それに代わって台湾人日本兵は「返郷軍人」として南洋などの戦場から台湾に戻ってきた。戦争で生き残ったとはいえ、戦後の混乱や悪環境のために復員兵運送の段階で、さらに多くの兵士が病気や食糧不足のために亡くなった。[24] その生存率は「九死一生」といわれるほど低かった。海／港は、またもや台湾社会の注目の的となった。

日本人が引き揚げたからといって、台湾は他の植民地のように独立国家にはなれなかった。「光復」によって中国国民党が管轄する祖国に「復帰」したのである。戦争の終結は台湾人にとって、ある意味で統治者の交替を意味した。しかしこの交替こそが、台湾人にとって一連の屈辱、掠奪、混乱、殺戮、悲憤をもたらす悲劇になった。

日本の敗戦から国民党政府による台湾接収までの間、総督府の効果的な統治の下、台湾社会の秩序は「混乱」にまで至らなかった。[25] ところが、日本が撤退を始めると、国民党は米軍の軍艦で大規模に兵を派遣し、初期には一万二〇〇〇人もの部隊が台湾に押し寄せて来た。海／港は旧統治者を送り出した後、台湾人は期待を寄せて、基隆や高雄で祖国の国軍と役人を迎えたが、名状しがたいほどの震撼を覚えた。[26] 上陸した中国の軍隊が鍋釜を担ぎ、散漫で無規律に歩く様子を見た台湾人は、彼らに失望や軽蔑の念を抱き始めた。一方、歓迎を受けた中国人は、かつて敵国の日本に同化され日本軍属にまでなった台湾人に対して何ら親愛の情を持たず、逆に漢奸、敵国人、敗残者という目で見た。両者の間の溝は次第に深くなっていった。[27]

さらに、台湾は富裕な所という情報が急速に中国大陸に広まり、ルンペン、やくざ、犯罪者といった類がこの島に大量に流れ込み、祖国復帰以降、強盗事件が多発して全島の都市、通りで繰り広げられた。掠奪や強盗の規模が急速に拡大して新たな段階を迎えると、高位の軍人が強盗で得た軍用品や日用品を、日本が残した軍用車で埠頭の倉庫に運んで保管し、対岸の上海へ輸送した[28]。日本は降伏間際、長期戦に備えて陸軍は二〇万人を二年間養えるだけの大量の食糧を備蓄していた。これらの食糧は国民党の略奪によって台湾から消えた[29]。この混乱の状況は、海／港を中心に展開した。

一隻分の貨物が運び出されるごとに、貪欲な中国人が一隻分やってくると、台湾人は恨み言を吐いた。このような怨嗟の声が台湾人から出るのも無理はなかった。不満や絶望は特に一〇万人の「返郷軍人」たちに集中した。「九死一生」を得てやっと台湾に戻ってきたのに、彼らを待ち構えていたのは、出征した時より混乱、荒廃、無秩序の変わり果てた故郷の姿であった。帰郷したものの、若い彼らは殆ど職がなくて、ルンペン、やくざ、犯罪者になる道しか残されていなかった。

日本統治下、台湾は日本帝国の経済を支える宝庫の一つだった。経済は発展し社会秩序も保たれていた。太平洋戦争勃発後、生活水準は下がったものの、通貨は安定し収入は生活維持に足るものだった。教育の普及や資本主義の発達、そして軍国主義の「薫陶」によって、台湾人は勤勉で責任感や遵法精神を持つ近代国家の国民として育まれていた[30]。

ところが、国民党政府は台湾を接収した後、台湾を深刻な経済危機に陥れた。失業者は増加し、投資や貯蓄のバランスが崩れてインフレを増進させてしまった。台湾人の期待、忍耐はやがて失望、怨みへと変わった。治安の悪化、強盗、汚職、疾病、失業、さらに糧食の流出による食糧危機が社会を不安定にした。台湾人の国民党政府に対する不満は臨界点に達し、新旧住民の間の衝突が絶えなくなる。一九四七年二月二十八日、その不満がついに爆発した。「返郷軍人」を中心に一部の台湾人は新住民への激憤、不満を暴力という報復行動に変えてラジオ局を占拠し、台湾各地の人に向かって決起を呼びかけた。

2　裏切り、掠奪、殺戮に傷ついた屈辱の港

日本の敗戦後、台湾人と中国から移住してきた軍民との間に武力衝突が発生した。いわゆる二二八事件である。衝突した当初、元日本軍の「返郷軍人」が大きな役割を果たした。日本人に訓練され、戦場に召集され台湾に復員したばかりの退役軍人らが主体となり、台湾人の抵抗は優勢に展開した[31]。そのために台湾人が「二二八事件処理委員会」を組織し、台湾行政長官の陳儀に改革計画を提出して施政改革を要求する。

「二二八事件処理委員会」に対して陳儀は、台湾人の要求は自分の権限を越えるものがあるので、南京の国民党政府に判断や許可を乞う必要があることを理由に、要求にすぐ応じられないと返答してきた。ところが、陳儀は約束を破る。この談判で時間を稼ぎながら、実際当局は内戦が続いていた中国南部に滞在する重装備で攻撃力の強い師団や憲兵団を密かに台湾に派遣するよう要請していたのである[32]。三月八日午後、国民党の軍隊が台湾に近づくと、機関銃の発砲音が響き始めた。国民党軍は埠頭附近の通りに向かって無差別に掃討を始め、銃撃は市内へ向かう道路へと広がった[33]。約二千の憲兵が上陸して埠頭の周辺を制圧し、その後八〇〇〇人の正規軍まで投入された[34]。

夜の静寂は破られ、銃声が基隆市内に通じる大通りに響いた。上陸した後、国民党軍はトラックから暗闇に向け乱射した。銃弾は窓や壁を貫き、暗闇の路地を飛んだ[35]。これこそが、改革の要求に対する国民党政府の回答であった。三月八日から大鎮圧、大虐殺が始まった。台湾人は一週間に及ぶ恐怖の攻撃に怯え、恐怖の中で台湾は瞬く間に血の海と化した[36]。

国民党軍は基隆、台北、台南、高雄などに駐屯し、特に基隆と台北では大量逮捕と虐殺が行われ、抵抗者のリ

ーダー、労働者、学生、地方の名士などの台湾人、そして弾圧に加担しなかった外省人も逮捕され、尋問を受けぬまま即処刑された。銃殺された夥しい死体は麻袋に入れられたり、手足を針金で縛られたりして基隆港や淡水河へ投げ込まれた。基隆港附近、台北近辺の堤防や溝渠は血なまぐさい処刑場と化し、大量の死体が基隆の埠頭に浮かんだ(37)。

三月末、基隆では殆ど毎日のように海中から漂流死体が上がった。慌ただしく死体を囲んで泣く家族や死体を引き上げる者、身元確認ができずに腐乱した死体の漂着、港町基隆は生き地獄と化し、裏切りに遭い深傷を負った屈辱の都市となってしまった(38)。

五　二二八事件の傷痕を暗喩する港歌

1　荒廃を暗喩する最初の港歌

二二八事件の虐殺により、台湾社会には暗雲がすっぽりと覆い、負った傷は簡単には癒されずにいた。事件がもたらした社会の混乱のため、戦後のこの島のレコード業界の復活は一九五〇年代以降まで待たねばならなかった。戦後初期の台湾語流行歌業界は惨澹たる時期を送る。この低迷の時代の中で、いち早く脚光を浴びたのが一九四八年の戦後初の港歌「補破網」（李臨秋／王雲峰）である。

戦後初期の台湾人にとって、二二八事件がもたらした歴史の傷跡に対する心情、感慨、不満を吐き出すために、音声とりわけ叙述の機能を備えた歌謡が重要な意味を持っていた。日本統治期の台湾人と同様、戦後も、引き続き被支配者となった文芸創作者は、身の安全のために、やむを得ず暗喩の手法を用いて台湾語流行歌を創作した、と指摘する研究者もいる。一九四八年戦後初期の港歌「補破網」は暗喩の手法を用いた典型的な例である。

「補破網」はかつて戦前に活躍した李臨秋、王雲峰のコンビによって完成された。旋律、歌詞から見ると、男性性が欠如した「閨怨」の曲風が残されている。戦前の風潮を引き継ぎ、この歌は女性サイドの歌である。しかし歌の内容を見ると、戦前の「閨怨」の曲風とは相違する。「補破網」の背景は屋外であり、漁民の心情を訴える歌で、その内容は、破られた網を取り繕って再び船出する漁民の心境を描く歌である。網が破られたのに手元には何もなく、また手伝ってくれそうな意中の人も逃げた。しかし窮地に追い込まれた孤立の時、泣いたり、嘆いたり、諦めたりするだけでは、永遠に漁獲は得られない。将来のために何とかして奮起し、いくら惨めな状況に追い込まれても網を取り繕って再び出港するという主旨の歌である。

ところが、本来二番の歌詞で構成された「補破網」は発売後、社会の暗黒面を強調するという理由で、直ちに国民党政府によって禁止された。この歌を再び映画のテーマソングとして登場させるために、途方に暮れた作詞者の李臨秋は、書き直しの作業を余儀なくされた。それは網を取り繕った後、大漁の船が港に帰って皆大喜びするという三番目の歌詞の追加であった。この楽しい結末の追加によって「補破網」の発売はやっと許可されたが、当初の構想にはなかった歌詞のため、李臨秋は晩年、この歌を歌う時、この余計で不本意な三番目の歌詞を削除するように懇願した。

一九四〇年代後期、戦争による海や港の破壊で台湾の漁獲量は大幅に減って漁民は苦しい生活を強いられた。この点から見て「補破網」は写実性の強い作品と思われる。またこの歌も二二八事件後、台湾社会や住民の心境を描くものと、様々な人に指摘されている。それは台湾語の「網」(bāng)は「夢」(bāng)、「望」(bāng)、「漁獲」(hî- bāng)は「希望」(hi-bāng)と発音が酷似する。その擬似音の効果を利用し、「補破網」の歌詞の真意は二二八事件後、台湾社会の荒廃ぶりを暗喩し、また荒廃から立ち上がろうと呼びかけていると捉えられているのである。

暗喩という観点から見れば、楽しい結末の歌詞の追加、つまり民衆生活の幸福感や満足感を現実性として具現化するという。この行為はこの曲に潜む暗喩の可能性を否定する一種のアリバイの意味を持っている。だが逆に言えば、歌詞の追加行為は「補破網」の暗喩性が、李臨秋が創作中に作品に紛れ込ませた一種の装置であることを反照することになる。(39)ただ、この暗喩も国民党政府に見破られ、作者自らその装置を解体することを迫られたのである。ちなみに、歌詞の追加によって「補破網」は一時、発売禁止を解除されたものの、その後は再び禁止されている。(40)

2　大衆文化に潜む「抵抗」、「批判」

歌詞の内容と時代相から考えて、「補破網」を暗喩的に受け止めた聴き手は多かった。そして一九五〇年代、この歌は三番目の歌詞が補筆された後も、再度発売禁止となっている。国民党政府は聴き手が「補破網」を暗喩的に解釈し、政治的な悪影響が及ぶのを恐れていたことは明らかである。

ところが、「補破網」が創作されたのは一九四六年で、二二八事件が勃発する前のことである。その上、一九七七年、李臨秋はインタビューに応じ、「補破網」は自分が失恋した時の切なさを描いたもので、何とかして相手の気持ちを取り戻そうとして創作したのもだとして、その暗喩性を自ら否定している。つまり同じ曲に対して作者、聴き手、支配権力者、研究者は異なる見解を持っているのである。

本来、歌謡曲は娯楽、営利を目的とする大衆文化であり、支配権力に抵抗することは、歌謡曲の本意ではないどころか、娯楽、営利という目的と相容れない。権力に抵抗したり、権力を批判したり告発したりする楽曲は民謡、アンダーグラウンドの音楽によく見られるが、歌謡曲は皆無に等しい。それにもかかわらず、支配権力対する抵抗に、批判の「意味」を持つ歌謡曲は、いつの時代でも存在する。このような矛盾した状況が生じるのは、歌謡曲が持つ意味は作者の創作という実践によって生まれるというよりも、多様な聴き手による多元的な解釈によって決められ、そこから生み出されるからである。歌謡曲の中に潜まされた政治的、抵抗的なメッセージは、作者が直接に「書いた」のではなく、その作品の場景や社会状況に置かれる聴き手の読み取り方や使い道によって「作られる」のである。

換言すれば、歌謡曲に対して聴き手は常に自分の欲求、恣意、体験、記憶さらには利益に結び付け、または自分のコンテクストにすりかえて、その意味を解釈し直し、自分の境遇に相応しいメッセージを持たせるのである。大衆による創造創作的な解読や新しい文化的な意義の附与によって、歌謡曲は本来の娯楽、営利とは別に、抵抗、告発、批判の時代相を得るのである。[41]

もともと「補破網」は、台湾社会の荒廃、貧困、また国民党の腐敗への抵抗と批判告発という創作のモチーフを持っていたわけではない。しかし、戦後の台湾人は、その歌詞に対して自らの情念や境遇に繋げて対象化し、新しい解釈や意味を賦与したのである。切ない恋の歌ではなく、台湾社会の荒廃、疲弊を批判する歌として受け止めるようになっていった。「補破網」に含まれる「暗喩」とは、作者の李臨秋による構想の実践ではなく、夥しい台湾人が創造的な解読によって「自画像」を仮託したものである。

歌謡曲を大衆文化の観点から考えると、長い時間を経ても多くの人に愛される作品は、常に聴き手の心に感銘を与え、民衆の心情、欲求、利益に合致する作品であることがわかる。つまり歌詞の内容が時代相を照り返すような創造的な解読措置を持たなければならない。この点から見て、「補破網」をはじめとして二二八事件後、国民党支配下の台湾社会に現れた夥しい港歌の歌詞が、国民党統治下の消費市場で一定の地位を占めた理由の一つは、作者本来の構想とは別に、その歌詞の中に、個人的な怨嗟、社会的悲憤を仮託できる融通自在の余白を備えていたからである。

以下、台湾人の自画像を「暗喩」的に投影することが可能な作品「港都夜雨」、「男児哀歌」を検証してみる。

3　裏切られた悲憤の「港都夜雨」、「男児哀歌」

暗喩とは特定の言語、文化環境の中で、とりわけ直接表現できない場合で、分かりやすい物を以って難しい物を暗示的な形で説明する行為である。暗喩は通常「類比作用」（Analogy）に基づいて過去の経験を生かして、新しい遭遇を説明する。暗喩する事項とされる事項の間には、ある程度の類似性、関連性を持ち合わせる。二つの事項は常に現実性、また抽象性で繋がるので、暗示的な説明や働きを協働し把握することができるのである(42)。

二二八事件の発生前後、日本語に代わって北京語が新しい国語となり、台湾社会の言語、知識体系は全面的に改変させられた。新しい国語の覇権の下、台湾人は胸中に潜む考えや情緒を吐露する方便を奪われ、文化界、言論界から締め出されてしまった。いわゆる「失語の世代」、つまり言語で自分の思想や主張、意見を表現できないロストジェネレーションになってしまった。

その上、二二八事件後、国民党政府は戒厳令の発令や白色テロという危険思想の取り締まり、言論の管理を行なった。この高圧的な措置によって台湾知識人は自由に発言し、意見を陳述することが許されなくなり、政治、社会に対するメッセージを発信し、心境を吐露し、集合的記憶を反映することは許されなかった。当時の台湾社会の状況から考えて、暗喩を流行歌に仮託するというのは、台湾人にとって数少ない心情を表現、吐露する手段の一つであった。政府の統制を避けながら、民衆の心境を描写し、二二八事件のトラウマを癒すには、「補破網」のような「暗喩」の方法しかなかったのである。ここで「補破網」よりやや後に発表された「港都夜雨」と「男児哀歌」の重要性を見過ごすことはできない。この二曲にも暗喩の装置と類比作用が備えられ、聴き手にとっては「補破網」と同じく、時代の姿を映し出す創造的な解釈空間が広がっていたからである。

台湾人は「補破網」の中に満ちた絶望、荒廃、怨嗟、不安を自ら対象化して捉え、歌の趣意を二二八事件の暗喩として受け入れられることは容易であったろう。「補破網」に比べて発売時期はやや遅れるが、「港都夜雨」、「男児哀歌」もこのような作品と看做すことができる。

「補破網」と比肩できる戦後の代表的な港歌として、「港都夜雨」（呂傳梓作詞　楊三郎作曲）が挙げられる。一九五三年に発表されたこの名曲を歌った吳晉淮は呉成家、許石、文夏と同様、日本留学後、台湾に帰り音楽の仕事に就いた元留学生である。また吳晉淮は戦後、最も多くの港歌を歌った歌手でもある。

「港都夜雨」は恋人のために異郷に流離し全てを犠牲にしたものの、裏切られた挙句に何もかも失って海／港を寂しく漂泊し、自分の前途に茫然自失となっている男の心境を歌ったものだ。その旋律、歌詞には、男性不在の戦前の風潮を引き継いだ「補破網」に比べて、剛毅さや裏切られた憤慨が強調されている。

「港都夜雨」という曲名が示すように、この歌には雨の港町が絶えず強調されている。そして作詞者の呂傳梓自身も基隆出身であるので、この歌からは基隆港が容易に連想できる。基隆は地形の関係で「雨都（雨の都市）」といわわるほど、雨がよく降るからである。そして吳晉淮が戦後最も多く港歌を歌った歌手だとすると、最も多く港歌を書いたのは、基隆出身の葉俊麟を置いてほかにいないだろう。一九五六年の「男児哀歌」は彼の代表作の一つである。

「男児哀歌」（葉俊麟作詞　洪一峰作曲）が描くのは、港を船が出航する前に女に裏切られた男の気持ちである。男は酒の力で憂い、憤りを晴らそうとし、また自暴自棄な不安な気持ちにもなる一方、茫然と運命のありかを確認しようとする複雑な心境である。一番の「酒はまだか　俺は酔わずにいられない　飲み干して何が悪いんだ何を怖がってるんだ（酒是不倒來嗎　無醉我不行　你我乾杯驚什麼何必著來驚」）という歌詞には、まさに男の剛毅さ、豪快な特性が描かれている。しかし二番、三番の歌詞には、裏切られた悲憤や先の見えない船乗りという仕事に自暴自棄になり、一時の享楽に耽る様子が描かれる。「俺もお前も同じ運命（你甲我不過是同款的運命）」「俺たちは楽がしたい　互いに苦労を分かち合っている（你甲我愛輕鬆　互相知輕重）」の二つのフレーズは、自分がどこを彷徨っているのかわからず茫然とする船乗りと酒場の女が、同じ運命共同体に属しているというムードを醸し出している。

酒場の女に対しては「可愛いくて憎らしい奴（可愛冤仇人）」「腹に燃え盛る怨みの火（滿腹的恨火）」といった比喩を使用しているが、これらは当時の台湾語流行歌の世界では、かなり大胆かつ新奇なものだったと言える。この歌詞は、豪快な悲憤の中に空しさを伴った喪失感を感じさせ、一触即発の緊迫感をも付与している。

女性的な「補破網」とは対照的に、「港都夜雨」、「男児哀歌」は共に男性的なイメージが強い歌である。その歌詞は戦前の「閨怨」と強いギャップが見られる。「男児哀歌」に描かれた愛情の部分は葉俊麟の個人的経験に基づいているようであり、「港都夜雨」と同様、この歌の舞台も基隆であると認識させ考えさせられる。二曲とも写実性の強い作品であると思われるが、二二八事件後、台湾の政治状況から考えて、「港都夜雨」、「男児哀歌」もやはり「暗喩性」が強く、聴き手にとって創造的な解読によって個人的な怨嗟、社会的悲憤を仮託しやすい歌であろう。暗喩の装置と類比作用が備わり、「補破網」と同じく、聴き手にとっては時代の姿を映し出す創造的な解釈空間が広がっていると考えられる。

4　現実性に乏しい港と男性

同じ海／港を舞台とした「港都夜雨」、「男児哀歌」という恋物語は、一見して台湾社会を題材としているものの、現実性を伴わない要素が数多く含まれる。二曲の主人公は共に海／港と関わる者であるはずだが、前にも触れたように戦後初期、戦争による海の破壊のために、海／港を仕事場とする台湾人は激減していた。表3のよう

表3　1954-1964年台湾の総人口数及び農漁民人口数の比較(43)

年度	漁民數（人）	農民數（人）	全国総人口數（人）	漁民／総人口（%）	農民／総人口（%）	漁民／農民比
1954	471,819	4,488,763	8,749,151	5.39	51.31	1：9.51
1955	494,818	4,603,138	9,077,643	5.45	50.71	1：9.30
1956	536,448	4,698,532	9,390,381	5.71	50.04	1：8.76
1957	587,852	4,790,084	9,690,250	6.07	49.43	1：8.15
1958	596,982	4,880,901	10,039,435	5.95	48.62	1：8.18
1959	609,499	4,975,233	10,431,341	5.84	47.70	1：8.16
1960	625,843	5,373,375	10,792,202	5.80	49.79	1：8.59
1961	647,582	5,465,445	11,149,139	5.81	49.02	1：8.44
1962	664,785	5,530,832	11,511,728	5.77	48.05	1：8.32
1963	671,248	5,611,356	11,883,523	5.65	47.22	1：8.36
1964	675,715	5,649,032	12,256,682	5.51	46.09	1：8.36

に一九五〇年代、台湾の漁民の人口は総人口数の約五％しか占めていない。それに対して農民は五十％近くを占めていた。農民と漁民の人口は常に九対一の比率を維持していた。

また戒厳令を発布した後、留学、旅行、ビジネスが港を賑わした日本統治期のような盛況は見られなくなる。戦前、日本政府は台湾人の海外雄飛を奨励したのに対して、国民党政府は台湾人の渡航だけではなく、外国人の台湾入国も厳しく制限していた(44)。そのため、それ故に港を利用する者や仕事場とする者は大幅に減っていた。戦後台湾の状況から見て、「港都夜雨」、「男児哀歌」は現実性に富む物語とは言いがたい。その現実性を欠如する傾向は、二曲の中に現れた女性像からもうかがえる。

恋愛は基本的には、男女相互の感情に支えられるものであり、傷つけられる者がいれば傷つける者もいる一種の対称連動である。戦後は「閨怨」の歌がほぼ姿を消したものの、「港都夜雨」、「男児哀歌」の中で主人公の男を袖にしたり悩ませたりするような自我の強い女性が出現したわけでもないし、あまり存在しなかった。それに代わって登場したのは、さらなる不幸、悲哀の弱者となる女性である。

二二八事件勃発直前の一九四七年二月、かつての抗日知識人呂赫若が「冬夜」という小説を発表した。新住民に騙され金を奪われ、娼婦となる台湾人女性の悲惨な物語である。事件後、救済を望み得ない女性を主題とする小説が次から次へと刊行され、大ブレークした(45)。身を持ち崩した台湾人女性をモチーフとしたのは小説だけではなく、台湾語流行歌の題材にもなって、一つのブームになった(46)。「港都夜雨」、「男児哀歌」で捨てられた男性の向こうに浮上したのは、高度な主体性を持った女性の実像ではなく、同じ様に迫害を受ける女性のイメージだったのである。その恋愛関係の非対称な現象から考えると、「港都夜雨」、「男児哀歌」にも暗喩性が潜んでいた可能性が高い。聴き手にとって戦後初期の台湾社会の空気を歌に投影するのは容易であり、本来の歌の曲想とは別に、聴き手によって新たな意味が賦与されたのである。

発表時期からいって「補破網」と一定の連続性がある「港都夜雨」、「男児哀歌」で歌われるのは、男性を窮地に陥らせる加害者としての女性が見えるだけではない。その女性という加害者には悲劇をもたらした二二八事件後の台湾の男たちの情念さえもが刷り込まれているのだ。海／港の男性を通じて、「港都夜雨」、「男児哀歌」は、時代の悲劇、とりわけ国民党政府支配下の台湾人の荒んだ心情、裏切りへの悲憤、無力感、絶望感をダイレクトに対象化しているのである。

5　時代性、暗喩性、空間的意味の合唱

「補破網」、「港都夜雨」、「男児哀歌」は今日でもよく歌われる戦後初期の代表的な台湾語流行歌である。発売時期の近いこの三つの曲には、幾つかの共通点が見られる。その一つは、海／港を舞台として物語が展開する。もう一つは、個人の境遇を借りて時代の姿を映し出していること、歌の中の海／港が一つの暗喩装置として機能

していることである。港歌の醸す雰囲気は、戦後の台湾人が持つ不安、怨嗟、悲憤を対象化しやすい。無論、三つの楽曲には相違点もある。それは「補破網」は擬声音に託してメッセージを伝えている。それに対して「港都夜雨」、「男児哀歌」は擬声音ではなく、特定の情緒を特定の場所、空間と一致させている。つまり二二八事件をめぐる台湾人の集合的記憶の存在、また歴史の情景と微妙に重なり合うのである。曲に込められた暗喩、類比、連想といった効果が、戦後初期台湾人の集団的記憶や歴史的風景とちょうど巧妙に重なり合い、楽曲と台湾人の社会的境遇が互いに相通ずる「偶然の一致」が存在したのである。

前述したように、「港都夜雨」、「男児哀歌」は、表面上は写実的でありながら、同時に戦後初期の台湾社会から切り離された側面が見られる。そのような一面を持ちつつ、一方で台湾の各地にもたらした二二八事件の衝撃の度合いとも微妙に合致する。「港都夜雨」、「男児哀歌」は基隆港を舞台としており、空間上での場景と二二八事件との一致が見られる。悲憤、陰鬱、淪落感、自暴自棄、劣等感は血なまぐさいイメージを喚起し、連想されやすいからである。

実は少数ではあるが、夥しい港歌の中には軽快な曲もある。一九五八年に発売され、愉快で明朗、積極的でワクワクし、希望に溢れる「快楽的出帆」という歌はその一例である。「快楽的出帆」は台湾人自ら作ったものではなく、日本曲「初めての出航」(吉川静夫作詞　豊田一雄作曲)からカバーされた港歌である。「港都夜雨」、「男児哀歌」の場景は基隆と思われるが、「快楽的出帆」は南部(高雄港)を背景とする。訳詞の中には「人を迷わす南洋　ボケの花の香り(迷人的南洋　木瓜花香味)」は、台湾の南部に位置する高雄の気候風土には合っていても「雨都」の基隆にはそぐわない。

二二八事件が起こった時、基隆に引き続き高雄でも事件によって多くの死傷者を出している。殺戮は上陸してから行われたために、死傷者は主に高雄中学や市役所の周辺に集中した。歌にイメージを託す際、明朗で能動的な高雄港と悲憤、裏切り、退廃の基隆港を切り離しているように見える。それは二二八事件が台湾人に植え付けた衝撃の度合いと重なり、関連性では繋がっている。

暗喩とは通常「類比作用」に基づいて過去の経験を生かして、新しい境遇を説明する。海／港は戦後初期の台湾にとって重要な発信の媒介となっている。[47]「補破網」にしろ、「港都夜雨」にしろ、「男児哀歌」にしろ、「快楽的出帆」にしろ、港歌の中の主人公たちの虚構性とは別に、海／港という空間は一種の現実性、象徴性を連動し、二二八事件がもたらした台湾人の情念や記憶を喚起する連想の機能を持たせている。そして港を暗喩措置として成り立たせる背景には、台湾人の集合的記憶がある。それは前述したように、日本統治期の資本主義、軍国主義及び二二八事件は、台湾の港を港町にすると同時に台湾男性が港に現れることの必然性、写実性、合理性、そして自然さを生み出した。海／港は台湾社会の発展と、この島の人々に残した集合的記憶を、戦後の新しい時代に結びつける媒介となったのである。

具体的に言えば、海／港は男らしさを発揚する舞台であると同時に、戦後、來る者、去る者、裏切られる者、虐殺された者、負傷した者、掠奪された者、号泣する者、しのび泣く者、憤怒する者、茫然とする者、絶望する者たちの傷と集合的記憶の場となった。それ故に台湾人にとって分かりやすく、馴染みやすい空間となったのである。

六　再植民地化された社会のアウトサイダー

1　漂泊、離郷、失意、前途への不安

港歌のブームは一九五〇年代初期から六〇年代後半まで持続していた。初期の港歌は台湾人自ら作ったものが

多かった。それに対して五〇年代半ばになると、LPレコードの出現による曲不足の対策及びコスト削減のために大部分の曲は実は日本の流行歌、とりわけ同じ時期の日本のマドロスものをカバーしたものである。「快楽的出帆」はその一例である。興味深いことに、戦後初期に日本で流行した「リンゴの歌」、「青い山脈」、「長崎の鐘」といった平和を希求し民主化を謳歌する、戦後の荒廃から立ち直ろうという人々を励ますような楽曲は、台湾では殆どカバーされていない。またカバーされたとしても流行したり、話題になったりしたことはないのである。戦後の平和、民主化はこの島に訪れることはなかった。台湾社会を覆っていたのは「噫　人生（「あぁ　人生」）」（林天津作詞　楊三郎作曲）のような将来や人生に対する悲観に満ちた雰囲気だったのである。「補破網」、「港都夜雨」、「男児哀歌」など荒廃、悲憤、裏切りを描くものが多いが、その後の港歌は挫折、失意、前途への不安、漂泊、茫然、故郷への思いを主題としている。特に出航や別れの目的は貧しい自分は明るい前途を求めて、将来のために出稼ぎしなければならないというものである。日本のマドロスものにはあまり見られないモチーフが込められている。

国民党政権下「補破網」を引き継ぎ登場した港歌は、一九五〇年に呉晉淮によって歌われた「噫　人生（ああ人生）」（林天津作詞　楊三郎作曲）であろう。「噫　人生」は海／港を背景にしており、「港都夜雨」、「男児哀歌」より先に発表されたと考えられる。その歌詞は故郷を離れて奮闘する男の悲哀を描写している。「親と別れ、妻や子供と離れ（別離双親放妻児）」、「意気揚々と男らしく（意気揚揚男子気）」「自分の運のなさを恨み、他の人のような穏やかな人生は望めない（自恨我那則薄命　袂得平比人人生）」といった歌詞は、円満には運ばない愛情を悲嘆するというよりも、むしろこれが己の人生なのだと諦観しているものである。

「噫　人生」が発表された後、恋人や家族と別れる理由、つまり出航の目的を出稼ぎのためと描く作品が多く現れる。例えば、一九五五年の「鑼聲若響」は出航を「成功して一人前になるため」と前提し、「黄昏慕情」は出船を「仕事のため」とし、「挺渡歌」、「黃昏的海邊」、「港邊送別」（一九五八）は海で働く理由を「より明るい将来のため」と設定している。これらの港歌はいずれも哀愁を基調とし、苦労に耐え辛い別れを忍び、成功したら早く故郷に帰りたいと結んでいる。

戦後台湾の港歌を通してみると、前途に対する不安、挫折、失意、自暴自棄とする題材が大半である。「港都夜雨」、「男児哀歌」のほかに、日本のカバー曲として「夜霧的港口」（一九五七―五八）、「從船上來的男子」（一九五七―五八）、「港邊送別」（一九五八）、「黃昏慕情」などがいずれも明るい前途のために船出して漂泊したが、失意、茫然自失とする心境を取り上げる。また「青春的行船人」（一九五九―六一）、「思鄉曲」は故郷を離れ、望郷する人の心境を歌う。これらの港歌の主人公の殆どは出稼ぎ者であり、歌は強い閉塞感を帯びている。これらの港歌の中の登場人物は下層階級の若者であり、日本統治下の一九三〇年代の歌謡曲「港邊惜別」に登場した裕福な留学生、また『命運難違』、『可愛的仇人』、『風月報』の小説やメディアに現れた海外雄飛する資本主義社会のお手本のような知識人たちとは対照的な存在であった。

前掲の表3に示したように、一九五〇年代、台湾の漁民の人口は総人口数の約五％しか占めていなかった。それに対して農民は五十％近くを占めていた。農民、漁民の人口の分布から見て、「百歌共鳴」の港歌が描く者、港歌に感銘を受けた者は、必ずしも海／港を仕事場とする者とは限らなかった。それよりもむしろ、荒廃した台湾社会の人口の半数を占める農民や、二二八事件で国民党部隊と対峙した一〇万人のアウトサイダー「返郷軍人」と密接な関係があった。一九六四年の一帆という歌手の歌を見ると、港歌、農民、台湾社会が緊密に結び付いていたことが分かる。

一帆はラジオ番組の司会者でありながら、レコードを発行した歌手でもある。一帆の代表作の中の「台北上午零時」、「養女悲歌」、「酒場初戀夢」はいずれも都会の台北に来て身を持ち崩した貧しい女性の悲しい境遇を訴えるものである。また「港都的約會」、「愛情的連絡船」、「思鄉曲」、「港邊惜別離」は港歌である。大ヒットした「思鄉曲」で描かれるのは、故郷を離れ異郷で失意を味わう漂泊者が、港を彷徨いながら南部農村の故郷の寺廟や親族を偲ぶ心境である。歌詞を見ると、「思鄉曲」の主人公は船で働く者かどうかははっきりとしないが、農村から港町に流れてきた出稼ぎ者であろう。港を彷徨う目的も定かではないが、同郷者との出会いを待ち、故郷の便りがほしいだけである。

「思鄉曲」　　　　蜚声作詞　遠藤実作曲

異郷で故郷の便りを聞く
毎日のように一人で港に行き船を待っている
船上のマドロスたちに目を凝らす
時には同郷の娘の後をノコノコついて行く
親愛なる故郷のお母さん
元気で暮らしているでしょう

異郷で故郷の便りを聞く
知らないうちにまた港で船を待っている
ふと一人の娘が目にとまる
手には荷物を持って船から降りてくる

もしもしお嬢さん、あなたの故郷は左営じゃないですか
異郷で故郷の便りを聞く
今日もまた一人港で船を待っている
理想のために異郷で奮闘する
都会の人間の冷たさはもう知っている
故郷のかわいらしい街道が懐かしい、忘れがたき廟前の広場

歌詞だけでは、「思郷曲」の主人公は船で働く者かどうかははっきりとしないが、農村から港町に流れてきた出稼ぎ者であろう。(48)「思郷曲」の原曲はこまどり姉妹の「かき打ち娘」（作詞　石本美由起、作曲　遠藤実）であるが、題名を見ても分かるように、その原詞と訳詞は全く関係なく、訳詞者の改作である。注意すべきことは、歌詞にある「左営」は台湾南部高雄にあり、国民党政府の土地改良政策以前は、農業漁業の共存する生活を維持していた場所ということである。その生活風景は、（中部の南投以外）四方を海に囲まれた台湾各地の都市、町にありふれた光景である。「思郷曲」の中の港は単なる一つの媒介措置であり、その機能は出稼ぎ者、農村、漁村、都会、港を一つの場景に納めていることである。当時台湾の交通事情から考えると、台湾人の国内移動手段は汽車であり、国内線の港運は発達していなかった。(49)従って港を駅に置き替えたほうがリアリティを増すわけである。ただ戦後初期港歌の流行から見れば、海／港は漂泊、頽廃、失意、哀愁、未来の暗喩、もしくは象徴として機能していたのである。

一九五〇年代半ばからは、明るい将来や前途を求めるための漂泊、不安、挫折を訴える曲想の港歌が目立って

くる。「思郷曲」の例でも分かるように、海／港はマドロスや漁民に限らず、台湾社会全体、特に農村の人々を暗喩していた。港歌にこめられた明るい未来へ進もうというメッセージ自体が、現在の生活の不如意、挫折を暗喩しているのである。それは間違いなく社会のアウトサイダーの境遇であり心の声であった。

しかし、港歌が大衆に受け入れられた原因は、人口の少数を占める漁民やマドロスによる支持の結果とは言いがたい。それよりも社会全体、とりわけ離農を余儀なくされ、都会に流されて漂泊せざるを得なかった農山村の若者が、自らその不安、失意、悲哀、挫折、悲憤を対象化して捉えていた現象である。

マドロスにしろ、漁民にしろ、農民にしろ、「酒家女」にしろ、社会のアウトサイダーに共有する境遇や情緒を仮託できる融通自在の余白を港歌は備えていたことが、この戦後最初の歌謡曲ブームを盛り上げた理由である。では、二二八事件後の一九五〇年代、台湾人は、とりわけ農民は何に遭遇してどのような境遇にあり、如何なる生活を強いられていたか、台湾社会の構造は如何に変遷していったのか。資本主義社会で台湾人が直面したものは何だったのか、この問題を検討してみよう。

2 都会という海に漂泊する農民

一九五七年の統計によると、中国大陸から移住してきた新住民は台湾全人口のおおよそ十%を占めて、その大部分は軍人であった。彼らは計画的な移住というより、戦乱を避けるために台湾に逃げてきたわけで、政府は生活の面倒を見る立場になった。そのために、各種の政府機関を彼らの働き場所として提供していた。新住民の中には軍人や公務員のほかに第三次産業に携わった者もいるが、それは殆ど国営企業であった。高失業率で生活の苦しい戦後初期、軍人や公務員の給与は現金のほかに、住居補助、宿舎、子女の教育費補助、米、油、塩等が配給で支給され、比較的安定した快適な日常生活であった。(50)

それとは対照的に、土着の台湾人は第一次産業、つまり農業、林業、漁業、鉱業の従事者が大部分である。日本統治期、台湾の農業は搾取や不平等な扱いを受けたものの、自給自足だけではなく、輸出できるぐらいの好調を維持してきた[51]。しかし国民党政府が台湾に移ってから農村は破綻しはじめた。

急増した一〇〇万人の食料を供給する重圧のほか、二二八事件後、国民党政府は台湾本土勢力の結集を恐れ、政権への脅威となる本土勢力の分化を図って一連の土地改革を行なった。一九五三年国民党政府は「耕者有其田」（耕す者は土地を持つ）」政策を実施して、土地を地主から農民に渡した。そのために自作農の割合が増加したものの、農民たちは短期間に十年間の農地ローンの支払いに追い込まれ、生活改善には繫がらなかった。その上、余剰人口の急増や耕作地不足によって、農民は本業の耕作だけでは生計が立たなくなった。

統計によると、一九五〇年代の台湾では、七十％以上の農家が負債を抱え、彼らは離農して都会で労働者になるしか生きる道は残らなかった。一九五一年台湾の労働者人口は七三万七千人だったが、一九六〇年には一二二万二千人まで増加した。急増した約五〇万人の労働者はほぼ農民及びその子女であった[52]。

一九五〇年代の日本では、いわゆる神武景気、岩戸景気が高度経済成長を呼び起こし、農村人口の都会への移動が始まっている。その影響を受けて台湾は一九六〇年代高度経済成長期に入ると、大規模の人口移動現象が起こった。しかし一九五〇年代、台湾の人口移動の背景は日本における神武景気や高度経済成長と異なる。日本の高度経済成長の背後には、労働、資本、全要素生産性、つまり技術進歩が前提、要因となっていた。日本で地方農村の余剰人口（団塊世代が中心となる）を呼び込んだのは、農村の崩壊というよりも、都市部の工業地帯における製造業の発展であり、高度経済成長と人口移動が相互に促進的に働く経済構造が見られたのである。

しかし二二八事件直後の台湾では資本、全要素生産性、技術進歩などの条件が欠如し、経済成長と人口移動による相互の促進的な働きも見られなかった。都会には崩壊した農村から流れてきた農民を受け入れるキャパシティはなかったので、出稼ぎ者によい生活条件を与える余裕はなかった。都市に流れてきた台湾人の多くは、周辺市場の労働者とならざるをえなかった。中でも約五十％の出稼ぎ者が屋台業、理髪師、芸人、お手伝い、清掃夫などの第三次産業の雇用者になるものの、定職についた者は全体の半数に過ぎない。しかもその仕事も一時的なものが多く、生活保障のない状況下で、一九五〇年代、少なくとも二十五万の台湾人は都会で不安定な生活を強いられ、社会のアウトサイダーの予備軍になった[53]。正式な調査はないものの、年齢や社会に置かれる状況から見て、「返郷軍人」も数多く入っていたと考えたほうが妥当である。

日本統治期、農業社会だった台湾は糖業の発達及び第一次世界大戦の勃発に伴って産業は好調であった。一九三四年代には日月発電所が完成し、また第二次世界大戦によって台湾の化学工業、重工業が隆盛となった。そのために、一九三九年の台湾における工業生産総額は農業を超え、急速な工業化が進められていった。ちなみに、一九二〇年代の台湾では人口十万以上の都市の総人口数は、全人口数の四・五％しか占めるに過ぎなかった。工業化と共に一九三〇年は五％になり、一九四〇年は十二・三％にまで上昇している。ところが、日本統治期の台湾には社会構造の変遷によって、故郷を離れて外地や都市を流浪、漂泊する大規模な人口移動現象はなかった。植民地統治とはいえ、台湾の農民の収入は比較的安定しており、生活難によって大規模な都会への人口移動は殆どなかった。一九二〇年代以降、台湾文学の中で描かれた農村からの人口移動に関わる多くの作品を見ると、人口移動の原因は農山村の貧困と都会やモダンへの憧れである。

一九三〇年代以降、資本主義の成熟化、農山村の都市化、また全島の鉄道の完成に伴って、台湾島内の人口移動が活発になったものの、帝国主義、軍国主義によって抑えられて台湾島内における人口移動の現象は大規模には至らなかった。帝国主義の拡張に伴う海外雄飛の奨励政策、さらに軍国主義による台湾兵士の徴集のために、台湾人の移動範囲は島内というよりも海外へと拡張していった。資本主義化、都市化によって本来発生する農村人口の都市移動現象は海外へと展開し、台湾人の移動場所は、島内鉄道沿線の駅というよりも大東亜を範囲とする各地の港となった。この点から見て、一九五〇年代に台湾で起こった人口移動は、本来一九三〇年代に拡大すべくして拡大しなかった社会現象の再来ということができよう。

一九五〇年代の大規模な人口移動は、台湾人にとって歴史上初めての体験といえる。また二二八事件による衝撃が収まって間もなくのことだから、この社会変容の衝撃は大きかった。

戦後初期、台湾人は大規模な漂泊、彷徨の苦難の道程を経験する。ただ多くの人々にとって、それは海上ではなく都市における漂泊、彷徨であり、出航、帰郷の場所も、港ではなく駅であった。日本の流行歌をカバーした楽曲が大量に現れ始めるが、一九五〇年代にはこの台湾人の集団的な苦い経験を訴えた作品は皆無に等しい。二二八事件後の荒廃した台湾社会にあって、その荒廃ぶりを引き継ぎ、港歌はさらにその時代の台湾人の失意、悲憤、彷徨、挫折、流離、淪落、自暴自棄、前途への不安を代弁するものとして登場したのである。、身を持ち崩す苦難を吐露する方便であったろう。

3　重苦しい時代の閉塞感

二二八事件後、さらなる大量の移民及び政府の政策によって、台湾では人口構造だけではなく、社会構造にも巨大な変動がもたらされることになる。それは政府機関（軍官、文官を含む）及び民間で企業経営を行う外省人資本家という新たな階層が台湾社会の上層部に加わったことである。台湾人にとって日本植民地支配から解放されたとはいえ、台湾社会の構造には大きな変動はなかった。かつて上層の日本人が新住民に入れ替わっただけである。

祖国復帰後、台湾人にとって階層移動の可能性は、日本統治期に比べてより一層難しくなった。それは同じ教育機会が与えられたとしても、公務員は様々な優遇、補助をもらえて進学できるが、農民にとって子供は農作業を補助する貴重な人力であり、子供に教育を受けさせることは農作業の担い手を奪われることを意味する。また第一次産業が低収入のために家族を養うだけで、子供を進学させるのは困難であった。従って、外的環境に大きな改善策がない限り、台湾人が自力で労働者の地位から脱け出すことは困難であり、社会階級は固定化されたのである。

台湾人をさらに八方塞がりの苦境に追い込んだのは、政治制度である。一九五〇年代から国民党は台湾で地方自治を実施、県知事、市長、省議員の民選を行なったが、中央の党政要人は一九七〇年代に至るまでは新住民によって占められ、台湾人は殆ど登用されることはなかった。国民党政府によって戦後の台湾では政治力主導、経済力優先を前面に出して、社会に対する圧制、搾取を行なうトップダウン方式の権威統治が強いられていた。少なくとも七〇年代まで、国民党は台湾社会や台湾人エリートに対して排斥、抑圧の態度を取っていた。台湾人は国民党政府上層の政策決定の中心に入り込むことはできなかった。このような台湾人を封じ込める差別的な統治は公務員の国家試験の制度にも見られる。

二二八事件後、国民党政府は統治者の姿勢で台湾を接収した。その翌年から多数の大陸出身新住民（外省人）を雇用したほかに、政府は国家試験によって台湾で公務員募集を行なった。試験という一見平等なやり方ではあったが、国語の変更によってこの試験は台湾人に不利である。その上、実際には制度によって本省人に対して差別待遇を布いた[54]。一九四八年を例にとると、五四八名の総採用数のうち、台湾人は僅か五名の公務員採用枠を得たのみで、残り五〇三名は新住民によって占められたのである。換言すれば、台湾の人口の約九十％を占める台湾人は、採用定員の一％に満たない狭き門を争い、人口の十％しかいない新住民は九十九％の採用枠を独占したのである。台湾人は公務員という安定した職業から事実上排除されていた[55]。

戦後、このような社会構造の大きな変革によって、「新住民／台湾人」＝「官／民」＝「支配／被支配」＝「公務員／農民や労働者」という政治社会の二極化の構図が徐々に構築されていった。階層移動の可能性が封じ込められたことによって、多くの台湾人は社会のアウトサイダーの予備軍となっていった。日本統治から解放され、台湾人はさらに重苦しい時代の閉塞感に襲われていた。戦後、台湾人の政治、経済、教育、社会、文化における境遇は、脱植民化というより、再植民地統治と位置づけることができよう(56)。

五〇年代前半の港歌は、二二八事件に対する憤慨及び台湾社会の荒廃を描き、五〇年代後半になると、努力しても報われない社会の閉塞感、淪落感、貧困、失業、自暴自棄など不条理の中で怒りを抱えたまま、生計を求めて農山村から都会へと流れていった台湾人の不安、感慨が表出されている。歌詞から見て、戦後台湾の港歌が担ったものは、日本が去って再びどん底状態に陥った台湾人の苦難や情念の発露であった。

戦後、国民党政府の再植民地化政策の下、都市での漂泊を余儀なくされた農民は、そして、階層が固定化されてしまった台湾人は港歌の暗喩性と歌詞の解釈を通じて、自らの希望、夢、欲求、経験、記憶など心の内奥を港歌という空間に投射させていたのである。一九三〇年代から六〇年代までの激動した台湾社会の変化、荒廃、裏切り、沈黙の歴史の傷痕の全てが港歌に投影され、港歌はこの島に残された資本主義、軍国主義、再植民地化の痕跡を記録する道具となっていた。港歌は都市での漂泊を余儀なくされた農民、階級が固定化された台湾人に、暗喩、類比機能を発揮するきっかけとなったのである。このきっかけにより、台湾人は港歌を活用、その歌詞を通じて自らの欲求、希望、経験、記憶、さらには利益に関わる解釈空間を創造した。これこそが港歌の社会的な存在意義であり、多くの人々の人気を集めた要因であろう。

植民地統治とは、宗主国の少数の外来者が武力を以って多数の土着住民を殺戮し、征服し、その上、政治、経済、教育、社会、文化といった各方面の施政を少数の新住民の手に委ねる、つまり差別的な支配を行なうことである。かつて台湾は日本の植民地であったと同様に、戦後、国民党政府による台湾支配は再植民地統治と位置づけることができる。

専ら海／港を創作の対象としてきた小説家廖鴻基によると、台湾人にとって海／港は生活の場というよりも、抜き差しならぬ閉塞感から脱出し、解放感を求める方便としての意味を持ってくる。

日本には「通い船」、「返り船」、「かえりの港」、「港町十三番地」といった港での再会を題材とした歌はあるが、これらの歌はほぼ台湾の港歌のカバーの対象にならなかった。またカバーしてもヒットしなかった。台湾の港歌の主題は入航ではなく、出航であることは再植民地化による閉塞感から脱出し、解放感を求める台湾人の潜在意識の表われとも言えよう。

一九三〇年代から六〇年代までの激動した台湾社会の変化、荒廃、裏切り、沈黙の歴史の傷痕の全てが港歌に投影され、港歌はこの島に残された資本主義、軍国主義、再植民地化の痕跡を記録する道具となっていた。海／港を媒介に近代における台湾人の自画像が浮き彫りとなり、新旧住民の間に横たわる歴史記憶、土地経験、社会境遇の相違が露わとなった。その相違はその後新旧住民の流行歌の態様にも現れる。

七　台湾語流行歌に与えた港歌の影響

1　歌詞、歌唱法で再定義される自／他

港歌を中心とした戦後初期の台湾語流行歌は、時代性、写実性、暗喩性を持ち合わせて、植民地母国の日本と「祖国」である中国の交差がもたらした時代の悲劇、社会的境遇、歴史体験、集合的記憶が入り混じる複雑な情念を潜めている。これらの歌から台湾人が描いた自画像を見ることができるが、その自画像を通して「祖国」に

対する疎外感、それに日本に近づこうとする台湾人の微妙な心象の変化をうかがい知ることができる。

冒頭にも述べたように、日本支配下、台湾語流行歌は主に台湾人自らの手で作られ、植民地統治者の楽曲をカバーすることは殆どなかった。ところが、国民党政府が台湾に入ると、台湾人は戦前と一変して日本の流行歌文化に傾斜し始める。頻繁、かつ大量に日本の流行歌をカバーするようになり、有形無形のうちにカバー、転用を通して日本的要素が台湾語流行歌のなかに浸透していく。また前述した「港都夜雨」と「安平追想曲」の前奏にも「雨のブルース」、「長崎物語」（梅木三郎作詞　佐々木俊一作曲）の前奏の影が色濃く見られる。「港都夜雨」はメロディーが先に完成していた。当時、作曲者の楊三郎が暫定的に付けた曲名は「雨的ブルース」、つまり「雨のブルース」だった。「港都夜雨」は何らかの形で「雨のブルース」を参考にした可能性が高い。

なお、港歌をめぐる日本的な要素の取り込みは、歌詞においても見られる。それはジャンバー、マドロス、かもめ、デッキ、ジャズ、マフラーなどの日本語を外来語として、そのまま台湾語流行歌の歌詞に借用するのである。

歴史や土地経験から考えると、日本に傾斜していくことは、台湾人が自分の歩み方、つまり在地性に向き合うことを意味する。しかし、台湾は日本のほかに歴史上、オランダの植民地支配をも受けていた。このような歴史体験は祖国「中国」と共有することはない。従って日本、オランダの植民地支配は、台湾と中国を断ち切る絶縁体のような役割を果たす。台湾人が等身大の文化アイデンティティを求める際、どうしても日本やオランダ統治期の文化や歴史経験を包摂し、それに代わって祖国が枠内から弾き出される。中国や新住民が台湾人の歴史記憶から排除された例として、一九五一年大ヒットした「安平追想曲」（陳達儒作詞　許石作曲）という港歌が挙げられる。

「安平追想曲」はオランダの船医と台湾女性の間に生まれた女性が、台南安平の港で自分たち母娘を捨てた異国の父親を想い、その帰りをひたすら待つという悲歌である。歌の主人公は女性であるが、歌手は作曲者の許石で、台南出身の男性である。この歌はオランダ統治という台湾歴史を題材にした作品であって、新住民が持ち合わせていない過去が投影されている。「安平追想曲」は歌詞にしろ編曲にしろ、一九三九年に日本で流行した「長崎物語」の影響が見られる。[57]「長崎物語」は、江戸時代に長崎で起きた日本人とオランダ人の悲恋を描いた作品である。オランダを歴史の媒介に、台湾人は歌謡曲を通して、かつての植民地母国と繋がるものの、復帰した祖国とは平行線のままで交わることはなかった。

「安平追想曲」が台湾歌謡界に与えた影響は甚大だった。台湾の歴史を歌詞に織り込んだ最初の流行歌で、しかも台湾と日本の流行歌の間の繋がりをも浮き彫りにした歌である。この歌は大きな話題を呼び、以後、安平港とオランダを題材とした類似の作品が次々と登場するようになった。このような新旧住民の歴史体験の差は、それらの歌に伴って繰り返し喚起されていった。

日本統治期、台湾と中国は異なる統治者の支配下にあったが、当時の台湾語流行歌は一定程度は中国との関係を保っていた。台湾初の流行歌といわれる「桃花泣血記」は中国の映画挿入歌としてヒットした「紅鶯之歌」のカバーだが、「紅鶯之歌」のメロディーは中国古典劇曲「蘇武牧羊」から採っている。メロディーの借用だけでなく、「想像上の中国」の空間も台湾人の創作の源の一つであった。また陳達儒の名作「南都夜曲」の原曲は「南京夜曲」である。けれども、一九四五年、台湾が中国に「光復」後、台湾語流行歌はより幅広く大量に中国の楽曲をカバーすることはなく、逆に「日本」をその歌謡曲の文化の対象としていく。[58]

太平洋戦争開戦後、日本ではいわゆる「中国もの」、「満洲もの」と呼ばれる軍国主義宣伝の楽曲が大量に作られる。「赤い睡蓮」、「満洲むすめ」、「支那むすめ」、「上海の花売り娘」、「満洲思へば」といったこれらの曲は、戦後台湾で数多くカバーされたが、そこでは中国、満洲要素は同様に取り除かれている。李香蘭の「月下の胡弓」（加賀谷伸作詞　野村俊夫作曲）は、社会の現実、貧しい女性が都市で風俗界に身を落とす姿を描く「可憐的酒家女」に書き替えられた。これらからは、日本の歌謡曲の台湾社会、文化における在地化という積極的な意義を見出すことができる。

戦後初期、「脱日本化」、「再中国化」の流れの中で、多くの台湾語流行歌には前述したような「脱中傾日（脱中国、日本への傾斜）」の大衆の心情が込められていた(59)。そこに歴史を再認識する力を見てとることができる。「大阪城的姑娘」（新疆民歌）は戦後中国のものをカバーした数少ない楽曲の一つだが、台湾語でカバーされた曲名は「阮不愛你（あなたのことは好きじゃない）」（文鶯、文夏歌）で、中国（地方）の要素は完全に抹消されている。歌われるのは、愛を語らうカップルであり、曲中に挿入される中国語や台湾語によるセリフには、新疆に関係のある地名などは全く出てこない。

港は海と陸を結ぶ場所であり、航空業がそれほど発達していなかった一九五〇年代において、船舶は人類にとって様々な目的の長距離移動の主な交通手段であった。上野博正は「流行歌の意味論」の中で、旅立ち、離散を意味する旅の楽曲について、次のような見解を提起している。流行歌の中では移動、旅立ち、旅行の目的地に対して、絶対的に理想化された異国とか異郷ではなく、それは曖昧なイメージとして描かれるとする。この曖昧な目的地が示すものは、移動する、旅立つ、旅行をする者の他所性、過去性に対する渇望なのである。つまり、移動、旅立ち、旅行、そして異郷が示すのは、「現在の地から抜け出して他所へ、現在の生活から抜けて過去へ向かう」ということで、現在の閉塞状況と闘う姿であり、生活の構えである(60)」。

上野博正がいうように、港歌の意義とは閉塞した状況から逃れようとする人々の心情の反映であったのかもしれない。日本の港歌には「通い船」、「返り船」、「港町十三番地」といった故郷や出発地への帰還をテーマにした歌はあるものの、大部分は陸地を離れる旅の歌である。日本と比べると、台湾の港歌はその殆どが出港を歌っている。台湾で出港をテーマとした港歌が日本よりも遥かに多かったのは、戦後初期、台湾人が国民党政府の再殖民的統治生活からの脱出を望み、過去つまり日本時代を懐かしむ心境を表しているかのようである。同時に自らの閉塞的な社会状況を何とかして打破しようという生活の構えも照射している。このような欲求、生活の構えは「脱中傾日」の大衆の感情と合致する。

もう一つ見落とせないのが、港歌のカバーをめぐって台湾語流行歌の歌い方も大きな変化を見せたことである。かつて日本統治下、台湾人が模倣しようとしなかった日本的な歌唱法――「こぶし」や「ゆり」を取り入れて自らの歌い方にしたのである。

2 港歌を通した「こぶし」の受容

港歌のカバーをめぐって台湾語流行歌の歌い方も大きな変化を見せた。かつて日本統治下、台湾人は模倣しようとしなかった日本的な歌唱法――「こぶし」や「ゆり」を取り入れて自分の歌い方にしたのである。

日本の流行歌の萌芽期、いわゆる新民謡運動の影響を受けて、「波浮の港」(佐藤千夜子、藤原義江、一九二三年)、またその後の藤山一郎、淡谷のり子、東海林太郎らの規則や楽典に忠実なクラシック声楽の歌唱法のほかに、庶民に馴染んだ邦楽の唱法も取り入れられた。糸のような美声で微妙なゆりを濃くし、こぶしによってルサンチマンや哀愁を漂わせ、日本的情緒が沁みいる演歌調の先駆となった。昭和歌謡は伝統/近代の歌い方の融合によって、程度の差こそあるものの、こぶしやゆりは各ジャンルの要素となっていく[61]。

歌謡曲は近代化の産物である。録音、楽器、編曲、採譜、歌唱、販売、マーケティングに至るまで、西洋と近代化、資本主義の影響を抜きには語れない。どの国でもその国の歌謡曲の発展には、大衆の好み、聴取習慣、商業的利益が考慮され、西洋的な要素が借用される。各国の歌謡曲は自国の伝統的な音楽の要素と西洋音楽の技巧との間で調整、混交が行われて生まれる。その点から見ると、日本統治期の台湾語流行歌と日本の歌謡曲のたどった道程は基本的に似ている。台湾語流行歌の萌芽期には、西洋のクラシック音楽の歌唱法と台湾の伝統的な南管、歌仔戯の「泣き調」などが共存し、それはモダンで、聞く人の耳に馴染んだ。つまり大多数の大衆に好まれるような楽曲が生まれ、その消費市場を確保していったのである。

それぞれの国や地域で異なる伝統を有するため、そこで生まれる歌謡曲もそれぞれ違った自らの特色を持っている。植民地統治下にあって、台湾は日本を模倣の対象としていたが、両者を対比すると、階層、社会的境遇、伝統との対峙、「歌仔戯の泣き調」と「こぶし」など、伝統的な要素の齟齬が見られる。台湾の伝統的な歌唱技巧は南管や歌仔戯の泣き調であり、日本のこぶしやゆりではない。実際に日本統治時代の台湾語流行歌を聞いてみると、歌手の歌唱には西洋の影響から発声法が取り入れられているが、同時に台湾伝統の装飾的な歌唱法が維持され、南管や歌仔戯の泣き調の風合が残っている。異なる伝統の下で、台湾語流行歌は日本の歌謡曲と平行線ではないものの、日本のこぶし、ゆりとは無縁であった。日本統治期の台湾語流行歌は、どちらかというとクラシック声楽の歌唱法と台湾伝統の歌仔戯の泣き調の歌い方が共存している。

ところが、港歌の流行によって状況は大きく変わった。例えば「港口情歌」という「港シャンソン」をカバーした港歌を聴けば、歌手の呉晉淮は原曲を歌った岡晴夫と同様、もしくはそれ以上にこぶしやゆりを使っていることが分かる。また一九五六年「港の人気者」（唄中津川洋子、作詞石本美由起、作曲堀場正雄）という楽曲をカバーした尤鳳の「理想的愛人」（「理想的な恋人」）は、こぶし、ゆりだけではなく、浪曲の唸りや語りなど演歌の真骨頂である難しい技法が台湾語流行歌に取り入れられている。

一九五〇年代台湾語流行歌は再出発する。それらの歌には、こぶしが入る「港歌」が大半を占めている。この新しい歌い方、つまりこぶしやゆりは台湾語流行歌の要素となっていった。換言すれば、戦前の台湾語流行歌に見られた「歌仔戯／こぶし」という対峙する構図は戦後になると、「歌仔戯の泣き調＋こぶし」、つまり両者が融合するようになった。港歌に潜む哀愁、切なさ、ルサンチマンを表現するには、こぶしは必要であり、かつ自然であるからだ。この日本風の新しい歌い方に関して当時のレコード会社の経営者は、「日本風味の歌を台湾人が好むからだ」と理由を挙げている(62)。

大量の「港歌」を媒介に、かつて台湾人に馴染みのなかった日本の歌謡曲の節回しは、聞きやすい聴覚上の美しいものとなっていった。港歌は戦後、台湾語流行歌の「日本化」の先導的な存在である。台、日混成の新しいスタイルの歌謡曲は、その後、定型化して「台湾演歌」を形成していく。

無論、日本的な歌唱法は、中国の歌謡文化とは縁が薄くて、新住民にとって馴染みがない。戦後初期には国民党と共に台湾に渡来して来た新住民によって、北京語の歌謡文化が移入されたが、その歌唱法にはこぶしやゆりは使われなく、クラシック声楽と小調が主な歌い方である。そのために、こぶしやゆりの有無、強弱は新旧住民の歌謡曲の境界線となって、今日にまで至っている。

港歌は戦前戦後、台湾の社会、政治、文化の変遷を反映する一方、台湾語流行歌の態様、特徴を創成したのである。

結論

戦前から戦後の僅か十五年の間、台湾語流行歌は題材、内容、指向、作られ方から歌い方まで大きく変貌した。その「脱中傾日」の背景、理由はどこにあったか。その答えは港歌に集約されている。

一九三〇年代から五〇年代まで、激動する台湾社会の変化、大衆の情念と心の傷の全てが港歌に投影され、港歌はこの島に残された資本主義、軍国主義、独裁政権、再植民地化の痕跡を記録する方便となったのである。海／港を媒介に近現代における台湾人の自画像が浮き彫りとなり、新旧住民の間に横たわる歴史記憶、土地経験、社会境遇の相違や齟齬があらわとなった。

流行歌を疎外された階級に訴えかける表現を生産する大衆文化として捉える森秀人は、「デッチあげた観念」では流行歌は作れない。さらに「流行歌は最下層の若い大衆の内部的狂気を集めて、それにかたちをあたえる」「そこにひとつの階級的な思想的なカオスの泉がある」と主張する。(63) この観点から戦後初期の台湾語流行歌をみると、港歌及びこぶしは、まさに台湾社会の下層の、しかも若い大衆から賦与された階層的思想の「かたち」である。この「かたち」を通して、大衆文化としての港歌は戦後初期の禁欲的な台湾人の胸中に沈潜した複雑な情念を概念化し、心を癒したのであろう。

ちなみに、戦後初期、北京語流行歌の中には港を題材にした歌、また台湾語流行歌の中に農民を描写した作品は皆無に等しい。この現象は台湾語流行歌の港歌には社会的空気、暗喩性、政治経済構造が潜んでいることは言うまでもない。

注

（1）本論文は台湾中央研究院「戰後臺灣歷史多元鑲嵌及主體創造」主題計画、及び住友公益財団法人による研究助成の研究成果の一部である。この場を借りて感謝の意を表する。
（2）新井洋一、『港からの発想』（東京：新潮社、一九九六）、九―十四頁。
（3）黄裕元、「愛情考古論」、『臺灣阿歌歌：歌唱王國的心情點播』（臺北：向陽文化出版社、二〇〇五）、七十二頁。
（4）黄裕元、『流風餘韻：唱片流行歌開臺史』（臺南：臺灣史博館、二〇一四）、一四四頁。幼良、秋蟾、阿椪、雲霞、罔市など台北の有名芸旦が歌ったレコードが、コロムビアとリーガルのレーベルで出ている。

（5）黄裕元、『流風餘韻：唱片流行歌開臺史』（臺南：臺灣史博館、二〇一四）、一一二頁。

（6）黄裕元、「愛情考古論」、『臺灣阿歌歌：歌唱王國的心情點播』（臺北：向陽文化出版社、二〇〇五）、七十四頁。

（7）例えば、「月のデッキで」（一九三六）、「霧の波止場」（一九三七）、「港シャンソン」（一九三九）など。

（8）王俊昌、「日治時期臺灣水產業之研究」（嘉義：國立中正大學歴史研究所博士論文、二〇〇五）、九十七、一〇三頁。

（9）葉淑貞、「日治時期台灣經濟的發展」、『台灣銀行季刊』六十：四（二〇〇九年一二月）、二三〇—二三一頁。

（10）台湾児童が日本に旅行する報道は数多く見られる。例えば「修學旅行兒童けふ神戸出帆」『臺灣日日新報』12232 號（1934.4.24）夕刊2版。「兒童内地旅行團八日出發」『臺灣日日新報』12577 號（1935.4.7）11版。「小、公學校兒童の内地修學旅行」『臺灣日日新報』14390 號（1940.4.6）夕刊2版。基隆電話「基隆の公學校兒童橿原神宮に參拜」『臺灣日日新報』14400 號（1940.4.16）夕刊2版。「公學校修學旅行團帝都に安著」『臺灣日日新報』14397 號（1940.4.13）夕刊07版。

（11）李志銘、『單聲道：城市的聲音與記憶』（臺北：聯經出版、二〇一三）。

（12）例えば、劇作家の林博秋によると、彼は中学生の時日本に留学した。そのために、年に二回も基隆港を利用して台湾、日本の間を往復していた。

（13）林清芬、「戰後初期我國留日學生之召回與甄審（一九四五—一九五一）」、『國史館學術集刊』十（二〇〇六年十二月）、一〇三頁。卞鳳奎、「日據時代臺籍留日學生的民族主義活動」、『海洋文化學刊』六（二〇〇九年六月）、一—三十頁。

（14）清朝期にも海に言及した詩作は少なからずあった。ただ、李知灝が「權力、視域與臺江海面的交疊—清代臺灣府城官紳『登臺觀海』詩作中的人文感興」（『臺灣文學研究學報』第十期、二〇一〇年四月、國立臺灣文學館）で述べているように、それは基本的には中枢権力に対する自らの信頼と忠誠を表明するためのものであった。清朝期の官吏や紳士の台湾近海の描写は単なる海の容貌の記述ではなく、かなり複雑な人文社会的隠喩を含んでおり、権力の磁場にその根源を持つものであった。李知灝、「權力、視域與臺江海面的交疊—清代臺灣府城官紳『登臺觀海』詩作中的人文感興」、『臺灣文學研究學報』十（二〇一〇年四月）、六十九—一〇四頁。

（15）この点に関しては、許俊雅、『日據時期臺灣小說研究』（臺北：文史哲出版社、一九九五）を参照。

（16）阿Q之弟、『靈肉之道』（上）（臺北：前衛、一九九八・八）、一九三—一九五頁。

（17）吳漫沙、『韮菜花』（臺北：前衛、一九九八・七）、二六九、二七五頁。

(18) 林煇焜著、邱振瑞譯、『命運難違』(下)(臺北市：前衛、一九九八)、五五二―五五三頁。
(19) 例えば、第八節で主人公の志中が日本から台湾に帰るが、同郷の者から、昔の恋人秋琴が夫を失ったことを聞かされるのは船上である。
(20) 一八九五年に日本の版図に入って以降、一九四一年までは台湾人には「納税」しか課せられていなかった。義務教育は一九四三年四月になってやっと正式に実施され、徴兵制度は一九四五年まで施行されなかった。台湾人が最初に動員されたのは日中戦争勃発直後の一九三七年九月である。台湾人は軍夫として、中国大陸の戦場で銃器弾薬の輸送に当たった。この動員では半強制的に人員が集められた。鄭麗玲、『臺灣人日本兵的「戰爭經驗」』(板橋：臺北縣立文化中心、一九九五)、四―五頁を参照。
(21) 周婉窈、『台灣歷史圖說』(台北：聯經、一九九七・十)、一六四―一七四頁。
(22) 王昶雄、「奔流」、許俊雅編、『日據時期臺灣小說選讀』(臺北市：萬卷樓、二〇〇三・八)、三八八、三八九頁。原載於『臺灣文學』三：二(一九四三・七・三一)。
(23) 河原功解題、『台湾引揚者関係資料集(第一―四巻)編集復刻版』(東京：不二出版、二〇一一)、三―八頁。
(24) 周婉窈、『台灣歷史圖說』(台北：聯經、一九九七・十)、一六四―一七四頁。
(25) 蘇瑤崇、『「終戰」到「光復」期間臺灣政治與社會變化』、《國史館學術集刊》十三(二〇〇七年九月)、七十二頁。
(26) 柯喬治著、陳榮成譯、『被出賣的臺灣』(臺北：臺灣獨立聯盟、一九八四・五)、八十四頁。
(27) 西浦節三、安藤正著、「第十方面軍復原史資料」、蘇瑤崇編、『臺灣終戰事務處理資料集』(臺北：臺灣古籍出版社、二〇〇七)、八八。一〇〇頁に収録。
(28) 柯喬治著、陳榮成譯、『被出賣的臺灣』(臺北：臺灣獨立聯盟、一九八四・五)、八十三頁。
(29) 柯喬治著、陳榮成譯、『被出賣的臺灣』(臺北：臺灣獨立聯盟、一九八四・五)、九十一頁。
(30) 「臺灣事件的分析」、選自『觀察周刊』二：五(一九四七年三月二九日)。載於陳芳明編、「第三編 島內外對二二八事件的反應」、『臺灣戰後史料資料選―二二八事件專輯』(臺北：自立晚報文化出版社、一九九一)、二九六頁。
(31) 參考洪世才、「外來政權主導下的臺灣兵和臺灣展望」、「臺灣近代戰爭史(一九四一～一九四九)第一屆國際學術研討會」、高雄市政府、高雄市立歷史博物館主辦、二〇一一年十月一日。曾學佑、「臺籍國軍血淚史」第二章(臺南：國立臺南大學台灣文化研究所碩士論文、二〇一一）、四―二六頁。

（32）柯喬治著、陳榮成譯、『被出賣的臺灣』（臺北：臺灣獨立聯盟、一九八四・五）、二四九頁。

（33）柯喬治著、陳榮成譯、『被出賣的臺灣』（臺北：臺灣獨立聯盟、一九八四・五）、二五〇頁。

（34）柯喬治著、陳榮成譯、『被出賣的臺灣』（臺北：臺灣獨立聯盟、一九八四・五）、二五〇―二五一頁。同時に、海平輪（船名）に乗ったおよそ三、〇〇〇人の兵が高雄に上陸した。

（35）柯喬治著、陳榮成譯、『被出賣的臺灣』（臺北：臺灣獨立聯盟、一九八四・五）、二五一頁。

（36）謝牧、「「二・二八」人民起義親歷記」、選自臺灣民主自治同盟編、『歷史的見證』（北京：臺灣民主自治同盟、一九八七）：陳芳明編、「第三編 島内外對二二八事件的反應」、『臺灣戰後史料資料選―二二八事件專輯』、四六三頁。

（37）柯喬治著、陳榮成譯、『被出賣的臺灣』（臺北：臺灣獨立聯盟、一九八四・五）、二五八頁。

（38）謝牧、「「二・二八」人民起義親歷記」、選自臺灣民主自治同盟編、『歷史的見證』。載於陳芳明編、「第三編 島内外對二二八事件的反應」、『臺灣戰後史料資料選―二二八事件專輯』、四六八頁。

（39）戒厳令解除の前の一九七七年、李臨秋はインタビューに応じ、「補破網」は自分が失恋した時の切なさを描いたもので、暗喩性を否定したが、歌詞の内容と時代像から考えて、「補破網」を暗喩的に受け止めた聴き手は多かった。一九五〇年代、この歌は三番目の歌詞を追加した後も、再度発売禁止となった。この経緯から国民党政府は聴き手が「補破網」を暗喩的に解釈することを恐れていたことは明らかである。

（40）李筱峰、「時代心聲～戰後二十年的台灣歌謠與台灣的政治和社會」、『台灣的文學與歷史學術會議論文集』（台北：世新大學、一九九七）一―二八頁。

（41）張錫輝、「反抗與收編―從大眾文化屬性論台灣歌謠的論述實踐」、『文學新論』九（二〇〇九年六月）、一三三―一七二頁。

（42）季廣茂、『隱喻理論與文學傳統』（北京：北京師範大學、二〇〇二）。黃慶萱、『修辭學』、（臺北：三民、二〇〇二）、三二一頁。劉靜怡、「隱喻理論中的文學閱讀――以張愛玲上海時期小説為例」（臺中：東海大學中國文學所碩士論文、一九九八）、三十六―三十七頁。

（43）この表は筆者自ら作成したものである。表の中の数字は「戰後台灣地區總戶數與農家戶口總計表（一九四五―一九七〇）」と「戰後台灣地區歷來漁戶漁民數（一九五三―一九七〇）」に基づいて整理した結果である。前者の出自は黃登忠等編纂、『重修台

灣省通志卷四經濟志農業篇』（南投市：台灣省文獻會、一九九六・六）十五—二十頁。後者は「表二—四　台灣地區歷年來漁戶漁民數」、陳清春等編纂『重修台灣省通志卷四經濟志漁業篇』（南投市：台灣省文獻會、一九九三・六）一四八—一五〇頁。

（44）胡嘉林、「我國入出境管理組織變革之研究—從『入出國及移民署』成立探討」（臺北：銘傳大學社會科學院國家發展與兩岸關係碩士在職專班學位論文、二〇〇八）。

（45）呂赫若、「冬夜」、『臺灣文化』二：二（一九四七年二月）、二十五—二十九頁。

（46）張文菁、「一九五〇年代臺灣中文通俗言情小說的發展—《中國新聞》、金杏枝、文化圖書公司」、『臺灣學研究』十七（二〇一四年十月）、八十九—一一二頁。

（47）黃慶萱、『修辭學』、三三二頁。

（48）一説によると、作詞の蜚聲は戦後の著名な台湾の歌手洪弟七である。

（49）高雄市文獻委員會編、『高雄市發展史』（高雄：高雄市文獻委員會、一九八八年）、六五九頁。

（50）これらは以下の文献を参考にした。徐世榮、蕭新煌、「台灣土地改革再審議—一個「內因說」的嘗試」、『台灣史研究』八：一（二〇〇一年十月）、八九—一二四頁：王宏仁、「一九五〇年代的台灣階級結構與流動初探」、『台灣社會研究季刊』三十六（一九九九年十二月）、一—三十五頁：李永熾、「日本統治下臺灣的土地問題」、『中華文化復興月刊』八：十二（一九七五年十二月）、四十—五十頁。

（51）王宏仁、「一九五〇年代的台灣階級結構與流動初探」、『台灣社會研究季刊』三十六（一九九九年十二月）、一—三十五頁。

（52）王宏仁、「一九五〇年代的台灣階級結構與流動初探」、『台灣社會研究季刊』三十六（一九九九年十二月）、一—三十五頁。

（53）王宏仁、「一九五〇年代的台灣階級結構與流動初探」、『台灣社會研究季刊』三十六（一九九九年十二月）、一—三十五頁。

（54）試験の採用定員は、台湾全域を一つの範囲、単位ではなく、いわゆる省籍ごとの分配比率に基づいて決められたのである。具体的にいうと、国民党政府がすでに共産党に占領された中国大陸を自分の国土と主張し、中華民国全土を実際に支配しているという前提の下、全国を台湾ではなく大陸の三六省を領土とし、台湾を中華民国三十六省の総人口で割ったパーセンテージで、試験の採用定員数の枠を設けたのである。そのために台湾に渡ってきた一握りの新住民たちが大多数の採用枠を独占し、絶対有利な条件を享受したのである。（詳しくは許雪姬、「另一類臺灣人才的選拔：一九五二～一九六八年臺灣省的高等考試」、『臺灣史研究』二十二：一（二〇一五年三月）、一一六—一二〇頁を参照）

(55) 王宏仁、「一九五〇年代的台灣階級結構與流動初探」、『台灣社會研究季刊』、一—三十五頁。

(56) 陳芳明は「台湾新文学史(一)—台湾新文学史的建構与分期」(『聯合文学』一七八期、一九九九年八月)において、次のように主張している。「台湾新文学運動は種蒔き、萌芽から開花に至るまで、コロニアル、リコロニアル及びポストコロニアルの三つの段階に亘って展開されてきた」、「台湾新文学史における第一次の『殖民期』、つまり一八九五年から一九四五年までは日本による植民地統治を指している」。「『再殖民期』は一九四五年、国民党政府による台湾接収から一九八七年戒嚴令体制終結までの期間を指している」、「台湾文学史の『後殖民期』は一九八七年七月戒嚴令の解除が象徴的な端緒としている」。陳芳明、「臺灣新文學史(一)—臺灣新文學史的建構與分期」、『聯合文學』一七八(一九九九年八月)、一六三—一七三頁。

(57) 許朝欽、『五線譜上的許石』、華風文化、二〇一五年六月、一三七—一三九頁。

(58) 黄裕元、「愛情考古論」、『臺灣阿歌歌:歌唱王國的心情點播』(臺北:向陽文化出版社、二〇〇五)、二七三—二七四頁。

(59) 黄英哲、『「去日本化」「再中國化」:戰後台灣文化重建(一九四五—一九四七)』(台北:麥田、二〇〇七・一二)。

(60) 上野博正、「流行歌の意味論」、加太こうじ、佃実夫編、『流行歌の秘密』(文和書房、一九七〇・一二)、二三一頁。

(61) 貴志俊彦、『東アジア流行歌アワー—越境する音　交錯する音楽人』(東京:岩波書店、二〇一三・十)、七~十一頁。

(62) 蔡棟雄編、『三重唱片業、戲院、影歌星史』(臺北:三重區公所、二〇〇七・一)。程慶恕、「台語流行歌曲的逆流將影響民心的趨向和文化的盛衰」、『聯合報』、一九六〇年二月二十九日、六版。程慶恕は「日本調の歌が台湾社会に風靡するのは、大衆の好みに合致していたほかに、ラジオ局がこれらのうたを頻繁に流したことも、日本調の楽曲を氾濫させる要因となった」と言っている。

(63) 森秀人、「流行歌に見る大衆思想」、加太こうじ、佃実夫編、『流行歌の秘密』(文和書房、一九七〇・十二)、三八四頁。

第15章　台湾を愛す、巍巍として海の中間に立ち

周藍萍音楽作品中の台湾イメージ

沈冬
（西村正男訳）

台湾を愛す、巍巍として海の中間に立ち
周りに波しぶきが湧き上がり、輪になって上へ登る
淡江は清らか、山並みを支えて隔つ
阿里山聳え、山々を従える
四季に花は香り、年中果物は実る
米穀は旨く資源に富む

（胡競先詞・周藍萍曲、『空中雑誌』一九六二年一月一日創刊号）

まえがき

五〇年代台湾の国語［中国標準語］流行歌の栄光は、すべて作曲家・周藍萍（一九二六―一九七一）一人に奪われた。遠く香港へ赴き、ショウ・ブラザーズのために『梁山伯与祝英台』をはじめとする黄梅調映画などの音楽を制作して国際的作曲家になる以前、彼は台湾で過ごした十数年（一九四九―一九六二）の間、百曲以上の国語流行歌を創作し、映画百作品の音楽・作曲を担当しており、台湾の流行音楽界や映画界の第一人者の一人だった。(1)

五〇年代は台湾が戦争の疲弊から次第に復活し再生する時代であった。国民政府は台湾へと撤退し、大量の外省人たちが狼狽のうちに付き従った。彼らは戦火や流浪の苦しみや故郷や肉親を思う苦しみを、書くという手段によって表現したが、これらの血と涙の物語は「反共文学」「懐郷文学」と呼ばれ、為政者の文学宣伝の必要に符合したことから、当時の文学の主流となっていた。

同様に国語を媒体としながらも、驚くべきことに、五〇年代の周藍萍が創作した多くの国語流行歌は上述した反共懐郷の公式の枠組みを超越しており、それとは別種の「台湾愛」の「台湾イメージ」が現れている。「台湾を愛す、巍巍として海の中間に立ち」は「台湾頌」という楽曲の冒頭の歌詞で、一九六一年に発表された。(2)本論は、実際のレコードを素材として、周藍萍がいかに音楽の中に台湾を現出したかを分析する。その手法は歌詞において直接台湾を賞賛するもの、台湾民謡を借りて新たに編曲を行ったもの、そして歌の中に台湾音楽の要素を取り込んだものなどがあるが、本論ではとりあえず「愛台歌曲」という言葉でこの種の作品を呼ぶこととする。

本論は、楽曲のテクストを基礎とし、五〇年代の文芸界の雰囲気を背景としながら、周藍萍が反共文芸圏に出入りしながらも愛台歌曲を創作した背景に解答を与えようと試みる。本論では「愛台歌曲」の源泉は作曲家の台湾に対して脈々と続く温かい心にあると考える。だが周藍萍は台湾に来て僅か数年にすぎない。そのためこれらの楽曲の中に現れるのは台湾の生活のディテールではなく、未来の素晴らしさを待ち望む一種の「台湾イメージ」なのである。本論は併せて愛台歌曲に対して位置付けを試みる。愛台歌曲と反共文学は同じ紙の表と裏の関係であり、どちらも戦乱の「傷痕」に由来する。反共文学は正面から生命の血涙を描こうとし、「愛台歌曲」は裏側から飾り立て、国破れた後、得ることの困難な楽土を強調する。そのため、歌の中では戦争を嫌い楽園に憧れるのだ。反共の潮流の中にあって、周藍萍は時代の異端児のようにも見えるが、「台湾愛」の視角から見れば、彼は時代の先駆者でもあるのだ。以下の本論は三つに分かれており、第一節では五〇年代の周藍萍を紹介し、第二節では周藍萍の十二枚のレコード中の愛台歌曲を分析し、第三節では歌と時代環境の関係、及び台湾イメージなどの問題について検討する。

一　五〇年代の周藍萍

周藍萍（一九二六―一九七一）は、湖南省湘郷の人である。抗日戦争中に重慶「中央訓練団音楽幹部訓練班」第三期生として学んだ。中央訓練団は国民党が幹部を養成するために設立した組織で、音楽幹部訓練班は一九四二年に国立音楽院に併合されたため、周藍萍の学歴に関する資料はみな「国立音専」と記している。周藍萍は抗日戦争後期にすでに従軍しており、一九四九年に軍とともに台湾へとやって来て、映画『阿里山風雲』の撮影に参加して記録係を担当、原住民の頭目ウェールをも演じ、[3]さらに有名な楽曲である「高山青」を創作した。[4]一九五四年十二月に中国広播公司に入社して「特約歌詠指導」「特約作曲専員」となり、こうして彼の音楽的才能は、こうしてさらに大きな発表の場を得るのである。

図1　作曲家周藍萍

一九六二年六月、周藍萍は香港の邵氏公司（ショウ・ブラザーズ）に招聘され映画音楽を担当、一九七一年五月、彼は仕事の上でまさに最高潮に達している中、香港で急逝した。香港時代、彼は疑いなく国際水準の映画音楽家だったが、それは実際には台湾での十数年の間に培った音楽の才能に支えられていたのである。台湾時代、彼の作品はあらゆるものを包括していたが、最も優れていたのはやはり国語流行歌曲と映画音楽だった。周藍萍のはっきり確認できる最初の国語流行歌曲は六十年もの間歌い継がれている「緑島小夜曲」で、一九五四年の盛夏に作られた。一九六二年、四海レコードの創業者・廖乾元はその確かな眼力によって、周藍萍と共に『四海歌曲精華』シリーズを出版、第一集は三十万枚売れた。彼が担当した映画音楽は国語映画も台湾語映画も混淆しており、『苦女尋親記（哀れな娘が親を尋ねる物語）』『音容劫（音と姿の悲劇）』『王哥柳哥遊台湾（王さん柳さんの台湾旅行）』など百作余り、その飛ぶ鳥も落とす勢いは、記者によって嫉妬気味に「台湾映画界で最も「確実に」お金を稼ぐ人[5]」と報道されたほどである。

五〇年代、周藍萍が次第に台湾音楽界において自らの活動場所をその手に収めようとしていた頃、台湾を取り巻く大きな環境は相対的に言って不安定なものだった。台湾海峡の両岸が対峙して切り離された態勢はすでに形成され、一九五一年蒋介石は「一年で準備し、二年で反攻し、三年で掃討し、五年で勝利する」というスローガンを提出した。反共が政策の主軸であるからには、「反共文学」もその時運に乗って登場した。一九四九年十一月三日、孫陵（一九一四―一九八三）は「保衛大台湾（大台湾を守れ）」を発表したが、それは「台湾の反共的歌詞の始まりであり、反共文芸の最初の声でもある」[6]とされる。一九五〇年、中華文芸奨金委員会と中国文芸協会が相次いで成立し、一九五一年には雑誌『文芸創作』が創刊されたが、これらはすべて、組織の力を発揮して、賞金システムによって反共文芸の勃興を促進しようとする試みであった。『文芸創作』創刊号には「中華文芸奨金委員会による文芸創作募集の要領」が掲載されたが、そのうち「曲譜類〔楽曲・楽譜類〕」の説明は以下の様なものであった。

およそ反共・抗ソの楽曲であるものの曲調は、荘厳にして激情的で、広大な民衆と武装兵士が合唱する用途に適さなければならない。[7]

政策によって創作や流行を指導しようとする当時の意図は明らかであり、音楽の内容やスタイルまではっきりと指導している。文奨会〔中華文芸奨金委員会〕の受賞リストを見ると、歌詞類には譚峙軍「反攻大合唱」、趙友培「遊撃進行曲」、黄河「愛国英雄上戦場〔愛国英雄が戦場へ赴く〕」などがある。曲譜類には李中和「一切都在打勝仗〔全ては勝利に〕」、俞大中「反攻進行曲」、胡白華「保衛大台湾〔大台湾を守れ〕」などがあり[8]、標題を見るだけでも文奨会の創作方法が指導的な役割を果たしていることが見て取れる。このような反共文芸が時代の主旋律であるような環境にあって、台湾と関係があったり、台湾をテーマにしたりした多くの音楽作品を創作したことは、極めて特殊な様相を呈しているのである。

二　歌の中に台湾を聴く――周藍萍の愛台歌曲

「愛台歌曲（台湾を愛する歌曲）」とは本稿の標題である「台湾を愛す、巍巍として海の中間に立ち」から採ったもので、これらの歌曲にはっきりとした台湾の要素が見られ、作者が台湾に対して温かい心を持っていたため、それが歌曲創作に反映されたことを指している。本稿の研究素材は周藍萍の台湾時代の十二枚のレコードである。一九六一年、四海レコードの創始者・廖乾元は五軒の家屋に相当する莫大な資金を投じて周藍萍に台湾オリジナルの国語歌曲レコードを企画するよう依頼し、そこで周藍萍は自身の歴年の作品を改めて整理録音して『四海歌曲精華』シリーズを出版した。周藍萍は一九六二年に台湾を離れ仕事のため香港に渡ったのだが、その前に彼は十二枚のレコードを完成させた。そのうち六十五曲が彼の作品である。本稿ではこの十二枚のレコードを研究対象とし、歌詞による賞賛、メロディの借用、素材の吸収の三つの面から周藍萍の楽曲における台湾を観察しようと思う。

1　歌詞により台湾の風土を賞賛する

ある楽曲が台湾と関係があるかどうかは、いかにして判断するべきだろうか。歌詞はもちろん最も直接的な証拠であるが、歌詞の中の台湾はどのように登場するのだろうか。これは様々な異なる姿で現れる。最もはっきりしているのが歌詞の中に台湾の地名や物産、名勝古蹟を描き込むことで、台湾を賛美する意図ははっきりしている。その最も典型的な作品は人口に膾炙した「美麗的宝島（美しき宝島）」で、この曲は繰り返し「美しき宝島よ、この世の天国、四季つねに春のごとく、冬は暖かく夏は涼しい」と賛嘆し、宝島・台湾の阿里山、日月潭、花蓮港などの美しい風景を列挙し、椰子の木が高く、パイナップルが黄色く熟し、バナナが香るなど、物産が豊富で、賞賛に値するのである。(9)もう一曲の「南海風光」はさらに台湾中南部へと入っていき、嘉義の呉鳳廟、北港の媽祖廟、彰化の八卦山、南投の日月潭、さらには極東最長の西螺大橋までもすべて歌の中に盛り込んでいて、あたかも台湾の観光地図か名所案内のようである。

歌詞の中に台湾が登場する二つ目の方式は、台湾の建設や人民の労働を描くもので、例えば「趕路歌（道を急ぐ歌）」の「苦難の年月は歩みきった、前に広がるのは明るい道」という歌詞は、当時の台湾で中部横断道路が建設され、山地を切り拓く情景を反映している。また「苦与甜（苦味と甘味）」は台湾のサトウキビの生産を描き、その「砂糖の一つ一つは、みな辛苦で作られたもの」という歌詞は砂糖の生産の苦しみを、砂糖の味の甘さと対照させている。この種の楽曲のうち最も有名なのが今日まで歌い継がれている「出人頭地（人にぬきんでる）」であろう。「誰が頭角を現したくないものか、でも言うのはたやすいが、やるのは難しい」自らを振り返り反省する問いかけのフレーズからは、自己鍛錬を目指す心情が滲み出ている。

図2　周藍萍が創作指揮した『四海歌曲精華』第一集～第十二集のジャケット

歌詞の第三ジャンルは、生活や愛情の描写を通じて、台湾の人々の安穏に暮らす幸福な人生を浮き彫りにするものである。「南海情歌（南海のラブソング）」の歌詞は「ヤシの木あの山に生え、ツタがヤシの木のそばに生える」で、植物が寄り添って生えるさまによって男女の愛情を暗示し、桃源郷のような暮らしの場面を描いた。「狂歓舞曲（狂喜のダンスソング）」は原住民の民謡に取材し、「田んぼも土地も米穀

だらけ」という歌詞は原住民の衣食足りて乱舞するさまを描写している。このジャンルのうち最も芸術的価値の高い作品は、すでに六十年にもわたり歌い継がれている「緑島小夜曲」であろう。この曲は月夜、そよ風、ヤシの木、水の流れなどの自然の美しさによって世間から隔離された愛情の島を作り出した。「緑」は台湾の常緑の植物を表すだけでなく、戦乱により生死をさまよった人々がここで新しい生を得る契機を象徴しており、台湾が戦争は存在せず愛情しか存在しないこの世の楽園だと賛美しているのである。

2　台湾民謡のメロディを借用

周藍萍の楽曲における、より明らかな台湾的特徴は、台湾民謡の借用である。「南海風光」は歌仔戯《コアヒ》［台湾オペラ］の「留傘調」から来ており、「傻瓜和野丫頭（バカとわがまま娘）」は歌仔戯の「卜卦調」から来ている。「両相好（仲良しさん）」は宜蘭の民謡「丟丟銅仔」と恒春の民謡「思想起」をくっつけたもので、「小妞情歌（小娘のラブソング）」は客家の山歌［戯れ歌］の「落水調」から来ている。他の人のメロディを採用する際、鍵となるのはいかに音楽性を再構築するかであるが、この種の台湾の民間の旋律を借用した楽曲の中には、出藍の誉れと呼ぶにふさわしい、原曲を忘れさせてしまうような成功作も少なくない。例えば鄧雨賢の「望春風」に対しては、周藍萍は国楽［中国音楽］の伴奏を付けたが、テンポを落として弦楽器（琵琶）によって飾りあげ、それに紫薇の落ち着いていて心のこもった歌声が加わると、原曲の恋心に目覚めた少女のラブソングから、世間の荒波を味わい尽くした寡婦の心情へと変化し、戦乱によって夫と離散したことも仄かに窺わせるものになっており、音楽上の工夫は極めて微細にわたっているのだ。また「南海風光」では、前奏は中ぐらいのやや遅いテンポのリズムで、あたかものどかな春風の中、馬に乗って花を鑑賞するかのようであり（第一小節から第三小節）、特に第三小節のシンコペーションはゆったりとあたりを見渡しながら台湾の景色を味わっているかのようであり、歌詞

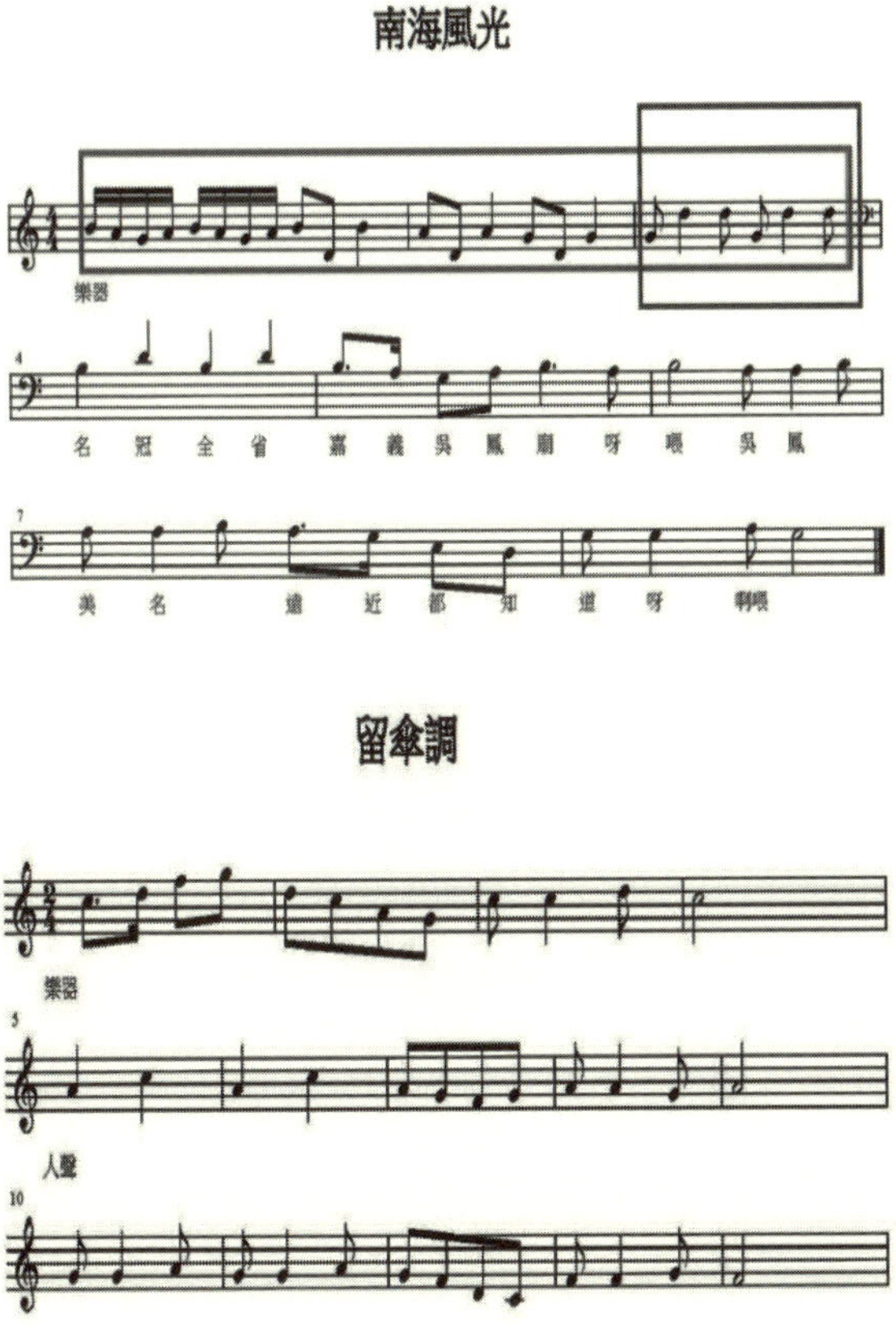

譜例1

とぴったりと符合している（譜例1⑩）。

3　素材を台湾民謡から得る

伝統演劇や民間歌謡のメロディは流行音楽に使用できるとは限らない。適度のアレンジと補作曲は不可欠であるが、これも周藍萍が得意とした手法であった。例えば「南海情歌」は歌仔戯「新都馬調」から採られているが、テンポが軽快にされただけでなく、元のAメロ4フレーズ（第七小節から第十四小節）にBメロ5フレーズ（第十七小節から第二十二小節）が付け加えられ、楽曲構成がより完全なものとなった（譜例2）。

南海情歌

新都馬調

譜例2

譜例3

また「狂歓舞曲（狂喜のダンスソング）」は周藍萍によればタイヤル族の民謡から採ったとのことだが[11]、第1フレーズと第2フレーズは四度の差がある似たフレーズで構成されており（第五、六小節と第七、八小節）、明らかに原住民の民謡ではあまり用いられない反復進行の手法が取り入れられている（譜例3）。

また、「両相好」（譜例4）は、宜蘭の民謡「丟丟銅仔」（第五小節から第十一小節）と恒春の民謡「思想起」（第十九小節から第二十四小節）を繋いでいるが、途中の連結部分では「丟丟銅仔」を元にして直接明快な語り物のような男女の掛け合いのフレーズが創作された（第十二小節から第十八小節）。曲全体が渾然一体となって、あたかもオリジナルの新作台湾歌謡のようであり、賑やかな雰囲気で、お寺の入口で声を張り上げて「大力丸」（漢方薬の名前）を売るという楽曲の内容とぴったりと符合している。

周藍萍の作品中、一九六〇年の「回想曲」は特に人気を博した曲であるが、この曲は作詞作曲とも周藍萍の手によるもので、桃、蓮、金木犀、梅の四種類の花によって、リスナーの中国大陸の四季の香りに対する思い出を喚起するものであった。もちろん「回想」である以上、それは過去のものとなっているのであり、大陸から台湾へやって来たディアスポラの人々の感傷を言い当てていたのである。どのフレーズも花の描写のあと、「まるで愛しい彼がまた、彼がまた私の元へ帰ってきたみたい」と続く。歌詞

藍：男唱
紅：女唱
綠：合唱

兩相好

譜例 4

譜例5

は重大な国家の仇恨を描くのではなく、ここにあるのはただ若者たちの心情である。愛しい彼は従軍して遠くへ行ってしまったのだろうか。戦場で死んではいないだろうか。この歌は大時代のディアスポラの叙述を潜ませているのだが、それは様々な花の色によって覆い隠されているのである。この曲は伝統的民謡の四段体（有節歌曲）によって四種類の花を描写するが、リズムは流行の先端であったチャチャであり、曲調はさらに台湾民謡「草螟弄鶏公」のパターンを含んでいて（譜例5、「回想曲」第八、九小節と「草螟弄鶏公」第十一、十二小節の対照）、同じパターンが繰り返され、軽快かつ整然としていて、この曲の悲しみを洗い流すのだ。この曲は大陸と台湾（故郷の回想／台湾民謡）、伝統と現代（有節歌曲／チャチャ）を接合したと言え、様々な聴衆を広く引きつけ、そのためレコードは三十万枚も売れたのである。

上述の三種類の楽曲は、周藍萍が台湾にやって来てから、台湾の音楽の要素を十分に吸収し、可能な限り台湾を描こうとしていたことを物語る。この種類の楽曲は二十曲あまりであり、四海レコードに現存する周藍萍作品の三分の一を超えている。その一部分が映画の挿入歌であるため台湾の風土を描くプロットに合わせなければならなかったのを除いても、全体的に言って周藍萍の「愛台歌曲」は、男女のラブソングが大本流であった流行歌曲の作品の中にあって非常に目を引き、その占める割合も決して少ないとはいえない。

三　愛台歌曲の二重奏——台湾のイメージと楽園の歌

周藍萍の愛台歌曲についてはすでに整理したが、そこにおける台湾的色彩の鮮明さや豊富さは驚くべきものであり、さらなる疑問が生まれてくる。まず、今の時代から見ると、広く知られている反共文芸の流れの中にあって、周藍萍はなぜ「愛台歌曲」を創作しようとしたのだろうか。次に、台湾に来て間もない「外省人」であるのに、周藍萍はいかにして台湾の伝統劇や民謡を取り扱う能力を得て、それを流行歌へと作り変えることができたのだろうか。第三に、後世の研究者として、我々はこれらの楽曲をどのように取り扱い評価すべきだろうか。第四に、さらに思考を深めれば、これらの楽曲の背後には作曲者のどのような心情や願いが付与され、そしてどのような「時代の音」を反映したり、屈折して映し出したり、あるいは牽引したりしているのだろうか。以下ではこれらに対して一つ一つ詳述していきたい。

1　反共文芸の潮流の内外を遊泳した周藍萍

五〇年代は反共文芸が盛んであった時代であり、故郷の風景や戦乱による離散を描くのが創作の主流であった。例えば、陳紀瀅の『荻村伝』（一九五一）、潘人木『蓮漪表妹（従妹の蓮漪）』（一九五二）、潘壘『紅河三部曲』（一九五二）はその時期広く読まれた重要な作品である。目にすることができた資料から言うと、周藍萍と反共文芸の重要人物とは接触や往来が少なくなかった。反共文芸の主な指導者の張道藩は中国広播公司（中広）の理事長であったが、周藍萍は中広の社員であり、酒を酌み交わして談笑することもあった[12]。陳紀瀅原作の映画『音容劫』は周藍萍が音楽を担当した。潘壘監督の『金色年代』は周藍萍が音楽と挿入歌の作曲を担当しただけでなく、潘壘は周藍萍とかなり密接な個人的付き合いがあり、周藍萍が香港に行って仕事をする際に推薦したのは彼であった[13]。周藍萍の履歴を遡れば、抗日戦争の時代に彼は蔣介石が自ら団長を務めた国民党の「中央訓練団」で学んだことを忘れる訳にはいかない。「天子門生」[1]のような特殊な地位にあったと言って過言ではないのだ。

このような政治的な「コネクション」がないとはいえない作曲家として、周藍萍も五〇年代初めには反共歌曲の創作に参加している。最も有名な例が『鄭成功大合唱』で、この十楽章からなる過去の描写により現代になぞらえた大型アカペラ劇では周藍萍が作曲及び主役を務めた[14]。五〇年代の中後期になって、彼は流行音楽や映画音楽において頭角を現し始めたが、『四海歌曲精華』シリーズのレコードには初期の反共歌曲は収録しておらず、彼の創作の重心の変化を物語っている。

愛台歌曲の出現は、四海レコードの創業者・廖乾元と密接な関係がある。廖乾元は周藍萍に台湾オリジナルの国語歌曲のレコードの企画を依頼したが、台湾オリジナルであるからには台湾的特色を際立たせなければならないと二人は共通して考えていたのだ。廖乾元は言う。

上海はすでに共産党によって陥落し、私たちは国語を話す中国人だったが（筆者注：これは当時の言語環境を回想して述べている）国語の楽曲を聞こうと思えば、イギリスの植民地で広東語を話す香港に注文しなければならなかった。私は「美しく青きドナウ」が世界中にウイーンのことを知らしめたのに、私たちには台湾に関する国語の歌がないと思い、周藍萍にこう話した。私たちは台湾をテーマとした曲を作らなければならない、選曲をするのも台湾と関係あるものを選ばなければならない、と。[15]

ここから分かるのは、廖乾元が「愛台歌曲」の主な推進者であり、周藍萍はそのプランの実行者だったということだ。当時の関係者、すなわち廖乾元、作詞家・荘奴、音楽家・楊秉忠に対する筆者のインタビューによれば、みな周藍萍が『四海歌曲精華』レコード製作において最も名声があった人であり、歌曲の創作録音の策定者でもあったことを認めている。「美麗的宝島」の創作はその一例である。周藍萍はその頃中部横断道路の建設が開始され、パイナップルやバナナの輸出が絶えず盛んに行われるようになって外貨を得ていたことに触発され、親友の劉碩夫に作詞を依頼し、それに曲を付けたのだ。このような創作手法から確信させられるのは、これらの台湾的要素を多分に含んだ楽曲は、歌詞が周藍萍の手によるものではなくても、彼が一人で企画したものであるということだ。私たちはこのように言うことができるだろう。周藍萍の愛台歌曲の創作は、実は彼が反共文芸の潮流の中を遊泳し、内から外へと向かった道のりなのだ、と。

2　台湾の伝統劇と民謡との間を行き来する周藍萍

作曲とは天賦の才能と想像力によって行うものだが、愛台歌曲の創作は決して才能と想像力だけでできるものではない。周藍萍はどうしてこれほど豊富な台湾音楽の素材を掌握することができたのか。それはおそらく、台湾語映画の音楽担当の経験によるものだろう。五〇年代、周藍萍は国語映画、台湾語映画を股にかける映画音楽の第一人者の一人だった。民国四五〔一九五六〕年、歌仔戯台湾語映画『林投姉』の音楽担当は周藍萍だったが、挿入歌は歌仔戯の七字哭、都馬調、乞食調など、台湾民謡などを含んでいた。[16] これは当然周藍萍に歌仔戯の音楽に接触する機会を提供した。当時「蒲影」と署名された映画評は、その音楽を褒め称えた。

『林投姉』は歌仔戯の節回しを採用してはいるが、中国演劇の旧習を捨て、管弦楽器のみを録音に採用しているのは普通の映画の挿入歌と同様であり、私はこれは『林投姉』の最も成功しているところだと思う。[17]

映画評は音楽に対して肯定的ではあるが、実際には周藍萍は歌仔戯の節回しについてあまり詳しくなかったかもしれない。そこで彼は別途国楽によって背景音楽を創作し、歌仔戯の歌唱とは干渉させなかった。そうして伝統劇と国楽が複線で並行する方法が形成されたのである。この映画音楽の仕事は周藍萍に歌仔戯の音楽体系とその運用について深く理解させたに違いない。同様に、客家の伝統劇映画『茶山情歌〔茶山のラブソング〕』、布袋戯〔台湾の人形劇〕映画『猪八戒招親〔猪八戒の婿入り〕』などの音楽担当も、彼の台湾の各種の伝統劇や民謡に対する理解をある程度深めたのだ。その他、周藍萍は原住民の音楽に最も早く接触した外省人音楽家の一人でもあった可能性がある。一九四九年に映画『阿里山風雲』を撮影した際、彼は原住民の民謡を採集する活動に参加し、[18] その後「山地文化工作隊」の音楽指導を担当し、原住民音楽家・舞踏家である戴玉妹と密接に協力し、それによってより多くの原住民民謡に触れることが可能となった。[19] まさにこのような経歴のため、周藍萍は一般の作曲家よりも深く台湾の音楽に親しむ機会を持つことができ、それによって身近となった素材から選び出して、数多くの愛台歌曲へと結実させたのである。

3　愛台歌曲の台湾イメージ

「愛台歌曲」は台湾的要素をその特色としているわけだが、そこに現れる台湾イメージとはいかなるものだろうか。私たちはどのようにこれらの楽曲を理解し評価すべきだろうか。はっきりしていることは、周藍萍と彼の音楽グループはみな戦後台湾にやって来たディアスポラの人々であり、台湾に来て数年にしかならず、彼らの台湾経験はまだ相対的に浅いものだったことである。そのためこれらの歌に現れるのは具体的でリアルな台湾社会の断面ではなかったのだ。本稿ではこれを「台湾イメージ」と名付ける。

我々は三つのレベルで愛台歌曲の「台湾イメージ」を分析できるだろう。まず、歌の中の台湾に関係する名詞は飾りとして現れるにすぎない。地名は阿里山、日月潭、淡水河、花蓮港等しか登場せず、活動範囲も夜市、呉鳳廟、媽祖廟に限られ、風景は海、月光、椰子、キンマに限られ、物産もきまってパイナップルやバナナなどである。これらの名詞が曲全体に並列されると、暮らしや人情の細かい描写に欠け、また人の心を揺さぶるような血の通った感情に欠けてしまう。次に、歌詞が表す観点は台湾の現実に即していないものがある。例えば「狂歓舞曲」の「山野のいたるところが牛や羊だらけ」や、「南海情歌」の「男が耕し女は機織り、楽しくゆったり」、「趕路歌」の「道を行きながら歌をうたう、歩いて歌えば疲れを知らぬ」など。これらの歌詞は台湾の原住民や地理的環境、生産経済について理解が足りないだけでなく、当時の台湾社会が農業社会から次第に工業化へ向かっていたことを無視しているようだ。山野のいたるところが牛や羊だらけというのは、あたかも中国の西北地方の「天は蒼蒼、野は茫茫」(2)のような広大さを思わせるし、道を急ぎながら歌をうたうというのも、大陸の漠々とした平野に帰り、肩に荷物を掛け、車を押して道を行く状況を彷彿とさせる。さらに言うと、これらの歌詞は農業社会、「前近代」の大陸農村への逆戻りなのである。第三に、歌謡の借用において、元の文化的な文脈から遊離している。例えば鄧雨賢の「望春風」はすでに古典的名曲として定着しているため、これを「手弾琵琶歌一曲

〈琵琶を一曲演奏する〉」にリメイクしたものは、にわかにこの曲を耳にすると音楽性はともかくそのギャップに驚かされるのである。「丟丟銅仔」[3]は「両相好」ではお寺の入口での薬売りに使われると賑やかで軽快であるが、「洞房夜曲〈新婚部屋のセレナーデ〉」では新婚の晩の「鬧洞房」〔中国語圏で新婚の夜に友人たちが夫婦の部屋に押しかけて騒ぎからかう風習〕のためのものとなり、唐突で滑稽に感じてしまうのである。

全体的に言って、これらの楽曲の台湾は、大陸の風土や習慣の配置ミスであるか、記号的な名詞の羅列であって、台湾歌謡の借用やアレンジがあるとしても、ぎこちなく接続した箇所も少なくない。だが長所は短所を覆い隠す。郷土の雰囲気に欠け血肉化が十分ではないとはいえ、これは台湾に対する親近感に満ちた「台湾イメージ」なのである。

4 新しい故郷を探し求めて――反共・傷痕から厭戦・愛台へ

作曲家は世間から独立して存在しているわけではなく、必ず時代環境の影響を受けるし、知らず知らずのうちにその時代に共通の考え方を反映することもある。さらには、社会の集合意識を牽引する役割をある程度果たすこともあるだろう。ここでは周藍萍と愛台歌曲を時代環境にひとまず戻して、愛台歌曲と反共文芸の比較対象を通じて、両者の間に見え隠れする関係を分析し、愛台歌曲の時代的意義をはっきりと看取することを目指す。

表面的に見ると、愛台歌曲は周藍萍が主流の反共文芸に対して打ち立てた別ジャンルのようであるが、かつて学者によって指摘されたことには、五〇年代の女性作家は台湾を描くことによって「台湾という新故郷」を構築しようとしていたのだ[20]。愛台歌曲と対照させれば、愛台歌曲は台湾音楽の要素を大量に移入し、台湾の山や川などの景色の美しさや人々の暮らしを楽しむさまを賛美し、しかも多くは女性の立場から発言し、女性歌手によって歌われた。聴衆もおそらく女性が多かっただろう。そうしてみると、愛台歌曲と女性作家の描く「台湾新故郷」は志を同じくしており、同工異曲だと言えよう。歌の中の愛情や家庭の描写を観察すれば、その意味はさらに明確になる。歌詞は繰り返し「愛しあい永遠に別れない」（「傻瓜和野丫頭」）、「二人はひとつの家族になる」（「南海情歌」）、「心を合わせて家庭を再び作る」（「趕路歌」）などと述べる。周藍萍の愛台歌曲も、女性作家が台湾を描くのも、どちらも女性が心の拠りどころを見つけ、愛する人と「一緒に家庭を作る」共通の感情の投影だったのである。そして筆者の考証によれば、周藍萍は戦乱の中で育ち、本籍や生年、さらには自身の名前すら失ってしまった。長い間家を失い、根無し草のような人生で、自分の根を深く生やすことのできる土地を渇望した。いわゆる台湾新故郷は周藍萍の愛台歌曲にあっては、多くの女性の心の声だっただけでなく、彼自身の心からの密かな願いだったのである。(21)

周藍萍個人という小さな視角から離れ、五〇年代という大きな環境から見れば、愛台歌曲と主流の反共文芸とはどのように弁証しあうのだろうか。どのように共存する空間を得たのだろうか。ここではそれに対する解答を提出してみたい。学者が反共文学について論じる際、しばしばそれが一種の「傷痕文学」であることを指摘してきた。これらの作家は大時代の動揺とそれに伴う家族と生き別れたり死別したりする個人を描いたが、これが反共文学の「傷痕」の由来である。(22)「愛台歌曲」は実のところ反共文学とは背と腹の関係と言うことができ、どちらも戦乱の「傷痕」に由来する。反共文学は正面から生命における血と涙の模様を描き、「愛台歌曲」は裏側から飾り立て、国破れた後の得難い楽土を描き、それを大事にしてしっかり守り、努力して進歩を目指すべきであることを強調するのである。

さらに一歩進んで見れば、愛台歌曲は本質的に、戦争を嫌い政治を嫌う。この点においては反共文芸とは大きく異なっている。(23)愛台歌曲の内容は戦乱には言及せず、想像上の「楽園」を構築しようとする意図も含んでいた。(24)「緑島小夜曲」はその最も良い例であろう。この曲は「緑」で新生を象徴し、美と愛情の世界を作り上げる。戦後初期の平和な日々の中で愛情の潤いを待ち望みながら、男女が結ばれ子供を育む希望の光景をそれに託したのだ。この種の楽曲はどれも現実の暮らしから遊離し、時間を「前近代」に「凍結」し、男が耕し女が機織りをし、田んぼを耕し焼香をし、牧童と村娘がいて、愛を語り合う情景の中に「閉じられて」おり、まさしく小国寡民にして鶏犬相聞たる(4)「楽園」の風景なのである。「南海情歌」、「明媒正娶(仲人を立てて正式に結婚する)」、「傻瓜和野丫頭」、「南海風光」、「趕路歌」などの楽曲はすべてこれに当てはまり、それぞれが非常に類似している。「傷痕」がまだ癒えぬ中、歌の中でのみ、新しい「楽園」への希望と想像を頼りにして繰り返し口にすることができるのだ。性別について言えば、愛台歌曲は女性の情が描かれることが多く、反共文学は男性の大志が描かれることが多い。国家と家庭について言えば、愛台歌曲は「家」を持つことを期待し、反共文学はすべてが「国」のためであり、両者はお互いを消し去ることさえありうるのだ。この角度からは、愛台歌曲と反共文学は対立しながら補い合い、連続していて共存もしていると言える。愛台歌曲は反共傷痕文芸の次の発展段階なのであり、両者には切ることのできない強固な結びつきが隠れているのである。

結論

本論は周藍萍が五〇年代に創作し、レコード『四海歌曲精華』に収められた六十曲あまりの楽曲を整理し、歌詞における賛美、メロディの借用、音楽的要素の三つの側面から、周藍萍が楽曲の中にいかに台湾を表現したかを分析した。

本論の研究では二十曲あまりにはっきりとした台湾的要素があることを見出したが、本文ではそれを「愛台歌曲」と名づけた。愛台歌曲は四海レコードの創業者・廖乾元が推し進めようとしたことに端を発するが、周藍萍は台湾の風格を持つ国語流行歌の最も早い作曲者であり、台湾の流行歌のために新しい方向を切り開いた。彼は台湾の伝統劇や民謡、伝統音楽の要素を取り入れて、巧みな編曲によって、これまでのものとは異なる音楽性を作り上げたのである。だが、周藍萍も台湾に来て間もなかったため、曲の中に表現した台湾は、記号的な名詞を並べたものであったり大陸の時空の観念を当てはめただけであったりするものも多く、そのため本論ではそれを「台湾イメージ」と呼んだ。そうではあるが、台湾を愛する熱い思いは楽曲の中に満ちており、これらの曲が広く親しまれることへと繋がったのである。

周藍萍の愛台歌曲は反共文学が主流だった五〇年代に創作されたが、本論では愛台歌曲と反共文学が実のところ同じ紙の表と裏の関係であることを説明しようと試みた。反共文学が正面から傷の痛みを訴えるのに対し、愛台歌曲は裏側から描き、今ここにある楽土を大事にすることを強調し、曲の中に現実の苦難から超越した楽園を打ち立てる。愛台歌曲と五〇年代の女性作家が「台湾という新故郷」を描いたこととは明らかな共通性がある。周藍萍は戦乱の中で成長したため、台湾は彼に拠り所に身を落ち着けるという希望を与え、見知らぬ土地が次第に故郷と変わっていき、情熱的に賛美するようになって離れがたくなったのだ。

愛台歌曲が異なるエスニシティや異言語の間の交流の助けとなったことは疑いない。レコードの売上にも実際に寄与している。一考に値するのは、当時の統治者の文芸政策は依然として一方的に反共を強調したが、支配される一般市民はすでに政策にかかわりなく通俗的な音楽を大いに歌い、台湾を愛する心を露わにしていたことだ。一般的に言って音楽研究者は五〇年代文芸の雰囲気を国家権力体制の時代と単純化し、すべての楽曲創作は音楽家が国家権力の制限を受ける中での行為であるとしがちである。だが周藍萍の「台湾イメージ」は反共文芸の流れに先行し、国家によって主導されたものでもないため、音楽学者の固定された思考を打ち破る。反共文芸の流れにあっては、周藍萍は時代への反逆のように見えたが、時代の先行者でもあったのである。今日の政治家たち

付録　『四海歌曲精華』一～十二集における周藍萍の愛台歌曲一覧

曲目	作詞	作曲／編曲	歌手	レコード
回想曲	楊正	周藍萍	紫薇	《四海歌曲精華》一 A1
南海情歌	荘奴	新都馬調／周藍萍	紫薇、王菲	《四海歌曲精華》一 A4
小妞情歌	李慧倫	落水調／周藍萍	張清真	《四海歌曲精華》二 A1
月光小夜曲		古賀政男／周藍萍	張清真	《四海歌曲精華》二 A2
儍瓜和野丫頭		卜卦調／周藍萍	王菲、紫薇	《四海歌曲精華》二 A3
手弾琵琶歌一曲	楊正	鄧雨賢／周藍萍	紫薇	《四海歌曲精華》二 A4
緑島小夜曲	潘英傑	周藍萍	紫薇	《四海歌曲精華》二 B1
我是山地小姑娘	李慧倫	鄧雨賢／周藍萍	威莉	《四海歌曲精華》二 B4
出人頭地	荘奴	インドネシア民謡／周藍萍	荘雪芳	《四海歌曲精華》三 B1
兩相好		丟丟銅仔、思想起／周藍萍	荘雪芳、李清風	《四海歌曲精華》三 B2
河辺小唱	荘奴	周藍萍	荘雪芳	《四海歌曲精華》三 B3
万華夜曲	荘奴	落水調／周藍萍	荘雪芳	《四海歌曲精華》三 B4
呉鳳頌	申剣一	周藍萍	四海合唱団	《四海歌曲精華》五 B1
狂歓舞曲	李雋青	原住民民謡／周藍萍	威莉	《四海歌曲精華》五 B2
美麗的宝島	劉碩夫	周藍萍	紫薇	《四海歌曲精華》五 B3
南海風光	荘奴	留傘調／周藍萍	紫薇、王菲	《四海歌曲精華》七 A1
苦与甜	李雋青	周藍萍	威莉	《四海歌曲精華》八 A2
苦尽甘來		蘇桐／周藍萍	威莉	《四海歌曲精華》八 A3
台湾扭扭舞曲	インストゥルメンタル	桃花過渡／周藍萍	無	《四海歌曲精華》十 A2
洞房夜曲	荘奴	丟丟銅仔／周藍萍	張清真、秦晋	《四海歌曲精華》十 B1
趕路歌		周藍萍	秦晉、威莉	《四海歌曲精華》十 A3
自由的春天		周藍萍	紫薇、秦晋	《四海歌曲精華》十一 B3

説明：

1．本表の作詞者、歌手、レコードは『四海歌曲精華』レコード現物に基づき、作曲者・愛編曲者は『四海歌曲精華』を参考にして筆者が校訂した。

2．楊正、李慧倫はいずれも周藍萍の筆名である。李慧倫は周藍萍の妻の名前であり、楊正は周藍萍の息子・周揚正の名から採られた。

は「台湾愛」を大いにまくし立てているが、彼らは知るべきである。台湾へと漂流してきた外省人の退役軍人の一人であった周藍萍は、五〇年代に歌の中で早くも「台湾愛」を表現していたのである。

注

（1）拙稿「啊！美麗的宝島、人間的天堂――周藍萍的台湾歳月」、沈冬主編『宝島回想曲――周藍萍与四海唱片』（台北：国立台湾大学図書館、二〇一三年四月）、二十二―四十一頁。
（2）楽譜は『空中雑誌』半月刊創刊号（台北：中国広播公司）一九六二年一月一日。
（3）黄建業主編『跨世紀台湾電影実録』上冊（台北：行政院文建会、財団法人国家電影資料館、二〇〇五年）、一六八頁。
（4）「高山青」は台湾を代表する楽曲であると言える。作詞は鄧禹平であるが、作曲者については異説がある。張徹は『回顧香港電影三十年』（香港：三聯書店、一九八九年）において、繰り返し自分が「高山青」を作曲したことに言及した。だがこの曲を最初に歌った歌手の女性ソプラノの陳明律は周藍萍こそが作曲者であると認識している。二〇一三年五月七日『中国時報』における邱祖胤のインタビュー。
（5）『聯合報』一九五九年二月二十二日第六版「新芸」欄。
（6）劉心皇「第五巻：自由中国時代的文芸」『現代中国文学史話』台北：正中書局、一九七一年、八一七頁参照。
（7）『文芸創作』第一期（台北：中華文芸奨金委員会、文芸創作出版社）一九五一年五月四日、一五九頁。
（8）以上の作品は文奨会の入賞作の一部であり、この一部は『反共歌曲』（台北：文芸創作出版社、一九五一年）に収められた。
（9）紙幅を省略するため、楽曲のソースは文末付録を観察参照されたい。以下同様。
（10）譜例の周藍萍の楽曲部分は『四海歌曲精華』レコードに基づき採譜したもので、対照させる楽譜の部分は廖瓊枝の歌う『台湾戯劇音楽集』（宜蘭県：宜蘭県立文化中心、一九九六年）に基づく。以下同様。
（11）「周藍萍談黄梅調（周藍萍、黄梅調を語る）」劉芳剛によるインタビュー、『台湾新生報』一九六三年九月二十一日。
（12）沈冬による楊秉忠インタビュー（二〇一二年四月一日）。楊秉忠も中広の社員であり、このことを鮮明に記憶していた。
（13）潘壘監督の回想による。二〇一三年三月に潘壘は台湾大学に赴き筆者が企画した『宝島回想曲』の展覧を参観した際、周藍萍の娘・周揚明に直接語った。

(14)『鄭成功大合唱』は張英の作詞、嘉禾と周藍萍の作曲で、鄭成功が清朝に抵抗して明朝を復興しようとする物語であった。十楽章の中には「漢旗飄飄（漢族の旗がたなびく）」「反攻号角（反攻のラッパ）」「迎王師（王の軍隊を歓迎する）」などの楽章があり、反共の意味を含んでいることは明らかである。

(15) 沈冬による廖乾元インタビュー（二〇一三年六月十七日）。

(16)『聯合報』一九五六年九月一日第六版「影談」欄の白濤という署名による「林投姐」劇評を参照。

(17)「『林投姉』影評之二」、黃仁編著『優秀台語片評論精選集』（台北：亜太図書、二〇〇六年）四十五頁。原載は『中華日報』とするが日付は記されていない。

(18)『跨世紀台湾電影実録』上冊、一六八頁。

(19)『聯合報』一九五四年八月三十日第三版によると、「山地文化工作隊」は台湾省政府民政庁・教育庁及び国民党台湾省党部などにより共同で組織された。戴玉妹は新竹県五峰郷の原住民で、周藍萍は戴玉妹のおかげで多くの原住民の民謡を学んだという。

(20) 范銘如「台湾新故郷―五〇年代女性小説」『衆裡尋她―台湾女性小説縦論』（台北：麦田出版社、二〇〇二年）。

(21) 周藍萍の本来の姓は楊であり、具体的な姓名や故郷は調べがつかず、生年についても様々な説がある。拙著『宝島回想曲―周藍萍与四海唱片』二二―二七頁参照。周藍萍は台湾を離れ香港に赴いた後も、しばしば台湾に対する思いを吐露し、後には六〇年代台湾の風土や人情を描いた映画『五対佳偶（五組のカップル）』の製作に投資した。彼の台湾を故郷のように見なす思いが見て取れる。

(22) 斉邦媛「千年之涙、反共懐郷文学是傷痕文学的序曲」『千年之涙』（台北：爾雅、一九九〇年）二十九―四十八頁。王德威も反共文学を「この半世紀の傷痕文学の第一波と見なすべきだ」と指摘する。「一種逝去的文学？：反共小説新論」『如何現代、怎様文学？――十九、二十世紀中文小説新論』（台北：麦田、二〇〇七年）一五四頁。

(23) 反共と国の再興という目標の達成には戦争を手段としなければならず、そのため反共文芸は初めから戦闘性を強調する。民国四二年［一九五三年］五月一日の『文芸創作』第二十五期は特集号の形式で、「戦闘性」と各種文芸（音楽を含む）との関係を討論した。『文芸創作』第二十五期、一―五十二頁。

（24）欧麗娟『唐詩的楽園意識』（台北：里仁書局、二〇〇〇年）は「楽園」（Paradise）について論じているが、一般的に言って、楽園は簡単には到達できない、豊かで愉快な、閉じられて選択性のある小さな世界であり、「時間が凍結した静止状態」である。さらに重要なことは、楽園は「脱政治」でなければならないということだ（七―十四頁）。愛台歌曲と対照すると、驚くべき同質性があると言えよう。

訳注

〈1〉旧時科挙において皇帝が直接面接して採用された人士、転じてエリート学生を指す。

〈2〉「敕勒の歌」、『楽府詩集・雑歌謡詞』に見える北朝時代の歌謡。

〈3〉原曲はトンネルを走る列車の歌、「丟丟銅仔」はトンネルの水滴が落ちるのを表す擬音語。

〈4〉『老子』第八十章に見える、人口の少ない小さな国で、隣の国の鶏や犬の鳴き声が聞こえるのに、隣の国とは行き来がない、という老子の説いた理想郷を指す。

第16章　ためらいの近代

台湾語映画と近代化のイマジネーション

盧非易
（三須祐介訳）

はじめに

二〇〇七年、台北の演劇界に、日本時代の台湾語音楽界で活躍した作曲家鄧雨賢[1]を記念する歌舞劇「四月望雨」[1]が登場した。劇中歌のひとつ「大稲埕[2]行進曲」は二十世紀初頭の台北という都市の面貌を描き出している。

「大きな船は港から世界へと旅立つ　淡水河畔には茶葉や塩を商う店が立ち並び　歌姫の見目麗しい姿がみえる　江山楼は他の建物と高さを競い合い　西洋料理店ボレロや台湾料理の山水亭が軒を並べ　自由の思想は遍く広がり　文学、歌謡、美術に映画　どんなことにも驚きゃしない　おまえは台北城外の――賑やかでモダンな大稲埕――何も

怖いものはない　大丈夫さ　文明の足音は確かに近づいている　おまえは台北城外の——賑やかでモダンな大稲埕……！」

この曲には、近代化した生活や社会を人々がよろこんで受け入れ、限りない信頼を寄せていることが表現されている。しかしこの曲は前世紀の作品ではない。歌舞劇「四月望雨」の脚本兼演出家の二十一世紀（二〇〇七年）における、鄧雨賢が身を置いた前世紀についての新たなイマジネーションなのである。「大稲埕行進曲」のレコードは一九三二年に録音されているが、原盤は既に散逸し、当時鄧雨賢がどのように大稲埕を描いたのか、当時の人々が大稲埕を始めとする台湾近代化の変遷にどのように向き合い、叙述したのかということはもはや知る由もなかったのである。

だが思いがけないこともあるものだ。二〇〇七年に「四月望雨」という記念歌舞劇が制作されると同時に、八十年近くも所在が不明だったレコードが、驚くべきことに台北の露天の古物商の店先に出現したのである。(2) この一九三二年版の「大稲埕行進曲」の元々の歌詞は次のようなものだ。「春の夜更けて　江山楼の　心をえぐる　胡弓の音に　独りゾ思ふ　独りゾなやむ。夏の夜更けて　太平町の　なつかしカフヱ　青い灯ほのか　ヅャズ響く　ヅャズ響く…」

この鄧雨賢に関わる二つの歌曲を見れば、これらが同じように二十世紀前半の台北のランドスケープを描いていることに気づくだろう。江山楼やカフェ、ジャズのような近代的な記号はどちらにも登場しており、二〇〇七年の創作者は、前世紀の近代化運動に対して手放しに情熱を寄せ、楽観を抱いている。だが、鄧雨賢の「大稲埕行進曲」（一九三二）は、近代化に対するロマンティックな憧憬のなかに、ある種の悲哀に満ちた文化的ムードを映しだし、植民地時代の台湾人の鬱屈した心を留めているのだ。

近代化した生活経験と近代性についての歴史的想像の間にはおそらく大きな落差があるだろう。近代化がもたらす幸福や衝撃について人々がどう感じるのかを理解しようとすれば、その時その場という時空間のコンテクストに立ち戻り、新たに考えていく必要がある。「大稲埕行進曲」の例が、台湾人が近代化に邁進したと同時に、被植民者としての主体性の欠如という憂いを含んでいたことを寓意していたかどうかという問題は、あるいはいま現在において、それを「読む」我々の主観的な解釈に頼るしかないのだろうか。

近代化とはスピード感のある変化のプロセスであり、永遠に前へと邁進し続けることでもある。いわゆるモダニティとは、動態的に構築されてゆくプロセスであり、本質的な、あるいは客観的な物質世界の存在論的リアリティを欠いている。このため、過去の近代化についての想像も、より構築的で説明的であり、往々にして時代の後知恵的なバイアスや、個人的な夢想や後悔の念を帯びているものだ。だが、流行音楽や大衆的な映画の発展について分析してみるならば、その時代の人々に歓迎された音楽や映画には、必然的に当時の社会集団に共通する要素が存在していることに容易に気づくだろう。トッド・ギトリンは流行の類型が持つ社会的機能について、「類型とは、事実上我々に対して群衆の内なる声を暗示するもの」[3]と解釈した。とりわけ映画作品の映像によるリアリティは、その時代の姿を具体的に留めており、このため好評を博するジャンル映画は、過去の社会の声を聞くための手段となりうるかもしれない。従って本論は、いくつかの重要な五、六〇年代の台湾語映画のテクストと主題について分析を試み、映画作品における人々のまなざし（gaze）を通して、戦後台湾近代化のなかにあった社会集団の内なる声を探り、五、六〇年代の台湾人の近代化に対する期待や不安、そして近代的な歴史の進展に対する期待と不安が入り混じった感情について概述する。

一　近代化（modernization）

西欧の哲学思潮の変遷からみると、「近代化」（Modernization）と「近代性」（Modernity）そして工業化（Industrialization）はよく互いに互いを定義しあうものである。近代的な思考と「近代」と過去との間に構築された差異は、さまざまな年代において、環境時空間、資本形成、人間関係、家庭の構造、社会の多様性、民主的思潮の発展、工業化といったさまざまな問題群において重視されるようになった。早期の近代性についての議論は都市の出現や資本主義運動、中産階級の誕生について重視していた。(4) その後、人間の主体性や理性についての思潮が議論の中心となっていく。(5) アンソニー・ギデンスはここから、時間と空間の分離、脱埋め込みメカニズム、再帰性がモダニティの条件を与え、同時代における人間関係の親密さや疎遠さといった状態をもたらすと考えた。(6)

世界のなかの孤島として、台湾は長期に亙って世界の近代化プロセスの後塵を拝してきた。また前近代における近代化のプロセスも外来の植民主義と緊密な関係をもっていた。台湾は、スペイン人による資源開発、オランダ人による都市建設と初期の商業的支配、鄭成功による府の設置と統治、日本人による植民改造運動、そして国民党政府による国際資本近代化のプロセスを経験してきた。すなわち、台湾の歴代に亙る近代化の運動は、常に植民主義を伴って出現し、そのモダニティもやはり帝国主義や植民主義の意味合いを帯びていたということだ。このことが台湾社会の近代化に対する認識についての、対抗と受容というジレンマ、あるいは期待と恐れという矛盾を避けがたく生じさせたのである。

一九二〇年代は台湾近代化の重要なターニングポイントであったとみなされている。生活の実相や社会のあり方の変化からみると、一九二〇年代は近代以来の台湾において変化がもっとも大きく、近代化のテンポがもっとも速かった時期であったということができる。しかし、二〇年代の日本植民地期における台湾の近代化の過程は、完全なる近代化の経験だったとは決してみなすことはできない。政治的近代化の側面においてはまだ啓蒙的な段階にとどまり、経済的近代化の側面においても主体性を欠如した状況下で、植民地期の近代化とは、物質的な経済や生活の進歩に過ぎず、しかもこの進歩もまもなく第二次世界大戦の残酷な戦火によって破壊されてしまう。植民地期のインフラ建設や近代的生活の経験は、当時の数少ない文学作品のなかに留められているばかりで今後の調査を要するが、これに続く大規模な近代化運動の出現は一九五〇年代以降を待たねばならない。

一九五〇年、朝鮮戦争が勃発し、国民党政府は台湾へと移転した。政治的には、台湾は植民地時代から戦後の移民時代へと歩みを進めることになり、近代化はもはや植民地問題と一緒に括られることはなくなり、台湾におけるそれは民族の主体性を取り戻したかに見えた。しかし、当時の台湾に移転した国民党政府は近代的な民主改革を相変わらず拒否し、政治権力が在地化することを回避しようとした。このため、近代化は外来勢力による統治とまた結びつくことになったのである。複雑だったのは、新たな移民が必ずしもより近代的で優位な条件を持っていたわけではなく、この新たな移民を受け入れた台湾社会の方が既に豊かな近代化の経験を有し、彼らに隠すことのできない不平等感を抱かせたということだ。政治的には、台湾人は外来勢力のもとで弱者の位置に甘んじていたが、しかし近代化の経験が、台湾人を意識の上では進歩的で優位な立場に置かせたのである。このことが新たにやってきた統治者にはどうしても服従することはできないという感情を台湾人に抱かせたのだ。

一九五〇年の朝鮮戦争が国共内戦を収束させ、台湾は二十年に及ぶ安定的な発展期へと入っていく。アメリカの影響力が直接的に入ってくるに従い、それとともに導入されるようになった国際的な流動資本が、台湾における高度な物資生産を可能にし、都市社会と中産階級の市民が登場し、民主、政治、経済、社会といった様々な分野を包括した近代化が次第に進んでいった。(7) 近代化は、台湾社会において、日本化と西洋化の二つが対立的でもあ

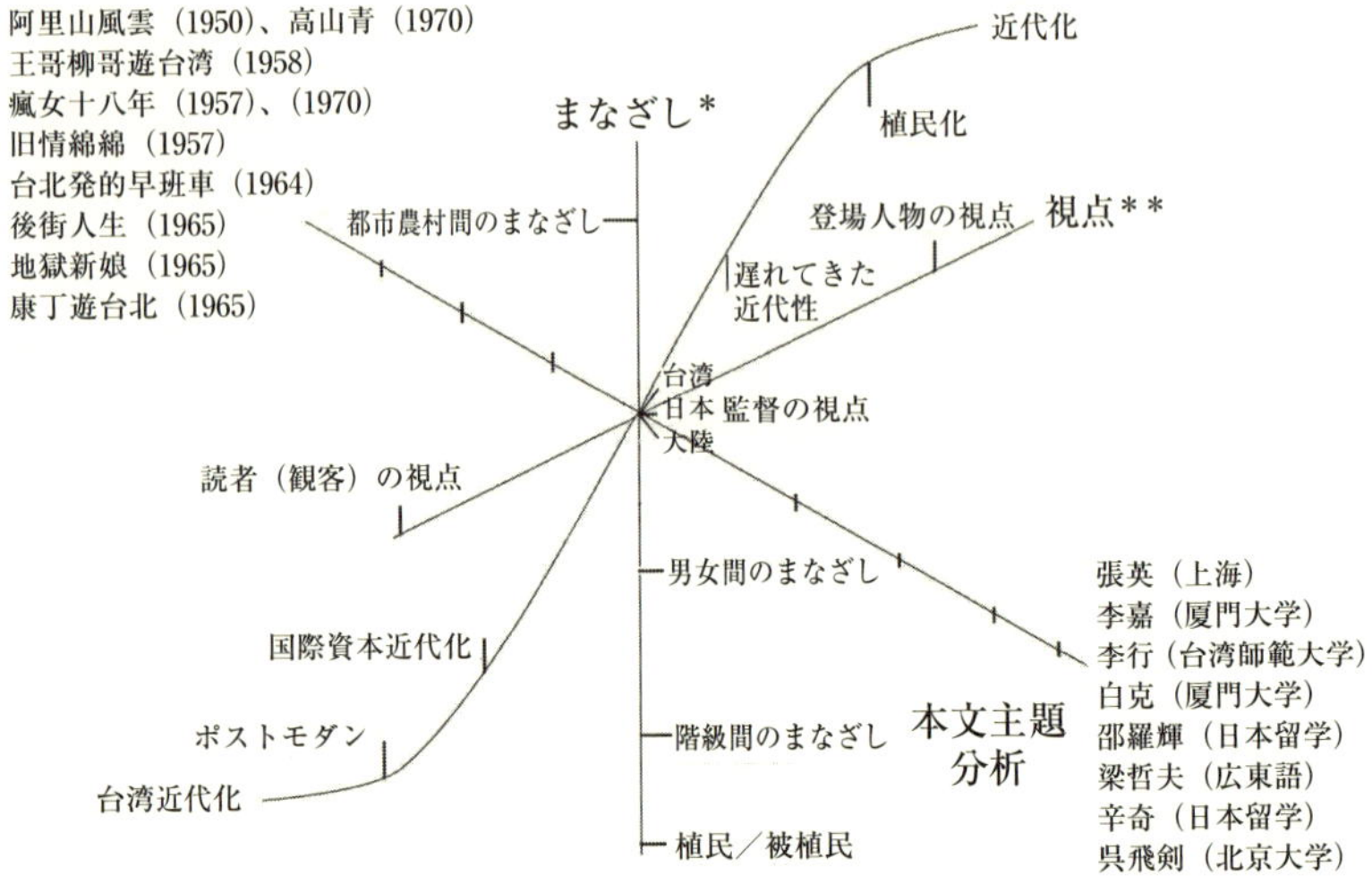

図１　本研究の分析アプローチ（＊原語「凝視」＊＊原語「観看」）

り一体的でもあるような曖昧な様相として現れ、そして様々な文化的テクストにその痕跡を留めたのだった。一九五〇から六〇年代は、社会全体が垂直的に上昇していく構造的流動性（structural mobility）のなかにあり、まさに近代化の重要な段階であり[8]、そしてまた台湾語映画が発展した時期とも重なる。

　本論は、近代化のプロセスにおける、生活の都市化や近代化、農村からの人口流出、家庭的価値観の崩壊などがもたらす社会グループ（例えば都市住民と農民、男性と女性）間の相互のイマジネーション、そしてそのようなイマジネーションが映画のような社会的テクストにどのように反映されているか、という問題に着目する。本論は、当時流行した台湾語映画を通して、台湾社会が置かれた激烈な近代化のプロセスにおいて、人びとはどのように近代化をまなざしたのか、そして人びとが近代化をまなざすときに表出される期待や畏れについて考察してみたい。

　本論において近代性（モダニティ）に対する台湾社会の集団的な欲望や焦慮を議論する際、以下のいくつかの点（図1）について考慮する。まず、台湾の近代化は、その内部に植民地時代の近代性と遅れてきた近代性の特徴を含んでいるということだ。その中で、五〇年代六〇年代の近代化にはさらに国際的資本による近代化の特徴が含まれているだろうか。映画におけるまなざし（gaze）と社会関係を分析するに際し、本論は、近代化のプロセスにおいて、都市と農村が互いにどのようにまなざし、男性と女性が互いにどのように向き合い、あるいは異なる経済的階級間でそれぞれがどのように互いを想像したのか、さらには植民者（移民統治者）と被植民者（被移民統治者）とが互いをどのように解釈したのかについて焦点をあてる。本論は、凝視［まなざし］の検証については、観客性（Spectatorship）を理論的に援用し、映画の叙事及び映像間の登場人物のまなざしから、上述したような凝視の寓意を見出す。また、まなざしの過程において、仲介者（監督）はどのようにまなざしているのか、仲介者じしんの立場（エスニシティ、言語、モダニティについての自己認識）がそのまなざしに影響を与えているのかどうか、そして映画のモダニティに対するまなざしを左右しているのかどうかを考察する。最後に、第三のまなざし（筆者）と自ら設定した命題に対しての再帰的な検討を行い、本論の弁証にもある種の主観的、共時的なまなざしの意義が存在することも確認する必要がある。従って本論では、五、六〇年代に人気を博したジャンル映画で、しかも社会や映画産業に大きな影響力をもったいくつかの作品を分析対象として選ぶ。引用するこれらの映画作品はエスニシティがそれぞれ異なる監督によるものであるが、これによってまなざしとまなざす位置についての詳細な分析を可能にするだけでなく、とりわけ仲介者（作者）のまなざしを対照するための補助にもなるだろう。

二　ためらいの近代——台湾語映画と台湾近代化のイマジネーション

台湾語映画の時代は台湾の近代化の過程のなかでも最も重要な転換期と重なっている。この時空間において、台湾は伝統的な農業社会から近代化を意味する工業社会へと向かい、台湾社会を支える主体も農村から都市へと流入していった。この劇的な変化の中で、人びとは変化を期待し、また恐れもした。社会には近代化に対する集団的な欲望と恐れが生じたのである。このような文化的心理は、時代が進むと同時に流れ去ってゆく。人びとの成長に連れて、その記憶が徐々にぼんやりとしていくか、あるいは形を変えてゆくのである。しかし映画だけは、社会グループの凝視の伝達手段として、あるいは社会の集団的欲望と恐怖の投影として、ある種社会の空気の表象となりうる。このため、五、六〇年代の台湾語映画も時代の記憶をそのうちに留めており、我々が台湾近代化のプロセスにおける社会集団心理を理解するための微かな経路となりうるのである。

エリザベス・カーウィは、映画における凝視と社会における欲望のイマジネーションの関係をこのように説明している。「映画が人びとのファンタジーを再現するとき、このファンタジーはまるで欲望のミザンセーヌのようである。映画の光学的シミュラークルは人びとの欲望を象徴的に映し出すため、（映画の）凝視は満ち足りることになる[9]」台湾語映画において、人と人の間の相互の凝視、映画監督の登場人物に対する凝視、そして半世紀前の都市や田舎町の映画館の観客の登場人物に対する凝視にはすべて、当時この島の人びとがどのようにまなざし、想像したのか、言い換えれば、凝視の過程において、伝統と近代の衝突に対する情感や欲望がどのように映しだされているか、ということが示されている。

凝視の主体、あるいはいかなる欲望の主体もすべて複雑な文化的アイデンティティをもっている。彼（彼女）

はひとつのエスニック・グループとも言えるし、ある種のアイデンティティを意味する記号ともいえる（エスニック・グループはすなわち一種の意味記号である）。凝視は、ある想像された社会グループの、別の想像された社会グループへの凝視といえるし、ある意味記号の、別の意味記号に対する凝視ともいえる。したがって、凝視は、植民側のグループと被植民側のグループとの間、女性と男性の間、伝統と近代の間、都市と農村の間、見られる主体と客体の間……などに存在しているのだ。このため映画における凝視について分析をする前に、多重の凝視者に含まれる異なる様々なグループの記号を明らかにしておく必要がある。[10]

創作者のエスニック・グループ（記号）からみると、台湾語映画の監督たちは主にふたつの異なるエスニック・アイデンティティを持っている。映画史研究者の陳飛宝は、台湾語映画監督を次のように整理した。ひとつは、大陸籍に属し、一九四九年以降に台湾へと移った張徹、張英、白克、李行、梁哲夫、李嘉など二十八名である。そのうち、張英、白克などは民営あるいは公営の映画機関とともに大陸から台湾に渡ってきた。李行は新移民ではあるものの、台湾に来た当時はまだ幼かったため、その芸術性は台湾で養われたものとみるべきであろう。梁哲夫は元々香港の広東語映画監督であり、一九五一年に台湾に移った。台湾籍の創作者は、何基明、林摶秋、李泉渓、辛奇、邵羅輝など四十四名にのぼる。[11] そのうち、何基明、辛奇は日本留学経験があり、日本的な近代化意識を持っている。李泉渓は日本の大学教育も受けてはいるが、映画については主に厦門大学で学んでいる。[12] 邵羅輝は歌舞団出身であり、呂訴上は元々映画評論家である。

帝国主義的植民者の視点からみるならば、植民者は被植民地に対して近代化された風景を提供し、植民者も近代性（モダニティ）という支配者の視点から被植民者を眺めていたことになる。台湾は前後して日本と国民政府の植民地化プロセスを経ており、両者は相前後してともに西洋近代化の角度から台湾をまなざし、そして形作っていった。これらの痕跡も台湾語映画の中に残っている。日本文化の影響を受けた映画監督、そして大陸から渡ってきた映画監督も、このような異なる文化アイデンティティの基礎に立って、彼らに近代化をまなざす方法を提供している。彼らの観察や再現を通して、自らの様々な文化アイデンティティの近代化に対するイマジネーションを投影しているのだ。

一方、帝国主義的な歴史経験からみるならば、日本植民地主義教育の影響を受けた監督であれ、大陸から渡ってきた監督であれ、植民者と被植民者のアイデンティティを同時に具えているといえる。彼らは植民者の視点から近代化していく台湾社会を眺め、被植民者の立場で西洋的な近代化を強いられたという感情的な反応もしているのだ。そしてこのような二重のアイデンティティは、近代化における「立ち遅れた時間性」によって現れる異なる主体（客体）意識ともいえるだろう。[13] 欧米の近代性と比べ、日本の近代性は時間的に遅れてやってきたものであり、日本化を通して進んだ台湾の近代化はまた、日本式教育を受けた監督たちによってもたらされた、遅れてきた近代性（delated modernity）なのだ。さらに複雑なのは、大陸からの新植民者は、植民者としての主体性はあったが、先行する近代性を必ずしも備えていたわけではなかったということだ。このことによって、彼らの作品には近代性の停滞ともいえるような状況が現れることになった。近代性と植民性にズレが生じるという現象は、社会における視線の交錯とテクストにおける視線の交錯とに高度な不確定性を生み出したのである。

大陸から渡ってきた張英監督の「阿里山風雲」（一九五〇）[14]、李行監督の「王哥柳哥遊台湾」（一九五八）[15] は、期せずして同じように台湾平野部の都市と農村、そして山地の原住民のイメージを虚構している。「阿里山風雲」は前近代の神話〝呉鳳〟[3] の物語を借りて、漢人の台湾開発についてあらためて叙述した際、野蛮な原住民をいかに教化したのかを描いて、植民（移民）者の近代性、文化的優越性そしてそこから敷衍される文化支配性を重ねて強調したのであった。一九七〇年李嘉監督の「高山青」は、音楽教師の若い女性が、都会の生活を投げ捨て、山地での教育へと赴き、そこで新入りの若い郵便配達夫と知り合うという物語である。この女性教師の啓蒙によって、郵便配達夫は山地の原住民の生活を遅れたものだとは見なさなくなり、郵便配達の仕事を通して、都市の近代的な情報を山地にもたらすようになる。二十年という近代化の過程を隔てて、二つの作品には通時的な寓意の差が現れている。前者は初期漢人移民の伝説を借りて、山地を前近代的で未開の異郷として描いているのに対し、後者は国民政府の台湾移転後二十年を経て、近代化の優位な立場を前提として、調和的で共存的な態度を採っている。

一九五八年の「王哥柳哥遊台湾」は、図らずも宝くじに当たった靴磨きの王哥が三輪車夫の柳哥と四十四日間に亙る、台湾の名勝古跡をめぐる旅の過程を描いたものである。映画全体の物語性は弱く、一連の地理的な風景が続いていく。作品中で展開される空間的なテーマには三つある。第一は、地方の名勝や風景を描くことであり、第二は旅行ガイド的な観覧機能、台湾の観衆に台湾を見つめる機会を提供することである。第三は、台湾の近代化の建設や前進を描き、近代化のすばらしさに対する肯定や憧れを打ち立てることである。作品全体は都市の狡猾さや農村の立ち遅れた純朴さを描きつつ、さらに平野部の漢人と山地の原住民との間の近代化の進捗の差異を表現している。作品はこのような叙事とまなざしのなかに、近代性の優越意識を内在化させ、都市と農村、漢人と原住民の近代化のプロセスに境界を引いているのである。

「阿里山風雲」など三作品は〝相対的に近代化した〟(日本の植民主義の影響を受け比較的近代化が進んだ)台湾平地人の〝前近代的〟な台湾山地人に対するまなざしを通して、レイ・チョウの言う前近代的社会の「スペクタクル」と「プリミティヴィズム」[16]を提供し、彼らが想定するところの映画館の近代的な観客を満足させる。このようなスペクタクルとプリミティヴィズムは原住民をステレオタイプ化し(stereotype)、周縁化し(marginalize)、ロマンティックなものへと変える(romanticize)。監督と観客は、映画の中の原住民を見つめ、近代化や文明化の程度、あるいは進歩的かどうかという彼我の差異を確定し、この比較を通して、植民者と被植民者、移民した側と移民を受け入れた側、見つめる者と見つめられる者との間の権力関係を確定し、文化植民主義のペダゴーグの父権主体あるいは文化正当性の主体としての地位を充足させるのだ。一方相対的に、まなざしを受ける側（recipient of gaze）、台湾島の原住民は、異「国」情緒あふれる、消費主義が誕生する前の、時間概念を超越した永遠なるイメージとして単純化される。[17] 近代化は、前近代の鏡像（mirrored image）[18] へのまなざしを通して、自己（self）[19] と他者（the other）の位置を確定し、植（移）民者の被植（移）民者に対する優越的な地位を確定したのである。

相対的に、まなざしを受ける側はその役回りを変えることができないと同時に、自己の主体性も喪失してしまう。同情を一身に背負い、助けを待ち続け、そして沈黙し、声を発することができない永遠のイメージとして深く刻み込まれる。白克の「瘋女十八年」[20]、邵羅輝の「旧情綿綿」[21]、梁哲夫の「台北発的早（班）車」[22] はこのような現象を描いている。一九五七年の「瘋女十八年」は当時の社会ニュースを材にとったものである。身寄りのない少女が売春して金を得て母親を埋葬するも、養父に強姦された挙句、後にホステスとして売られ、虐待された上に、精神障害者として十八年間監禁されたという物語である。典型的な伝統的女性が、父権社会と男性中心の家族観という価値構造のために逃れられない犠牲を強いられることをこの作品は表現しているのだ。この作品は一九七九年に台湾語映画監督徐天栄によって、標準中国語映画としてリメイクされた。物語のプロットはほぼ同じである。近代化は映画の叙事における救済の一部となっている。男性主人公が商売に成功して故郷に戻ると、女性主人公は寺院内の牢から解放される。近代化は、このように社会風俗を改良し、社会問題を解決する一種の手段として構築されている。

一九六二年に多くの注目を集めた「旧情綿綿」は次のような物語である。農村の娘が若い音楽教師と恋に落ちるも成就せず、養父によって強制的に都会の企業の〝会社重役〟と結婚させられる。失意の音楽教師は都会に出て努力の末にスターとなり、不正によって逮捕された養父と重役を助けたことで、農村の娘とついに結ばれる。「旧情綿綿」の主人公の男女は農村出身で経済的に困窮しているため、彼らが都会の圧力に対抗する手段はすなわち都会の近代化の営みに自ら参加することであり、それによって本来の自分の社会経済状態をがらりと変えるのである。

一九六四年の「台北発的早（班）車」は、田園の美しい風景と農村の娘たちの美貌に魅了された画家の記憶を辿りながら、農村の女性たちが都市を目指し、近代化を目指すという悲惨な経験を表現している。物語のなかで、農村の娘は家族のために借金を肩代わりし、愛する青年のもとを離れ、ひとり北へと向かう。彼女は台北の盛り場のダンサーに身を落とし、〝会社重役〟に乱暴され愛人にさせられる。女性はその圧迫に耐えかね、重役を刺し殺そうとするも却って顔を切りつけられ、逮捕され入獄する。農村の青年は女性主人公にひと目会うために台北へと向かうが、会社重役に殴打され失明してしまう。ふたりは近代的な都会の残酷さのなかに身をやつし、結局は傷ついた顔と見えなくなった目を互いに慰め合うことしかできなかった。作品の終盤の傷ついた顔とは対照的に、女性主人公が初めて台北へ行くことを決めたとき、まずしたことは長い髪を切り、パーマをかけたことだった。そして都会と移民者のモダニティを象徴するチャイナドレス（旗袍）とハイヒールを履くのである。母親への手紙で彼女はこのように記す。「台北の景気はとてもいいわ……私もパーマをかけて、チャイナドレスを着るの」パーマとチャイナドレスは美、近代的な美を象徴するものだ。ただ、都会や近代化に対するすばらしい想像は、瞬く間に現実の打撃を受けることになり、主人公の男女は期せずして同じように台北発の始発列車で故郷に戻ることを思いつくのである。本作品の有名なテーマ曲「台北発的早（班）車」では、男性が「台北発の始発列車は人の心をかき乱す」と歌うと、女性は「台北発の始発列車は人の心を悲しませる」と応える。そして作品の終盤、一人は失明し、一人は顔を傷つけられた主人公の男女が再会した時、女性主人公はこう言う。「もしも都会になど出てこなかったら、もしかしたら今ごろ私たちは田舎で幸せに暮らしていたかもしれないわね」台北発の始発列車は、ふたりを農村へと帰し、過去へと帰し、純朴な望みへと帰す。しかしこのような望みはもはや実現することはない。都会は豊かで美しい罠であり、行ったら最後、戻ってくることはできないのだ。

「瘋女十八年」、「旧情綿綿」、「台北発的早（班）車」の三作品は、都会を目指すことと近代化の代償を描いているが、このような代償は往々にして女性をその犠牲の対象としているものだ。女性はこのような映画叙事の受難の対象として描かれ、農村で男性の帰りを待っているのであれ、都会に行って借金を返すために金を稼ぐのであれ、その運命はいずれも悲惨なものである。これは、台湾が商業化や都市化に向かう過程において、女性がしばしば辛酸を嘗め、社会流動のために深刻な犠牲となることを示している。男性はこのように女性が近代化プロセスの中で演じるべき役回りをまなざすのである。それはすなわち、「固有の倫理と伝統的な道徳観を基盤とする農業社会が徐々に瓦解していくなかで、女性の大半は依然としてその既成の秩序の抑圧にさらされている」[23]ということだ。

女性が背負わされた役回りに対して、都市は近代化のもう一つの主要なシンボルである。都市と農村は台湾語映画のなかに大量に現れ、しかも対立する二つの価値観として互いに参照し合い、互いに視線を交錯させている。辛奇の「後街人生」（一九六五）、「地獄新娘」（一九六五）[24]、呉飛剣の「康丁遊台北」（一九六九）[25]の三つの六〇年代以降の作品では、都市は農村が思いを馳せる対象であり、近代化、進歩的、豊かさ、チャンスそして男性的な想像の客体である。同時に、農村もこのようなまなざしを向けつつ、まなざされる対象として固定化された、純朴、貧困、女性性、苦境といったもののメタファーとしての原郷となっている。

辛奇監督が同年に完成した「地獄新娘」は、台北の豪奢な邸宅を舞台に、流行に敏感な人びとの、物質生活やラブロマンス、欲望と謀殺などが描かれている。「地獄新娘」においては都市の残酷な現実はとくに説明されず、現代社会の階級的剥奪を批判してもいないし、富や流行についても必ずしも罪悪として描かれてはいない。この映画は、当時は目新しかったPOV方式［主観ショット］やトラッキング・ショットを駆使したため、作品を観ることじたいが視覚的なスペクタクルとなり、機械技術を表現した風景になった。映画装置そして映画を観ることとはすなわち近代化へのまなざしとなり、〝進歩〟を感じる経験となり、「都会」感のある体験となったのである。

一九六九年の「康丁遊台北」は、母親が病に倒れたため、田舎の青年が故郷を離れ、台北の都会に父を探しに行くという物語である。都会にやって来た青年は生活が苦しいため、傘修理で生計を立てている。そして一日中、新興の洋風住宅街や新たに造成された広々とした通りを歩いて回る。台北は、洋風住宅や歩道橋、自動車、中華商場(4)そしてネオンサインなどを通して登場する。台北に入るシーンでは、行進曲を伴奏にして、意気揚々とした気分を盛り上げている。しかし、都市の富と発展によって、困窮した若者は金儲けの望みを抱く一方、繰り返し現実の苦難も受けることになる。物語には近所のチンピラ、都会の女性のハニートラップ、見捨てられる妻子、金持ちの父親を探し求めることなどのエピソードが盛り込まれる。物語の最後に、青年は金持ちの父親を探し当て、父の懺悔と贖いを妥協しつつ受け入れ、貧困問題は解決する。そして愛する盲目の少女を助け、その眼に再び光が戻る。映画は、プロットのこの肯定的側面によって、農村が都会を目指していく平和的な解決方法となっているのだ。

三作品において、農村は、伝統的で、善良で、家庭的で、道徳的なものであると構造的に定義されていると同時に、前近代的で、無知で、保守的で、落伍していることを表す記号ともなっている。一方、二項対立的な役回りとして、都市は物語の中で、近代化、裕福さ、チャンスの多さ、邪悪さ、個人主義、資本化、非道徳、物質性の象徴として構築されている。都市と農村の意味上のパラドックスは、台湾経済が農村経済を抜け出し、都市の近代化へと向かっていくことへの期待と焦慮、堕落と救済という矛盾した心理を反映している。都市と農村の物語には、対立する記号が充満している（例えば、会社重役と農村青年、都市建設と田園主義、ダンスのような享楽と田舎での野良仕事など）。また二者はよく列車によって繋がっている。鉄道の駅は近代化へと通じる構造化した象徴的なランドスケープであり、繰り返し出現する視覚的なテーマともなっているのだ。台湾語映画は、駅舎やプラットホームでの見送りのまなざしを通して、人びとの農村と都市の両端における互いの視線に参与し、当時の人々の伝統と近代の間で揺れ動く心理を投影し、また農村の、近代化に対する言葉に言い表せないような興味や憧れ、しかし同時に畏怖するような感情を照らしだしている。

もう一度、観客性（spectatorship）[26]を用いてさらなる考察を加えるならば、台湾語映画における都市と農村の視線の分析は、役柄（農村の役柄と都市の役柄）が互いをどのように見つめているかにとどまらず、さらには創作者の凝視の立場にまで及ぶということに気づくだろう。創作者の立場から分析すると、台湾語映画の監督たちはどの出身かにかかわらず、みな都市の近代化したアイデンティティを具え、彼らはこの映画というモダニティの装置（institution of modernity）において、農村と都市の間の視線の交錯を描き出している。そしてそのプロセスじたいが、都市における（近代性や映画の知識を具えた）まなざす者の支配と優越性に繋がっていることがわかる。映画の中の農村の役柄（通常は女性）がいかに都市を見つめるか、都市の役柄（通常は男性）がいかに農村を見つめるかにかかわらず、都市と農村に込められた意義はすべて都会人（監督）によって構築され、解釈されている。農村の役柄の都市へのまなざしは、やはり都会人によって賦与されたまなざしなのである。すなわち農村（あるいは前近代）の役柄は見つめる主体性を失い、自らの言葉を失い、凝視する失語者となるのだ。映画は、一種の都市（近代性、近代化）の装置として、都会あるいは田舎町の映画館の観客が、この都会人が農村の人間に与えた凝視、近代化した優越的な立場の凝視をどのように見つめるのか、を決定づけている。

最後に、凝視のなかでも観客の凝視について再検討する必要がある。それはすなわち、我々が半世紀の後に、これら台湾語映画をまなざし、当時の人びとの近代化に対する欲望と焦慮を想像しようとする時、我々は自分たちが身を置く場所と、それに付随するポストモダン的な価値観について意識しなければならないということである。あるいは、半世紀の発展の後、近代化（モダニティ）に対する我々の欲望と焦慮がかつてとはもはや同じではなく、我々が台湾語映画における近代化想像を解釈する際にも、当時の人びとの立つ位置とは違うことを意識しなければならない。我々は不可思議なまなざしの立ち位置に身を置いている。自らが置かれているポスト金融危機、ＥＣＦＡ［二〇一〇年に締結された台湾と中国の両岸経済協力枠組み協定］そして勃興する中国の近代化プロセスに対する欲望や焦慮を、我々はこれらはるか昔の映画のなかに色濃く投影しているのかもしれない。こんなふうにして、我々は一周回って元の位置に戻ってきたようだ。我々は赤の他人の立場で、五、六〇年代の台湾語映画を通して、「新しい」近代化の渦中にある時代を見つめているのである。ただ、当時の映画監督／観客は空間的な他者であり、我々は時間的な他者であるに過ぎない。

半世紀前の台湾語映画を振り返ってみれば、台湾映画と台湾の近代化の間には高度な寓意関係が存在していることを理解できるだろう。五、六〇年代に流行した台湾語映画は、当時の社会が近代化や都市化を目指し、一方で人間関係の希薄化や家庭の空洞化が進んでいた時の、農村対都市、伝統対近代、家庭対個人、男性対女性、見られる主体と客体の間の相互のヘゲモニー争いや欲望の想像を内包している。ひとつひとつの映画のシーンのなかに、台湾語映画が照らし出す、戦後の台湾近代化プロセスのなかの、社会が急速に変化していく時代の、待ち望みつつ恐れ、進むべきか退くべきかという人びとの複雑な心理状態を、我々は見出すことができるだろう。

注

（1）鄧雨賢は、一九〇六年台湾桃園生まれ。台北師範学校卒業後、日本で音楽を学ぶ。一九三二年台北文声唱片公司から出した「大稲埕行進曲」で頭角を現した（鄧泰超、二〇〇九）。
（2）古倫美亜唱片（コロムビア）文芸部長の陳君玉は、一九五五年に出版した『台北文物』において鄧雨賢作曲の「大稲埕行進曲」に言及しているが、その音源は長らく発見されなかった。二〇〇七年六月、美術デザイナーの林太崴が台北県三重市（現新北市三重区）の中古品市場で、「大稲埕行進曲」のレコード盤を発見した（林采韻、二〇〇七）。
（3）Gitlin, 1979:516
（4）黄瑞祺、二〇〇〇。
（5）陳嘉明、二〇〇一。
（6）Giddens, 2002
（7）奇妙な歴史的現象として、日本が台湾に対して行った近代化は、近代性（モダニティ）は伴っていたが、在地性（民族性）には欠けていた。一方、国民党の近代化は反近代的であったが、「在地性」は伴っていたということである。台湾のエリートについても、パラドックスの理論を採用して分析する必要がある。
（8）白秀雄等、一九八五：一九一頁。
（9）Cowie, Elizabeth,1990
（10）ここでは、サイード（一九七九）、バーバ（一九九〇）、バトラー（一九八九）、アンダーソン（一九八三）などの文化的アイデンティティと凝視主体の拡張性についての拡張的な解釈を総合し、凝視主体が恒常的で不変の固定的な概念ではないことを強調している。
（11）陳飛宝、二〇〇八：一〇三頁。
（12）陳飛宝、二〇〇八：一〇四—一一一頁。
（13）邱貴芬は「立ち遅れた時間性」が描く第三世界の欠乏、欠陥、落伍を用いて日本植民地時代の台湾社会の被植民的心理状態を解釈している（邱貴芬、二〇〇三：八三—八五頁。陳芳明、二〇〇四：六四—七二頁）。植民者は近代化における優位性から、優越感に支配され尊大にふるまっていた一方で、被植民者は逆に落伍や欠乏を感じていた。しかし国民政府の台湾移転は、必ずしもこのような近代性を複製しなかった。そして一九五〇年以降の近代性の解釈をより複雑なものにしたのである。

(14) 張英は総政治部が指導する劇団の一期生で、一九四八年上海国泰映画撮影所長の徐欣夫の招きで、ロケ隊を率いて台湾に来て「阿里山風雲」を撮影した。ちょうど国共内戦の時期にあたり、台湾に残ることとなった。その後、万寿公司を創設して台湾映画を創作するようになる。第一回金馬賞台湾語映画部門最優秀監督賞を受賞。

(15) 李行は一九三〇年上海生まれ。費穆監督「小城之春」に啓発され、映画製作を志すようになる。一九四八年に台湾に移転し現在の国立台湾師範大学で学び、話劇劇団の俳優や脚本、演出を担当する。一九五八年の初監督作が「王哥柳哥遊台湾」で大いに人気を博し、その後、健康的なリアリズム映画、ラブロマンス映画、郷土映画、愛国映画などを陸続と世に送り出し、台湾映画における重要なジャンルの発展に幾度となく寄与した。台湾映画に最も影響力のある映画監督であり、その作品も五〇年代以降、台湾で国際資本近代化が進んでいく過程を如実に表わしている。「王哥柳哥遊台湾」は李行の他に共同監督として方震、田豊が関わっている。

(16) Chow,1995

(17) Bhaba, 1990 ; Dai, 2002

(18) 映画を見る過程は鏡に照らす効果と非常に似ている。ラカンの言う自己(subject もしくは self)は鏡に照らした自分(観客)のようであり、また他者(the other)は鏡の中の自分(映画の中の登場人物)のようである。自己(観客)は自らの欲望を他者(登場人物)に投影し、自己(観客)は他者(登場人物)のなかに自分自身(観客自身)を見出すことができるのである(Lacan, 1978)。

(19) 観客と映画の登場人物との関係は、決して二元対立(binary opposition)ではないし、必ずしも観客自身の具現化(embodiment)でもない。その関係は流動的でありうる。

(20) 白克は厦門生まれ。厦門大学教育系卒業。一九四五年に台湾に移転、日本人が残した映画機材や設備、撮影所を接収し、新たに組織された台影(台湾電影文化公司)の所長に就任。一九五六年、政治問題によって台影を離れ、民間の映画撮影所に参画、一九五七年任期を博した「瘋女十八年」を監督した。一九六二年、「外国スパイ」の罪で台湾警備総部に逮捕され、軍法によって極刑に処された。

(21) 邵羅輝は東京で演劇や映画について学んだ後、台湾に戻り最初の台湾語歌仔戯映画「六才子西廂記」を製作したが評価されず興行成績も芳しくなかった。その後も台湾や日本の民間故事を題材にした台湾語映画を継続して製作した。（国家電影資料館台湾電影数位典蔵資料庫 http://www.ctfa.org.tw/filmmaker/content.php?id=603 参照）

(22) 梁哲夫は広州生まれ。一九五〇年に香港へ移り、広東語映画の監督を務めた。一九五七年に台湾に移転し、台湾語映画の製作に携わる。

(23) 廖金鳳、二〇〇一：一六〇頁。

(24) 辛奇は台北生まれ。日本大学芸術科に学ぶ。舞台劇「壁」（宋非我演出）に関わり左派とされたため厦門へ避難。一九四九年以降に国民党軍と共に台湾に戻り、台湾語映画を多く製作した。宋非我は台北社子の生まれで後に日本大学を卒業。台湾初期の舞台劇やラジオ劇の劇作家である。二二八事件の後、日本に逃れ、後に中華人民共和国へと移った。

(25) 呉飛剣は台湾生まれ。北京大学中退、コメディ映画を得意とする。

(26) 観客性は映画の凝視区分を登場人物間の交錯するまなざし、仲介者（映画監督）のまなざし、そして観客のまなざしの三つのレベルに分かれ、映画の意味はこの三つのレベルを通して、徐々に構築されていく。意味の生産は、登場人物の考え方や創作者が提供する意味にとどまらず、この三つの共同作用によってなされるものである（Browne, 1975; Mulvey, 1975; Miller, 2000; Lu（盧非易）, 2005）。

訳注

〈1〉芸術監督・原作：楊忠衡、音楽監督：冉天豪、演出・脚本・作詞：楊士平、上演は音楽時代劇場による。

〈2〉大稲埕は台北城外、淡水河畔の区域（現大同区西南部）を指す。清末から日本統治期にかけて茶業などで繁栄、日本人が中心の城内とは対照的に台湾人富裕層の街であった。「大稲埕行進曲」の歌詞に出てくる洋食店「ボレロ（波麗露）」や四階建ての台湾料理店「江山楼」、雑誌『臺灣文学』の編集部も兼ねていた山水亭などが軒を連ねていた。

〈3〉清朝期の台湾にいた慈悲深い役人呉鳳が、原住民（ツォウ族）の首狩り風習をやめさせるために自ら犠牲となり、首狩りをやめた原住民によって神として祀られるに至った。日本統治期、中華民国期ともに教科書に掲載されたが、後にフィクションであることが発覚した。

〈4〉台北市内の中華路沿いに建てられた、三層構造で小さなテナントが集まる全八棟の大規模商業施設。一九六一年に落成、一九九二年に撤去された。六、七〇年代には全盛期を迎え、台北を代表するランドマークとなった。

参考文献

〈中国語〉

中国時報『台湾：戦後五十年』一九九五
「尊重殖民地的国民性就不是同化主義了」『台湾民報』一九二五年二月二十一日、第一面
白秀雄、李建興、黄維憲、呉森源等『現代社會學』台北：五南、一九八五
邱坤良『台湾戲劇與文化変遷』台北：台原、一九九七
邱貴芬『後殖民及其外』台北：麥田出版社、二〇〇三
林采韻「鄧雨賢大稲埕行進曲終於現声」『中国時報』二〇〇七年六月二十二日
林鐘雄『台湾経済発展40年』台北：自立晩報社、一九九三
陳芳明『殖民地摩登：現代性與台湾史観』台北：麥田出版社、二〇〇四
陳飛宝『台湾電影史話』修訂版、北京：中国電影出版社、二〇〇八
陳嘉明『現代性與後現代性』北京：人民出版社、二〇〇一
国家電影資料館『台語片時代』一九九四
張小虹『欲望新地図』台北：聯合文学、一九九六
黄仁『悲情台語片』台北：万象、一九九四
黄瑞祺『現代與後現代』高雄：復文、二〇〇〇
葉龍彦『光復初期台湾電影史』台北：国家電影資料館、一九九四
「台湾電影、語言、創作和時代：「王哥柳哥遊台湾」座談会」『電影欣賞』十一巻一期、一九九三
董高志『離群索居現代人：思考蔡明亮電影中的現代性』国立政治大学新聞研究所碩士論文、二〇〇四
廖金鳳『消逝的影像：台語片的電影再現與文化認同』台北：遠流、二〇〇一
鄧泰超『鄧雨賢生平考究與史料更正』台湾科技大学管理研究所碩士論文、二〇〇九

盧非易「王哥柳哥重遊台湾」『中国時報』一九九二年七月十九日、人間副刊版
『台湾電影：政治、経済、美学 一九四九—一九九四』台北：遠流、一九九八
Giddens, Anthony 尹弘毅訳『現代性：紀登斯訪談録』台北：訳林、二〇〇二
〈英語〉
Allen, Robert C. & Gomery, Douglas 1985 *Film History: theory and practice* N.Y.: Alfred A. Knopf
Anderson, Benedict 1983 *Imagined Communities: reflections on the origin and spread of nationalism* London: Verso
Bhabha Homi k. ed., 1990 *Nation and Narration* NY: Rougledge.
Browne, Nick,「The Spectator-in-the-text: the rhetoric of Stagecoach」, *Film Quarterly*, Vol. 34, Number 2 (Winter 1975-76)
Bulter, Judith 1989 *Gender Trouble: Feminism and the Subversion of Identity*, NY: Routledge,
Chow, Rey 1995 *Primitive Passions: Sexuality, Ethnography and Contemporary Chinese Cinema*, NY: Columbia University Press,
Cobley, Paul ed. 1996 *The Communication Theory Reader* London: Routledge
Comolli, Jean-Luc & Narboni, Jean 1969「Cinema/ ideology/ Criticism」in *Film Theory and Criticism* ed. by G. Mast etc. Oxford.: Oxford Univ. Press
Cowie, Elizabeth, 1990「Fantasia」 in *The Woman in Question*, ed. Parveen Adams and Elizabeth Cowie, London and NY: Verso
Dai, Jin-Hwa 2002 *Cinema and Desire: Feminist and Cultural Politics* in the work of Dai Jin-Hwa, ed. Jing Wang and Tani E. Barlow, London and NY:Verso,
Gitlin, Todd 1979「Prime time ideology: the hegemonic process in television entertainment」 in *Television: the Critical View*, ed. by Horace Newcomb N.Y.: Oxford Univ. Press, 1987. pp. 507-532
Habermas, Jurgen 1981「Modernity versus postmodernity」*New German Critique* 22, pp.3-8
Hall, Stuart 1989「Cultural identity and cinematic representation」*Framework* 26, p.70
Jameson, Fredric, 1992「Third World Literature in the Era of Multinational Capitalism」 in *Contemporary Cinema*, Vol.6,
Lu, Feii 2005「Another Cinema: Darkness and Light」 in Berry, Chris and Lu, Feii ed., *Island on the Edge: Taiwan New Cinema and After*, Hong Kong: Hong Kong University Press.,

Metz, Christian. 1982 Trans. Britton, Celia et. *Psychoanalysis and Cinema: the imaginary signifier*, Basingstoke, Hampshire: MacMillan Academic and Professional Ltd.

Miller, Toby, 2000「The Historical Spectator/Audience」, *Film and Theory: an anthology*,

Mulvey, Laura 1975「visual pleasure and narrative cinema」in *Film Theory and Criticism* ed. by G. Mast etc. Oxford.: Oxford Univ. Press

Oudart, Jean-Pierre,「Cinema and Suture」, *Screen* 18, 1, winter 1977/78.

第17章　曖昧な他者

台湾における「大陸」

楊瑞松
（濱田麻矢訳）

反攻、反攻、大陸に反攻せよ、反攻、反攻、反攻、大陸に反攻せよ！

大陸は我々の国土、大陸は我々の境域。

我々の国土、我々の境域。毛沢東率いる賊に跋扈させてはならない、ロシアの侵略者に侮られてはならない。

我々は反攻して戻る、我々は反攻して戻るのだ、反攻して戻る、反攻して戻る、
大陸を取り戻せ、大陸を取り戻せ！(1)

一　問題の提起

国立台湾大学の著名な台湾史専門家、周婉窈教授が、およそ半年前に『わたしたちの「内地」とは南投のこと』［南投は台湾で唯一海に面していない県である］という一文をメディアに発表し、台湾で「内地」という言葉が中国（中華人民共和国）を呼ぶときに使用されることを批判し、無知で不正確な用法であるとした。「ある場所がある帝国に隷属しているか、或いはある政権に統治されているが辺境に位置している場合にのみ、統治している主体のことを「内地」と呼ぶのである。……今、台湾人が中国を内地と呼ぶのなら、それは台湾が中国の統治下にある島であるということになり、香港やマカオと同等であることになる。台湾の芸能界では中国を内地と呼ぶのが流行しているが、それは内地という言葉の用法をわかっていないばかりでなく、おそらく心理の上ですでに台湾が中国に統括されている地方だとみなしてしまっているのだ。もしも無知な人間になりたくないのであれば、また今の台湾を中国の統治下にあるのだと認めないのであれば、我々は中国を内地と呼ぶべきではない。」周教授はさらに一歩進んで、台湾の歴史上、清帝国の統治期と日本統治期のみ、「台湾と内地」という公式な呼称がなりたったのだと説明している。(2)

周教授の言う「内地」の台湾史上での出現状況と意義についてはなお若干検討の余地があり、それについては後述するが、彼女によって台湾がどのように中国を呼んできたのか分析され、呼称という記号の重要性が強調されたことが、この重要な課題に一歩進んで取り組もうとする本論のきっかけとなった。エドワード・サイードがいうように、集団的アイデンティティ構築の過程は必ず他者の構築を必要とする。言い換えれば、他者化（othering）とは我々（weness）を形作るための重要なプロセスなのだ。どのように他者を定めるかとは、すなわち自己形成のために不可欠な一部分なのである。さらに重要なことに、このような我々／他者の構築は、決して学術上の幻想だけによるものではなく、現実の統治政策の制定と密接な関連を持つのである[3]。

よって、上述の態度から言えば、台湾がどのように中国を呼ぶのかということと、その呼称という記号が意味する「我々／他者」とは、自ずと台湾の「共同体イメージ」と密接な関係を持ち、同時に台湾の各政策とぴったりつながるはずだ。しかしながら興味深いことに、現代台湾で長期にわたって用いられている、中国を表す主要な呼称「大陸」という言葉について、周教授のこの文章は全く触れていない。

事実上、現在までの半世紀以上の歳月において、「大陸」という言葉は台湾の日常生活にずっと生き続けてきた。早期の「大陸に反攻せよ」、「大陸を光復せよ」、「大陸の同胞を救え」などの政治スローガンから、最近の「大陸出身の配偶者／陸配」、「大陸からの観光客／陸客」、「大陸からの留学生／陸生」、「大陸からの出資／陸資」などの用語に至るまで、「大陸」と関わる各種の記号は大量に、そして絶え間なく官公庁の用語、マスメディア、さらに深い影響力を持つ小中学校の教科書に溢れており、「大陸」のあらざる所なしと言っていいほどである。周教授の文中に名前が出た龍應台（周は「本国の文化部長」（龍應台）は「内地」という呼称を好まないと表明した、と指摘している）を例にとると、彼女は二〇一〇年に北京大学に招待されて『中国夢《チャイニーズドリーム》テーマフォーラム』で講演したとき、本論の冒頭に引用した『大陸に反攻せよ』を引いて朗々と彼女の心理歴程を語った。一九五二年に台湾に生まれた彼女が、このような「反共愛国」歌曲のもとでどのように彼女の最初の「中国夢」を作り上げたのかについてである[4]。しかし、戦闘的な雰囲気を満載した「大陸の光復／反攻」以外に、龍應台の文章は台湾の「中国夢」における「郷愁」の側面をも描き出している。

一九四九年、二百万人近くが突然残酷な内戦によって根を引き抜かれ、行ったこともなければ、多くの人は聞いたこともなかった海の上の島へと捨て置かれたのです。戦火の中で故郷を離れ、流浪の果てに島の人となっても、骨に刻まれた故郷を思う心には何の嘘偽りもありません。この中華故土へ寄せる想いこそ、「中国夢」ではないでしょうか。

龍應台の文に現れる郷愁によって繋がれた「中華故土」とは、まさに台湾「郷愁」詩の代表作家である余光中の描く「大陸」である。「郷愁は浅い海峡、私はこちらに、大陸はあちらに」(5)。

上述の例から、「大陸」という言葉は長期にわたって台湾の言語環境において重要な地位を占めてきたことが見てとれる。それは「大陸」の持つ多重で曖昧な意味をも表しているだろう。そこは万死に値する敵（共匪俄寇）の大本営であるとともに、朝夕につれて思われる故郷でもあるのだ。近年、歴史上台湾がどのように「大陸」の視覚から論述、想像されてきたか、またその歴史はどんな意味を持つのかという分析には、すでに多くのすぐれた業績がある(6)。しかし、台湾の視覚からいかに「大陸」が構築、論述されているか、言い換えればどのように「中国を再現」しているかという分析については、まだまだ探索する余地がのこされているようだ。本研究の焦点は、「大陸」という言葉がどのような歴史情況下で台湾の公共論述中に大量に出現し始めたのかを見定めるほか、台湾で長期にわたって「大陸」の名で再現されてきた中国が、台湾の共同体イメージにどのように深遠で複雑な影響を与えたのかを検討したい。事実上、「内地」という言葉と同じように、「大陸」という言葉は台湾あるいは近代中国において、さらには東アジアの言語環境において、かなり曲折した発展史を有している。この名詞は長きにわたって台湾に存在し、普遍的に運用されていたために、それが台湾人の集団的アイデンティティに及ぼした影響は、却って踏み込んで分析されることがなかったのである。それが長期にわたって台湾人の共同体の空間的境界あるいは民族的境界イメージに及ぼしてきた役割については、「歴史化」と「脱自然化」という分析方法を借りることによって、はっきりと認知、理解できるようになるかもしれない。

二　祖国、内地、大陸――祖国／内地は「大陸」に、台湾は「祖国」に

1　祖国と内地

現在の台湾では、台湾の対岸にある広大な国土あるいは地域を示す記号として、「大陸」という言葉が最も広い流通性を有している。しかし長い歴史の発展から見れば、この言葉は比較的新しいと言えるだろう。簡単に言うと、およそ一九五〇年から、主に政府の主導によって「大陸」が主流の記号となったのである。それまで、特に一九四五年から一九四九年までの間は、「内地」という言葉が大きな流通性を持っていた。つまり、周教授は「内地」という言葉が台湾の歴史で運用されたのは清帝国期と日本統治期だけだと考えておられるようだが、文献資料によれば一九四五年に台湾が日本統治から脱したあと、いわゆる「脱日本化」、「再中国化」（黄英哲教授の用語による）、あるいは「祖国化」、「脱奴隷化」（許雪姫教授の用語による）の過程において、「内地」という言葉の運用はかなり一般的であったようである。ただその対象はもはやそれまでの日本本土ではなくて「祖国」（すなわち中国）を指すようになっていた。当時台湾で発行されていた新聞であれ、あるいは「内地」で刊行されていた新聞であれ、少なからぬ報道が「内地」と「内地人」という言葉を用いて台湾と祖国、および台湾人と祖国からきた人民との相互の情況を討論している。たとえば一九四六年九月二十一日の『中央日報』は「台湾民衆は国語［中国語標準語］を学び、大学生は内地生を歓迎する」というタイトルで、台湾の学生が国語を学ぶ情況について報道している。他にも「台湾省の同胞、内地を観光」（一九四七年九月二十九日）、「内地の学者、続々と台湾省で講学」（一九四七年九月二十三日）、「台湾学生二百人が内地に推薦で進学」（一九四八年八月十四日）などの

類似したタイトルは、全て「内地」を「祖国」の別の言い回しとして普遍的に運用している。他にも、一九四六年一月十四日に刊行された台湾の『民報』に「重慶からの客」という署名での投書があり、以下のように記されている。「台湾に来て二ヶ月強になる内地の同胞がどのような感想をもっているか、ここに三点を挙げてみよう。一、……二、内地から台湾にやってきた軍人の同胞よ、国家と民族のためを思い、争いをやめてもらいたい。台湾は内地ではない。このような私刑は台湾の民衆に申し訳ないし、日本人にも笑われかねない。」同様に、一九四六年三月二十日の『新新月報』の巻頭語には、主編の黄金穂がなんども「内地」という言葉で祖国の公務員、軍人および学者など各層の人物を形容している(7)。

興味深いのは、「内地」と「内地人」は戦後中国と台湾の領地で普遍的に用いられた言葉であったにもかかわらず、この現象を非常に問題視する意見もあったということである。一九四七年二月五日に刊行された『台湾文化』に段隹天という読者が投書しており、自分は最近故郷から台湾に来た者だと述べて、「最も奇異に感じるのは人々が日常的に使う〝国内〟、〝本地、内地〟、〝本省、外省〟、そして〝わたしたち、あなたたち〟というような代名詞である。それだけでなく、新聞報道、文芸交流の雑誌にもこういった言葉が頻出していて甚だ気持ち悪い。」作者は、内地／本地とは地方的色彩を交えた不確定な呼称であり、容易に人と人との間に隔たりを生じさせると言う(8)。ほかに、一九四六年六月三日に上海『僑声報』に発表された評論において、作者の伍君は自分がかつて台湾で二十年を過ごした台湾人であることを表明したのち、同紙に五月二十八日に掲載された、「内地人」が台湾で威張り散らしているという台北記者による報道について評論を加えた。伍君は悲痛な筆致で、日本の植民地時代は日本人が内地人となり、台湾人のことを本島人と称していた、内地人とは征服者の代名詞であったと記し、台湾が光復したのちも、台湾省以外の各省人が日本人の作法に従って内地人となるとは思わなかったと述べる。伍君は「内地人」という名と実を打倒してこそ、外省人と本省人は分け隔てなく家族になれるのだと力説した[9]。

このように「内地／内地人」の運用に否定的な意見があったにせよ、多数の論述は依然として「自然に」「内地」という言葉を使い、台湾と祖国との関係を大いに語っていた。ここに、台湾人の光復後の心情の移り変わりを生き生きと綴った叙述がある。

光復直後、台湾の民衆は数十年積もり積もった熱情で沸き返った。数十年渇望していた祖国への想いがついに実現したのだ。光復について、台湾の民衆は過大な希望を抱いていた。日本人によって押し付けられていた一切の経済的、政治的束縛を祖国が解き放ってくれると希望していたのだ。台湾民衆のこの純真な希望は、光復後のこの一年あまりで、現実によって酷くも砕け落ちた。彼らの希望は失望に、そして絶望に変わり、現存の政府には深い恨みを積もらせた。この心理はとうとう全ての内地出身者に向けられるようになり、もしも内地の人が台湾人と喧嘩するようなことがあれば、多くの台湾人が取り囲んで罵るようになった。以前の台湾人は内地から来た人を「祖国から来た人」と呼んだが、今は多くが「中国人」と呼ぶようになり、その情景はどんどん広がっていった[10]。

この叙述における作者の行文とそのほかの報道からみて、「内地」という言葉は台湾と「祖国」との親密な関係を表していたことがわかる。それに対して「中国人」という語彙で内地出身者を呼ぶのは、台湾人が「祖国」の同胞に距離をおきはじめたことを示しているだろう。更に注意に値するのは、この台湾人と「祖国」との関係の移り変わりについての論述の中に、「大陸」という言葉が全く出現していないことである。しかし中国国内と国共内戦の戦局の劇的な発展は、台湾と「祖国」との関係に巨大な変化を生み、同時に「大陸」という言葉を歴史の舞台に登場させることになった。

2 「大陸」の登場

近現代の中国の公共論述において、「大陸」を地理学上の“continent”に対応させる用法は、一九世紀末にはかなり普及していた。たとえば「ヨーロッパ大陸」「アジア大陸」などという言い方がそれにあたる。しかし「大陸」という二字を以て「中国」の別称とするのは、非常に稀なことであった。筆者が「大陸」をキーワードとして一九二八年から二〇〇〇年までの『中央日報』データベースを検索したところ、四万に近い検索結果が出たが、その四万のほとんどは一九四九年後の報道であり、「大陸」とはほぼ全てがいわゆる「中華故土」を指していた。一九二八年から一九四九年までの報道で「大陸」という言葉をタイトルに持つ記事は百二十余りしかなく、そのうち多くは地理学上の continent という意味で使われていた。ほかに、「中国大陸」をキーワードにして政治大学の「中国近現代思想史研究データベース」(11)を検索してみると、この言葉を使用している文献資料はわずかに二十の文献のみであり、その半数は日本語からの翻訳作品であることがわかる。もし「大陸」という言葉で検索すれば三千余りがヒットするが、ほとんどが地理学上の continent という概念の中国語訳であり、「ヨーロッパ大陸」もしくは「アフリカ大陸」、「新大陸」などの一部として使われている。よって、上述の文献資料から推断するに、一九四九年以前に「大陸」あるいは「中国大陸」という言葉で中国を表象するという現象は、中国語の言語環境においては決して普及していなかったのだ。

しかしながら興味深いことに、近代の日本語においては、特に明治末期から第二次大戦期には、かなり多くの論述が支那大陸／大陸という言葉で中国を表している。例えば一九二三年に出版された『第一に知らねばならぬ支那の事情』の巻頭文は「支那の大陸気分」というタイトルで、支那を広大な平原を持つ国家として島国日本との鮮やかな対比のもとに詳細に紹介している。「一方は島国で他方は大陸、日本は山国、支那は平原の国、島国は雨が多いが大陸は乾燥している国である。」この本ではさらに「支那大陸」をロシア、イギリス、アメリカなどと並列し、それらの国土の大小を比較した[12]。著名な漢学者の後藤朝太郎は中国を紹介する著作の中で、やはり「大陸気分と島国根性」という書き出しで支那と日本との違いを分析し、さらに「大陸人の面貌」という題で支那人のあれこれについて紹介している[13]。このほか、戦前の日本に出現した「大陸浪人」、「大陸花嫁」、「大陸雄飛」、「大陸政策」などの様々な「大陸」を含む語彙は、みな当時の日本の思考と、中国を核心とするアジア大陸への拡張発展への企図が反映されているのだ。

　戦前の日本が「大陸」という言葉で中国を論述する現象について、中国側が気づいていなかったわけではない。たとえば一九三七年七月一日と一九三八年八月十八日の『中央日報』には、日本の「大陸政策」について報道、評論するコラムが掲載され、中国を侵略しようとする日本の大陸政策が両国の平和を無残に破壊するものとして厳しく批判されている[14]。同様に、蔣介石が一九四三年に発表した『中国之命運』でも、日本の「大陸政策」に言及がなされた[15]。このほか、第二次大戦末期にもいわゆる「大陸決戦」という提議がされ、同盟軍と日本との最後の主戦場は中国大陸であって太平洋ではないということが強調された。これらに関連する中国語の報道での「大陸」の含意は日本語の「大陸」とほぼ一致する[16]。以上のようではあるが、およそ一九四九年以前には、中国語の公共論述においては「大陸」という記号をもって中国を表す方法は決して一般的ではなかった[17]。

　しかし、国共内戦の戦局の変化によって、一九四九年になると「大陸」の戦局に関する報道が次第に現れはじめた。一九四九年六月三日の『中央日報』社説は「大陸作戦と台湾」というタイトルで、反共戦争における台湾支援の重要性を説く。その論法は先の第二次大戦期における「大陸決戦」と同工異曲であった[18]。ほぼ同じ頃、陳誠も台湾は自らを維持できるだけでなく、「大陸の共匪撲滅戦争を支援」できると述べている[19]。九月になると、陳誠は明確に「台湾は大陸反攻と復興のための基地である」と述べるようになった。そしていわゆる「大陸反攻」が報道媒体に大量に出現し始めた。「東南区金門で大勝、戦局を逆転させる発端となる。台湾確保のみならず適時に大陸へ反攻しうることを確信」（『中央日報』一九四九年十月三十日）、「金門の大勝と大陸反攻を祝す」（『台湾民声日報』一九四九年十月二十八日）、「時期を掴み取って大陸反攻せよ」（『台湾民声日報』一九四九年十一月十五日）などだ。これらの報道は、一九四九年の末ごろには国共内戦における台湾の役割を語るときに、「大陸」という言葉を使うのが定着しつつあったことを示している。

官公庁の側からいうと、「大陸」に関する論述が大量に文書に使われ始めたのは、一九四九年末から一九五〇年初にかけてであると思われる。蒋介石が一九四九年十月九日に発表した「国慶の前夜に全国軍民同胞に告げる書」には、全く「大陸」という言葉は現れず、「淪陥区」あるいは「匪区」という言葉で共産党が統治する区域が形容されている[21]。しかし一九四九年十月二十五日の『台湾省光復四周年を記念し全省同胞に告げる書』では、「台湾は我々中国大陸の東方における唯一の門戸であり、東海と南洋島嶼における鍵である」と述べるほかに、さらにはっきりと「台湾の同胞たちよ！四年前、我々全国の同胞は革命抗戦の旗印の下、あらゆる犠牲を惜しまずに台湾の土地を取り戻し、台湾の同胞を救ったが、それは今日我々中華民族が反共抗ロへの基地を準備するためであり、我が大陸の領土と国家の主権を恢復すべく奮闘するためであった」としている[22]。この中の「大陸恢復」という言い方は、前述の陳誠の「大陸反攻」と呼応していよう。一九五〇年一月一日の「元旦に全国軍民同胞に告げる書」において、蒋介石は主に「匪区」と「鉄幕」という言葉で共産党占領区を形容していたものの、「我々は海洋には堅牢不抜な基地を建築し、大陸には敵に囲まれた戦場を開拓する」というくだりにのみ「大陸」という言葉を使っている（当時蒋介石が率いていた国民政府は、一九四九年十二月に正式に台湾に移ったばかりだった[23]）。しかし同年一月五日の革命実践研究院における演説では、何度も「大陸」という言葉を使い、結語で「共匪を消滅させ、大陸を取り戻すのに、どんなに長くても三年から五年しかかからないだろう」[24]とした後には、「大陸」はその講演と告示にしばしば出現するようになる。もっとも代表的なのは一九五〇年十月の『国慶に全国軍民同胞に告げる書』で、この約五千字の告示の中に、「大陸」は二十二回と頻繁に使われている。そこには「大陸反攻」、「大陸同胞」など、その後盛んに使われるようになった名詞も含まれていた。結論ではさらに明確に「台湾を建設し、大陸に反攻し、全国の同胞を救い、中華民国を復興せよ」というスローガンが提示されている[25]。この告示は一九五〇年以降台湾の公共論述に「大陸」が大量に出現する現象を代表するものと言っていい。同時に、中華民国政府のある台湾は一転して（自由な）祖国となり、「内地」という言葉は次第に「大陸」に取って代わられるようになった。

まとめると、一九五〇年代から、政府の強力な主導のもとで、「大陸」は台湾が今まで「内地」としてきた地区の主要な記号となったのだが、もっと重要なのは、「大陸反攻」という国策が次第に実現不可能な「高貴な夢想」に変わっていったのに対して、「大陸」は一九五〇年から長期にわたって台湾の共同体イメージにとって欠かせないパーツとなっていったことである。それは各種の官公庁告示やマスメディアに登場しただけでなく、教育カリキュラムの重要な記号ともなった。台湾が「大陸反攻」、「失土光復」の主体となるために、「大陸」は戦前の日本語論述中の「大陸」（日本人が征服、あるいは開墾、発展を企図する異国の客体）ではなく、また過去の祖国の論述における「内地」（台湾人が憧れ、懐かしがり、帰属感を持つ母国）とも違うものになった。一九五〇年の後、「大陸」が長期にわたって台湾に居住する人々の集団的アイデンティティの一部となった時、一度となく強調されたのは、「大陸」とはそこを占拠している万死に値する共産党を武力でもって消滅してこそ恢復できる淪陥区であると同時に、台湾に生きる人が必ず取り戻したい「我々の大切な、失われた部分」であるということであった。「大陸に反攻せよ」の歌詞で何度も反復、強調された主旨――「大陸は我々の国土」、「大陸は我々の境域」が表すように、数十年来、台湾の学童が「国民としての私たち」となるために教え込まれた国土イメージの核心部分こそ、彼らが行くことなどできるはずもない「大陸」であったのだ。同様に、国民という共同体イメージは、出会いようもない莫大な数の「大陸同胞」を含んでいたのである。

三　「大陸」:「想像」の共同体の極端な例

直言すると、近代の国民イメージ構築の特色は、国民の一人一人に、直接接触することのできない色々な集団（いわゆる国民の他の成員）と直接行くことができない土地（いわゆる国土）に一体化した親密な感覚を持たせることである。ベネディクト・アンダーソンが明確に指摘したように、たとえ最も小さな国であっても、自分の生活圏以外の大多数の他の国民と知り合ったり出会ったり、あるいは聞き知ったりすることは不可能である。しかし国家／国民イメージの魔力によって、それぞれの成員はこれら現実世界の障礙を乗り越え、個人、その他の成員からなる国民、そして国土の三者が連結しているという一体感を持つようになるのだ(26)。しかし上述のアンダーソンの言う不可能性とは、現実の技術上の制限によるものである。成員同士が往来することが実際に困難であるからこそ、国民のイメージ構築工程には近代的な印刷、メディア及び教育の媒介がしばしば必要とされ、それによってこれら現実上の距離が忘却されるのだ。しかし台湾では、一九五〇年代以降の国民イメージ構築の工程は、「大陸」という要素の機能によって、上述のような国民構築の「イメージ」を極限まで高め、ひいては歪めてしまうという段階にまで至っていた。

事実上、一九五〇年代に台湾で始まった国民イメージ構築の工程は、晩清以降の近代中国の国民イメージの延長線上にあったと言える。近現代の「中国人／中国」に関する多くのイメージや論述には、たとえば黄帝、民族英雄、秋海棠の葉、長城などがあり、二〇世紀の前半にはすでに相当な発展を遂げていた。[27]しかし、一九四五年以降の台湾では、とりわけ一九四九年に中華民国中央政府が台湾に移ったあとには、これらの近代中国の国民論述イメージ工程はさらなる発展をとげ、更に曲折した、劇的な容貌をとった。それが一番明らかなのは教科書の編纂である。国立編訳館が教育部の「小学社会科課程標準」(一九四二年)の地理科に従って編纂し、一九四七年に修訂した『高級小学地理課本』(俗称「大陸版」)と中央政府が台湾に移ったのち、一九五六年に「大陸版」に基づいて修訂し完成させた『国民学校地理課本』(俗称「台湾版」)の両者の比較を例にしてみると、注意に値する若干の異同が見えてくる。

この二つの版本の「編輯要旨」第三条には、同じように「本書の主旨は我が国の広大で壮麗な山河、無尽に豊富な物産を紹介し、『我が国の世界における地位と我ら民族の生活の所在』を知らしめ、児童の愛国心を増強するという目的にある[28]」とはっきり述べられている。カルプが分析して見せた通り、二〇世紀前半の国民政府の国土描写はいわゆる「秋海棠の葉」[その形からそう呼ばれていた中華民国の地図。外モンゴルをも含む]でもって「中華民族」全体が古来生存してきた空間を定位するのだが、それは当時の現実的な環境を無視しており、国民政府が実際に領有している土地と国土イメージの描写との間に甚だしい落差があっただけではなく、すでに独立を宣言していた地域、たとえばモンゴルとチベットのことを無視していたのである。[29]「大陸版」の地理教科書の第一課は「私たちの境域(一)」で、ある小学校五年の授業風景を題材にしている。地理の教師が「中華民国」の国土面積はアジアの四分の一を占め、アジア最大の国である、と話を始めると、一人の生徒が「全国周遊」の計画をたて、実際に全国を遊覧するという体験によって中国の地理を理解しようと提案する。その提案にクラス全員が賛成し、教師も全国旅行の行程を企画するという方式に従うことにして、「我々民族の自然生存空間」への巡礼がここから展開することになるのだ。[30]

「台湾版」の教科書は上述の「秋海棠の葉」という国土イメージを踏襲したのみならず、同様に「国土巡礼」方式で国民の地理的情感を構築しようとする。しかし、「大陸版」と大きく異なるのは、先生が生徒の「全国周遊」という提案に対して新たに解釈を付け加えているところだ。

君たちの提案はとてもよいですね。しかし私たち中華民国の大陸は、朱〔徳〕、毛〔沢東〕という盗賊に襲われているので、私たちは地図の上で架空の旅行をするしかありません。台湾から出発したら、まず南京にゆき、それから各省を周り、さらに海南特別行政区やチベット、モンゴルなどに行きましょう。順番に遊覧しながら各所を仔細に考察し、我が国の境域全体の形勢を知りましょう。将来反攻して勝利をおさめ、大陸を取り戻した暁には全国各地に旅行に行けるでしょう。(31)

この言葉は、台湾の長期にわたる国土イメージ構築工程の曖昧さを端的に表していると言える。まず、地図上の「想像の旅」は本来この地理の授業の前提であって、たとえ「大陸が朱や毛という盗賊に襲われて」いなかったとしても、教室ではこの方式で授業が進められたはずである。しかしこの言葉は、「想像の旅」をしなければならない理由を「大陸の陥落」に帰すことで、「国民という共同体」の構築工程そのものが想像上のものであることを隠蔽し、読者がこの種の「国土空間というイメージ」へ疑義を持たないように仕向け、さらに台湾の人口や地理空間について語ることを回避しながら、膨大な「大陸」の空間と人口を主とした国民共同体イメージを語り、巨大な落差を生じさせているのである。さらに、文中で提起された「チベット、モンゴルなど」を含む国土空間の叙述は、上述のいわゆる「秋海棠の葉」という国土空間イメージに一致する。言い換えるならば、台湾における「大陸」とは長い間中華民国における「失われた故郷」の代名詞であった。その国土イメージによる空間は、現実の「中華人民共和国」の国土面積をも越えており、「想像の地理学」の産物と言うことができるだろう。近年にいたって、台湾の「大陸」イメージが現実からやってきた「大陸」の人や事物と向き合わざるを得なくなったときにようやく、台湾の「大陸」空間イメージは「秋海棠の葉」から中華人民共和国の国土地図に転換されたのだった。さらに注目に値するのは、台湾の多くのメディアや公共論述において、「大陸」もまた元々の国土空間イメージの地理的名詞から、中華人民共和国のためのオルタナティブな代名詞に転換されたことだ。台湾の公共論述に大量に出現する「大陸国家主席」、「大陸外交部長」等々の呼称は、「大陸」という記号の含意が台湾でどのような屈折した発展を遂げてきたかを如実に反映している。

中華民国政府が台湾に移ったのちの大分裂の時代において、「大陸」は台湾の言語環境の中に溢れ始め、台湾の共同体イメージに多大な影響を与えた。台湾の何世代かの成長過程は、みな各バージョンの「大陸」という記号が醸す雰囲気に囲まれていたのである。矛盾していることに、数多くの現実の「大陸」空間に生きている人にとっては、「大陸」とは見知らぬ記号であった。[32] 言い換えるならば、この他者の構築工程における重要な記号が、台湾自身の共同体イメージに、実質的な影響力を発揮したということになる。長期にわたる「大陸反攻国策」の主導のもとで、「大陸」は「故郷／故土」と「匪区／鉄幕」の両面性を持っていたが、その曖昧さも何度となく暴露されてきた。たとえば六、七〇年代の台湾の小学国語教科書第五課「大陸を憶う」で、小学生は「大陸」は「私たちの国土、私たちの故郷、山河はこれほど美しく、土地はこれほど芳しい[33]」と教え込まれる。しかしそのあとすぐ、第十一課の「反攻の角笛が響くのを待つ」では、学生たちは「反攻の角笛が響き始めれば、必ずやすぐに共匪を殺しつくすのだ！」、「我々は海峡をよぎり、青天白日満地紅の国旗を、大陸の土地の上に挿してたなびかせるのだ！[34]」と教えられるのである。

台湾で生長した多くの人は、この「大陸」への愛憎が交錯する親密かつ疎遠な感情、あるいは温かい懐かしみと暴力への恐怖が綯い交ぜになった情緒によって彼らの情感のアイデンティティを左右されてきた。更に重要なことに、大多数の台湾人民にとって、実際の「中華人民共和国」の認知は、ずっとこの「大陸」という言葉の下で行われてきたのである。この半世紀、国際時局と両岸の関係は重大な変化を生み、台湾の民主化及び「台湾アイデンティティ」の台頭によって、「台湾二千三百万の同胞」と「海洋の島」を核とする共同体イメージは次第に普及してきた。しかし大量の「大陸」という記号はいまだ台湾の日常生活にあふれている。「大陸」に対する錯綜した複雑で曖昧な情感とこの台湾アイデンティティが衝突したとき、台湾の共同体イメージにどのような反応を生み出すのか。それが踏み込んで考察すべき重要な文化テーマであることは間違いない。

注

（1）野青作詞、李中和作曲『反攻大陸去』。『高級中学［高等学校のこと］音楽』第一冊（台北、復興書局、一九五三）、十二～十三頁に収録。

（2）周婉窈『我們的「内地」是南投』『自由時報』二〇一二年一二月二十九日。URL http://www.libertytimes.com.tw/2012/new/dec/29/today-o1.htm。

（3）Edward Said, *Orientalism* (New York: Vintage Books, 1994), p. 332.

（4）龍應台「文明的力量——従愁到美麗島」http://www.civictaipei.org/about/Director/31_517_1.html アクセス日二〇一三年六月二十三日。

（5）余光中「郷愁」『余光中詩選：一九四九～一九八二』（台北・洪範書店、二〇〇六）、二五二頁。

（6）例えば Emma Jinhua Teng, *Taiwan's Imagined Geography: Chinese Colonial Travel Writing and Pictures, 1683-1895* (Cambridge: Harvard University Press, 2004).

（7）原文は以下の通り。「内地からの人士は公務員であろうと軍人であろうと記者であろうと、水門の開閉係に至るまで、みな台湾の地方交通、電気、水道など科学が発達していることに感嘆する。おもしろいことには内地の学者までもが同じように、台

湾省には世界的な文化があると言う。」「巻頭語」『新新月報』第三期、台北、一九四六年三月二十日。李筱峰編著『唐山看台湾：二二八事件前後中国知識分子的見証』（台北、日創社文化事業、二〇〇六）十五頁。

（8）段隹天「来函」、『台湾文化』、第二巻第二期（一九四七年二月五日）、三十三頁。

（9）伍君、「漫談今日之台湾」、李祖基編『「二二八」事件報刊資料彙編』（台北、海峡学術出版社、二〇〇七）、二十九～三十一頁。

（10）揚風「台湾帰来」、『「二二八」事件報刊資料彙編』（台北、海峡学術出版社、二〇〇七）、二二七～二三三頁。引用文は二二七頁に見える。これは台湾から上海に帰ったばかりの記者による記事で、一九四七年二月二十八日晩に脱稿している。三月五日、上海『文匯報』に掲載されたときには、台湾はすでに新しい歴史に足を踏み入れていた。

（11）このデータベースは一八三〇年から一九三〇年までの、中国近現代の新聞、雑誌、宣教師を初めとする西洋人の著作の中国語訳及び各種の文集からなる、一億二千万字からなる資料である。

（12）尾池禹一郎『第一に知らねばならぬ支那の事情』（東京・東洋協会、一九二三）一～五頁。

（13）後藤朝太郎『大支那の理解』（東京・高陽書院、一九三八）一頁、八十五頁。

（14）「欧美各報之正論、日軍謀実現大陸政策、乃籍口実行侵入華北」『中央日報』第四版、一九三七年七月十四日、「〝九一八〟与日本大陸政策、為九一八特刊作」『中央日報』第四版、一九三八年九月十八日

（15）蒋介石の原文は以下の通りである。「〝九一八〟以降、日本の帝国主義者がその大陸政策に根ざし、いわゆる「三原則」を我々国民政府に受諾するよう迫ってきた。……〝八一三〟第二次上海事変以降、日本の大陸侵略の陰謀は、我々の長期抗戦の政策によって完全に狂ってしまった。中国は単独で抗戦すること二年にしてヨーロッパ大戦の勃発を見た。四年ののちに太平洋戦争が始まったのである。中国の国策は終始一貫しており、少しも動揺したことがない。しかるに日本の国策は始終揺らいでおり、最後には固定されていたはずの国策を翻し、明治以来一貫してきた大陸政策を根本から改革せざるを得なくなったのである。」『中国之命運』（台北・正中書局、一九八六）、六十七～六十八頁。

（16）たとえば『中央日報』一九四五年四月十日の社説タイトルは「努力準備大陸決戦」であった。

（17）唯一の例外的状況にあったのが日本統治期の台湾である。当時の新聞のうち少なからぬ報道が「支那大陸／大陸」という言葉で中国のニュースを伝えており、特に気象ニュースにおいてはこの言葉は頻繁に使われた。報道の事例としては、たとえば一九〇六年六月十四日の『台湾日日新聞』に掲載された評論は「支那大陸土着の人々は、海関［税関のこと］のことをいつも

洋関あるいは英国関と呼ぶ」として、当時の中国人の国家意識が薄いことを批判している。他に「支那大陸の気圧」など、気候を表す例は枚挙にいとまがない。ほかに、当時少なからぬ漢詩創作が日本語の「大陸」と同じ意味の「大陸」という言葉で中国を表している。たとえば尤瑞の「まさに大陸にゆかんとし、同社の諸詞長に留別す」『風月報』第七八期（一九三九年一月十五日）二十七頁や王竹修「楊連基氏の大陸に赴きて発展するを祝す」『風月報』第八四期（一九三九年四月二十四日）二十七頁を参照。しかし、これらの文学における事例があるからといって、「大陸」とは中国の代名詞であることを意味するわけではないという認識は、一九四九年以前の台湾に共通していたようである。たとえば一九四九年二月八日の『台湾民声日報』に載せられた「マーシャル、大陸に帰る」という標題の報道は、その内容からいっていわゆる大陸がアメリカ大陸を表していて、中国を指していないことは明らかだ。

(18)「大陸作戦与台湾」『中央日報』、一九四九年六月三日、第二版。

(19)「陳誠重要表示：吾人不僅確保台灣，並可支援大陸剿匪戦争」『中央日報』一九四九年六月四日、第二版。

(20)「陳長官離廈門前，暢談視察観感，説明閩南戦場将為匪送葬場，台湾為反攻大陸及復興基地」『中央日報』一九四九六月十四日、第二版。

(21) 国防研究院印、『総統元旦国慶文告彙編』、一～八頁。

(22)『総統蒋大公思想言論総集』を参照。URL http://www.chungcheng.org.tw/thought/ 最終アクセス日は二〇一三年六月二十三日。

(23)『総統元旦国慶文告彙編』、九～十五頁。引用文は十四頁に見える。

(24)「国軍失敗的原因及雪恥復国的急務」、『総統蒋大公思想言論総集』、http://www.chungcheng.org.tw/thought/ 最終アクセス日は二〇一三年六月二十三日。

(25)『総統元旦国慶文告彙編』、十六～二十一頁。引用文は二十一頁に見える。

(26) Benedict Anderson, *Imagined Communities* (London: Verson, 1991), p.6

(27) 晩清以降の近代中国における国民の記号と集団的記憶というテーマについては、楊瑞松『病夫、黄禍与睡獅：「西方」視野的中国形象与近代中国国族論述想像』（台北：政大出版社、二〇一〇）を、黄帝という記号と「民族英雄」という国民イメージ論述についてては沈松橋「我以我血薦軒轅――黄帝神話与晩清的国族建構」『台湾社会研究季刊』第二八期（台北、一九九七年一二月）一～七十七頁及び沈松橋「振大漢之天声――民族英雄系譜与晩清的国族想像」『中央研究院近代史研究所集刊』三三（台北、二〇〇〇年六月）七七～一五八ページを参照。「長城」についての分析は Arthur Waldron, *The Great Wall of China: From History to Myth* (Cambridge: University of Cambridge Press, 1991) を、国民政府の二〇世紀前半での国民イメージ構築工程、特に歴史教育と「秋海棠の葉」の国土イメージについては Robert Culp, *Articulating Citizenship: Civic Education and Student Politics in Southeastern China, 1912-1940* (Cambridge: Harvard University Press, 2007), pp.55-96 を参照。

（28）二つの版本の文章はほぼ一致しており、唯一違うのは「台湾版」が「棲息之所在」を「棲息的所在」に改めていることである。

（29）Robert Culp, *Articulating Citizenship: Civic Education and Student Politics in Southeastern China, 1912-1940* (Cambridge: Harvard University Press, 2007), pp.72-77.

（30）国立編訳館主編『高級小学地理課本・四冊』（台北：台湾省教育庁、一九四七）一～三頁。

（31）国立編訳館主編『国民学校地理課本・四冊』（台中：台湾省教育庁、一九五七）二～三頁。

（32）「大陸」に生活する人にとって、「大陸」という言葉が耳慣れぬものであったことについては、胡洪侠「我在這頭、大陸在哪頭?」を参照。楊照、馬家輝、胡洪侠著『対照記@1963』（台北、遠流出版社、二〇一二）、七十六～八十頁。

（33）国立編訳館編『国民学校国語課本・高級第二冊』（台北、国立編訳館、一九六七）、十三頁。

（34）同右、三十九～四十頁。

第6部　戦争を再現し、戦争を物語る

第18章　「孤島」期上海における劇種間の相互連関について

ふたつの『明末遺恨』と「改良」のスローガン

田村容子

はじめに

一九三八年十一月一日、上海の新聞『申報』に、「游芸界」という演芸欄が開設された。開設に際し、編者は次のような前口上を述べている。

孤島に住んでいるに等しい上海の民衆は、窮屈なこと馬車馬のごとく、あるときは困窮して流浪した後、またあるときは仕事に追われた後、芸に遊んで憂さを晴らし、つらい気持を和ませ、疲れた心を奮い立たせるのも、無理からぬことであろう。[1]

本稿が課題とするのは、上海が「孤島」と称された一九三七年十一月から一九四一年十二月にかけての演劇をめぐる状況を、新聞雑誌の報道から見ていくことである。

抗戦期（一九三七～一九四五年）上海の演劇については、とくに話劇を対象とする研究書の出版が、近年相次いでいる。一九八〇年、Edward M.Gunn（耿徳華）『Unwelcome Muse: Chinese Literature in Shanghai and Peking, 1937-1945』（被冷落的繆斯――中国淪陷区文学史（一九三七―一九四五））によって本格的に着手された抗戦期上海話劇の研究は、その後、当時の関係者に対する聞き取り調査など、先行研究によってより詳細な状況が明らかにされた。[2]

その一方で、同時期の話劇のみならず、京劇（平劇）や文明戯、また申曲や越劇といったジャンルの演劇にも目を向け、[3]それらが「抗戦期上海」という同じ時空間に共存していた、との視点に立った研究はいまだ数少ない。[4]それは、話劇が同時期に急激に発展し、抗戦期を代表するメディアへと成長したこと、また上述の記事にいう「芸に遊んで憂さを晴ら」すことを目的とする演劇が、左翼系話劇人に重視されなかったことによるだろう。

実際のところ、上海にあった複数の種類の演劇は、必ずしも話劇と観客層を共有していたわけではない。各種の演劇が共存した時空間を仔細に見れば、それぞれの劇種間、あるいは同一劇種内において、上演場所・演者・観客層などは階層化され、話劇圏と重なる、あるいは重ならない層に、さらに細分化されていたと考えられる。

二〇世紀初頭に新聞劇評の発達した上海では、演劇とジャーナリズムの間に相互の連携が形成され、演劇の担い手が記事の書き手となるなど、両者は密接な関係にあった。数多の新聞雑誌に、各種の観客層に向けた記事が掲載され、読者および観客に情報を発信したのである。従って、今日の視点から当時の実態を把握するには、同時期の報道の中から、各劇種の接触、それぞれの共存関係、その間にはたらく力学などを解読する作業が必要となるだろう。

このような立場から、抗戦期上海の演劇を眺める端緒として、本稿では、京劇と話劇の『明末遺恨』に着目する。同一の題名を持つが内容の異なるこの二作は、それぞれ「孤島」期上海において抗戦の意図をもって上演された。そして、「抗戦期演劇」たることは、話劇以外のジャンルの演劇にとっては、「改良」のスローガンをつきつけられることを意味した。二作を中心に、同時期の京劇と話劇の接触と共存、「孤島」内外の観客の声、「改良」のスローガンに対する劇界の反応といった点について、新聞雑誌の報道から読み解くことを試みたい。

一　『明末遺恨』の意義

1　周信芳と『明末遺恨』

京劇『明末遺恨』で演じられるのは、明朝最後の皇帝、崇禎帝の亡国の物語である。この演目は、清刊本『都門紀略』に「殺宮」の一場の記録が見え、崑曲に同題材の演目『鉄冠図』がある。後に、京劇俳優汪笑儂が『大鉄冠図』に改編し、一九〇八年に上海春桂茶園で上演、その脚本は『戯考』に収められた。一九一〇年に上海新舞台でこの劇が上演された際には、姚伯欣が改編し、潘月樵が崇禎帝を主演、夏月潤、夏月珊、夜来香といった俳優陣と共演した。このとき、『明末遺恨』という題名が初めて用いられる。上演後まもなく清朝によって禁演となるが、辛亥革命後に再び上演され、潘月樵の代表作となった。

一九一九年、京劇俳優周信芳（一八九五〜一九七五、芸名麒麟童）は崇禎帝を演じ始め、一九三一年に上海天蟾舞台で連台本戯『満清三百年』を上演した際、潘月樵の『明末遺恨』を改編して取り入れた。一九三二年より、周信芳は「移風社」を組織し、上海を離れ天津、北平、大連、瀋陽、長春、ハルビン、営口などを巡演し、このとき『明末遺恨』は連台本戯から取り出され、単独の演目として演じられるようになった。一九三五年に上海に戻り、黄金大戯院で上演すると、この劇は好評を博す。瞬く間に人口に膾炙し、周信芳の抗戦期における代表作のひとつと見なされた(5)。

周信芳の『明末遺恨』が抗戦期の上海を沸かせたのは、彼の歌唱と演技が迫真の力をもって、亡国の皇帝を描き出したからであろう。一九三六年、周信芳は蓓開唱片（Beka Record）で『明末遺恨』の第十八場を吹き込んでいる。これは周信芳扮する崇禎帝と劉韻芳扮する王承恩との間に、目前の政治状況を諷刺するセリフのやりとりのある場面である(6)。『明末遺恨』は全劇にわたり、こうした諷刺性を含み、田漢は「ある種の力強い警句、たとえば横領を罵り、無批判であることをとがめ、民衆の苦痛を描き、亡国の惨禍を警告するところは、いずれも劇場中の賞賛を得た」と述べている(7)。

映画俳優の趙丹は、第二十三場「臨危撃鐘」の演技が彼に深い印象を残したことを回想し、周信芳演じる崇禎帝が忠臣を送り出す際、一人ずつに「行け」と声をかける演技に注目し、次のように述べる。「私は一人の俳優としての鑑賞習慣から、周氏の最後の一言「行け！」がどのようにすれば的確に表現できるのかわからず、案じていた。というのも、芝居がここまで進めば、もはやクライマックスに達し、ほぼ土壇場に追い込まれたといえるからだ。しかし周氏は慌てず急がず、無言の沈黙をもって、このもっとも複雑で困難な最後の一言「――行け！」に代え、左手で顔を押さえ、右手を横に払い……それは本当に、一千一百句の「行け！」よりもさらに沈痛で重々しかった。その沈鬱な雰囲気は、今にいたるもずっしりと重い一塊の石のごとく、私のみぞおちを押さえつけ、切実な記憶はなおまざまざと、まぶたに浮かび上がるのだ(8)」。

周信芳は一九二〇年代に田漢、洪深など話劇界の演劇人とも交流を始め、一九二七年には田漢の「南国社」に加入、欧陽予倩、高百歳らとともに新編京劇『潘金蓮』を演じている。周信芳の思想および演技は、話劇、映画の影響を受けていると考えられ、彼は京劇老生の演技の型の上に、人物の性格や心情にもとづき合理的に解釈することの可能な表情や動作などの演技術を作り上げた。伝統的な演技様式の美感に加え、その中に同時代人の情感に訴える煽情的な演技術を融合させたことが、周信芳の演技の新しさであると考えられる。[9]そのような演技術は周信芳が話劇や映画から吸収したのみならず、趙丹の回想が示すように、反対に映画俳優の演技にも影響を与えた。周信芳が『明末遺恨』を演じたのは一九三〇年代から四〇年代にかけての短い間だが、当時の周信芳の演技は、同時代人の心に訴える現代性を持つものであったといえるのではないだろうか。

一九三七年になると、田漢が高百歳の南京公演のために『明末遺恨』を改編するという報道が見られ、田漢の周信芳版に対する見解が次のように伝えられる。「崇禎帝の人となり、明末の政治の評価など、新たな見方をもって、再び分析せねばならないだろう[10]」。

周信芳の『明末遺恨』に対しては、趙丹や田漢といった話劇関係者以外に、多くの観客が新聞雑誌において自身の見解や感想を発表している。次に、抗戦期の観客が『明末遺恨』をどのように見たのかを俯瞰し、一九三〇年代末の京劇をめぐる環境と劇場内の反応について整理してみたい。

2『明末遺恨』の受容

一九三六年十月の『戯劇週報』創刊号では、「国防戯劇[11]」というスローガンがさかんに提唱される。編集者の王雪塵（一九〇六～一九四九、筆名白雪）は『上海報』、『上海日報』、『羅賓漢』などの主編を担当した人物であり、「発刊辞」において、『戯劇週報』創刊の目的を「旧劇の新たな生命を創造せねばならない」、「旧劇自体の改良から始める」と明言する。[12]執筆者はすべていわゆる「旧劇」愛好者であり、彼らがくり返し述べるのは、話劇は広大な民間に深く入り込むことができないが、しかし旧劇ならば「大衆」に深い印象を与えることが可能であり、だから旧劇を「改良」して国家民族の思想、文化、政治などを表現するに足るものにすれば、旧劇が中国の「国劇」となるであろう、という主張である。

そのうち、「梯公」と署名された「談国防戯劇」の一文は、直接周信芳を名指しし、「国防戯劇」の必要性を次のように呼びかける。「今日の国防文学、国防映画の呼び声は高いが、禁令の網はすでに密であり、映画界は気息奄々として、まさに言いがたい痛みがある。化外の地を作ることができ、自由に呼吸することができるのは、ただ旧劇界の人のみであり、ここにおいて国防の意義を発揮し、まさにその素となるところを行い、言いたいことを存分に言う利点がある。君はなぜ「姜太公ありて万事禁忌なし」の好機に乗じず、この仕事に努めないのか？　信芳は煮え切らず、脚本が得がたいのでゆっくりやるほかないと言う。ああ、信芳は間違っている！」[13]。

「梯公」こと本名胡治藩（一九〇二～一九六六）は、中国早期の華資私営銀行であった浙江実業銀行の幹部、上海の大光明電影院の総経理をつとめた人物で、『金剛鑽報』、『社会日報』などにおいて「梯公」、「梯維」、「不飲冰生」といった筆名を用いて文章を発表し、抗戦期に周信芳に『香妃恨』、『文天祥』の脚本を提供した。演劇とジャーナリズムの双方を股に掛けて活動した当時の知識人の一人であり、その発言は劇界に影響力を持ったと考えられる。

梯公の提唱を受けて、一九三六年十一月には小冊「国防旧劇的実施」が、「国防旧劇」を次のように定義する。「旧劇は現代の題材を演じるのに適さない。〔中略〕しかし実際のところ、歴史題材で「国防旧劇」に供給できるのはただ二種類しかない。一つは「民族英雄」を称えるもの、たとえば郭子儀、岳飛、文天祥、于謙らである。一つは亡国の悲痛を描くもの、たとえば宋末、明末の事蹟である。このような題材を脚本にすれば、そのほかの現実を描く脚本が検査の難関を通らないようなことにはむろんならないが、（このことは前に梯公の文章の中で述べられている)、しかしまた積極的な意味にも欠けるのだ[14]」。

同時期に、『戯劇週報』は話劇、映画界の応雲衛、趙丹、梅熹らの周信芳に対する関心と彼らの交流についても報道しており[15]、当時、演劇とジャーナリズム双方の圏内で発言権を掌握していた人々が、『明末遺恨』と周信芳を「国防戯劇」の範例のひとつと見なしていたことがわかる。

しかし、実際のところ劇場の観客はより雑多で、新聞雑誌に文章を発表するような層とは異なる、多種多様な人々が存在していた。一九三六年の「『明末遺恨』和『潘金蓮』」という一文は、当時『明末遺恨』がなぜ一世を風靡したのかという理由について、同じく人気のあった評劇女優白玉霜の『潘金蓮』と対比しながら次のように述べる。「この時代の中国の大衆は、客観的な分析と主観的な需要において、以下の二種類の深刻な要求を持つ。第一に、我々の内心の苦悶をできる限り吐露してほしい!　第二に、我々の苦悶を吐露することができないのなら、我々を麻痺させてほしい!　『明末遺恨』は第一種の要求の産物で、『潘金蓮』は第二種の要求の産物である[16]」。

同文はさらに、読者に劇場内の空気を伝染させるかのような筆致で、周信芳が劇中涙すると、観客もそれに呼応して涙を流す様子を伝える。「筆者はこの眼で麒麟童——すなわち周信芳——がこの『明末遺恨』を演じるとき、彼自身の感極まった涙が、あろうことか堪えきれずにしきりに流れるのを見た。このとき劇場中に悲壮かつ苦悶の情緒が充満し、この悲壮かつ苦悶の情緒は、千余人の観客の劇場内での死んだような沈黙と、千余人の観客の赤くなった眼のまわりに、はっきりと見てとることができた[17]」。このような叙述からわかるのは、周信芳の『明末遺恨』が劇場の観客の間に共同の感傷体験を作り出していたことである。演劇とジャーナリズム双方の圏内において発言権を持つ知識人の目には、この感染力こそが「国防戯劇」の可能性を持つととらえられたのだろう。

『明末遺恨』が観客を代弁して吐露する「我々の内心の苦悶」とは、単に目前の状況を歴史人物に仮託し、劇場全体で亡国の悲しみを分かち合う、というものにとどまらなかった。とりわけ、一九三七年の上海の観客にとって、この感傷は具体的な恐怖を伴うものに変質していたのではないかと思われる。同年の『聯華画報』上に、一九三二年に長春の満洲大戯院（原名愛国茶園）で周信芳の『明末遺恨』を見たという観客が、この劇にまつわる「内心の苦悶」を吐露する。周信芳が北方の巡演を開始したのは、まさに満洲事変後にあたり、当時の東北におけるこの劇の上演には特に切実な意図が込められていたと考えられる。一九三七年、聯華影業公司の閉鎖に伴い、停刊直前であった『聯華画報』が北方の観客の観劇体験を掲載した理由は、おそらくそれが当時上海の観客の抱えていた潜在的な恐怖と響き合うものであったからではないだろうか。

いつのことかはっきりと覚えていないが、私がまだ寝床で眠っていたとき、突然二人の銃剣をさげた兵士が闖入してきて、私を指さして私にはよく聞き取れない大量の言葉を浴びせ、寝床から下りるよう命令し、その凶暴な様子におののいた私は、おとなしく寝床のそばに立ち、私の妾に対する彼らの無礼を見ているほかなかった。//彼らは立ち去る前に、私が頂戴したばかりの任命書に気づき、にわかに室外での敬礼をして「謝謝」と述べ、友好的な様子で別れを告げて出て行った。//『明末遺恨』（そのとき新聞紙上には『鉄冠図』と記されていた）はその晩見に行ったのだ。芝居がはねて帰ってくると、妾の平手打ちを食らった。堂々たる男子が、かよわい娘一人かばうことができず、他人に思うさま蹂躙されるのを見ながら、平手打ちを一つ食らったのみなのだ。まだ軽いといえよう。〔中略〕彼――崇禎帝が周后に「……賊が宮中に入れば、白玉のきずも免れまい！……」と告げたとき、私の心がどれほどやりきれなかったかは、言い表すことができない！　妾の姿はまだ深く脳裏に刻まれており、情愛と感傷があふれ、涙を流さずにいられようか？　麒麟童が「世の中何がもっとも痛ましいか、亡国がもっとも痛ましい……」と言うところが、その前よりもさらに人の心を打つのだろうが、しかし自身は聞いてもそれほど心が痛まなかった。／／人はどうか知らないが、私はこの芝居は禁演の必要があるとつくづく思う。目下、国はすでに統一され、太平の世を謳歌し、人々の口に声のない時代、この芝居は「治安」において差し障りがあると見なされるべきだろう。(18)

本来、『明末遺恨』の物語は一種の寓意であり、目前の現実を直接描くものではなかった。それゆえ知識人たちはこの劇に注目し、戦時期の厳しい検閲をくぐりぬけ、「大衆」の心に訴えるものとして「旧劇」に「国防戯劇」の機能を期待したのであった。しかし、この記事では『明末遺恨』のテクストが観客個人の男性アイデンティティが蹂躙された記憶と結びつけられている。戦時下においてこの記事に触れた観客にとって、東北の観客の体験はまもなく上海において再現されるかもしれない「予言」となり、周信芳の『明末遺恨』は「寓言」としての虚構性を持ったテクストから、より現実的かつ直接的な意味を内にはらみ、発信するものに変質したといえるだろう。このとき、周信芳演じる亡国の皇帝は、占領による男性アイデンティティの剥奪、男性主体が直面する危機感の表象となったのである。

もちろん、このような内に含まれた意味は、戦況によってさらに変質する。一九四四年の『明末遺恨』は、すでに一九三〇年代に有していたような現代性を失い、この時期には、劇場の観客は周信芳の伝統演目、あるいはより通俗的なメロドラマを見るようにこの劇を見ていた。

麒麟童は芝居の中で繰り返し涙し、泣き止まず、観客もまた繰り返し涙し、泣き止まない！　麒麟童の涙は、胸に成算あり、とうに準備ができている。観客の涙は、お悔やみを述べに行くようなもの、やはりとうに準備ができている（筆者はこの眼で後ろに座る数名の女性客が、崇禎帝が登場するや、そのうちの一人が全員に大きなハンカチを配り、それで涙をぬぐうのを見たことがある。彼女らはもっぱら慟哭するために来たのだ。その話を聞いていると、全員が麒麟童ファンであるようだ）。そこでもの悲しい場面になるたび、舞台の上と下とで、涙は潮のごとく湧き起こる。これらの悲しみの涙は崇禎帝のために流され、麒麟童のために流され、時代のために流されるのだ！　麒麟童の『明末遺恨』は、すでに流行して何年にもなるが、そのときはそのときの意義があった。今また何度も演じられるが、このときはこのときの意義があるのだ。(19)

おそらく、周信芳の『明末遺恨』が同時代の観客に対し、現代性を具えたメディアとしてもっとも有効に機能したのは、一九三七年である。七月七日に盧溝橋事件が勃発し、八月十三日に日本軍が上海に侵攻、十一月十二日に日本軍は滬西、南市、浦東、滬郊などの地区を占領し、上海は「孤島」となった。上海市政府は政治や日本軍の侵攻について公開の場で談論することを禁止し、租界内の抗戦活動には厳しい制限が加えられた。租界において演劇を上演するためには、租界当局に登記し、責任者と従事者の名簿を報告し、上演台本を外国語に翻訳して租界当局の審査を受けねばならなかった。当時、大部分の演劇人が上海を離れることを余儀なくされたが、于伶（一九〇七～一九九七）、阿英（一九〇〇～一九七七）など一部の左翼系話劇人は上海に残り、周信芳もまた上海の舞台に立ち続けた。

一九三八年七月、フランス租界において上海劇芸社が正式に成立すると、一九三九年に彼らは、阿英が「魏如晦」の筆名を用いて書いたもうひとつの『明末遺恨』を上演する。この劇はもとの題名を『碧血花』といい、内容は周信芳のものとは異なる。しかし、租界当局の審査を通過するために題名を改め、周信芳の京劇を改編上演するように見せかけ、阿英の名前も筆名に変えたという。(20)

この二作は劇種、プロットや人物などまったく異なるものの、しかし広告戦略や人脈において、やはり潜在的なつながりを見出すことが可能である。次に、両者が「孤島」に共存したという視点から当時の報道を整理し、両者の接触と関係性について見ていきたい。

二　もうひとつの『明末遺恨』――『碧血花』

話劇『明末遺恨』[21]は一九三九年十月二十五日に初演され、当日の『申報』広告には「明末遺恨すなわち『碧血花』」、「平劇『明末遺恨』と決して同じものにあらず、より緊迫し人を感動させる！」、「かよわい娘が賊を罵り節に殉じ、悪党は恥じ入る　好男子が悲憤慷慨、義のために死し、懦夫は慚愧に堪えず」などの文句が見える[22]。『明末遺恨』の題名を用いながら、広告には明確に「平劇」との違いを謳い、しかし周信芳や張善琨らの賛助と指導に対する謝辞も同時に掲載されている[23]。また、ヒロインには中国旅行劇団の唐槐秋の娘唐若青を客演に招いたことが伝えられるなど[24]、これら一切は読者の興味をかきたてたであろう。脚本を執筆した「魏如晦」こと阿英は、同日の紙面に「碧血花公演前記」を発表し、この題材を選んだ理由を次のように述べる。「もはや二年前のことだが、ある夜、欧陽予倩兄の作った改良平劇『桃花扇』を見に行った。劇場で、李香君という伝奇的な人物を再び学んだことにより、『板橋雑記』の中に、香君よりもさらに積極的な人物がいることを思い起こした。まず浮かんだのは、死してなお不屈の、舌をかみ切って血を浴びせかけた葛嫩である[25]」。

一九三九年に話劇の舞台にあらわれた「戦闘する女性」という女性叙事のモチーフには、上掲の「改良平劇」『桃花扇』のほかに、同年二月に封切られた映画『木蘭従軍』[26]の影響もあると考えられる。父に代わって男装して従軍し、戦功をあげて勝利した後、帰還し女性の姿に戻る、というこの北魏の民間歌謡をもとにした伝説の女性は、「孤島」期の映画において「愛国」の「新女性」として描かれた。のみならず、上海、重慶、日本など政治状況の異なる地でさまざまに読み替えられ、各地で受容されるという興味深い「越境」の現象をも巻き起こしている。(27)

映画『木蘭従軍』は封切りから連続八十三日間上映され、当時の上海映画界の興行成績記録を作ったという。(28)『申報』一九三九年八月四日の記事では、同年上半期に製作された新作映画のうち十分の三が「古装片」であると報道されるが、(29)一九四〇年三月十九日の記事においては、国産映画が「古装片」一辺倒となる様子が述べられる。「近年来、上海では環境のせいかもしれないが、大部分の国産映画がみな「古装片」という以前ならまったく思いも寄らなかった路線に走っており、とりわけこの一、二年来は、ほとんど「古装片」が世界を独占している！「古装片」では、またほぼすべてが「女性」の身辺に考えをめぐらせており、これはむろん極めてゆゆしきことである」。(30)話劇『明末遺恨』はまさにこのような「古装」、「女性」といった題材が流行する中で作られた作品であった。

上海劇芸社は『明末遺恨』に先がけ、『花濺涙』のような同時代の「舞女（踊り子）」を題材にした作品、『賽金花』のような「救国の名妓」を描く作品を上演している。秦淮の名妓葛嫩娘が桐城の名士孫克咸について従軍し、清の将軍博洛に捕らわれた後、舌をかみ切って血を浴びせるというプロットを持つ『明末遺恨』もまた、「救国の名妓」を描く女性叙事に属するといえるだろう。同作は初演から三十三日間、六十四ステージ連続上演され、連日満席で幅広い層の観客がつめかけ、「孤島」期話劇の記録を達成したと報道される。(31)他の女性を描く作品と比べ、『明末遺恨』がこれほど人気を博した理由について、『良友』の記事は次のように述べる。

これほどまでに大きな影響力を持つことができたのは、俳優と脚本の時代性のほか、この劇の劇作術が、過去の話劇が踏襲してきた西洋劇の劇作術から脱却し、一種の新たな「中国風」を創造したためである。またかつての劇が、もっぱら人物の物語を中心としていたのとは異なり、完全に社会全体の動態をプロットとし、段階的に発展させている。そのためこの劇の上演後、演劇界では大きな動揺が起き、平劇においてはとりわけはなはだしく、一般の観客で最高時には一人で十回以上も見たものがいると記録している。この劇はもとから有していた話劇の観客を吸収したのみならず、さらには平劇の観客、文明戯の観客、地方戯の観客といった諸方面に発展した。すなわちこれまでは話劇を見ず、映画を見なかったにもかかわらず、前例を破り見に行った人も少なからずいたのである。[32]

注目に値するのは、話劇『明末遺恨』に「平劇」、「文明戯」、「地方戯」の観客が集まったという点である。話劇『明末遺恨』と周信芳の『明末遺恨』の間には、題名を借用したのみならず、同じく歴史劇であるといった共通点により、観客層の重複が見られた。また、劇評においても両者を比較する視点をしばしば見出すことができる。

しかし『明末遺恨』〔引用者注：話劇を指す〕の全体の構成は、演劇の新たな作風を創造した。この作風の本質は、より写実主義的である。〔中略〕すなわち、この劇には系統だった物語があるわけではない。この劇の各幕は、ほとんどそれぞれが独幕劇として成り立つほどである。[33]

まず、話劇『明末遺恨』が話劇や映画を見ない層に受け入れられた理由の一つに、各幕が独幕劇のように独立していたという点があげられるだろう。また、そのような脚本の構造は、『良友』の記事が指摘するように「社会全体の動態」を描くものとなり、周信芳の『明末遺恨』と比較して「大衆」を描くと述べた劇評もある。

話劇の『明末遺恨』は、一方では民族の正しい気風を表し、もう一方では邪な醜態を描き、これはかつての雑劇の及ぶところでないばかりか、皮黄劇の『明末遺恨』もまた、いまだ及ばざるところである。というのも、話劇が描くのは大衆で、宮廷の中の帝王ではなく、孫三と葛嫩を単独で描くわけでもないからである。[34]

同様に、梯公「推薦新明末遺恨」は、「皮黄」批評家に対して話劇『明末遺恨』を観劇し、その経験と発見を京劇界にも広めるべきだと主張する。

周信芳のセリフに「商女は知らず亡国の恨み、江を隔てて猶唱う後庭花[35]」がある。嫩娘のセリフにもこの二句があり、蔡如蘅のセリフにおいてすらこの二句が叫ばれ、しかし観客に三種の異なる反応をもたらす。／／これまでのところ、皮黄において『明末遺恨』よりも有意義な作品は見いだせない。だが、魏如晦氏の新作は、間違いなく前者より少なくとも十倍の力強さを具えている。／／その原因は、崇禎帝と我々庶民との間の距離が、いささか疎遠であるからである。しかし我々は孫克咸になり、葛嫩娘になり、少なくとも一人の馬金子になることならできる。〔中略〕私はいっそう熱烈に皮黄の批評家に対して希望したい。前例を破り、一度話劇『明末遺恨』を見に行き、音韻、節回し、身のこなし、言葉遣いのほかにも、新たな萌芽を発掘し、しっかりと持ち帰って皮黄の園に散布していただきたいのだ。[36]

梯公の劇評は、彼をはじめとする知識人が周信芳の『明末遺恨』を「国防戯劇」の範例と見なしていたことを考慮すると、「広大な民間に深く入り込むことができない」とされた話劇に、「大衆」への訴求力という新たな可能性を見出したものといえる。実際、梯公こと胡治藩は周信芳や、後に胡の妻となる金素雯ら京劇俳優と、桑弧、唐大郎といった映画人やジャーナリストとともに、話劇『葛嫩娘―新明末遺恨』を上演しようとしたという[37]。

また、梯公の劇評で注目に値するのは、「商女は知らず亡国の恨み、江を隔てて猶唱う後庭花」という二句を、妓女である葛嫩娘が口にした際の効果について指摘している点である。周信芳の『明末遺恨』では、この二句は原義の通りに用いられ、宴会中の舅に太子を託そうとして門前払いを食わされる崇禎帝の嘆きとして語られる。一方、話劇『明末遺恨』では、同じ二句を清に投降する奸臣蔡如蘅に浴びせられた葛嫩娘が、次のように言い返している。「もし私たちがここで唱い奏でるのを、「知らず亡国の恨み」とおっしゃるのでしたら、では蔡の旦那様、あなたがたの一団のように、事ここに至ってもなおお庭で駆けまわっているお大臣がたは、一体何をしておられるのでしょうか？[38]」

「商女」たる葛嫩娘自らがこの二句を用いて奸臣をやりこめる場面は、主客の転倒の可笑しみを生み出し、ヒロインが「古装」の「女性」、すなわち本来は貞淑に描かれるべき旧時代の人物であるからこそ、その内面の「新女性」ぶりは観客の溜飲を下げる効果をもたらしたであろう。

先述した通り、周信芳の『明末遺恨』が一九三七年の時点で占領による男性アイデンティティ剥奪の意味を内に含んだとき、一九三九年の映画『木蘭従軍』における「男装の麗人」花木蘭と、話劇『明末遺恨』における「救国の名妓」葛嫩娘の出現は、それぞれ男性アイデンティティの喪失を補う役割を果たしたといえるのではないだろうか。ただし、未婚の少女が男装し、女装に戻って結婚する『木蘭従軍』とは異なり、妓女が女性の姿のまま軍装する葛嫩娘の場合、その人物造型が「葛嫩娘の性格は一面的に発展しており、彼女には男性の勇ましさが必要なだけでなく、同時に女性の本領もまた具えているべきである。しかし舞台上の演技を見ると、この点はなし得ていない[39]」と評され、「女性の本領」が求められているのは興味深い。『木蘭従軍』が戦闘し自由恋愛もするが、父権イデオロギーから逸脱しない「新女性」を描いたとすれば、話劇『明末遺恨』では本来父権社会の外側にいる「妓女」を、敵の辱めを受ける前に自決する「烈女」として描くことにより、性的想像と女性叙事の要素をプロットに含みながらも、それらを抗戦、愛国の物語に回収している。

「周信芳の『明末遺恨』を見るとき、一代の帝王のこのような末路は人に涙を流させるだろう。しかし『碧血花』の葛嫩が舌をかみ切り賊を罵り、また孫克咸が泰然として義のために死すのを読めば、人に憤慨させるのみである！[40]」という公演初日の『申報』に掲載された宣伝文が示すように、「孤島」期上海の初期には、涙する男性主人公から抵抗し戦闘する女性主人公へ、そして京劇から映画、話劇へという抗戦メディアの内容と種類にまたがる変化が見られた。そのことに意識的であったのは、それら複数のメディア間の相互接触を促す役割を果たした当時のジャーナリストであり、彼らの新聞雑誌への寄稿を通して、この意識は読者および観客にも浸透し、共有されたことがうかがわれるのである。

三　「孤島」期上海演劇の接触と境界

1　「孤島」内外の声

上述した「孤島」期上海の初期の状況を、「孤島」内外の演劇、映画界あるいは新聞雑誌上において発言権を有していた知識人は、どのようにとらえていたのだろうか。

まず、「孤島」期上海における話劇活動の代名詞ともなった「此時此地」の困難をめぐる、夏衍（一九〇〇～一九九五）の見解を確認しておきたい。一九三九年、香港から上海の于伶にあてて書かれた文章の中で、夏衍は「孤島」期上海の話劇が脚本のプロットやストーリーを重視し、演出や演技を軽視しているために、かえって脚本不足の状況に陥っていると指摘する。(41)

于伶によれば、一九三九年下半期の上海劇芸社はたしかに脚本不足に陥っていた。(42) 一九三九年九月一、二日の『申報』では、于伶は『花濺涙』の再演に際し、「第二次上海事変」以降、租界の厳戒態勢が強化されたため、度重なる上演中止や上演時間の短縮などの問題が起きたことに触れている。(43)

この時期の上海における「此時此地」の困難とは、左翼系話劇人の目指す抗戦活動と興行成績の矛盾にあったことが、一九四〇年に発表された「一年来孤島劇運的回顧」という一文からうかがえる。

「孤島」における畸形的繁栄によって育まれた娯楽場所の激増は、いたるところで人を驚嘆させるほどだ。その上劇場主の「商売の眼」と左翼戯劇運動〔引用者注：原文は「劇運」〕の従事者の「劇運の眼」は、ときに矛盾する。劇場主は客が入りさえすればよく、低級かつ色情的な内容で観客を麻痺させ、客観的には観客に血なまぐさい現実を忘れさせ、淫靡な世界に没入させるのだ。こうしたことがすべて、「孤島」における劇運が容易に展開できない逆流と障害を形成している。(44)

上記の「回顧」では、とくに「歴史劇問題」という一節を設け、話劇『明末遺恨』の主たる成果として「大量の旧劇の観客を話劇の劇場に来させることに成功し、同時に演劇の大衆化における旧形式の利用という点からいえば、一定の経験をおさめた(45)」と、同作が観客層を拡大したことを評価している。

話劇以外の劇界の様子はどうだったのであろうか。一九三九年、京劇の愛好者向け雑誌である『戯迷伝』に掲載された「海上有関於戯劇的一切」という一文では、京劇、話劇、越劇、申曲のそれぞれの状況を以下のように伝える。

〔京劇〕上海が孤島となって以来、梨園の営業は、商売上の利益が三倍にならないところはなく、人々が密集し、平時に比べて数百万人も激増したため、歌を聴く者もいつの間にか増加し、加えて内地の富裕者がみな上海に避難し、このこともまた劇場の商売が発達したもっとも有力な原因である〔中略〕共舞台の『火焼紅蓮寺』はもはや継続して演じることはないという。というのも、毎回の中に挿入〔引用者注：原文は「穿插」。雑技や武術などの要素を挿入すること〕を入れて変化をつけようとすると、材料は日ごとに枯渇する。趙如泉の一行を上海に招くという確聞の後、『紅蓮寺』の三文字はもはや上海の人々の話題にのぼることはなく、他日必ずや新しいギャグ〔原文は「噱頭」〕が出現するに違いない。卡爾登では三本『文素臣』を上演するという。その広告はまた「作風を大いに変える」ことを表明し、この劇場が作風を大いに変える必要があると自覚していることがうかがえる。

〔話劇〕上海の話劇は、その意識と作風は京朝派の旧劇とは大いに異なり、また海派新戯とも同日に談ずることはできず、観客は実際のところ知識人が多く、上海の一切の演劇とはまったく別の境地、独自の一派を形成している。もし脚本が日ごとに増え、劇作術も日を追って向上すれば、その発展も見込みがあるだろう。

〔越劇〕越劇は昨年、一世を風靡し、そのうち一娟三花〔姚水娟、施銀花、趙瑞花、王杏花の四大女優〕の才能はまた人口に膾炙した。しかしよいことは長続きせず、越劇の鋭気は、今では次第に衰退を見せている。

〔中曲〕中曲はかつて、もとより劇場を独占する勢力ではなかったが、近年では南方の人々はただ中曲のみを好むため、その勢力は日を追って膨らんでいる。おそらくその物語が婦女子の習知するところであり、言語やしぐさが南方人の習慣に近いためであろう。(46)

これら複数の雑誌記事からは、まず左翼系話劇人の直面していた「此時此地」の困難と、それを取り巻く「孤島」期上海劇界全体における話劇の状況の特殊性を指摘できる。その一方で、「孤島」期上海に流入してきた富裕層の避難民により、京劇は隆盛するが、「穿插」、「噱頭」といった荒唐無稽なプロットやギャグに頼った共舞台の演出は飽きられ始め、周信芳の出演していた卡爾登大戯院が風気を一新しようとしていたこと、また新興の劇種である越劇や中曲の興亡をうかがうことができるだろう。では、「孤島」の外側からは、この時期の上海劇界はどのように見えていたのだろうか。

一九四一年、桂林で編集された雑誌『戯劇春秋』に、田漢が重慶で記録した「戯劇的民族形式問題座談会」が掲載される。(47) その中に、「孤島」期上海を二度訪れた施白蕪（一九〇四〜？、施冰厚）の発言があり、天津新大華通訊社社長であった彼は、上海の演劇について次のように回想している。

そのような環境において正面から敵に抵抗する脚本は容易に上演できず、「石圧すれば筍は斜めに出づ」の道理に従い、上海の演劇界ではいわゆる古装話劇が流行している。私が見たものに阿英の『明末遺恨』があり、物語は葛嫩娘を中心としている。〔中略〕この種の新形式は、新興の話劇の手法により、我々の今日の政治的需要に照らして歴史題材を処理したものであり、孤島においてはむろん非難の余地のない賢明な方法である。しかし、大体のところ、やはり上層の観客は受け入れることができるが、一般市民層は歴史物の衣装を着ているのに動作に拍子がなく、セリフが多すぎ、プロットは盛り上がりを欠き、緊迫感がなく、そのため興奮のしようがないとおおむね思っている。(48)

ここでは話劇『明末遺恨』は、「孤島」内部で評価されているほど「一般市民層」に支持された作品ではなく、「上層」の観客にのみ受容され、古装であるにもかかわらず動作に京劇のような打楽器による拍子がなく、セリフに頼るために冗長である点が指摘されている。
また、続く発言において彼が「孤島」内部の、とりわけ知識人からは軽視されていた「老戯」についても言及し、高い評価を与えていることは注目に値する。

老戯も非常に活気がある。今年の八月に私は大舞台で林樹森らの『神仙剣俠伝』を見た。ある場面では清兵が山海関内に入り、江陰城を砲撃するところを描き、機械仕掛けの大がかりな舞台装置〔引用者注：原文は「佈景機関」。「機関佈景」に同じ〕と音響の用い方がすこぶる巧妙であった。〔中略〕女優が多く、演技は幼稚、幕の分け方も乱雑、物語は系統だっていないが、しかし効果はやはりよく、一本の芝居を一ヶ月上演しようとしていた。というのも劇の中には反売国奴〔原文は「反漢奸」〕についての強烈な内容が含まれ、つまらない機械仕掛けの舞台装置も、反売国奴の内容を強調したために効果が特に大きかったのだ。とりわけ注目に値するのは、吶喊の効果であり、かつてはまだ旧式の美学による調子があったが、ここでは完全に写実的な「騒音」（Noise）であった。平劇も一歩一歩変化していることがうかがえよう。(49)

施白蕪によれば、「孤島」期の上海においてはありふれて「つまらない」と見なされるはずの演出が、「反売国奴」を描くという内容において「写実」という評価が下され、京劇の変化として語られている。ほかにも、京劇が「孤島」の鬱屈した観客の要求にこたえ、「反売国奴」を売りにしていた例として、『西遊記』の中に本来の物語とは無関係な「祖国を売り渡す奸賊め！」といった時局にかなった台詞が挿入されたことが、「ここにいたると一階席の観客は熱狂的に拍手し、下層の観客は口笛を鳴らして狂騒した」と述べられている[50]。

このように、「孤島」内外において、話劇と京劇に与えられる評価は同様に「抗戦期演劇」という軸を持ちながら、明らかに異なっていた。それは、「此時此地」の困難を共有しているかどうかに起因すると考えられるだろう。

例外的に、「孤島」内外から一致した評価を得ているのが周信芳の京劇である。

信芳の政治認識は明確であるとはいえないが、しかし彼は一人の民族感情にあふれた芸術家であるといえる。もし彼に十分な自由があれば、我々により多くの芸術上の満足を与えてくれるだろう。ただ、彼は『明末遺恨』でさえ自由に上演できない環境にある〔中略〕私は、彼が自身の筋肉で観客の感情を支配していることに気づいた。観客の呼吸は、彼の筋肉の伸縮につれて、はりつめたり緩んだりさせられる。〔中略〕これらはみな、古い形式を墨守し追随するうちに真の感情を完全に忘れてしまう、並の俳優のなし得ることではない。信芳の芸術は、美と感情を統一させたものだといえよう[51]。

「美と感情を統一させた」という表現によって示されるのは、一―一において述べた周信芳の演技に含まれる現代性であり、施白蕪の見解に従うなら、「孤島」期初期の上海劇界においては、周信芳の京劇こそがもっとも「抗戦期演劇」としての機能を果たしていたと評価することも可能だろう。この施白蕪の「孤島」体験は、「今日旧劇の玄人はより謙虚に大胆に新しい思想、生活を受け入れるべきであり、旧劇の改革に興味を持ち大望を抱くのなら、その形式をより深く確実につかむべきである[52]」という主張に帰結していくのである。

2 「改良」のスローガン

最後に、「孤島」期上海の話劇以外の演劇の状況に目を向けてみたい。一―二で述べたように、一九三六年にはすでに京劇に対し、「国防戯劇」たるべく「改良」を求める声が上がっていた。また、そのような声に応じるため、周信芳の出演する卡爾登大戯院では従来の上海京劇の風気を一新したと伝えられるのは、先に見た通りである[53]。

一九三九年、左翼系話劇人の議論と研究の場であった雑誌『劇場芸術』には、周貽白（一九〇〇～一九七七）による「皮黄戯為什麼要改良？」という一文が掲載され、「皮黄劇がもし改良しなければ、たとえあからさまに排斥されなくとも、自然の淘汰を受けるだろう」と、「改良」のスローガンを京劇につきつけた[54]。

「孤島」期上海において、「改良」のスローガンに直面し、また自らも「改良」をめざし、抗戦期における現代性を獲得しようとした演劇は、京劇に限らない。一九三八年の『申報』には、文明戯の「改良」の様子を伝え、話劇関係者およびジャーナリストに接触を呼びかける以下のような記事が掲載される。

新新公司がこの団体〔引用者注：大中華劇場〕のもとの陣容を招き、緑宝劇場を成立させた後、形式的には話劇を上演する麗しい小劇場が完成した。とりわけすばらしく奇特なのは、若干の向上心あつい俳優（たとえば責任者の陳秋風、劉一新など）がなんと幕表制〔固定した脚本がなく、大まかなプロットにあわせてアドリブで芝居をする方式〕の廃止を力強く主張し、すべて対話による正式な脚本に改めた点である。このやり方は全体の俳優を苦しめた。実のところ、彼らはみな文明戯を演じ慣れ、達者な話術に頼っているため、舞台上でからかうのはお手の物だが、脚本をよく読み個性を保ち、舞台の上でまじめに事を行おうとすると、苦痛でないことがあろうか！〔中略〕話劇と文明戯の違いは、幕表と台本の別のみならず、話劇のとくに重んずるところは、それぞれの脚本に中心となる思想、一つの主題があることだ〔中略〕あらゆる芸術は時代を推進する道具であり、演劇はとりわけそうである！　緑宝劇場の公演する脚本は物語がないわけではなく、構成がないわけでもなく、個性がはっきりしないわけでもない。ただある一点、もっとも重要な一点が欠けており、主題がない――演劇の魂がないのだ〔中略〕私はこの一篇の短文をもって話劇批評家の注意を喚起し、旧形式が戦闘の宣伝道具とされる今日、この規模を具えた緑宝劇場は重視されるに値するとここで提唱したい。批評に値しない対象を批評し、批評の激励と指摘によってそれを進歩させること、それこそが今日旧形式を利用することを提唱する批評家の現実的な仕事なのだ！[55]

ここで述べられるように、緑宝劇場の文明戯は、プロットのみを頼りにアドリブで進行する「幕表制」を廃し、俳優が脚本に固定されたセリフを覚えるなどの「改良」を行っていた。そして文明戯の側からは、こうした「話劇化」した文明戯を、話劇の「大衆化」を目指す話劇界とジャーナリズムに注目してほしいという希望があったことがわかる。

しかし、結局のところ、話劇と文明戯の間には観客層の棲み分けがあり、上海の左翼系話劇人は文明戯とその観客層を重視していなかった[56]。一九四〇年には、阿英（魏如晦）と周貽白が文明戯の脚本執筆に従事するという報道[57]や、天津から上海に来た話劇演出家黄佐臨が緑宝劇場で観劇し、俳優の演技を評価したといった報道[58]も見られるが、いずれにしても、両者の間に「改良」のスローガンをつきつける側とつきつけられる側という主客の関係があったことには変わりない。

同様に、崑曲、越劇といった劇種にも改良を求める声があがっており[59]、新興の劇種である越劇については、「改良申曲を推進する新芸人戈戈[60]」による申曲改良に倣うべきとの提言が新聞紙上に掲載される。こうした話劇、京劇以外の劇種にとっては、申曲が「改良」の先駆者と目されており、申曲界もまた第三の勢力としての自負を持ち、映画から演目を移植するなど、「申曲の映画化」といった路線を目指していた[61]。

左翼系話劇人、および新聞雑誌において発言権を持つジャーナリストら知識人により、「孤島」期以前から唱えられてきた「改良」のスローガンは、周信芳の京劇において、話劇以外の劇種が現代性を獲得するという形で実現され、方向性を示したといえるだろう。周信芳のなした「改良」が、思想や演技における話劇、映画の方法の吸収であったという点に着目すれば、同様の路線を目指した申曲が京劇の後を追ったという見方もできる。抗戦期を背景とした「改良」のスローガンの提唱は、「孤島」期上海に共存する多種多様な演劇、そして多種多様なその観客たちの間に、潜在的な境界と接触の関係を作り出したといえるだろう。

おわりに

本稿では、ふたつの『明末遺恨』を中心に、「孤島」期上海の劇種間の関係性を、同時期の新聞雑誌記事から読み解くことを試みた。「孤島」に共存した京劇と話劇の『明末遺恨』は、異なる劇種が「抗戦期演劇」として接触したことの事例といえるだろう。さらに、このことは、『木蘭従軍』や『秋海棠』など、まったく同一の演目を映画や異なる劇種間で共有するという、抗戦期上海にしばしば見られた接触現象とは、また違った意味を持つのではないだろうか。

涙する男性主人公（亡国の皇帝）から抵抗し戦闘する女性主人公（妓女）へという変化は、内容面においては「大衆」に歩み寄るという意味で、京劇に対する話劇の優位性を示している。その一方で、話劇が京劇のような歴史劇を題材とすることにより、その観客層を取り込もうとしたという、両者の錯綜した関係をもあらわしている。

同時期に「抗戦期演劇」を牽引する存在であった左翼系知識人、および各劇種の愛好者でもあったジャーナリストら知識人は、それぞれ「改良」のスローガンを唱え、新聞雑誌上に意見を表明することで、こうした劇種間の接触を促した。しかし、この「改良」という新たな評価軸の導入によって、同時期の各劇種間、および同一劇種内には、境界もまた作り出されたのである。

「孤島」期上海においては、抗戦活動が制限される中でいかに戦闘する像を見せるかといった課題が、劇種を問わず、あらゆる演劇に求められた。また「孤島」内外の関係性においては、「孤島」内部の劇界全体が、外部に対して戦闘する像を見せねばならなかったともいえる。こうした「孤島」期上海の抑圧された状況下で、潜在的に生み出された劇種間の境界と接触の関係は、一九四一年十二月八日、太平洋戦争が始まり租界が日本軍に占領されると、女性叙事の流行とともに新たな展開を見せる。今後はそれぞれの劇種内の動向と劇種間の関係性をより詳細に検討すること、そして「孤島」期終焉後の変化についても劇種の接触と境界という視点から再考することを、課題としていきたい。

＊本稿は、国立台北芸術大学戯劇学院『戲劇学刊』第十九期（二〇一四年）に発表した中国語論文「「孤島」時期上海跨劇種的互動關係—兩種《明末遺恨》及「改良」之口號」に加筆修正を行った。
＊本研究は、科研費 23720076、26370405 の助成を受けたものである。

注

（1）編者「游芸界：開場白」、『申報』、一九三八年十一月一日、第十三版。

（2）葛飛『戯劇、革命与都市漩渦――一九三〇年代左翼劇運、劇人在上海』、北京大学出版社、二〇〇八年、胡畳『上海孤島話劇研究』、文化芸術出版社、二〇〇九年、李涛『大衆文化語境下的上海職業話劇：一九三七―一九四五』、上海書店出版社、二〇一一年、邵迎建『抗日戦争時期上海話劇人訪談録』、秀威資訊科技、二〇一一年、邵迎建『上海抗戦時期的話劇』、北京大学出版社、二〇一二年など。

（3）京劇について、中華民国期の新聞雑誌記事では「平劇」、「皮黄」、「旧劇」、「老戯」などさまざまな呼称が用いられるが、本稿では基本的に「京劇」を用い、引用文においては原文の表記に従う。申曲については、一九四〇年代には「滬劇」という呼称が用いられ始めるが、基本的には「申曲」を用いる。

（4）複数の著者が女性叙事と抗戦期上海の演劇を扱った論文集に、姜進ほか『娯悦大衆：民国上海女性文化解読』、上海辞書出版社、二〇一〇年がある。

（5）龔和徳「『明末遺恨』」、『中国京劇百科全書』上巻、中国大百科全書出版社、二〇一一年、五八八―五九〇頁、沈鴻鑫、何国棟『京劇泰斗伝記書叢　周信芳伝』、河北教育出版社、一九九六年参照。

（6）「承恩：陛下、彼らは八ヶ月手当を支給されていないのです。崇禎：朕の府庫は空であるぞ、とうに手当は出していよう！承恩：あなたさまのお手当は毎月滞ったことなどございません、みな彼らの長官が上前をはねているのです。崇禎：なんと、それでは天下も大いに乱れよう！」。『京劇大師周信芳唱片全集』、中国唱片上海公司、『麒麟童真本之八　明末遺恨』、上海戯学書局。

（7）田漢「重接周信芳先生的芸術」、『田漢文集』第十四巻、中国戯劇出版社、一九八七年、四九七頁。

（8）趙丹「周信芳的性格化表演」、『周信芳芸術評論集』、中国戯劇出版社、一九八二年、四二八頁（『周信芳先生演劇生活五十年紀念文集』、一九五二年初出）。

（9）一九二八年から二九年にかけて、周信芳は「士楚」の署名で『梨園公報』紙上に「談譚劇」、「談談学戯的初歩」という文章を発表している。この二篇における譚鑫培に対する評価から、周信芳が人物に対していかに合理的な解釈を行ったかを看取することができる。たとえば、彼は譚鑫培の『斬馬謖』の演技を次のように分析している。「通常、趙雲が登場し、酒を受け取ると、下場門のほうに向きを変え、（左の）内のほうを見やると、武侯は拱手の礼をし、趙雲もまた拱手の礼をし、退場する。老譚の違うところはそこで、すなわち趙雲と武侯の言葉のないところに、心の中で言いたいことや喜怒の態度を表情で表してみせ、趙雲が登場して「丞相」と言うと、武侯は拱手の礼をしてみせるが、面持ちには怒りを隠し、取り繕った偽りの笑顔を浮かべ、向きを変えて文堂（龍套）の捧げる祝賀の酒を受け取ると、恭しく趙雲に授ける」。士楚「談譚劇」、『梨園公報』一九二八年九月二十日、第一版。

（10）作者不詳「田漢為高百歳改編明末遺恨」、『影与戯』、一（十四）、一九三七年、二一九頁、作者不詳「戯劇家田漢改編「明末遺恨」：使旧劇改変成新劇　高百歳王熙春主演」、『影与戯』、一（十七）、一九三七年、二六八頁。実際には高百歳の南京公演には間に合わず、田漢による改編脚本は後に『田漢文集』第八巻（中国戯劇出版社、一九八三年）に収められた。

（11）かつて一九三〇年代の左翼戯劇運動に携わった葛一虹主編の『中国話劇通史』（文化芸術出版社、一九九七年）によれば、中国左翼作家聯盟の解散と「国防文学」スローガンの提唱に伴い、中国左翼戯劇家聯盟も解散する。後に上海劇作者協会が組織され、「国防戯劇」のスローガンを唱え、演劇界の抗日統一戦線組織となった。「国防戯劇」の創作テーマは反帝国主義、抗日、反売国奴であり、芸術形式においては「通俗化」、「大衆化」と方言話劇が提唱された。前掲葛飛『戯劇、革命与都市漩渦――一九三〇年代左翼劇運、劇人在上海』は、「国防戯劇」の重要な成果と見なされた『賽金花』が、「妓女（舞女）＋国防」のモデルを作りだし、大量の後継作品を生み出したことを指摘する（一九六―一九七頁）。

（12）白雪「劇壇：改良旧劇　発刊辞」、『戯劇週報』、創刊号、一九三六年十月、二頁。ただし『戯劇週報』全体は、俳優の動向や各地の演劇情報、遊戯場の紹介などを掲載する、「旧劇」の観客を対象とした総合娯楽雑誌であった。

（13）梯公「劇壇：談国防戯劇：請舞台主人少賺洋銭　願梨園同志激発良知」、『戯劇週報』、創刊号、一九三六年十月、四頁。

（14）小珊「劇壇：国防旧劇的実施」、『戯劇週報』、一（八）、一九三六年十一月、一四三頁。

（15）鳳毛「麒麟訊」、『戯劇週報』、一（五）、一九三六年十一月、八八頁。

（16）達生「劇壇：『明末遺恨』和『潘金蓮』」、『新人週刊』、一（二）、一九三六年、五六〇頁。

（17）同右。

（18）騎士「看了『明末遺恨』以後」、『聯華画報』、九（一）、一九三七年、一三頁。以下、引用文中の「／／」は改行を示す。

（19）門外客「明末遺恨哭麒麟」、『語林』、一（一）、一九四四年、八八頁。

(20) 劉強「阿英与《碧血花》」、『戯劇報』、十一、一九八六年、五六―五七頁、前掲邵迎建『上海抗戦時期的話劇』、四一頁参照。
(21) 魏如晦編劇、呉永剛演出、客演：唐若青（葛嫩娘）、劉瓊（鄭成功）、趙恕（余澹心）、厳斐（金子）、璇宮劇院上演。
(22)『申報』、一九三九年十月二十五日、第十版。
(23) 同右。
(24) 魏如晦「碧血花公演前記」、『申報』、一九三九年十月二十五日、第十版。
(25) 同右。
(26) 欧陽予倩編劇、卜万蒼監督、陳雲裳主演（花木蘭）、美商中国聯合影業公司・華成製片廠。中国聯合影業公司と華成製片廠は、いずれも張善琨の創設した新華公司の子会社である。
(27) 戴錦華『中国映画のジェンダー・ポリティクス――ポスト冷戦時代の文化政治』、御茶の水書房、二〇〇六年、晏妮「伝説のヒロインから国民の表象へ――『木蘭従軍』の受容の多義性をめぐって――」、『映像学』、七四、二〇〇五年、同『戦時日中映画交渉史』、岩波書店、二〇一〇年、鷲谷花「花木蘭の転生――「大東亜共栄圏」をめぐる日中大衆文化の交錯」、池田浩士編『大東亜共栄圏の文化建設』、人文書院、二〇〇七年参照。
(28) 傅葆石著、劉輝訳『双城故事――中国早期電影的文化政治』、北京大学出版社、二〇〇八年、四三頁。
(29) 徳恵「半年来上海各影業公司的出品」、『申報』、一九三九年八月四日、第十六版。「古装片」とは、「古装」すなわち古代の服装を模した衣装を用いる時代劇映画、歴史物映画を指す。
(30) 包復興「関於国片的建議」、『申報』、一九四〇年三月十九日、第十二版。
(31) 作者不詳「上海劇芸社演出之「明末遺恨」：編劇者魏如晦：導演呉永剛」、『劇場芸術』、二（一）、一九四〇年一月十日、華「明末遺恨」上銀幕：更名「葛嫩娘殉国」：張善琨親自導演」、『申報』、一九三九年十一月三十日、第十二版、華「轟動上海市民的一齣（齣）愛国史劇：明末遺恨」、『良友』、一四九、一九三九年、三四頁。『劇場芸術』、二（一）所収の「孤島戯劇浪花報道」には、三十五日間連続上演との記載も見える。
(32) 前掲「轟動上海市民的一齣愛国史劇：明末遺恨」。
(33) 毀堂「歴史与現実」、『戯劇雑誌』、三（五）、一九三九年、一五三頁（『上海週報』初出）。
(34) 剣廬（周貽白）「話劇与皮黄的明末遺恨比較観」、『戯劇雑誌』、三（五）、一九三九年、一五四頁（『大美晩報』初出）。周貽白

「明末遺恨」：話劇与皮黄的比較観」、『新芸戯劇叢書之一：碧血花：一名「明末遺恨」又名「葛嫩娘」』、国民書店、一九四〇年、一九四頁。
(35) 杜牧の七言絶句「泊秦淮」による。
(36) 梯公「推薦新明末遺恨」、『申報』、一九三九年十一月七日、第十二版。
(37) 胡思華『大人家』、上海人民出版社、二〇〇七年、一四六頁。
(38) 魏如晦『新芸戯劇叢書之一：碧血花：一名「明末遺恨」又名「葛嫩娘」』国民書店、一九四〇年、二八頁。
(39) 前掲毀堂「歴史与現実」、一五三頁。
(40) 天問「介紹「明末遺恨」」、『申報』、一九三九年十月二十五日、第十版。
(41) 夏衍「論『此時此地』的劇運　覆于伶」、『劇場芸術』、一（七）、一九三九年、一―二頁。
(42) 于伶「戯劇上海一九四〇年」、『劇芸』、一九四一年、一三頁。
(43) 于伶「「花濺涙」重演感言（下）」、『申報』、一九三九年九月二日、第十六版。
(44) 李宗紹「一年来孤島劇運的回顧」、『戯劇与文学』、一（一）、一九四〇年、一二頁。
(45) 同右、三二頁。
(46) 側帽客「海上有関於戯劇的一切」、『戯迷伝』、二（四）、一九三九年、一七頁。
(47) これは実際には座談会ではなく、戦火の折、重慶で会議を召集することが困難だったため、田漢が一人一人の発言者のもとを訪ねてインタビューを記録し、座談会の形式に編集して発表したものである。杜宣「田漢同志和『戯劇春秋』」、『戯劇芸術』、Z1、一九七九年、一三二―一三三頁。
(48) 施白蕪「戯劇的民族形式問題座談会：中会　田漢記録」、『戯劇春秋』、一（四）、一九四一年、一三頁。
(49) 同右。
(50) 同右、一三―一四頁。
(51) 同右、一四―一五頁。
(52) 同右、一五頁。
(53) 一例をあげれば、一九三八年十一月の『申報』に、周信芳率いる移風社が『趙五娘』の一場を削除したことについて、「この場面はもともと滑稽で調子がよく、人を笑わせることによって悲劇の雰囲気を調節するが、しかし現在では悲劇の緊迫した局面でそれを緩ませることは許されない」と回答したとの記事が掲載される。海「「趙五娘」的「大小騙」：麒麟童説明不演的理由」、『申報』、一九三八年十一月三日、第十三版。

(54) 周貽白「皮黄戲為什麼要改良?」、『劇場芸術』、一(八)、一九三九年、五頁。

(55) 新石「游芸界：話劇的霊魂(下)：論緑宝劇場」、『申報』、一九三八年十二月十二日、第十五版。

(56) 楊柳「話劇在上海的前途」、『申報』、一九三九年九月二十六日、第十四版。

(57) 前掲李宗紹「一年来孤島劇運的回顧」、一六頁。

(58) 前掲李涛『大衆文化語境下的上海職業話劇：一九三七―一九四五』、一二九―一三〇頁。

(59) 宋瑞楠「改良崑曲之我見」、『申報』、一九四一年三月十二日、第十二版。

(60) 未人「越劇：棄旧條規・走新途径：戈戈発表意見」、『申報』、一九四一年八月八日、第十二版。申曲の改良と「戈戈」については、三須祐介「曲から劇へ――上海滬劇社という経験――」、王徳威ほか編『帝国主義と文学』、研文出版、二〇一〇年に詳しい。

(61) 茜蒂「談談今日的申曲界」、『申報』、一九四一年六月八日、第十二版。

第19章　一九四九年の語り方

龍應台『大江大海一九四九』における物語への欲望

濱田麻矢

全く違う。確かに、彼女は美しかった。彼女は静けさを好み、彼女は肺病で亡くなり、そして彼女の死を悼まぬ者はいなかった。しかし……全く違うのだ。（張愛玲《花凋》）

一　龍應台という事件

二〇〇九年に出版された龍應台『大江大海一九四九』（以下『大江大海』とする）は、人口二千三百万の台湾で発売後一年半にして四〇万部を売り上げ、「大江大海一九四九」を呼び起こした。ここで論ずる民国百年増訂版は、第三版にしてなおも二〇一一年のベストセラーに名を連ねている。[1] 作者、龍應台の著書が日本語に翻訳されたのは初めてのことであり、日本ではあまり馴染みのない名前なので、まずは少し整理しておきたい。龍應台、「龍（中国人の象徴）が台湾に應じる」と読めるこの印象的な名前は本名である。彼女は一九五二年に高雄の眷村（大陸からやってきた国民党の軍人が集団で生活する村）で生まれた。父（龍槐生）も母（應美君）も、『大江大海』で詳しく述べられている通り、国共内戦時に大陸から台湾に渡ってきた外省人である。名前の通り台湾で生まれた應台は成長後アメリカに留学し、台湾各地やドイツで教鞭を執った後、戒厳令下の台湾で「中國人、你為什麼不生氣？（中国人よ、なぜ怒らないのか）」と社会に対する率直な怒りを表現した評論を『中国時報』に発表している。一九八五年にそれらを集め、『野火集』として出版した単行本は四ヶ月で十万部を売るベストセラーとなり、龍應台という人物を台湾に広く知らしめた最初の一冊となった。

一九九九年には当時の台北市長馬英九の招聘に応えて台北市の初代文化局長をつとめている。その職を二〇〇三年に辞した後、しばらく香港に滞在していたが、二〇一二年から二〇一四年まで再び総統・馬英九の招請に応えて中華民国の初代文化部部長、日本で言えば文科省大臣にあたる職についていた。その著作は『野火集』や「文明で私を説得してください――胡錦濤氏への公開書状（請用文明來説服我――給胡錦濤先生的公開信）」（二〇〇六）などの率直な政治的提言、『ヨーロッパにて（人在歐洲）』（一九八八）、『東ヨーロッパから台湾を見る（従東歐看台灣）』（一九九〇）、『香港を思う（思索香港）』（二〇〇六）などの旅行記／文明比較論、『我が子よ、ゆっくりおちついて（孩子你漫漫來）』（一九九四）、『ハイデルベルグで恋に落ちて（在海德堡墜入情網）』（一九九五）、『親愛なるアンドレ（親愛的安德烈）』（二〇〇七）、『眼差しで送れば（目送）』（二〇〇八）などの家族ものに大きく分けることができる。

『大江大海』は、この三つの要素全てを備えた、創作者龍應台の集大成であると言えるだろう。この本は、第一に「一九四九」という中国語圏社会にとって徹底的な一年がどこから来たのか、そしてどこに行ったのかを探ったきわめて政治的な問題を扱った本である。第二に、その政治性にもかかわらず、本書は様々な人々（国民党軍、解放軍、日本軍、ドイツ軍、ソ連軍、そして軍隊に蹂躙された各国の民間人）がたどった運命を等価のものとして綴ろうとする多元的な眼差しを持つ。民国百年版の序では、「なんと、いわゆる敵とはあの時の隣村の少年に過ぎなかったのだ」[2]として「敵」が「敵」である憎悪の所以が無効にされてしまっているのだ。抗日戦から国共内戦という戦争の連鎖を双方向に眺め直そうとする姿勢には、米国やドイツ、香港で培われた多元的な価値観が生かされているのだろう。第三に、何よりもこの本は「ある母親が、十九歳の、もうすぐ徴兵される息子に語った物語」（民国百年版序）として書かれた。要所要所に作者自身のルーツと作者の息子についての物語が書き込まれた「家族の物語」でもあるのだ。本論文もまた、上記に挙げた三つの視点にそってこの著を論じてゆくことにしたい。具体的には、「一九四九」がどのように描かれてきたのか概観した上で、『大江大海』の最大の特徴と思われる「多元的な語り」がいかにして可能になったのか、この語りが何を目指しているのかについて考察したい。その上で、「語り」すぎることの危険性と、「家／国」という枠組みが持つナショナルな欲望について考えたいと思う。

二　『大江大海』における一九四九年の新しさ

馮小剛監督の大ヒット映画『非誠勿擾（狙った恋の落とし方。）』（二〇〇八）に、葛優演じる北京の発明家が徐若瑄（ビビアン・スー）演じる台湾女性とお見合いをする場面がある。「中国が〝陥落〟した頃のことなんだけど」とあどけなく祖父の事跡を語る徐若瑄に、「いやいや、それは〝解放〟としか言わないから」と葛優が口を挟む。「あ、そうなの？」そんなことはどうでもいい、と言わんばかりの徐若瑄。今や、四九年が〝陥落〟だったか〝解放〟だったかという認識の差異は、冗談として中国大陸のフィルムに登場するようになったというわけである。

しかしこの差異が冗談となりうるまでの六〇年間、国共内戦は、中国語文学の主要なテーマであり続けた。まずは両岸でこの「出来事」がどのように描かれてきたか、女性作家の作品を簡単に振り返ってみよう。

葛優のいう〝解放〟を迎えた中国大陸では、スターリン賞に輝いた丁玲『太陽照在桑乾河上』（一九四八）が農村の土地改革を、茹志鵑『百合花』（一九五六）は前線の「すぐこちら側の庶民」を、宗璞『紅豆』（一九五七）は北京の学園生活に訪れた「大陸を去るのか／とどまるのか」という恋人たちの分断を描いている。[3]いずれにおいても、別れや死といった痛みは、〝解放〟を迎えるための犠牲として表象され、その犠牲が大きければ大きいほどに「新中国」への期待と忠誠が高まるよう描かれていた。

では、徐若瑄のいう〝陥落〟はどうだろうか。潘人木は『漣漪表妹』（一九五二）において、平穏だった北京の学園生活に共産党が巻き起こした血腥い学内テロを描いている。北京といえば、聶華苓も『桑青與桃紅』（一九七六）において、北京〝陥落〟時の陰鬱な光景を描いていた。また、張愛玲の『浮花浪蕊』（一九七八）や西西『候鳥』（一九九一）は、どちらも〝解放〟後上海にとどまっていた主人公が、結局〝解放〟後の社会とは自分の存在を許さないのだということに気づき、香港を目指す物語である。上記いずれの小説でも、〝陥落〟後の社会は本音で語ることが許されず、一斉に色彩が消えてしまったように描かれる。これらは原則として「敗者」の「故郷喪失」の物語となった。[4]

これらの作品はフィクション（文学）であるために、そこに一貫した「物語」が付与されているのは当然のことだと言える。〝解放〟の物語においては地主とは敵であるしかなく、アメリカに逃げようと誘う恋人は忌避すべき存在でしかない。〝陥落〟の物語において、左翼学生とは品性の堕落した殺人鬼であり、共産党政府は腹黒い役人の集団となる。五〇年代の両岸の物語において、「敵」の顔は曖昧に塗りつぶされており、その表情を確かめることができない存在になっていた。たとえば『紅豆』と『漣漪表妹』を比べてみたとき、さほど変わらない時代の北京のキャンパスが舞台になっているというのに、それぞれの北京が全く違う色彩に染められていることに気づく。

もちろん、流浪の体験はフィクションの素材だけではなく、自伝にもなりうる。例として、齊邦媛『巨流河』、聶華苓『三生三世』、瓊瑤『我的故事』などを挙げておこう。どれも日本による侵略戦争と、それに踵を接して起こった四年にわたる内戦によって翻弄された女性の自伝である。これらの作品は、流浪の時代の証言であるとともに一人の女性のビルドゥングスロマンでもあるのだが、これらの「自伝／物語」とは、当然ながら「言葉を得た者」――「語るべき物語」を持ち、その物語を語るのにふさわしい言葉をもつ人物が、その人生を内側の視点からたどるものだ。私たちはその過酷な運命に息をのみ、果敢に生き抜こうとする筆者の姿に深い感銘を受けるのだが、この自伝というスタイルは私たちにある完成されたストーリーの形態を予想させざるを得ない。つまり、筆者は生き残り、安全な場所から怒濤の時代を書き綴っているのだろう、ということだ。もちろんここで、自伝作者たちが安全な場所にいることを揶揄する意図は全くない。自伝作者が現在成功者としての生活を送っているからといって、彼女たちの苛酷な経験に対して日本が贖罪されるわけではないことは自明の理である。しかし、上記の自伝を読み終えた時、たとえば『アンネの日記』を読んでいてぷつりとページが途絶えた時に感じるような不安はないはずだ。私たちは〝安心して〟、完成された物語を読み終え、戦争という出来事の外部に無事おりたつことができるのである。

『大江大海』は、一見このような「一貫した物語」を拒んでいるかのように見える。例えば自明に見えていた

「敵／味方」の二項対立が、この書では撹乱される。「もちろん、歴史というものは本来勝者か敗者の側にたって書くものだろう。しかし、同じ出来事に全く違う解釈がなされているときには、やはりその中の含意を考えてみないわけにはいかない。」（一八八）このように、同じ物語の二つの見方が提示されるとき、読者は「正義／邪悪」、「暴力／被害」という常套の枠組みが揺さぶられるのを感じることになる。言うならば、北京をめぐる潘人木の叙述と宗璞の叙述が、ともに同居しているのが『大江大海』なのだ。

たとえば日本敗戦直後、国民党軍兵士として大陸に連れ去られた台湾の原住民の若者二人が、解放軍の捕虜となり、また国民党軍の捕虜となることを繰り返しているうち、いったい自分が誰と戦っているのか分からなくなってしまったというエピソードはその極端な例と言える。「三大紀律、八項注意」というよく知られた中国共産党の「老革命歌」を国民党軍歌だと思っていたという言葉（二五五）からは、理念や理想とは関係なく、戦うために戦っていた、戦わされていた現実が浮き彫りになる。こうした現実は、今までの二項対立に基づいた記述では不可能だったものだ。

こうした視線は、今まで光を当てられなかった戦争の「内部」にも立ち入ることをも可能にする。たとえば一九四八年に半年にわたって解放軍による包囲戦が行われ、少なくとも一〇万人、多く見積もると六五万人が餓死したという長春についての叙述を見よう。

このように大規模な戦争の暴力が振るわれたのに、なぜ長春包囲については南京大虐殺のように多くの学術報告がなされたり、広く伝えられるオーラルヒストリーになったり、一年に一度マスコミでとりあげられたり、大小様々な記念碑が建てられたり、大きく立派な記念館が建てられたり、各方面の指導者が献花したり、小学生が並んで敬礼したり、ネオンサインのもとで市民が黙礼して記念の鐘を毎年鳴らしたり、ということにならないのだろう。なぜ長春という街はレニングラードのように国際的に知られた歴史的都市として様々な小説の題材となり、いろいろな脚本に改編され、ハリウッド映画やインディペンデント系の監督によるドキュメンタリーの題材となって各国の公共放送で放映され、ニューヨークやモスクワやメルボルンの小学生もみな長春の地名と歴史を知っているということにならないのか。三〇万もの人間が戦争という名のもとに無残にも餓死させられたというのに、なぜ長春は、対外的にはレニングラードのような知名度を持たず、国内では南京のように重視されることがないのか。（一六八）

解放軍による長春の「無血開城」、それは直接手を下すことなく数十万の無辜の市民を餓死に至らせるという〝解放〟だった。この戦いの「勝者」共産党がヘゲモニーを握ったため、その事実は糊塗され、曖昧にされ、〝解放〟という言葉だけが一人歩きをしていくことになったのである。「敵」によって蹂躙されたレニングラードや南京の悲劇が繰り返し語られ、物語が再生産されてゆくのにかかわらず、長春で起こったことはそれが「勝者＝味方」によるものだったために全く記憶されていない。ここで著者が戦争を記憶することの形式――学術報告、オーラルヒストリー、記念日の報道、記念碑、記念館、式典、そして小説や映画による物語の再生産――を並べていることは興味深いが、記憶の「物語化」については後述する。

さて、このように共産党という「勝者」による記憶の圧殺が行われていることを指弾する一方で、批判の眼差しは国民党にも向いている。「では『敵』に対して、国民党軍は『慈悲深かった』だろうか。」（一八八）

戦争の狂気は日本だけのものでも共産党だけのものでもないということが数々の証言によって明らかにされていく過程で、龍應台はしばしば空間を超えて人々を重ね合わせる。

スニヨン、李維恂、「八百壮士」、陳千武、柯景星、蔡新宗、ジョージ・ブッシュ、そして宇都宮市の田村吉勝[5]、彼らはみな同じ時代にちょうど二十歳前後となった若者だった。同じ時間に、自分を超えた力によって、同じ戦場に送られたのだ。（三三〇）

ここでは台湾籍日本兵も台湾籍国民党軍も、共産党軍もアメリカ人も、そして日本人までもが「自己を超えた力によって同じ戦場に送られた二十歳くらいの若者」として現れる。十九歳の息子を持つ母親として、龍應台の目は誰を裁こうとするのでもない。この本を貴重なものにしている相対化の視線は他にもいくらもあるが、もう一例だけ、作者自身と重ねられた人物二人を見ておこう。

子供の頃、龍應台はクラスの中でたった一人の外省人であった。彼女にはいつも同級生とは違っているという意識があり、図画の時間に皆が自分の家や庭、それを取り巻く自然を描くのに対して、彼女はただ船と埠頭を描いていたという。そんな龍應台が自分とだぶらせたうちの一人は、江西から台湾に移ってきた両親を国民党政府の白色テロで失い、さらに自分も七〇年代に政治犯の嫌疑をかけられたという王暁波である。そしてもう一人は、軍医として日本軍と共に「戦死」した父の遺骨の行方を探し続けている鄭宏銘。この二人は、見知らぬ者同士ではあるが同年に台湾大学に入学している。

両親を自分の国の政府に処刑された子供と、父親がかつての宗主国に殉じた子供。どちらも台湾社会の非主流者であることには違いはない。『大江大海』は次の一言で静かに閉じられる。「みな台湾人なのだ。ただ、彼らの心の曰く言い難い傷、その痛む場所が完全に違うのである。」（三四九）逆に言えば、違うところが痛むとしても、彼らはみな同じ「台湾人」なのだということになる。

三　ゆらぐ視点と過剰な語り

台湾海峡と一九四九年をめぐる証言が、さまざまな立場の人々から語られ、「敵／味方」という二項対立を揺るがせたのが『大江大海』という書物の特徴であることを確認してきた。だからこそこの本は爆発的に受け入れられたのだろう。

しかし、「さまざまな人々からの証言」とは、何も龍應台が初めてなしとげた仕事ではない。女性と戦争について言うならば、たとえば大陸には、李小江主編の『讓女人自己説話：親歴戦争』（三聯書店、二〇〇三）があり、台湾には游鑑明主編の『烽火歳月下的中国婦女訪問紀録』（中央研究院近代史研究所、二〇〇四）がある。両者ともにさまざまな女性に対して丁寧に聞き取りを行い、それを文字に起こしたものだ。試しにこれらの口述記録を読んでみると、圧倒的に「面白くない」ことに気づかされる。出てくる女性たちの話が長い。脈絡がない。同じことばが繰り返される。話に省略が多く、何を言っているのかよくわからない。さらには結局共産党の／国民党の公式見解をなぞるような主旨の発言が多く、「本人しか知り得ないような」「新鮮な事実」に乏しいのだ。本論の最初にあげた女性作家の自伝——一貫した人格と揺るぎない表現を持つ——と比べるとその違いはさらに際立つ。しかし龍應台の『大江大海』は、多くのインタビューを取り込みながら抜群に「面白い」本になっている。この「面白さ」はどこに由来しているのだろうか。

たとえば、彼女の母である應美君を描いた第一章に戻ってみよう。ここでは一九四九年の一月に故郷淳安を離れて渡台し、見知らぬ街高雄で商売をしながら夫を探す美君の様子が描かれる。娘である筆者が母を初めとする関係者にインタビューをしながら綴った内容は、全て事実であるに違いない。しかしそこにさりげなくおかれた次のような一行をどのように解釈すればいいのだろう。

制服を着た港湾警察が倉庫の大門を通るとき、このか細く若い外省人の女に出会うとついしげしげと見てしまうのだった（二八）。

制服を着た警官が、「か細く若い外省人の女（つまり作者の母、應美君）をつい見てしまう」というこの記述は、いったい何に拠り、誰の視線で語られているのだろう。この情景は、その前に語られたエピソード――故郷淳安の渡し船で私製の塩が摘発されそうになったとき、美君がテキパキと若い女性に授乳のポーズをとらせ、官兵を煙に巻いたという――に呼応しているのではないだろうか。若々しく生命力に溢れた女性が、国家権力の末端にいる男性を魅了する、というストーリーが潜んでいないだろうか。そしてこのように挟まれた「物語」が、この本を面白く読みやすいものにしているのではないだろうか。

基本的に筆者が語るというスタイルを取りつつ、時にこのように視点がゆらぎ、全知視覚が出現するという叙述は、この本の随所に見受けることができる。

たとえば、日本敗戦時の上海を取り扱った章には、終戦を上海で迎えたフランス文学者、堀田善衛の回想が引用されている。

無数の猛り狂った標語の中に、彼は突然このような一枚を見た。うす桃色の紙に真っ黒な墨で書かれ、ごく普通の石庫門住宅の扉に貼られていたものだ。
茫然として既往を慨き、默坐して將來を慎め。

灰色の二つの門はぴったりと閉じられていたが、対聯の字は見たところ黒々としていて、まるで立ち去ったばかりの人が残していった熱い茶のようだった。

ところで、堀田善衛『上海にて(6)』の該当部分は以下のようである。

そうして、次に掲げるものは、八月一五日以後に、日本人が多くかたまって住んでいる地区にはり出されたものであるが、次のようなのがあった。

茫然慙既往

默座愼將來

茫然トシテ既往ヲ慙ジ、默座シテ将来ヲ慎メ、というもので、これに対して、なにを!と反撥するには、そのときの日本人たちはあまりにもぺしゃんこになっていた。

「慨」と「慙」の字が違うというのはともかく(日本語版では改められている)、この二つの引用文から私たちが受け取る印象には大きな隔たりがないだろうか。ビラがうす桃色であったとも、墨が真っ黒であったとも、ましてや「対聯の字は見たところ黒々としていてまるで熱い茶のようだった」という記述も『上海にて』には現れていないのだ。『上海にて』が原典であると注記されているにも関わらず。

ここには、上海に暮らした日本人文学者が、自分たちへ突きつけられた布告にたじろいでいる様子を、視覚的により鮮やかなものにしようという「演出」がなされていないだろうか。実際、この記述の直後には、『上海にて』をそのまま直訳した引用がおかれている。「この国家とこの都市が底に隠していた力の計り知れなさに恐れを感じた。それに、これらの標語は早くから印刷されていたものだ。地下組織が周到に準備していたことに愕然とするしかなかった」。「早くから印刷されていたものだった」という述懐は『大江大海』における直前の記述と矛盾してはいないだろうか。標語は黒々と滴るような墨で書かれていたのか、それとも早くから印刷されたものだったのか。同じ文言でも、印象は随分変わってくる。そして、最初の記述が作者による演出なのだとしたら、それは「警官の目をひくほっそりした美君」と同じく、作者による「創作」になってしまうのではないか。人々の声をテープから起こしたままに記録した「口述史」がややもすれば無味乾燥で平板であるのと違い、『大江大海』のインタビューに基づく構成が鮮やかに面白いのは、筆者のもつ「文学性」によるものではないのだろうか。だとすれば、この本に表れる「証言」の真実性はどうなるのだろう。堀田が回憶する上海に比べて、『大江大海』の上海は色彩と音に溢れ、より一九四五年八月一五日のインパクトに凄味が与えられ、「熱い茶のように」湯気を立ち上らせている。しかし、それが当事者の言葉ではなくて龍應台の言葉であるのならば、私たちがうけとった「迫力」や「リアリティ」とは何なのだろう。それは証言ではなく、文学（フィクション）によって与えられた感動になってしまうのではないか。

確かに龍應台自身も、息子フィリップに向けた語りの中で「自分には伝えられない」と本書の中で認めている。

フィリップ、どんな事柄についてでも、私はあなたに全貌を伝えきることなどできない。全貌を知る者は誰もいないのだから。国土はこんなに広く、歴史はこんなに複雑で、解釈はこんなに様々に分かれ、そして真相はこんなに錯綜していて、記憶はとうに流れ去って復元しようもないのだから、いったい何を以て「全貌」というのかも疑わしい。ことばと文字で、いったいどうすれば表現が可能になるだろうか。例えば、頭を真っぷたつに割られる「痛み」をどうすれば正確に伝えられるだろう。そしてこの「痛み」と、家族の屍

体に突っ伏しての「慟哭」とをどうやったら比べることができるだろう。（一四六）

この言葉は正しい。限りある言葉で、歴史の全貌を伝える事は不可能なことだ。しかし上記の「物語」を見る限り、龍應台にとっての問題は、言葉を「伝え足りない」のではなく、「伝えすぎている」ことではないだろうか。

もう少しほかの例を挙げてみよう。

張愛玲は、黒狐の持つ緑の目の洞察力で上海を二年見ていた。土地改革、三反五反を全部見て心に収め、陽孜が母に連れられて汽車に乗ったのと同じころ、ひっそりと香港に出て行った（一九四）。

一九五二年に上海から香港へ渡った作家張愛玲（一九二〇～一九九五）の名前が出てくるのはこの一箇所だけで、その出国は、のちに著名な書道家となる董陽孜（一九四二～）の出国と同じ頃だったと述べられている。確かに建国後に大陸から去った知識人を語ろうとするとき、張愛玲の名前は外せないものだろう。しかし気になるのは、「黒狐の持つ緑の目（黒狐狸緑眼睛）」という文学的な語彙だ。本論冒頭に掲げたのはその張愛玲が民国期に書いた小説「花凋」の初めの一部である。若くして肺病で亡くなったヒロイン川嫦のために両親が建てた墓の描写だ。

川嫦は稀に見る美少女だった……一九歳で宏済女子中を卒業し、二一歳で肺病で亡くなった。……音楽を愛し、静けさを愛し、父母を愛した……無限の愛、無限の思慕、無限の哀惜……記憶に残る一輪の花、永遠のバラ……安らかに眠れ、あなたを愛する人の心の中で。あなたを知る人に、誰一人としてあなたを愛さない者はいなかった。

この墓碑銘の後に、本論冒頭に引用した「全く違う。」という語り手のつぶやきが付け加わる。川端の墓に彫られたロマンチックな言葉は嘘ではない。川端は美しかったし、静けさと音楽を好んだし、彼女の死を誰もが悲しんだ。「しかし違うのだ。」川端は美貌に恵まれていたけれども、少しも聡明なところのない「火の消えた灯台のような」少女で、姉のお古ばかりを着せられていることに引け目を感じていた。父は清朝の夢からまだ覚めない「アルコール漬けの子供の死骸」のような人物であり、母は夫の浪費と女癖に振り回されて心をすり減らし、川端の治療費もしぶるありさまだったのだ。しかしこうした非ロマンチックな全ては捨象され、両親が建てた墓石に彫られたのは前掲のような美辞麗句となったのである。「しかし、それは全く違うのだ。」このようにアイロニーに満ちた小説を次々と発表していた作家であったからこそ、張愛玲の「黒狐の緑の目」を持つ、という表現がなされたのだろう。しかし、この表現もまた「違う」のではないだろうか。

『大江大海』に現れるこのような「装飾」は枚挙にいとまがない。もう一つだけあげておこう。一九四五年十二月、国民党軍は国家建設のためという理由で原住民の青年たちを招集し、彼らを国共内戦の戦場に送り込んで兵士とした。ペナン語と日本語しか話せなかった彼らは国民党軍として共産党と戦い、そして敗れて捕虜となったのちは解放軍兵士として戦ったのである。大陸に渡って五十年を経てから台湾に戻った彼らは、前述の通り国民党軍と解放軍の区別もおぼろになっていた。彼らがその壮絶な体験を、淡々と、ユーモアすら交えて語るインタビュー部分は本書の白眉である。気になるのは、彼らを取材して台東の卑南郷泰安村に行った龍應台が「ここで成長した子供たちは、みなカラメル色の肌に梅花鹿のような大きな目を持っている」と書き（二四四）、つぶらな瞳の子供の写真を載せていることだ。「梅花鹿のような大きな目」という表現は、漢族には失われた純真さを少数民族に期待する姿勢が反映されているだろう。

しかし、なぜ、彼女はそう言わなければならないのだろう。堀田善衛の見たビラの文字が熱い茶のようだったと、張愛玲の眼差しが狐のようであったと、原住民の子供たちはみなカラメル色の肌に梅花鹿のような目を持っていると、なぜ言わなければならないのだろうか。言い換えれば、このような「過剰な言葉」で「創作」されるものは何なのだろうか。それは、私たちのような「頭を二つに割られる痛み」も、「家族の屍体に伏して慟哭する悲しみ」も知らない、戦争という出来事の「外部」にいる人間がより「リアルに」戦争という『内部』を想像できるようにするための「親切」なのだろうか。しかし、「わかりやすい」「リアルさ」とは何だろう。言葉をつなげばその場面は「再現」できるものだろうか。龍應台自身が言う通り、戦争の「全貌」とは決して伝えられるものではない。「リアリティ」を追い求めれば求めるほど、その時の現実は砂のようにこぼれおち、むしろ虚構のドラマに近づいてしまうのではないだろうか。

四　物語への／ナショナルな／欲望

戦争という「内部」を生き抜いてきた人々の証言を集めることと、その証言をもとに「物語を作る」ことについて考えてきた。「自己を超えた力」によって戦争に巻き込まれ、「外部」の我々には想像を絶する体験を強いられた人々。「リアル」な「物語」がその「内部」を覗くことの助けになりえないとしたら、では、我々はいったいどうやったら「内部」の痛みを分有することができるのか。

クロード・ランズマン Claude Lanzmann 監督の映画『ショアー *Shoah*』（一九八五）は、ホロコーストをめぐって十一年のインタビューを行い、十四カ国を巡り、三百時間以上のインタビューを九時間半に「縮めた」ものである。強制収容所を生き延びたユダヤ人、ユダヤ人を収容所に送り込んだナチス、収容所の周りに住んでいた傍観者としてのポーランド人。とぎれとぎれの証言から構成されたこの映画を論じて、ショシャナ・フェルマン **Shoshana Felman** は次のように述べている。

共感と同情に満ちた深い哀しみを抱いていてさえも、外部の者にとっては内部の真実は排除という真実であり続けるのだ――（略）外部から真実を語ること、外部から証言することは、現実に不可能なのだ。だがすでに見たように、内部から証言することもまた不可能なのだ。わたしの考えでは、この映画が総体として示している［証言］不可能な立場と証言をおこなおうとする努力、それらはまさしく、たんに内部とか外部ということではなく、逆説的だが、内部と外部の双方に身を置く事を意味している。それはすなわち、戦中には存在しなかったし、そしてこんにちでも存在していない内部と外部のあいだの連関を創出すること――内部と外部とを連動させ対話させるようにすることである。」（強調は原文のまま）[7]

「内部」の声を分有するために必要なのは、内部の声にならない声に、外部者としての立場を意識しながら耳を傾け続けること――『ショアー』はまさにそのような映画として撮られた。

膨大な量の証言を氷山の一角のようにまとめる仕事は、『大江大海』でもなされたものだ。「後記」は、インタビューの半分も書き記せなかったと言い、十五万字の書籍となったが、百五十万字書けばあるいは「比較的」あの時代の全体を表すことができたかもしれなかった、と書かれている。しかし実際には、作者という「外部」が、内部の声を彩色し、強調し、そこに物語を与えてしまっているのではないか。もっと言うならば、それぞれの「証言」は、龍應台の語るより大きな、ナショナルな欲望に基づく「物語」に回収されてしまっているのではないか。
ナショナルな欲望の生起については、本書に象徴的なインタビューがあった。二〇〇九年まで国防部長（日本語で言えば大臣）を務めた陳肇敏は南台湾生まれの本省人なのだが、彼が大陸の河南から台湾に移動してきた豫衡中学に通っていたということを語る場面だ（一〇七）。龍應台からの電話インタビューに、国防部長は家が近かったから外省人ばかりのその学校に通ったのだと答えている。彼は大陸からやってきた学校の、困難を乗り越えて国を興そうとする濃厚な歴史情緒の中で育った。「でなければ、私みたいな田舎の子供が空軍学校に進学するわけがないでしょう」、と。穿ってみれば、愛国心とはこうして育てられ、そしておそらくその愛国心によって、田舎の少年は国防大臣になったのだということになる。

『大江大海』には、戦争の持つ悲惨さ、敵／味方の二項対立の虚しさが随所に書き込まれていると同時に、こうした「国家」への信念がしばしば肯定的に「演出」されている。もう一箇所引用しておこう。広東から抗日戦争に参加し、国共内戦を経て香港に逃れてきた陳宝善（龍應台が直接インタビューしたわけではない）は以下のように描かれる。

> 一九四九年、東華医院と調景嶺で、毎日午前と午後の二回、難民が行列を作って炊き出しをうけとっていた。あなたはその行列に陳宝善がいるのを見たことがあるかもしれない。彼は二十九歳で、眉宇には隠しきれない英気がほとばしっているが、表情は沈鬱だ。もしも気をつけていなければ、あなたは見落としてしまうだろう。彼が以前いかに燃えるような熱情を抱いて、自分自身を彼の信念——国家——に捧げていたかを。
> （一一二～一一三）

ここにもまた、一次資料と「創作」の混在が見られる。一九四九年の香港で、陳宝善に「隠しきれない英気」を見たのはいったい誰なのか。それは、龍應台の中にある一種のファンタジーなのだ、とは言えないだろうか。そしてこのファンタジーは、陳宝善のような若者が自分を捧げようとした「国家への信念」と密接な関係を持っているのではないだろうか。では、その「国家」とはいったいどこなのだろうか。中国人にも、台湾人にも（本省人にも外省人にも原住民にも）同様に過去を痛む眼差しをそそいできた作者にとって「国家」とはどこなのか、この本では明かされていないが[8]、のちに述べる「民国百年の曙光」はもちろん無関係ではあるまい。

『大江大海』は資料を博捜し、複数の眼差しを持つ一冊であるだけに、その資料に直接話法と間接話法の区別がつけられていないことに注意して読む必要があるだろう。ところどころで「作者による物語」が「内部」からの証言を回収し、代弁してしまう危険を冒しているからである。

本書の中で、もっともドラマチックな場面は「八百壮士[9]」と呼ばれた英雄たちの生存者であり、南京の監獄とラバウルの捕虜収容所を生き抜いた李維恂へのインタビューだろう。「八百壮士」の生存者を探していた龍應台のところに、台湾の秘書からその一人である李維恂が見つかった、という電話が入る。八九歳という高齢を案じ、その健康状態を聞き出そうとする筆者に台北からの電話は告げる。

「大変はっきりしてらっしゃいます、それに」台北からの声は澄んでいた。「あなたが探してらっしゃいますとお伝えしたら、李さんはすぐにこうおっしゃったのです」

「なんと？」

「なぜ自分の戦友がみなラバウルで死んだのに、自分、李維恂だけが今日までおめおめと生きながら得てきたのかわかった。今日この電話を待つためだったのだ、とのことです」

「あぁ…。」（三一二〜三一三）

このインタビューは作者の心にもよほど強く焼き付けられたらしく、百年版の序にもこの言葉「なぜ自分の戦友が…」が引用されている。

しかし、ここで与えられる感動は、どこかで聞いたことのあるストーリーによるそれに似ていないだろうか。八百壮士の壮烈な運命に息をのみながらも、「この電話を受けるために生き残った」という台詞に何か違和感を感じずにはいられない。もちろん李維恂のこの発言自体を批判する資格など誰にもないだろう。しかし、「自分だけがおめおめと生きながらえた（我李維恂独独苟活）」という「後ろめたさ」と、その命とは「この電話を待つ＝しかるべき語り手に死者の物語を伝える」ためにあったのだという枠組みは、死者への尊重をナショナルな物語に導くものにほかならない。

民国百年版の序では、李維恂の台詞が引用された後、このように書かれている。

国防部がラバウルの抗日国民軍英霊を迎え入れたのち、李維恂は台北の忠烈祠に招かれて中華民国国軍の春の慰霊祭に参加した。彼の髪は真っ白で、杖にすがりながらも、ラバウルで犠牲になった兵士たちの位牌の前に立ち、長い沈黙ののちに深々と礼をした。

李維恂は二ヶ月前に亡くなった。民国百年目の最初の曙光が、蘭嶼を照らしている。

生き残った老兵が、死んだ「英霊」に対して「深々」と敬意を示す。そして最後の生き残りだった彼が亡くなったときには、「民国百年目の最初の曙光」が「蘭嶼を照らす」のだ。

私たちはここでまた、作者の組み立てた物語、私たちがよく知っている物語と出会っている。それは日本でもおなじみの、「国を守った英雄」に対する慰霊の儀式だ。その物語は家／国を語りたいというナショナルな欲望に基づくものであり、彼らが命をかけて守った国、中華民国が百年を迎えたという語りに直接結びつくものである。この語りを見ると、中華民国という国が、八百壮士の時代から直線的に続いているかのような錯覚に陥る。実際には、当時の中華民国国土のほとんどが現在は中華人民共和国となっており、当時日本の植民地であった台湾が現在の中華民国となっているのだから、百年間中華民国であり続けた地域は金門や媽祖、烏坵といったごく限られた地域に過ぎないのだが。

しかし、中国軍のために日本と戦った八百壮士が最後の生存者によって「忠烈祠」（言うまでもなく、英霊を祀る政府の施設である）に祀られ、そしてその最後の生存者が亡くなったのちに「民国百年目の最初の曙光」が指すというナショナルな語りによって、「中華民族」という想像の共同体は軽々と台湾海峡を越えるのだ。そしてその儀式に立ち会うためにこそ老兵は「おめおめと生きながらえた」のだという「意味付け」がなされ、忠烈祠に感動の物語が一つ付与されることになったのである。

再びホロコーストの例を持ち出してみたい。岡真理によると、ナチの強制収容所で一年を過ごし、釈放されたオーストリアの精神分析医、ブルーノ・ベッテルハイム Bruno Bettelheim は、収容所から生き延びた女性が「自分が生き残ったのは、収容所で殺された者たちに代わって、より良く生きる使命を負っているのだと思う」と述べたのに対し、その考えを否定したのだという。「生きのびた者が使命を負っているがゆえに生きのびたのだとしたら、死んだ者たちは、そのような使命がないために死んだのであり、そこに死の理由があったことになる。死んだのが私ではなくほかの者たちであり、生きのびたのが彼らではなく私であったことに、いかなる理由も使命もありはしないのだ、と。」[10]

地獄のような「内部」から、自分だけが生き残ったことには何か意味があるはずだ、というすがるような考え。私たちはそうした「意味付け」がなされた多くの「物語（フィクション）」を今まで読んできた。しかし、ベッテルハイムが言うように、生き残ることに理由があるとしたら、死んでしまうことにも理由を見いだしてしまうことになる。生存者に比べて圧倒的多数の死者。彼らはなぜ死んだのか。そこに理由を求めるとすれば、彼らは、私たちを、国を、守るために死んだのだ、そして「英霊」になったのだ、という物語が容易く浮上してくる。このように戦死者を悼む喪の作業が「忠烈」と結びついた時、その姿勢は「内部の声にならない声に、外部者としての立場を意識しながら耳を傾け続ける」態度から不可逆的に離れてしまい、ナショナルな物語の中に回収されてしまうのではないだろうか。

『大江大海』は「敵／味方」という二項対立を無効にし、一九四九年を新たな角度から語り直した貴重な書であることに間違いはない。しかし、一見リアルな、事実に即したように見える語りの中により感動的な、ナショナルなフィクションを語りたいという欲望が見え隠れするとき、私たちはその感動が私たちをどこに運ぼうとしているのかに注意しなければならないだろう。

二〇一五年七月十五日　安保関連法案強行採決の日、北京大学暢春園にて

注

（1）龍應台著、天野健太郎訳『台湾海峡一九四九』（白水社、二〇一二年）の訳者あとがきによる。

（2）今回扱ったテキストは『大江大海　一九四九』二〇一一年十二月二十八日に出版された第三版第十七刷であり、巻頭に「民国百年増訂序文　湧動」という作者の序が付されている。なお、引用した原文の翻訳は全て濱田によるが、随時注（1）の天野訳を参考にした。

（3）『紅豆』におけるヒロインの決断については、拙稿「〝十七年〟文学の愛情と革命：宗璞『紅豆』をめぐって」（『吉田富夫先

生退休記念中国学論集』二〇〇八年、汲古書院）を参照。

（4）『候鳥』は故郷喪失の物語であると同時に、「香港人」誕生の物語としても読める。拙稿「記憶の中の上海：西西『候鳥』論」『神戸大学文学部紀要』二七、二〇〇〇年参照。

（5）天野健太郎氏の訳によると「田中義一」が正しいということだが、ここでは原文のまま引用した。

（6）『堀田善衛全集』九巻、一七〇頁、筑摩書房、一九九四年。

（7）ショシャナ・フェルマン著、上野成利・崎山政毅・細見和之訳『声の回帰　映画『ショアー』と〈証言〉の時代』六四頁、太田出版、一九九五年。

（8）ふるまいよしこのインタビューに答えて、彼女は「漢語（中国語）こそが私のパスポート」と答えている。ふるまいよしこ『中国新声代』、集広舎、二〇一〇年。

（9）「八百壮士」とは、一九三七年秋、第二次上海事変の際、西へ向かう中国軍を援護し、閘北で四日間に渡る激戦に耐え、四行倉庫を守り抜いた中国軍隊第八八師第五二四団の四百人あまりの兵士たちに付けられた美称である。保衛作戦の成功は大いに中国軍の士気を揚げ、『八百壮士歌』が作詞作曲された。第二次世界大戦後彼らの多くは捕らえられて南京で重労働につかされ、また一部はパプアニューギニアに送られた。四行倉庫の戦いは、一九七五年に台湾で『八百壮士』として映画化（丁善璽監督）されている。

（10）岡真理『記憶／物語』四八頁、岩波書店、二〇〇〇年。

第20章　戦争、女性と国族（ネーション）の叙事

『南京！南京！』と『金陵十三釵』の変奏

賀桂梅
（田村容子訳）

近年の中国映画界において、南京大虐殺を題材とした二作の商業映画『南京！南京！』（陸川監督、二〇〇九年）と『金陵十三釵』（張芸謀監督、二〇一一年）の出現は、人びとの注目を集めた。巨額の投資と大がかりな製作によるこの二つの中国大作映画は、一九三七年に南京が日本軍に陥落された後の大虐殺の記憶という同じ物語を持つのみならず、きわめてよく似た映像の要素と叙事の枠組み、たとえば廃墟と化した南京の街、戦争の暴力、戦死する中国兵、大虐殺の場景、身を挺して立ち上がる中国女性、乱世の箱舟と化した教会の空間などを描く。二作の類似性の中に表された差異は、興味深い変奏関係を作り出している。

工業／産業の一種の形態として、商業映画は工業システムの複製と再生産による多くの特徴を具えている。そ

のため、さまざまな「類型映画」の特徴が形成されているが、それでもなお、『金陵十三釵』と『南京！南京！』の類似性は意味深長である。この二つの「大作」の間の変奏関係は、近年の中国における大衆の文化消費を表しており、政治における（無）意識、歴史記憶の構築、ジェンダー秩序の想像と国族（ネーション）アイデンティティの叙事など、多層にわたる症候を呈示している。

一

二十一世紀の初期、張芸謀らによって「中国大作」という製作モデルが創始されて以来、商業映画はすでに中国において、投資額が大きければ、また回収額も相対的に大きくなる一大産業形態となった。『南京！南京！』は二〇〇七年に撮影が始まり、八〇〇〇万元が投資され、二〇〇九年四月に公開された。『金陵十三釵』の投資額は六億元にのぼると称され、当時「最高投資額の中国映画」といわれ、二〇一一年十二月に公開された。この二作の映画は、第一に新しいタイプの中国大作映画である。

巨額の投資、大がかりな製作、国際市場を主たる目標とした映画産業形態として、非難を浴びがちな「中国大作」（「アメリカ大作」に対して）は、一貫して明らかな「類型化」された特徴を持っている。二〇〇二年、張芸謀監督、張偉平製作による『HERO』（英雄）は、中国式大作の基本製作モデルを創始し、そして「古装武侠」という第一の類型を作り上げた。その後、『LOVERS』（十面埋伏）（張芸謀監督、二〇〇四年）、『PROMISE 無極』（無極）（陳凱歌監督、二〇〇五年）、『女帝エンペラー』（夜宴）（馮小剛監督、二〇〇六年）、『王妃の紋章』（満城尽帯黄金甲）（張芸謀監督、二〇〇六年）など、一世を風靡した大作はすべてこのタイプに属する。

第二の主要な類型は、李安が二〇〇七年に監督し、その年のアジア映画興行収入第一位と称された『ラスト、コーション』〔色・戒〕が作り出した、スパイ戦／ラブストーリー映画である。その後、中国映画界には「スパイ映画ブーム」の現象が出現した。たとえば、『秋喜』〔孫周監督、二〇〇九年〕、『風声』〔陳国富監督、二〇〇九年〕、『東風雨』〔柳雲龍監督、二〇一〇年〕、『聴風者』〔麦兆輝監督、二〇一二年〕などである。

『南京！南京！』と『金陵十三釵』の変奏／重複が表しているのは、中国大作映画の第三の類型、すなわち新たな戦争映画の基本的な特徴であるといえるのではなかろうか。

二〇〇七年に馮小剛がモデルチェンジを成功させ、「新戦争映画」としての『戦場のレクイエム』〔集結号〕を撮影してからというもの、ハイテクノロジーによる特殊効果を駆使した戦闘の場面は、中国大作映画において監督が追求する主たる目標の一つになった。これらの映画の中で、もっとも成功し、かつこのタイプの映画の追求をもっとも直接的に表現したのは、おそらく姜文監督の『さらば復讐の狼たちよ』〔譲子弾飛〕であろう。この二〇一〇年に中国映画の興行収入第一位を獲得した映画において、きわめて直接的に視聴覚に衝撃を与えたのは、視覚と音響の効果が極限まで満ちあふれた、銃弾の炸裂する戦争の暴力描写である。このことは、映画の原題が「弾丸に飛ばせろ」と名付けられた理由でもある。このような戦闘の場面は、それまでにあった中国の戦争映画や、銃撃戦映画を大胆に乗り越えたといえる。銃器の配置、画面の構図、音響効果、火薬の爆発、衣装デザイン、ロケーション・ハンティング、およびマルチカメラによる撮影などの多方面において、これらの映画はもはや新たな映像言語を作り上げたというべきだろう。『南京！南京！』もまた、こうした「新戦争映画」の一本である。

『南京！南京！』において、視聴覚の衝撃がもたらされるのは、映画の前半三分の一にあたる市街戦である。ハンドカメラの使用、火薬の爆発による特殊効果、モノクロ画質の選択、戦闘場面の設計や銃弾が炸裂する人体の感覚的効果などによって、映画評論家らは『南京！南京！』を組み入れるべきなのは、『『集結号』が作り上げた中国戦争映画の序列であり、私たちが熟知している「革命歴史題材」映画ではない」と見なしている。それと同時に、『南京！南京！』には、『プライベート・ライアン』、『硫黄島からの手紙』、『シンドラーのリスト』といったハリウッド戦争映画における視聴覚のスタイルとの直接的な関連性を見いだすことができる。(1) 中国国産大作の追求する「国際市場」とは、実際にはいうまでもなくハリウッドの映画産業システムに覆われた国際市場を意味しており、中国国産大作における「新戦争映画」のインスピレーションと源泉もまた、主としてハリウッドからもたらされている。

ハリウッド式の戦闘の特殊効果場面を追求するという、産業技術面における共通の特徴以外に、戦争大作映画のもう一つの主たる特徴は、これらの作品が近代中国戦争史を再構築する過程の中で、個人と歴史とのある種の「和解」を実現させた、ということである。これらの作品はしばしば個人の叙事という視点から歴史を語り、ある種の「追憶」ともいうべき映像の雰囲気の中で、苦痛の歴史をそれほど脅威を伴わない形で、現実の中にふたたび浮かびあがらせる。そして、鬱積した苦痛の情緒を解消させるのだ。ここにおいて、個人的な叙事の視点と癒しの歴史叙述は、新戦争映画における明確な符号の一部となった。

このことも、『南京！南京！』と『金陵十三釵』における重要な叙事の特徴を作り上げている。『金陵十三釵』では、そのとき南京の街から逃げ出すことのできた生存者を語り手とし、南京陥落時の記憶を語らせること自体が、「事後」の追憶という一種の安全な心理的距離を視聴者に提供している。そして『南京！南京！』では、ドイツ人ラーベ（の当時残した葉書）と一人の日本軍兵士を主な視点の出発点とし、そのことによって南京大虐殺の記憶における中国人を、ある種の「外在的」な視座に置いた。「外国」の語り手によって生み出されるこの異化効果は、まさに今日の中国人がふたたび大虐殺に向き合う際の歴史的、そして心理的な距離感に相当する。同化と異化のはざまで、「追憶」はほぼ映画における必然的かつ内在的な構成部分となっている。この点は、程度こそ異なるが二作ともにモノクロの映像画面やドキュメンタリーのようなスタイルを使っている点に見られるだけでなく、映画における癒しの叙事効果にも表されている。人びとが歴史のトラウマを直視し、追体験することができるのは、往々にして自らがすでにその危険から遠く離れていることを確認し、同時にその「トラウマ」を現在の自身の構成部分として内面化したときなのである。

二

『南京！南京！』と『金陵十三釵』は、新戦争映画の典型的特徴を表しているのみならず、その独自性もまた具えている。特筆すべきなのは、これらの作品がいずれも女性人物が戦争の場景に登場することを通して、一般的な戦争映画の基本構造を変えたことだろう。『戦場のレクイエム』でも『さらば復讐の狼たちよ』でも、『プライベート・ライアン』や『バンド・オブ・ブラザーズ』でも、戦争映画としての主な特徴といえば、「男の映画」であることであり、主人公は全員が男性である。この裏に含まれる社会概念やジェンダー秩序とは、むろん「戦争」がずっと男の職務と見なされ、「戦場」も「男の天下」とされてきたという普遍的概念である。しかし、意義深いのは、はからずも『南京！南京！』がこの基本的な叙事の法則を変えたことだ。

『南京！南京！』は別名を『生死の城（まち）』といい、一九三七年十二月の日本軍による南京陥落の後、さまざまな人の視点を全方位的に叙述しようと試みている。ただし、この映画は実際には日本軍の下級士官である角川（中泉英雄）の視点から叙事を展開し、それとラーベ（ジョン・ペイズリー）が残した葉書によって叙事の構造を組み立てている。映画の中の中国人は、ほぼ皆死んでゆき、男は虐殺され、女は強姦される。しかし、映画の劇場公開版に見られるこの叙事の枠組みは、実は監督（兼脚本家）の陸川の本意ではなかった。監督は当初、男性主人公で国民党軍下級士官の陸剣雄（劉燁）を南京から脱出させ、生き延びさせようと設定していた。しかし、撮影中に直面した最大の問題は、陸剣雄はどのように大虐殺を避けて生き延び、とりわけいかに「脱出」するのか、ということであった。彼は繰り返し「人に救われる」。「ラーベにも救われ、姜先生にも救われ、唐秘書にも救われる」。このため監督も俳優も、この人物には「大きな問題があり、成立しない」と思うようになった。最終的に監督は、陸剣雄を「必ず殺さねばならない[2]」と決めた。その結果、おそらく初めて、このような高額な投資による商業的／主流的な大作において、主人公である男性英雄が途中で死んでしまうこととなったのである。このことは、映画の基本的な叙事構造をも変化させた。

陸剣雄の死後、映画の叙事空間は市街戦と虐殺という街頭と野外の場面から、難民キャンプの室内空間へと転換する。基本的な叙事の衝突は、日本軍が四回難民キャンプに闖入して中国の女性を強姦し、姜淑雲（高圓圓）が代表を務める安全委員会が、その都度暴力にさらされる難民キャンプの女性を保護しようと試みるところを描く。このような権力関係の構造において、姜淑雲（および難民キャンプの安全委員）はある意味で陸剣雄の主体的位置に代替し、女性を守る責任を担うことになる。陸剣雄と姜淑雲の恋情の「代替品」として、映画は姜淑雲と難民キャンプの女性小江（江一燕）との間に、独特の「シスター・フッド」を描き出している。映画の中には三本の感情の流れが展開され、一つは日本軍下級士官の角川と日本人慰安婦百合子（宮本裕子）との間の妓女の情、一つは唐秘書（范偉）と唐夫人（秦嵐）との間の夫婦の情、そしてもう一つは姜淑雲と小江との間の姉妹の情である。しかし、前二者の感情が言語で述べられ、場面が強調されるのとは異なり、姜淑雲と小江との間の情は、画面と視覚言語を通して不明瞭に伝えられる。これと同時に、小江も一人の保護される女性／客体から、難民キャンプを救う英雄／主体へと転換される。彼女と百人の女性たちは、日本軍の兵営において慰安婦となることと引き替えに、難民キャンプに寒い冬を安全に越すための「食料と綿入れと石炭」をもたらすのである。

しかし、そのために『南京！南京！』が女性もしくはフェミニズムの立場を表現していると見なすなら、適切な結論とはいえず、むしろそれは、「男性英雄の中途の死」による必然的な結果であるにすぎないと考えるべきだろう。救出者としての男性英雄が消え失せた後、女性／被害者はようやく映画の叙事の前面に躍り出ることになり、そのためにさまざまな感情の様相が呈示される。このことは、民族—国家と男権の間に内在する同型関係を深く（あるいははからずも）示しており、さらには女性が両者（国家と男権）の客体位置に置かれていることも表している。後者の意義において、映画はまさに民族主義を超越した文化アイデンティティというものを表現しようと試みているのだ。

分析に値するのは、小江・百合子と、姜淑雲・角川との間の対置関係であり、前者の組み合わせは国籍をまたぐ受難者で、後者の組み合わせは国籍をまたぐ救出者である。百合子という日本人慰安婦の登場によって、映画は国族を超越したジェンダー・アイデンティティを表現しており、角川が慰安所のベッドに横たわる小江を、百合子がまだ生きていると誤認する瞬間さえ描かれる。このことと、映画が角川という「日本人」を南京大虐殺の記憶の叙事者として選択したことは同様の意味を持つ。すなわち、民族主義の限界を乗り越えようと試みたのであり、国際的かつ普遍的な「ヒューマニズム」の視点から、戦争の非人道性を批判しようとしたのである。これにより、南京大虐殺の記憶は単一的な民族主義の叙述の視野から切り離され、国際的なまなざしの交錯する場に置かれる。だが意義深いのは、ここでいう「国際的」かつ「普遍的なヒューマニズム」の視野とは、映画における具体的な表現では、例外なく「西洋（文明）」と密接に関わるということである。「帰国女性教師」である姜淑雲と、かつて「教会学校で学んだ」角川は、国際的な難民キャンプの組織において、真に国境の限界を超越する二人となるが、彼らは「英語」と「十字架」によって互いを認知するのである。もし映画の中で最後に南京の街を脱出する二人の中国人（小豆子と順子）のイメージが「愚昧」／「未開」であることと考え合わせるならば、いわゆる民族主義を超越した国際的視野とは、いかに西洋中心主義ともつれ合ったものであるかを意識しないいわけにはいかない。

そして、さらに意義深いのは、『南京！南京！』においては偶然の産物のように見えるこの叙事構造が、二年後に同一の題材を表現し公開された『金陵十三釵』という〝投資額過去最高〟の映画において、複製されることなのである。

三

『金陵十三釵』は、『南京！南京！』の精錬版といえるかもしれない。ここでいう「精錬」とは、『金陵十三釵』が『南京！南京！』に存在していた曖昧かつ不明瞭な、あるいは縦横に交錯した人物関係や潜在的なイデオロギーの追求を、抽出して商業化という精製を加えたことを意味する。

『南京！南京！』と同様、『金陵十三釵』にも類似した〝二つの部分〟があり、前半四十分は男性英雄李教官（佟大為）率いる「教導隊」[1]の市街戦と犠牲、後半九十分はカトリックの教会というさらなる純粋な室内空間において、二つの集団の中国女性（十四人の妓女と十二人の未成年の女学生）と一人のアメリカ人男性（男性主人公のジョン、クリスチャン・ベール）、一人の少年（陳喬治、黄天元）が一緒に、教会の外の日本軍と渡り合う物語である。中国人男性英雄の死後、女性の主導する室内空間という類似した場において、ふたたび女性たちは救出者の役割を担い、しかもそれは小江と同様、曖昧な身分を持つ妓女たちである。異なるのは、今回は救出する対象が明確であり、一群の「少女」／処女という、絶対的な意義において救出対象となる客体である点、そして、ここでは成功するこの救出活動を助けるのが、一人のアメリカ人男性であるという点である。

女性と戦争の関係は、この映画において明確に書き換えられている。『金陵十三釵』の叙事者は女学生の書娟

（張歆怡）である。彼女は高くそびえるカトリック教会の上部にある絢爛たるステンド・グラスから、教会の内外で発生する一切を、次のようにのぞき見る。「一人の少女の視点から、ステンド・グラスごしに、一群の美しい女たちを眺める」（監督の言葉より）。そのため十二人[2]の自身の生命を捨てて他人を救う秦淮河[3]の妓女は、このような視点の中で、もっとも美しい「戦争の花」というイメージに変身させられる。彼女らの身体は、残酷な戦争と大虐殺の背景のもと、極限まで誇張され、その「華麗」と「妖艶」（監督の言葉より）は極致に至る。もし新戦争映画が意を用いて追求する視聴覚効果が、堅い弾丸が人体を貫通する炸裂感であり、戦争の暴力性が永遠に人体に向けられる暴力であるとするならば、きわめて残酷な戦争を背景に女性の身体の「華麗」と「妖艶」、とりわけ妓女流のあしらいと挑発を強調することは、情欲の暴力化あるいは暴力の情欲化というまなざしの方法を内に含んでいるといわざるを得ないだろう。

　映画が誘導するまなざしの方法とは、一人の少女の成熟した女性に対するまなざしに含まれるものではなく、反対に、映画でもっとも多くまなざしの視点を与えられるのは、男性主人公であり、納棺師でありながら神父の位置に代替するアメリカ人ジョンなのである。彼と女性主人公・秦淮河筆頭の妓女玉墨（倪妮）は、真に「乱世の恋」を演じてみせる。『南京！南京！』では完成させようのなかった戦争／ラブストーリーのドラマが、『金陵十三釵』では完成されたのだが、その条件は中国の抗日男性英雄を「西洋人の顔」を持つアメリカ人に交換することだったのである。

　『金陵十三釵』においても、『南京！南京！』で陸剣雄を「必ず殺さねば」ならなかったのと同様、教導隊で当時もっとも先進的であったドイツの銃器技術を指導していた李教官もまた、「必ず殺さねば」ならなかった。彼は映画開始後、約四十分のあたりで女学生たちを守るために、騎士のごとく犠牲となる。映画の叙事構造に則していえば、彼の存在と彼の死は、映画の中で「過剰な」部分のようにも見える。彼と教会の中の女性たちはほとんど交わることがなく、それは陸剣雄と難民キャンプの人びととの関係が異なるのと似ている。しかし、この中途で命を落とす男性英雄の存在は必要なものであり、それは「中国人の尊厳」を象徴しているのだ。映画の物語において「過剰な」部分というのは、「余分な」という意味ではない。むしろ、それは言葉にすることのできない、しかしいわねばならない深刻な精神的トラウマの症候なのである。それは一つの「腫物」、「傷口」が膨れ上がった「贅肉」のような存在である。「英雄の死」は、直観的に主体の「去勢」された境地を明示するが、しかしそれよりもさらに、人びとが「英雄」を書かずにはおられず、だがその「死」もまた書かずにはおられないことをあらわにする。このようなジレンマが、『南京！南京！』と『金陵十三釵』の「二つの部分」を構成しているのである。もしこの二つの映画が軌を一にする「二つの部分」を有していることを、ある種の症候と読解するなら、このことこそ、中国人が南京大虐殺という民族のトラウマの記憶に向き合う際の、集団心理症候の具体的な表出であるといえるだろう。『南京！南京！』であれ、『金陵十三釵』であれ、実は同じ物語を語っているのであり、それは中国人の記憶と感情の中にある「逃げられない南京の街」なのである。

実際のところ、この二作の映画において、生死の境をくぐり抜ける男性と女性たちのほかに、もっとも重要な主人公とは南京の街、一九三七年十二月に日本軍により陥落され蹂躙された中華民国の首都である。二作の映画は、いずれも南京の街が陥落するその瞬間を描く。都市の空間は一貫して、独立した映像の要素として構築されている。砲火によって爆破され崩れた壁や垣、静まり返った死屍累々の廃墟、茫漠たる空白の都市空間、そして廃墟の中にそびえるノアの箱船のような閉鎖空間（難民キャンプあるいは教会）、これらによって南京の街の基本的な視覚景観が構成されている。これらは「街」というよりもむしろ、悪夢のごとき廃墟、人類の終末と文明の終焉と呼ぶほうがよりふさわしい。戦争と都市空間の関係の特徴は、砲火がすべてのプライベートな、密閉された日常生活の空間を、粉砕し、むき出しにし、日常形態を失った非人間的存在に破壊したという点に表されている。注目に値するのは、二作の映画の中で、男性英雄の抗争はすべてむき出しの市街地で起こり、女性人物の救出の物語は対称的に閉鎖された空間で起きていることである。視覚の感覚器官から見れば、これらは男性の抗争が室外で起き、女性の救出が室内で起きていることを意味するのみならず、一般的なジェンダー秩序における男女の活動空間の特徴をも暗示している。むき出しにされた公共的な空間は男性に属するもので、閉鎖されたプライベートな空間は、むろん往々にして女性のものである。映画の叙事の「二つの部分」とは、男性の主導する市街戦から女性の主導する室内劇への移り変わりであり、同時に秘められた空間に向かい退却する心理的過程とも読み解くことができる。女性の主導する閉鎖空間とは、母体にも似た心理空間を暗示していることは間違いない。そのため、繰り返し室内に闖入し強姦と暴行を行う日本軍は、あたかも悪夢の中の悪魔のように、女性化（むしろ母性化ともいうべき）された心理空間の極度の不安感を明示する。そのため、映画全体が情感に訴えかけるのは、室外の抵抗から室内への逃避であり、さらにはいかに「逃げ出す」か、この安全ではない、「悪魔」がいつでも闖入してくる女性空間から逃げ出し、南京の街から逃げ出すか、ということなのである。このことは、人びとがトラウマの記憶に向き合うときの心理過程を、直観的に示しているともいえるだろう。『金陵十三釵』の冒頭にある書娟のナレーション「思えばその日は、あらゆる人がみな走っていて、まるで永遠に濃い霧の中から逃げ出せないみたいだった」は、きわめて周到なセリフである。それは二作の南京大虐殺を題材とした映画の内容全体と、内在する情感を概括しているのだ。

もし南京大虐殺が現代の中国人の感情と記憶の中で特別な位置を占めていることを意識するなら、この映画の叙事に症候のような民族心理が含まれていることは容易に理解できるだろう。孫歌が述べるように、南京大虐殺はすでに「中国人の感情と記憶の中のもっとも突出した象徴的な記号」となっており、それは「第二次世界大戦下において日本軍が中国の国土で犯した罪を象徴し、今に至るまで真に罪を認めようとしない日本政府及び日本の右翼に対する中国人の怒りを象徴し、戦後五十余年の中国人と日本人の感情のトラウマにおける修復することのできない溝をも象徴している」[3]。実際に、それは「中国」というこの歴史ある巨大な帝国が、現代化に向かう過程において被ったすべての屈辱のメルクマールとなる、象徴的な記号なのである。南京大虐殺という事件の凄惨さと屈辱の程度は、中国が現代化の過程で瀕した亡国の危機のどれをも凌駕する。この歴史の事件にいかに向き合い、叙述するかは、現代中国人にとって、高度に記号化され象徴化された感情と記憶を叙述する行為となっている。このことが意味しているのはまた、それがいかに「中国人」の国族の叙事を理解するかという問題と必然的に一体化しており、同時に、それが巨大な、ふりほどくことのできない感情の張力とも一体化しているということである。

映画の中で、監督の述べる「中国人の抵抗」とは、泰然と失敗者としての「死亡」の運命に直面することであるといえるだろう。中国の捕虜たちが大虐殺の残酷さにおびえ、ふたたび立ち上がって虐殺の場に赴くことができないでいるそのとき、陸剣雄は立ち上がり、たった一人処刑場に向かう。この場面のもたらす悲しみの効果は、まさに小江が密集する人びとのなかで手を上げ、自ら慰安婦に志願するところと軌を一にする。「中国人の尊厳」が自ら死に赴くことをもって表現されるとき、いわゆる「反抗」は「民族」に対するある種の絶望に変わる。もし精神分析をはばからないのであれば、こうもいえるかもしれない。『南京!南京!』が喚起するのは男性主体が「去勢」される心理症候であり、苦痛に満ちた治癒しがたいトラウマの記憶なのである。より具体的には、南京大虐殺の記憶はまさに中国の国族にとって悲しみの想像の源であり、それは「落伍」した民族が現代化に向かう過程で遭遇する、すべての「被害」の記憶を象徴的に担っている。中国の男性英雄の早すぎる死、逃げられない南京という死の街、そして異民族の男性主体が中国の男性に代替して救出行為を行うことなどはすべて、この主体の想像が南京大虐殺という歴史記憶に向き合うときの「去勢された」特徴を呈しているのである。

四

この二作の映画が注目されているのは、いずれも男性の国族主体が欠けているところである。上述の通り、このことはまず、現代中国人の被害感情の悲しみと読み解くことが可能である。しかし、問題はこの点にとどまらない。戦争による大虐殺の背景のもと、中国の男性英雄が死亡するとき、難民キャンプあるいは外国の教会で懸命に生き延びようとする弱者（女性と子供）にとって、彼女たちを救出し、保護することができるのは異民族の男性にほかならない。『南京！南京！』の角川と『金陵十三釵』のジョンにもし共通する特徴があるとすれば、それは彼らがいずれもカトリックという西洋の宗教と関係がある点である。映画において戦争を批判し、ヒューマニズムに訴えかけるときに用いられる文化イメージを意識するとすれば、それはかくも顕著な西洋の記号である。映画の中で人びとの種族／民族の上に表される内在する文明の等級が、西洋―日本―中国の順であることには、気づかざるを得ない。実際のところ、映画の中で、人物が「国境線を越え」、また戦争思想の源を超越するかどうかを左右するのは、まさしく彼／彼女が中国人や日本人であるからではなく、西洋の教育を受けた〝知識人〟であることなのである。角川はロザリオを通して姜淑雲が自身と同類であると見なし、姜淑雲という「帰国教師」は、英語を話すときのみ、救出者の能力を持ちうるのである。『南京！南京！』におけるこの「西洋中心主義」は、『金陵十三釵』に至ると、人物が活動し、物語の展開する唯一の領域に変化する。すなわち、あるカトリック教会の中にいる一人のアメリカ人と英語話者の中国人たち（女性と子供）となるのだ。このような状況のもと、南京大虐殺の悲しみは、実際にはある種の「人類の終末」のような状況と化す。ジョンを救出者たらしめているのは、彼の「アメリカ人の顔」のみならず、彼の西洋文化の伝統にもとづく人道主義の心情であり、後者はまさしく彼が神父の服装を身にまとい、巨大な十字架の白布を敷き広げ、日本軍の凶行をやめさせる内在的な原因となっている。

「西洋」の映画テクストにおけるこのような表現方法は、ある種の歴史事実の現れであると同時に、現代世界の運行を支配する文明の等級の現実的な現れであると見なすべきだろう。これはポスト冷戦時代の新自由主義資本が拡張する現実なのであり、現代の植民主義／帝国主義の拡張する過程における文化の現実でもある。興味深いのは、なぜ南京大虐殺というこの題材を撮影したのかということについて、『南京！南京！』、『金陵十三釵』の監督はからずもそれぞれ国際資本の影響について言及しており、まさにハリウッドの提案のもと、この題材を撮影する構想を持ったのである。西洋の資本がなぜこの時期に熱を入れて南京大虐殺を題材とする映画を撮影したのかといえば、「中国の台頭」という背景のもと、中国人に関する映画を撮影すれば、中国市場を容易に開拓することができるという考慮があったことは明らかであろう。しかし、同様に重要なのは、中国と日本という「アジア」の両国の残酷な戦争において、西洋人が「文明」の役割を演じたということである。実際のところ、人びとがなぜドイツは第二次世界大戦の後に懺悔することができたのに、日本はいつも中国およびアジア諸国との間の歴史の怨讐を洗い清めることができないのかと問い詰めるとき、しばしば忘れがちなのは、東京裁判を執行した西洋人（とりわけアメリカ）や明治維新以来、近代化をたどった日本の国民、ひいては一九八〇年代の「新啓蒙」運動以来の中国人の眼中に、内在する文明等級、すなわち「高等」な西洋と「二等」の日本、「下等」な中国が共有されていることである。第二次世界大戦の同盟国は、戦後ファシスト国家に徹底的に反省を迫ったが、それはまさに西洋「自身」の、「内部」の話だからである。だが日本とアジア諸国の間の怨讐については、「未開の東洋人」のことにすぎないと見なされた。このような文明の等級主義は、西洋諸国とアジア諸国の間に存在するのみならず、近代化した日本が「落伍」した中国にいかに対峙したか、そして中国はいかに「世界」の枠組みの中で自身を想像したかといった問題もまた、こうした内在する西洋中心主義から切り離すことができないのである。

まさにこのような視点から、中国の監督が撮影した「中国大作」において、南京大虐殺という民族のトラウマ状況のもとで、人びとが「戦争の花」という中国の鏡像をなぜ受容したのかを理解することができるだろう。その鏡像とはすなわち、中国の男性英雄が消え失せ、西洋（あるいは西洋化された）男性が援助者の役割を演じるとき、中国の化身となるのは女性と彼女たちの「中国人」に対する救出行為である、ということである。それらの戦争を背景とした極度に「華麗」かつ「妖艶」な妓女／商女[4]は、このときまさに「中国」という国族の主体の位置を占めたのである。

しかし、もしそのために『金陵十三釵』が一種の「セルフオリエンタリズム」の中国叙事を表現しているとのみ見なすのであれば、映画の複雑な意味を過度に単純化した理解といわざるを得ない。実際のところ、『金陵十三釵』において呈示される女性主体の叙事は、歴史的意義に富む国族の叙事を帯び、そのことはこの中国／女性の主体イメージを中国の歴史上の特定の文化文脈に置いて確認せねばならないことを促し、同時に中国の歴史上における女性と民族（国族）の関係をまなざし、理解し、消費する文化伝統を明確に帯びているのである。

五

『金陵十三釵』は、厳歌苓の同名小説（二〇〇六年）にもとづき改編されている。小説において、玉墨は書娟の父親の青楼における知己である。書娟は彼女が自身の品行方正な父親を誘惑し、家庭を崩壊させたと見なし、そのため玉墨にきわめて強い「不潔」と「邪悪」という感覚を抱き、彼女との接触を拒否する。しかし映画において、書娟の玉墨に対する拒絶の態度にはいかなる説明もない。明らかに、小説が描いているのは妓女／商女の真の社会的位置であり、彼女たちは家／国の秩序における「他者」ひいては「破壊者」で、そのために「亡国」は彼女たちにとって切実な痛みではない。いわゆる「商女は知らず亡国の恨み」とは、彼女たちがもともと正常な家／国の秩序に入ることのできない人びとだからである。意義深いのは、映画の『金陵十三釵』が翻って「商女はもっとも知る亡国の恨み」という物語を叙述している点なのだ。

フランスの人類学者レヴィ＝ストロースは女性を男性エスニックグループ（氏族、部落、民族と国家などを含む）同士が社会関係を築く際の〝交換物〟であると見なした(4)。戦争状態のもとでは、このことはよりはっきりと表現され、このとき女性は財産、領土などの物品と同様、戦争の勝敗のしるしとされる。戦争状態は、文明社会の男権／父権の品性をきわめて明確に表すといえるだろう。とりわけ民族／国家の衝突する状態のもと、女性に対する強姦はほぼ征服の証となっている。フェミニズム理論家は次のように述べる。「……強姦とは国家に対して行われる侮辱と汚辱の策略である。すなわち、国家とは一人の女性の身体であり、あるいはそれは一人の女なのだ。人びとは、女性を「単に女性であるのみならず」、国家の人格化の象徴と見なしている」(5)。そのため、南京大虐殺およびその文化再現であるテクストにおいて、女性が強姦されるというのは常に民族感情の起爆点となる。『南京！南京！』と『金陵十三釵』という二作の類似した題材の映画において、男性英雄が虐殺されることと女性人物が強姦されることは、国族の悲しみの叙事における二つの焦点を構成している。

考察に値する問題は、女性と国族の間の関係であるのみならず、なぜ「妓女／商女」を国族の化身として特に強調せねばならないのか、ということである。『南京！南京！』は、はからずも難民キャンプの女性化された空間をある種のシスター・フッドが生まれる場所として構築したが、しかし『金陵十三釵』は完全にこの可能性を断ち切った。書娟と玉墨との間には主体の鏡像関係が形成されず、「十二釵」の間にもシスター・フッドは結ばれない。のみならず、彼女たちが女学生に替わり死に赴く行為も、家／国に対するある種の贖罪行為として潜在的に叙述されたのである。この叙事をいかにして完成させればよいのだろう?

『金陵十三釵』は、南京／金陵という都市の文化と歴史の特徴をとりわけ強調している。映画の題名と中国清代の著名小説『紅楼夢』は、明確な間テクスト関係を形成している。後者は「金陵十二釵」とも題され、江南の豪族の子弟である賈宝玉の周囲を取り巻く、十二人の女性の運命の物語を描く。この映画の題名が喚起するのは、江南、豪族の子弟および「雲のごとき数多の美女」といった文化イメージである。しかし興味深いのは、映画において、欠けているのは女性ではなく（十二釵より一人多い）、もはや中心にはなり得ない中国の男性なのである。中国の女性が取り巻くのは、一人の西洋の男性である。映画において、金陵という都市を象徴するのは、人物のセリフまわしの南京方言（この現代における地方方言は、かつて明清時代の中国の「官話」であった）のみならず、呉語（いわゆる金陵雅音）でうたわれる蘇州評弾『秦淮景』であり、さらには「南京の街と同様に由緒ある」秦淮河の妓女／商女なのである。これらの記号は、いずれも金陵／南京の六朝の古都としての歴史を明確に示している。映画は晩唐の詩人杜牧の詩文「商女は知らず亡国の恨み、江を隔て猶唱う後庭花」を直接引用する。この六朝の古都の「亡国の都」としての記憶、および商女との関係は、明末清初の著名な「秦淮八艶」すなわち柳如是、李香君、董小宛、陳圓圓といった亡国の時代の商女たちを想起させる。これらの女性たちが中国の文人の内心に喚起するのは、長く衰えることのない愛慕と渇望である。彼女たちは色と芸を兼ね備えているのみならず、亡国の際には、男性よりもなお強固に節を守り、国／族を救う重責を担い、あるいはまた、彼女たちこそがまさしく亡国を招いた傾国の美女だったともいえる。このような歴史の文脈の中で、『金陵十三釵』が繋がっているのは、亡国の状況にまつわる商女の歴史記憶と文化イメージなのである。

一九三七年に陥落した南京の街は、ふたたび歴史上の「亡国の都」と呼応した。その上、女性によって占有された「中国」の主体の位置は、中国に古くから脈々と流れる男性士大夫の文人の記憶と伝統と結びついている。まさにこの伝統の力を借りて、これらの女性の身体イメージをまなざし、消費し、賞玩することは、より精緻に技術化された観察の形態を具えている。まさにこのために、戦争／亡国の背景のもと、かように「華麗」かつ「妖艶」な十二人の女性と「処女」は、『金陵十三釵』において映画のセクシュアルな消費快感の源を合法的に形成しているのである。

興味深いことに、『金陵十三釵』という戦争と民族の災難を表現する映画において、人物の内在関係のモデルは、基本的に安定した父権制の家族構造によって組み立てられている。ジョンというアメリカの（代理の）神父と書娟ら女学生との間、玉墨のトラウマ（義理の父に強姦され売られた）とジョンの心の傷（亡くした女児の希望を叶えるために納棺師となった）との間、書娟とその実の父である顧秘書との間、そしてカトリックの教会と中国人との間には、いずれも「家庭」モデルの特徴を見いだすことができる。さらに、この「家庭」は完全に父／娘という関係の形態で組み立てられている。もし戦争が往々にして家／国を破壊すると同時に主導的な父権体制をも破壊するのだとすれば（たとえば『南京！南京！』のように）、『金陵十三釵』の特殊性とは、南京と中国の歴史上の亡国の都、秦淮の商女との繋がりを通し、また内在的に複製される父権制の家族関係構造を通し、家／国の序列を、戦争の災難から安全に「脱出」させているところにあるといえるだろう。

二作の映画に共通する国際化した叙事の領域（テクスト内外にわたる）の強調、民族主義的立場における超越の可能性と不可能性、トランスナショナルアイデンティティと西洋中心主義の曖昧な関連、そしてこの二作の商業映画が直面する国内、国際市場における位置づけを考慮するなら、『南京！南京！』と『金陵十三釵』の民族のトラウマの記憶の叙述と消費に内包されたジェンダー／国族の政治は、実際のところ、まさしく目下のグローバル政治経済の枠組みにおける、チャイニーズ・アイデンティティの複雑な投影というべきなのだろう。

注

（1）胤祥《〈南京！南京！〉：陸川的歴史景片》、豆瓣電影（douban.com）二〇〇九年四月二十二日。（訳注）URL: http://movie.douban.com/review/1982719/。最終アクセス日二〇一五年十月二十日。

（2）ドキュメンタリー映画『地獄之旅』、李静、喬宇監督、二〇一二年。

（3）孫歌「実話如何実説？」、『読書』二〇〇〇年第三期。

（4）関連文献として、G・ルビン（Gayle Rubin）「女人交易：性的〝政治経済学〟初探」、『社会性別研究選訳』所収、王政・杜芳琴主編、三聯書店、一九九八年版、二一－八一頁。

（5）D・クネゼヴィック（Djurdja Knezevic）「情感的民族主義」、『婦女、民族与女性主義』所収、陳順馨・戴錦華選編、北塔・薛翠訳、中央編訳出版社、二〇〇四年、一四三頁。

訳注

〈1〉初級の士官の訓練や、下士官の養成を行う訓練機関。

〈2〉妓女たちは当初十四人として登場するが、二人は物語の途中で命を落とし、最終的には十二人となる。

〈3〉南京市街を流れる河の名前。宋代より江南文化の中心地として栄えた。

〈4〉歌妓を指す。杜牧の七言絶句「泊秦淮」の「商女は知らず亡国の恨み、江を隔てて猶唱う後庭花」による。

あとがき

本書に収めた二〇編の論文はすべて、二つのシンポジウム「戦争と女性」（二〇一二年一一月一〇、一一日於神戸大学百年記念館）および「分裂の物語・分裂する物語」（二〇一三年八月三、四日於愛知大学車道校舎）における報告を元に執筆されたものである。

発端は、中国文芸研究会のメンバーで長年温めてきた四〇年代文学研究であった。国民党政府の統治する国統区、共産党の根拠地、そして日本の傀儡政府が支配する淪陥区。大きな国難の時代に生まれた文芸に興味を持つメンバーが多く、さらに満洲や台湾での文化事象も検討の範囲にしたい、と毎月の例会で夢を広げていた。その後「漂泊する叙事　一九四〇年代中華圏における文化接触史」（二〇一一年度基盤研究（B）課題番号二三三二〇〇七三）が採択されたことにより、海外の研究者を招いて研究交流の場を持つことが可能になった。

私たちの関心の中心は、四〇年代中国の文芸におけるジェンダー現象だったので、まずは「戦争と女性」と題したシンポジウムを神戸大学で行った。このシンポジウムは、科研費のほかに台湾・財団法人自由思想学術基金会と神戸大学が主催者となり、台北中日経済文化代表処、台北文化センターの後援を受けた。二日に渡って日本、中国、台湾、米国から集まった二〇人が壇上に立ち、一九四〇年代の戦争表象とジェンダーとの問題について語り合った。本書に収録された濱田、張、賀、杉村の論文はこのシンポジウムでの報告に基づく。予想以上の成功をおさめた会議の余韻は冷めることを知らず、終了と同時に、さらに続けて四〇年代文化の特殊性について踏み込んだ議論を行う計画が立てられた。そして翌年、科研費、台湾・文化部、財団法人自由思想学術基金会、愛知大学現代中国学会、神戸大学の主催によってより大規模なシンポジウム「分裂の物語・分裂する物語」が開かれた。このシンポジウムでは台湾・政治大学台湾史研究所と台湾大学文学院台湾研究センターに協賛していただき、さらに台湾・財団法人交流協会と蒋経国国際学術交流基金会から後援していただいた。真夏の名古屋に日本、中国、台湾、米国、香港、マレーシア、シンガポールの各地から三二人の研究者が集まり、やはり二日にわたって、満州事変から日中戦争、太平洋戦争、そして国共内戦という大分裂の時代を描いた物語について、そして戦争の記憶及び物語そのものが分裂してゆく諸相について、屋外の酷暑にも負けぬ熱気を込めて討論した。上述の四篇以外の十六篇の論文は、この名古屋シンポジウムで口頭発表を経たものである。

名古屋でのシンポジウムを終えたあと、二つの会議の成果を論文集にまとめたいと強く思うようになった。愛知大学の黄英哲先生と国立政治大学の薛化元先生の骨折りにより、国立台湾文学館及び財団法人趨勢教育基金会からの援助を受けられることが決まったのは二〇一四年の三月だった。原稿の集約と翻訳がなかなか順調に進まなかったが、二〇一五年の夏には全ての論文を入稿することができた。論文の内容については序で紹介した通りだが、各地域の第一線で活躍中の錚々たる研究者が執筆を快諾し、限られた期間に素晴らしい論文を執筆してくださったことに再度感謝申し上げる。密度濃く専門度が高い中国語論文を日本語に移し替える翻訳作業には、二度のシンポジウムに関わった日本の研究仲間が奮闘してくれた。また、カバーデザインは北京大学院生の王芳さんからアイデアをいただいた。これらのみなさんにも心からの謝意を捧げたい。

この論文集は台湾の先生方のご協力がなければ決して実現しなかった。特に黄英哲先生、薛化元先生、国立台湾大学の梅家玲先生は、優れた研究者をパネリストとして推薦してくださったのみならず、補助金申請を助けてくださった。心からお礼申し上げる。同志社大学の唐顥芸さんには諸連絡事項を日本語から中国語に翻訳していただいた。迅速かつ的確な仕事に感謝したい。そして繰り返しになるが、常に新しいアイデアを実行に移し、その都度若手に素晴らしいチャンスを下さる黄英哲先生に最大の感謝を献げる。そもそも黄先生に助けていただかなければ、二度のシンポジウムを開くことも出来なかっただろう。

科研費のプロジェクトが二〇一四年三月に終了したころ、台湾はひまわり学生運動に湧いていた。同年九月には香港の人々が雨傘革命に立ち上がり、二〇一五年八月にはマレーシアで華人を中心とした政府への大規模な抗議デモが行われた。そして二〇一五年一一月現在、日本では安保関連法案強行採決のあともなお抗議運動が盛んに行われており、日本による東アジア侵略の歴史をどう捉えるのかが問題の焦点の一つとなっている。今の時代こそ、過去の戦争にどのように向き合うのか、一人一人の知識と意識が問われているのではないだろうか。本書におさめた論考が、大分裂時代を考えるための手がかりとなることを願うばかりである。

最後になったが、この書籍の出版を快諾し、怠惰な編者を辛抱強く督励してくださったのが勉誠出版の岡田林太郎社長である。四〇年代中国語圏にまつわる論文集を出したいという夢を叶えてくださって、本当にありがとうございました。

二〇一五年一一月六日　在外研究先のハーバード大学にて

濱田麻矢

執筆者・翻訳者一覧（掲載順）

濱田麻矢（はまだ・まや）
一九六九年生まれ。神戸大学大学院人文学研究科准教授。専門は二〇世紀の中国語圏文学、特に女性文学。主な論文に「北京で語られるアメリカ像：宗璞の一九四九年、イーユン・リーの一九八九年」（『中国二一』四三号、二〇一五年）、「青い服の少女――張恨水、張愛玲における女学生イメージ――」（『高田時雄教授退職記念東方学研究論集』臨川書店、二〇一四年）、「遥かなユートピア　王安憶『弟兄們』におけるレズビアン連続体」（『現代中国』八七号、二〇一三年）など。

王徳威（David Der-wei, Wang）
ハーバード大学中国文学比較文学 Edward C. Henderson 講座教授。専門は現当代中国文学及び華語語系文学、晩清の小説及び戯曲、比較文学理論。主要な著作に *Globalizing Chinese Literature*（Jin Tsu との共編。Brill Press, 二〇一〇年）、*The Lyrical in Epic Time: Modern Chinese Intellectuals and Artist through the 1949 crisis* (Columbia University Press, 二〇一五年。翻訳された単著に三好章訳『叙事詩の時代の抒情――江文也の音楽と詩作』（研文出版、二〇一一年）。また、*Harvard New Literary History of Modern China*（近刊予定）の編者でもある。

張小虹（Chang, Hsiao hung）
台湾大學外文系教授。研究領域はフェミニズム理論と文學、ジェンダー、文化研究。主要な著書に『時尚現代性』（聯經出版社、二〇一五年）、『假全球化』（聯合文学出版社、二〇〇七年）、『在百貨公司遇見狼』（聯合文学出版社、二〇〇二年）等がある。

李元瑾（Lee, Guan kin）
シンガポール南洋理工大学中華言語文化センター特聘高級研究員。専門は東南アジア華人研究。主な著書に『林文慶的思想：中西的彙流与矛盾』（シンガポールアジア研究学会、一九九〇年）、『東西文化的撞擊与新華知識分子的三種回応—邱菽園、林文慶、宋旺相的比較研究』（シンガポール国立大学中文系、二〇〇一年）、共編共著に『東西穿梭、南北往返：林文慶的厦大情縁』（シンガポール南洋理工大学中華言語文化センター、二〇〇九年）等がある。

羽田朝子（はねだ・あさこ）
一九七八年生まれ。秋田大学教育文化学部専任講師。専門は中国近現代文学、満洲国文学。主な論文に「梅娘の日本滞在期と『大同報』文藝欄——小説「女難」と梅娘の描く日本」（『中国二一』四三号、二〇一五年）、「一九二〇年代から四〇年代における外務省文化事業部による日本見学旅行——中国人留学生のみた「帝国日本」（『現代中国』八七号、二〇一三年）、「梅娘ら『華文大阪毎日』同人たちの「読書会」——満洲国時期東北作家の日本における翻訳活動」（『現代中国』八六号、二〇一二年）などがある。

陳平原（Chen, Ping yuan）
一九五四年生まれ。北京大学中文系教授。専門は中国現代文学、現代教育、現代思想。近年の主要な著作に『触摸歴史与進入五四』（北京大学出版社、二〇一〇年）、『作為学科的文学史』（北京大学出版社、二〇一一年）、『抗戦烽火中的中国大学』（北京大学出版社、二〇一五年）等がある。

津守陽（つもり・あき）
一九七六年生まれ。神戸市外国語大学中国学科准教授。専門は中国現代文学。主な論文に「「におい」の追跡者から「音楽」の信者へ——沈従文『七色魘』集の彷徨と葛藤」（『中国研究月報』第六七巻第一二号、二〇一三年一二月）、「「郷土」をめぐる時間形式—沈従文と「不変の静かな郷村」像」（『日本中国学会報』第六一集、二〇〇九年一〇月）、「沈従文の女性形象にひそむ「郷土」―白い女神か、黒い田舎娘か―」(『東方学』第一一三輯、二〇〇七年一月)などがある。

梅家玲(Mei, Chia ling)

台湾大学中国文学系特聘教授兼台湾研究センター主任。専門は中国近現代文学、台湾文学、六朝文学。主要な著書に『従少年中国到少年台湾:二十世紀中文小説的青春想像与国族論述』(麦田出版、二〇一二年)、『性別、還是家国?――五〇与八、九〇年代台湾小説論』(麦田出版、二〇〇四年)、『漢魏六朝文学新論――擬代与贈答篇』(北京大学出版、二〇〇四年)等。

高嘉謙(Ko, Chia cian)

台湾大学中文系副教授。専門は中国近現代文学、漢詩、台湾文学、馬華文学。主な著書に『国族与歴史的隠喩――近現代武侠伝奇的精神史考察(一八九五~一九四九)』(花木蘭出版社、二〇一四年)がある。編集の業績として『抒情伝統与維新時代』(上海文芸出版社、二〇一二年、呉盛青との共編)、馬華文学を日本に翻訳するプロジェクト「台湾熱帯文學」シリーズ(人文書院、二〇一〇―二〇一一年、黄英哲等との共編)など。

藤野真子(ふじの・なおこ)

一九六八年生まれ。関西学院大学商学部教授。専門は中国演劇。主な著書に『上海の京劇』(中国文庫、二〇一五年)、『中国農村の民間藝能――太湖流域社会史口述記録集2』(共著、汲古書院、二〇一一年)、論文に「越劇の老生」(『言語と文化』第一七号、関西学院大学言語教育研究センター、二〇一四年)などがある。

唐顥芸(とう・こううん)

同志社大学グローバル・コミュニケーション学部助教。専門は台湾文学。主な論文に「日本統治期台湾における楊雲萍の詩――白話詩と日本語詩集『山河』を中心に」(『日本台湾学会報』第九号、日本台湾学会、二〇〇七年)、「日本統治期台湾の詩におけるモダニズムの受容——林修二を例に——」(『一九三〇年代と接触空間——ディアスポラの思想と文学』、双文社出版、二〇〇八年)、「現代詩の可能性を求めて——夏宇/李格弟『このシマウマ』『あのシマウマ』——」(『未名』二九号、中文研究会、二〇一一年)などがある。

季進(Ji, Jin)
一九六五年生まれ。蘇州大学文学院教授。専門は比較文学、中国現代文学。主要な著作に『銭鍾書与現代西学』(上海三聯書店、二〇〇二年:復旦大学出版社、二〇一一年)、『陳銓:異邦的借鏡』(文津出版社、二〇〇五年)、『另一種声音』(復旦大学出版社、二〇一一年)、『彼此的視界』(復旦大学出版社、二〇一四年)等がある。

杉村安幾子(すぎむら・あきこ)
一九七二年生まれ。金沢大学外国語教育研究センター准教授。専門は中国近現代文学。主な著書に『鳳よ鳳よ——中国文学における〈狂〉』(共著、汲古書院、二〇〇九年)、『アカンサス初級中国語』(共著、金沢電子出版、二〇一一年)、論文に「楊振声と「五四」 楊振声の「五四」」(『野草』第九四号、二〇一四年)などがある。

王風(Wang, Feng)
北京大学中文系副教授。専門は中国近現代文学、中国学術史、中国文化史。具体的には、近代文、現代散文、周氏兄弟や廃名等の現代作家、章太炎や王国維等の現代の学者、さらに古琴史、古琴器など。それぞれ論文多数あり。『廃名集』(北京大学出版社、二〇〇九年)の編集で第二回中国出版政府賞図書賞受賞。著書に『世運推移与文章興替——中国近代文学論集』(北京大学出版社、二〇一四年)、『琴学存稿——王風古琴論説雑集』(重慶出版社、二〇一五年)。

梁敏児(Leung, Man yee)
香港教育學院文學及文化學系副教授。専門は中國現代文學、文學テクスト分析。近年の主な論文に「胡應麟與杜甫的〝登

高〃：論文本分析的一個範例」（『東華漢學』一一期、二〇一〇年）、「『我城』與存在主義：西西自『東城故事』以來的創作軌跡」（『中外文學』四一巻三期、二〇一二年）、「童話小說：『我城』的人物、魔幻與喜劇手法」（『東華漢學』二一期、二〇一五年）など。

池田智恵（いけだ・ともえ）
一九七九年生まれ。関西大学　アジア文化研究センターポスト・ドクトラル・フェロー。専門は、中国近現代文学（特に通俗小説）。著書に『早稲田大学モノグラフ近代中国における探偵小説の誕生と変遷』（早稲田大学出版部　二〇一四年）、主な論文に「「東方のアルセーヌ・ルパン」魯平の変身：淪陥期上海の「嘘の世界」を舞台に」（『日本中国学会報第六六号』、二〇一四年）などがある。

呂淳鈺（Lu, Chun yu）
ウィリアムアンドメアリー大学（College of William and Mary）訪問講師。専門は現代中国文学及び文化、台湾文学、植民地及びポスト植民地文学と文化研究。主な論文に「福爾摩斯在台灣」、『文化翻譯與文本脈絡』（中央研究院中国文哲所、二〇一三年）などがある。

陳培豊（Chen, Pei Fong）
台湾中央研究院研究員。専門は日本統治期台湾の言語思想史、社会文化史。主な著書に『日本統治と植民地漢文』（二〇一二年、三元社）、『「同化」の同床異夢』（二〇〇一年、三元社）、「連戦連敗の大衆争奪戦──日本統治下の台湾歌謡と文芸大衆論争」馬場毅、謝國興、黄英哲編『近代台湾の経済社会の変遷』（共著、二〇一三年、東方書店）等。

沈冬（Shen, Tung）
國立台湾大学芸文センター主任、音楽学研究所教授。専門は中国古代音楽史、中国近現代音楽史、国語流行歌曲。主要な

著作に『唐代楽舞新論』（北京大学出版社、二〇〇四年）、『宝島回想曲——周藍萍与四海唱片』、（主編、共著、国立台湾大学図書館出版、二〇一三年）、論文に「周藍萍与〈緑島小夜曲〉伝奇」（『台湾文学研究集刊』第一二期、国立台湾大学台湾文学研究所出版、二〇一二年）等がある。

西村正男（にしむら・まさお）
一九六九年生まれ。関西学院大学社会学部教授。専門は中国近現代文学・中国メディア文化史。主な論文に「神戸華僑作曲家・梁楽音と戦時上海の流行音楽」（『上海租界の劇場文化—混淆・雑居する多言語空間』アジア遊学一八三号、勉誠出版、二〇一五年）、「歌い、悲しみ、覚醒するカチューシャ—トルストイ『復活』と中国語映画」（堀他編『越境の映画史』関西大学出版部、二〇一四年）などがある。

盧非易（Lu, Fei i）
一九五九年生まれ。政治大学広電系（ラジオテレビ学部）副教授。専門は台湾映画、叙事学、デジタルコンテンツ。主要著書に『台湾電影：政治、経済、美学』（遠流出版、一九九八年）、『Island On the Edge: Taiwan New Cinema and After』（共著、香港大學、二〇〇五年）、數位互動內容「Natural Formosa」（ＮＳＣ出版、二〇一一年）等。

三須祐介（みす・ゆうすけ）
一九七〇年生まれ。立命館大学文学部准教授。専門は近現代中国演劇・文学。論文に「曲から劇へ—上海滬劇社という経験—」（『帝国主義と文学』研文出版、二〇一〇年）、「明滅し揺らめく欲望—林懐民「赤シャツの少年」を読む—」（『野草』九〇号、二〇一二年）、「溺れる—台湾文芸が映し出すクィアな欲望—」（『季刊中国』一一三号、二〇一三年）などがある。

楊瑞松（Yang, Jui sung）

一九六三年生まれ。台湾国立政治大学歴史系副教授。専門は近代中国思想文化史、心理史学、史学理論と方法。著書に『病夫、黃禍與睡獅：「西方」視野的中國形象與近代中國國族論述想像』（政大出版社、二〇一〇年）、論文に「近代中國的「四萬萬」國族論述想像」（『東亞觀念史集刊』第二期、二〇一二年）、「打造共同體的新仇舊恨：鄒容國族論述中的「他者建構」」（『政治大學歷史學報』No.37、二〇一二年）がある。

田村容子（たむら・ようこ）
一九七五年生まれ。福井大学教育地域科学部准教授。専門は中国近現代演劇。主な著書に『ドラゴン解剖学　登竜門の巻　中国現代文化一四講』（共著、関西学院大学出版会、二〇一四年）、論文に「革命叙事と女性兵士―中国のプロパガンダ芸術における戦闘する女性像」（『地域研究』Vol.14 No.2、昭和堂、二〇一四年）などがある。

賀桂梅（He, Gui mei）
一九七〇年生まれ。北京大学中文系教授。専門は中国現当代文学、思想及び文化研究。主要な著作に『転折的年代――四〇―五〇年代作家研究』（山東教育出版社、二〇〇三年）、『〝新啓蒙〟知識檔案――八〇年代文化研究』（北京大学出版社、二〇一〇年）、『女性文学与性別政治的変遷』（北京大学出版社、二〇一四年）等がある。

薛化元（Hsueh, Hua yuan）
一九五九年生まれ。国立政治大学台湾史研究所教授、自由思想学術基金会董事長。専門は台湾史、中国近代思想史、憲政史。主な著作に『『自由中国』与民主憲政』（稲郷出版社、一九九六）、『戦後台湾歴史閲覧』（五南図書出版股份有限公司、二〇一〇年）、『晩清「中体西用」思想論（一八六一～一九〇〇）』（修訂版）（稲郷出版社、二〇〇一年）がある。

本論集は、台湾・国立台湾文学館及び趨勢教育基金会の出版助成を受けて刊行された。

漂泊《ひょうはく》の叙事《じょじ》

一九四〇年代東アジアにおける分裂と接触

2015年12月31日　初版発行

編　者　濱田麻矢・薛化元・梅家玲・唐顥芸
発行者　池嶋洋次
発行所　勉誠出版株式会社
〒101-0051　東京都千代田区神田神保町3-10-2
TEL：(03)5215-9021(代)　FAX：(03)5215-9025
〈出版詳細情報〉http://bensei.jp/

印刷・製本　平河工業社
装　丁　足立友幸（パラスタイル）

ISBN：978-4-585-29112-1　C3098

上海一〇〇年
日中文化交流の場所《トポス》

鈴木貞美・李征　編

戦前・戦後にまたがり日中文化交流の場であった上海。上海を描いた作家である芥川龍之介、横光利一、晩年を過ごした田村俊子、戦後の上海で生活をした堀田善衛ら作家たちの姿や、雑誌や翻訳事情などを発掘。日中双方の研究者によって、いまだ未解明な部分が多い近代東アジアの実像に迫る。

四六判上製・296頁
本体4200円＋税

中国モダニズム文学の世界
一九二〇、三〇年代上海のリアリティ

城山拓也　著

穆時英、張資平、劉吶鴎、戴望舒、郭建英…。新しい表現の形を模索した作家たちは、上海にどんな〈リアリティ〉を見たのか、どんな世界観・歴史観を抱いていたのか。小説、詩、エッセイや漫画の表現を読み解き、また出版事情とその受容を考察することで、既存の中国近代文学史をラディカルに組み替える。

A5判上製・432頁
本体6500円＋税

〈異郷〉としての大連・上海・台北

和田博文・黄翠娥　編

「故郷」とは何か、「日本」とは何か、「日本人」とは何か、中国大陸部を代表する港湾都市である大連と上海、台湾最大の都市・台北に焦点を当て、十九世紀後半〜二十世紀前半の「外地」における都市体験を考察。日本人の異文化体験・交流から、政治史、経済史、外交史からは見えない新しい歴史を探る。

A5判上製・432頁
本体4200円＋税

アジア遊学183

上海租界の劇場文化
混淆・雑居する多言語空間

大橋毅彦・関根真保・藤田拓之　編

西欧諸国と日本の租界が乱立し、六十ケ国もの国籍を持つ人びとが生活をしていた上海では、多種多様な文化が混淆、雑居する空間がひろがっていた。中国の伝統演劇から、コンサート、ロシアバレエ、オペレッタの上演、映画やアニメの上映など、ライシャムシアターをはじめとした劇場文化の動向から、二十世紀前半の上海における人と文化の諸相を探る。

A5判並製・228頁
本体2400円＋税